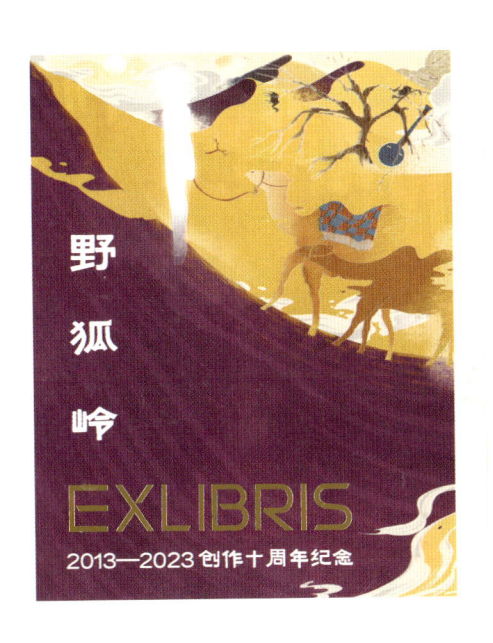

野狐岭

EXLIBRIS

2013—2023 创作十周年纪念

野狐岭

雪漠 —— 著

作家出版社

演好这场"走出去"的戏

——《野狐岭》再版序

1

距离《野狐岭》初次出版（2014年），已近十年。有人十年一梦，有人十年一觉，有人十年一叹，而我十年一路。是的，我一直在向前行进的路上。

此次《野狐岭》再版，也让我对这本书、对这十年一路，有一个可以回看的契机。2014年《野狐岭》出版时，在文学圈引起了不小的震动。当时雷达老师说"雪漠回来了"，意指我终于从写灵魂、写信仰，又回到了文学的轨道上，又写小说了。当然《野狐岭》这样的小说，与之前"大漠三部曲"是截然不同的。很多评论家都认为，《野狐岭》是一部转型之作，也是一部融合之作，融合了现实与神秘，融合了大漠与灵魂，他们甚至认为这是我最好的小说。因为，它的阅读体验确实非常独特，难以类比和归类，而其中蕴藏的很多"谜题"，直到今天还在被讨论，依然没有定论。这也是《野狐岭》的一大魅力所在。

不少读者告诉我，他们之所以被《野狐岭》打动，是因为书中有一种"寻觅"的精神，和一种一直走、不停步的坚韧。是什么，让书中的人物一直一直地走下去？一把钥匙。在书中，这是胡家磨坊的钥匙，实际上，它是命运的钥匙。找到了胡家磨坊的钥匙，两支驼队才有可能走出沙暴漫天的凶险野狐岭；而找到命运的钥匙，人才能走出被设定好的人生程序，那就是改变宿命。

因此，"出走"和"寻觅"，就像是两股交织在一起的绳子，强韧地牵着不甘于屈服宿命的人，一直朝前走，朝前走，不管那遮天蔽日的漫天黄沙，也不管那人群中时不时生起的恩怨纠葛。

在"野狐岭"中，我似乎一直作为旁观者，看着他们的人生大戏：有的放弃了寻觅和出走；有的沦陷于内斗，忘记了寻觅和出走；有的坚持到底，最终走了出来。似乎,他们的故事只是我的采访素材。其实不然,故事里的他们,在一直走;故事外的我,也在一直走。

2

我的"出走",不只关系到我个人的文学梦想和文化抱负,还有着一种集体的疼痛。犹记得,2015年的美国纽约书展,中国作为主宾国,派出了五百余人的出版代表团,举行免费赠书活动,但遭遇了无人问津的窘况,被形容为"门可罗雀"。中国文学和图书在国际上不被重视,甚至不被看见,刺痛的是谁的心?同为作家,这样的状况显然不是我希望看到的。这背后的原因,当然有许多,但中国作家和文学要不要走出去,怎样才能走出去,这些问题的答案在哪里?肯定不在别人,只能是在我们自己手里。无论是不是别人缺乏慧眼,不识金镶玉,我们都应该做点什么。

于是,让我们的文学"走出去",便成了我的另一个"野狐岭"之旅。其中的历程——找翻译家,找出版商,去国外参展——一切从零起步,经历的种种考验,已不必赘言,让我觉得一切都值得的是,我始终有一颗走出去的心,也真的走出来了。

迈出第一步,往往是最难的一关。只要勇敢地跨出那一步,就等于向所有的因缘宣告:我决定走这条路了,于是,逢山修路,遇水搭桥,一切因缘便都涌动起来,聚拢而来。世界顶级的翻译家出现了,主动投来了橄榄枝,出版商也出现了;海外学者和评论家出现了,大批的国外读者也出现了……一切都在意料之外,又在意料之中,我很熟悉这样的因缘链——只要生起一个决定去做的心念,并着手扎实地去做,随后,那因缘链便自动连接所有的因缘,环环相扣,延续下去……而自始至终,只需要保持初心不变,保持那份纯粹与爱。

比如,我在早直播中带领大家学英语,并不是我想要学到什么程度,而是给自己一个学习新事物、走进新世界的机会,给自己注入一种永不止步、永远行进的动力。很多人,有很多伟大的令人激动的梦想,为什么最后却没有实现?不是因为通向梦想的道路上有多么巨大的障碍,而是,他们根本就没敢迈出第一步。只要迈出第一步,接着第二步、第三步……就这样走下去就是了,每天都在走,一直不停地走,实现梦想,就是水到渠成、自然而然的事。我也是这样走过来的。不论是以前的作家梦,还是如今走向世界之梦,都是这样一路走来的。

我从出版中文繁体作品,到出版各种语言的作品;从国内的书展,走向国际的书展；从伦敦书展，到法兰克福书展；从"小荷才露尖尖角"的试水，到"满塘荷花一夜来"的全场爆火，所有的变化和惊喜，有时甚至让我自己都觉得不可思议。因为，我所做的，就是一步一个脚印，不急不慌地扎扎实实地朝前走。

3

2022年的第七十五届法兰克福书展，在我"走出去"的路途中，可以算得是一个具有里程碑意义的事件。法兰克福书展举办方根据调查公司针对2022年9月23日至10月31日期间，德国国内及国际媒体（包括社交媒体、在线媒体、纸质媒体、广播、电视）共计38004条有关法兰克福书展及展期内话题、人物等报道的数据统计分析，中国作家雪漠（Xue Mo）在德国本土之外的国际媒体热点关注度排行榜位列第一，超过了书展主宾国西班牙（Spanish Guest of Honor）。

在国内听到这个消息的时候，我第一反应是不相信。有中国作家和作品在国际书展上的"门可罗雀"在前，我实在不太敢相信，法兰克福书展会对我这样一个中国西部作家感兴趣。随着消息的证实，我也开始思考：是什么促成了这种转变？"门可罗雀"变成"关注度第一"，这背后一定有某种值得我们探究的东西。这次书展，我本人并没有到现场，所以不太可能是被我的外表吸引了，呵呵；那么，吸引他们的，极有可能是我们的主题活动，一是"雪漠和他的灯"的故事，一是作品《沙漠的女儿》。

关于我的灯的故事，很多读者朋友都知道，也都很喜欢。他们说，这个故事让他们深受感动和鼓舞，如果他们小时候，生命中也有这样一盏灯，他们一定会有更好的人生历程，会有更好的人生故事。所以，他们就把这个故事当作一盏灯，把我的作品当作一盏灯，送给自己的家人和朋友，送给许多素昧平生但需要他们帮助的人。他们还说，这盏灯是能够跨越国家、种族、肤色和年龄的，外国人也会喜欢这盏灯。毕竟，没有人能够拒绝一个美好的梦想和希望。

是的，在我幼年困顿看不到未来道路的日子里，那盏悬挂在我房顶上方，在夜空中发出光芒的灯，就是我的梦想和希望，使我坚信自己能够成为自己想要成为的人。看看这个世界，任何一个角落，无论贫穷还是富有，无论纷争还是安宁，人人都渴望着一个更美好的自己、一个更美好的世界。许多人觉得生命无聊、内心空虚，并不是因为他缺乏生存下去的条件，仅仅是因为，他心里没有这样的一盏灯。并且，在物质条件越发达的国家，越是如此。穷人尚且还有奋斗和拼搏的动力，而什么都拥有了的人，才最痛苦。只要世界上有一个人是"空心人"，这盏灯就会被需要。

因此，在2022年的法兰克福书展上，"雪漠和他的灯"这一主题，引起了广泛的共鸣。一个蕴含美好希望的故事，一个真实的被"灯"照亮的故事，还有什么比这更好的文学诠释和展示形式吗？西班牙语《雪漠小说精选》译者、墨西哥翻译家莉莉亚娜这样评价我的作品："我们的雪漠老师通过他的作品，正好给我们、给世界介绍了中国西北农村的当代生存，包含着物质的生存、精神的生存、自然的生存、文化的生存。永无止境的沙漠的黄色甚至染上天空的黄色，远离一切，有时甚至远离上帝。天天都在考验人的反抗能力、生存能力、欢笑能力。雪漠作品带给我们的，不仅仅是审美，还有一种照亮和救赎。"

她所说的精神也好，审美也好，照亮也好，都在那盏灯里，它是同属于所有人的，我的故事恰好做了一个很好的示范。

而非常应景的是《沙漠的女儿》(Into the Desert)这本小书，恰好将一种强韧的生命精神，以一个为了梦想而永不放弃的故事，淋漓尽致地展现了出来。美国著名翻译家葛浩文和夫人林丽君，将这个故事从"大漠三部曲"中选编出来，并翻译为英文，由美国长河出版公司出版。这本鼓舞人心的小说，便作为我参加此次书展的一部新作向海外读者推出。也让我感到意外的是，《沙漠的女儿》在书展上引起了广泛的关注。无论是普通读者，还是翻译家或评论家，都深深地被书中的兰兰和莹儿所打动，为她们的命运共情，为她们的抗争和勇气所鼓舞。书展之后，我们收到了多篇关于《沙漠的女儿》的海外评论，已经陆续将它们刊载在《世界文学》（繁体版）杂志上，作为一个文学的见证保留下来。

今年（2023年）3月，这本小书又获得了中国外文局优秀翻译奖，随后相继参加了北京图书交易会、美国波士顿亚洲学术年会、英国伦敦书展，得到了《人民日报》《中国日报》《欧洲时报》《泰晤士报》《华盛顿邮报》及BBC、美联社等国际各大媒体的高度评价。在亚马逊书店和Good Reader上，《沙漠的女儿》(Into the Desert)好评如潮，获得了五星级评论，受到了广大读者的热捧和喜爱。

无论是关注度第一，还是图书获奖，都还不是我最看重的；我感到由衷高兴的，是我们可能真的触及了一个"文学机关"——一个讲好中国文学故事、传播中国文化精神的关键按钮。《沙漠的女儿》是一个西部的故事，两位女子身上的坚韧、善良、永不放弃，既是西部文化的特质，也是我们中华传统文化的宝贵精神，更是全人类都能够产生共情与向往的精神。经过这次书展的总结与思考，我确信了一点：爱与智慧是通行世界的文化密码和文学密码。我们的文学作品中，如果蕴含真正的爱与智慧，蕴含生而为人本有的高贵与坚强，就不会不被西方读者看到，更不会被他们排斥。并且，我们还要学会表达，用别人愿意去了解、能够理解的方式，讲出我们的精彩故事。

在这样的思路下，今年的法兰克福书展我自己去到了现场，并且带了大量的作品，不仅有外文版的，我的许多中文版作品也带过去了，哪怕仅作展示，也是一次难得的机会，让海外读者们尽可能多地认识我们，了解我们。这次书展正值德文版《猎原》面世，又是一部"厚砖头"——"大漠三部曲"无论是中文版，还是英文版，或是德文版，全都如同砖头那么厚。现场有几个出版商和翻译家很有意思，看着我的"厚砖头"一层层地码在那里（我的作品摆满了两个展台），不无担忧地说，这么厚的书，西方读者不会购买的。只见话音未落，就有几个外国年轻人捧着几块"厚砖头"来找我签名，他们买了"大漠三部曲"全套英文版，这让在场的人都忍不住哈哈大笑，我也颇为自豪地笑了。

今年的法兰克福书展上，我们带来的所有书都销售一空，整个会场上，我们的展位最为忙碌，好多外国读者围在展位前，志愿者们为他们介绍书籍，甚至连喝口水的时间都挤不出来。最后，书都卖光了，还有人在找我们买书。

说真的，这是我始料未及的。来之前，我都打算好了，参展的书能卖就卖，能送就送，卖不掉送不完的放在当地读者家里；哪里想到，实际上会是这样的情况。当然，一个书展卖掉四百多本书并不是多么宏大的事件，但是它给我们带来的信心和鼓舞是巨大的。外国读者们对作品的热爱，呈现在他们脸上的纯粹的喜悦，是最让我感动的风景。它使我相信，门可罗雀也好，无人问津也好，一切可以改变，只要我们有勇气去做。每一个人微小的努力，汇聚到一起，就是一种大势。

我们常说中华文明要复兴，让世界听到我们的声音，了解我们的文化，随着国家整体实力的上升，我们既可以成为这股大力中的一支，也可以借着这股大力，推动它走得更远。我们的读者、志愿者们，就是这样支持我的，我们每个人都将自己融入爱与智慧的大海，小水滴便再也不会孤独，更不会干涸。

4

再回到《野狐岭》，很多人说这个是烧脑的故事，虽然烧脑程度不及《西夏咒》，但也很抓人。有的人看到中间觉得自己豁然开朗了，结果看到全书最后一句时又蒙了；有的人直到今天，也还是不知道书中的神秘"杀手"究竟是谁。

说这些，当然不是自得于自己编故事的能力和技巧，创作《野狐岭》的时候，我并不是局外人，我自己也被裹进那一团混沌的神秘之中了，他们的故事也是我的故事，甚至它们的故事也是我的故事。你知道它们是谁，那些活灵活现的骆驼们，让很多读者第一次惊讶地发现：雪漠怎么能把动物的心思写得这样真实，就像是进入了它们的灵魂。这份贴近感乃至融合感，把很多读者也吸进故事中。古人有看壁画而被吸入其中的故事，读小说当然也会被吸入其中，书中人物的个性与命运、爱恨与情仇，与我们并非隔着一层，它们都是人心这个工画师画出来的众生相和世情图。

而我只是进入了那壁画，演出了一场好戏，又走出了那壁画。入戏出戏，洒脱而畅快！所以，你读的时候，是不是也有一种非常入戏的感觉？那就对了。当然，读完了，你也要学会出戏，你已经获得了戏中的体验，汲取到了书中的营养，你就可以出戏了。不入戏，帮不了别人；不出戏，帮不了自己。

那两支驼队，出现在野狐岭这个早就搭好的戏台上时，他们其实并没有太多的选择，或者走出去，或者被风沙掩埋。而就算他们真的走出去了，在下一个戏台上，还会再遇到这样的抉择，最终，所有人，都会在人生的舞台上谢幕。但你不要因此而悲观，该你演的戏，一场也别缺，也不要敷衍了事，总要尽心尽力地去演。

我在书中采访的那些灵魂们，有几个没有遗憾的？少之又少。他们几乎都不甘心早早谢幕，都不甘心以被黄沙掩埋的方式谢幕。我能理解他们的不甘心，但我也懒得去质问他们：如果重来一次，你们会有什么不一样？相信我，他们还是会得到一样的结局。因为，他们还是会互相仇恨，互相争斗，互相陷害；还是会执着于某些情绪和心结，无法放下；还是会让眼前的利益糊住朝远处看的眼睛，糊住残留一丝良知的心。

唯一走出来的，是马在波和木鱼妹这一组合。其实，比起其他人或骆驼，他们之间的故事更加曲折，爱恨纠葛更加缠绕，似乎他俩才是最难走出来的。可偏偏，他俩找到了命运的钥匙，因为他们之间有爱，是受智慧引导的大爱。若没有爱，木鱼妹一定会杀了马在波，完成自己的复仇计划；若没有智慧，他俩就仅仅是一对陷入情欲的普通男女，还面临着身份、地位的各种落差，最终也势必成为一个爱情悲剧。当然，野狐岭的黄沙可能等不到他们演完这场爱情悲剧，就把他俩一起掩埋了。幸好，他们还有心灵的追求和向往，他们也终于体验到了真正的爱与智慧的美妙和大力。他们演好了他们的这出戏。

我也在不断"走出去"的路上，演着我自己的戏；当然，"走出去"本身就是我的一场戏。我认认真真地走，一直朝前走，不断调整行走的脚步和路线；我用爱与智慧作为指导，采取最佳的方式，也在走的路上，用我的作品、我的声音，甚至我的沉默，传递着爱与智慧。我遇到了很多很多的有缘人，他们也参与到了这场戏中，认真地演着他们的角色。我演着，也旁观着，我更感恩着。

　　《野狐岭》故事中的戏已经结束，我们的戏才刚刚开始，愿我们都能演好这场戏，用我们本具的爱与智慧。

2023 年 10 月写于德国法兰克福

目录

001　　引子
004　　第一会　幽魂自述
013　　第二会　起场
039　　第三会　阿爸的木鱼歌
051　　第四会　驼斗
079　　第五会　祖屋
102　　第六会　疯驼
122　　第七会　械斗
139　　第八会　小城的拾荒婆
152　　第九会　巴特尔说
161　　第十会　刺客
174　　第十一会　瘸驼
187　　第十二会　打巡警
200　　第十三会　纷乱的鞭杆
210　　第十四会　好亮活的妹子
228　　第十五会　木鱼妹说偷情
245　　第十六会　追杀
264　　第十七会　石刑
278　　第十八会　胡家磨坊

291	第十九会	逼近的血腥
312	第二十会	肉体的拷问
328	第二十一会	灵魂的噪音
338	第二十二会	木鱼妹说
348	第二十三会	狼祸
361	第二十四会	末日
393	第二十五会	起场时节
391	第二十六会	木鱼令
407	第二十七会	活在传说里

415	杂说《野狐岭》（代后记）
425	从《野狐岭》看雪漠（编后记）

引 子

    野狐岭下木鱼谷，阴魂九沟八涝池，胡家磨坊下找钥匙。

——凉州童谣

    百年前，有两支驼队，在野狐岭失踪了。

    这两支驼队，是当时西部最有名的驼队，一支是蒙驼，一支是汉驼，各有二百多峰驼。在千里驼道上，他们走过无数个来回，包绥路——驼把式口中非常重要的驼道——山道上的青石，都叫他们磨下了尺把厚的深槽。他们遭过天灾，遇过人祸，都挺过来了。他们有着当时最强壮的驼，他们带着一帮神枪手保镖，枪手拿着当时最好的武器。他们更有一种想改天换日的壮志——他们驮着金银茶叶，想去俄罗斯，换回军火，来推翻他们称为清家的那个朝廷。后来的凉州某志书中，对这事，有着相应的记载。但就是这样的两支驼队，竟然像烟雾那样消散了。很小的时候，我老听驼把式讲这故事，心中就有了一个谜团。这谜团，成为我后来去野狐岭的主要因缘。

    在童年的幻想里，我常常会看到他们：在百年前的那个黄昏，那两支强大的驼队，浩浩荡荡，起了场，走向他们称为罗刹的所在。他们当然不知道，那罗刹，虽跟"俄罗斯"发音相似，但相差甚远。在西部民间的说法中，罗刹是一种凶神，属于夜叉类，总能在宇宙间掀起血雨腥风。一千多年前，神通广大的莲花生大士就去了罗刹国，说是要去调伏夜叉，却没见他回来。后来，一位高人告诉我，从缘起上来看，那个想走向罗刹的驼队是不吉的。他说，他们的失踪，定然也是罗刹（他说的罗刹，便是那种夜叉类的凶神）干预的结果。他说，许多表面上看来由人而为的祸事，其实也是法界力量作用的结果，对于那种法界的负面力量，老祖宗称为凶神恶煞。据说，在那些凶神恶煞值日的时辰里，是免不了会发生一些凶事的。这种说法，等于也承认了老祖宗的"黄道吉日"的合理性。

在无数个不经意的恍惚里，我都会看到那个传说中的故事。那两支起场的驼队阵势很大，驼铃声惊天动地，数百峰驼时不时也会直杠杠地叫，驼叫声响彻了当时的凉州。在我童年的幻想里，这是最令我激动的场面。

沿着千年的驼道，把式们行进着。那纷飞的驼掌溅起了尘埃，遮蔽了天空。

几个月后，他们进了野狐岭。

而后，他们就像化成了蒸汽，从此消失了。

很少有人知道，在那个神秘的野狐岭里，发生过怎样的故事。

小时候我的脑海中，老是会出现那些进了野狐岭的骆驼客。那时，我就想，等我长大后，一定要解开这个谜。后来，我的上师（一位相貌高古的老喇嘛）神秘地望着我说，你不用去的，你只要修成了宿命通，你就会明白那真相。

但在多年前的某个冬天，我还是进了野狐岭。临行前的那段日子，我每夜都会梦到驼队，情节历历在目，人物栩栩如生，仿佛，那是我生命中的一段重要经历。我问那位有宿命通的喇嘛，他只是神秘地笑了笑，说那是我前世的一段生命记忆。

他说，去野狐岭吧，或许，你能见到未知的自己。

于是，我走向野狐岭。我带了两驼一狗，一峰白驼驮着我，另一峰黄驼驮水食和其他用物。

我选择了冬天，一来我怕夏天大漠的酷热，二是因为那些驼队，也是在冬天起场的。西部的很多驼队，都是在冬天起场的。

沿着那传说中的驼道，我起程了。我终于找到了那些骆驼客。我用的，是一种特殊的方式。要知道，世上有许多事，表面看来，已消失了，不过，有好多信息，其实是不灭的。它们可以转化，但不会消亡，佛教称之为"因果不空"，科学认为是"物质不灭"。于是，那个叫野狐岭的所在，就成了许多驼把式的灵魂家园。由于牵挂的原因，各种有欲望的阴魂，也来这儿了。于是，一个歌谣传遍了凉州："野狐岭下木鱼谷，阴魂九沟八涝池，胡家磨坊下取钥匙。"

在一个溢着血腥味的黄昏里，我终于走进了野狐岭。在那儿，我度过了几十个日夜。在我的前半生里，那是一段值得追忆的岁月。

你定然听过沙漠月下的风吟，还有涛声。你也许会说，沙漠里哪有涛声？我告诉你，有的。这沙洼，本是海底。这阴司，更是阳世。这看似虚幻的所在，既是看不见摸不着的存在，也是无处不在无时不在的现实。

那所有的沙粒，都有着无数涛声的经历。在跟我相遇那一瞬间，它们忽然释放出所有的生命记忆。在那个神秘的所在，我组织了二十七次采访会。对这个"会"字，你可以理解为会议的"会",也可以理解为相会的"会"。每一会的时间长短不一,有时劲头大,就多聊一聊;有时兴味索然,就少聊一点。于是,我就以"会"作为这本书的单元。

因为人多嘴杂,表面看,小说的内容有些零乱,但要是你静了心读下去,你就会看到一种别样的景致。

虽然采访的内容很多,但我印象最深的,仍是驼队的那次生命历程。最让我难忘的,是那个毁灭的黄昏……瞧,沧桑里看了去,那黄昏早成了油画,洇了水,褪了色,模糊发黄了。但沧桑仍在发酵着。沧桑这玩意儿,跟酒一样,总是越酵越浓的,但浓也罢,淡也罢,我懒得计较了。没办法,许多时候,记忆有它自己的权力。

在那诸多沧桑的叙述中,我后来一直牵挂的,是那个模糊的黄昏。黄昏中最扎眼的,仍是那个孤零零悬在大漠上空的白日,它显得很冷清。风后都这样。风跟沧桑一样,刮去了好多东西,却刮不走那个罩了白日的巨大晕圈。我分明看到,几个衣服褴褛的人,仍在晕圈里跌撞着。他们走出了那次掩埋了驼队的沙暴,但能不能走出自己的命呢?

晕圈旁有个磨坊,磨坊里发出轰隆声。拉磨的是一峰黄驼。驼后跟着的,是一个男人,和一个女人。

苍老的歌声遥遥传来——

> 高高山上一清泉,弯弯曲曲几千年。
> 人人都饮泉中水,苦的苦来甜的甜……

第一会

幽魂自述

我第一次进入野狐岭时,夜幕已低垂了。星星很繁,洒在大漠的天空里。夜空显得很低,很像大鸟合拢的翅膀。

我踩着沙地,走向那个神秘的所在。一路上,沙丘在不停地变幻着,我看到了许多若隐若现的影子,当然,这是我用眼睛的余光看到的。当我定睛看时,影子就消失了。我还看到了一个拄着拐杖的老汉,夜风中,发出了一阵阵苍老的咳嗽声。我一直没有分清,那是胡杨,还是传说中的阴魂。你知道,那时节,我一直在聆听脚步的沙沙声,这是夜行时保持警觉的最好方式。

时不时地,我会听到各种声音,比如,胡杨树撕裂的声音,还有女人的惨叫声。这两种声音非常相似,在寂静的夜里,你很难分清二者的区别。偶尔,我还能听到野狼的哀嚎,很像一个寡妇在哭丧。

天上有一个浅浅的弯月,洒下淡淡的清气似的光。我最先看到的,是沙山的轮廓,一股巨大的静寂包裹着我。有时,会有一道道箭似的影子掠过,我不知道是狐狸,还是奔跑或是纷飞的幽魂。

进了预期的目的地后,我开始招魂,用一种秘密流传了千年的仪式。大约有十年间,在每个冬天的每个冬夜,我都要进行这种仪式。从每年的十月开始,我依次走向一百零八个凶煞之地,扎上帐篷,开始招那些鬼魂,然后进行一种特殊的仪式。我总能招来那些幽魂,进行供养或是超度,这是能断空行母传下来的一种方式。我这次用的,也是这种方式。

我点上了一支黄蜡烛,开始诵一种古老的咒语。我这次召请的,是跟那驼队有关的所有幽魂——当然,也不仅仅是幽魂,还包括能感知到这信息的其他生命。科学家认为,人类视觉感知到的世界,不到百分之四,其他的,都以暗物质和暗能量的方式存在着。那可真是一个巨大的信息场啊,为了避免其他的幽魂进入,我进行了结界。这也是一种神秘的仪式，我召请护法在我采访的每个晚上，守护我结界的那个范围，除了我召请的客人外，其他幽魂不得入内。这结界，非常像《西游记》中孙悟空画的那个圈子，能进入这圈子的，都跟那两支驼队有关。这样，就保证了我的采访话题，能够相对地集中。

黄蜡烛发出了幽幽的黄光。沙洼被黄光映成了另一个世界，那氛围，显得有些幽森。

在第一会中，最先出现的，是一团杀气，来自一个杀手。那是一种逼人的气息，在所有信息中，杀气是很难消散的，这也是人类躲不开战争的原因之一，祖宗就说了：欲知世上刀兵劫，且听屠门磨刀声。

接下来，才有一些光团开始聚拢来。随着其心性的不同，光团呈现出不同的色彩，有白的，有黄的，有灰的，总之是各色各样。

在采访刚开始的那几天，除了个别情况，我看到的，大多是光团。

我非常想知道，那个喇嘛认为的我的前世，会是什么样的人？

在我的期待中，客人们开始了自我介绍。当然，他们用的，是他们独有的方式——

一、杀手说

我是去野狐岭找死的。

我就想在野狐岭死去。我很怕死，但我想死在野狐岭。因为我明白，我出不了野狐岭，他们也出不了野狐岭。

那能出了野狐岭的，也出不了野狐岭。

我不得不死。因为，在时轮历算中，世界末日就会在那次旅行中降临。

既然是末日到了，我当然就该干完我命里该干的事。我想在那个叫野狐岭的所在，完成我的宿命。我想杀了马在波。我杀他，因为他是马家的子孙。我必须杀他，杀他是我活着的理由。我想用这一行为告诉世界，所有造恶者，必然会招来恶报，祸及子孙。

我想在杀了他以后，再静静地等那个非来不可的东西。

……瞧哪！那东西正遥遥而来。那是一个巨大的木鱼。虽然它是木鱼模样，却是由两个磨扇石拼成的。上面的那扇，天一样大；下面的那扇，地那样大。中间的那缝儿里，发出木鱼特有的声音。那声音节奏极快，密如奔驰的马蹄声。我甚至还能感受到木鱼转动时的风声呢。

  当然,你们不一定听得到。你们是一群瞎子、聋子和痴子,你们在舔食刀头上的蜜,你们的头上有猛虎,脚下有深渊,深渊里有巨大的鳄鱼,张着大口,露出利齿,在等着你们落下。你们吊在一根绳子上,有一群老鼠在啃那绳子,绳子快要断了,而你们,却还在渴盼那绳上的露水。你们不知道,太阳一出来,那露就干了。而且,你们的绳子,马上就要断了。

  你们根本不知道,你们的命运之绳就要断了。

  那个巨大的磨盘正在转动,无数的生灵都会被碾碎。

  除非,你们真的能找到木鱼令。

  我很不喜欢杀手的语气,其中的某种味道,让我很不舒服。它总是会让我想到自己的愤青时代。在很长一段时间里,我也是愤青。我总是看不惯一切,有一种恨铁不成钢的意气。后来,我在一种唐卡中发现了它,那就是金刚的忿怒相。对那金刚的怒目,老喇嘛解释道:怒中带悲,恨众生不成器。杀手的语气中,就有这种味道,但还有另一种我说不清楚的东西。

  我追问自己,这杀手,会是前世的我吗?

  我没敢否认,因为在进入野狐岭之前,我以光明境的方式先进了野狐岭。老喇嘛带了我,向幽魂介绍道:"这是刑天沉寂了五百年的灵魂转世,贵不可言,杀气可波及三万五千里之外。"幽魂们本来很傲慢,一听那话后,马上就肃然起敬了。

  这次光明境的经历,既让我高兴,又让我沮丧。虽然很喜欢那个被黄帝砍了脑壳仍以乳当眼抢斧战斗的上古神灵,但我更想当某个佛的转世。

  看到我的沮丧,喇嘛告诉我,那刑天,是上古的战神,是玛哈嘎拉——也即大黑天——在东土的真实化现。

二、齐飞卿说

  我叫齐飞卿,字振鹭,凉州人。史书上称我为民族英雄,原因是我组织过一次反清暴动。那所谓的暴动,虽然一哄而起又一哄而散——这不怪我,这是凉州人的群体性格使然——但暴动毕竟是暴动,总是要冒杀头之险的,而且,后来我真的被杀头了。就在武昌起义后几个月,我被清家的县爷砍了脑袋。关于我砍头的过程,凉州有许多传说,一说是我有气功,那飞来的钢刀虽然快如疾风,但只能在脖子上留下几个白印，于是，凉州人就说我会硬气功；另一种说法是那刽子手很同情我——也有人说我的家人买通了他——于是，他便在刀刃上抹了胶，粘了麻，总之是将那刀刃的厚度增加了好几倍，这样，它便不能轻而易举地钻进我脖子了。两种说法虽有差别，但结局都一样，我后来被那刽子手像拉锯那样割断了脖子，很是惨烈。也许是因为这个原因，我的名声才在凉州传播甚广——我几乎得到了殉道者那样的待遇。

一个流传甚广的说法是，死后，我成了占掌凉州一地的城隍爷。

在死前，我还说过一句有名的话："凉州百姓，合该受穷。"那"合该"，是凉州方言，就是"应该"的意思。这句话，道尽我心中之无量感叹。对那块土地，我真是恨铁不成钢的。

伴随我那感叹的，还有一种传说，说是清律斩刑是"一刀之罪"，在刽子手或是我的气功的帮助下，我挨了那第一刀之后，要是任何一个凉州人出来朝那监斩官吼一声：哒！大清刑律是一刀之罪，你还懂不懂王法？据说这一吼，便能救下我的命。呵呵，其实，这只是百姓的一厢情愿。官家要是真要你的命，还会在乎王法吗？那所有王法，还不是要你的命时的一种理由？

对所有王法抱有幻想的凉州百姓却慨叹了一百多年：唉，那么多的看客，竟然没有一个人吼出那一声。于是，那刽子手说：齐爷，你的人活完了。他的意思是，我没有活下一个能为我说话的朋友。随后，他一脚蹭去刀上的胶麻，将我刀锯而死。

又据说，当时有个秀才叫杨成绪者，在我死了之后，就在凉州城大十字当街撒尿。其孙子说，爷爷，街上有人哩。那杨爷道："凉州哪有人哩？"以此来否定整个凉州人。但百年之后，雪漠却朝那杨爷吼了一声："哒！杨成绪，你难道不是人吗？为啥不去救？"这一问，就把杨爷问虚伪了。

这是后话，暂且不提。

野狐岭里发生的故事，是我的一次人生经历。在这个故事中，我担任汉驼队的队长。

真没想到，在野狐岭，我们会有那么一场惊心动魄的经历。

三、陆富基说

我叫陆富基，凉州人。我不知道我算啥鸟人。我文不能赋诗词，武没有考取功名。我只有一腔热血，和一把子臭力气。在凉州传说中，我仅仅是齐飞卿的伙伴而已。流传在人间的，多是我如何仗义的故事，其中最有名的，是一个铁匠的故事。他偷了村里关爷庙的大刀，打成了锄头和镰刀，后来他叫人抓了。这事，在村里人眼里，罪大包天了。关老爷是谁？是神呀，多少皇帝老子都封过的。咱村上这关爷庙灵验异常，有求必应。可怪的是，咋就保不了自家的刀呢？可见，这刀，是关爷送给铁匠的。要是他不同意，以他的神力，有一百个铁匠，也拿不走那把刀。嘿嘿，那时节，我就是用这理由为铁匠辩护的。难道不对吗？

就这样，村里人放过了铁匠。后来，他在兰州开了个铁匠铺。再后来，我在肖家坪被那清家狗官砍了脑壳时，就是这铁匠收的尸。正应了"善有善报，恶有恶报"那话。

在凉州，还流传着许多这样的故事。其中有些是真的，有些是人杜撰的。但后来，那些杜撰的，竟然比真的更真了。

在野狐岭，我仍是飞卿的配角，帮他管理那汉驼队。说真的，那真是一次惊心动魄的生命历程。

四、马在波说

野狐岭的经历，让我的生命得到了升华。

那诸多的神奇，那诸多的磨难，那诸多的遭遇，真是闻所未闻，能咀嚼几世了。

我是镇番马家人。这"镇番"二字，有歧视意味。因为，镇番靠近蒙古，中间只隔一个沙漠，宽八十里，叫八十里大沙，书上称腾格里大沙漠。

自打有文字记载的时候起，那些蒙古汉子就常来劫掠。他们身着皮衣，骑着骆驼，越过沙漠。他们劫粮，劫物，也劫女人。汉人的娘们细皮嫩肉，不像风吹日晒的草原娘们。那些蒙古勇士就常常呼啸而来，满载而去。于是，朝廷就移了许多人来，他们便是我的祖先。历代的朝廷，都希望老祖宗能戍边，能将那些长弓大马的勇士们降伏，故设镇番县，隶属凉州府。

咱马家，便是镇番的著名大户。

那么，咱马家，究竟咋个著名呢？告诉你，你可能听说过年羹尧、岳钟琪征西的故事。是的，就在大清雍正年间。那数十万大军征西时，也是兵马未动，粮草先行的。告诉你，那粮草，就是我们马家的驼队运送的。那时节，整个八十里大沙——只是宽八十里，长则直达天际、不知所终——都成了驼场。那时节，白骆驼是最稀罕的，常常是千百峰驼中才有一峰白骆驼。可是，只我们马家，就有三百峰白骆驼。你想，那是啥阵候？

岳将军征西胜利后，将咱马家的功劳如实上奏，雍正爷闻听大喜，说咱大清，保你马家百年富贵。此后的一百年多里，马家便如日中天，一直红火到慈禧太后时。后来，八国联军攻入北京，太后老佛爷外出避难时，乘的就是咱马家的驼轿。明白不？

瞧我，一提老祖宗，就眉飞色舞，真成浅碟子了。没办法！这一来是咱的习气，虽然我修行几辈子了，但烦恼易除，习气难尽。即使是那些菩萨，最难对付的，也是习气呀。那习气，就像尿壶里的气味，即使你倒光了尿液，要除那气味，不定得洗刷多少遍呢。……瞧我，又在为自己辩护了。

本来，我也不知道修行，可是有一天，从蒙古那边，来了几个僧人，说我是某个班智达的转世。班智达是藏文"大学者"的意思。从那一刻起，我就觉得自己是修行人了。不过，我拒绝了马上坐床。但我答应他们，在找到我需要的东西之后，再去那边坐床。

不知道我是否真的是喇嘛转世，但有一点，我跟别人家的孩子不同。自打懂事的时候起，我就发现，世上的所有东西，都在哗哗地变，从有变到无，从好变到坏，我找不到不变的东西。我很害怕。这世上，要是没有不坏的东西的话，真的很可怕。从那时候起，我就开始了寻找。

野狐岭里发生的故事，就是我寻找时的一种经历。我随着那支驼队，在寻找一个叫胡家磨坊的所在。凉州有个古谣："野狐岭下木鱼谷，阴魂九沟八涝池，胡家磨坊下取钥匙。"按老祖宗的说法，找到胡家磨坊，就能找到真正的木鱼令。找到木鱼令，就能达成"三界唯心"，你就能实现你想实现的任何意愿。当然，对这种说法，我一直没有弄清。要知道，这世上，有些事，是永远弄不清的。

五、巴特尔说

我是蒙驼队的大把式。

在一些汉把式的印象里，我一直是个凶残的家伙。小时候，我整死过好多猫儿。我做过的最凶残的事不是杀人，而是作践猫儿。我常常带了一帮娃儿，上房揭瓦，飞檐走壁，去抓那些陈年老猫。陈年老猫大多成精了，你不见它老是卧在某个地方咕嘟咕嘟地念经？它那样念呀念呀，念上几十年，就成精了。它能算出我要干啥。所以，每次整它们的时候，我心里都不说要整它们，而是赞美它们。它们能读懂我的心事，以为我真的赞美它们呢。这样，它们就放松了警惕。我就一下子扑了去，将举着的衣服蒙到它们的头上。

不过，便是这样，那成功的概率仍然很低。我发现，其实无论我咋想，那老猫总能窥破我的心事。它太知道我是个啥人了。于是，我索性凶相毕露，带了村里娃儿，举了牛鞭，追杀那些老猫。因为人多势众，牛鞭纷飞，任是多狡猾的老猫，也免不了力尽汗干，落入我手。

打那些猫儿时，它们会死命地叫。那叫声，很像遭烫的娃儿。我于是怀疑它们的前世定然也当过人，但这点儿念想，根本不能杀掉我的疯狂。我手中的鞭子总是能曳着风声织成黑网。后来，老猫就死了。不过，这是假死。它只是死了一条命。老猫有十二条命。过一会儿，它就会活过来。不这样死上十二次，老猫不会真的死去。明白不？这便是我为啥爱玩老猫的原因。因为我轻易玩不死它们。

嘿，玩它们时，真过瘾。

六、豁子说

我是个豁子，当然，也可以叫兔唇，只是凉州人习惯叫豁子。

豁子就豁子吧。

我是齐飞卿的堂弟。我没干过啥大事。我做的事虽多，但都叫岁月湮了。只有一件事留下了，就是将齐飞卿送上断头台。只这一点，历史就记住了我。历史上那么多人，头削得比锥刃子还尖，想人才留名，但总是屁打胡子——意思是痴心妄想，你想，谁的屁能打得着胡子呀？——我从来不想将这贱名传播开来，却无意间名满凉州，真是无意插柳柳成荫呀。听说，宋朝时有个妓女，想名扬天下，就给苏东坡写信，苏东坡一理她，她就真的青史留名了。我本来不想青史留名的，我更愿意在活着时多弄几枚铜钱，但没想到，一整齐飞卿，嘿，却硬生生在凉州志书上画了个道儿。呵呵，也算是祖宗有灵呀。

我家境一般，飞卿却是家豪大富。他开了好多当铺，财发歹了。人们总是认为我仇富，才害他。不是。真的不是。天下有那么多富人，我咋不去害他们？

我之所以跟飞卿过不去，是因为他不是个好鸟。他虽然也有一点正义，但跟我没关系。跟我有关系的那一点，正是我要害他的理由。你知道，很多有才的人，都可能偏激。飞卿正是这样。我讲个小故事，他养了条狗，却在狗嘴上割了一刀，整成了兔唇——那模样，分明是照我的兔唇弄的。他老是叫那狗："豁子——，豁子——"他一叫，狗就颠颠着跟了他。

瞧，他就是这样的人。

在野狐岭的戏台上，我当了蒙驼的管家。蒙古人算术不好，老是请汉人当管账先生。虽然我没多少文化，但我有心机，我的心算很好。我甚至不用拨那算盘珠，就能将复杂的数字理得一清二白。可上天总不长眼，像我这样聪明的人，为啥就不能家豪大富呢？

人都说财富是前世修来的，我不信那猛子——那飞卿老贼的小名——前世就比我修得好。

哼！

七、沙眉虎说

我有很多名字，但此刻，我想用"沙眉虎"这个名字跟你们说话。

有时候，名字代表一种身份，我就以沙眉虎的身份来说事儿。凉州人都知道，沙眉虎是个有名的沙匪。我这有名，是真的有名，我不仅当世有名，后世也有名。我是上了志书的少有的几个沙匪之一。后来，随着那志书，我到了日本等国，连那些老外也知道：在腾格里沙漠里，有个大盗，叫沙眉虎。

沙眉虎是沙旋风，是沙尘暴，是那些骆驼客们的噩梦。……瞧我的文才，也只有这样的文才，才能让我超然于那些大老粗沙匪之上。

是的，我的命很苦。我的所有亲人都死在惨烈的仇杀中。为了后来能痛快地杀仇人，我就索性当了沙匪。我有数十名兄弟，他们都张着炕洞门般的嘴，每天都要往里面填东西。所以，我会常做些顺水买卖，抢一些茶叶粮油。后来，其他小毛贼也会打我的旗号行事，我才有了惊天动地的名声。我是允许假冒的，任何毛贼都可假冒我，但我不允许我的部下抵赖——就是说，即使遭遇了杀头，他们也不能否认沙眉虎的部下身份。

就这样，我终于名扬天下了。

八、汉驼王黄煞神代表骆驼们发言

我没啥说的。

我想叫褐狮子代表骆驼们发言，毕竟，那时节，你也是个驼王。可你偏偏吃了哑屁，捞不出一点儿话丝儿。我知道你心里的鬼，你怕遗臭万年。呵呵，你怕啥。你们不是说人过留名吗？你甭管它是好名还是恶名。

其实，我代表不了其他骆驼。我更不想代表那个叫"褐狮子"的蒙古公驼，一提它，我仍是一肚子的气疙瘩。要是有下辈子，我还是会跟它作对的，这便叫"冤冤相报"。

我只能代表我自己。但你们硬要我代表，我也没办法。你们就当我代表算了。

我最想说的是，下辈子，我还要当骆驼。

为啥？

不为啥。

完了。

九、木鱼妹说

我有许多身份。我乞讨时，人们叫我乞丐；我唱木鱼歌时，人们又叫我木鱼妹。我还做了许多事，每换一个做法，我便有了一个新的名称。

但无论我有着怎样的身份，在自己眼中，我仅仅是个女人，是一个会唱木鱼歌的女人。其他的一切身份，都是命运或是别人给我的，只有这木鱼妹，是我愿意当的。

所以，在所有称呼中，我最喜欢的，是木鱼妹。我是木鱼歌的传人。我会唱很多木鱼歌。可以说，我就是为木鱼歌而生的，所以，人们才叫我木鱼妹。

野狐岭是男人的世界，老洋溢着一股雄突突的味儿。你知道，在男人的世界里，女人永远是个点缀。女人是什么？女人是男人的调料。在男人的世界里，要是没有女人，那味儿就很寡淡。有了女人，就等于羊肉有了调料，虽然不一定完全压了膻气，但会多了另一种味儿……对了，女人就是这。

在野狐岭里，我本来是个道具，虽然重要，但道具仅仅是道具。不过，这世上，啥不是道具呢？这世界是个巨大的舞台，你我他，总在演一出戏，正如那歌唱的那样——

> 日月两盏灯，天地一台戏。
> 你我演千年，谁解其中意？

你解其中意吗？

第二会

起 场

> 拉骆驼，出了工，到了第一省。
> 丢父母，撇妻子，大坏了良心。
> 你看看，这就是，拉骆驼，
> 才不是个营生……
>
> ——驼户歌

黄蜡烛发出的黄光，罩着一个空旷的沙洼。我静静地望着那些被采访者，开始时，我只能感受到一个个涌动着激情的灵魂，但我看不到他们的清晰模样。

我想，若是我真有前世，那我是他们中的谁呢？我很想有个具体的答案，但我承认，我不想做他们中的任何人。

那时节，天上有一线月牙儿，发出一晕晕的浅光。时不时地，我还能听到野狐在叫。野狐岭的得名，就是因为有很多狐子。狐子是种诡秘的动物，在一般的沙漠里，人是看不到狐子的，在野狐岭，却能轻易地看到狐子。有时的月下，我还能看到拜月的狐子，它们在修行，据说有很多狐子，已修成仙体了。

我第一会采访的所在，是驼队进入野狐岭的第一站。那儿有一截城墙。当城墙第一次进入视野时，我看到城墙下有一个女子，穿个红衣，正在梳头，那剪影，非常地美。我知道那是狐仙化的，于是，我朝天放了一枪。枪声刚响，那女子就不见了，我听到了一声狐狸的叫，第一声还在城墙处，第二声已到数里外了。

进野狐岭时，我骑着骆驼，带着狗，但我在第一次采访时，没带它们，我当然希望它们陪着我——开始时，对那些幽魂，我还是从心底里有一种怯意——但听说动物身上有太强的阳气，会影响招魂效果，就没带。

记得，在第一次采访中，有巨大的静默，也有躁动的喧嚣。我听得清他们灵魂的声音。

我最先采访的，便是那个杀手。

虽然我看不到杀手的形象，但我能感受到那种杀气。那是一种逼人的阴冷的气，有质感，非常像一把锋利的刀子逼近你时，你感受到的那种气。杀手的声音，也是一种阴冷的波。

后来，一想到那个寒冷的夜里的这次采访，我就会打一个寒噤。

一、杀手说

1

我曾是一个杀手。

虽然我后来变了身份，但我想还原那时的我，我就用杀手的身份跟你说话吧。因为你需要了解那时的真实，此刻叙述的我，就代表了我那时的真实。

我想向你展示一个真实的杀手的心。在我的很长的一段生命中，当杀手成了我活着的理由。那么，我就先以杀手的身份来说事。

我说过，我那次远行的目的之一，就是要杀马在波。他当然是驼队中的重要人物。其实，我在瞅中那个想杀的人时，另一个东西也会同时瞅中我，那就是我的命运。

我们很多人，都走不出自己的命，但许多时候，明白这一点时，大多已到了生命尽头。许多人其实是在落下最后一口气之前，才能明白自己的命。其他时候，他总是千般算计，万般计较，不见黄河心不甘。他以为自己能活个千年万年的，哪知道，他的命，只是萦在眼皮下的蛛丝，稍有个风吹草动，就会断。

我看到过土客械斗，那些曾经计较不休的人，一堆一堆地死了。他们当然想不到自己会那么快地死去。

我还看到了更多的仇杀。那一幕幕的惨景，老是在扎我的心。

我的上几辈祖宗，也死在那种仇杀里。那仇恨的种子，加上我自己的一些独特经历，就让我成了杀手。在很长一段时间里，我的身份可以时时变异，但杀手的心却没有变化。因为我总能听到亲人们临死时的惨叫，它一直在我耳边响个不停。还有那些孩子的呻吟，还有血腥味，还有那大火，以及大火中惨叫的亲人们。

我见过太多的血腥，比如，凶手们剖开孕妇肚子，把婴儿挑到矛尖上狂舞；比如，胶麻剥皮，用强力胶将麻缕粘上身体，待得那胶干了，一拽那麻，就会扯下许多血肉；比如，用巨大的石杵将人杵成肉酱等；比如，用石磙子碾人——我的几位祖宗，就死在石磙下面。

大伯母看到那场面后，就患上了发抖的毛病。她老是抖个不停，她浑身都抖，手抖得端不住碗，拿不住筷子，她的后半辈子里，子女就只能像喂婴儿那样喂她。

在许多个不经意的瞬间，我总能看到那场面。我总能看到那像稻捆子一样摊在晒场上的人们恐怖的眼睛，它们有瓦坨儿大，都泛绿了。巨大的石磙在马的拉动下向人们碾来，骨碌声惊天动地，很像巨大的石磨空转时的声音。磙轴摩擦声像恶魔的口哨，一直钻入他们的血管和神经里，像无数条蚯蚓在扭动。最令我感到可怖的，是那渐趋渐近的马蹄声。那些马是仇家向官兵借的。马蹄上钉了新掌，就是那种半圆形的铁凹成的弧。六个马蹄钉吸附在弧铁上，很像一枚枚铁铸的小拳头。正是它们，首先咬入了我祖宗们的背，将强者的力量变成蛮横的入侵。那铁蹄们践踏在肉体上，发出践踏在污泥中的声音。我还看到了溅起的几星血光，它们缓慢地挂在马的蹄毛上。

后来，上溅的血越来越多，就蒙住了马的夜眼——这便是马腿上那块形状很像眼睛的疤，据说牲口能夜行全要靠它。每一个铁蹄总能踏开一个血洞，无数个血洞就那样伴着惨叫出现在躺着的人体上。但那些人是死不了的，他们只是在叫。他们发出不像人声的叫。但石磙的声音更大。很奇怪，石磙轧在肉体上是很少有声音的——也许被那磙轴摩擦的声音掩盖了——但我却听到了石磙像石磨狂磨那样发出碜牙的声音。这声音，后来一直在我的生命中响着。它一响起的时候，我就会看到一个狂欢般旋转的巨型石磨。它们或大或小，很像木鱼。在无尽的虚空中，那个像木鱼的石磨总是旋转个不停。我怀疑，后来人们认为的飞碟啥的，其实是石磨。我不相信它只存在于我的幻觉中，我相信它是客观的存在。

无数的马蹄践踏着那些跟我血肉相连的人，他们的身子在扭动。他们死不了，因为那些马并不知道哪儿是人类的要害。我想要是知道，它们会首先踩那所在的。我发现好些马抡头甩耳，不愿意往人身上踩，但人类交织在空中的鞭影正裹向它们的头颅，在上面炸起一团团的短毛。它们只能往人们期望的那儿走，它们很想小心地避免踩着人，可它们没有选择的余地。因为那晒场上，到处都是躺着的人，马们不能扛了自己的蹄子前行。它们还得拉那石磙，它们像浪涛般涌了来，步步进逼。我感觉中的石磙很是高大，很像出村子时的棺材头那样威猛。你一定也见过那棺材头。在我的印象中，那是死亡的象征，有着无与伦比的力量。无数的人类就是叫那力量撞成碎粉的。

015

马蹄践踏过后，石磙随后碾了来。那石磙，有二百多斤，它们滚过之后，许多人并没被轧成肉饼。轧成肉饼倒好，因为死了的人或是成肉饼或是成肉泥没太大的分别。但没死就不一样，没成肉饼的人大都活着，那滚过的石磙只轧折了他们的骨头。许多折骨刺出了肉皮，它们跟那蹄子踏出的血洞一样扎眼，伴着它们的仍然是惨叫。那早就不是人的叫声了。人世间没有那样的叫声。我无法形容那叫声，但你是可以想象的。不过，我相信，你想象出的，也不是那叫声，那仅仅是你想象出的叫声。

第一轮马踏磙轧之后，晒场上到处是血。躲在场边柴垛中的大伯捂住了阿爸的嘴——这事是阿爸后来告诉我的——后来，他说他听不到任何声音了。他说那时他什么也没想，脑中一片空白，只觉一种巨大的恐怖笼罩了自己。

我看到另一群狂欢的男人，他们真的在狂欢。他们恨死了那些血中惨叫的人。他们恨不得将他们剁成肉馅。他们的亲人也死在那些惨叫者手中。不过，他们是另一种死法，他们大多被剥了皮，据说那些人皮都被送到藏地制成了人皮鼓，据说这些东西能为他们换来军火什么的。但他们还没等来那军火，就变成了石磙下的惨叫。也正是有了他们的那种行为，我这个杀手才没在进入野狐岭前大开杀戒。因为在许多个深夜，我同样听到了被祖宗们杀了的人们也在痛哭。每一场杀戮，都是冤冤相报的结果。

这，就是我跟其他杀手不同的地方。

据说，第二轮马踏磙轧之后，晒场上还有扭动的肉体。他们在血水中扑腾着，仿佛溺水之人临死前的挣扎。

2

在我的记忆中，那些人后来变成了一块巨大的肉饼，平摊在晒场上。一种巨大的静寂笼罩着肉饼。我虽然听不到声音，但那种浓烈的血腥却蚊蝇般追逐着我。

先是村里的狗扑向那一团团模糊的肉。它们大嚼着，嘴角淋漓着鲜血。自打它们成狗之后，从来没有吃过这么好的食物。它们的眼睛吃红了，它们的脊背肥胖得像碾子，小孩子可以骑了它们撒欢。再后来的多年里，吃惯了人肉的狗有时也会将它背上的小孩也吞下肚去。人们于是再吃那狗。所以我老说，他们在间接地吃人。那些祖宗父老的肉体先是变成养分进入狗肉又进了仇家的身子。你说，这样，我的父老们就跟仇家合一了。当然，你可以这样认为，我却不这样想。因为，这想法会消解我的仇恨，而充当杀手是需要仇恨的。没有仇恨，我根本当不了杀手。

有好几次，我差点消解了这仇恨。比如，在学习时轮历法的时候，我心中的仇恨像常温下的冰块那样化了许多。因为我总是想到许多巨大的天体和广袤的宇宙，在这样一种大背景下，民族呀国家呀地球呀都微尘般渺小，甚至可以忽略不计了。你想，在浩瀚无垠的宇宙中，在无始无终的时间中，有一群人老是跟另一群人纠缠不清，真有点莫名其妙了。这种联想，会让我的心量一天天大起来。我很警惕这种变化。因为我发现心量大的时候，地球也是个小丸子。按佛教的说法，连宇宙也是大日如来手掌心上方的微尘团。在这种目光的观照下，那祖先们的死带来的仇恨就会淡了很多。有时，会淡到一想到它甚至觉得跟自己不太相干了。这是很可怕的。

我说可怕，是因为我怕会忘了宿命。我的宿命有两个，一个是大伯叫我做的事，一个是阿爸叫我做的事。从我懂事起，大伯就常讲早年土客仇杀的事。这种事，多年之前，就发生过。多年了，总是你杀我我杀你。我们的爷爷辈里，就有好几个被客家人杀了。于是，大伯总是像念经那样重复着叫我复仇的话。我和弟弟们很小的时候，大伯便想把我们铸成杀手。大伯叫我们用弹弓打麻雀。在我们那一辈中，我二弟的弹弓打得最好，他老是追那些碎嘴的鸟。开始他打不准，他一边咬牙切齿地咒骂，一边扯长了皮筋，发出石弹。后来，只要在射程之内，鸟们便不再是活物，而成了一嘴随心所欲的肉。二弟的腰里系一根草绳，打一个麻雀，就将它的脑袋别到草绳里。当他别了几十个麻雀时，就像拖了一条毛尾巴。二弟被烧死后，我一想起他，就会想到他拖着毛尾巴的样子。

我们最喜欢吃烧麻雀。我们将它们放在柴火里，不多时，它们就会变成一个个黑黑的毛团，我抠开那些毛，就会出现黄灿灿的一团肉。我要先取了麻雀的内脏，那很好认，它们由细细的肠子盘绕而成。你当然也可以吃了它——要是你不嫌恶心的话，那里面或是稻谷或是虫子，这要看什么季节了。春夏的麻雀吃虫子。其实你也可以吃虫子的，好些人不是也吃人吗？

烧的麻雀肉黄黄的，虽有股焦味，但很香。我就连那骨头一起放进嘴里大嚼。大伯也大嚼。他一边大嚼，一边会诅咒：吃客家人的肉，吃客家人的肉。他要我也这样说。可我的嘴小，一只小麻雀，就会塞满我的嘴。我的话于是很含糊。其实，大伯不知道，那含糊，更多的是我被那香味惹出的陶醉。

麻雀也可以煮着吃。人说三九天的麻雀赛人参，三两只就能熬出白白的一锅汤，喝上一碗，周身通泰无比。所以，小时候，我的身子就很结实。

有时候，大伯还会背过阿爸——因为阿爸要我们忘了仇恨——教我们杀青蛙。他教我们活剥青蛙。我们几下就剥了青蛙的皮。剥了皮后，它们还能蹦跳。大伯还教我们腰斩小虫子。再后来，活剥兔子，活剥各种小动物。童年的我们活剥过很多兔子，能在它们的惨叫声中完整地剥下一张兔皮，然后，放了它们。你一定没看过剥了皮的兔子是如何逃窜的吧？告诉你，那是一道飞逝的血光。当然，前提是你一定不要弄瞎它们的眼睛。不过，要是你弄瞎了它们，那情形就更为好看了，你会看到一团惨叫的肉在乱窜。在小时候的游戏中，那是世上最刺激的场景。

我的心就是这样一天天练硬的。可以说，残忍已成了我的另一种生命密码。

一次，大伯逮了一条客家人的狗，叫我们活剥。要知道，活狗皮是很难剥的，尤其是在剥嘴部的皮时，要是你用绳子扎了狗嘴，你就无法完整地剥下它。要是你不扎狗嘴，那乱咬的狗牙就会刺入你的手。你一定要敏捷，还要有一系列的技巧。这是连专业皮匠也难做的活儿。

我们的童年，就是被大伯这样训练着。大伯最恨的，除了那些客家人外，就是马家人。大伯说，他最想做的事，就是活活剥下一个马家子孙的皮，在上面写上一种古老的经文，做成一本人皮书。不过，阿爸却不一样，他并不将祖宗的账算到儿孙身上，他也会去马家商号唱木鱼歌，也不阻止妈去马家票号帮工，以贴补家用。对于大伯的仇恨，阿爸不以为然，他老是说，冤家宜解不宜结，冤冤相报何时了。我想，阿爸定然想软化我们被大伯训练出的仇恨。

大伯藏着三本人皮书。每本人皮书背后，都有一个惊心动魄的故事，待我什么时候有心情了，再给你讲这些故事。大伯自己带走了一本，一本给了他儿子，一本给了阿爸。阿爸不喜欢那血腥故事，就给了我。那本人皮书上没有经文。大伯将死在往年土客械斗中的那些亲人的名字刺在上面。大伯的手艺很好，很像文身。我不知道他是先文身后剥皮呢，还是先剥皮后文身？那时我忘了问他，待到我想到这个问题时，大伯已死了。后来，我在阴间到处找他，我甚至请了耳报神们，但他们也没有找到大伯。我不知道他去了哪里，这问题就至今悬着。

那些人皮书有种半透明的质感，这是用一种特殊的工艺做熟的皮。奇怪的是，人皮书上的毛总是在生长。记得小时候，我根本看不到毛，后来，我看到了毛茬，再后来，那本书，竟然毛汹汹的了。揣到怀里的时候，那些毛有时就会扎我。

后来，我才发现，当那书上的毛扎起的时候，总是有异常的情况出现，或是我忘了自己的宿命，或是我遇到了生命危险，或是我遇到了马家人。

后来，就是在那些体毛的警示下，我才消解了时轮历法对我的腐蚀——我差一点成了它的俘虏。

那书除了体毛之外，还溢着一种浓浓的血腥味。我不知道这血腥味是不是书带来的。因为从我生下的那天起，那血腥味就伴着我。我感到恶心。

大伯说，血腥味要靠血来洗。他说，我的双手在沾满马家人鲜血的那一刻起，血腥味才会消失。他说，只有报仇之后，用马家子孙的血来祭祀，那些死于非命的亲人才能超升。此前，他们仅仅是冤魂。在有时的夜的寂静里，我真的能听到哭声，幽幽咽咽的，有许多人在哭。大伯说，能听到那哭声的人，便是能为他们报仇的人。

从那以后，我就明白了自己的宿命。

后来，我才明白，能替我最大限度地复仇的，不是屠刀，而是岁月。几十年过去之后，那些杀我们土人的人都死了。根本不需要我动刀，时间会举了利刃，杀了所有有欲望的生灵。

我很想将这个发现告诉人们。

一个杀手，最终发现了一个比他更厉害的杀手时，他会有一种巨大的顿悟感。

二、苍老的大嘴

昏黄的灯光摇了几摇，我一阵发冷。

时令已入冬了，虽然城墙挡去了一些风，但我仍然感到很冷。

我非常想燃一堆篝火，在寒冷的沙漠里，一想到篝火，总是会让人感到温暖。不过，我担心那些幽魂怕火。小时候，爹一从远路上回来，妈总要在庄门前燃一堆火，叫他从火头上跨过去，这样，所有的"不干净"就会在火焰里溜走了。

在凉州人的说法里，这"不干净"，有时就特指鬼魂。娃儿们一有个头疼脑热，大人就会说"跟了不干净的"，然后，就会燃几张纸，或是举了点燃的油灯，在娃儿头上燎几下，那"不干净的"就跑了。

所以，开始的时候，我虽然很冷，却不敢燃起篝火，我怕那阳火会冲了我招来的幽魂。当然，这只是我最初的一种顾忌。那时，我还不知道，有些鬼是不怕火的，尤其是那些老鬼。一般的鬼，只怕火焰，却不怕那些火籽儿。小时候，我就看到过在人们烤过的火堆旁，有许多猴一样蹲着取暖的鬼。

黄光摇曳间的恍惚里，我忽然闻到了一股旱烟味，顺着旱烟味，我看到了一个猴一样蹲着的老头。在那次采访里，这是第一个愿意以那时的真容露面者。其他幽魂，我最初遭遇的，只是一种光或气，虽有很强的功能性，但形体不很清晰。到了后来，我当然看到了他们旧时的真容。

这老头的声音唑唑唠唠的，像是有老气管炎。当然，这只是我的感觉——

1

我是个老驼户，细细算来，我也算是你的本家。凉州人管本家叫当家子——意思是"相当于一家子"。你爷爷小时候，就叫我"大爷爷"。那时节，我的岁数并不大，但是我的嘴很大。好些讨厌的娃儿，背后就管我叫大嘴爷。当然，娃儿们要是跟我的儿孙们搞摩擦时，他们就会省了那"爷"字，只管扯长了声吼："大嘴——，大嘴——"凉州娃儿们眼里，谁要是叫他爹的外号或是名字，是不能容忍的。

那时节，我老是待在墙角里给娃儿们讲驼道上的故事。记得，我最初当驼户的时候，包绥路石板上的驼道印痕还不足一寸厚，待到我老了的时候，那软软的驼掌已将那石板磨下去了五寸多。可见，它承载了多少骆驼的践踏。

在进入野狐岭的那时，我才二十出头，把式们当然不用叫"爷"了，他们只叫我大嘴。

我以前叫张要乐。因为自小算命先生就算出我必然会杀人、然后再被人杀，爹整日为我担忧。后来，他感悟到佛教四圣谛中的"苦"谛，便给我起了"无乐"，以诠释那"有漏皆苦"。

于是，我的童年里，就真的无乐了。我给掌柜放羊放骆驼，老是遇到不吉祥的事。那时节，沙窝里的狼也老惦记我，时不时叼去一只羔子，或是扯断骆驼肠子啥的，害得我老是挨掌柜的鞭子。一天，我听到马少爷——就是马在波——在念经，那很美的旋律一下下拱我的心。马少爷常说，那苦呀乐呀全是心的显现，渐渐地，我就再也不苦了。我不苦的原因，是我发现了世上有比我更苦的生命，比如那骆驼，一天驮二百多斤的驮子，走上几十里路，苦不苦？比如那驴子，在磨道里转呀转呀，从小驴子转成了老驴子，苦不苦？再比如那老牛，犁地呀，拉石磙呀，拉上一辈子，到老还叫人一刀捅了，苦不苦？

还有好多"比如"，你自个儿发现去吧！

正因为我有了这么多"比如"，我终于发现，自己并不苦，于是便改名"要乐"。从此我便没事偷着乐。不承想，这一改名，我真的乐起来了。我发现，天地间有许多乐事，清风呀，鸟鸣呀，青山呀，绿水呀，尽是叫人乐的东西。

一天，我发现沙漠某处有大火在燃，火焰直冲上天空，到了近前，却啥也没有。我就挖那地方，没想到挖出了一个铁鏊子，里面有一堆牛车键条——就是嵌在车轴上的金属条。我发现那是铜的，很高兴，就捧回家，给了掌柜的。掌柜的高兴极了。那时，我根本不知道那是一堆金条。自那后，掌柜的待我好起来了，不再叫我放羊了，只叫我放骆驼。据说，掌柜的就是在得了那金条后越加发财的。但后来，掌柜的子孙却又着了那金子的祸，被定成了地主成分，挨了十几年斗。

这是后话了。还是接着说那乐吧。那时，我甚至忘了算命先生对我的预言，我不信，我这么乐的人竟然会杀人。

我当然不信。

2

骆驼起场的时候，谁也想不到会有后来的灾难。

没想到，后来我们经历的，竟然是那样一种毁灭性的灾难。

别问我想没想到，我不好说。不过，实话说来，我是想到了的。这不是我有先知之能，而是我知道天有不测风云，人有难识祸福。啥都说不清，真说不清。天下事莫大于生死。而生和死，只在呼吸之间，这口气出去进不来时，人就到另一世了。我经了太多的沧桑。你听说过胡杨有三千年的记忆吗？它立在沙漠里，活着千年不死，死了千年不倒，倒了千年不朽，我虽没胡杨的寿命那么长，但你算不清我活了多少世了，生生世世，不知轮回了多少次。谁也算不清自己在轮回的管子里流淌了几个千年。我经了太多的事。我发现，那明明要笑的，最后却哭了；明明要往东的，最后却往西了；明明这样的，偏偏那样了。所以，你问我起场时想没想到后来的灾难，我不好说。我虽然不是先知，但每次起场时，我都知道其中有些驼户的骨殖会扔到驼道上的。你没见包绥路上有多少骨殖呀？那青石板都被磨下了三尺呢。一辈辈的驼户就叫那青石板磨没了。木鱼妹说她不信，她不信那千峰万峰的驼，会在一个深槽里走。不信归不信，那事儿，驼户都知道的。

所以，每次起场的时候，我总在想：我还能不能活到下一次春上放场呢？我老是这样想。就是上包绥路时，我也这样想。何况，这次去的地方，比包绥路不定远多少呢。乖乖，那是远到心外的地方。谁也不知道路上会发生咋样的惊险。

我还是从起场说起吧。

一立秋，驼场就骤然忙了起来。你知道，春天骆驼回来叫放场，秋天骆驼出门叫起场。起场是大事，驼户养骆驼，就是为了起场的。只有起了场，人家才给你驮运费。不起场，你喝风呀？所以一入秋，是驼场最忙的时候。你别小看这驼场，马家的家业，最早就是这驼场挣的。按你们现在的说法，马家的原始积累，就是由驼队完成的。那一峰峰累毙的驼，为马家积累了巨大的财富。至于茶庄，那是后来的事。没有驼队，就没有马家。一百多年了，驼队给马家驮了万贯家业，也驮来了荣耀。一提马家都说，哟，人家，有啥说的，有三百白骆驼呢。

你见过白骆驼吧？毛片如雪，煞是威风。白骆驼是驼中珍品，百峰里难见一峰。就是这样的骆驼，马家有三百峰。八国联军进北京，慈禧逃至西安，马家就派了三百峰白骆驼运粮草。瞧人家的势头。

我当过驼把式、票号伙计，也管过驼场。以前，管驼场的，多是老把式。人老三不才，放屁屎就来，话碎赛虮虱，撒尿淋湿鞋。没办法，老了就老了。老了穿不动重鞋了，就待在驼场里。当然，并不是所有的把式都能在老了待驼场，有一些，就死在路上了。会水的鱼儿叫浪打死，驼户死在驼道上，也算是他的造化。后来，我还羡慕那些死在驼道上的汉子呢，因为驼场的老把式没当几年，我就有了另一个帽子："四类分子"。这帽子，可压了我很多年。那些日子，主要是心里苦，现在想来，还像在戈壁滩上夜行呢。——当然是看不到尽头的那种夜。

不过，我在驼场时，其实也没闲着。一入秋，驼场的事儿很多，比如追膘，就是叫驼吃好些，多在峰子里积些脂肪。没个好膘分，骆驼走不了远路，过不了隆冬，度不了春乏关。

骆驼是春上放场的。那驼们忙了几个月，早乏了。你一定见过乏骆驼吧？那峰，跟奶过三十个娃儿的病婆娘的奶子一样，早软塌塌了。走路时，它们像害了黄疸的猴儿，也像歇了磨的驴，更像二八月的汉子，总是没精打采的。这时，别说驮东西，只它那身骨架，就够它支撑了。这时，草芽儿也发了，水也清了，把式们就不再使役骆驼了，把它们放到了驼场。它吃了春，吃了夏，由了性子，把那嫩草嚼成绿汁，把那硬柴咬成草屑，吸了营养，变成膘分，把剩下的杂物排进驼场。

该歇歇了。好生吃个肚儿圆吧。

那峰子，开始像老女人的奶头，渐渐变了，变得比少女的乳房还挺了，公驼就开始想事儿了。人饱暖思淫欲，驼也一样。儿驼就跟后来看了黄色录像的年轻光棍那样赤红了眼，它们的嘴飞动着，嚼出一嘴白沫子。它们边嚼边叫，叫声如烧红的铁棍那样直扎人的耳膜……对，就是那种直杠杠骚烘烘的味道。它们两眼放光，骚光四射，你当然知道它们找啥。它们其实用不着找，有时，发骚的母驼也会自个儿寻了来，叫它们把种下进子宫。当然，这号驼是熟驼，就是说它们生过孩子，它们久经战阵，下崽比撒尿还利索。它们虽然不会投怀送抱，但只要公驼一咬它的腿——这一招，你可以理解为人类的亲嘴——母驼就顺坡下驴，乖乖卧了，扎起尾巴，任你下种。瞧，那么多的羔子就是这样来的。青石板的包绥路虽然磨去了一代代驼的命，但母驼的子宫还是顽强地生下了一堆一堆的驼。

但生驼不一样。驼场里，最难侍候的，是生母驼，它等同于人中的处女，是公驼们最喜欢的东西。你说，一个畜生，咋也喜欢处女驼？真邪了。没治，喜新厌旧是动物的本能。生驼不谙世事，不明白人世间还有比好水好草更好的东西。一见那沾了一嘴白沫的儿驼——就是年轻的公驼——冲来，它就吓傻了。它将那咬腿般的亲嘴当成咬战了，它还怕那黄煞神一样雄壮的儿驼身子。要说那分量，也真不轻。于是母驼就逃了。偌大的驼场里，总有它跑的路。儿驼就撵，要明白，这一撵，表面看来虽是为情欲所驱，其实也等于战前练兵，就是在那一次次的跑里，儿驼添了耐力。在驼队里，力量最好的总是儿驼。我不知道，这是否跟它追母驼有关？

瞧，儿驼终究会追上生母驼的，它咬了对方的后腿，一下就扯倒了它，腾身而上。这时，母驼的尾巴就充当了它最后的防线，母驼是不会轻易叫儿驼坏了贞节的。我就赶上前去，拍拍生母驼，说，你羞啥？该到怀羔的时候了。我扯开母驼尾巴，把儿驼那横冲直撞的物件放到它该去的地方。

驼也跟人一样，需要繁衍生息哩。

有时候，也有找不到强暴对象的驼情不能抑，它的阳物总是怒气冲冲。它们顾盼许久，怅然无门后，就只好扬鞭击打肚皮，打不了多久，便打出一地黏物来。别小看那东西，那是膘分。打一次没啥，打两次没啥，打上百次，扎起的峰子就塌了。我就打个绳子，桎梏了那捣蛋物件，不使它的主人浪费资源。

在驼场里，我的任务就是帮生母驼怀羔。

每日里，我四方巡游，拨亮眼珠，见哪头驼蔫了，就将它隔离在病号栏内；见哪峰驼扯倒了母驼，就忙颠颠追了去，扯开它夹紧的尾巴，叫那公驼把种子完整地喷向目的地。要是没有我的帮助，猴急的公驼也会在母驼胯上摩擦几下后，将那宝物乱喷一气，嘿，真是暴殄天物哩。

那时节，时令已到秋天，但秋霜还没来得及杀去最后一线生机。柴棵、毛条、梭梭们还有些许绿意。驼们疯狂地咀嚼着它们的生机，它们也顽强地绽出新的生机叫它们嚼。就像你老说的那个推石上山的西西弗斯一样，柴棵们也在无奈的轮回中实践着自己的宿命。

驼把式们也一样。

那千年驼道，把无数的壮小伙磨成了一堆堆白骨，但终究还是有一堆堆的汉子涌了去。任你老天无常吧，你有你的能耐，我有我的法子。在那个沙旮旯里，不也养活了千百代祖宗吗？

我是明明白白地感受到那沧桑的。驼道上、驼场里，我老是看到那堆堆白骨，有的是人骨，有的是驼骨，啥骨也罢，总是骨，总是死神留下的东西。最扎眼的是头骨，那黑洞洞的曾是眼睛的所在发出一个个问号，在叩问命运。但我知道，无论它们如何叩问，叩问来的，总是茫然。

后来，木鱼妹到西部后，也会去驼场。她会笑着指指戳戳，看那追母驼的儿驼。这丫头，没羞没臊的。当地的女娃一见那寻羔的驼，总是捂了脸，装出害羞的模样，木鱼妹却不。她老是嚷嚷着叫我去帮忙。我的腿快，总能追上寻羔的儿驼，待得猴急的儿驼胡乱摩擦到快要喷涌时，我已扯开生母驼夹紧的尾巴。那鞭才入巷，我们就听到母驼愤怒的吼和公驼欢快的叫。

我帮着许多母驼完成了当母亲前的洗礼。

3

起场那天，月亮戴了个风圈。那时节，月亮老是戴风圈，一戴风圈，便是老毛黄风。没办法，刮就刮吧。天要刮风，跟娘要嫁人一样，只好由它了。记得，我吃惊地发现，那月亮的风圈里有一个飞转的木鱼，很像两扇石磨拼成的。后来，那飞转的木鱼多次出现在村子上空。再后来，你们就将那东西换了个名字，叫啥飞碟。其实，那东西根本不是碟子，明明是磨扇石呀。在村里人眼里，磨扇石是很大的东西，称之为白虎。谁家的墙拐里都要放个磨盘啥的压阵。

有人终于发现了晕圈中的那个飞转的磨盘石。

"呀！白虎呀！"蔡武叫。

都说那是吉兆。

我却总是疑惑，因为我发现那飞动的磨扇石里溅出一道道霞光，很像血光。问别人，却说没有。后来我才明白，那血，其实是把式们自己的血。

我从来没有在起场前见过这号事。每次起场，都是黄道吉日。在黄道吉日里，是不会有凶相的。因为那些吉神啥的，绝不会叫凶神逞凶的。

但飞卿还是将那磨盘当成了吉兆。他说，磨扇好呀，压得实实在在的，厚沉。他认为，说明这次驮运，利会很厚。他的意思是，这次行程，会有很大的益处。

后来我才知道，我们的那次出行，有一个很大的背景。有人不但付了驮运费，连骆驼钱也一并付了。就是说，要是途中折了驼，也算雇主的。要是有驼活下来，驼户等于又赚了一峰驼。

我从来没有遇到过这号雇主，怪不得蒙驼也要抢这趟货。

我也明白，雇主也明明知道，这行程，会有着说不清的凶险。那是一条从来没有人走过的路。我甚至不知道,这一趟,究竟会花费多少时日。后来你知道了,我们虽也昼夜兼程,但那目的地,仍是遥遥无期。

我恍惚里觉得,那晕圈里飞转的木鱼,定然在向我们暗示什么。可惜的是,那时,我们并不明白那暗示。等我们明白了那是啥时,已经晚了。

我只好应着飞卿的口气说,是吉兆。听老先人说,缘起非常重要,不可坏了缘起。许多时候,吉呀凶呀,仅仅是一口气。

可是我虽然用吉言接了那口气,但灾难还是在后来发生了。

为了压住阵脚,我将老先人传下的护身宝也带了。那是个木鱼,海南黄花梨做的,敲起来,那声音就往心上蹦。为啥老先人要用木鱼做护身物?不知道。老先人都死了,活着为人,死了为神,神仙操尻子,凡人是不知道的。我虽然不知道老先人的用意,但我还是带上了它。

后来,我才明白,对那个飞旋于空中的东西,在不同的心中,会呈现不同的模样,有人看是磨盘,有人看是木鱼。我不明白,这其中,有哪些玄机。

我想说的是,那三个怪人,在起场时又出现了。

那些天,这三个人老是在村里出现,都说是疯子。那形貌,倒真像是疯子。村子里老是来这样的疯子。他们穿得很破烂。破烂不奇怪,那年月,大家都破烂。奇怪的是那三个疯子带了奇形怪状的道具,一个挑个担子,前边是个草帽,后面是个磨扇石,前后轻重不一,担子竟平衡着;一个举个姜锤石头,一下下猛砸姜窝;另一个手持长杆,挑个柿子,悬在眼前。

就这样。

那三人边走边叫:

"一般平!一般平!"

"石打石!石打石!"

"柿在眼面前!柿在眼面前!"

谁也不知道他们叫的含意。我也不明白。

后来,等我明白时,也晚了。

4

走出凉州时,一种很奇怪的感觉涌向心头。我发现,自己正走向一个巨大的未知。那情形,很像一只小舟,被抛进了漫无边际的大海。

这是从没有过的事。

我当了多年驼户。每次出门时，我都有种鱼儿入水时的欢悦。爹说我天生是当驼户的料。我天生大力，十六岁时，就能轻易地举起二百四十斤的驮子。我天生好动，很小的时候，我就向往驼户生活。我陪下去了四个大把式。虽然我没当过大把式，并不是我没那本事，而是我不想劳心。大把式当然威风，他可以决定站哪个窝铺。为了巴结他，窝铺里的女人都亲哆哆地黏他。我虽也羡慕那扑进怀里的暖软，但我也知道，有啥享受，就得操啥心。虽然我不是大把式，可哪个大把式也离不了我。我会辨踪，在多深多大的沙漠里也迷不了路。对包绥路，我能闭了眼说出一个个站名，我知道哪儿有好水，哪儿有好草，哪儿沙匪最容易出没，哪儿的孤魂野鬼爱毛骚人，哪儿的窝铺不地道，哪个女人是沙匪的眼线……你可别小看这。那千里驼道上，到处是陷阱，你稍不注意栽进去，就成另一世的鬼了。

我从来没有这次出行时的感觉。

我想，马在波心里，也许跟我一样吧。我不明白，他为啥卖了驼场，跟我们蹚这浑水，他难道想在老毛子那儿扎根……不过，出凉州的时候，我们并不知道这回驼道的指向是老毛子那儿，老祖宗老将老毛子住的地方叫罗刹国或是俄罗斯啥的……那时，我不知道罗刹国在哪儿，只听说向西，向西，再向西……听说飞卿有张地图，上面标着线路，但我一直没见过它。

驼铃咣当咣当响着，听不出是吉是凶。以前，听这驼铃，我也能卜出吉凶。若是听到那声响有"发财！发财！"的韵味，此行定然会大发，不发也由不了你；要是你听出那声响里有"倒灶！倒灶！"啥的，那一趟就难说了，不定遇匪，或遇兵，或是商情大坏，总之是说不清，说不清遇个啥事儿，你非倒霉不可。但这次的驼铃，我真的听不出吉凶，既不"发财"，又没"倒灶"，而像一团的迷雾。我不知道大漠另一边起场的蒙驼是不是也响着这种莫名其妙的驼铃声。

这回出去的有二十把子驼。因为驮费很可观，蒙驼也抢，汉驼也抢，事主儿怕得罪一家，就各用十把子驼。每把子驼十一峰。说好两支驼队在第三天的某处碰面。

那蒙古驼队也跟马家驼队一样有名，两家的过节很深了，谁也不服气谁。我后来想，要是这次行程不用蒙驼的话，也许会有另一种结局。但许多事情是不能假设的。生命只有一次，生活不能重来，过了也就过了。世上的事自有其说不清道不明的东西。

我担忧的是蒙汉二百多峰驼一起行路时的水草问题。两家合一，驼队就真成了大帮响铃，再加上十几个枪手，寻常小土匪，是不敢垂涎的。可是很难找到同时能喂几百峰驼的水草地呀。书上老说大帮响铃，但那是书上说的，在驼道上，其实是把子越少越好，容易解决水草问题。我不知道，事主这次为啥要用这么多驼。我不知道，能一口吃下几百驮货物的，会是一个什么样的主儿。

但那水草的事，是大把式想的事儿。车到山前必有路。车到了，路也就开了。大不了，将那蒙驼呀，汉驼呀，分成几股子，水草多处，聚一起；水草少时，分成小股子。灵活些，活人总不能叫尿憋死吧？

我照例穿了重鞋。我一直穿着重鞋。拉长缰，穿重鞋，是驼户的本分。拉长缰谁都知道，穿重鞋知者寥寥。你不知道，那时的驼把式是不能骑驼的，驼用来驮货，驼走多快，把式也要走多快。当然，病号除外。走时，我们都穿重鞋。那鞋，叫锥腕儿鞋，初用驴皮制成，稍有破损，就蒙以牛皮，一层一层，层层叠叠，十分结实，也十分蠢笨。你问有多少斤？不一定，要看年限，有的轻些，有的重些，但大多在五斤以上。老先人说穿重鞋可以防止脚打泡，这也许有道理，但我宁愿理解成练功。你想，无论春秋，无论干啥，捞个五斤以上的重鞋，天长地久，腿上能没有劲道吗？便是在驼场里时，我也是穿重鞋的。也许，这就是命。

我想，啥都是命。我天生就是个穿重鞋的命。给个轻些的鞋，还不会走路呢。

一代一代的驼户，就是这样穿着重鞋，千里万里的路，就这样一步步量了去。只是那驼道，似乎太长了。日近长安远，还有比长安更远的地方呢，如北京，如天津，还有后来那远到天外的老毛子住的罗刹，每一念及，便觉渺茫。

开始的时候，一想那远到天边的目的地，我的心就发怯。后来，爹告诉我，驼户是不想目的地的，驼户想的，只是下一站：头一天，想白疙瘩；第二天，想独青山；第三天，想红沙冈……一天天走，一站站过。那千里万里的路，就这样量过去了。

我老想自己走过的驼道，老觉不可思议，后来发现了一个道理：脚总比路长。人生来，原是能走很远很远的路的，只要瞅中一个目标，一步步走了去，就能到达天边的目标。那驮了唐僧的白龙马，就是这样到西天的。而好些凉州人虽也在走路，却像磨道里的毛驴那样转圈，转了一辈子，也没有转出那巴掌大的天地。我跟他们一样，也在一天天走，仅仅因为瞅定个目标，我就走成了属于自己的人生轨迹。

在那个黄昏，我真的有种千里驼道上独行的感觉。虽也有好多驼户，但我总觉得四顾无人，满目萧然。我不知道，这是啥原因。

驼铃仍单调而激越地响着。我不知道我们将走向何方，我也不知道自己的归宿。不过我明白，我必须得走。

因为我生来，就是走路的。不管前面是啥路，我都必须走了去。

这是我的宿命。

三、杀手的眼睛

1

我看到，驼队停了下来。

到了驼撒尿的时候了。走五里路后，必须让骆驼撒第一次尿。骆驼撒尿很重要，驼把式常说，锥掌不如放掌，放掌不如勤撒尿。

我先说锥掌。驼队每次起场前，都要锥掌。这锥掌等于骡马的钉掌。但你知道，那马蹄很硬，差不多跟石头一样硬。钉马掌时，先要将马蹄按在一个木凳上，用铲子修好那蹄子，裁去边上破损的掌，再用锤子砸那钉子，将那铁掌固定在马蹄上。驼掌则不能钉，驼掌软，裁一块跟那驼掌形状大小相若的牛皮，拿麻绳锥缝了即可。当然，所有新掌中，最好的是死去的驼的掌。

驼把式们惜驼的方法有锥掌、放掌、撒尿等，其中撒尿是最重要的。

我看到了那些撒尿的驼们。也许是驼们太明白水的珍贵了，它们总是舍不得一下子将尿放光。当然，也可能是驼的生理构造很特别，那尿竟慢慢地渗出尿管，滴入沙中。滴一阵，停一会，再滴，再停。

一泡尿大约得一袋烟工夫。大烟客就借着这撒尿的间隙，抽一袋烟。这老汉离不开烟，驼户们就叫他大烟客。我发现这老头老用问询的眼神望我。他当然不知道天机。天机是不可泄露的。据说，泄露了天机，要遭天谴的。问题是，天都要塌了，谁又怕那所谓的天谴呢？

道长胡旮旯是在某一天夜里发现那结果的。他精通时轮历算。二十岁到三十岁的十年间，他跟一个喇嘛学过时轮历法。你可能没听过时轮历法，当然更不可能听过时轮金刚了。告诉你，那时轮金刚法，是成佛的大法。对成佛，我不敢奢望，但我还是学了时轮历法。我花了几年时间，才把胡旮旯的本事学了个八九不离十。反正，自我掌握了那套理论后，就从没失过手。

不过，你千万别把胡旮旯跟那些算命先生扯到一起。不能。算命先生可能是骗子，胡旮旯不是。胡旮旯是精通时轮历算的专家，几十年里，他算出过十多次月食，从来没出过错。你当然可能不信，可我信。因为我也用那法子算出过几次日月食。如鱼饮水，冷暖自知，我知道胡旮旯肚里的货色是真货色。

就在这次起场前的一个月，我又算出了几月后的某一天，会有一个彗星撞击地球。记得那一瞬,我毛发直竖。我明白这意味着什么。我怀疑自己算错了,又算过多次,结果都一样。为了验证我的结果,我就去了苏武庙,没等我说话,胡旮旯给了我一封信,在信里,他证实了我卜算的结果。

我就是在这样一种情形下上路的。

我还想在剩下的时光里,去做命运交给我的事。这事压了我多年。我总是在夜深人静时被这事儿压醒。虽然地球呀人类呀会在一年后的某一天化为灰烬,但我不想以不肖子孙的身份去见父母。

我的眼睛死死地盯住了马在波。对这人,我有着很复杂的感情。要是他不是马家的人多好,要是驴二爷不在乎他多好,要是他的死给驴二爷带不来痛苦多好,要是没有以前的那些故事多好。可这么多的"多好",都只是一种奢望。没办法,命运就是这样,人生就是这样。

瞧,他那张清瘦的脸探出了轿窗。他正看着撒尿的驼。看到他时,我总是得提醒自己,他是仇家,他是仇家。要不这样,我还真有些恨不起他呢。

骆驼在撒尿,一线,又一点。

我还没见过世上还有这样撒尿的动物。我想那驼一定是在边尿边品味尿的感觉。驼真是有趣的动物,它们像人类品味咂入口中的茶一样,在品味自己撒出的尿。

马在波的脸白呛呛的。这个公子哥儿,能不能承受那漫长的颠簸之苦?

他也许不知道,他这一出来,就会成破头野鬼。

不过我想,一样,他出来也罢,不出来也罢,那扫帚星一来,一切就成灰了。

自那卜算结果出来以后,我老是想,大伯叫我完成的那个任务,还有没有必要?

大伯叫我发过誓,这辈子,一定要取一个马家血亲的脑袋,用他的血,去祭祖宗的神位。

我瞅中的,正是马在波。

我之所以瞅中他,还因了另一件事。这事,我以后会告诉你。要不是那件事,我想杀的人里,肯定没有马在波。

2

我是在大伯的讲述中才知道那些惨事的。阿爸却很少谈这种事,他不想叫仇恨腌我们的心。阿爸总在躲避过去,他尽量用其他事塞满心,来挤走他生命中惨痛的记忆。

我不知道,面对仇恨时,是阿爸对,还是大伯对?

阿爸想忘的，大伯老提的，是历史上的一个有名事件，叫土客械斗。爷爷就死在那时，跟爷爷一起死的，有好多万。那时，土人杀了好些客家人，客家人也杀了很多土人。那次血腥的冲突延续了很多年，据说死了百万人以上。

后来，大伯和阿爸们逃到山里，才活了下来。爷爷那双闭不上的眼睛老在阿爸的眼前晃。但阿爸知道，爷爷死时，已没有了眼睛。爷爷跟几百个土人，都被人捆了，像稻捆子那样，被摊在晒场上，仇家们从官兵那里借来了马，拉着磙子，将那摊了一地的人碾成了肉酱。

血水飞溅中，听得爷爷嘶吼了一声：报仇呀！这声音，在大伯的生命里响了许多年。后来，每到清明，他就把我们叫到一起，讲那个故事，叫我们发誓。

那些拉石磙的人有后台，是一位将军，他跟马家关系密切。马家捐了十万两军饷，他才派来了兵。要不是那些军饷，土人不会死那么多。

大伯就将那笔账记在了马家头上。

大伯的一生里，一直在复仇。大伯一次次潜入马家行刺，却一次次被捉。马家一次次放了他。马家人说，那十万两银子，是他们资助将军修炮台的军费，跟他派兵无关。大伯当然不信。他说，不管怎么说，没那么多军饷，总兵是不会派兵来的。兵要是不来，你爷爷是不会死的。

大伯后来再也进不了马家，因为谁也知道他是马家的仇家。他一近堡子，大汉们就扑了来，将他赶出老远。

后来，大伯就老是叫我们姐弟发誓，向祖宗发誓，要我们一定要杀死一个马家人，给祖宗报仇。他说，只有用马家血亲的血祭祖宗灵位时，那些冤死的灵魂才能超升。所以，后来，我的怀中一直有一个红包。那红包，便是祖宗的牌位。做这牌位时，大伯和好几位本家还用针在指头上扎出了血，渗入那木头中，这样，牌位就有了灵性。

不过，在好些人眼中，马家并不坏。他们都能说出马家人做过的善事。我一直在犹豫和矛盾中度过了多年。后来，又发生了一些事——这些事以后再说，再后来，根据时轮历算，即使我不杀马在波，他也走不出野狐岭。那么，就让我杀了他，来让我应个誓吧。

我盯住了马在波。

我打算在野狐岭行刺。

3

驼又开始放尿了。

我说,哪有这样撒尿的?一滴一滴,像漏水。

飞卿说,那有啥,人家驼,知道水的珍贵,不敢一下子放尽,挤一点,感觉一下;再挤一点,再感觉一下。啥时舒服了,就再也不乱撒一点尿了。

陆富基说,也不是,是驼的尿囊封闭好,一下子尿不出来。

水从驼腹下滴出,沙上的湿晕慢慢变胖了。把式们趁着这机会检查驼掌。这是程序。因为有时,刺条也会刺破驼掌,尖石子也会嵌入锥上的驼掌。把式们就用手指一一抠了。一个把式管十一峰驼。检查完后,他们就躺在沙上,抽起了旱烟。

驼撒尿的时间很长,足足可以抽完一袋烟。飞卿说,骆驼撒泡尿,把式睡一觉。因为才起场,把式们有意叫驼多缓一缓。

我说:"走呀!照这样子,什么时候才到呀?"

陆富基哈哈大笑,说,才上路,你就急成这样?这一趟,得走几十年。到目的地时,你正好过六十大寿。

我笑道,我才不想活那么长,鸡皮鹤发,难看死了。

我瞅瞅马在波的驼轿,却见帘子低垂着。

他想什么呢?

他是否感到了袭来的那股杀气?

四、飞卿说

飞卿是伴随着一声马嘶出现的,有好些光团伴随着他。莫非,他真的成了城隍爷?因为结界,那些光团就留在了界外。夜幕下看了去,光团们游来荡去,显得很是浮躁。

在所有被采访者中,我最喜欢的,是飞卿。每到他讲故事时,我就会有一种莫名其妙的兴奋。若飞卿是我的前世,我会感到很荣耀。不过,我只能选择将来,我无法选择过去。我明明知道,我做不出他那样的事。因为我明明知道,他崇尚的那些暴力,起不了啥作用。在我的生命中,总是感受到变化:一切都在变化,一切都是无常,我不会把生命浪费到那些无意义的事上。所以,便是我重新来活一次,我也不会选择当飞卿。

不过，今生的喜好，也不一定全跟前世有关，说不定正是有了前世那经历，我才有了今生的思维呢。

我很想问问飞卿，但我知道，有时的多嘴，会搅了谈兴。

1

我也接着你的话茬讲吧。不然，容易弄乱的。那次历程，头绪太多了，跟乱麻一样。但从来没有一次经历，像野狐岭那样，能叫我刻骨铭心。对于你们来说，那是生死之旅，对我何尝又不是呢？虽然我那次脱了险，没被埋在沙漠里，但我不是也没有拗过命运吗？我生来若是砍头的命，是没福填沙窝的。

虽然过去多年了，那一路的情形我还是记得非常清楚。毕竟，无论从哪个角度看，那都是一次真正的生死之旅。

我也从骆驼第一次撒尿谈起。

我记得，驼第一次撒尿后，大烟客卷起了烟袋。

每次骆驼撒尿，都以大烟客的抽烟时间为准。那是个鬼一样精的老头，是我最佩服的人。他烟瘾大，抽那旱烟叶时，吸一口，总要叫烟在肺里旋上许久，才恋恋不舍地吐出。他吸入的是浓烟，吐出时，却成了若有若无的气。把式们都抽旱烟，一有那旱烟味，毒虫啥的便不会近身，但谁都没有大烟客的烟瘾重。大烟客的身上总是笼罩着呛人的烟味。他走了三十年包绥路，据说他抽的旱烟，也能在包绥路上铺个来回。他老了，举不动驮子了，但我还是希望他能走完这一趟。大烟客看那些驼道，跟看自家手掌一样，哪儿草好，哪儿水好，哪儿有洪帮兄弟，哪儿宿营时有毒虫，他都了如指掌，再加上他去过罗刹，懂几句老毛子话，这号人，打着灯笼也难寻呢。

听说，大烟客开始当把式时，并不抽烟，某夜，一条蛇钻入被窝，把他的屁眼当成了自家洞口。自那后，他开始抽旱烟，一抽就是四十年。他的烟瘾很有名。在驼道上，一提大烟客，驼户们就会说，哟，知道知道，不就是那个大烟客嘛。

记得第一次撒尿后起程不久，日头爷就悬上了西面的沙山。因到了深秋，草上有霜，骆驼要是吃了带霜的草，会拉稀的。你知道，长途运输最怕骆驼拉稀。好汉子抵不住三泡稀屎，骆驼也一样。一拉稀，驼就会掉膘，就再也驮不动驮子了。你知道，骆驼平时驮二百四十斤。骆驼一拉稀，它的驮子就得由其他驼分摊，这是很麻烦的事。所以，驼把式多在夜里赶路，叫骆驼白天吃草。只要骆驼能在白天吃到好草好水，自己苦一些没啥。每个驼户必须爱驼惜驼。在千里驼道上，把式们要把困难留给自己，不使驼有无谓的劳累。

为了图个好缘起，那天的起程时间早了一个时辰。按老先人的说法，要是起场第一天歇息太晚的话，那么这一趟子的每一天都会很紧张。所以，行了五里路后，日头爷才收拾行囊，准备回家。此刻，是大漠里最美的时节。记得，那天没有火烧云，黄昏的太阳不红，不亮，没有多少光，悬在沙山上，显得孤零而瘦小。逆光望去，黄毛柴、梭梭、霸王刺、拐枣们都像铁铸一样，黑黝黝的。那枝丫，胡乱里刺着，为单调的大漠刺出了许多生机。那背阳的沙坡皱褶，也墨染般黑。此刻的大漠，极像一幅大写意画。

　　瞧我，总是忘不了画。记得我小时候就爱画。胡旮旯说我前世是个画家。上私塾时，我就爱画，一天叫师父——也就是你们说的先生——看见了，罚我画一百个人，神态不能有重复的，我就画了。我就那样画呀写呀，后来，我的画很值钱。不信？你去凉州文庙里看看，那儿还有我的画呢。

　　你可能不知道，我眼里的书画，永远是小玩意儿，满足于尺幅之间的构画者，匹夫也。大丈夫，当以天下为画布，打造出新的格局。这话，你可能不爱听。没办法，我生来就是这样的人。按凉州人的说法，我生来就是个惹祸招灾的二杆子货。不然，能叫人砍了脑袋？

　　我接着说？

　　那个下午，随了落日的下沉，沙山上腾起了白烟似的雾。雾中的沙山，如梦如幻。那一把子一把子的驼，就行进在梦中。驼铃声显得遥远而空旷。驼的剪影也静谧而高大。漠风吹来，吹动驼的髳毛，那颤动，直溜溜钻入心了。在无数个黄昏里，我都为这驼行大漠独有的美而感受到灵魂的震撼。在无数个恍惚里，我觉得自己从唐朝走了来，在驼铃声里，将走向永恒。

　　陆富基扯起牦牛嗓门，吼起歌来——

　　　　拉骆驼，起五更，踏步第二省。
　　　　抛儿女，背兄弟，全把苦受尽。
　　　　你看看，这就是，拉骆驼，
　　　　才不是个营生……

　　祁禄们也野狼似的吼应："不是个营生……"

　　驼铃声中，夜从四下里偷围了来，盖住了大地。

2

第二次撒尿时,约在起程后十三里处。瞧,撒尿重要吧?好些二愣子,只使唤驼,不叫驼撒尿,驼就废了。那撒尿,虽称撒尿,我想肯定还有叫骆驼歇息的意思。某年,四个挑担子的凉州人,从镇番城挑了盐,赶往武威,行走如风,到二坝那儿,两人忽然牛喘不已,倒地而死了。另两人忙分了盐,自以为捡了便宜,就风一样往家里赶,哪知行不久,也牛喘一阵,死了。那四人的尸体,在路上扔了好多天,臭气熏天,绿头子苍蝇乱滚,最后还是马四爷出了钱,掩埋的。

我说的意思是,那四人,是活活挣死的,心强力不强。人不惜自己,就会挣死。驼也一样。所以,那勤撒尿真正的含意,除了排尿,还是为了缓驼,别太累着了它。对吧?

每一站,骆驼要撒三次尿。走五里一尿,走八里二尿,走十几里三尿,剩下的路程,驼不再歇息,以疾行速度,直达驼站。

每一站,约有四五十里。

那一次,我们走了一百多站。你算算,凉州到野狐岭,有多少路程?

驼第二次撒尿时,天已变成了巨大的黑锅。除了驼铃,一切都寂了。驼掌软,行在沙上,只有轻微的沙沙声。静夜里显得很大的铃声,把那沙沙声也淹了。天地间充满了驼铃声。偶或,可听到骆驼的喷嚏声和驼背上捆得不结实的物件的相撞声,时不时地,也能听到狼嗥,但至少在十里以外。一般狼群轻易不敢进攻驼队。不过,有时,也会有饿极了的偷嘴子狼遥遥地尾随。它们盯的,是那些随了母驼远行的羔子。有时,也会有贪玩的羔子远离驼队,成为狼的美食。

行夜路苦,除了看不清石头坑洼外,还因为没有分心的东西。那行路,若有可观赏的景,边行边看,不觉间就是一站路,但夜里,一切都隐了。那沙山,那沙洼,那黄草,那城里人少见的一些物事,都叫夜吞入腹内,看不清任何嘴脸。人注意的,就是行走本身。而这沙上行路,若太注意了行走,便觉腿的分量在渐渐加重。虽然平素里也穿重鞋,但刚起场的十多天仍是最难熬的。那腿,总是像心脏那样轰轰地叫。为了不使腿肚上的那疙瘩肉消耗体能和制造腿疼,把式们都用牛毛织的带子打了裹腿,但这丝毫减轻不了行长路时腿的沉重。尤其在很静的夜里,那腿总在提醒自己在走路,且时时以酸困和疼痛的方式反抗主人。每次起场后,首先要过这一关,便是老把式也不能幸免。行过二十多天,人就精瘦了,行话说叫"塌膘"了,此后的行走,才会好受很多。

木鱼妹坐的是木箱。坐木箱很不好受，但没办法，制驼轿得费好多钱，穷人是讲不得排场的。

二尿时，入夜时间并不长，至多到戌时，但总觉已过了很长时间，而且老有种走不到头的感觉。暗夜腹里的那条道，仿佛伸向了无穷。每到这时，一种莫名其妙的思绪总腌透了我。我就开始怀疑，自己的生命消耗在这单调乏味的驼道上，是不是不划算？

我跟大嘴张要乐不同，他是个要命的乐观主义。他总是跟死去的人比，总是跟牲口比。他老是叫："哎呀，跟那些死人比，我还活着，多幸福呀！"或是："哎呀，跟这些苦命的骆驼比，当人真幸福。"就这样。他老是笑。我很羡慕他，但我做不到他那样乐观。对人生，对世界，我总是悲观，心中时时涌动着一种愤青才有的东西。

远处的沙山隐幻了，有着隐约的轮廓。星星显得很低，这是在戈壁大漠上夜行独有的感觉。在无边的空旷里，星星总是在头顶闪烁，老想诱惑人去用手摘它。此外，你还可以用心触摸一种大气。那大气，是大漠独有的。有时，你会觉得那大气已注入了灵魂而心雄万夫，但有时，会感觉到自身的渺小，进而陷入深深的悲哀之中。

忽然，那茫无边际的黑里，传来了一个声音。听得出，那是木鱼妹在吟唱。声音不大，抽丝一样，在夜气里窜——

> 太阳出来第一点点红，照着南山上雪妆一座城，
> 松树林廓颠倒颠，松塔儿下来层层一条龙。
> 自打我的小男儿出了门，又下雪来又刮风，
> 刮了一场冷风下了一场雪，谁知道我小男儿的冷和热……

3

黎明时分，驼队到了一家窝铺。这窝铺，相当于店，专供驼们吃草料，专供把式们歇息。在千里包绥路上，没水草的地方，都有窝铺或店。那所谓窝铺，其实很简单，打个井，盖几间房，备上草料，供驼吃草饮水挣些吃食养命而已。

那大帮响铃早将讯息提供给窝铺了，驼队才转过沙嘴子，就见几个女人前来迎接。这儿，开店的有好多家。没力气当把式的，没地可种的，没别的本事养命的，都开了窝铺，以此为生。

"飞卿——，飞卿——，到这儿来。"远远地，就有人喊了。这是个胖胖的骚丫头，叫拉姆，没嫁人，可顶了"天头"。她阿爸是藏人，没儿子，没法顶门立户。她

十八岁那年，她阿爸就大摆宴席，召集亲戚邻舍，宣布：我的丫头顶了"天头"，再不嫁人。从此后，她可以招男人，看上谁，就招谁。能过了，过些日子；不能过了，就随时分手。因为拉姆嘴甜、胆大、风骚，好多骆驼客都愿意住她的店。

来吧，住我们这儿——，住我们这儿——。许多丫头婆娘都涌了来。开窝铺虽不要太大的本钱，但必须占住一个条件：要么，你有俊女人；要么，你有好茶饭，不然，是没人上门的。

不用我吩咐，那头把子驼已进了拉姆的驼场。她手下的丫头也涌了上来，有的牵驼，有的给把式们掸灰，有的打洗脸水，都一脸春风。别的窝铺的人，便讪讪的了。一个说，瞧那骚样子，恶心。一个说，肉叫人家吃了，老娘连汤也喝不上了。另一个说，还不是仗着她下半身子浪嘛。

拉姆浪笑几声，朝了其中一个，大声说："你也浪呀！你和那沙眉虎明铺暗盖，老娘说过啥？"

我暗吃一惊，见那婆娘，模样儿倒也俊俏白净，只是眼有些斜视，待拉姆近了，我悄声问："那娘们，真和沙眉虎有染？"

拉姆说："谁知道呢？都那么说。老见夜里有人来，不知是不是沙眉虎。"

正说呢，那女的已扯长了声音，"哟，拉姆，饭可胡吃，话不可胡说呀。老娘可不认得啥沙眉虎沙眉狼的。再胡说，老娘可拿锥子扎你的嘴呢。知道的，还当你是玩笑，不知道的，还以为老娘真和那沙匪穿一条裤子。要是有人叫沙匪劫了，怨起老娘，老娘可得找你。你就用那大奶子，去塞人家的嘴。"

拉姆咯咯笑了："成哩。谁张了大嘴白嚼你，你就叫他来找老娘。老娘的这对白鸽子，老扑扇着膀子想飞哩。"

把式们大笑。木鱼妹却厌恶地皱了眉头。

把式们都进了驼场。一婆娘上前，要解肚带。陆富基吼一声，呔！你干啥？吓得那女人缩回了手。我知道她是新来的，因为侍候惯驼户的都知道，驼进了驼场，先得叫驼塌一阵汗，才能卸驮子，不然，驼会伤风的。那婆娘虽不清俊，倒有一身好膘分。

叫驼塌塌汗后，驼户们开始卸驮子。那驮子，谁的谁卸，旁人是不搭手的。每个驮子二百四十斤，每人十一个驮子，装卸一次，得举两千多斤，所以，没力气当不了把式。

卸了驮子后，把式们开始检查驼掌。这是进了驼场后必须做的事。驼掌要是磨坏了，得重新锥掌。要是驼掌起了泡，得及时放血。要是驼掌里嵌进了石子，得抠掉。

陆富基取下水槽，叫那胖婆娘打来了水，倒进槽里，又抓了把草末，撒进水中。待那驼的汗完全干了后，他才牵过驼来，看驼吃水。

驼吃水的样子很香。它先涮涮嘴，开始拌嘴，边拌嘴边呵气，那模样，很像品茶高手遇到了极品好茶。每到这时，大烟客也会拌嘴，他咧了嘴，也像骆驼那样拌个不停，仿佛他也在享受水的滋润。这个草场不太好，是干柴，但水好。陆富基戏称为"豆瓣儿水"，意思是那水的营养可抵得上豆子。

驼边吹那草末，边饮水。这样，它一次饮不了太多的水。驼热身饮水时，必须这样。要是饮得太快，会噎坏骆驼。有时，噎水比噎食更糟糕。为防水噎，把式就在水槽里撒上草末，不使它一口吸入太多的水。陆富基很谨慎，每次饮驼，都这样。

拉姆进了驼场。她长个银盘大脸，很壮实，也很性感，周身洋溢着一种叫人蠢蠢欲动的味道。我的直感中，这女人跟别的女人不一样。她定然有种特殊的经历。

拉姆笑了。她虽然一脸正经，但骨子里却透出一股荡味来。她瞟我一眼，笑道："你瞅啥？我又没人家骚，谅你也看不上。"陆富基接口道："你才说错了。人家的骚是面里的，你的骚是骨子里的。"这话对，我不由得笑了。

"就算是。"那女人笑道，"可你进不了骨头，就发现不了骚。"

拉姆张罗着卸驼轿。木鱼妹显然才睡醒不久。她头发蓬乱，一脸倦容。那昨日的鲜活，一丝也不见了。拉姆将她引入一个草屋，听得木鱼妹嚷道："这么臭，怎么睡？"拉姆笑道："姑奶奶，迁就些吧。过些天，你梦都梦不到这房子呢。"木鱼妹却跨出房门，进了那木箱，说："我还是睡木箱吧。"

驼场房子虽多，却很简陋，多就地取材，或是用木棒栽成墙子，粘上湿牛粪，顶上再搭以麦草；或是用土坯垒墙；有几间，竟是用羊粪垒的。驼场多养羊，那羊圈里的粪，叫羊蹄们踩得铁硬，用铁锨裁成方块，码成墙，搭上草，就成所谓的房了。那炕又是通铺，铺了炕板，好些的，再铺个褐料毯子。屋子里总是充满羊粪味，难怪木鱼妹会嫌臭。

驼场的丫头们将驼拴到那一长溜的槽上，添了草。把式们有的进了屋，有的则取下铺盖，往那光坦旋处一铺，倒在上面，扯起呼噜。

拉姆张罗几个女人，开始做饭。

我四下里巡巡，见也没漏下啥来，正要去睡，却听到嘿嘿的声音。循声望去，见木鱼妹在木箱里招手。我走过去。她说："飞卿，马少爷到屋里睡了。我睡驼轿吧。那屋子脏死了，一股羊粪味。"我说："可以的。他们那房，正是羊粪码的墙子。知道不？人家那是照顾你们，羊粪杀虫子。别的屋里，又是苍蝇，又是臭虫，又是跳蚤。

你们那屋，可干净呢。"

"干净啥呀？一进屋，头就轰的一声。我还是睡轿吧。"

我也睡不惯那屋，就从驮子上取下狗皮和被子，到驼场旁的一个沙洼里铺了，解了裹腿，脱了上衣，睡了。望着那烟囱里的滚滚浓烟，我很快就迷糊了。不知过了多久——时间肯定不会长，因为饭还没熟呢——我醒了，觉得那狗毛很扎人，肉皮裸处很不舒服。这不是好兆头，意味着有沙匪或是别的贼人盯上了驼队。

我想，那暗中窥视的眼睛，究竟是谁呢？是沙眉虎，还是别的毛贼？

好了！好了！我们明天再喧吧。我叫道。

我太冷了。夜气已经浸入了我的骨髓，再待下去，我会变成冰棍的。

成哩成哩。他们意犹未尽地说。

日日常常在，何必把人忙坏。大烟客这样说。

我向他们表达了谢意。

然后，我吹熄了黄蜡烛。沙洼里一片静寂。

我走向城墙的另一端，那儿是我临时的"家"。看到我过来，狗兴奋地迎了上来。它低低地叫了几声，表达了看到我时的兴奋。我在卧着的黄驼阳面打了地铺，拉过白驼，叫它卧了。我抱了狗，裹着睡袋，蜷在驼脖子下面，白驼将长长的嗦毛盖到我身上。那睡袋，本来就是户外用的，据说能抵御零下多少度的寒冷，但我仍是觉得有种寒气直往骨头里钻。

那一夜，我听到了很多叹息。

却不知是谁发出的。

第三会

阿爸的木鱼歌

第二天,我醒得很早。那漫来的夜气很凉,虽然睡袋的保暖效果不错,但我还是感到了凉意。要不是白骆驼用嗉毛盖了我,我怕是熬不过夜去。不过,我还备了一个大皮袄,要是太冷,我就压上它。只是那皮袄有些重,压在身上定然不太舒服。

我看了一会儿大漠的清晨风光,才钻出睡袋。想想夜里的事,像是经历了一场梦。

我捡些柴棵,烧了水,泡了方便面。那味道,我一闻,就想发呕,但没办法。野狐岭早就没人来了,这儿远离人烟,远到心外了。

我那骆驼,驮了水,驮了山芋(它能相对长时间地保存,不轻易腐坏),驮了我外,就驮不了多少东西了。方便面轻,能相对长时间地保存,我就多带了几箱。

我很想多拉几峰驼,再带几个同伴,像早年的探险家那样,但要是这样,我就进不了我想进入的那个世界,这是一位通灵的老人告诉我的。他说,当阳气太盛时,那些阴性的生命就会离你远去。

我还看到了窝铺的遗迹,它有点像后来的旅店,但小了很多,也很简陋。一些驼队在路过野狐岭时,会在这儿歇息。在野狐岭,这样的窝铺不多,因为一般驼队,是轻易不进野狐岭的。他们只是路过这儿。那些把式们会说:"宁走十里转,不走一里险。"转的意思是多走弯路。他们当然不敢进野狐岭。在驼把式的传说中,野狐岭有点像后来的百慕大三角,在那儿,总会发生些稀奇古怪的事。

在阳光的照射下,昨夜的一切,都像梦了。我记下了他们讲过的一切,用当代人能读懂的方式。

因为有事儿干,一天的时间很容易就过去了。

等到日头从西沙山上落下不久,我的山芋也烧好了——相对于做饭,烧山芋可以节省水。我吃了一个,揣了一个。我想,在自己冷得熬不住时,它能为我补充一些热量。

我打算尽量多采访。在过去采访时,有时会很顺利,有时很困难。有时,我虽也使用了招魂术,但也不一定每次都能招来我想招的幽魂。

我点燃了黄蜡烛,仍是像前一夜那样进行了结界。

黄黄的烛光,隐去了驼把式们,但我能感受到他们心中的某种涌动。我甚至听到了驼的喘息,还闻到了一股刺鼻的马汗味。

我问,难道还有马吗?

当然有。这是那个大烟客的声音。在那些受访者中,只有他的形象最为清晰。他猴塑塑蹲在那儿,像苍老的胡杨树根。

其他的幽魂,多是一晕晕游来荡去的光团,有些很白,有些灰暗。

有时,我还会听到夜鸟的叫声,非常像猫头鹰,却不知是也不是。

这一夜的讲述者,是木鱼妹。

木鱼妹的出现,出乎我的意料。我开始认为,野狐岭的那两支驼队里,是不会有女人的。在凉州的那本志书里,也没有说那次行动有女人。

于是,我对木鱼妹说,我只想了解关于野狐岭的故事,我不想太分散我的注意力和笔墨。我必须在三九天来临前结束我的采访,不然,我会变成冰棍的。

木鱼妹说,你不了解我的故事,就不会真正了解野狐岭。

她说,你想采访的,是我们为什么出不了野狐岭。我的故事会告诉你,我们为什么进入野狐岭。这二者,其实是密不可分的。

其实,我们的入,决定了我们的出。

就这样,木鱼妹成了本次采访的一个重要人物。她讲述的内容,是我不曾想到的。后来,我甚至有了一种意外的惊喜。在过去的采访中,我也有许多意外的惊喜,它们总是超出了我的预期。

怪的是,在木鱼妹的讲述中,也有一些西部方言。后来我才知道,她虽然生在岭南,但她的后半辈子,却是在西部度过的。

因为木鱼妹的参与,本书的结构就复杂了。木鱼妹的故事,从岭南走向西部;驼队的故事,从西部走向野狐岭。当然,你也可以这样理解:前一个,从死走向了生;后一个,从生走向了死。这死呀生呀的,就成了另一种轮回。

一、木鱼妹说

1

我得从开头说起。

我说的这开头,不是发生在野狐岭里,但要是没有它,你了解到的野狐岭,就不全面。你只有从我的故事里,才能了解到一个真相:我们为啥进入野狐岭?

我先唱一段《鞭杆记》,这是我后来在凉州学会的。它写出的,是那个时代的真实。就是说,无论是那时的凉州,还是那时的岭南,都像歌中唱的那样。明白了这一点,你就明白了我们的那时——

> 李特生,梅浆子,胀烂棺材的王胖子。
> 骑的白马遛趟子,四乡六区里收款子。
> 吃的是鸡儿油饼子,还有饧面拉条子。
> 铺的花褥子揲白毡,半夜里还要问你借婆娘。
> 这三个老驴一槽拴,百姓就给遭了殃。
> 人家们咕咕唧唧弄上一阵子,
> 百姓们苛捐杂税可就多得了不得。
> 红月捐,白月捐,这些个捐税要掏钱,
> 掏的可就是冤枉钱。
> 死灾丧葬要的是白月捐,娶媳嫁女要的是红月捐。
> 佃田卖地也要捐,置田置地也要捐,
> 经营牲口也要捐,生儿育女也要捐。
> 娃儿们捐的是爬爬钱,老汉们捐的是拐棍钱。
> 妇女们捐的是胭粉钱,光棍汉捐的是嫖风钱,
> 寡妇子捐的是裤裆钱。
> 苛捐杂税就是这么多,百姓实在无法活。

明白了不?

那时的岭南人,也是没法子活的。我和阿爸——一想到他,我的心就痛——就生

活在这样一个没法子活的时代。我们的身边,也有许许多多的李特生和王胖子。

2

我爱木鱼歌,是受了阿爸的影响。

我先讲讲阿爸的故事吧。

阿爸是一个文人,没有名气。要知道,没有名气的文人是很糟糕的。文人要有大名,才会有好命。要是没有大名,而且有一身酸气的话,他就可能受穷。"穷酸穷酸",指的就是这。文人穷了就酸,酸了才穷。

听说你修过妙音天女法,你应该知道,修妙音天女法的人,容易得到智慧,但可能会受穷。因为管智慧的女神和管财富的女神一向不睦,只要妙音天女喜欢你,财续佛母就不给你财富。这种说法,很有象征意味。所以,除非你智慧超群,才能打破这个魔咒,不然,就真的"文章憎命达"了。阿爸的一生,正好印证了这一点。

阿爸将一生的心血都用到木鱼歌上了。祖宗传下了一些木鱼书,不知传多少代了,很多是木鱼书古本。此外,他还从爷爷那里继承了一些田产。要是他安安稳稳地务农,也能活一辈子,可他偏偏不安分,家族传承的使命感使他对木鱼歌更上心。他整日里跟那些瞎佬们混在一起。你想,他能混出个啥眉样?

为了搜集那些古老的木鱼书,阿爸卖了田产。阿爸卖田产时,是背着妈做的。等妈发觉时,田里已种上了别人的庄稼。妈真是绝望了。你讲过那个托尔斯泰晚年的故事,我理解那个贵族夫人。你想,一大家子人都要吃饭,要是你将吃饭家当都给了别人,家人去喝风呀?

阿爸将一家人的吃饭家当都换成了木箱中的那些古本,据说很珍贵。当然,这时想起来,我仍然觉得它们很珍贵。要是没有阿爸的努力,那些书早叫老鼠垫窝了。让我不解的是,那一家既然将它当成了宝贝,就该好好珍惜,或是找个好些的箱子保管,不该随随便便放在屋梁上,让老鼠们糟蹋。我后来才知道,那一家人,本来不在乎那堆纸,是阿爸的大呼小叫提醒了他们,他们才要了天价。他们也知道,无论阿爸花多大的价钱,别处是买不到它们的。其实阿爸也应该知道,无论那家人如何被提醒,别人也不会买那堆破纸的。但阿爸还是毅然卖了田,换回了那堆破纸。因为阿爸知道,别人不会要它们,但老鼠会要它们。要是不妥善保管,要不了多久,它们就会变成老鼠的食物,或是在潮湿天气的糟蹋下变成一堆真正的垃圾。现在想来,阿爸真是功德无量。要不是他,那些珍贵的木鱼书就失传了。其中有许多珍本,是世上不曾流通过的。

在那个夏天，阿爸打了糨糊，在阳光下，他一点点、一页页粘好了那些古本木鱼书。他用上好的宣纸，将那些零散的、零碎的、泛黄的、发霉的纸片儿，粘成了一本本书，还包上了黄绸子。做这事时，妈也帮忙。那时，妈并不知道它们是用地换的。阿爸只是说它们很珍贵。从阿爸的表情上，妈信了他的话。但妈理解的珍贵，跟阿爸说的珍贵不是一种含义。妈将那珍贵当成了值钱。妈信了。所以，在几个月里，妈跟阿爸一起，将那堆破纸粘成了一本本黄灿灿的木鱼书。直到次年春天，妈发现有人在自家地里种田时，才知道了事情的原委。

妈气疯了。

妈抱出了那些木鱼书，扔到院里。她想烧了它。我知道，在那时的气头上，她真会烧了它们的。但她还来不及点燃，就被阿爸一巴掌扇倒在院里。

记得，那是阿爸第一次打妈。平日里，妈是阿爸的心肝宝贝。妈很漂亮，是当地有名的美人。妈嫁阿爸前，有许多富家子弟追她，但她选择了有文才的阿爸。

后来，妈一直没有原谅阿爸，但她再也没有打算烧那些书，因为阿爸答应，等遇到识货人时，他就将这宝贝转卖给他。阿爸一再强调，要是遇到识货者，这些木鱼书至少会卖出十倍于那些田产的价格。这，成了妈命运中的一个盼头。

只是，阿爸等的那个识货人一直没有出现。直到多年之后，有人才发现，它们真是无价的珍宝。

那个人便是我。

当然，在我之前，我的姑姑也明白它们是宝贝。她也记下了很多木鱼歌，但在一个夜里，她神秘地失踪了。关于这，有多种说法，有人说她跟人私奔了，有人说她死了，还有人说她看破红尘，进了寺院，当了尼姑。她跟阿爸一样，也信佛。在他们的影响下，我很小的时候，就信了佛。我当然认为，我后来的一切，其实也是一种因缘。

姑姑的失踪，成了一个谜。

3

我一直忘不了阿爸上吊时的情景。

那天，村里人请阿爸去唱木鱼歌。那时节，唱木鱼歌是人们眼中很吉祥的事。所以，每逢过年过节，或是盖房，人们就会请阿爸和几个盲佬唱木鱼歌，图个吉祥。阿爸会唱许多木鱼歌，像《二荷花史》《花笺记》什么的，阿爸都能唱得烂熟。但阿爸的唱，跟以前盲佬的唱有些不太一样。阿爸唱得很雅。他用自己的文才洗尽了许多木鱼歌的"俗"。先前的木鱼歌中，有很多黄段子。阿爸嫌它们诲淫，就坚决地删去了。阿爸将那些传统的木鱼歌都洗了一遍。后来，德国大诗人歌德读到并大加赞赏的《花笺记》，就是阿爸老唱的版本。那《花笺记》，真的是文采四溢，难怪歌德称赞它是"伟大的诗篇"。

但阿爸也越来越穷了。也许，当智慧女神赐福于某人时，真的要让他付出贫穷的代价。后来，我在许多人身上发现了这一点。那时，家中除了那一包包黄灿灿的木鱼书外，算得上一贫如洗了。记得那时，我们姐弟几个，都不穿裤子的。自从妈的一条裤子穿破后，阿爸就将自己的裤子给了她。后来，他外出时，妈和我们就只能待在家里。

阿爸去唱木鱼歌那天，妈正好去马家票号帮工。阿爸等不及妈回来，就穿着唱木鱼歌特有的行头——长衫出门了。知道这事的，是跟他一起唱木鱼歌的搭档。当阿爸说他没有裤子时，那人说，穿了长衫即可，没有人会钻进里面看你有没有裤子的。

那天唱木鱼歌时，阿爸盘腿坐着，没人发现他有什么异常。

后来，阿爸起身时，一手撑搭档的肩膀，想借借对方的力。哪知，阿爸正要起身，那人一塌膀子，阿爸便摔倒在床上。这时，谁都发现，穿着长衫的阿爸竟然没穿裤子。就这样，阿爸出了大丑。

回家后，阿爸就在梁上挂了一道绳子，将脑袋伸了进去。幸好，阿爸刚蹬倒小凳，就有人来找他。

那时节，我正在外面挑野菜。远远地，就见门口围一群人。到了近前，听到大伯正在劝阿爸："你怎么是这号人？好死不如赖活着。你一无常，丢下孤儿寡母，怎么办？以后有什么难处，你张嘴。"他带来了一匹布。大伯家底子好，他跟阿爸一样，都继承了一些地。阿爸的地没了，他的还在，日子就好过很多。妈无声地哭着，手帕全湿了。弟弟们半裸着身子，腿上尽是泥巴。

我看到了阿爸木然的脸，不由得哭出声来。听到哭声，人们让开了路。阿爸的脸灰灰的，眼球显得发木，但分明还活着。我舒了口气，泪却哗哗了一脸。记得有几次，阿爸酒醉后，老是诵一首诗。阿爸只有在诵诗时，才显出十分的神采，他旁若无人，大声吟一首清诗："寒甚更无修竹倚，愁多思买白杨栽。全家都在风声里，九月衣裳未剪裁。"有时候，阿爸能诵出一脸的泪。每到这时，我就知道，阿爸又为什么事发愁了。

村里人也劝阿爸灵活些，去学个手艺，阿爸却依旧木着，这日子，明摆着没法过了。没有地，就没有收成；没有手艺，就挣不来工钱；没有力气，也当不了长工。阿爸有的，只是那些泛黄的木鱼书。他将它们锁在那二尺宽三尺高的书柜里，时不时取出，摇头晃脑唱一阵。书柜里还有几本书，阿爸说是好几代祖宗写的，以木鱼歌的形式，记载着几百年来发生的大事。这是历史，也是一个村落存在过的证据。阿爸也时时续写此书，记载天时的变化，诸如何时地震，何时有洪水，何时发生过什么大事。朝廷有史官，百姓没有史官，但百姓也有自己的史书，我当然没想到，这书会躲过后来的那场大火，半个世纪后，被人发现，传到日本，在世界上激起大波。据说，这是世界上第一部家族编年史，其价值，可和出土的敦煌古籍媲美。可到了那时，阿爸早成了一堆骨头。他忍饥挨饿写的那些文字，反倒养活了很多研究它的人。

　　百年后那些书的辉煌，不能使阿爸的饥肠不再辘辘。每次去人家唱木鱼歌回来，微醉的阿爸也会自吹自擂，说在历史的坐标上，他有着不可替代的作用。他除了写那本永远写不完的书外，也写诗，诗中多激愤。我那时已识了不少字，但我还是看不懂阿爸的诗，不过，我能感受到阿爸诗中的气。那气和木鱼歌一个味儿。阿爸把那股气融入诗中，用它来熏陶子女，每天晚上我都要和三个弟弟背那些诗。阿爸还给村里其他小孩免费教木鱼歌。那时，他甚至愿意将自己最惜爱的三弦子拿出，让那些小孩们胡乱拨弄。小孩们不懂木鱼书，但爱弹三弦子，为了能弹到三弦子，他们就只好背木鱼书。就这样，许多小孩都会唱木鱼歌了。阿爸管教小孩们唱木鱼歌叫种书田。但那书田，是种不出粮食的，阿爸连个囫囵裤子也穿不上。妈曾劝阿爸，让他把那长衫改成衣裤，阿爸不让，一则长衫是读书人的象征，二来，给人家唱木鱼歌时，必须穿长衫，那长衫，等于吃饭碗了。当然，谁也不会想到，阿爸的长衫下，竟会是赤条条的身子，真丢死人了。

　　村里人劝了许久，阿爸才长吁一口气，那木木的眼神转了，从众人脸上扫过，在见到我的那一瞬，他仿佛笑了一下。

　　我跪了下去，捉住了阿爸的手。

　　后来，阿爸将村里发生的许多事编成了木鱼歌。他歌颂贤良人，鞭挞作恶者。因为这个原因，阿爸的脸上老是有伤。因为一些恶人听到骂他们的木鱼歌后，就找上门来，用疯耳光往阿爸的脸上扇。不几年，阿爸的前门牙就没了，那是被直冲面门的拳头打飞的。从那以后，就没人请他唱木鱼歌了，因为他的嘴收不住气，唱起歌来显得含糊不清。

　　为了养家，阿爸除了让我去给马家放羊外，还让我学木鱼歌。我的记性好，几年过去，我全部记下了阿爸视若珍宝的古本，也记下了他写的那些被誉为"伟大诗篇"的木鱼书。于是，远远近近的人都知道了"木鱼妹"。

再后来，阿爸又发现了一批珍贵的木鱼书，那人要价较高，阿爸实在刮不出一两油水了。看到阿爸失魂落魄的样子，我怕他憋出病来，就对他说，你卖了我吧。

阿爸当然不愿意。后来我开导他，说我迟早得嫁人，你又不能养我一辈子。等我将来嫁人时，这些珍本木鱼书早被人糟践了。我说女人嘛，要是找不到真爱的人时，嫁谁还不是嫁？

我终于说动了阿爸。就这样，我进了驴二爷家，成了他的童养媳。

村里人都说，木鱼妹掉福窝里了。阿爸甚至也这样认为。

那时节，我当然不知道，驴二爷的小儿子，脑子不太清楚。他与其说要个媳妇，还不如说要一个照顾他的丫环。

这一切，我都认了。我想，一切都是因缘定的。

4

在我进驴二爷家之前，驴二爷老是叫妈去他家的厨房帮工，从短工变成了长工，工钱是一年一石二斗大米。这工钱，是大汉的数儿，阿爸没说什么，就答应了。

妈的茶饭好，远近有名。这茶饭，也和写文章一样，要有天赋，有人做了一辈子饭，仍是一锅糊涂糨子。妈有好几样绝活，比如，她能用芋头做出三十六个菜，有色有香，绝不重样；她的客家菜，也独有味道，驴二爷很是喜欢。

但那穷，仍老醋蚀铁一样侵害着阿爸的身心，不到四十的他显得很老，很瘦弱，一副病怏怏的模样。他只有在微醉时——有时，大伯也会请他去饮几杯米酒——才摇头晃脑，旁若无人地吟唱木鱼歌，声音很大，中气十足。村里人听了，都说："听，那书呆子，又唱戏文了。"却都不嘲笑。在我的家乡，没人嘲弄读书人，只会骂那些不学无术者。

阿爸上吊被救活后，有好几天不出门，他觉得脸面丢光了。期间，捉弄他的搭档送来了一匹布，阿爸还是不原谅他，后来那人请他去唱木鱼歌，他也不去，虽说每次唱歌总能挣些吃食，但阿爸宁愿挨饿，也不再跟那搭档了。想是阿爸一想那事，就觉得没意思活了。也许，阿爸的眼里，那"意思"，比活更重要。

妈劝阿爸，你要什么意思？酸文人干个什么，总爱找个理由。其实，活就是活个过程，甜也尝尝，苦也品品，乐也有过，忧也受过，七荤八素都经经，别死钻牛角尖了。

妈原是唱粤剧的，懂些文墨，当时有好些大户家的少爷追，她却不正眼瞧他们，偏偏爱上了一个书呆子。那时，有人老夸阿爸的文才，说是这样的人，能中状元的。

妈也不管中不中，就嫁了过来，再说那时的家底也算殷实。后来，为了那些据说已绝版的刻本，阿爸卖了地。再后来，一场不大不小的火，将剩余的家当全燎了。阿爸拼了死命，只抢出那个书柜。火烧当日穷，我家就一贫如洗了。好在阿爸会唱木鱼歌，村里人祭土地时，总要请他，事完后谢几升粮。虽说寅吃卯粮，但那三寸喉咙，倒也能糊住。

阿爸稍好些时，妈就到驴二爷家的商号里去了。这商号，是"马合盛"名下的分店。据说，全国有好些这样的店。每到分红节儿，那些骆驼就会驮了金，驮了银，沿了那千里驼道，把金银送往驴二爷的老家。

据说，驴二爷有两个家，岭南一个，凉州一个。在岭南，驴二爷住的是碉楼，是堡垒式的一种房屋，高墙，大院，上有炮楼，炮楼上有土炮，也有枪手。土客械斗时，有好些杀疯的土人打了来，杀了一条血路，连一些县城也攻下了，唯有驴二爷不尿他们。那群土人气急败坏，率众攻打，但攻了几个月，也没能占半点便宜。再后来，更多的乱民围了来，杀官的，造反的，血流成河，但也入不了驴二爷家的碉楼。当时，那碉楼里，涌集了好几百人，以避战乱。再后来，总督前来巡视时，对碉楼赞叹不已，题了一个匾："退一步"。这题词莫名其妙，叫后人们猜测了几十年。

驴二爷的碉楼高达数丈，箭垛枪眼，到处都有，可以向堡子下面的各处发射枪弹。这碉楼，是个留学日本的客家子弟设计的，后来也成为当地一个有名景点，一些外国人看了，瞠目结舌呢。

记得，妈讲过她第一次进碉楼时的感觉，她首先感到的，是那威焰赫赫的挤压。那尺把厚的包了铜泡钉和铁皮的大门，那墙角上的炮楼，那墙上巡逻的护院家丁，那红红的怪模怪样的屋檐飞角，都在对她说话，说一些让她很不舒服的内容。

驴二爷老是抱个水烟壶。这是个瘦小的老头子，尖下巴，小眼睛，几根风中乱颤的胡须。据一个尚相者说，这驴二爷，是典型的穷相，无多少福禄。他的富足，想来是祖荫所致。也倒是，他的祖宗以德经商，广散其财，泽被四方，才有了一百多年不败的家运。一人有福，拖带满路。都说，驴二爷沾了祖宗的光。

妈说，驴二爷的小眼睛很亮，第一次看她时，她就有种被剥光衣服的感觉。某次，妈去山里打柴，途中遇狼，就解下脖中的头巾一下下抡，呼喊救命。恰巧，这瘦老头骑马过来，放一枪，吓跑了狼，将她拉上马来。惊魂未定中，妈觉得那爪子搂在了自己胸上，她不善骑马，不敢乱动，由那爪子揉捏了一路。到村口，驴二爷才放下她，说："日怪，生了几个娃儿，咋还有这么大的奶子？"这事儿，妈一直没敢给阿爸说，但一想这事儿，她就想发呕。自打进了那碉楼，妈老是觉得那小眼睛一直扎自己的背。

这事儿,妈先告诉她村里的一个姐妹——就是你们现在说的闺密,叫她以后小心些,别着了驴二爷的道儿。妈本是好心,没想到那闺密嘴碎,一传出去,就成一溜风了。好在只是在女人堆里传,爸还不知道。

那时,我还想不到,日后家中的许多灾祸,会跟驴二爷有关。

5

那时节,我也常常看到来我们这儿运茶的驼队。阿爸也喜欢那些驼把式。他更喜欢把式们唱的那些民歌。阿爸几乎喜欢所有的民歌,像凉州贤孝、温州鼓词等,他都喜欢。这喜欢,就让他写出的木鱼歌比老祖宗传下的那些多了一份包容。妈正式去驴二爷家帮工那天,我跟着去马家商号玩。我看到几个把式正在练石锁。他们把那斗大的石锁抛抛接接,身上就多了许多腱子肉,跟那犁地的牛一样。腱子肉是力气的妈妈。当驼户的,要把二三百斤的驮子搬上搬下,没力气不成。当初,走投无路时,阿爸也想跟驼队去谋个营生。听说当驼户挣钱多,平常的长工一月工钱是两斗大米,驼把式是四斗,算银元是两块钱。除了想养家,阿爸也想走万里路。可惜,把式的好时光是二十岁到三十五岁之间,一上四十,是干不了驼把式的。阿爸想当把式时,已近四旬了,移那驮子,如蚂蚁撼山,他这才息了跟把式们远游的心。

那时的驼队,就是往驴二爷的商号里运货的。运茶,运盐,也将一些盐制的海产品运到西部。

我不喜欢驴二爷,却喜欢到商号里玩,喜欢看那些把式们练功。平日里,跟骆驼追膘一样,把式常要抛弄担子石和石锁,免得让力气溜走。从驮来货物,到收集好下次驮走的货物间隙,把式们也得练功,说是三天不练手生。曾有人撒了懒没练功,几个月后,就再也弄不起驮子,只好将那把式位子拱手让给别人。有了这教训,谁也不敢撒懒,一有时间,就嘿哈着打熬力气。

那时节,一见我,那些商号伙计和把式们就会露出笑脸,都会说:"木鱼妹,来一段木鱼歌。"

要是有兴致的话,我也会唱一段木鱼歌。那时,我最爱唱的,是《二荷花史》的择锦,我选了其中最好听的段落来唱。

自从妈进了驴二爷家帮工后,一见我的面,把式们就夸妈做的饭好吃。我一听,有点不好意思。很奇怪,不知为什么,我觉得妈进了驴二爷家,是一件不光彩的事。驴二爷家有几十个伙计,五六个厨娘,偏偏妈去了,我就觉得不光彩,说不清为什么。

自打妈进了驴二爷家，总是让我牵挂，总觉要发生一件不好的事。小时候，我陪妈外出，就常有人嬉皮笑脸说胡话。有时，那驴二爷也会端着水烟锅到家里来，望妈时，眼里有火星在冒。阿爸也看见了，但人穷志短，马瘦毛长，在驴二爷面前，阿爸的腰自然塌了三分。阿爸唯一能显示自己尊严的，就是不向驴二爷张口借钱借粮，断顿了就别处想办法。没钱了，可以不穿裤子，那长衫是不当卖的——当也值不了几文。以前，驴二爷几次提出叫妈当厨娘，别人当厨娘没多少工钱，妈可以按大汉的份额给的，可阿爸钢牙铁口地说："不！"他很少叫妈进那碉楼大院。但这次，妈还是进了。阿爸也没发半声叹息，木了脸，望了一夜椽子，也让我悬了一夜的心。

不过，到商号时，我又觉得心实落落地进了肚里。这些伙计和把式都那么熟悉，仿佛是我生命的一部分。一见到他们，便觉得那驴二爷，也没什么好怕的。驼户讲故事时，我仿佛能看到那一浪一波荡向天边的沙浪。我老是想象那星星点点点缀在沙褶里的骆驼，老是想那些忽忽悠悠云一样飘来荡去的羊们，心里就会生起一种异样的温馨和熨帖。

记得小时候，我最爱听的，是驼队的故事。每次，把式们一叫我唱木鱼歌，我就叫他们讲驼队的故事。

当那些腌制好的海产品达到一定量时，就该起场了。把式们就会选那些最健壮的驼来当役驼，瘦弱的或是病了的，都不让上路。说是在长途驼运中，一个不合格的驼往往会坏事。若是有了一个病驼，一把子骆驼也就让拖累了。所以，使役前的选驼很重要。

把式将选好的驼们赶入另一个院子，要先叫驼掉水。据说这也是规矩。驼起场前，先得叫驼掉水。掉水期间，供草供料，但不能饮水。平时驼由了性子吃，撑大了肠胃，不掉水使役的话，会弄伤驼的胃。掉水十多天后，才能使役，那时才可以恢复饮水。

这些，都是大嘴哥告诉我的。阿爸最喜欢跟他聊。他听不懂木鱼歌，阿爸就一句一句地讲给他，慢慢地，他也明白了好些木鱼歌的故事。他说，木鱼歌唱的一些故事，在凉州贤孝里也有。

后来，驴二爷欺负妈的事，就是大嘴哥告诉阿爸的。大嘴哥嘴大话多，因为在岭南待的时间长，也会说些当地话，心里有啥话都藏不住。虽然我知道他跟阿爸说那些话是为他好，但我还是嫌他话多。那时节，我便知道，有些东西，你不知道时，它便也等于没有存在过。

大嘴哥一说，阿爸的天就灰了。

我不知道，我家后来的大难，是不是跟大嘴哥的多嘴有关。

木鱼妹忽然寂了。

我感觉到她在哭泣。风吹来，在柴棵间扫出声音，喧喧的。

我说不下去了。木鱼妹说。

不要紧。我说。我可以等。

她说她难受极了。没想到，过去了这么长的时间，一想到往事，仍是这么难受。她说，多年来，她一直压抑着那种难受，她尽量不去想。她把那个皮球压了许久，但在生命的记忆中，它并没有消失。

我发现，东边的那线月儿亮了些，天上的星星在哗哗。我能听到那种水一样的哗哗声。那是天河水吗？还是另一些生命在喧嚣？

黄蜡烛摇来摇去，发出了很大的声音。

我想，等一会儿，或许她会接着说，但等了许久，却没听到木鱼妹的声音。

我只好吹熄了黄蜡烛。

那夜，我很晚才睡着。星星发出的那种很大的声音，影响了我的睡眠。

梦里，我梦到一个清秀女子，她望着我笑。我以为，她便是木鱼妹，但后来，等我真的见到木鱼妹时，才发现，梦里的她不是。

我一直没弄清，梦里的女子是谁。

我甚至怀疑：这女子，总不是前世的我吧？

第四会
驼　斗

> 拉骆驼，起五更，踏步第三省。
> 上场子，抓骆驼，北风灌脖领。
> 你看看，这就是，拉骆驼，
> 才不是个营生……
>
> ——驼户歌

这一夜，我最想招的，是木鱼妹，但才一持咒，却来了一群骆驼客。他们有着太多的话题，毕竟寂寞百年了。他们的每一种记忆，都想讲述那时的故事。

夜仍是寒凉，看着那星星点点的光团，我感到夜气太阴了些。虽然这时候的黄蜡烛可有可无，我还是点燃了它。那光一亮，星光就隐了。同时隐了的，还有那一个个想倾诉的灵魂。

我费了很大的气力，才阻止了那些想倾诉的灵魂，他们的声音很燥，眼见得仍有热恼。我明明知道，他们最需要的，是能聆听的人。他们更需要的，是一个不仅能聆听还能理解他们的人。在他们眼中，我当然是上好人选，但我这一番来，不是为了当一个无原则的聆听者。我想知道的，仍是那个野狐岭的驼队故事。

我说好了好了，日子长似树叶儿，你们还有机会。以后吧，以后吧。你们谁要是想讲自己的故事，以后可以来找我，但在这些天，我们还是紧凑一些，专门谈那个野狐岭的故事。

一个凉州人形容为"柱顶石"的壮汉开口了——他一开口，我马上就发现了他的形象，我是通过读那些骆驼客的心来读他的。在那些幽魂的记忆里，对壮汉有着清晰的印象——他叫，别噪了，别噪了，屄都聒麻了。你们先夹嘴，我先说吧。

他就是陆富基。

那些声波渐渐息了，陆富基开口了——

一、陆富基说

1

那次噩梦般的旅行，最初跟任何一次起场没啥两样。半后响起场，行上一夜，也就四五十里路后，在窝铺或是驼场里歇息。那最初的行程，大多在驼道上。所谓驼道，就是那一个个驼场或是绿洲连起来的点。一切都显得很规矩，看不出啥出彩的地方。……那真的是一日等于百年啊。

记得上次，飞卿给你介绍过窝铺了。那窝铺，都大同小异。你知道了一个，也就知道了百个，我就不再多嘴了。

那三个多月中，我们一直惧怕的沙眉虎并没有出现，甚至连小毛贼也很少见，唯一的意外就是木鱼妹带了麝香。在某个露宿在野外的夜晚，她的帐篷里爬满了蛇。好在不是毒蛇，是那种肉肉的红红的蛇。蛇很多，闹嚷嚷像在过节，它们发出鸟鸣般的叫。我不知道蛇还能发出那种叫声。那丫头却在熟睡。飞卿被那种叫声惊醒后，举个马灯，去那帐篷。你知道，这号事是大把式管的，一般把式是不会做的。他们都是壮汉，深夜进女人的帐篷，咋说都不是光彩事。呵呵，当然，我不要紧，我早不想那种男儿女儿的事了。便是在年轻时，我也对那事很淡，没办法，天生的。

当飞卿告诉我那帐篷传出怪声的时候，我还怪他多事呢。女人是生来会发声的。对这种事，我们驼把式不好说啥，我们管不了别人屄长毛短的事，我们只管把他们送到他们该到的地方。他们愿意干啥，只要在不违背安全原则的前提下，我们真不好说啥。我只能管住驼把式。不，我甚至只能管住我们汉驼队里的驼把式，至于蒙驼队里的人，有他们自己的大把式管。

进了大沙漠不久，蒙汉驼队就合在一起了，我说过，合在一起有不方便的地方，比如，驼一多，水呀草呀就不好解决。但我们灵活一些，选栖息地的时候，不要离得太远就成。合在一起最大的好处是土匪不敢骚扰，你想，大帮响铃，绵延好几里，一般的毛贼一见，头都不敢往外伸的。再说，几乎所有把式都是大气力，每日里搓揉的，都是二百四十斤开外的驮子，日久天长，都有一把子神力。而且大部分驼户还会几手拳脚，寻常毛贼，借他几个胆子，也不敢前来碰咱。

但驼队一大，问题也多了，首先得选个大把式，这大把式，是两家驼队的大把式。汉驼选飞卿,蒙驼选巴特尔,选了几场,还是飞卿当了。因为要是遇上些不太好断的事,一切就由这大把式说了算,有了这大把式,蒙也罢,汉也罢,都等于合成个大驼队了。

飞卿安顿好汉驼户,无论遇上啥事,咱都让让,倒也没遇上大事。

所以,听到飞卿说那帐篷里发出怪声时,我就怨他多事。因为,难保蒙驼队里没个风流鬼啥的在那里闹出点响动。这号事,睁只眼,闭只眼吧。我瞧那木鱼妹,本就不是个省心的主儿,她老是瞟马在波。大嘴却老瞅她。幸好马在波一副懒洋洋的模样,要是他也有个儿马性子,跟大嘴计较,就会有好戏看了。

我对飞卿说,只要不是你闹出那响动,别管他。我说,大不了,到罗刹时,驼队里多出几个娃儿。除了这,再能有个啥大事?

飞卿却说,那怪叫,不是人声,是一种动物叫。

果然,我们才到帐篷门口,就听到木鱼妹惊极的颤音。呀,蛇!蛇!

我们就扑了进去。我们看到了满地的赤练蛇,我不知道那是不是真的赤练蛇,反正我就那样叫它。飞卿就弯了腰,将那一条条肉肉的东西扔出帐篷。

我大叫,快点马灯!

很快,把式们都拥了来。那木鱼妹早软在飞卿怀里了,说不清是不是吓晕了。

飞卿说,鞭子抽!

把式祁禄就扬起鞭来,你要知道,对付蛇最好的武器就是鞭子,力大的,一抽,蛇就成两截了。

不消半个时辰,帐篷里的蛇都成了几截。

经了这一宿,木鱼妹身上再也不敢带麝香了。因为蛇最喜欢麝香了,一有那玩意儿,蛇就会赶集似的游了来。每次睡觉前,我都会在烟锅里抓些烟屎,叫她放在头侧。自那后,毒虫再也没进过她的帐篷。

在我的印象里,那三个月里,这几乎是印象最深的一件事。

当然,每个人的心中都有最深刻的事。比如,要是你在某夜偷了情,那事儿当然就最深刻了。我的意思是说,对于驼队来说,那三个多月,真的跟以前起场后的任何一天没有太大的区别。

生活其实就是这样。

我当了几十年驼户,算来在包绥路上也走了不下百十趟,但能记住的事,也不过就那么不多的几件。

在我的印象里,真正难忘的事,还是从进了野狐岭开始的。

2

  我们住了百十次窝铺，才进了野狐岭。它是沙漠中的一个所在。相传，这儿有很多狐子，我们去时，狐子不见了。虽然叫岭，其实也很是寻常，也是沙山沙谷相间，跟别处相比，地势跌宕得大了些。

  对野狐岭，我一向不赞成进。我倒是宁愿绕远一些走。虽然多走个几百里，可稳妥。因为，我的小名就叫沙狐。到那儿，我会犯地名。我迷信这。你可能听说过，凤雏庞统就死在落凤坡，白虎星薛仁贵就死在白虎关。这号事，不可不信，不可全信。但我没有力阻。一来，穿越野狐岭，真的是一条捷径，历史上的一些驼队就是打这儿进入罗刹的。当然，因为干旱缺水，因为路径太杂容易迷路，还因为据说有魔鬼啥的，那儿死了好些驼。

  我是在很小的时候就听说过野狐岭的。那时，凉州娃儿都会唱一个口歌儿："野狐岭下木鱼谷，阴魂九沟八涝池，胡家磨坊下取钥匙。"据老人讲，野狐岭里有很多财宝，有灵性，长着腿，谁家运红，就会往谁家走。在老人们的传说里，马家的财，就是从野狐岭来的。说是某夜，有人见一串大车沿山而来，要从他的麦地里经过，他不让过。那人说，我要给马家送财哩，你咋不让过？那人要给他一挂车马，他却想要更多的。送财的恼了，一扬鞭，车队呼啸而过，那人在急乱之中，从车上抓了一块砖头。到了次日，他发现那砖头，竟然是金的。

  因为有了这个传说，好些驼户都想进野狐岭。怪的是，飞卿竟也赞同了。

  就这样，我们进了野狐岭。把式们只记着那个财宝的说法，却忘了另一种传说。野狐岭很怪，老是出一些怪里怪气的事，好些驼队就迷在里面了。因为这个原因，也有人叫它殇驼谷，但因这名字不吉，大家都不去叫它。

  现在，我也不说谁对谁错这号话了。对的也罢，错的也罢，最终的结局，其实是一样的。一切，只有暂时的对错，一将它放到长一些的时段里，就发现，啥也是一样的。因为所有的对也罢，错也罢，终究都过去了。

  去野狐岭的路多戈壁，那不是寻常的戈壁，而是黑戈壁。你也许没有见过那种遍天遍地的黑石头铺成的戈壁。那是一眼望不到边的黑呀，日头爷一照，那黑就能眩晕你的脑袋。

  在那块黑戈壁上，我们走了三天。虽然在我的印象里，那三天跟无数次起场后的日子一样，但我还是在三天后发现了异样。因为好多驼掌，被一种叫不上名字的石头戳烂了。

为了保护驼掌，巴特尔弄了好些牛皮，给驼做了掌套。他的心当然是好的，可是，就是他的做法，让整个驼队瘫痪了。

驼们在行进的时候，溅起了许多石子，那些被神秘力量裹挟的石子飞进了掌套。这一点，驼把式们并不知道。于是，几天过去，所有的驼都卧在野狐岭里不再前行了。

那窝在掌套里的石子，几乎弄烂了所有的驼掌。

我记得，噩梦就是从那时开始的。

二、马在波说

那弄掌套的方法是我想出来的，不怪巴特尔。

我也是从飞卿的"乌云盖雪"上想到这一点的。瞧，他只在马蹄上绑个牛皮套，就能叫马在沙漠里也行走如飞。我没想到，马蹄是硬的，即使崩进个石子，也硌不烂蹄子的。

我仅仅是想保护驼掌。我没想到，那些石子会贼溜溜钻进牛皮套里，将那些掌咬得血肉模糊。

这事儿，怪不得巴特尔。要说责任，还是我来承担。我想，大不了歇息几日。那驼掌，以前又不是没烂过。烂了就烂了，歇息几日，长好不就成了？

我当然没想到，那驼掌的烂，仅仅是导火索和雷管。它引发的，是许多因素构成的炸药。不过，现在想来，便是那些驼掌不烂，好多事还是很难说。心不变的时候，有些结局就成了必然。

刚进野狐岭的时候，我还被这儿的景物陶醉过呢。想不到那诸多的美景里，会有许多隐蔽的凶险。

很早以前，上师就告诉我，这沙漠深处，有一个叫野狐岭的所在。那儿曾是一座古城。我读了好多史书，并没有发现哪朝哪代在这儿建过城。没有。我甚至没有在史书中看到过关于该城的记录。这城，只存在于老祖宗的传说中。

上师说，在那个叫野狐岭的所在，有一处秘境，跟法界的圣地相通。在那儿，智慧气易入中脉，要是持咒和修行，会有亿万倍的功德。

陆富基你不用瞪眼，老祖宗就是这样说的。这一点，跟日食和月食时修行可以增长十亿倍的功德一样。因为平时，人的业气多于智慧气。但在日食和月食时，由于天体的变化，影响了人的三脉，人的智慧气多于业气。要知道，智慧气是易入中脉的，能从根本上改变你的本质。所以，在日月食时修行，能增长十亿倍的功德。这原理，记录在《时轮金刚根本续》中，这是胡道长告诉我的。

那秘境亦然。由于地脉或人们所说的暗能量暗物质的影响，人在那儿，易生发智慧气，智慧气易入中脉，易生大功德和大福慧。

我的上师告诉我，只要信心具足，因缘具足，就可以轻易地进入胡家磨坊，找到木鱼令。所以，我的那次行动，真正的目的，是找到木鱼令。有了它，你就能达成任何愿望。这虽然是一个传说，但我信。不过，那时节，我没告诉任何人。表面看来，我要跟你们去罗刹，但我的真正目的，是要去找木鱼令。

不过，即使在凉州，也没多少人知道木鱼令——除了一些见多识广的骆驼客。

后来，我才发现，那儿真的有过一个城池。城不大，但的确是城池。我想，那儿定然被沙埋过，后来，岁月的大风吹呀吹呀，吹去了浮沙，小城就露出沙面了。

那儿一切都死了，活的，只有那几棵胡杨。最大的那棵胡杨，差不多有大白杨树那么高。后来，就是那棵胡杨救过我的命。……但我不知道那算不算救命。因为，真正的命是救不下的。这世上，所有的命，终究都会死去。

进了野狐岭后，驼们都长伸四腿地倒在沙上。把式们解了牛皮套子，解放了被石子硌得血肉模糊的驼掌。谁都木了脸。都知道，至少在十天之内，驼不能往前走了。陆富基骂骂咧咧地怨巴特尔。他当然要骂，他是不服气巴特尔。但这掌套的事，也不能全怪巴特尔。他仅仅是提议蒙驼装了掌套，汉驼们觉得这法子好，也就跟着用了。后来，两家的驼掌都烂了，但怪的是，蒙驼好得快，汉驼好得慢，也许跟基因有关吧。那蒙驼，似乎比汉驼皮实很多，有个小毛病啥的，也容易扛过去。

飞卿说，算了。这时候说啥也没用……也好，叫驼缓几日。

驼户们卸了驮子。驮子里多是茶叶，还有些打了包的金银。蒙驼驮的，多是茶砖。蒙驼比汉驼力大，一个驮子有二百八十斤。驮得重，驮费也高些。为了争这趟营生，两家都动用了全部的资源。后来，那事主说，成了成了，两家各运一半。货虽然差不多，驼却是汉驼比蒙驼多二十多峰。没办法，这是驼种的原因，人比人活不成，驼比驼驮不成，要量力而行。

为了防雨，驮子都相对集中了，放在高处，盖了帆布。驼户们都搭了帐篷。记得十多天前，就再也没有见过窝铺。就是说，驼队走的路线，已远离了寻常的驼道。飞卿有地图，还有指北针，他在地图上画了好些线，沿那线走了去，就能到罗刹，用这驮子里的货，换来一些东西。

那时的西北五省，有好多人在等这东西。

要是那东西真的能换回来，好些人就不会死得那么惨。

为了换这东西，马家从牌坊下，挖出了几十缸银子。

我知道，飞卿选择野狐岭这条线，就是想走捷径，能早一点换来那东西。

三、飞卿说

接下来，飞卿说话了。

他的话有着自己的特点，多带方言，为方便阅读，我进行了处理。

此后，我采访时，飞卿大多会来。伴着飞卿出现的，总是一阵阵的马嘶，这很奇怪，难道那个叫"乌云盖雪"的神骏一直在陪伴飞卿？

不过，采访时我看到的，只是飞卿，并没看到那匹长嘶的马。其实，我也很想采访那马，毕竟，在那个时候，它是飞卿最亲密的伙伴。但我没能如愿，我一直没有招来那神骏之魂。它总是一直隐身于我的结界之外。——后来，我不再结界时，也没有看到过它。在我的印象中，它是神龙见首不见尾的。

我听到的马嘶声很独特，它裂帛般直上云霄，袅袅如天旋风，久久不息。

只要有飞卿的那一夜，必然会响起那一声独特的马嘶，它跟胡杨树那女人哭泣般的撕裂声一起，一直响在我的灵魂深处。

飞卿的声音很淡然，像历尽沧桑的智者。

1

那时节，我也常往木鱼妹说的马家商号里送货。

我先介绍一下马家的驼场吧。其实，在那时的感觉中，我甚至将野狐岭也当成了驼场。

事实上，所有的名字，都是人起的。人叫它驼场，它就是驼场；人叫它野狐岭，它就是野狐岭。在这一点上，你说得对，人类的一切，仅仅是概念。

待得我发现驼队一时半时起不了场时，我就将它当成了驼场。这儿虽也荒凉，倒是不缺水草。我就开始干一些以前在驼场常干的事儿。要知道，不同的年纪，有不同的关注目标。

你去过驼场吗？

要不要我再给你描述一下？

成哩，咱先说马家。

马家自雍正年间起家，雍正赐名"马永盛"，以后子孙多了，渐变成好几房了。

左宗棠征新疆时，马家捐了十万两白银，被御封为"护国员外郎"，慈禧也叫它"大引商人"。后来，马家子孙们合议，将"马永盛"改成了"马合盛"，大家齐心协力，打出一个字号，在所有的茶砖上，都打了"大引商人马合盛"字样。

马在波就是马家的少爷。

马家的经商，跟别家不同。凉州人经商，多开父子店，开店者大多是亲戚，很少重用外人。马家则不然，要是子孙中有杰出的，可以参与商务。要是他平庸，就宁愿把他养在家中，经商则另聘有真才实学的人。购茶、制茶、销茶、驼运以及各大票号均有主事掌柜，我也当过主事掌柜，专管驼运。马在波虽是马家名正言顺的少掌柜，虽也饱读诗书，但在别人眼中，总是神经兮兮，老是要找啥胡家磨坊，给人的感觉像得了妄想症。马家票号虽遍布全国，驴二爷主管岭南，但很少让他参与商号事务。任人唯贤是马家商号一百年不衰的主要原因。

一立秋，驼场就会忙起来，整个马家的家业，全靠这驼呢，不忙也由不了人。一百多年了，驼给马家驮来了万贯家业，驮来了荣耀。一提马家，都说：哟，人家，那有啥说的，白骆驼都有三百呢。确实，哪里有水草，哪儿就有马家的骆驼。数千里的包绥驼道，马家走了上百年，那青石板，都叫软软的驼蹄磨下了三尺呢。

这是我亲自见过的，木鱼妹却说：我不信。她不信就算了，我也懒得解释。为啥？没那份闲心。

那时节的驼场里，我们常做的事，就是给骆驼追膘。没个好膘分，骆驼走不了远路，过不了隆冬，熬不过春乏关；还要把病驼瘦驼隔开另放，不使它们把不优秀的基因注入母驼的子宫；还要叫公驼寻羔呢。

那时的驼场里，骆驼是春上放牧的，忙了几个月，驼也乏了，待草芽儿一发，把式们就不再使役骆驼，把它们放入驼场，春夏两季，是驼养膘的节儿。那公驼们，由了自己性子，残忍地把那嫩草嚼成绿汁，把那硬柴嚼成草屑，吸了营养变成了膘分，把剩下的杂质再排进驼场。

待那膘分渐渐撑直峰子，公驼就不再安分，它嚼着一嘴白沫子，边叫出满天的骚味，边寻那母驼。这时，驼把式便要留心了，若那驼是生过羔的，不打紧，公驼一咬，它就乖乖倒了，任你下种；若是母驼是生驼，没怀过羔，那就麻烦了。它会疯逃一气，逃不脱，被公驼扯倒，也会紧紧夹了尾巴，不叫强暴它的玩意儿进入它的体内撒野。

许多时候，那驼"种子"，就会在驼尾上淋漓。

也有一些得不到母驼的公驼情不能抑，便使那鞭子似的阳物抽打肚皮，打出一地黏物，糟蹋了许多膘分，把式只好拿个绳子，拴了那调皮捣蛋的物体，不使它浪费资源。

但终究，叫驼繁衍生息是驼户们的营生，他们便忙活起来了。

马家驼帮起场时间，一般是每年的农历八月。中秋时节，那软软的驼掌，就伴着驼铃挪向八方世界，驮去茶叶、羊毛、鸦片，驮来银两和百货，一直忙活七个月，到次年三月，才开始放牧。

这放牧，就是将驼放入驼场追膘，经过七个月的使役，那原本高耸的峰子已萎倒了，强壮的驼已瘦弱不堪，驼们进入了一年中最紧要的关口。这关口，叫春乏关。因沙漠里相对凉一些，春寒料峭，老降大雪，就会盖了牧场，好多驼就熬不过春乏关。那时节，一到春天，方圆几十里冻死的骆驼成千上万，加上驼生羔、母驼发情配种也多在冬春。所以，春节后的一两个月，是驼场最要紧的时节，主事掌柜用心用力最多。

我这样解释，成不？

呵呵，你不要嫌沉闷。我说的这些，都是干货，没一点儿水分。

为了保证驼能安全度过春乏关，驼场会养很多羊。大嘴就当过马四爷家的牧羊人。驼场养羊，除引羔外，主要用羊奶。一发现哪个驼萎靡不振时，把式们就会给它灌羊奶。好些驼的生命，就是母羊救的。驼通人性，知恩图报，一遇狼祸，它也每每勇敢地向狼扑去，救下羊的性命。

不过，春天也是羊最乏的季节，秋冬季节没吃出好膘分的羊们，也往往会在春寒料峭时倒毙。为了保证驼羊顺利过春，驼场里贮备了大量的草料。那料，多是黑豆，在石磨上磨成两三瓣，便叫豆瓣儿。必要时，就要给乏驼喂些料。此外，还贮存大量柴棵，像黄毛柴、梭梭、霸王刺、骆驼刺、沙米棵，等等。平日里，驼场有专门打柴的人，也收些附近农民打的柴，按斤论价，既解了驼们的饥荒，也能养了没地种的人的命。这柴场，距窝铺有一段路程，以防失火。

驼们发情季节多在三九过后，发情期长，从冬天到次年春天，驼场除给役使驼追膘外，另一种重要任务就是养驼。马家驼帮达数千峰以上，陕西、承德等地均有驼场，其役使用驼都是自家驼场养的。光绪年间，八国联军攻入北京，慈禧和光绪们逃至西安，马家驼帮捐粮十万石，专事驼运。那时节，有一种夸张的形容，说是头驼进了西安城，尾驼尚没出凉州马家。白骆驼为驼中珍品，千百个羔子中，才可能有一个白驼，但马家的白骆驼就达三百峰，由此，可看出马家的驼数量之多。

都说，马家的财势在驼背上。

驼场的管理很严格，要将瘦弱的公驼隔开，以防"谬种流传"。种驼专选高大强壮的俊美儿驼，并不役使，专门用于配种。种驼跟人一样，有各自的势力范围，也是三宫六院七十二妃，外驼要想染指，成哩，你先过来，先斗个百十回合再说。

你可别嫌我啰唆，明白了这，你才能明白黄煞神和褐狮子后面的搏斗。

要知道，跟狼有狼王、狐有狐王、狮有狮王一样，驼也有驼王，一个驼场里有一个驼王，为了争驼王的位子，公驼们常打得不可开交。

那黄煞神是汉驼驼王，千百个母驼，它想要谁，便是谁，别的公驼只能在远处干咽唾沫。因汉驼形体比蒙驼小，驮的也比蒙驼少。由于蒙驼能涉险路，擅走长途，为改良驼群，马四爷叫我去蒙古买一峰种驼。它比寻常公驼身架大，褐色，鬃毛很长，很像狮子，把式们都叫它褐狮子。褐狮子一到，驼场就没了清静。初时，汉驼欺生，老见公驼围攻褐狮子，褐狮子力大，虽没落败，也不曾占到便宜。一日，两匹狼瞅中一驼羔，贼溜溜凑了近前，正欲扑咬，褐狮子扑了上去，口叼一狼，头一摇，扔向半空，扭身扬起后掌，又将另一狼踢出十来米开外。此后，驼群才算真正接纳了褐狮子，再没出现过汉驼结盟攻击蒙驼的事，褐狮子也有了几个妻妾。但若是它不慎相中黄煞神的爱妃，也免不了一场大战。驼场信奉优胜劣汰，把式们是不管驼的屁事的。谁厉害了，多操几个母驼，多下些种，谁弱小了，你就干熬去吧。若再不经事，就下岗，让别人当驼王。若凭力量，黄煞神是斗不过褐狮子的。没治，蒙驼天生力大，但黄煞神却有着汉人的狡诈，相斗时，能用智弥补力的不足，相斗几场，很是惨烈。马四爷怕斗下去两败俱伤，就将褐狮子送回了蒙古。

嘿，没想到，在那野狐岭，又冤家路窄了。

2

是的，表面看来，汉蒙两个驼队的纠葛真的源于那次驼斗。其实，这仅仅是导火索。要是没有雷管和炸药，那火苗儿，蹿不了几下，就会熄的。

这驼王间的较量，也跟男人们的争风吃醋一样。好多男人，为了争风吃醋，不惜搭上性命，老先人便说"奸情出人命"。驼也一样。

你猜猜，它们为啥争驼王？

是为了吃？瞧那天大地大的草场，你长个牛车大的肚子，不也就吞上几百斤草吗？值得为了点草料斗个鱼死网破？是为了穿？驼们都穿着天然的黄缎子似的毛衣，不像人，为了叫自己变得光鲜些，总是千般盘算，百般计较。那么，为了啥？告诉你，为了母驼。

你别瞧驼场虽大，母驼虽多，可并不是每一峰公驼都有下种权。你别小看那下种权。你下的种多，意味着你死后受的祭祀多。老祖宗有种说法，除了一些特别点明的祭祀外，所有死鬼，享受到的，只能是自家子孙的供奉。当然，也有些破头野鬼为了讨点祭祀，老是骚扰人。那被骚扰者不是头疼便是脑热，就是说死鬼有啥症状，被那鬼毛骚者也就有啥症状。我父亲死前，耗尽了精力，身子没一点气力了。一天，他"问候"了我，我也忽然没一点气力了。你要知道，那是真正的没一点气力，我连说话的气力、连睁眼的气力都没有。我于是明白了人死前，真的是耗尽了气血。要是还有一点点气血，人就不会死。凉州人管那老是毛骚人索要祭祀的鬼叫破头野鬼。

破头野鬼多是没有子孙的鬼，有子孙的鬼轻易不骚扰人，因为他啥都不缺，他需要啥，他的子孙都供了啥。所以，为了能在死后不当破头野鬼，男人就只好多下种了。

驼想来也一样。

当然，这是我的揣测。因为我实在弄不清，那些公驼，为啥老是为个母驼打个黄沙弥天？若是为了泄欲，用一两峰母驼也就够了。

那次灾难的起因，似乎就源于两个驼王的较量。

前边说过，驼队陷入野狐岭的原因，是因为石子进入包驼掌的皮囊，弄坏了驼掌。这是个很低级的错误。

但后来，另一支驼队照样犯了这个错误。那支驼队更大，有三千多峰驼，它们护送班禅大师回藏。为了保护驼掌，他们也用了皮囊，后来，那支驼队绝大部分都死在了青藏高原。其死因，也是钻入驼掌的石子弄烂了驼掌。那些烂掌的驼，倒在山道上，发出直扎天空的哀鸣，最后变成了一堆堆狰狞的骨架。没办法，人类是最容易健忘的动物。

但其实，也并不是所有的驼都烂了掌，肯定也有那囊里没进石子的驼。要是驼把式勤快些，常检查一下皮囊，那驼掌，也会幸免于难的。

那两个驼王，就属于这一类。因为把式检查得勤，它们的掌并没有烂。

有人要问了，一个驼队，咋有两个驼王？问得好。其实，你忘了，那支驼队，是由两支驼队合成的。一支蒙驼，一支汉驼。这样，就有了两个驼王。

老先人说，一山难容二虎，一个槽头拴不住两个叫驴。

那场大战，是免不了的。

起因是为了争生驼。

3

  从优生学的角度看，这两个驼王都是好驼，都高大，都威猛，都长了一副好身坯。它们都是从各自的驼群里杀出来的好汉，不定经过多少场厮杀，才成了驼王。

  驼王当然是头驼，可头驼不一定是驼王。一把子驼里就有一个头驼，驼王则是一个驼场或是一个驼队里最出色的那峰驼。

  这两支驼队里，汉驼驼王叫黄煞神。它其实是白驼，有一身白缎子似的驼毛，因跑起来速度很快，有种飞沙走日之感，故名。蒙驼驼王就是前面说的褐狮子，毛皮黑红。就身架来看，褐狮子大多了，毕竟是蒙驼。蒙驼的身架本来就比汉驼的大，力量也大。每峰驼驮的重量也比汉驼多。没办法，那蒙驼，跟老毛子洋人一样，天生就比咱汉人高大，这是种的原因。

  要是驼队不在野狐岭歇息的话，这两个驼王是不会较量的。每一站虽只有四五十里，但那四五十里不是当了甩手掌柜走路，而是驮了二百多斤货物。那一走，每峰驼都汗淋淋的，一进窝铺，都累成泥了，除了喝水，补充养分，它们是顾不上管别的事的。当然，也少不了有些风流鬼干些例外的事，但例外总是例外。大部分驼还是抓紧歇息，为次日的跋涉准备体力。

  这次，为了养伤，多休息了几日，这两个驼王就不安分了。

  褐狮子瞅准了汉驼俏寡妇。这名字是陆富基起的，他说那驼的神态，很像他驼场的相好俏寡妇，就以此名驼，以解相思。俏寡妇是白骆驼，长得很齐整俊俏，亭亭玉立，毛片赛缎子，正当三岁，还没下过种呢。按驼的眼光看来，那当然是美女了。瞧那模样，似乎是发情了。但它没有经验，虽发情，并不知自己已经发情，它只是焦灼地乱窜。可那体香，已将自己的讯息传了出去。很快，几峰儿驼围了来。这时，黄煞神气势汹汹地叫一声，别的驼就讪讪地退了。

  黄煞神口中边嚼白沫，边向俏寡妇靠去。把式们将这种行为叫寻羔。寻羔的驼也叫疯驼，若是近处没母驼，人是不敢接近疯驼的，疯驼会把人当成母驼来强暴，但一有了母驼，儿驼就不屑望人了。

  大嘴哥于是大喊：操！操！

  那俏寡妇不谙世事，见黄煞神摇着长晃晃的身子过来，扭头就跑。黄煞神腿长，不几步，就追上俏寡妇，叼住其后腿，一拽，便将它扯倒在沙上。

  褐狮子却扑了上来，斜刺里一撞，便将正要伏上母驼的黄煞神掀翻一旁。黄煞神大怒，一跃而起，张了大口，朝褐狮子咬去。

褐狮子连忙躲避，鬃毛却叫对方扯去一缕，索性扬脖，压住对方脖子，想把对方按倒在地。

骆驼角斗时，多用咬、踢、按、压诸招。最厉害的是咬，能将对方咬得血肉模糊——骆驼虽是善良的动物，发情时却野性勃发，跟疯狗不相上下；其次是踢，那驼掌，虽也柔软，但常行沙路，力大无比，猛踢过来，足有千钧之力。若叫踢中软肋，虽不能开膛，也可能会断了肋条。

马家驼场跟蒙人的驼场相邻，有时，为了争草场，驼跟驼也老有殴斗。黄煞神也和褐狮子较量过几次，互有胜负。褐狮子性子憨，相斗时很少咬对方，它多用按压之法，直到对方认输。认输时，驼会发出几声哀鸣，一听那声音，褐狮子总是会罢战。不过，黄煞神认输时从不以声求饶，多用形体动作，它放松身子，瘫在地上，四肢长伸，如伸懒腰，不再挣扎。这和人类的放下武器差不多，褐狮子便不再追究。但许多时候，黄煞神不去和对方较劲，而是快速抽身，掉过屁股，扬起后掌，向褐狮子软肋处踢去，往往也能一招得胜。

但这次，黄煞神一出招便是咬，可见它真是气急败坏了。对方才将脖颈压来，它便顺势一口，叼下一块肉来。褐狮子委屈地叫一声，等于向把式们告状：瞧，它违反规则了。

陆富基挂不住脸了，使起裹头鞭子，向黄煞神抽去。驼们平时的撕咬，至多啃破点皮，像这样叼下肉来，等于拼命了。驼把式不能不管了。你想，要是天暖时，苍蝇就会在伤口上下蛆。若不及时救治，命都难保哩。要是你也咬，我也咬，驼队就完了。

该。蔡武说。揍这驴撵的。

太该了。祁禄说。平素里，这蔡武和祁禄，总是一唱一和，像穿了一条裤子。

趁着黄煞神躲避，褐狮子扯倒俏寡妇，腾上身去，放出阳物。俏寡妇却瑟瑟发抖，将尾巴夹得很紧。褐狮子冲撞几次，苦于找不到门径。

陆富基骂那母驼，你也三岁了，该怀羔了，装啥正经。

母驼不情愿地扎起了尾巴。陆富基将那乱颤的物事牵进了正途。

忽听黄煞神哀嚎了一声。

4

陆富基没想到，自己那一管闲事，却种下了祸根。

他早就看准了褐狮子的身坯。蒙驼力大，能吃苦，有长力，跟汉驼一杂交，肯定能生出好驼来。要是专门去叫蒙驼配种，至少得花几斗麦子。而且，即便是花了麦子，你也不一定能找到褐狮子这样的种驼。

黄煞神哀嚎一声后，扑了过来。只一下，就扑翻了褐狮子。

褐狮子闷吼一声，爬了起来。陆富基见势不妙，忙用裹头鞭子招呼褐狮子，不使它近黄煞神的身。他明白，要是两个驼王实打实较劲的话，吃亏的只能是汉驼。

没想到，黄煞神想对付的，不是褐狮子。它一口咬住俏寡妇的腿，头一抡，竟扯下一块肉来。俏寡妇腾起身来，逃向远处。黄煞神却不放过，张着大口，扬脖穷追。

黄煞神疯了，大嘴惊叫。

俏寡妇风一样逃向沙洼。血从它胯下的伤口里流出，滴在沙上，黑黑的一溜碎点。俏寡妇惨叫着，叫声像风中翻飞的唢呐。

我明白，俏寡妇一扎尾巴，刺激了黄煞神。在它眼中，那几乎算得上背叛了。一个生汉驼，在自家驼王面前顺从了蒙驼驼王，其情形，不是跟汉奸一样吗？何况还是俏寡妇那样可爱的生驼。俏寡妇在驼中，等于王昭君在人中。我想，汉元帝送王昭君出塞时，想来就跟黄煞神的心情一样吧。

我知道气疯的黄煞神啥事都能干出的，就带几个驼户追了去。俏寡妇吓坏了，在沙洼里东扭西窜，慌不择路。黄煞神发出怪声，踢飞一路黄沙，阵势很是吓人。看那模样，黄煞神真是气疯了。以前，驼户们将发情的驼叫疯驼，这黄煞神的疯劲，百倍于寻常疯驼呢。

我叫：小心！别叫它咬了！

我回到窝铺，骑了乌云盖雪，追了上去。那乌云盖雪，周身如炭，只有四蹄如雪。这是驼队里唯一的马。按说，马行沙路是吃力的，但我这马，自小就在沙漠里跑，我又用牛皮为它特制了一副蹄套，大如驼掌，所以在沙上行走，也不影响速度。多年之后，我的乌云盖雪被凉州人神化了，说它能蹿房越脊，飞檐走壁。凉州人就这样，他们总是神化一些不了解的东西。

我叫陆富基取来了套驼杆。为了对付一些不听话的驼，驼队备了套驼杆，那模样，跟套马杆差不多，只是那套儿更韧更结实。

那两峰驼，踢一路黄沙，奔向远方。我很怕那黄煞神的咬。要是它咬了俏寡妇，感染的话，是很麻烦的。掌烂之厄未解，要是再多出些伤驼，那行程，就更得往后延了。每峰驼都驮一定量的东西，要是伤了一驼，它身上的货物就得由别的驼来分担。这样分担得多了，别的驼也会给累垮的。

四、黄煞神说

黄煞神现身时，已没了驼的模样，很像一个驼背老头。这是我在驼神庙里看到的模样。我想，它定然也喜欢这模样，时间一长，就进入角色了。

我想，驼神定然喜欢人们的顶礼膜拜。只是这些年，骆驼客也越来越少，眼见是绝迹了，驼神的香火也差不多绝了。

不过，黄煞神的这个神，不是皇家封的，只是一些骆驼客尊的，人家尊你了，你是个神；人家不尊你了，你也就只是个破头野鬼。在凉州乡下，将这类神称为"毛鬼神"。

黄煞神虽是个背运的神，神力不大，但架子不能塌，所以，在我采访的那些天里，它见我时，总是化为驼神的形象。那模样，有点像千年的驼背胡杨，在夜幕下看上去，很是怪异。

夜气的流动宁静而缓慢，寒水般漫了来。星星仍显得很低，月牙儿宽了些，洒下一晕晕乳色的凉气。

当黄煞神讲述时，其他的幽魂就隐去了。一个突兀的怪模怪样的驼背老人出现在眼前，给我以很强的视觉冲击力。

黄煞神声音的质感很强，像拿个杆子在夜气中捅了来。可见，那"神"的尊号，并没让它的境界有实质性的升华。

它仍有火气和执着。

1

我当然要发怒了。要是你的女人叫另一个男人强暴，你会咋样？要是她带了一种半推半就的神态自家脱了裤子了，你心里会咋样？你还说我呢。你难道不知道，母驼的扎尾巴，等于女人的脱裤子？要是它不扎尾巴，那褐驴子——我可从来没叫过它褐狮子，狮子？哼，屁！——的老屌能进了它的身子？而且，你是否还看到俏寡妇闭了一阵眼睛，那神情，分明带了品味的味道？

是可忍，孰不可忍。我咋能不疯？

当然，你们人类中也有为了一些既得利益而把自家老婆送货上门的事。但那是你们人类。我们驼类从来不管这些。我们日求一堆草和一桶水而已，给个乌纱帽也没地方戴，给一堆金银也没地方花，给几栋高楼大厦也没办法住。除了生存的必需外，我们唯一的乐趣，就是跟俊俏的母驼调个情啥的。要是遇上可心的母驼，它逃我追，叫那风呼呼地掠过耳旁。我们可以尽情地扬起驼掌，蹚飞黄沙，驾风驭云，何等逍遥。可是，我们一那样，你们就说我们疯了。你们不疯？瞧你们，一望那黄的金，白的银，一望那俏女子，不也是眼发金光吗？我们何曾说你们疯来？

是的。我承认，那天我是气坏了。当然，现在想来，为个生驼气成那样，不该。可那时，我血气方刚，又是所谓驼王——现在想来，那名儿，也是个很滑稽的东西，它唯一的好处，就是能多玩几个生母驼而已。可那玩，咋想都跟做梦一样——我不发怒，还算驼王吗？

你不知道，那时，我跟那褐驴子，真有些不共戴天呢。也许，它真是我前世的仇人，不然，为啥一见它，我就会莫名其妙地讨厌？当然，你也可以说成是忌妒，是的，我承认，有一点。我是有些"羡慕"它那身坏，不管咋说，作为骆驼，骨架大些，身坏高些，力气大些，总不是坏事吧？我是看不惯它那牛气样。它那牛气，简直是太牛气了。像那次，就是它先无理。不管咋说，我总没有去黏你的蒙驼吧？要是我黏了你蒙驼，在你的眼里下了蛆，你当然可以照辙行车。可我没有。要知道，谁有谁的主权范围。人不犯我，我不犯人。可你，偏偏到我的地盘上来撒野。是的，你力气大，身架高，我是有些怵你。但我总不能因为怕你，就放弃我驼王的尊严。

我承认，我气坏了。记得当时，只觉得一股血冲上了大脑，脸一下子热了。要知道，我的血不是总爱沸腾。除了一些不得不进行的殴斗，我也不爱跟人较劲。瞧那赤眼，虽然它老是背过我，去黏一些半老的母驼，我也不跟它计较。你知道，我的精力有限，我不可能对每个母驼都播撒我的种子。我当然要睁一只眼，闭一只眼。可你褐驴子，你有那么多蒙驼，它们也久旱盼甘雨一样希望你滋润它们，你不去，偏偏你要吃着碗里的，望着锅里的，把手伸得老长老长的，来摘我树上的桃子。你那一招，等于舀了一瓢稀屎往我脸上浇呢。

我当然要咬它。

我承认，我咬得深了些。可那时，我还想一口咬断它的命呢。要是我知道有一天它为了保护俏寡妇命丧狼口——这是另一个故事了——说不准也会放它一马。说真的，我还是有些感动的。

记得，咬了那一口后，连我自己也惊住了。我觉得嘴里多了一块黏物，有些不知所措了。以前，虽也在斗战时张着大口，但多是吓唬，并没真下口。这一咬，却真是用了吃奶的力。我知道这犯了忌讳，但血冲昏了头时，谁不犯错呢？听说，这世上有两种人不犯错，一种是死人——当然也包括死动物，一种是佛陀，为啥我犯了那么一点错,你们就耿耿于怀呢?

那时,我不但咬了褐驴子,更想将俏寡妇啃成一堆白骨呢。当然,那只是我的想法,能不能实现是另一回事。也许,我啃了几嘴后,也不忍心再下口呢。

但这时,一个套驼杆套上了我的脖子。

对那蛇一样缠到我脖里的玩意儿,我怒不可遏。我怒目回首,我看到那个叫陆富基的粗壮汉子正较了劲,他骑着骆驼,眼似铜铃。他真有劲,我能觉出他臂上有五百多斤力气。你问我为啥知道他有五百斤力气?告诉你,因为我见他抱起过两个驮子。一个驮子二百四十斤,两个有多少?你自己算。还有一次,他一鞭就将赤眼打倒在沙洼里,赤眼背上裂开了娃娃嘴般的口子。

我很怕他抡了鞭子,给我背上也来那么一下。幸好,他拿的是套杆,对这玩意儿,我不怕。虽然它勒得我脖子难受,但我并不怕。驼的脖子,生来就是叫套杆套的。我怕的是鞭子,尤其是裹头鞭子。那鞭子曳风抡了来时,脸上的没毛之处总能叫撕开血口子。这也不怕,因为那鞭子,天生就是揍骆驼的。我怕的是,要是那把式的鞭子没准头,鞭鞘在眼珠上来一下,抽出苦水,咱就成瞎眼驼了。你知道,要是瞎了一只眼睛,就算我气力不减,驼王也是不能当了。我是有自知之明的。

但幸好,他只是举了套杆,倒是没抡鞭子。

我挣了几挣,没挣脱,也就乖了。

我看到俏寡妇惊魂未定地站在沙洼里,低眉垂首的。

它瑟瑟发抖。我的心软了。

2

你要知道,好多事情,只要换个角度,就想通了。但有时候,那听起来简单的换角度,却不容易做到。现在,经了些事,当然想通了。但那时,我真的有些糊涂。

陆富基把我套了来后,我乖了几日。当然,我那是表面的乖。因为我心里老是激荡着对褐驴子的仇恨。每次,一想到那短命鬼在我的地盘上——这不是地理意义上的地盘——下手,气就不打一处来。我老是阴阴地瞅远处的褐驴子。即使在野狐岭,蒙驼和汉驼还是分开栖息的。谁都扎了帐篷,驮子都码在帐篷里,我知道那是防雨雪的。那时,时令已到冬天,天冷了,但没下过一场雪。风倒是呼呼个不停,好在驼队栖息在鞋壳篓里——意思是那地势四面高起,中间凹下——这样,风就从上面直吹而过了。

我们是不怕风的,这时驼毛已经长得老长了。除了精肚子驴还那样精肚着,据说它患了热毛子病，毛一长得寸把长，就会开始褪，但那货脏腑热，虽没有能暖身的毛片，倒也不见它哆嗦。我怀疑它是有意硬撑的，因为前年有个跟它一样老是褪毛的驼进了汤锅。它亲眼看到几个把式绑了那驼，将一把宰牛刀捅进了它的心脏。那时，还是在驼场里呢。它当然忘不了那一幕。我想，在寒风中它总是硬挺了身子，也许是怕进汤锅呢。

别的驼都不怕冷。我倒是怕热，每到五黄六月，我总是觉得进入了地狱。不饮几桶大黄水，我是熬不过夏天的。

我老是眯了眼望褐驴子，我眯了眼是想迷惑把式。要是我睁大眼睛瞪它，要是叫把式瞅见，不定就会多一些提防措施，比如将我关进那破城墙。这儿有好些破城墙，本来叫沙埋了大半，后来，几个驼把式清出了沙，搭了块帆布，就当屋子了。要是把我关进那儿，凭我的身架，是跳不出那城墙的。

我当然得眯了眼。

我在瞅机会。我想瞅个机会，教训教训那野骆驼操的。

现在想来，当然觉得很可笑。有时候，时间能消解好多东西。可那时，我是越想越气越气越想，就陷入恶性循环不能自拔了。我整天迷迷瞪瞪地想复仇。我一想俏寡妇叫它强暴的那一幕——虽然那尾巴是它自个儿扎起来的，这不是更可恶吗？要是单纯的强暴倒好些。我看到俏寡妇老是偷眼望我。我知道它很内疚，它当然知道我对它的心思。我一直青眼待它，我想等它一跨过三岁的门槛，它就是我的了，当然前提是我在发情。因为不发情，我是心有余而力不足的，就跟你们患了阳痿的男人一样。要知道，要是我气势汹汹地追上生母驼，一嘴扯倒了它，腾身而上，那玩意儿却不争气，疲软不堪，叫别的儿驼看到了，还以为我是年老体衰了呢。所以，不到那话儿气势汹汹蠢蠢欲动时，我总是按兵不动的。不然，能有褐驴子逞凶的机会？

我看到褐驴子也在偷偷望俏寡妇，它定然在品味生驼的感觉。那感觉当然好。生驼和老母驼不一样，最大的不一样是质感和温度。我不想多渲染。你啥时投生个驼，自个儿尝去。瞧褐驴子那熊样。那天它没尽兴，也就是说没来得及把种下进俏寡妇的体内。但这，肯定成了它的遗憾。乍尝甜头，又没尽兴。可对我来说，不管你尽没尽兴，那事儿，我一想就恶心。

我的心头老是燃烧着复仇的火，而且，那火一日日变成了激荡的岩浆，总想找个出口。

次日，把式赶我们离开鞋壳篓，到远些的地方去吃草。秋霜一掠，早没绿草了，好在还有沙秸啥的，充饥是可以的。因为我这几天的老实，迷惑了把式们。他们以为我变好了，却不知道，我本来就没变坏。我就是那样。很小的时候，我就有强烈的复仇欲，而且，我的记性非常好。至今，我还记得那个祁禄骗我吃蜥蜴的事。那时，他老挤个尕眼坏笑。他捉个蜥蜴，裹在绿草中，骗我去吃。当然，他是好意，他想叫我长膘。可他不知道，我生来不爱吃那玩意儿。那玩意儿真的很恶心。草才一入口，我马上就觉出了不对。那玩意儿蠕动几下。你想，一个凉凉的瘆虫在舌头上挣扎惨叫——我虽然听不到它的惨叫，但我能感受它的惨叫，那惨叫似乎比蚯蚓的惨叫大百倍哩——我刚要吐出，它已窜进喉咙了。我觉得一个活物一下子窜入食管。我还怕它在胃里捣蛋哩。哪知，那瘆虫一入胃，却泥牛入海了。我明白是很黏的胃液糨住了它。那天，我没有反刍。我怕一反刍，会从胃里泛出个软软的东西。后来，我还是报复了祁禄。一天，他骑我下坡时，我快如疾风，却突然拐弯，把那小子甩出老远……你也别瞪我，那是多年前的事了。

举出这个例子，我想说明我是个很有记性并且容易记仇的动物。

在我一生里，最忘不了的，还是褐驴子，也许，这就是"怨憎会"吧。便是在它为救俏寡妇舍身饲狼之后，这故事，其实发生在我们躲过沙暴后的另一个场合，我是用他心通观察的，那场景，一直定格在俏寡妇的灵魂深处，我仍然改变不了对它的怨恨。说不清为啥。也许，它就是我的天敌，不，我们互为天敌。

没起场时，我们在驼场里就老是斗殴。你不知道，虽然我们各有各的驼场，但那所谓驼场，也不过是个大致范围而已。汉蒙之间，仅隔一个沙漠，那沙漠，长虽然不知所终，横穿也不过八十里。那两个驼场，就接壤着，虽也有个约定的范围，但有时，也免不了你中有我，我中有你。这样，我们就老是掐架。记得，虽然互有胜负，但细算起来，还是人家蒙驼稍占上风，人家毕竟力大。好在汉驼在数量上占优，有时混战时，两个汉驼对付一个蒙驼，也能占些便宜。你可能不知道，汉驼蒙驼，虽然形状差不多，但心思上差别较大。在狡诈程度上，蒙驼可不是汉驼对手。记得那时，更多的时候，是我们两个驼王之间的较量。大略算来，我们也算战了个平手。它力大，我智多。虽然我那智，有时也算阴谋或不仗义，但跟敌人之间，还讲个啥义呢？

我想，也许，那俏寡妇，是不是就嫌我不仗义而委心于褐驴子呢？

有可能。

我这样一想，心绪大悲。我想，母驼真不是东西。以前，老听把式们谈书，说女人是祸水，能误国的。那时我还不信，现在我信了。真的。女人也许跟母驼一样。你想，那时，要不是俏寡妇那个骚货，驼队不一定会有那种结果的。

你别瞪眼，这是我个人的观点。我姑妄言之，你姑妄听之。

你瞪什么瞪?

3

后来的事情就发生在那次牧驼时。

要说,那事儿也真不怪我。要不是褐驴子第二次将稀屎往我头上浇,我也许就忍气吞声了。毕竟,上回我占了便宜。虽然我张着獠牙,不合驼斗条例,但那条例,也只是约定俗成,并没个明文规定。任何文书上没规定殴斗时不准用牙齿。当然,你褐驴子不用牙,可以,你不用是你的事。我想用。我跟你压脖子,我压不过你。我跟你扛架子,我也扛不过你。再说,我也并不是跟谁斗时都用牙,我跟汉驼也斗过几十场,都没用过牙齿。我是拎得清的。我知道,啥是敌我矛盾,啥是人民内部矛盾。真的,虽然我跟褐驴子相斗时用了牙,可那些汉驼们却都对我露出了赞许的目光。只有那长脖雁,老是阴阴地笑。它惦记驼王的位置许久了。我想,随着我的老去,它迟早会跟我较劲的。但好在我的儿子们也大了——这便是驼王的优势了,下种多儿子就多——要是我在老去之前,有个儿子在力气上胜过长脖雁,那么,它脑袋想成个蒜锤儿大,那驼王帽子也落不到它头上。

那天,我是打定主意的。要是那褐驴子不再骚扰俏寡妇,我就一锤打个肚儿里疼,不再跟它计较。算了,不管咋说,我也是个驼王,不能像女人精那样死缠不休。要是它再动邪念,我就真的跟它拼命。当然我不是瞎拼。我早就想好了对策,出其不意,攻其不备,一招见血,痛下杀手。

事情你已知道了,那褐驴子狗改不了吃屎,一到那牧地,便远远地望俏寡妇,不好好吃草。这儿早没绿草了,只有沙秸。沙秸很多,看那模样,这儿有地下水路,不然是没那么多沙秸的。也幸好,这儿多年没来驼了,不然,哪有那么多沙秸?要是没吃的,那么用不着沙埋,驼队早饿死了。天不亡人呀。

我发现汉驼们都愤愤地望褐驴子。它们虽然在吃草,但我看得出它们都偷眼儿观察动静。那长脖雁,索性挑衅地望我。我明白它心里的话:你要是没本事保护母驼,就别占着茅坑不拉屎。

我想,看样子,跟那褐驴子,我还是得斗一场。不然,光那长脖雁的眼光,就叫我受不了。

我看到褐驴子也在望我。我知道它有些忤我。虽然我的力气没它的大,可我总能在危急时突出奇招。你知道,蒙驼跟蒙人一样,总是有些憨实,好对付。当然,这憨实之说,仅仅是相对的。

要是你深爱的女朋友跟别人睡过觉，你见到你的情敌时，会有什么样的心情？这一想，你也许就理解了我。我那时，真像凉州人说的那样，打翻了醋坛子，胸内汹涌着一种很奇怪的情绪。我很希望自己的掌是利刃，这样，我就可以将褐驴子撕剁成碎片。

我发现，那褐驴子，开始靠近俏寡妇。我明显看出，褐驴子已色胆包天，不然，它是不会看不出我的心事的。它试探着望我一眼时，我恶狠狠瞪了它一眼。你不知道，那一眼，绝不是秋波一转，绝对是寒光一闪。它便是傻到极致，也不会看不出我早已动了杀心。那一眼，我等于告诉它，你要是再不知趣，我是会要你的命的。

但它还是渐渐接近了俏寡妇，最可气的是，俏寡妇竟然也摇了摇尾巴，那动作，等于说：欢迎欢迎！热烈欢迎！我真是气炸了肺。难道它忘了它是汉驼？

虽然我叫愤怒冲昏了头脑，但我还是冷静地思考对策。这便是汉驼。我明白凭力取，我不是褐驴子的对手。我只能智取。而且，我明白这一战对我来说真的很重要。虽然这支驼队由两个驼队构成，但此时此地，它已成为一支驼队。一山不容二虎，我跟褐驴子之间，必须决出个雄雌。要是我输了，日后，不仅俏寡妇，几乎所有的汉驼，都会成为褐驴子的妃嫔了。

褐驴子渐渐接近了俏寡妇。那一刻，我觉得天地都寂了，一切都在望我。我听到自己的心脏发出擂鼓般的声音。血虽然一浪浪涌向头部，我却仍然提醒自己：冷静！冷静！

这时，我听到长脖雁叫了一声。

我马上就明白了这一声的含意。

我知道，无论如何，我得表现出我的态度了。不然，长脖雁会出手的。要是它一出手，就等于是它代驼王行使职权了。无论它胜它败，我的话语权都会损失一半的。

我于是也大叫一声。那一声，既是在告诉长脖雁，没你的事，有我呢；也等于在警告褐驴子：你要是再往前走，我可不客气了。

我颠着身子，靠近了俏寡妇。我横在俏寡妇身前，望着越来越近的褐驴子。本来，我还想直接扯倒俏寡妇——即使它心中愿意，我不扯它，它也不好意思躺下的——腾身而上，在它的子宫里下上我的种。可我怕褐驴子会在我忙碌的时候偷袭。你知道，一心不能二用，在神魂颠倒时，我是绝对防不住它的杀手的。即使是我匆匆忙忙下完种后再接招，你知道，在那种时候，我的斗志会损伤大半。我聪明地选择了严阵以待。

褐驴子迟疑了一下，显然，它记起了自己的蒙驼身份。我从它的眼里发现了一丝闪烁不定的光。但我知道，这时，它已骑虎难下。驼们已知道了它的意图，要是它此刻退缩，驼们会骂它胆小鬼的。

褐驴子仅仅是迟疑了一下，就继续向俏寡妇走来……不，向我走来。因为这时，它已不再望俏寡妇，而是望我了。它当然也知道，这时，那好事先得放到后面。

我们俩开始了第一次对视。我们都望对方的眼睛。我从它的眸子里看到了一星模糊的黄。我想那一定是我。我看不清那黄星的细部，当然是我没有那份心情。要是我在草足水饱时，望俏寡妇或是别个我喜欢的母驼，我肯定会仔细地辨出那黄星的细部。——有人要问了，我黄煞神不是白驼吗，咋是"一星模糊的黄"？我告诉你，那白驼的"白"，是相对于黄驼的"褐"而言的。白驼虽称白，其实是白里有一点淡黄，而不是雪白。明白不？

现在，大敌当前，我只好游移了一下目光，我看到褐驴子身上隆起了一嘟噜一嘟噜的肉。我也有那样的肉。在汉驼中，我的肉是最结实的，但跟褐驴子相比，还是有些逊色。这也是种的问题。至于骨板，我更是比不了人家。不说了，这一说，我不过有些英雄气短，你可别当成我在为我以后的行为辩护。

我发现，在我们的对视中，褐驴子越来越显出了横气。以前，我虽然跟它较量过几次，但大都浅尝辄止，见好就收。我们更多的是以游斗或是打遭遇战的形式进行较量的。在每次的较量中，我们都没用全力。但我发现，褐驴子真的不好对付。首先，我从来没有在力上胜过它。这并不是我的力气比它的小很多。不是，毕竟我也是驼王，在它面前，我也没有一败涂地过。但我不得不承认，它真是我见过的最厉害的对手。

那次，我们是先在对视中过招的。过去，想跟我较劲的好些对手，就是在对视中落荒而逃的。驼虽然话少，但我们仍然能用眼睛说出许多想说的话。那天，我们就说了好些话。要是你想用意识流表达的话，那肯定是一篇万字以上的好文章。但现在，你只要明白我们在较量就成了。

需要强调的是，我的愤怒就是在那对视中越来越炽的。开始，我还从褐驴子的眼中发现了躲闪，那情形，很像偷情的贼汉子望人家合法的丈夫。就在那一阶段，我明显在对眼战中占了上风。我毕竟也是过来人，也能理解欲火中烧时的难受。我差点就原谅了它。我想，算了，大人不记小人过，只要你以后不惦记俏寡妇，给我个囫囵面子，这次就不跟你计较了。可是，等褐驴子又望了一眼俏寡妇后，那眼神立马就变了。我怀疑是俏寡妇给它使过啥眼色。这情形，也许很像那奸妇对贼汉子说，你怕啥？我是爱你的。只这一句，褐驴子的眼神马上变了，不再躲闪，横气开始外溢。记得，我的怒火，就是在这时突然炽烈的。我觉得一股酥麻从四肢荡向心脏。以前，我从来没有过这种感觉。你知道，这时，我最愤怒的，还是俏寡妇的背叛，它定然用眼神鼓励过褐驴子。肯定。后来的事实也证明了这一点。我不知道，它的心从何时开始变的。也许，在那次扎尾巴之前，它就对褐驴子有了好感。人类中的女人也喜欢猛男哩。后来我想，对俏寡妇这号货色，真不值得我那样待它。

我想，那就拼个你死我活吧。

我用眸子将我的怒火喷发得淋漓尽致，怒火冲走了我对褐驴子的最后一丝忌惮。我的体内鼓荡着一股奇异的大气。血液鼓荡着，一浪浪卷走了我的理智。有好几次，我产生了猛扑上去撕咬的冲动。但我知道，这一招，并不是我的专用绝技。我有牙，人家也有牙。我能咬，人家也能咬。我能咬得人家血肉模糊，人家也能咬得我血肉模糊。这是两败俱伤的事，显然不是上策。

那场大战，成为我一生里抹不去的记忆。直到今天，我都记忆犹新呢。

说不清是谁先进攻的。在我的印象里，我们是同时扑向对方的。我们都从对方的眸子里发现了进攻意图，然后一起发力扑向对方。我先是选择了角力。后来我才发现这是个错误的选择，但你知道，有时候，怒火会让自己产生错觉，以为自己真的是强大无比。记得，我跟褐驴子脖颈相较的刹那，我就感觉到对方那股可怕的力。我几乎用了全力，才能勉强保持平衡。好在我发现对方显然也用了全力，因为它的眼睛也有些充血意味了。就是说，在力量上我跟它相差不多。以前，我总是以为它的力量比我大，其实，这是个错觉。这错觉的原因是因为蒙驼驮的比汉驼多。后来我明白，蒙驼比汉驼强的，其实是耐力。

我跟褐驴子较脖角力，那模样，跟驼把式的掰手腕一样，我们都想将对方的脑袋按向地面。这本是我的拿手好戏。在驼场，我老跟儿驼们这样，有时是游戏，有时是真的角力。几乎每个儿驼，在到了成年后，都想跟我过过招。它们当然最羡慕我这个驼王，它们一个个望着那些美丽的生驼而垂涎欲滴。但你可能不知道，一般情况下，那最美丽的生驼总是属于我的。只有在我力不能支或我看不上丑母驼时，别的儿驼才有可能下种。驼场的把式们当然希望我能将那些优秀基因传承给下一代，正是由于我的霸道，那些癞皮驼才断子绝孙了。在那些半真半假的一次次较量中，我的颈强壮无比。可褐狮……驴子——我差点也叫它褐狮子了——的脖子竟然犹如铁铸，这可以理解。它定然也经历了一次次力与汗的考验。我感到它那脖颈里涌动着一股强大到邪乎的力，那力道，一拱一拱，其情形很像拱动的大蟒。虽然在外表上我没落下风，那相交的两个脖颈仍直立在空中，并没向哪一方倾斜，但我明白，我的力量已用到了极致。我的腿有些发软，汗水涌出汗眼，先是晶成一粒粒珠儿，渐渐汇成小溪，流下脖颈，滴在沙上，渐渐洇成图案了。

你是否能从那种静凝中感觉到巨大的拍岸的惊涛？

有好几次，我的脖颈被对方压得倾斜了，我屏了息，用了吃奶的力，才重新将脖颈还原。我也试图压倒对方，有一次，我甚至看到了成功的曙光，我感觉到对方的脖子斜了过去。但很快，我感受到一股更有韧性的力向我涌来。那一瞬，我甚至怀疑对方在有意相让。但很快，我明白，对方也用了全力。

我的眼睛开始发黑了，脑中一轰一轰。从某个瞬间开始，两个脖颈的绞扭静止了，像是搭了个拱桥。我喘息着，对方也喘息着。但我明白，要是这样较量下去，我必败无疑，因为我的耐力真的不如对方。我有些后悔跟它以这种方式角力。这是最笨的最不能偷懒的较量。这里所有的智慧啥的都没用。

我明白我要输了。脖颈的酸困越来越强烈，我的腿开始颤抖。对方虽也流汗，也喘息，但腿却扎进沙里。沙已涌住了我们的掌，慢慢向膝盖延伸。

就在我觉得耗尽了最后一点气力，准备放弃时，我听到马在波的呵斥声。一道鞭影裹了过来，不约而同地，我们都卸了劲。

我明白，是马在波救了我。

我一直记着他的这份恩德，所以，在后来他遇到劫难之时，我愿意舍命救他。

4

近处的草似乎少了，这可以理解。这么多的驼集中在一起，啃呀啃呀，肯定会坐吃山空的。我们的食场一天天远了。近处的吃完了，就吃远处的。

次日黄昏，我发现，俏寡妇不见了，褐驴子也不见了。你知道，我一直很留意它们。我有一种直感，它们之间，定然会有些故事。我当然不希望这样。要真那样了，我汉驼驼王的身份就名存实亡了。

我跑了好几个沙谷，没有找到它们。我看到了满沙洼的驼，觉得它们在嘲弄地望着我。我甚至听到沙谷里发出了响彻天空的笑声。其中，笑得最欢实的，是长脖雁。它跟我过过招。它的力量也很大，总能跟我相持一段时间。它缺的是耐力。它的优势是年轻。

我看到儿驼们都在望我，我觉得它们的眼神里充满了嘲弄。后来我知道，这也许是错觉。但那时，被污辱的感觉充满了我的大脑。我产生了一种想撕咬的冲动。

我听到大脑里发出了一声爆响。

我想，我真该拼命了。

我发现长脖雁在望我。这回不是错觉，是真的这样。

我看到好多驼望那个沙嘴子。我明白，褐驴子和俏寡妇定然在那儿干啥勾当。我踢着一路黄沙，扑了过去。才转过沙嘴子，我就看到褐驴子正在扯俏寡妇的腿。我相信俏寡妇还对我有些情意，不然，它是不会撑那么久的。它只消顺势一倒，褐驴子的那玩意儿就能直捣黄龙。

看到我过来，俏寡妇叫了一声，声音里充满了乞求。你们一定能体会到英雄救美人时的那种冲动。我看到褐驴子的那玩意儿硕大无比地张牙舞爪着，很像愤怒的眼镜蛇王在舞蹈。

说真的，我真昏头了。你知道，好多事情，是当局者迷的。事过了，境迁了，心也就变了，就会觉得当初天大的事，其实不过是心头的幻觉。我就是这样。现在想来，那时真是鬼迷心窍了，一是想不通我为啥迷那母驼，此刻想来，那俏寡妇也不过是个幻影而已，那时却成了我心中的太阳。

我扑向褐驴子。我以冲刺的速度冲向褐驴子，我踢飞一路黄沙，你知道我爱用这句话。因为那是我跑的特点，我爱用后掌刨沙。这一招曾救过我的命。某次遇狼，我逃时，就用这招。我用后掌扬起黄沙，就迷了狼眼。因为我奔时后面总是黄沙迷漫，把式们才叫我黄煞神。明白不？

我怀疑方才俏寡妇的那一系列行为其实是我的幻觉，甚至包括那叫声。我其实是希望这样，而不是它已经那样了。因为我冲到近前时，我发现褐驴子的东西已伸入到俏寡妇体内。我怀疑它们不是第一次，因为俏寡妇的脸上分明有种陶醉的神情。要是第一次的话，生驼总是很疼，总是一脸痛苦的。那时，我当然不知道——这是我成了驼神有了他心通之后才知道的事——俏寡妇的第一次其实是长脖雁。不知在哪个我恍惚的瞬间里，长脖雁已占有了俏寡妇。

长脖雁虽然占有了俏寡妇，但它却一直若无其事地装出一副正人君子的模样。仅仅从这一点上，你就会发现它的阴险。

记得，我甚至愤怒地听到了俏寡妇的呻吟。

需要提醒的是，那时，我约有七八百斤的体重。我以风驰电掣的速度冲过去。那份力道，至少能扑倒一堵墙的。就那样，我一下子将褐驴子从俏寡妇身上掀了去。想来那时它过于陶醉了，虽然它看到了扑来的我，但它定然舍不得那份销魂。就这样，那天的第一个回合，我赢了。

5

　　褐驴子翻起身来。它显然气急败坏了。它吐着白沫子向我扑来。需要说明的是，公驼一发情，总是要口吐白沫的。我也这样。这症候，跟人类的垂涎三尺一样，是一种生理反应。

　　因为有了上一次搏斗的经验，我不敢跟它打阵地战——也就是不敢用脖子跟它角力。见它莽撞地冲来，我急忙转身，扬起后掌。我用足了力，用那挖了半辈子黄沙、自然力大无比的后掌，狠劲地踢向褐驴子。

　　你当然知道，驼的踢甚至不逊于驼的咬。有时，那一踢要是踢到要命处，是可能会一招毙命的，当然，那驼掌着肉之处，必须是阴囊之类所在。要是踢到软肋，那感觉也不得了，你会有种闭气的痛，你会倏然觉得没了力气。瞧，我那一下，实实地踢在了褐驴子身上。我只觉得踢在了它的腹部，我甚至还感到了一堆鼓鼓囊囊的东西。我不知是它的肚囊还是别的。要知道，那个时候，我真的是气疯了。我没有心思辨认得更仔细一些。

　　褐驴子大叫一声——它竟能发出那样的大叫，真是天下之大，无奇不有。然后，它像抛出的麦捆子那样滚了几滚，滚入一个沙洼。那模样，很像滚动的驼毛团。就是说，褐驴子在滚动时，是收了四肢的。后来，我才知道，那时它疼得缩成了一团。人类在腹部受到重创时也会那样蜷缩的。

　　看着它的惨相，听着它直了声的惨叫，我真的好开心。但我又觉得奇怪，按对方的身架，不会如此不经踢的呀。那时，我还不明白，褐驴子被我咬过的地方，已经有些烂了，按你们人类的说法，就是感染了。千里之堤，溃于蚁穴。我当然想不到，那处小小的伤口，竟然会毁了一个优秀的驼王。——当然，我的这种评价，是事隔多年后的今天，才做出的。而在当时，我是不承认它是驼王的。现在，等那诸多的情绪像云彩消散于天空之后，我的心才清明了，才能冷静地回忆当初。

　　而在那时，我仍是被一种气急败坏的情绪主宰着。血在轰鸣，在燃烧，像拍岸的惊涛。要知道，那个时候，我是无法冷静的。我的血里，肯定比平时多了一种东西。就是说，我的那愤怒，不仅仅是心理的原因，肯定还有生理上的物质基础。要是你化验我的血，肯定发现它的成分，跟我平静时的不一样。

　　你信不信？

　　反正我信。我相信许多跟我一样发怒的人类，定然在那种东西的火上浇油下，才会干出错事。他们是身不由己的。在那种气急败坏的时刻，他们自己也不知道自己在做什么。等他们清醒的时候，错事已经干了，后悔也来不及了。虽然他们也得承担这种行为的后果，但从另一种意义上来说，他们是无辜的。这理论，同样是马在波的观点，但我信。我这不是在为自己辩护。我仅仅是印证了这理论的正确。

那时，我真是气疯了。我真是身不由己。那时，无论我的口，还是我的脚掌，都不是自己的。它们都叫一种气鼓荡着。我的所有行为，就是那种气作用的结果。

褐驴子爬了起来。我以为它会猛扑上来。但怪的是，它没有。我当然不知道那时，因为伤口感染的原因，它的力道已弱了许多。如鱼饮水，冷暖自知，这一点，只有它自己最清楚。它定然知道，在那种阵候下，即使它扑上来，也未必是我的对手。

于是，它冷冷地望了我一眼，讪讪地远去了。俏寡妇竟然也跟了去。

我很想扑上去，再咬俏寡妇一口，但怪的是，那个瞬间，我忽然没了斗志。我似乎被褐驴子眼中的某种东西打疼了。真的，今天一想起，我仍觉得有种无形的石子在打我的心。

是的，我从它眼中读出了一种蔑视。它仿佛在说，我看不起你，你个孬种。

这时，我发现了许多驼都在望我们。它们在远远地望着。它们啥都没说，我却觉得，它们说了很多话。

三星偏西了。

三星是西部人的一种说法，在书中，有人叫它寒星。

沙洼里冷得像冰窖。我强忍着，不使牙齿打架，但我的冷，大家都感受到了。我那冷，想来是能传染了，因为我听到了好些打寒战的声音。我明白了，他们虽然没了身体，却能读懂我的感受。我的冷能传染他们，让他们产生共振。

于是，有人说，行了行了。今天就行了，别把你冻成冰棍。

一堆声音应和了。

我打算，明天去下一站，距这儿，有三十里路。我跟他们相约了，对于他们，时空是不存在的。按老祖宗的说法，他们有神足通，能瞬息千里地出现在任何地方；此外，他们有天眼通，能看到一般人看不到的世界；他们有他心通，能洞悉别人的心思；他们有天耳通，可以任意地听他们想听的声音；他们有宿命通，能了解自己的前世和今生。在六通中，他们只没有漏尽通，所以还有烦恼。

陆富基说，成哩成哩，只要你在野狐岭，你在哪儿念召请咒，我们就到哪儿。

我说，除了采访，我还想看看那些实际的地貌。或许，它们会告诉我，那儿曾经发生了怎样的故事。

这倒不必。大烟客说。那故事,我们都知道。不过,你要是想撒活一下眼睛,也成哩。

我起了身,觉得身子有些硬了。天很冷时,便这样,骨头像是给冻硬了。

那些光团渐渐散了,我看到其中的几个,已渐渐显出了形象。也许是我的采访,激活了他们的记忆。

回到住处,黄驼诡秘地望望我,恶狠狠打了个喷嚏。我觉出了一丝异样,但身体有种异样的累,懒得去理睬它的变化。

白驼的眼神虽也安详,但它却像是在担心啥。这只是我的直觉。

第五会
祖 屋

次日起床后,我胡乱吃些东西,就沿着过去驼队行走的路线,往前赶了一站。那是一段黑戈壁,四下里望去,尽是黑黝黝的石子。虽然岁月过去了百年,但我还是能发现那儿曾是驼道,时不时地,还能看到骆驼骨架。最扎眼的,是驼的头骨,那几个黑洞洞的大洞,总给人一种说不出的阴森。狗定然也觉得这样,时不时吠叫几声。黄驼显然很忌惮那头骨,脖子一扬一扬的,想挣脱缰绳。我知道它不想进野狐岭。几天中,我发现黄驼很懒,没有一般驼的那种厚道。要不是它鼻中的木栓儿扯得它眼泪直冒的话,我还真有些降不住它。

白骆驼倒有种见怪不怪的淡定。骆驼客都说白驼珍奇,看来,不仅仅是颜色的原因。那驼毛的白,定然也反映了某种基因的优秀。

野狐岭又名殇驼谷,数百年来,死在里面的驼很多,故名。在我考察的这两支驼队失踪之前,据说还死过很多驼,大多是探险家的。在传说中,野狐岭有宝藏,就招来了很多探险家,大多有去无回,死因不明。后来,一个外国探险家侥幸活着出去了,写了一本书,书中就谈到了殇驼谷。

看这地貌,倒也没显出多少凶险,但怪的是,里面总会有一些怪事发生。这类故事流传极广,一本专门记录骆驼客生活的书里有过记载。只是这书没公开出版,还停留在手抄本阶段,知者很少。

我到达第二站时,差不多到下午了。我选个相对避风的地方,扎了帐篷,胡乱吃了些,记下了前一夜访谈的要点。

一入夜,我就边持召请咒,边点燃了那个黄蜡烛。

不一会儿,我就听到了嘈杂声……不,那嘈杂声,似乎不是听到的,是我感受到的。它不是由声带发出的,它只是一种功能性的能量。我能读懂它。我知道朋友们如约而来了。我最先听到的,还是马嘶声,接下来,那股浓浓的旱烟味扑面而来。很奇怪，过去这么多年了，我咋能闻到这么浓的旱烟味？

黄驼忽然吐起了唾沫。这是驼见鬼后惯用的一招。据说，鬼最怕的，是人的唾沫，想来也怕驼的唾沫。黄驼的喷唾沫声像打枪，突突突很是响亮。我怕这声响会影响我的采访，就将它拉到远处。一路上，黄驼愤怒地挣扎着，一边扬脖，一边抗议似的大叫，仿佛在提醒我：这里有鬼！我想，我还不知道他们是鬼吗，还用你提醒？

我几乎扯断了黄驼的鼻圈，才将它拴在远处的胡杨树根上。离开它回来时，我还时时能听到它机关枪似的喷唾沫声。

我感受到了黄驼对我的敌意，真是莫名其妙。我想，它不该是前世的黄煞神吧？若它是，也许我就是褐狮子。这想法虽然荒诞，但很是有趣。怪的是，若我的前世真是褐狮子，我也不觉得有啥遗憾。

这一晚，有好些人想讲自己的故事，但我却想听听木鱼妹后来的故事。我怕太多人的叙述，会打乱我的采访节奏。我必须在三九天来临之前离开野狐岭。听说，三九天的野狐岭，是滴水成冰的。

于是，我对木鱼妹说，请接着讲你的故事。

一、木鱼妹说

1

虽然想到它，我总是心痛如绞，但我还是愿意讲完它。

在很多人看来，那场大祸的起因，是我家的那个祖屋。

听大嘴哥说，驴二爷一直想着我家的那个祖屋。驴二爷啥都不缺，就想叫儿子考个功名。他原有两个儿子，我嫁的那个，是驴二爷的偏房生的，脑子不很灵光，驴二爷一向不上心。后来他死了，驴二爷明里也没有多伤心。

听说，他的大儿子马在波的学问很好，但考了几次，却连秀才也考不上，不知是他不上心，还是没考运。几年之后，马在波才告诉我，对那些儒家的学问，他根本就不感兴趣。那学问教他如何入世，而他自己，却想出世。一见那些词语，他的头就晕了。他还说，他最怕进考场，也最怕考上功名，更怕当官。这是没办法的事，有些人爱当官，有些人怕当官，马在波属于后者。他说，别说叫他当官，一听那个"官"字，他就厌恶。

但驴二爷哪知道马在波的心思,他问了许多高人——天知道那些高人高在何处——都说他那碉楼聚财,但妨碍功名。于是,驴二爷请了一个风水大师,踏遍了沟壑山洼,没想到,他独独瞅中的,是我家的祖屋,说是那所在,是文昌帝君吻过的地方。

我当然怀疑这说法。

虽然我家祖上出了几个文人,他们留下了一些文章,其中也有些可能会不朽的好文章,但可能不朽,并不是一定不朽。祖上留下的文章虽多,但多是木鱼书之类,由于祖上才子们的参与,那些木鱼书确实很有文采,但它们不是科考要求的那种文体。所以,近五代的祖宗们中,只有两个人考取了功名,其他人只留下一些很有文采的木鱼书和其他一些方志性书籍。

没想到,驴二爷没看到这些。他竟然真的相信,只要拥有了我家的那个祖屋,在上面盖上祠堂和书房,他的子孙们就会考取功名。由于心中有了这个打算,驴二爷一直想跟阿爸搞好关系。后来,趁着有了点酒意,他也说过要买我家的祖屋,但阿爸钢牙铁口,就是不卖。

我想给你们介绍一下我家的祖屋。那所在,其实并不大。不知道你们是不是见过排屋?其样式,有点像汉字的"非"字,中有道,房子盖在道的两边。那房子,窄长,小窗户,只一个门进去。为了防盗,那屋子没有大窗户,里面显得很黑、很潮湿。阿爸为了保护那些他购来的木鱼书,在屋子里又用木头搭了一层。那时节,每到梅雨季节,就会有大水漫进村子,我家也会浸泡在大水中。好在祖屋修得坚固,倒也没有泡坏。那时节,国内还没有水泥,得从国外进口,人称黄毛泥。阿爸说,我家的那屋,一点也不比黄毛泥修的差。那是爷爷用蔗糖水、糯米汤和了泥巴、石灰、贝壳灰夯筑成的。即使屋里进了水,也一点影响不了它的坚固。发大水时,我们只管将家里重要的东西移上木楼,就万事大吉了。

我理解阿爸的心,那祖屋,其实已成了他最后的心灵家园,他是不想失去的。他的地卖了,要是没了祖屋,这岭南,就没我家的立锥之地了。

那时,驴二爷出了很高的价,他也愿意为我家另选地方,再修个更好的,阿爸差一点答应了——要不是大嘴哥说了一些也许不该说的话。大嘴哥说,一天,他看到驴二爷在摸妈的奶子。他还说,驴二爷老是叫妈去他屋里,每次出来,妈的脸都"红不朗灿"的。

阿爸愤怒了。他认为,驴二爷举了一瓢稀屎往他头上浇。士可杀不可辱。但阿爸能做的,只是把气往妈的身上撒。他不许妈再去驴二爷家了。他狠狠地揍了妈几次,

081

妈也不强辩,只是捂了嘴,呜呜地哭。

一天夜里,山上又发大水了。这次大水发得格外凶,差不多把全村都淹了。那时,妈刚生下了妹妹。这个妹妹只活了三天。那三天里,我们一家人躲在家里的木楼上。没有吃的,妹妹开始还有哭声,后来便悄声没气了。对这个妹妹的死,阿爸没有一点儿悲伤的模样。因为,他心里,其实已将妹妹当成了驴二爷的种。

三天里,一家人已经饿得奄奄一息了。我们下不了木楼,屋里的水很深,我们都不会水。我有三个弟弟,加上我和阿爸阿妈,和那个新生的妹妹,有七个人。

我永远忘不了那场面,一种绝望的情绪笼罩着我。阿爸和妈都不说话。自打大嘴哥给阿爸说了那通话后,他们两个就形同陌路,即使不得已需要沟通,也是通过我来传话。在最绝望的时候,阿爸给我说了很多话。他最放不下的,还是那些木鱼书。他说,那些古本,是多少代老祖宗的心血。那些新的,也是他的心血。他不想它们就这样在大水中消失。他希望我能带了它们出去,他说我的身子轻,坐在那个木桶里,就可以出去。

后来,我便出去了。

我没有带那些木鱼书。因为那木桶盛不了多少东西,我一坐入,吃水就差不多了。我告诉阿爸,我不带那些书了,我已经记下了它们。阿爸笑了,他说我是他的阿难。那时,我还不知道谁是阿难,后来我才知道,阿难是佛的侍者,他记忆力超群,记下了释迦佛讲过的所有经典。正是从这比喻上,我看到了阿爸自视甚高,他甚至把自己当成了佛陀似的人物。

我慢慢划水,那木桶慢慢移着。我终于出了家门,出了那巷子。那巷子里,就我家的地势最低,以前,正是这一点,被风水先生称为聚宝盆。他说这地聚灵气。

这一点我信。因为就是在这儿,我阿爸写了很多木鱼书。写的时候,阿爸犹如魔鬼附体,癫狂了似的。也正是在这儿,我记下了阿爸搜集到的所有木鱼歌。我并没有着意地记,我是在半玩耍状态下记的。我相信,我家真的能聚灵气。所以,虽然水时不时会困了那所在,我也舍不得将它卖给别人。别说驴二爷,天王老子也不行。

巷子里没看到多少人,也许是逃难去了。因为好些人家的房屋是经不起水泡的,有些已倒了,有些可能会在日后的某一天倒掉。但我家的不会倒,听阿爸说,掺上贝壳灰之后,浸泡多少年也不倒的。后来,他的说法,得到了印证。几十年后,我家这儿修了水库,那房子——我离开岭南后,本家们修复了它——泡了半个世纪,却仍然坚固,号称是岭南最坚固的房子。

我下了木桶,想了一阵我该去的地方,终于想到了去商号。这商号,建在山坡上，显得威焰赫赫。我不知道那地方的风水是不是真的好，但那儿不怕水倒是真的。驴二爷的碉楼骑着那座大山。按阿爸的说法，那地方，是不该住人的，那儿只能建寺院。人住在那儿，等于骑到了山神爷的头上。要是没有德行的话，家迟早要败的。阿爸这话，显然有道理，但驴二爷家已经发了五代的财。开始，他们的碉楼在山洼，后来到了山坡，再后来就骑到了山脊上。当然，你去采访的那时，驴二爷家的人都搬走了。你只是看到了那些仍骑在山脊上的破旧院落。驴二爷一家败落之后，再也没人敢在山头上建私房了。

我想去商号的原因，是我想到了大嘴哥。我只能想到他。说真的，那时，阿爸打妈时，我也对大嘴哥充满了仇恨。我不喜欢他对阿爸说的那些话。我不管那事是不是真的，我看到的，只是它对阿爸的伤害。退一步说，即使是真的，又怎么样？当然，那时节，我心里也觉得妈做出了天大的坏事，也有些看不起她，但我更心疼阿爸。自大嘴哥告诉阿爸那事之后，我就再也没有找过他。

但在我逃出大水那天，我最先想到的，仍是大嘴哥。而且，想到他时，我竟然没有一点点恨意。可见，恨这东西，也会时时变化的。我知道，那时节，能真心帮我的，只有大嘴哥了。

那时，天仍在下着雨，水沟沟里仍有很多水，水仍在向下流着。我知道，照这样子，下洼处的积水仍会上涨。这样，要不了多久，我家的木楼也会进水。所以，一到商号门口，我就直了声喊："大嘴！大嘴！"我不知道他叫啥名字，平时说话，也总是省了称呼。此刻，我不知道该叫他啥，只能喊大嘴了。

他应声出来了。他显得很高兴。那次，他没有随驼队远行，据说是痢疾的原因。他手里拿个烟锅儿。我最不喜欢的，就是他这一点，但他说，他抽烟，是为了防长虫。他说，一天晚上醒来，他发现被窝里有好几条蛇。他吓坏了。后来，老驼户叫他抽烟，说是蛇一闻烟味，就逃远了。他就是这样学会抽烟的。他身上的烟味很浓，而且是最呛人的那种旱烟味。

听到我喊他大嘴，他倒没见怪，只说"大嘴"是别人给他起的绰号。他说你要是喜欢，叫大嘴哥也成。此后，我真的就叫他大嘴哥。

那次，大嘴哥救了我家。他会水，他在木桶里放了很多食物，送到了我家。我以为阿爸不会吃的，因为他老说"廉者不受嗟来之食"，但阿爸还是吃了。

大嘴哥怕那水继续上淹，就想叫阿爸搬到商号里去住，阿爸只叫他带了我的弟弟们出来。他自己，则死也不离开那儿。在他的坚持下，妈也没有下那木楼。

好在三天之后，天就晴了。

2

后来，大嘴哥说，那次的大水有些奇怪，因为他发现，有人在山坡上开了道，把好些水都引向我家了，我家就成了一个小型水库。最可怕的，是有人堵住了那个可以下水的山口。百十年后修水库时，也是用钢筋水泥堵了这水口。那个水口，被阿爸称为堵仙口。听说，堵仙口那儿，有个神水牛守着，有了它，没人能堵了它，但我家遭水淹的那次，还是有人堵了那口子。

我怀疑是驴二爷做的。

大嘴哥说不会，他说驴二爷只是好色，并不坏。他可以举出许多例子来证明这一点。一天，他馋了，偷了豆子去铺子里换糖吃，被驴二爷碰到了。他以为驴二爷会揍他，哪知，驴二爷只是说，那豆子，要留下给骆驼追膘，以后馋了，用大米去换。还有好些这类故事，他一直讲了好几件。他眼中的驴二爷真的不坏，他只是看不惯驴二爷见到俊女人时的馋样。

大嘴哥说，驴二爷好色归好色，他做不出那号伤天害理的事。

他还说，送往我家的那些食物，也是驴二爷叫厨房准备的。要不是驴二爷发话，他也做不了这个主。

他这一说，我也觉得自己不该冤枉一个帮过自己的人。

但阿爸却认定是驴二爷。阿爸说，他想淹死咱一家，想图那祖屋。

阿爸的说法，后来一直没有得到证实。

再后来的一场大火，让我相信了阿爸的说法。

不过，人算总是不如天算的。

我没想到，我跟大嘴哥竟然做了一件我们想也不敢想的事。我不知道那算不算丧天良。虽然那事发生了，但我们其实是迫不得已的。

对这件事，我一直很是歉疚。无论我们有着怎样的理由，驴二爷的那个孩子总是死在我们手里的。

关于这个故事，还是由大嘴哥来讲吧。

二、大嘴哥说

大嘴哥讲话时，我也能闻到一股旱烟味。在我的感觉中，他跟大烟客很像。在野狐岭的故事中，他们似乎是两个人，但在我的感觉中，他们很像是一个人，虽然故事中他们的年岁，相差了三四十岁。我想，大烟客年轻时，就是大嘴哥；大嘴哥老了后，也会成大烟客。在把式中，有许多人会这样。这一点，那首叫《北国之春》的歌中也唱了："家兄酷似老父亲。"

大嘴哥讲话时慢悠悠的，像喝绿米汤。所谓绿米汤，就是只下小米，不下别的，那汤就有些绿。小时候，妈常做绿米汤，喝起来绵绵的，淡淡的。只是刚出锅的绿米汤很烫，所以，你先要深吸一口气，慢慢地吸气，这样，一线汤汁，就会被你吸入的气流引了来，慢慢地滑进你的嘴，散在舌蕾上，一晕晕化开。那感觉，是非常惬意的。

听大嘴哥讲话时，我就有这感觉。

1

跟木鱼妹的接触，是我一生中的第一件大事。

这时候了，我也不想隐瞒啥了。

在我的印象中，那当然是大事。对于一个男人来说，哪有比第一次见天日更大的事呢？我的家乡，管跟女人做爱叫见天日。那天日，是指天上的太阳，这里形容女人的生殖器。你想，将那玩意儿，当成天上的太阳，可见其地位有多尊崇。在我们那儿，没见过天日的人，是不算男人的，没资格睡棺材，只能拉到河湾里烧了。人们管这种死者叫大死娃娃。七八十岁的男人，只要没见过天日，便是大死娃娃。

我便是在木鱼妹那儿见天日的。

当然，对于一个见过天日的人，见一次和见百次，没有太大的区别。

2

在那次前往罗刹的旅途中，我赶的是羊队。那是一次特殊的历程，除了驼队，还有羊队。驼是用来驮货的，羊是用来驮驼料的。我的羊背上驮的是豆子、青盐，还有青稞之类，而那些驮东西的羊们，又成了驼户们后来的吃食。当驼队行进一段时间，需要补充能量时，驼户们就会杀了羊。走一段，杀几只，到目的地时，也就差不多杀光了。

你可别小看这些羊，表面看来，它们的力量确实不大，驮不了多少东西，但老祖宗说蚂蚁围倒太行山哩，那数以百计的羊驮的，加起来，就能压死好几峰骆驼。

要是宿营的时间很长，我就会从驮羊身上卸下驮子，给它们相对的自由。在一般情况下，驮羊身上的驮子是不卸的。那是它们的宿命。它们跟我们劳累的父母一样，驮那驮子是它们的宿命，就像你爹常说的那样，"老牛不死，稀屎不断"。平日起场之后，由于时间关系，驮羊是不卸驮子的。那些不老实的驮子总是会压着它们的背，这样日久天长，就磨光了毛，磨烂了背，磨呀磨呀，焐呀焐呀，肉就臭了。所以，驮羊是不好吃的，即使是剜了那臭肉，也剜不了那臭味。

到了野狐岭后，我给羊卸了驮子。虽然那驮子装起来很麻烦——你想，几百只羊，都得我一一去装，还要系带子啥的，但我想，叫它们松活一阵是一阵。我是能真正体会到驮羊之苦的，这便是我为啥叫"张要乐"了。比起那些不会说话的畜生，我真的是进入天堂了。别看我也是个受苦人，可我会说，会跳，还会唱花儿，更能望着木鱼妹这样的心上人甜晕。它们能吗？不能。所以，我为啥不乐？人苦也一辈子，乐也一辈子，哭也一辈子，笑也一辈子，我为啥不笑？

在木鱼妹故事里讲的那时，我也是一样。我的笑，是真笑。只有在看到尕球时，我才不笑了。为啥？因为他是木鱼妹的丈夫。我不是。他只有七岁，就当丈夫了。我十八了，却没人愿意当我的女人……不，木鱼妹愿意，可她早成了别人的女人。只有在想到这一点时，我才乐不起来。可见，我的乐，也是相对的。

下面说说尕球。他是驴二爷的小儿子。虽然他脑子不很清干，时不时流口水，但他迟早是掌柜。我无论力气多大，无论棍术多好，总是他的伙计。驴二爷富得流油。那次，我们去罗刹时赶的羊，便是他家的。那些羊，其实是叫驼队买了的。有时候，一些货主人会将整个驼队买了。去罗刹那次，货主人是买了整个驼队的。为啥？因为据说路上很凶险。我也不知为啥凶险，在早期，我甚至也没觉出啥凶险。当然，后来我才发现，那境况，不是"凶险"二字能概括了的。

瞧我，扯远了。我这人，老是这样。难怪人叫我大嘴，我的嘴上，总是没有把门的。

在进了野狐岭后，我发现一时半时的，还走不了，就将卸了驮子的羊赶去放。羊很多，成一片云了。木鱼妹也去。那么一群羊，一个人是管不了的。放大群羊，最少得两个人，一个前边压阵，一个后边驱赶，不然，前边的漫跑一气，后边的掉出老远，羊能成群吗？

我跟木鱼妹认识较早，我第一次随驼队到岭南时，她还是个小丫头，老来票号里玩。按那些念书人的说法，我们是青梅竹马的，嘿，飞卿老是说，"郎骑竹马来，绕床弄青梅"，对，就是那味道。

那时节，票号里的伙计就老给我们起绰号，这绰号，跟《水浒》中人物叫黑旋风啥的相似，只不过，村里娃儿起的绰号，大多有两种，一种是叫你爹妈的绰号和名姓,一种是把你和某个女孩儿连在一起。我是后一种。我的外号便是大嘴娃,有的伙计一见我便叫:"木鱼妹大嘴娃,两个公婆沟里爬!"至于爬到沟里做啥,就不用我说了。

于是,伙计们一叫,我就怒了。开始的时候,我是真怒。因为那时,我们并没在沟里爬过。后来,我便偷偷地乐,因为我喜欢木鱼妹,他们把我跟木鱼妹连在一起,我咋能不乐?再后来,另一个也喜欢木鱼妹的伙计,偏要将我跟当地的另一个女孩连在一起。我知道他狗肚子里的酥油,他一说,我就怒,便捡了土块砸他的屁股——我不敢砸他脑袋,怕砸出他的脑浆——砸过几次后,他就再也不敢乱叫了。

就是在伙计们的那些叫声中,木鱼妹老是偷偷望我。再后来,她就长大了。一天,驴二爷找到她阿爸,给了他一些银子,将木鱼妹换了过去,给他七岁的儿子当童养媳。这事其实也怨不得她阿爸,那时节,他实在穷怕了,老是揭不开锅。他还要找那些木鱼书啥的,他也得糊口。听说,木鱼妹也愿意帮阿爸。表面看来,她倒是真的没有任何怨言。

那天,我正在山上割青草。听说这事后,那镰刀便疯了,一下一下乱飞,后来,它咬了我小腿一口。嘿,血流了好多呢。

不说了,不堪回首的岁月呀。

3

我还是说说我第一次见天日的事吧。

这种事,总是最难忘的。你说生命里的许多事,本质上仅仅是记忆。这是真的。我们留不住一切,一切终究会成为记忆。许多记忆也终究会消失。这便是人生的本质。你这说法,跟少掌柜的观点一样。

我真的发现,过去的经历,无论如何惊天动地,无论如何刻骨铭心,终究都会变成记忆。记忆是不能永恒的。我不信任何教,但我信这句话。那么,我为啥不乐呢?我乐在当下便是了。别的东西,我控制不了,任何人任何神也控制不了。

就这样,我一天天长大着。那时,我并不知道自己在长大着。只是我发现自己的身体在一天天起着变化,该大的地方大了,多了一些莫名其妙的冲动,尤其在早五更醒来的时候,那是我最想木鱼妹的时候。那时节,驴二爷已不叫木鱼妹放羊了,跟我一起放羊的是个哑巴老汉。岭南人家很少养羊,但驴二爷爱吃羊肉,他就自家养了一些羊。木鱼妹小时候,也给驴二爷家放过羊,工钱是每顿有一罐子饭。在最困难的日子里,正是这一天三罐子饭,养活了木鱼妹一大家人。她虽也会唱木鱼歌,但人们还不习惯请她唱,也就挣不到啥养家钱了。

木鱼妹成了驴二爷家的童养媳之后,她就不放羊了。票号里不很忙时,我就会跟那个哑巴老汉赶了羊上山。哑巴老汉老是冲我神秘地笑。我不知道他笑什么。他竟然将他的这种神秘的笑一直保持到了临终。多年之后的某个清晨,人们发现他那样神秘地笑着走了。他的心口部位一直热着,热了整整七天。又是十年之后,因为一次偶然的迁坟,人们掘开了他的墓,竟然发现他仍是那样笑着,他的肉体一点也没坏。村里人觉得不吉,怕他成精,给了他一顿乱铁锨,将他剁成了一堆肉泥。据说,竟然还有猩红的血呢。

在我的生命里有一段时间,就是这样一个哑巴老汉陪着我。跟他待在一起的时候,我也总是哑了,觉得很安详。开始,我还有点儿烦躁,后来竟然乐了起来。我觉得自己的乐是那老汉传染的。我不同意马在波说的那人是大成就师的判断。我从来没有见他念过啥经,或是持过啥咒。他仅仅是在乐,有时候他望着天空乐,有时候他望着大地乐。仅仅是这样。我不知道他成就了啥。

我们两人将羊赶到离村庄很远的山上,那儿草多,羊们就在那山上啃个不停。羊们啃呀啃呀,就啃老了自己,把自己啃成了驴二爷和伙计把式们碗中的菜。就在它们老的过程中,我也长大了,从小伙计,长成了驼把式。还是在当小伙计的时候,我就跟那些常来送货的把式学拳走棍,身子骨一天比一天结实,后来长成了能当把式的汉子。

一天,木鱼妹来给我们送饭——需要说明的是,中午我们是不回家吃饭的。一来远,二来想叫羊多吃些草,所以,每到上午,掌柜就会打发一个傻丫头来送饭。那丫头后来竟进入了历史,志书上有篇文章,讲的就是她的故事。关于她的故事,我以后再讲。

每天中午时分,那傻丫头就提个罐子,来山上送饭。有时是煮番薯,有时是别的,总之是送来啥,我们就吃啥,我们没挑食的习惯。那时,我们跟掌柜吃的一样。掌柜从来不吃独食,也不像后来书中写的那样凶恶。他跟我们是一样的人,也想有个好名声,也好色。

那天,傻丫头忽然生了娃儿,不能来送饭了。关于她生娃娃的事,当时是个谜,后来仍然是个谜。她没人娶,又丑得跟猪八戒的舅母一样,可竟然怀了孕,当然是个谜了。

望着那呕吐不已的傻丫头,驴二爷只好叫木鱼妹来了。

于是,我看到天的尽头走来了袅袅婷婷的木鱼妹。我的木鱼妹,现在想到你,心里仍有种骚烘烘的感觉呢。那时节，我也会像诗人那样抒情。时不时地，我就会在心里叫：木鱼妹，我的木鱼妹，我生命中最亲最亲的肉肉。

你别笑。我这，可不是无病呻吟呀。

4

你们别笑，也别往歪处想。

我的见天日，并不是从那次送饭开始的。那时节，和一个女人的故事，跟你们这时不一样。你这时候，只要有了钱，叫女人脱裤子是很容易的事。当然，那时也是。那时节，凉州城里也有河西大旅舍，住着许多俏姐儿，可我没钱。没钱的男子想女人，是隔着一座山的。我跟木鱼妹之间，其实也隔着一座山。在她成了少奶奶之前，也许只隔着一张纸，可我那时没有戳破。现在，那纸就一天天厚了，变成山了。

所以，那天，我们只是说了几句话。记得，说这话时，木鱼妹将我带到静处，说，那老牲口，起坏心了。我问啥坏心？她说，他接茶碗时，偷偷捏我的手哩。

后来，我从凉州杂调《当皮袄》中听到了相似的情节，一个男人爱上了某个女人，就在接茶时捏了她的手。这性质，跟西门庆捏潘金莲的脚很相似。在凉州，那是一种明显的包含挑逗意味的行为，等于说："我勾引你，你愿意吗？"要是女人也那样捏捏你，就等于说："这还用说吗？咱俩谁跟谁呀。"

所以，木鱼妹说，那老牲口，起坏心了。

木鱼妹说，夜里，他来推过门，我顶了杠子。

我发现那哑巴朝我神秘地笑。奇怪，他离我很远，我竟然发现了他那么清晰的笑。我觉得，他脸上的每一道皱褶都在向我说一种话。虽然我不明白那话的内容，但我知道那是一种话。你们猜，究竟是啥话哩？

我慌张了。我说，你别想歪了人家，说不准人家是无意的。

木鱼妹顿足道，这号事，还能无意吗？

说完，她就走了。

果然，夜里，我真的发现，那老贼颠手颠脚地摸向木鱼妹的小屋，推了一阵，没推开，就灰溜溜回去了。

但我怀疑那是一个梦。

因为我住在碉楼外面的票号里，是不可能看到木鱼妹的小屋的。驴二爷家的房子有多处，他自己，住在碉楼里。另外一处是票号伙计住的，还有一处是客房，我们按凉州的规矩叫车院。车院里，住着把式们。车院跟碉楼之间，有一道大门。门很厚，上有泡钉，便是土匪们攻了来，用磙子砸那门，也坏不了的。那车院，很像古代城池的瓮城，土匪们即使进了那儿，想攻入内院，也是要花很大力气的。

你想，我咋能从车院看到里面的事？

但次日，木鱼妹送饭时，她说的事，竟跟我看到的一样。

我真的信了。

那时节，童养媳是很平常的事。常常是几岁的娃儿娶十八岁的女子。那时节，我们老唱一个口歌儿："喜鹊喜鹊嘎嘎嘎，明个来个姑妈妈。姑妈姑妈你坐下，给你说个实在话。我的儿子核桃大，你的丫头十七八，求天求地给我吧。"瞧，这便是说媒来了。于是，核桃大的尕球，就娶了十七八的木鱼妹。

那时节，许多儿子跟老子差不多大小，看起来更像是兄弟。那所谓的儿子，其实便是爷爷的种。有人说，女人是块宝地，只要能长出庄稼，就别管是谁下的种。对于那些老被人屠杀的种族，为了防止绝种，这其实也是一个法子，对不？……瞧我，咋替那老贼辩护了？

从此，我就对驴二爷充满了仇恨，但不是阶级仇恨。这只是一个男人对另一个男人的仇恨。后来，许多人将这仇恨说成是阶级仇恨。我那时哪有阶级的概念呀？他是我的掌柜，我低声下气还来不及呢。以前，我从来不曾恨过他。相反，我倒是感激过他。我前边说过，有一天，我偷了黑豆子——那时我还小，不懂事——去换糖吃，叫他发现了，我以为他会打我骂我。可没有，他只是说想吃糖了拿大米换，豆子喂骆驼哩。他只说了这一句。需要告诉你的是，那时节，所有的豆子都用来喂牲口。据说牲口只有吃豆子才会上膘，吃麦子没劲道。我想说明的是，驴二爷不是个坏掌柜，在伙计们中，有着很好的威信。他老是雇人做一些修桥铺路的事。以前我不恨他，但自从他对木鱼妹起了歹心后，我就恨他了。我说驴二爷呀驴二爷，你个老牲口，你都快六十了，木鱼妹才十几岁，你咋有这歹心？其实，要是我没有爱上木鱼妹，我也不会恨他的。村子里有那么多的爬灰烧白头的，我能恨得过来？

我恨归恨，但没治。想到驴二爷的时候，我有种想到老天爷的感觉。我不能对他咋样。我自小就这样。有时候，听到他的咳嗽声，我的心都会不规则地跳几下。虽然他没有打过我。也许，人家对你越好，你越会这样。

正是因为木鱼妹的事，我才恨起了驴二爷。后来，恨屋及乌，就恨上了跟驴二爷有关的那些东西。

老人说，仇恨入心，要发芽的。

后来发生的事，我以后再告诉你们。

所以，对于得之不易的幸福，我总是很珍惜。后来，只要有机会，我就会扒下木鱼妹的裤子。我们在几乎你能想到的任何地方都做过那事，在河边，在山上，在簇拥的羊群里——那些羊都怪怪地望我们。嘿，只许它们这样，不许我这样？我知道，它们在忌妒我。要知道，木鱼妹是个多么可爱的女人呀。她那双眸子，像宝石猫儿眼一样美。我一碰她，她就叫，一韵三叹，妙意无穷。别说为她掉头，便是被千刀万剐，也值得呀。

嘿，不说了，欢乐总是转瞬即逝。人间的快乐像草上的霜花儿，日头爷一照，就没了。

我只能乐在当下，及时行乐。因为不管我乐与不乐，时光总是水一样溜走了，我当然要乐啦。是不？木鱼妹肚上死，做鬼也风流呀！

5

我跟木鱼妹第一次的见天日，是在她说了驴二爷敲门事的几天之后。驴二爷老是夜里去敲门，木鱼妹总是心惊肉跳。又一次来送饭时，她就把我扯到一个石崖处，说，我们相爱了一场，却成不了枕上人，我先将身子给你。我很紧张。因为那个哑巴老汉也在不远处。我发现他总是神秘地笑，笑一笑，又摇摇头，一脸深不可测的模样。我觉得他肯定在笑我，我能从他的眼里发现一种别人没有的深邃。那时，我还不知道他守的是禁语戒，我以为他是天生的哑巴。村里人眼里，哑巴人跟哑巴牲口差不了太多。木鱼妹也这样认为。所以，那时的她的心中，是没人的。但我还是将她扯到了更远的一个僻静处，那是一个水冲下的豁口，凉州人管它叫斗坝。斗坝西侧，有一面缓缓的坡。

你不是知道那首民歌吗？"大红衫衫扣门门开，一对对奶奶滚出来。上身身搂了下身身筛，妹妹的东西好，阿哥我解不开。"呵呵，这歌，唱的就是那天的我呀。

她一下下解扣子，我一下下抖。我看到一道道白肉从她身上扑了出来，扎我的眼。

嘿嘿，我当然手忙脚乱，那时节，我还没有见过天日。于是，我说，你来，丫头，你来，我不会。

木鱼妹红了脸，悄声没气地笑道，我也不会。

嘿嘿，她红着脸，先是脱了衣服，铺在那面缓坡上，只剩下一个肚兜儿。然后，她又褪下了裤子。我看到那突出的所在有一丛绒毛，不多，不很黑，但肯定是毛。我想说的是，她不是没有阴毛的白虎星，我们后来的命运跟白虎星无关。因为后来有人老骂她白虎星，说是她害的我。不是，她不是白虎星。她很正常。那儿的毛，也算得上气势汹汹呢。

我记忆中的第一次很仓促。虽然回味无穷，但当时没有多少快感。因为怕，还因为老是看到那哑巴神秘的笑——即便是躲在斗坝里，我仍然能看到那笑。后来才发现，他那笑，早印到我心里去了，时不时地，就会冒出来。这样，我便无法硬起来。同时，我也没有从木鱼妹身上发现相应的湿润，就是说，我们俩的第一次根本不是欲火中烧，失去理智。不是，那其实是一次非常理智的选择。我们是在完成一种仪式。

是的。你们是在完成着一种仪式。你和木鱼妹的那种行为，也是一种仪式。有了这种仪式，你们就进入了一个新的阶段。男人和女人无论多么亲密，只要不见天日，便不可能戳破那张纸的。那张纸不破，两人是不可能真正亲密的。因为那是一种仪式。那仪式象征着彼此进入了对方的生命，结成了一种生命的契约。当然，这仪式，对那些及时行乐玩世不恭者意义不大，就像灌顶皈依等诸多佛教仪式对那些佛油子并没有真正的意义一样。

其实，许多时候，形式便是内容，尤其在男女之事上，形式更是内容。没有形式，就没有内容。

你和木鱼妹的那时，正是因为有了这种形式，才有了后来真正的生命投入。

6

先生，请别打岔。

那时，我根本不知道啥仪式。我觉得她是我的心头肉。我要吃了她，她也要吃了我。就这样。那样子，像饿死鬼遇到了煮烂的嫩羊肉。我想，那心态，本质上跟吃饭一样，所以，老祖宗说食色性也。

那时我发现，我无法进入她。我不知道，我要去的所在在哪儿。这时你便发现老祖宗的见天日之说很有意思，那情形，真像一个瞎子在见天日。以前，我老是想它的模样，老是想它的位置，老是想它的颜色，就像瞎子想天上的日头爷一样，总是在假想而已。有个瞎子想知道日头的模样，有人告诉他太阳像锣那样圆，像火炉那样热，于是后来他一听锣声就叫太阳响了，一摸火炉就叫太阳热了。不开天日，真是不知道它是啥模样。

但我终于完成了我的仪式。我似乎占据了那个位置，但似乎又没有。后来，我确实感到了一种湿润，但也仅此而已。倒是我的心中有一种巨大的欢乐。我望着身下的木鱼妹，心中荡漾着一股巨大的眩晕。这感觉远比肉体的感觉好。我心中充满的，是真的占有了木鱼妹的那种满足和快乐。就是在那种大乐中，我完成了自己的仪式。

她赤红着脸提上了裤子。她的脸上荡漾着一种光彩。她望我时，就跟平时不一样了，变成了那种深爱丈夫的妇人才有的神色。嘿，这也许便是你说的仪式的作用吧。

我们走出了石崖。我看到天蓝得邪乎。云也贼白贼白，风更是轻悠悠吻我的脸。老兄，你说人咋就这么贱？以前，这些东西都有，我咋就看不到，咋就感受不到？我那玩意儿，只是碰了她那玩意儿几下，这一切就都活了，就都成了我的眼中心中最美的物事。你说，那美的，究竟是它们呢，还是女人的身子？或者是女人的身子磁化了的我的心？记得，自那之后，我可真的要乐了。我一个伙计，能跟木鱼妹这样的女人睡，还有啥不开心的？

对不？

我发现，那哑巴脸上，竟然也炫然着一种光彩。虽然他仍是那样神秘地笑着。他没有望我，他只是望天上的云。但我发现，那神秘里，竟然多了一种陶醉。他定然也知道，我和木鱼妹之间，肯定发生了一些事。

7

我和木鱼妹之间真正的乐，是后来才尝到的。那时，她没有疼，我也没有紧张。她来送饭时，总要多带一点吃的，给那哑巴。那是她偷偷藏的。按驴二爷家的规矩，少奶奶也是要干活的，而且干得不比别人少。主子比别人只是多了一些机会而已。啥机会？吃的机会。比如，她可以在蒸米饭时，偷偷吃一撮，或是在蒸包子时，偷偷抓一两个。哑巴吃东西时，唏唏哩哩，一脸惬意，在那种惬意里，他不再望我。我们便到远一些的沙洼，从容地做我们的事。

那事儿，一从容了，就有乐了。一天，木鱼妹忽然扭曲了脸大叫，上天了，上天了。我吓坏了，以为她要死了。谁知，她却狠劲地搂了我，一脸甜晕。她说，为了这，死也值得。我心里想，这话不吉。人说许多事，是接个口风，说吉则吉，说凶则凶。马在波说是缘分……别打岔，听我说完。但我想，这也仅仅是说法而已。我不信，我们后来的命运，是木鱼妹这话造成的。

当然，后来的事，其实也有许多变化的可能。也许，是有种不明不白的东西的，我将它称之为命运。

再后来，驴二爷夜里不再去敲门了。他静了下来，不知是啥原因。这样，我才和木鱼妹有了第一次上床的相会。

那天夜里，木鱼妹约我，叫我夜里去她屋里。我当然愿意。我也想整夜地跟她快活。于是，待到夜深人静，我便将那梯子搭上墙头。我上了墙，又顺下梯子，我便进了内院。我做这事时，真的是惊心动魄的。但色迷心窍的人，是胆大包天的。

我便进了木鱼妹的屋里。那屋子，虽然很寻常，但在我眼中赛过天宫。那里有许多我熟悉的气息。我很喜欢那气息。自第一次后的许多天里，那气息时不时就向我袭来。我不知道这是啥原理。但我想，对于你们作家来说，这也是一个细节吧。这细节是编不出来的。当一个女人进入你的生命之后，她的气息也会进入你的生命，成为你生命里离不开的东西。至少，我就有这感觉。

木鱼妹的屋子里，便充满了这样的气息。灯虽然暗着，那气息却亮得炫目。我于是看到了尕球，那个核桃大的丈夫。他老是瞪着眼望我。我想，也许他有种直感吧。我不喜欢他。他迟早会长大的。他迟早会干我跟木鱼妹干的那种事的。一想这，我就受不了。

此刻，他便在黑里的角落里熟睡着。记得那天天很亮，有白孤孤的月亮。也许这仅仅是我的感觉。因为木鱼妹说那天其实没有月亮。有还是没有，我现在也说不清了。我想是应该有月亮的，因为我能看到屋里的一切。我看到了那个我讨厌的娃儿。我更看到了木鱼妹的那双黑眼睛，里面有火，是能烤化了我的那种火。自打那一次她大叫上天了之后，那眼中的火就更炽烈了。那时，我虽然很快乐，但我觉得自己正滑了下去，滑向一个我不知道的所在。

我们就那样相拥了。那是我跟她的所有约会中最快乐的一次。屋里毕竟比斗坝好。她于是大叫。我很怕那叫在夜里很怪，总是用嘴堵了。我多想有个叫她畅快地大叫的所在呀，我多想听听她肆无忌惮地大叫呀，我多想看看她大叫时的那张扭曲的脸呀……我有好多"多想"，但每一个"多想"，在那时的夜里，都是没法实现的梦。我堵了她的嘴，我们只用肢体表达着自己的快乐。我们不知道，那个男孩会在我们一次次的大动中醒来。他大睁了吃惊的眼，望着我们。我不知道他望了多久，忽然，他大叫了。

爹——，爹——，他们在干驴事！

爹——

爹——

他也许看到过车院里的驴这样表演过，也许是听村里人管这事叫驴事。反正他知道不是好事。他的声音很大，吓呆了我们。我的热情一下子没了。我怕我那一吓之后会患阳痿，也确实患了，此后的好多天里，我一直起不了性。

记得，木鱼妹叫他别叫。那娃儿却仍是在乱喊。我急了，取过枕头捂在他嘴上。就这样。

所有的事，就这样。

我们捂息了那叫声，也捂息了那个生命。

怪的是，那个孩子的突然死亡，并没引起多大的风波。这事，是有点奇怪的。一来，那孩子身上没有伤；二来，驴二爷似乎不爱那个时不时就犯羊羔风的娃儿；三来，驴二爷似乎没觉察出木鱼妹的异样。当然，也许还有别的原因，总之，次日早晨，驴二爷见到那个死去的孩子时，虽然也吃惊，也悲痛，也抱了那娃哭，但最后，他也没说啥，只说："该死的娃娃朝天。烧了吧。"就烧了。我不知道，后来的那血案，是不是跟这娃儿的死有关？

但自从那娃儿死后的很多天，我没有再找木鱼妹。因为娃儿那张脸一直在我眼前晃动。我那曾经气势汹汹的家伙，却总是不听话。我知道它定然阳痿了。我好怕。

幸好，后来它还是忽然冲动了，拯救了我的灵魂。

嘿，瞧我，这么没出息。

我不知道，后来我还会遇上那么多惊险的事。

三、木鱼妹说

1

那件事发生之后，我跟大嘴哥还约会过多次。我们再也不敢在那屋里约会了。一有机会，大嘴哥就带了我，去了堵仙口那儿。在那儿，他只是亲我，我们也没做什么事。很长一段日子里，他做不成事……嘿嘿，你不用害羞，后来不是好了吗？你们别看他人模狗样，其实也很荒唐呢……那时，我发现，他的嘴真的比常人的大。而且，他的嗓音很好。他低声唱那些凉州贤孝，边唱边解释，我于是认定，它跟木鱼歌其实是一种东西的两个变体。

记得那天没有月亮。草丛里有许多闪光的小虫子。我很喜欢那些虫子。虽然那光不亮，但有了它们，黑就不那么可怕了。当然，跟大嘴哥在一起，本来也没什么害怕的。他的岁数虽然不大，却是年轻把式中武功最厉害的人，我常见他跟人走棍，要不了几个回合，别人不是脱棍，便是趴下。老有些人来跟他玩，但没人玩得过他。我就是见他跟别人走过棍后，心里才生起了一种晕晕的感觉。说真的，那时节，我甚至将他当成了木鱼歌故事里的落难公子。我问过他的身世，他说他是地道的农民。他说他的祖太爷、太爷、爷爷、爹都是农民，都是地地道道的农民。跟一般农民不一样的是，他们是农民中的拳棒手，都会走棍。他们最厉害的，不是长棍，而是短棍，他们叫鞭杆。大嘴哥给我耍过几趟鞭杆，舞到紧处，只见一团棍影。所以，虽然他没有公子哥的潇洒，也没有侠客们的威风，他只有憨厚的笑，和比别人大了许多的嘴，我还是喜欢他。也倒是怪，那时节，我倒不觉得他的嘴大，反倒觉得别人的嘴太小。嘿嘿，也许，这便是缘分了。

那时节，大嘴哥给我带来了一种我从来没有体验过的神秘感觉。我们开始了夜里的约会。自从那娃儿死后，我不敢一个人住那屋了，就回到了娘家，跟爸妈住在了一起。对这事，驴二爷也没有说啥。这样，我跟大嘴哥的约会就方便了很多。一般情况下，我是在家人熟睡后才溜出去的。我用那些大嘴哥送我的稀罕物件比如葡萄干什么的收买了弟弟，他会在早五更给我偷偷开门。大嘴哥也用同样的方式收买了商号里的一个小伙计。这样，只要我们愿意，我们就会在堵仙口那里相会。

我喜欢堵仙口，是因为那儿有一块十分平整的石头，是一块白石头。我甚至怀疑它是玉石，至少它有一种玉石的润。我们半躺在那白石上，说了很多话。我知道了他的身世，知道了驼队的规矩，知道了许多我没有听过的故事，也知道了马家的过去。那时，我才知道，驴二爷竟然有非常值得骄傲的祖宗。

需要说明的是，那时节，我最怕的，是怀上小孩。要是阿爸知道我做了羞辱先人的事，他定然还会上吊的。他那时的心中，妈已经变坏了——自他知道了那事后，他就不正眼望妈了。他的心里，我成了他最重要的。不仅仅是因为我是他女儿，还因为我是他另一个生命——木鱼歌——的载体。他本来是想干大事的，他眼中的大事，算得上惊天动地的。现在想来，阿爸真是幼稚，一个木鱼歌，即使你做到极致，又能惊啥天动啥地呀？可见，许多时候，我们的好恶，会影响自己的价值判断。

那时，阿爸也犯了这个错，他以前认为，自己是能干大事的。后来认为，我能干大事。而且，他心中的大事，定然是惊天动地的。可事实上，要不是你把我写进书的话，我连个历史天空中的尘埃也算不上。这世界，并没有几个人真正在乎木鱼歌。离了木鱼歌，那些混世者照样混得很好。

但那时节，我也被阿爸的想法传染了。我也将自己当成了能改天换地的人。我虽然喜欢大嘴哥，但喜欢归喜欢，我并没打算嫁给他。虽然我说不清自己该嫁哪类人，但我却知道自己不会嫁一个驼把式。……这不是我看不起你们，这是我那时的想法……只是，我那时还没有定力，我左右不了心中时时涌动的诗意。最早跟他接触的时候，我会说服自己：我不过是想和他聊天，这没什么。就这样，我们一天天聊着，最后抱在了一起，亲起嘴来。再后来，就不可收拾了。

记得那分开后的相思卷向我时，我很害怕。我发现，自己像滚下山的石子，有些左右不了自己了。我真怕自己把持不住，做下叫阿爸上吊的事。于是，我用力挣脱了他的拥抱。我说："我们再也不能这样了！再也不能这样了！"大嘴哥慌了，他也害怕了。他害怕我再也不理他了。

后来，我们的胆子才越来越大了。

正是在堵仙口那儿，我看到了那场改变我命运的大火。在漆黑的夜里，那火光非常扎眼。

2

我跟大嘴哥赶到时，大火已完全包围了我家。

无论前门后门，都被火围了。那儿有许多柴在燃。那儿本来没有柴的。我于是知道有人想烧死我家人。我拼命前扑，但被大嘴哥扯了回来。后来，我看到屋里也往外喷火。我知道了不妙。我大哭着，死命前扑。我看到了许多来救火的人。他们往那火头上泼水，却阻不住火势。后来，我想，定然是有人加了一些助火的东西。

许久之后，大火终于熄了。

就这样，我的所有亲人都成了焦棍，只有妈还能看出面目。阿爸搂了她，用胸膛挡住了想燎去她美丽的烈火。我想，那时节，阿爸定然原谅了妈。阿爸的行为，让我感动了许多年。我想，那个时候，妈定然是幸福的。阿爸没有去救那些木鱼书，却抱了妈，这让我非常欣慰。那些木鱼书几乎全被烧了，只留下不多的几本。

报官后，官家派人来现场，在整理火中遗物时，发现了一个非常熟悉的东西——一个水烟锅，正是这东西，让我觉得，这火定然是驴二爷放的。

我想，他定然想烧了我一家，占去我那祖屋。我甚至认为，他定然知道他那个羊羔风儿子的死因，他也许是在复仇。

大嘴哥当然不信，他仍然认为，驴二爷只是好色，还没有狠毒到做这事的地步。

驴二爷假仁假义地派人来，给我带来了许多东西。来人说，驴二爷希望他叫人帮我们维修那被大火烧了的房屋。

我拒绝了。我想保留那个罪恶的现场。

我除了到官府告状外，还四处寻找跟我们沾亲带故的人。我煽起了他们的愤怒和仇恨。他们都暗暗准备了武器。他们也认定是驴二爷想杀人后夺那祖地，这是傻瓜也能想到的事。你想，那天，要是我没跟大嘴哥去约会，此刻，那祖屋所在，就仅仅是一处没有主人的废墟。驴二爷能轻易地搞到手。

我将那驴二爷的水烟锅当成了重要证据。此外，没有人证，没有物证，没有任何能证明驴二爷作恶的证据。对于我指控的他对妈的欺负，驴二爷承认了。他承认跟我妈有过故事，但他说那是两厢情愿。他的理由是，他给妈的工钱，比其他人的要多出很多。正是这一点，让我的家人没有饿死。

至于那水烟锅，确实是他的，但在火灾发生之前，那水烟锅就不翼而飞了。他还叫一些伙计帮他寻找。对他的这一说法，有几个伙计作了证。

对于他的解释，官府认可了。我却相信他买通了官府。驴二爷有的是钱，那年代，跟现在一样，只要舍得花钱，没有办不成的事。

我决定告下去。我上了县，上了省，我找了能找的所有人。我递了无数个状子。结果仍跟最初的一样，没人愿意将驴二爷送往官府。在社会良知和金钱权势面前，许多人只会站在后者一边。

我终于相信，那驴二爷的钱，是真的能打通天庭的。

3

虽然我明白凭我个人的力量，要跟驴二爷较量，等于凡人跟老天较量，但我还是义无反顾。我四处奔波，见衙门就进，见官员就拜，我感动了很多人。他们都愿意帮我，但他们的帮也改变不了事实。没有足够的人证和物证来证明驴二爷是杀人凶手。那间祖屋也成了烫手的山芋，没人敢再要了。这时，即使我要将它送给驴二爷，他也不好意思接受了。

对这件事，大伯一直向着我，时不时地，他就给我一些钱，叫我当盘缠。大伯一向仇恨马家，更仇恨那些客家人，因为爷爷就死在上一辈的土客械斗里。大伯常说，杀父之仇，不共戴天，他叫我们不要忘了那仇恨，他一直在等机会报仇。

每次告状回来，我就住在大伯家。那老屋，被烧得精光，没法住了。听人说，每天夜里，屋里都会传出人的哭声，有人说是女人哭声，有人说是男人哭声，有人说是小孩哭声，总之是有哭声的。那些日子，我当然也听到了哭声。我听到的哭声很清晰，但我并不认为那是真的哭。我觉得那是我的心在哭。我想到阿爸很苦的一生，就忍不住会痛哭。我总是会想到一个文人在命运的无奈中遭受的污辱。我的哭声感动了好多人。有人甚至认为，后来新一轮的土客械斗，就跟我的哭有关。

凡是听过我哭诉那过程的人，没人会怀疑那放火者不是驴二爷。可就是这样一个秃头上的虱子明摆的事实，官家却没人去管。虽然县里也派了人来查过现场，但那只是在做表面文章。我甚至想上京城去告状，但我只是一个弱女子，我没法平安地走完那几千里的路。我也希望大嘴哥能帮帮我，但他并不认为是驴二爷放了火。他说，驴二爷虽然有放火的可能，也可能会是放火的受益者，现场也有他的东西，但他不信驴二爷会那么狠毒。一个好人也可能好色，许多善人也很好色，有些恶人也可能不近女色。驴二爷虽然有些驴，但不是杀人犯。直到我在岭上遇到那个杀手之后，大嘴哥才开始相信驴二爷是凶手了。

在我的印象中，那杀手的到来像暗夜的降临一样。他一身漆黑的皂衣，脸上也蒙了黑布，只露出两个眼睛。他说只要答应一件事，不要再像以前那样到处告状，他就会放过我。他叫我不要再那样死缠烂打糟践驴二爷的名声了。他还说，驴二爷根本没做过那事。杀手的声音是地道的北方话，很像大嘴哥的乡土口音。

我当然拒绝了。我说我不信，一个巴掌能遮得了天。

于是，杀手举起了刀。

那时节，大嘴哥举着鞭杆扑了来。原来，那些日子，他一直暗中跟着我。他怕我自杀或是被人杀，更怕一些不怀好意的人糟蹋我。于是，他向商号告了假。后来，他说，他告假时，驴二爷笑微微地叫他做好自己该做的事。后来，他才明白驴二爷说这话的用意。

两人斗在一起，那杀手，装扮虽凶，功夫却远不如大嘴哥。斗了一阵，便被大嘴哥挑翻在地，手中的那把刀也插进了他自己的胸膛。至今，我还不知道那杀手是自杀呢，还是误伤自己，反正他死了。死前，他说了一句，二爷，我帮不了你。

大嘴哥挑开那人脸上的黑布，我们吃惊地发现，那人是商号的一个伙计。每次我哭诉着揭露驴二爷时，他就会恶狠狠地瞪我，恨不得杀了我。咽气前，他又说，这事，真的跟二爷没关系。

我不知道他说的"这事"，是指追杀还是放火？

但从那天起，连大嘴哥也对驴二爷有了怀疑，以为那人是驴二爷派来灭口的。

大嘴哥有好几个月没回商号，对他来说，这也许是一件幸运的事，因为后来的械斗中，商号的好些伙计死了。要是他还在那儿，以他的性子，不会当缩头乌龟的。而他要是逞强，定然会死于乱民手中。

4

后来，在大嘴哥的保护下，我又跑了好些地方。我仍是见官就拜，见衙就进，但仍是一事无成，没人为一个弱女子撑腰。那时，我真的绝望了。

但我的诉说努力还是有了效果，驴二爷名声大坏，以前，他只是好色，现在，在许多人眼中，他成了杀人凶手。虽然他让许多伙计为自己洗刷——他一直不承认自己做过那事，但他的名声，是真的让我染黑了。

我的弱小和无助，也激起了许多人的愤怒，尤其是我们那些本家和当地的土人，他们开始嚷嚷，说路不平众人铲。这其中，大伯起了关键性的作用。他积蓄多年的仇恨和愤怒，终于有了一个导火索。

本来，家乡的土人就一直对驴二爷不欢喜。因为他一个外来人竟然拥有了那么大的家业，成了人上人，好些当地人心理很不平衡。他们一方面也会为了一点小小的利益巴结驴二爷，另一方面心里的不平衡也慢慢变成了仇恨。他们更眼红驴二爷的财富，一直想找个理由和契机。我家的故事，就成了一个理由。

那天，我被人请进了一个祠堂，里面有很多人，都拿着器械。我不知道他们串联了多久，也不知道当时的组织者是谁，但看到那么多为我而愤怒的人，我很是感动。那时节，我并不知道自己充当的，只是一个导火索。我不知道，自己已被裹进一个历史事件，会有千千万万的人因此而送命。那时节，我只想着两个字："报仇！"那时，我不知道，仇恨是最可怕的种子，会发芽，会开花，会结出更可怕的果实。

一见我进了祠堂，有人马上喊起口号。其内容，能让好些人热血沸腾。备受官家冷落的我马上哭了。我的泪水是浇在干柴上的火油，许多人真的愤怒了。

愤怒的人们一窝蜂扑了去，砸了商号，打伤了票号的几个伙计，抢光了货物。人们用仇恨和愤怒，换取了他们平时得不到的许多稀罕。那时看来，真显得理所当然呢。

后来，人们又扑向驴二爷的碉楼。那碉楼里，有更多的稀罕。

岭南历史上一次著名的土客械斗，就这样发生了……

接着讲呀。

在场的把式们被木鱼妹的故事吸引了，有人开始催她。

飞卿却说，今天差不多了，你们站着说话不腰疼，瞧人家，心都冻得哆嗦了。

他对我说，其实，你可以架一堆火的。虽然，在凉州的说法里，火是驱邪的，但我们不是邪。对那些新死者来说，由于习性的原因，他们怕火，但对于一些老鬼——呵呵，我们都是老鬼，火只是一团幻影。你也可以带了那白驼来，也可以带那狗，那黄驼怕我们，就叫它自个儿待着去。

他还说，你也可以睡鞑子炕，那时节，我们要是时间充裕的话，也会睡鞑子炕的。要是你燃了篝火，待我们走后——其实，那走，只是人的想法，我们是无所谓走不走的，我们只有出现或消失——你就将那火籽儿跟烫沙搅混了铺开，睡上去，就会很暖和。

最后，他又说，你只要愿意，还可以往下一站走的。

第六会

疯 驼

>拉骆驼，起五更，踏步第四省。
>出长城，过沙漠，遇上了一场风。
>黄沙翻，黑浪滚，两眼不能睁。
>你看看，这就是，拉骆驼，
>才不是个营生……
>
>　　　　　　　　——驼户歌

因白天很晴，夜里气温很低，霜就落下了。睡下时，睡袋有些湿。虽然带了一顶军用小帐篷，我也懒得支了。在沙漠里，我是喜欢露天睡觉的。星星低极了，总是在哗哗地闪个不停，发出一种水似的声音。黄驼喷了一夜的唾沫，以它的方式在驱鬼。白驼睁了睿智的眼，望着远方黑黝黝的沙洼，像个智者在参禅。狗卧在我旁边，时不时舔舔我的脸。狗真是人类最好的朋友，它很懂事，绝不在我采访的时候发声乱叫，静得像西方油画上的处女。

每次采访结束后，巨大的静默就会挤压了来，有着很强的质感。我甚至能感受到那种黏黏的涩涩的黑，除非我望那星星，每次一望，哗哗声就会响起，我想那定然是天河的水声。只有我闭了眼，那个世界才叫我关到了心外。不过，我不想太早入睡。我总想多品味一下他们的故事，每次回味，沧桑感就会扑面而来。另一个世界里的很多气息，就会扑向我。我想，有多少这样的世界消失了，没留下一点儿影子。

虽然我的目的是采访驼队，但我对木鱼妹的故事产生了极大的好奇。一个岭南妹子，如何加入了西部驼队？如何又进了野狐岭？她经历了怎样的灵魂历练？我很想知道这些问题的答案。

我对这些问题的好奇，已超过对那个"我前世是谁"的追问。

次日早上，我醒得很早，似乎是被冻醒的。那冻我的，不是低气温，而是一种感觉。我是感觉到了寒冷，而不一定是真的寒冷。

起床后，我架了火，热了些水，烧了几个山芋。虽然我非常喜欢吃烧山芋，但不敢多吃，得省着些，那东西太重，我带不了多少。我带得最多的，还是方便面和压缩饼干。

吃了早饭，我收拾了行李，往下一站走去。那地貌，仍是黑戈壁，仍是叫日头爷烤得发亮的黑石子。我骑着白驼。黄驼驮着东西，它显得有了情绪，视线不跟我对接。我知道这，但我不揭穿它，我想，你闹了闹一下，只要不罢工就可以了。

我打开手工制的一张地图，仔细辨认着路。那是家乡的一位老驼把式给我的，不知传多少代了，用羊皮做的，很实用，上面有很多标记，哪儿有水，哪儿有草，哪儿容易迷路，哪儿是站，都很清晰的。早在进入野狐岭时，这图就在我心中活了，在老把式的讲述中，我用想象力还原了野狐岭。我觉得自己有了相当的把握，但真的进入之后，我还是有一种进了迷宫的感觉。毕竟，过去多年了，那些沙丘总是在流动，倒是这黑戈壁，变化不大，我轻易地就找到了那条驼道。

野狐岭不是一条常用的驼道，不像丝绸之路，也不像茶马古道，虽然是道，但一年半载的，也不一定有人进来，虽然它是前往罗刹的一条捷径，但那时节，真去罗刹的人，并没有多少。当然，它也可以通往边境。那时的边境小镇，也有些类似于现在走私的货摊，其中的一些货物，就是穿越野狐岭运过来的，但也是据说而已。

黑戈壁上的驼道显得比其他地方略低平一点，纷飞的驼蹄也会踢飞一些石头啥的。所以，那道上的黑石头，就比周围显得稀一些。还有些芨芨草之类，也时时有被火烧过的迹象。

虽然时令已到冬天，行在黑戈壁上时，仍会产生行进在烈日下的错觉，这是那些被晒得黑黑的圆石子发出的讯息。那炎热，想来已成了它们的群体记忆，一见到我，它们就将它释放了出来。一看那望不到边的黑戈壁，我就有些头晕目眩。虽然知道，这黑戈壁只有几站的路程，我还是有些沉闷了。

过去驼道的"站"，其真实的意义是"有水的地方"，所以，只要找到那图上标着的水源，就算找到了站。但这时代，气候大变，好些以前有水的地方，都干涸了，好在我带了两个大水拉子和两个羊皮水袋，只要遇到一个水源，我只要灌满那些器具，就能支撑好几天。

我这一次找到的，便是一处早已干涸的水泉。虽然没有补充到水，但水拉子里的水还多，我倒也不急。趁着天还亮，我砍了很多柴棵。我按飞卿的提议那样，一入夜，就燃起了火。火真是好东西，一燃，沙洼里就喧嚣了。

不过，按飞卿的说法，那些老鬼是不怕火的，但我持了召请咒许久，却没有一个前来。

于是，我只好离开篝火，到了远处的一个相对幽静的沙洼，点燃了黄蜡烛，开始持咒召请。

渐渐地，我就听到了期待的声音。后来，我才知道，那些老鬼不怕的，只是阴间的火，对于阳火，他们还是有种无法遏制的怕。即使他们不怕，但因为有分别心存在，每一接近，他们就会感受到一种巨大的海啸般的力量，一浪浪将他们推离开来，让他们无法接近我。他们感受到的大浪，有点像火焰燃烧时推动的气流。不过，我想，这一切，仍然是执着和分别心在作怪。

在前几夜的采访中，我听到的，都是汉把式的声音。今夜，我非常希望能听听蒙把式的话。我想到了那个自我介绍过的巴特尔，我于是问：巴特尔来了没？有人应了。

在静的极致中，我看到了那个汉子。

我请他接着上一会的情节来讲。

一、巴特尔说

1

我第一次闻到褐狮子伤口上的怪味时，就感到不妙。那是一种死臭。我在某次抬死人时曾闻到过那种味道。那真是一种死臭。我不知道那是死神发出的，还是溃肉所致。但那臭，却叫人永远忘不了。后来，我也从许多驼户身上闻到过那种味道。可以说，所有发出过那种味道的人，后来都死了。即使他身上没有任何伤口，那味道却从我们不知道的一个地方溢了出来。

当然，你可以将它当成我的一种错觉，只要别说我骗你就成。要知道，所有骗人者，都有目的。现在……嘿嘿，到了这时候，我骗你又有啥用？

正是从那气味上，我发现许多东西其实是定数。哪怕是一个小小的伤口，似乎也是它命里跳不过去的坎。

当然，这是我现在的观点。那个时候，我却恨那个叫黄煞神的恶驼。要是没有它的犯规厮咬，褐狮子哪有后来的命运？

自那天被黄煞神一脚踢入沙洼之后，我发现褐狮子变了。它总是显得闷闷不乐。我很希望它复仇，但怪的是没有。有好几天，它也懒得亲近俏寡妇。倒是那俏寡妇老是想亲近它，但看到对方的漠然，俏寡妇便讪讪地退了。

凭良心说，俏寡妇也是个有情有义的母驼。它不像其他母驼那样世故多变，它总是远远地望抑郁的褐狮子，像多情的少女望心仪的郎君。

那时，我甚至被它感动了。真的。在我的生命中，还没遇到一个像俏寡妇这样温柔钟情的俏娘们呢。你不要望我，那开店的拉姆待我是好，可你要知道，她首先瞅中的，是我口袋里叮当作响的那点儿银圆。要是我成了穷光蛋，她还会不会那样待我呢？难说。

自那次滚落沙洼后的好几天里，褐狮子都在呻吟。我发现除了伤口被感染外，它的小腹下面肿了，肿得很厉害。我怀疑它是不是叫黄煞神一掌骟了。这一想，我真是如遭雷击。要知道，我的驼队里，有好些驼都是它下的种。它将那优秀的基因遗传给了我的驼队。苏武庙的道长胡旮旯说，所有生物的命运在精子进入卵子的那个瞬间就决定了。他说那个瞬间，天地之气，日月之精，父精母血，均会进入他生命的密码，最终定格成他的命运。他老是这样说。我虽然不完全信胡旮旯的谬论，但还是相信，好的种子，是成为好驼的首要条件。褐狮子的身板、力量、耐力以及其他的优秀东西，都遗传给了我的驼队的那些头驼。这十把子驼中，有一半头驼是褐狮子下的种。

我于是想，要是黄煞神的那一掌将褐狮子骟了的话，就不仅仅是驼之间的殴斗了，损失是很难弥补的。

真的。

我仔细查看那所在，发现那儿分明有了瘀血。那症候，很像搋羊之后的光景。我们在对付那些公羊时也老是这么做——抡个扁扁石头，将那羊裆间一跑就抖个不停的家伙搋扁，也就是说，用外力将那公羊的卵蛋从固体的肉变成液体的血。明白不？我怀疑那黄煞神的一踢，就充当了那扁扁石头的角色。

要真是这样，就糟了。

2

近处的草越来越少了。这所在，本来就不是草场，麻岗里的那些嫩些的当年草，是禁不起这么多的驼啃的。倒是那些陈年沙秸、沙米棵、骆驼刺啥的很多，还能吃一阵子。被石子们磨破的那许多驼掌还没完全好。这需要时间。

野狐岭也许真是个不吉祥的所在。我发现,一进了野狐岭,这两支驼队就仿佛被一种神秘的力量笼罩了。我说不清是什么力量,反正我有这感觉。我似乎觉得,要走出这神秘和漫长的峡谷,是一件很可怕的事。

你别笑。真的。我可不是事后诸葛亮。不信,你问问木鱼妹。在某个黄昏里,我专门问过她。你猜她咋回答?她说:"你那感觉,便是末日情绪。知道不?末日。世界到眼皮底下了。"她的意思是,世界的末日到了。

那时,我当然不信。

嘿嘿,虽然我感觉到一种不吉祥的味道,但我想末日还不至于。我记得,以前,村子里老有那些萨满说啥末日,他们说了不下几十次。每一次,村里人都惶惶不可终日,但每次,人们都安然地度过了所谓的末日。我想,上天造人,总是有他的理由的,不会那么轻易地就灭了人类。至多,会有些灾难而已。但我没想到,那灾难,后来竟然是那样地大。

我看到马在波整天在念经。据说他念的,是一部来自古代印度的经典。据说只要念诵它,那声波所及之处,就会逢凶化吉遇难呈祥。这是马在波的说法。他说,他在念吉祥经时,听到了无数的空行母跟他一起唱。当然,这也是他的说法。因为我听到的,只是他的声音。他的声音很好听,一韵三叹,声波悠悠,有种喝米汤的神韵,叫人舒服得昏昏欲睡。倒是木鱼妹说她真的听到了空行母在吟唱。她跟着马在波的曲调,唱着那歌。后来,大嘴也学会了那歌。他老是唱。这歌就是从他的口中,才流向凉州的。但那歌,似乎也没有改变大嘴未来的生命走向。

我发现木鱼妹老是在望马在波,尤其在他唱经的时候。木鱼妹也会祈祷。但怪的是,后来我问她时,她死活不承认这一点。我不明白她为啥会这样。

在太阳还没从东沙丘上升起的时候,马在波的吉祥经就响了。他是用汉音念诵的。据他说用藏音念诵会更好听,但我仍然希望他用汉音念诵,我希望那些汉人听懂内容受一点熏染。对汉人,我一向印象不好,主要是他们太有心机了。那心机,是从毛孔里渗出来的。你只要一接触,就会发现那心机。而我们蒙古人不喜欢心机,我们喜欢肝胆相照。汉人甚至把那心机也传染给了汉驼。瞧,褐狮子就遭了那心机的暗算。

事情越来越向我怀疑的方向发展了。就是说,褐狮子似乎真的出了问题。它总是离群索居,总是闷闷不乐。

我叫马在波给褐狮子念念经,叫它快一点好起来。

二、杀手说

一看到马在波念经，我就想笑。那时节，我根本不相信他那样哼几下，就能改变了命运。当然，表面上，我并不流露出这心思。有时，我甚至会应和几下，让他高兴高兴。

我不相信，马在波的那个上师——那个一走路就呼呼直喘的老喇嘛——能改变老天爷才能改变的命运。我不信。胡旮旯早算定了，马在波会死在这次途中。至于什么死法，他没有算出来。我也算出了这一点。那么我想，就叫他死在我手上吧。

是的。我会时轮历算和八字。而且，我不仅仅是会，而是精通。教我时轮历算的胡旮旯说，我比他所有的弟子都精通时轮法。我算准过很多次的日食和月食。胡旮旯在日食和月食那天，胡旮旯会安排所有的弟子闭关修行，据说那一天修行，长功会很快。当然，这是他们的说法。不过，似乎也不无道理。说，日月食的时候，天地间的磁场会大变，智慧气易入中脉。像月亮的吸引力会影响大海的潮涨潮落一样，那日食和月食也会影响人体气血的运行。说起来，胡旮旯应当算我的师父，我应该视如父母的。不过，虽然我很感激他，但我眼中的他，也仅仅跟值得我尊敬的所有学者一样。仅仅是这样。我热爱他传授的知识——你们不知道，他传授的那些东西虽然十分难懂，但要是你真的能听进去的话，那真是奥妙无穷。那时节，天地也成了你的一道掌纹。对修行，我兴趣不大，我甚至对时轮教法的"别时轮"——一种结合时轮历法修行的方法——也不感兴趣，但我对"外时轮"入迷了。虽然我以前修过净土，但一接触时轮历法，还是产生了很大的兴趣。

自那个夜里，我进入神秘的历算，算出日后某一天的大难之后，我便安然地等那个非来不可的东西。我处理了该处理的一切。——其实，我也没有多少可处理的，我只有老祖宗留下的皮囊，里面装着几本书。还有一个木鱼，一个三弦子，再有些不值钱的零碎，我都送了人。

我一直能看到无数双望我的眼睛，它们都发着一种奇怪的波，都想叫马在波死在我的刀下。

我胸口上用红布包着的那块木头时不时就会怦怦地跳，像一个裸露着的、仍在激昂地跳动的心脏。

三、马在波说

1

我还一直将你当成了空行一样尊重呢,因为你精通时轮法。听说,你能将时轮历法背得滚瓜烂熟。胡旮旯说你精通外时轮。对你的外时轮,我兴趣不大。我一直对别时轮很感兴趣。因为我想成就。听说,那别时轮讲的,便是一个凡人如何修成佛果的所有要诀。

那时,我并不知道你对别时轮不感兴趣。

不过,无论你感不感兴趣,都不要紧。重要的,是你懂那门学问。你只要将那学问教给我,就可以了。在古代印度,有个大学问家,他爱读书,但懒得修持。后来,他教出了许多阿罗汉弟子。因为只要有了那密法,就会有无数的人修成佛的。所以,有时候,我也想学习一下时轮。

我系统地学过密法,我学的那些密法长于解脱,短于历算。而我,不仅仅想自个儿解脱,还想学习一种能窥破天机的学问。我想真正明白世界的真相,我想找到那现象背后的本质。我想,时轮历法也许是一条途径。

那时,我当然想不到,你对我们马家,竟然有那么深的仇恨。

我要是早一点知道你的心事,我会伸长脖子,挨上你的一刀——要是你愿意,也不妨多来几刀,只要能解了你的仇恨即可,只要能消了你的怨气即可。要知道,那怨气会传染的。老祖宗说,仇恨入心要发芽哩。许多时候,那仇恨会进入你生命的密码,遗传给你的下一代,或是下一世,它总会结果的。但要是你捅我几刀,能消解了你对马家的怨情,我何乐而不为呢?反正是一死,叫你捅了是一死,另外哪种死法也是一死,无论哪种,结果总是一样的。

何况,那时我几乎将你当成了空行。

对空行,我是连性命也愿意供养的。

2

是的。我总在念经。你不要笑。那些寻常的词句,你听了也许好笑,但它们却真的会改变好多东西。一个人的心念会改变一切,你有哪种情绪,便会招来哪种结果。许多人就是用一种良好的心态改变了命运。我诵经时的那种心态,定然也会产生巨大的善的力量。它虽然没有改变整个驼队的共业，不能叫它们避免后来的灾难，但在那时，却也起到了好的作用。有些驼户，就是在那经文的熏染下改变了心的。比如，大嘴叫张无乐时，他老是怨天尤人，老是埋怨自己命运的不公，后来，在驼场里，他老是听我诵经，性子就慢慢变了。他就改名张要乐，整天快乐无忧了，他的心真的是改变了。当我们不能改变命运时，至少能改变我们对命运的态度。是不是？

但我没想到，那时轮历法蕴含的巨大智慧竟然没有消除你的仇恨。可见，人最难对付的，还是自己的心。其实，仇恨是啥？仇恨是一种执着。那执着，是一种能让温柔的心冷却的温度。你的心本来是水，但因为有了执着，就变成了冰。就这样，你的心一天天硬了。但只要你消除了执着，冰就慢慢又会化成水。

现在，你是不是还是像以前那样仇恨我？

你是否发现，你的所有仇恨，其实都没有意义？除了折磨你自己外，你的仇恨，根本改变不了什么？

要知道，仇恨本身就是恶。而所有的恶，最终会招来恶。

世界根本不会因为你的仇恨而改变它的运行轨迹。而你的那些仇恨之火，竟然折磨你那么久，让你遭受了无尽的痛苦。你成了那仇恨的奴隶。

3

对于那场械斗，我也深感痛心。土家客家，本是兄弟，仅仅因为某种利益和文化上的原因，就酿成了那么一场血腥。我还经历了另一场仇杀，那便是回汉仇杀，长达十多年，死伤也有几百万。你要是亲自经历了那场面，也一定会惊心动魄，寝食难安。血染红了大地，河水都成了血水，山丘上横陈着无数的尸体。因为没有人抬埋，尸体都肿胀了，流着绿水，招来无数的绿头苍蝇。苍蝇们铺天盖地，昼夜下蛆。滚滚白蛆四处流溢，臭气更是摆脱不了的噩梦。再后来，瘟疫就来了。那瘟疫，便是死者的怨气所化，因为仇恨的蒙蔽，它们分不清善恶，就会扑向所有的活物。

我们马家，也有许多人死于这场仇杀。

到了现在，我还会想起那种场景，多么惨痛。

制造这场景的，有汉人，也有回民。你说，他们谁善谁恶？

现在，我心中的仇恨可真的消了。我用啥消的，就是用这经，还有那种承载大善专门用于消除仇恨的密法。自那场仇杀后，我带了几个把式，用三十峰白骆驼驮着马家独有的茶，前往藏地，在一个老喇嘛那儿求到了它。我每天都修这，我超度那些死于仇杀的冤魂，我消除他们的仇恨，我培养一种慈悲，我熏染一种精神。我的目的终于达到了，我不再恨那些杀死过我祖宗的人。我的心也影响了很多人，我们将那场灾祸归罪于历史，归罪于那个腐败的朝廷。我们从来没有期待着要报仇。我们坦然接受了命运。对命运或是历史带给我们的所有礼物，我们都用四个字对待：全然接受。我们从来不想再去杀那些所谓的仇人的子孙。

但我没想到，你竟然将仇恨当成了遗产。

我也没想到，你学了那么多年的时轮法，竟然消除不了仇恨。可见，知识的作用很有限。你与其学那外时轮历法，还不如修那别时轮密法呢。只要你实践那种智慧的修炼，定然会消除你的嗔心，进而改变你的命运。

你固然也能算准一些东西，但要是不能改变那结果，你的算有啥用？你算也那样，不算也那样。

我一生追求的，便是如何改变那结果。

四、巴特尔说

1

那时节，我可没时间管你们的这类屁事。

那时，我的心被褐狮子占满了。

我的担心被证实了：黄煞神那一踢，真的将褐狮子骟了。我发现，从那以后，褐狮子再也没有追过母驼。我将以前它喜欢的那些俊俏母驼拉到它面前，用特殊的口哨诱它起性，可是它竟然无动于衷。那个以前我一发口令就气势汹汹的物事竟然悄无声息，乖得像一根用乏的皮条。

没比这更糟糕的事了。那十把子蒙驼里，还真再找不到像褐狮子这样的种驼。而且，它正当壮年。按惯例，它还能下好几年种，种出许多优秀的褐狮子来。难道这一切，叫黄煞神那样踢了一下，就结束了？

做了无数次的努力之后，我终于失望了。我也认真地检查了那档部：肿虽然消了，但以前那一跑就跳突突突抖个不停的东西似乎变了模样。我怀疑它的卵蛋碎了。若是驼卵碎了，就跟我们用扁扁石头捶面公羊的卵蛋一样，它就再也没有了气势汹汹的生理基础。若仅仅是心理原因导致的障碍，倒不要紧。那时，我还分不清它究竟属于哪一种。我只希望它是后一种，我希望在某一天的一种特殊境况下，能激活它以前的气势汹汹来。

你们别笑我。

是的。对我自己，我确实没有对褐狮子的这种牵挂。

你哪里会理解一个驼把式对自家头驼的钟爱。何况，褐狮子还救过我的命。没有它，就没有我的今天。它是我的阿爸，也是我的儿子，更是我的情人。你们别笑。对任何女人，我都没有对褐狮子的那份情意。女人是世上最善变的动物，不值得我像对褐狮子那样对待她们。只有在觉得腰胀了的时候，我才会想到女人。

要是你跟你的驼经历过一番生死绝境之后，也一定会像我这样。

2

我老是见褐狮子孤零零待在沙窝里。开始的几天里，它很少吃草，它的峰子很快软了。后来，它开始了吃草，身子骨倒是渐渐好了，但仍显得很忧郁。

那时节，近处的草渐渐少了，连那些沙秸们也稀罕了。我们时不时就挪窝，挪到草多些的地方。因为野狐岭很少有驼队来，那些草就显得比别处多。我断定这黄沙下面会有水路的，这个谷才成了一条扭动的绿龙。

黄煞神又开始了它的王者生涯。它老是追那些母汉驼，狂撵一阵之后，就扯其后腿，开始下种。我很讨厌它。不仅仅是因为它伤了褐狮子，还因为它有一种叫我看不起的狡黠。我常从汉人身上看到这一特点。汉人有着太多的心机。黄煞神也一样。从它对付褐狮子的许多方式上，就能看出其心术不正。心术不正者下的种，定然也会心术不正。所以，我眼中的汉驼，虽也有憨厚的外形，但总是觉得它掩盖了一种鬼鬼祟祟，而少了一份蒙驼的那种质朴和大气。你们不用辩解。这只是我的一点感觉。我代表不了你们，你们也可以有你们不同的感觉。各自不同的感觉，才构成了各自不同的世界。你不是说了吗，世界是心的倒影。我的世界，也是我的心造的。我世界中的汉驼，就是这样子。你们心里无论咋嘀咕，我也会这么说。

一见飞扬跋扈的黄煞神，我的心里便泛出一种恶意。我老想也朝它裆里来一脚。我能一脚将一个装满青稞的麻袋踢飞，也一定能踢碎它裆里的那两个圆蛋。你们不用笑。我不是跟驼一般见识，我就是讨厌它使这种下三滥的手段。你瞧，它不是咬人，就是踢人，尽使阴招，哪是个光明正大的主儿？那阵候，分明跟陆富基一个孬样。

说实话，我同样也看陆富基不顺眼。是的，看起来，你倒是粗豪，但我敢肯定你心里会有许多叽咕。后来，汉蒙两家的殴斗，除了豁子，你的功劳最大。你不用犟嘴，我知道你狗肚子里有几两酥油。虽然有人封了你一个土地神，我根本就不承认。嘿嘿，啥土地神，不过是一个地理鬼罢了。

我倒是对飞卿印象很好，当然是现在。那时节，我也将他当成了像陆富基一样的货色。我对他的印象好，是因为他后来的行为。那时，我只是听说他仗义，但听说的仗义跟我看到的仗义毕竟不一样。再说，那时我老觉得他也是对付我们蒙驼的厉害主儿。而且，我老是听豁子说他的坏话。人说，众口铄金，积毁销骨，三人成个虎哩。老听豁子骂他欺兄盗嫂，贪财图利，为富不仁，谋反逆乱，他能给我留个好印象？

瞧我，现在了，一提黄煞神，仍这样气冲斗牛。你可想那时节，我的心里有着怎样的仇恨。我想，即使母亲面对一个骗了自己儿子的凶手，也不会比我有更多的仇恨。

一想褐狮子的痛苦模样，我就会阴阴地看黄煞神。我用了"阴阴地"这个词，是因为陆富基这样说我。那时，我并没有"阴阴地"，而是光明正大地怒视它。我老是骂它。骂它时，我的心里充满了无穷的仇恨。于是，汉把式便以为我在指鸡骂狗。他们并不知道，我那时骂的，真是黄煞神。我丝毫没有指桑骂槐。不过，我后来真的发现，我将骂黄煞神的所有话用来骂汉人，也十分贴切，难怪他们会生疑。不过，谁叫他们也像黄煞神呢，有那么多心机有啥用？

记得那时的殴斗，先是从口水战开始的。

3

我发现黄煞神开始追蒙驼。这特点人类也有。正像某些汉人嫖客喜欢金发碧眼的洋妞一样，黄煞神也想尝尝蒙驼的滋味了。

这行为，虽有点侵褐狮子的权，但我还是很高兴。我知道汉蒙杂交的驼最好。那时节，我们驮上一驮子青稞，才能换一次优良汉驼的配种。我希望黄煞神能为蒙驼多下些种，多一些杂交良驼。当然，我的这心事，陆富基最清楚，他老是干扰黄煞神，想把它的兴趣从蒙驼引向汉驼。他常常用裹头鞭子打追赶蒙驼的黄煞神。那场景很滑稽，仿佛是陆富基也撵着给驼配种一样。嘿嘿，你们别笑。

但相对于自然的原始力量，人类的干预，常常是无力的。即便是在裹来的鞭影里，黄煞神依然"性"趣十足，对俊俏母驼穷追不舍，扯倒它们，将那驼鞭探入母驼体内，宣泄出叫陆富基可惜不已的生命能量。

我甚至听出了他的叹息：嘿，肥水不流外人田呀。

也正是在那个时候，长脖雁才开始偷偷篡黄煞神的权。常常是黄煞神扯倒一个蒙驼的时候，长脖雁也扯倒了一个汉驼。黄煞神无暇他顾，后来，也只好认可了这种格局，给长脖雁留了一份自留地。但我知道，当黄煞神满足了这一段"性福"之后，它和长脖雁之间，定然少不了一场战争。它们定然会争夺那汉驼驼王之位。我发现，长脖雁虽然也是好驼，但凭它的实力，似乎还不能对黄煞神构成威胁。但长脖雁有它的优势，那便是年龄。

我不知道黄煞神为蒙驼下了多少种，这无法计算。要是没有那一场灾难，我也许可以从生下的驼羔中判断出来。我想，那数量，至少在十个以上。就是说，那黄煞神至少为蒙驼下了十驮子青稞才能换来的种。这真是白赚的。

那时，我老是偷偷地笑。这甚至减轻了褐狮子受伤带给我的痛苦。我发现，因为纵欲过度，黄煞神的体能似乎下降了。陆富基对它的干预，也许就是考虑了这一点。嘿，一滴精，是千滴血呀。某一天，我听到陆富基这样嘀咕。

4

褐狮子是黄煞神强奸俏寡妇时发疯的。

此前，它仅仅是显得很忧郁。它努力不看黄煞神，但我知道它定然难受。我没有想到，它会发疯。

那天，黄煞神也许吃腻了蒙"餐"，又开始亲近汉驼了。它和长脖雁之间出现过一次冲突。冲突刚开始，就结束了。我原以为，长脖雁至少会抵抗一阵，没想到，黄煞神刚一扑来，它就扭身逃了。

黄煞神开始追俏寡妇。俏寡妇开始逃。俏寡妇的逃跟一般母驼的逃不一样，一般母驼的逃更像一种姿态，总显得半推半就。而俏寡妇不然，它是真心地逃。有几次，黄煞神扯倒了它，它顺势打个滚，翻身又逃了。边逃，边用后腿踢黄煞神。它发出了愤怒至极的声音。陆富基感到很意外，吼一声，你逃啥，你又不是处女，早能怀羔了。

我说，你急啥，你急了，跳上下种去。驼户们发出兽吼般的笑。

这些日子，心闲无事。驼户们也闲疯了，都像看西洋景一样欣赏那场面。他们边打趣陆富基，边给黄煞神加油。

木鱼妹也在喊加油。这个没心没肺的丫头。某次，她竟然帮黄煞神将横冲直撞找不着门道的阳物放入母驼的体内，像做针线活一样自然。

黄煞神开始追赶俏寡妇时，褐狮子先是一副与己无关的神色，但随着俏寡妇拼命地挣扎，褐狮子开始有了反应。它先是冷冷地打量黄煞神，以前，它从来不用这样的眼神望别的驼。渐渐地，它的眼珠泛红了，鼻孔里也开始不规则地出气。

黄煞神又追上了俏寡妇，又咬住了它的后腿。黄煞神似乎被俏寡妇的不知趣惹怒了。那一扯，似乎用了大力，只一下，就扯平了俏寡妇的身子。然后，趁着俏寡妇还没来得及挣起，它便疯狂地压了上去。

俏寡妇无助地叫了一声。

黄煞神抖出了驼鞭，开始横冲直撞，但俏寡妇却不扎尾巴。陆富基见事不好，叫一声，你猴急啥。谁都可以看出，俏寡妇要是不扎尾巴，黄煞神很快就会将陆富基眼中那值千滴血的黏物，淋漓得一塌糊涂。

陆富基扑了上去，狠狠扯开俏寡妇的尾巴，刚将那阳物引入正道，就听得一声怪吼，褐狮子旋风般裹来了。它大张着口，面部早扭得不像骆驼了。它的身后，是被它蹬飞的黄沙。

老陆，小心！飞卿吼。

陆富基自幼习武，功夫精熟，才扭头，见褐狮子已到近前。他发现，褐狮子那张着的大口，似乎是为他准备的，就猴跳似的蹿向一旁。他的身形虽快，褐狮子还是撕下了他的一片衣襟。

陆富基灰了脸，睁向远处。褐狮子并不追他，那大口却咬向黄煞神，生生地咬下一块肉来。飞卿叫声不好，我知道他是怕褐狮子这一招，会惊坏黄煞神。有时候，遭了这一惊，公驼就有可能变成阳痿。这情形，跟男人在那种场合突遇惊吓会患阳痿一样。

黄煞神惨叫一声，滚落一旁，才爬起，见褐狮子又张嘴咬了来，才要躲，肩胛上又给撕开一个大口。

飞卿抢起鞭子，鞭影裹向褐狮子。几个把式也举了不同的家伙，扑向褐狮子。我虽然心疼，但我发现，褐狮子似乎有了一点怪异，我怕它的脑子坏了。

果然，褐狮子竟在俏寡妇身上也咬了一口。鞭子和其他物件雨一般落到褐狮子身上，褐狮子只是稍一停顿，便张着那大口，扑向打它的人。

疯了！它疯了！把式们大叫。

陆富基已从窝铺里取来了火枪。他似乎最早发现了褐狮子的发疯。在驼队的规矩里，要是驼真疯了的话，就会变成伤生驼。人们对付伤生驼的办法只有一个，便是杀了它。否则，它会伤害它能伤害到的所有动物。

我却希望褐狮子仅仅是失去了理智，这也是常有的事。欲火中烧或是怒火中烧，都会使人和动物暂时失去理智。待得那火消了后，理智还会回来的。

我于是大吼：老陆，你干啥？

这时，褐狮子根本不顾卷向自己的鞭影和棍棒，它扑向一个把式。那把式，正疯狂抡棒呢，却不料褐狮子会扭身扑向他。他还没来得及躲开，已被褐狮子叼起，抛上半空。待得那黑影落下时，褐狮子又抡头上顶，把式身子像面条一样又被抛向空中。我觉出不妙：这把式的腰会被折断的。

陆富基举枪瞄准了褐狮子。我来不及到他近前了，只好大吼：你驴日的，你要是杀了它，老子发誓也杀了你！

陆富基听了，他知道我说到做到，便将枪口指向天空。

一声炸响，褐狮子惊住了。很快，它一扭身逃向远处，身后踢飞的沙黄雾般弥漫开来。

后来我想，那黄煞神的外号，应该给褐狮子的。

5

夜里，叫褐狮子弄断了腰的汉把式死了，我们弄了些柴，烧了他。大家很难受，毕竟，一个锅里搅过勺子。

这下，就给了汉把式一个杀褐狮子的理由了，但那夜，褐狮子没回来。次日，褐狮子没回来。第三天，褐狮子没回来。

第四天，它回来了，却又在一个汉驼的腿上叼走了一块肉。据目击者说，褐狮子竟然将那块肉大嚼一番后，咽了下去。他说那模样，根本不像骆驼了，分明成了一个吃人的魔王。

第六天，褐狮子又袭击了一个把式。幸好那人逃得快，否则后果不堪设想。嘿嘿，不过，啥后果？头掉了，也不过碗大个疤。不信躲了那"后果"的，会躲过命去。瞧我们，无论咋个折腾，归宿还不是当个鬼类？

此后的半月间，褐狮子先后袭击了十多次，其手段总是以咬为主。据说，它真的是吞了咬下的肉，眼见是疯。但奇怪的是，它袭击的对象，却总是汉驼和汉人。正是在这一点上，我认为它没有真疯。它要是疯了，是不管汉驼蒙驼和汉人蒙人的。哪有先分清汉蒙再行施袭击的疯驼？

也正是在这一点上，褐狮子赢得了蒙把式的极大同情和认可。豁子甚至认为，那褐狮子在"替天行道"呢。虽然豁子是汉人，但正因为他是汉人，他就得表现得最恨汉人，以显示他跟汉人的不同。

不知上溯到多少辈祖宗起，我们汉蒙两家的驼队就不睦。从汉代起，那时还不叫"蒙"的祖宗，就老是对大"汉"闹出一些麻烦。此后，辈辈纠纷不断，志书上常有这类记载。

汉人们总是叫我们"北国鞑子"。两家中间的那段沙漠，相对于驼队，几乎构不成任何障碍。当我们的祖先因为天年少雨断了水草时，总是会驱驼越过沙漠，谋些"光阴"回来。两家的小纠纷、大冲突、更大的战争，构成了两家的关系史。只是我们多以口传为主，他们却将那一笔笔所谓的血债记录了下来。他们的一本志书的主要内容，便是记录这种事儿。那时的朝廷命官，在处理这类纠纷时，总是偏刃子斧头砍人。你想，汉人的官，咋能不偏汉人呀？说实话，听到褐狮子袭击汉人汉驼时，连我也觉得它在为咱出气呢。

　　我当然不认为褐狮子真疯了。

　　我想，它不过是当了一个杀手而已。嘿嘿，它跟你一样，都是杀手。你别瞪眼，你甚至还不如它呢。别以为你有那么多理由，就比它高贵。告诉你，只要找理由，苍蝇也会有一大堆毁灭人类的理由。这世上，最缺的是高贵，就是不缺理由。理由是啥？理由是骗子们的遮羞布。

　　所以，我真想唱一句：我们的民族英雄褐狮子哟！

　　但面子上，我也是一副悲天悯人的模样。我似乎也在为那些受伤者难过。我知道，要是我幸灾乐祸的话，会激怒那群汉人。暂时，我不想激怒他们。嘿嘿，不想激怒你们。这时候了，我也没必要再跟你们隐瞒啥，我要说出那时的真实想法。当然，现在我早就不像当初那样想了。当我进入另一个世界后，我发现，那蒙呀汉呀，全是扯淡的分法。到了某种时候，许多世人贴的标签就全部消失了。

　　我还是说出那时的想法吧。

　　于是，我总是装模作样地跟飞卿和陆富基商量对付——不，挽救——褐狮子的办法。我坚定地否决了陆富基的极端想法。他总是想一枪毙了那所谓的凶手。——不成哟，兄弟。无论从理智上还是感情上，我都不允许你这样。

　　我提出尽量以防范为主。我只承认褐狮子失去了理智，而且，我强调其主要责任还是黄煞神的犯规。我说，要不是它先用那阴招伤了褐狮子的话，它咋会这样冲动？褐狮子能在母驼的子宫里下种，活着才有意思。你想，对于种驼来说，你骗了它，它活着还有啥意思？不信，我骗了你试试？要是你能气定神闲地让我骗了你，那我允许你去杀褐狮子。我想，你肯定也会疯一阵，褐狮子当然也会，它又不是司马迁。便是司马迁也疯过呢，那《报任安书》就是他疯过的证据。我们允许它发泄一下怒气，过一阵，待它气消了，它肯定会接受现实的。那时，它肯定就正常了。

　　陆富基气哼哼道，你个驴子，莫非你还骗老子不成？

　　我半真半假地说，要是你拿火枪对付褐狮子，我就拿牛耳朵刀子对付你的老屌。

我发现，他发现了我的半真半假，便又补充道，我以长生天起誓，我真的会这样做。

这一说，他一下子哑了。

他知道，我一起誓，就一定会那样做。

我当然会的。

至今，我仍然不原谅黄煞神的那一掌。我老是想，要是没有它的那一下，事情会不会是另一种样子？

我想，没有那导火索，也许，就不会有后来的爆炸。许多时候，改变大事的，可能仅仅是一个情节，有时，甚至是很小的细节。据说，某个大国的灭亡，就源于国王的坐骑马掌的一个脱落的铁钉，它导致了马掌的脱落，又导致了马的跌倒。国王的马一跌倒，士兵们以为国王死了，于是大乱，溃败，那个王国就这样完了。这两支驼队何尝不是这样呢？黄煞神的犯规，导致了褐狮子的发疯，又导致了后来的一系列事件。没有那前者，也许不会有后来的因果链。

不过，历史是不能假设的。

许多时候，我又想，即使没有这个因，便会有那个因，把一堆干燥的火药放在那儿，不定啥时，总会进来一个火星。当然，那火药，我指的是两家心中积淀的仇恨。

当然，这见识，是现在的我才有的。过去的我，是另一个我。

我是真正的事后诸葛亮。

但对于那些后来者，我何尝又不是先知呢？

不然，我们在这儿费这么多唾沫干啥？

6

我们在褐狮子常常出没的地方下了绊马索。嘿嘿，名字叫绊马索，当然也能绊骆驼。我们派了好几个驼户，伏在沙窝皱褶处，想在那褐狮子经过时，将埋在沙中的绳索一提，那颠颠着飞奔的褐狮子就会给绊倒。以前，这是暗算骑马将官的常用之法，很是有用。三国时的关老爷就着了这道儿，叫东吴砍了脑袋。也幸好有了这一难，他才会忠魂不散，老是叫"还我头来"，后来才被智者大师招安了，封为佛门的大护法神。我们发现，那褐狮子奔跑时，老是那样尘飞沙扬风驰电掣，速度显然很快，要是它的前掌着了绊马索，肯定会一个跟头栽倒在黄沙之中，被把式们绑成死猪娃儿的。

本来，我想出的法子是用套马杆去套的，但在把式眼中，这法子跟老鼠商量在猫的脖子上戴响铃一样，因为没有人敢拿个套索去靠近褐狮子，且不说它现在已变成了咬人老虎，单说它那身架，只要它将你当成俏寡妇，压你一下，就保管你散了骨架。

不过，你们可以否决我，我至少得表现出我的积极态度。否则，你们会真的用火枪对付它的。

那时节，我还对褐狮子有着十分强烈的期待。我觉得，它发泄一阵后，肯定会好过来的。我当然希望它好过来，再给我的驼队多下些种。在过去的多年里，它虽然辛勤地播种，却一直没种出另一个褐狮子来。不过，它的子孙的身板，总是要比一般的驼要大。优秀的种子毕竟不一样。

那几个把式在褐狮子常常出没的地方下了绊马索。他们备了一床很大的被子，要是真的能绊倒它，就迅速将那床被子罩到它头上。这样，它的尖牙利齿就发挥不了作用。把式们还备了杠子，为的是能压住倒在沙窝里的褐狮子。骆驼的力虽然很大，但那是它站起的时候，要是它卧着或是倒在地上，你只要按住它的脖子，它就不可能站起来。骆驼起身时，先要扬起脖子，要是那脖子叫人桎梏了，它纵然有天大的力量也使不出来。嘿嘿，俗话说打蛇打七寸，那脖子便是骆驼的七寸。你不见，它们角力时，也老是拿脖子按压对方，一方的脖子歪了，它要是再不投降，你只要狠劲压下去，它便会轰然倒地的。听说陆富基能和骆驼摔跤，都说他有神力，嘿嘿，啥神力，力气是有一点，但更多的是技巧。那技巧说出来很简单，那就是抠了骆驼的鼻孔，将它的脖子翻转过来，它不倒，还能由了它？我对付牛时，也是这样。我老是将那些个头很大的牛拧倒在地，赢得了无数人的喝彩。那方法说穿了，就是抠了它鼻孔，拧它的脖子而已。你只要将它的脑袋扭上一圈，它想不倒地，也由不了它。

但没想到，那几个驼把式候了三天，却连褐狮子的影子也没候来。天知道它到哪儿去了。我想，定然是它嗅到了啥。骆驼的嗅觉极好，顺风可以闻到十里之外有没有水源。它定然闻出了啥。但我又想，要是褐狮子真的能分辨出所谓的危险的话，它还算疯驼吗？

等褐狮子出现的那几天，比它出现时还难熬。我们都希望它从那个它常常出没的沙角子闪出来，着了绊马索的道儿。我们望穿了双眼。其实，我们也可以去找的。沿着那串远去的驼掌印，我们肯定能找到它的。沙洼里的草倒是不少，倒也不用害怕它会饿死。我倒是怕它会进了狼口。都说野狐岭狼多，但我们真的发现狼是后来的事。初到野狐岭的那段日子，我们并没有看到狼。只是在某次转移食场时，我发现了一堆狼粪，早叫风干了，已呈白色，有毛，也有骨渣。不过，凭褐狮子的身架，一两只狼奈何不了它。

驼户们候了三天，眼都望枯了，褐狮子却没有出现。我叫他们回来。然后，叫了几个健壮汉子,骑了驼,去找褐狮子。夜里的风已将它的掌印吹平了。我们四下里找了一阵,也不见它卧在何处。我上了很高的一座沙山,向四面望去,但见沙岭像风中的绸缎,一路路鼓荡远去,但那褐狮子,连个影儿也没有。

陆富基说,也好。只要它从世上消失了,也倒省心,省下一把火药。

我说,放屁。

他耸着脖子,咯咯笑了,像打鸣的瘟鸡。

但我们谁也没想到,褐狮子的事还没完结,长脖雁和黄煞神的决斗又开始了。

五、陆富基说

我发现,褐狮子真的疯了。

虽然后来它斗败过几匹狼,但疯了就是疯了。

它的袭击越来越频繁了。好几峰汉驼又叫它咬了,其中一个,还得了破伤风,闷叫了几天,就死了。开始我并没有发现褐狮子只是袭击汉驼,后来,我发现这一点时,我就想,它死定了。

我一定得收拾了它。不然,照它这样闹下去,这十把子汉驼,很快就完蛋了。你想,伤了一峰驼,它驮的那些东西,就会分摊到别的驼身上。这就会给那些驼增加负担。有时候——就是达到某个极限时——多一根稻草,也会压倒一峰骆驼。你想,叫它咬伤十几二十个,整个驼队就垮了。

我当然要收拾它。

虽然巴特尔以长生天起过誓,说是谁杀了它他就杀谁,我还是要杀它。

我叫蔡武和祁禄分别带几个把式在多处设伏,但没用。偌大个沙漠,谁知道那疯驼下一次会在哪儿出没。我决定动用火枪。对杀人驼,用枪是不犯规矩的。

我在火枪里装了钢珠,就是打狼时用的那种。我是偷偷干这事的。我不想叫巴特尔知道。我怕他阻挡。对付这种杀人驼,用啥办法都不过分,就像人类对待那些杀人犯一样。对不?

我也没将这事告诉飞卿。我汉子做事汉子当,不想拖累谁。我不认为后来发生的那一系列的事,跟我的做法有关。虽然有人说一个蝴蝶的扇翅膀,可能会导致千里外的一场雨,但对这说法,我也可以有许多反驳的理由。要知道,那个时候,发生了那么多的事,哪个是因,哪个是果,谁也说不清。你们别风刮倒了赖天爷,还要找找其他原因。

那些天，我老是提了枪出去。人问我去干啥，我总是说打个野兔子。这是个好理由。某次，我真的打下了一只野兔，虽然杀鸡用了宰牛刀，用打狼的钢珠打下了一只野兔，但把式们都信了我的话。

我在找褐狮子的栖息地。我也在顺便找黄煞神。自打我排了它一顿牛鞭之后，它就逃走了。不要紧。它自个儿会找吃的。过去在放驼时，我们也是打散了驼，叫它们自个儿吃去。有时，几十天几个月，我们也懒得找它们。它们不会走出很远。它们大多在人的视线范围之内。当你上了一座很高的山时，总是会找到你想找的褐点。

我倒是怕那褐狮子伤了黄煞神。不疯时，褐狮子做事会有分寸，它们互有胜负。疯了之后，就说不准了。一个汉子不疯时只是一个汉子，要是他一疯，十几个人也不一定能降伏他。凉州人的说法是，肯定有凶神恶煞入了疯子的窍，才会这样。那力量，是凶神恶煞注入的。多了外力参与的褐狮子，肯定要比黄煞神厉害。

瞧我，很贱是不是？刚才说恨不得将黄煞神扒皮抽筋，现在又牵挂它了。没办法，驼户就是这样，爱时一团火，恨时是一根长了倒钩的针，只要扎进去，哪怕你拔了，也会提出一团肉来。

开始的好几天，我没有找到褐狮子，也没有找到黄煞神。我上了附近很高的一座沙山，但没有发现它们。我觉得很怪，我不找它时，它老是出没伤人。我一找它，它竟跟我捉起迷藏了。我估计它躲进了魔鬼城。只要它到了里面，一时半时，也没人找得着。

我后来想，也许是我枪中的火药味的原因。我想，它是不是觉察出我要毙了它？

我顺着那印在沙上的足迹找，有时就会找到别的驼留下的印迹。我不会辨踪，飞卿会。他能读懂那印在沙上的印儿提供的信息，明白其公母、胖瘦和高矮，我不能。我眼中的驼掌印差不多，我只能看出大小或是深浅，辨不出别的信息。所以，我要是沿着那驼掌印去找，总是会跑许多冤枉路。

在一座沙山上，我发现了一堆狼粪。

见到它，我有了一种不祥的预感。因为我知道，狼是喜欢群居的动物，发现一匹，就有可能招来一群。

虽然采访现场很热闹，但寒冷却逼我结束了。

望望远处，篝火早就熄了，想来连火籽儿也凉了。在采访中，我怕打断人家的叙述，没去添柴。

在杀手讲述故事时，我一直没有看到那形象，我只是感受到一种杀气。是的，杀气。那杀手没露真容，不知是他不愿显现，还是别有原因。当然，要是我愿意，也不是没有办法，但人家既然不显身，我就得尊重人家的隐私。其他的人，我已能看清真容了。我的采访，唤醒了他们久远的记忆。就是从那记忆中，我读出了他们的相貌。虽然他们也有过别的轮回，我还是看到了他们当驼把式时的形象。对于他们，轮回也罢，存在也罢，仅仅只是记忆。

采访散场后，那一团团光就散去了……不是远去，而是散去。

我重新燃起了篝火。一团温暖扑面而来。火真是好东西。它发出呼呼声，燎光了那些幽魂带来的所有阴森。

隐隐地，传来一阵贤孝声，有点像大嘴哥的牦牛嗓子声——

齐飞卿又把陆富基拉，叫了声陆家哥哥我们放心干，
豁出来叫他把肋巴掰。
齐兄弟，你说放心就放心，四爷的话儿说了个准。
宁叫万古来传名，不叫狗官欺百姓。
一脚踢死宛平县，事情越大越好干。
杨成绪定了这么一个计，谋下的事情可就好得酷。
齐飞卿，陆富基，凉州的两个好汉子。
傢们的骨头就硬得很，傢们的分量就重得很。
傢们的计策就高得很，傢们的主意就好得很……

第七会
械　斗

> 拉骆驼，起五更，踏步第九省。
> 戈壁滩，无尽头，越走越伤心。
> 老母亲，老父亲，想起泪纷纷。
> 你看看，这就是，拉骆驼，
> 才不是个营生……
>
> ————驼户歌

次日，我仍然行进在黑戈壁上，寻访下一站。

黑石子反射的日光仍在眩晕我的脑袋。单调的驼铃声，让我昏昏欲睡。我发现，我的现实感越来越淡了。即使在白天，夜里采访时的那种氛围仍包裹了我，我时时像行走在梦中。远远望去，黑石子上泛着光，像无数的水汽在升腾。这本是夏天才有的意象，却在冬天出现了。

我像是在做梦。

风倒是很凛冽，西部的风像刀子，更多的时候，我宁愿走路，也不愿骑驼了。我怕在寒风中僵了去。走不多久，我就不冷了，身子还有些汗津津了。

我觉得自己被抛在了一个辽阔的空旷里。你可以想象，偌大的戈壁上只有一人一狗两驼。不过，不知从何时起，我发现，有一个活的黑点在尾随着我，不知道是狼，还是狐子，但肯定是个动物。

我是从正午时分的水汽中发现这一点的。也许，它早就跟了我，只是我一直没留意而已。

倒是没害怕，那种我摆脱不了也不想摆脱的梦幻感，消解了很多东西。

这一日，我没有找到水源。那图上标着的泉的所在成了一晕泉的印迹。我也能看到那一晕晕非常像水纹的沙,但没有一点儿湿气。好在塑料拉子里的水还多,羊皮水囊中的水也有大半,我倒也没有紧张。我想,这偌大的野狐岭中,不会找不到一眼泉吧?

我想到了木鱼妹。我已能看到她的模样了,很清秀,眼睛像星星那样亮。我竟然看到了她的眼睛?我想,这定然是我想象力的产物。但怪的是,木鱼妹的眼睛始终在我眼前晃着。我甚至能隐隐感受到一种疼痛。

这天夜里,我最想知道的,是木鱼妹讲的故事。

我被她一家人的命运吸引了。

我真的看到了她星星般的眼睛,里面晃动着泪花。

一、木鱼妹说

1

愤怒的人们围住了驴二爷的宅院和碉楼。

围驴二爷的,大多是本地土人,多是我的本家户族,里面几乎没有客家人。因为许多客家人也将驴二爷当成了自家人。开始的时候,只是因为理亏,他们才没有参与。所以,有时候,一个理由和时机非常重要,要是没有我家提供的理由,任何人想碰驴二爷,是想都不敢想的事。驴二爷除了好色让他名声受损外,其他方面,都有可道之处。当地的许多贫穷人家,都受过他的接济,尤其是那些没田没地的客家人。驴二爷店里的伙计,几乎都是客家人。人们打死打伤了伙计,也就等于向客家人宣战了。

那时节,土家和客家的矛盾很深,从几十年前,就因为一些大事或小事斗得不可开交,时不时就会流血。这次,那些愤怒的人们只是砸商号,只是打驴二爷,当然没事。问题是,土人们在砸商号抢东西时,伙计们不能不拦挡,不能不反抗,而伙计一受伤,整个事情的性质就变了。

最先,愤怒的人们围住了碉楼。你见过碉楼没?只见过电影上日本鬼子修的那种?嘿嘿,性质差不多,模样也有点像。驴二爷家的那个,就是他请的去日本留过学的一个建筑师设计的,很是壮观。跟寻常的客家碉楼相比,驴二爷家的更像是一个碉楼群,有个大宅院,墙高数丈,四方的墙角上都有碉楼,高六层,墙上有箭垛和枪眼。那宅院的入门是一个大门,大门用大红酸枝做成,包以铜皮泡钉,很是坚固。几十年之后，日本人一见，也惊叹不已，将它当成了司令部。虽然后来招来了国军的一顿乱枪，也仅仅在墙上留下了一些麻点。

那时节，这宅院，已经像个小城了。也正是这宅院，救了驴二爷一家。

叫喊着报仇的土人围住了宅院，他们只是一群农民，他们没枪没炮。他们抱着石头，一下下砸那门，咣——，咣——，那门晃虽晃，但要想砸开它，白日做梦呢。

那些愤怒的土人将宅院围得水泄不通，但也无可奈何。土人想了许多办法，比如架云梯——有人将几个木梯用绳子捆接在一起——挖壕沟，都没能奏效。驴二爷养了好些枪手，他们都有火绳枪，但开始的时候，枪手们都没开枪，只将那些梯子推倒，当然也摔坏了好些人。人们越加愤怒，一边围攻，一边谩骂。

围了多日，但无济于事。宅院里有自己打的井，还储存了许多粮食，商号的仓库也在宅院里，什么都不缺。即使围个一年半载，驴二爷也不怕。但那些农民得吃饭，我粗粗估算过，人数至少上千了。看到那些受伤的人，我就想算了。我找到大伯，希望他出面调停，就此罢休，让那么多人受伤，我心里难受。要是闹出新的人命，就更麻烦了。但大伯不想停下，他想顺势将驴二爷赶出去。驴二爷在当地有许多地产——我家的那些地，有些也是卖给驴二爷的。大伯说，他答应过那些起事的人，赶走驴二爷，那些土地由参与者均分。这时，我才明白，在这个事件中，我仅仅是个小棋子。嘿嘿，这是最早的"打土豪分田地"。在没有田地的百姓眼中，那真是最诱人的事了。

这时，我才知道，即使那些土人不再有愤怒，他们也不会停下愤怒的脚步。

2

现在想来，要是那次事件的组织者没有大想法的话，事情就简单多了。围些日子，待得那怒气散了，人也就散伙了。问题是族长和其他的头面人物也想把事情往大里闹，他们算计好多年了，一直没个机会。这一回，好不容易有了理由，好不容易聚了这么多人，好不容易撕破了脸皮——过去，族长可一直是驴二爷的座上客呢——开弓没有回头箭，只能将这事做下去。

从这件事上，我明白了人们为啥革命。

族长们开始了鸡毛传帖。这本是帮会内常用的方法，用鸡毛粘在传单上，送到他们愿送的人家门口，告诉他们在某个时间某个地方做啥事，若是不做的话，会遭受什么样的惩罚。我不知别的鸡毛传帖是不是这样，我们那次，就是这样。会合地点是驴二爷的碉楼，必须做的事是每家每户都带来一定数量的柴草。于是，在通知上注明的时间里，无数的人们带了柴草，蜂拥而来。

我要解释一下，为什么人们听那鸡毛帖上的话呢？这是几十年来形成的一种约定俗成的规矩。在早年的无数次械斗中，这法子用过多次。要是哪家人不来，也可以的。那他家出事时，众人是不管的。你要想得到某个群体的保护，就必须遵守这个群体的一些规则。明白不？再早些年的土客械斗，和你们西部的打冤家，也用类似的方式。

他们要火攻。

他们要用那成山的柴火，埋住驴二爷家的碉楼，烧死里面那些不识相的人。

这法子，当然最有用，也最恶毒。

但这法子，也等于告诉了驴二爷，让他断了妄想。驴二爷断了妄想的结果，便是叫枪手开了枪。

那枪声击出的血，越加激怒了人们。

那一波波的人前涌，那一阵阵的枪齐鸣。血染红了山间的溪水。

第一天，土人死伤了三十多个，那宅院外，也有了许多柴火。人们投出了一个个火把。一股股浓烟裹向碉楼。回应那浓烟的，是一阵紧似一阵的枪声，还有下泼的水。

后来，这枪声面对的，不再仅仅是往碉楼旁送草的那些人，只要是枪手射程之内的，都成了枪手的靶子。

3

事情闹得越来越大。

因为伙计中有客家人，他们的亲人为了保护孩子不丧生于火海和祸乱之中，也参与进来。这样，驴二爷的碉楼不再成事件的中心了。

那些愤怒的土人，开始将怒火撒向其他客家人。这些人可没有碉楼和枪。无论这些客家人愿不愿意，他们都成了驴二爷的替罪羊。

在一些极端的土人眼中，客家人甚至不属于人类。他们在一些文字中，提到客家人时，总在"客"字上带上反犬旁。他们根本不愿意自己的土地上，有这样一群不知来自何方却自视甚高的人。客家人的许多习俗，也让他们看不上眼。比如，客家人总将祖宗的尸骨放在坛子里，到处乱摆。土人们可不管你们是不是要准备随时迁移。一见那些坛子，土人的气就不打一处来。他们总嫌那山间乱摆的黑坛子晦气。他们早就想打碎那些扎眼的玩意儿了。他们奈何不了有着高楼火枪的驴二爷，还奈何不了别的客贼吗？

就这样。先是那些客家伙计的亲人遭殃，紧接着，人们的目标变成了盛着客家祖先的那些坛子。乱民的乱石飞向无数的黑坛子，那客家人眼中的祖宗成了四处乱扔的骨头。撒气的土人们边投出飞石，边将那些骨头踩进了污泥。这一来，凡是客民居住之地，都成了战场。

更可怕的是，这战火，仍四下里蔓了去，许多地方浓烟四起，血流成河。人山人海的土人，冲向客民。后来，成山成海的客民也冲向土人。到处是尸体，到处是哭声，到处是屠场。

为了报复，人们想出了不同的招数。你说过的那种十字军东征时的惨相，也清晰地发生在那时的岭南。械斗的双方，连妇女和婴儿也不放过。客民将土人的婴儿挑到矛尖上挥舞，土人剖开客民孕妇的肚子，更有剖出仇家心脏炒了吃的。胜者为盗，败者为食。报仇者、雪恨者越来越多，因为死的人越多，仇恨也就越深。虽然，后来的日本人进入南京时的行径让人类蒙羞，但其实，中国人杀起中国人来，也一点儿不含糊。死于土客械斗的，也数以百万计。

有个叫徐旭的文人，在《丰湖杂记》中记载了它："博罗、东莞某乡，近因小故，激成土客斗案，经两县会营弹压，由绅耆调解，始息。"其实，那械斗，后来一直还延续了多年，多有激化，客民只好在山林中安营扎寨了。那时的客家民居多为四点金的四角楼模式，四面均有炮眼，其居家之地常常是战场，由此可见那械斗之烈。

你想，在土人眼中，他们世世代代在这块土地上生活，后来，来了一群客贼，要占他们的地，要霸他们的山，要抢他们碗中那点儿本来就不多的粮食。你想，能容忍吗？当然不能。一家要抢，另一家不让抢，两家就打起来了。

打了多久？上百年。

两家为争土地和利益，初有纠纷，渐成仇恨。那仇恨一入心，便会生根发芽，于是你斗我，我杀你，便绵延成近百年的械斗。

你可能不知道，那时节，土人认为岭南有两大害，第一害就是"客"，称他们昼当农民，夜为土匪；第二害才是洪帮等帮匪，称他们"其群若蜂，其踪若鬼"。

那时的客家人中，也有许多"穷光蛋"，也像《水浒》中的牛二那样欺行霸市，到处掳人勒索，名曰"拔财神"。因此，广府人把客家人称为"匪"，或是"犵""獠"，或是在"客"字上加上污辱性的"犬"字偏旁，视客家为野蛮人。

那时节，我真的后悔自己充当了导火索。

我后悔自己去讨什么公道。相对于那次大规模的流血事件，我家的那场大火，真的是可以忽略不计的。

这时候，驴二爷的碉楼反成了岭南最安全的所在，许多逃难的客家人涌向那宅院和碉楼。驴二爷成了那时最受欢迎的善人。他想叫谁进他的宅院，谁就意味着有了生命保障。他每天施粥，让那些奄奄一息者能继续活下去。这时，人们甚至不再提我家的事了。人们绝不相信，像驴二爷这样的大善人会做出杀人放火的勾当。

事情的发展，真让我哭笑不得了。

那真是让人难忘的一段人生经历。待得稍稍消闲些后，我给你详细讲一讲，你定然会写出一本震惊世界的奇书。只是，这世界，也经历了太多的血腥，像脚后跟上的老皮那样迟钝了。我觉得该震惊，但是不是真的能震惊，我也没把握了。要知道，绝大多数活着的人类，都希望自己能轻松些活。他们懒得看血腥，懒得听哭声，懒得想一些沉重的话题，所以在每一个时代的当下进行时中，声音最大的，都会是一群混混。他们像秋风中狂舞的树叶那样热闹。他们可不管秋风过后他们是不是还有踪影。

他们说，今朝有酒今朝醉，不管明天喝凉水。

后来，官家干涉了。

那时节，官家非得干涉不可了。

因为无数的乱民已开始在县城里闹，县衙被砸，县爷被杀。有人甚至顺势扯起了造反的旗子。官家可以不管乱民的胡闹，但你们的闹，得有个底线，那就是不要影响社稷。什么是社稷？一些学者都会瞎解释一通，但老百姓心明眼亮，那词儿，说白些，就是皇家的位子。

后来呢，官兵又介入了。

据说，这次跟早年一样，也是马家的票号提供的军饷。

因为官兵的介入，一些替我报仇的土人死得很惨。虽没发生早年的那种用石磙碾人的事，但还是充满了血腥。我最难忘的一些惨祸，就发生在官兵介入之后。

你想，我怎能不恨马家？

4

那次血腥事件平息之后，驴二爷回老家了。他是随着驼队来的，又是随着驼队走的。他安排了一个账房先生管岭南的商务，他自己，却不敢待那里了。无论他后来如何施粥，土人还是忘不了他的那些枪手欠下的血债。好些人，都想要他的命。这样，碉楼虽然安全，但他要是待在里面不出，也就等于坐牢了。权衡再三，他还是回老家了。

在许多枪手和把式的护持下，驴二爷离开了岭南。

我一直记着那个黄昏。那时节，太阳悬在了山顶上。驴二爷和护持他的驼队起场了。他们仍然燃放了出行时必燃的大火，以显示一个良好的缘起。由于仇杀，当地人口迅速减少，记得那天没有多少人来看热闹。那时，大嘴哥也要随着驼队远行了。他将驴二爷回家的消息告诉了我。我知道，驴二爷这一去，天高路远，报仇的可能性就没有了。我决定，暗中跟了驼队，寻找刺杀他的机会。我以为，相对于住在碉楼中的驴二爷，在路上杀他的可能性要大好多。

　　于是，我炒了许多馒头。我将蒸好的馒头掰成了碎块，在锅里放了油，炒干了那些指头蛋大小的面食，以便在路上充饥。那时，我还不知道从岭南到凉州——是大嘴哥告诉我这个陌生所在的——有多远。在我眼中，已经没有了距离。我的眼中，只有报仇。

　　虽然我的仇恨成了那次土客械斗的导火索，招来了那么多的血雨腥风，但那时的我，仍是被仇恨蒙蔽了心。

　　除了我放不下驴二爷欠我家的血债外，我还将死于械斗者的命债也算在了驴二爷头上。那时，我想，要不是他，那么多人是不会死去的。无论是白天还是黑夜，我的心中只响着一种声音："报仇！"我被一种巨大的情绪笼罩着。我走不出来。

　　为了不招惹一些坏人的眼，我不再洗脸，还时不时在脸上涂些锅煤子之类。我拣了一些破烂，将自己打扮成了老乞婆。我在水中照了照，发现那模样连自己也恶心了。只有这样，我才可能在途中不招来恶徒。除了吃的，我还备了好几双鞋，还有水壶。因为听大嘴哥说过，驼队昼伏夜行，一般走三四十里路。他说，那些把式从来都是步行，不骑驼。我于是想，他们都能走，为啥我不能走？

　　听了我的打算，大嘴哥说疯了。他说，你可能不知道，从这儿，到那儿，最少得走两三个月，途中十分艰辛，闹不好，你的小命就送到路上了。但在我的坚持下，他只好答应了。他告诉我一个法子，叫我跟驼队的距离，以能听到响铃为度。那时节，头驼和尾驼的脖子上都有响铃，声音很大，能传出老远。他还给我弄来了一个短火枪和火药，一来用于防身，二来万一有过不了的坎儿时，就打上一枪。听到枪声，他会设法救援的。见到那枪，我很是高兴。我想，有了它，报仇就多了一分把握。我甚至想，大嘴哥给我这枪，也许是在给我提供报仇工具。因为，那时节，他自己也对驴二爷心生不满了。据说，那些客家人在碉楼里躲难时，驴二爷又睡过几个清俊妹子。每次提起，大嘴哥都会骂他老驴。一次，我说，那你为啥不杀他呢？你做这事，是很容易的。他说，我不能，世上哪有把式杀掌柜的？在把式眼中，掌柜是衣食父母，谁要是生了邪心，等于自绝于江湖，一辈子也就完了，再说我的爹妈还在凉州，跑了和尚跑不了庙。

大嘴哥给我的火枪是他自造的，火药也是他自炒的，用了硝石、硫黄和木炭。那时我不知道，在炒火药时，他用的是稀屎，据说这样炒的火药性子爆。他说这是他摸索出的妙法。怪的是，我竟然没有恶心。可见，那时节，报仇完全成了我活着的理由。要知道，以前我是有洁癖的，一听个脏些的字眼都吃不下饭。现在，我真成老乞婆了。

大嘴哥还给我教了搓火绳的方法，他拔了好多艾草，搓了好多火绳，好在火绳很轻，背了它们，也没加多少重量。这些火绳，后来帮了我的大忙，一来，那些蚊虫远远躲了，二来，夜行时能为自己壮胆。要是真的遇到危急，也能随时引响短枪中的火药。只是，走了不到一月，火绳就用完了大半。所以，每次遇见艾蒿时，我总是会拔一些，搓成绳子备用。

为了照应我，大嘴哥还拉着自己的那把子驼殿后。但他警告我，千万不要在途中袭击驴二爷，因为保护他的那些枪手，都不是好惹的货，虽不能百步穿杨，但打兔子打狼，多弹不虚发。你只要乱来，他们手一抬，就会要了你的小命。

听了这话，我想，既然你不让我报仇，那我为啥跟你们走呢？难道我还看中了你个大嘴哥，跟你私奔到凉州不成？嘿嘿。

大嘴哥说，留得青山在，不怕没柴烧。

5

就这样，我偷偷尾随着驼，开始了我一生中最漫长的一次历程。现在想来，还有些后怕呢。

你从那《驼户歌》中，可以看出一点我的艰辛：

> 拉骆驼，起五更，踏步第六省。
> 骆驼多，链子长，时时要操心。
> 前半夜，走得快，腰酸腿又疼，
> 后半夜，走得慢，瞌睡又丢盹。
> 你看看，这就是，拉骆驼，
> 才不是个营生……

幸好，驼队有按时放尿的规矩，每到了我很累的时候，也差不多到了驼放尿的时候，这样，我才能跟得上他们。那时节，我耳中最美的声音便是驼铃，咣当——，咣当——，它虽然单调沉闷，但在我的心中，却是最好的音乐。要知道，半年多时间里，在我的生命中，充满的，便是那驼铃声……哎，你的这书，要是起个《驼铃声声》，保管你畅销，信不？嘿嘿，你不用解释，我只是个建议，反正我一见这书名，肯定会买这书的。

那时节，驼队一如既往地在夜里走路，这是驼队的规矩。这规矩帮了我。要是在白天，我跟踪驼队那么长时间，是不可能不被发现的。

在那漫漫的长夜里，除了驼铃声，让我最亲切的，就是那马灯。在无月的时候，把式们会点亮一盏盏马灯，虽然它们不很亮，却是那时的夜里最美的景致。远远望去，那串亮光就是我心中的希望。我虽然也时时会想到阿爸，想到阿爸教我的那些木鱼歌。为了排遣寂寞，我也会默诵那些木鱼歌。那时，我还不完全了解一些内容。我默诵的目的，不是为了理解，而是为了排遣孤独，当然，也是为了不忘掉那些阿爸心中最美的歌。阿爸留下的那些木鱼书，烧了大部分，剩下的那些残本，在后来的日子里，多变成了碎片。经历了岁月的折磨和大火的炙烤，那些书页显得很脆，稍一碰，就碎了。我索性就烧了它们，让它们去陪我可怜的阿爸。虽然那时我并不了解木鱼歌的真正价值，但我还是知道，阿爸珍爱它们，就定然有珍爱的理由。我不想让阿爸的珍爱，成为我遗忘的牺牲品。所以，大部分的夜里，我诵几字行一步，日子就这样慢慢地过去了。

虽然大嘴哥不让我在路上犯傻去杀驴二爷，但我还是在寻找机会。只要有机会，我绝不会让驴二爷回到他的地盘。因为我不知道，他回家后，我会不会还有接近他的机会。

有好几次，在驼队宿营时，我接近过他们，我发现，那些枪手们真的防备得很紧。行走时，前后左右都有枪手骑了驼，在护卫着驴二爷的驼轿。而且，据说，驴二爷的驼轿也是由一种油浸过的藤条编成的，虽然轻便，但非常坚韧，据说是经得住刀砍枪击的。

只要不在野外宿营，我总是有理由接近驼队的住处。有时，他们会在一些市集上住店，这样，我会以行乞的方式接近他们。那时节，到处是讨饭的，没人会怀疑一个要饭的老乞婆。因为常不洗脸，我自己也认不出自己了。一层一层的垢甲遮住我的本来面目，开始时，我很难受，渐渐也就习惯了。

驴二爷很谨慎，他知道许多土人视他为冤家，恨不得寝皮食肉。在起场之后，有好几次，他差点被飞来的竹矛扎中。所以，途中我很少能见到他。我的短枪中，火药是常备了的。在每次接近宿营的驼队之后，我总是引燃火绳。我时刻准备着，一有机会，我就会点燃火药焓，将枪口对准我的仇家。我还在枪中装了一粒铁珠和十多粒散弹。这也是大嘴哥给我的。他说是让我对付狼和坏人的，但我认定他知道我的心事。我打定主意，只要能打死驴二爷，我甚至愿意被那些枪手打成马蜂窝。

6

我一直忘不了那种在漫漫长夜里漫游的感觉。

前边是无边的黑暗和不知通向何方的路，陪伴我的，只有自己的脚步和远方的驼铃。

还有干渴。

还有饥饿。

我准备的那点干粮很快就吃光了。驼队要是路过有人的集镇和村庄的话，我还能顺便要一点吃食。我当然不敢全部吃完，我会留下干粮，准备在夜行时吃。只是，大多时候，我很难讨到干粮，因为沿途百姓的日子也很难过，能吃干粮的人家不多。我只能讨到一些残汤剩饭。我先是喝了汤，留下相对稠些的，充当夜行时的食物。有好几次，我一吃完剩饭，就拉肚子，拉出一股又一股的清水，拉得我两腿无力。那些日子，我几乎绝望了。后来，我讨到了几瓣大蒜生吃，才渐渐缓过了劲。后来，我有了教训，只要遇到有人的地方，我一定会乞讨大蒜。一次，我用一条讨来的围巾，换了很多大蒜。在没有其他食物时，我也会烧着吃大蒜。不知你们吃没吃过烧大蒜？也许，你们觉得很难吃，但在我眼中，那真是无上的美味。有时，实在找不到别的食物充饥时，我就用烧大蒜来充饥。美中不足的是，烧大蒜吃得多了，鼻孔就实了，好像被什么东西堵了。嘿嘿，这是我独有的生命体验，提供给作家。这细节，不亲身经历，你是编不出来的。

大蒜容易携带，不会腐坏，也有营养，还能解毒，它帮我度过了人生中最为艰难的一段时光。自打吃起大蒜，我吃剩饭后，就不再拉肚子了。要是没有大蒜，不知道我还有没有后来的人生。因为，在好几个月里，我吃的都是残汤剩饭。在我的背斗里，除了羊皮水囊外，还有一个瓦罐。瓦罐里盛的，就是我沿途讨来的百家饭。白天，驼队宿营时，我就去讨饭，每次，我要讨满一罐子后，才开始休息。我将那些饭，平均分配在白天和夜里。有时，天一热，饭很快就馊了。后来，只要就着生大蒜，馊饭也成了我眼中的美味。

最难过的，是进入沙漠和戈壁的时候，因为我讨不到食物。那时，多亏了大嘴哥，他总会在驼放尿时，给我留一些吃食，或是烧好的红薯，或是山芋，或是锅盔饼子。好在驼队行进和放尿时，会留下很多踪迹，我总能找到那些食物。后来，大嘴哥告诉我，每到驼放尿时，他都会躲在一旁抽旱烟，然后顺势埋些吃食，再做个记号：有石头时，他会在埋食物处放三块石头；无石头时，他会撒泡尿，只是他撒尿时，会撒成一个"8"字形。所以，我总能找到我想找的东西。

　　在无人区虽然难熬，但有时，也会有一种诗意的享受。若是大嘴哥叱的那把子驼，走在最后时——这需要他在起驼时故意磨蹭一阵——我就可能趁着夜色接近他，跟他说说话。但这样的机会不多，一是大嘴哥不让我轻易跟他在一起，他说有时候，大把式会巡查的，以防有意外掉队者。我开始信了他的话，后来我怀疑这是他的一种托词。因为我后来知道，大把式根本用不着巡查就知道后面的驼队是否正常，因为那驼铃声会告诉他一切。我后来想，大嘴哥定然怕别人知道我跟他的关系，怕我日后的行为，会影响他和他的家人。后来，一想到这一点，我就会有一点不舒服。这成了一粒不愉快的种子，当它慢慢地发芽开花后，就影响了日后我跟他的交往。

7

　　一天夜里，我忽然看到，身后多了两盏绿灯。开始，我还觉得有趣，但很快，我闻到了一股腥臭味。正是这气味，让我生起了警觉。透过朦胧的夜色，我发现，黑里有一只狗，身架很大，见我望它，它便狠狠地朝我龇了龇牙，发出低哮声。我的头皮一下麻了。我想，这是不是狼呢？记得，大嘴哥说过，狗的尾巴能立起，狼的尾巴总是夹在尻槽里。因为夜黑，加上它正对着我，我看不到它的尾巴。但那股逼人的腥臭，显然是一般狗没有的。狼常年吃肉，又不刷牙，那味道，当然够重的。

　　记得那时，头皮麻了一阵后，我却不害怕了。因为我知道，害怕没用。那些日子，我经了很多事，也经了很多死亡。在土客械斗时，我不知见过多少血腥，心就有点木了。虽然那时，我还不到二十岁，但我的感觉中，已活了千年，真没啥害怕的了。我的心中，只有报仇，此外，也放不进别的了。你想，要不是这样，我一个弱女子，怎能走过那几千里的漫漫长路？

　　那狼低哮一阵，围着我转起来。这时，我才发现，它真的是狼，因为我看到了它黑夜中的尾巴。狗的尾巴能旗子般招摇，狼的不能。我想，我总不是喂狼的命吧？那时我倒真的没多害怕，我只是想，我一死，仇是报不了了。大伯说，我死去的父母弟妹，一直还以冤魂的形式存在于世上，只有在我替他们报仇之后，他们才能投胎转世。大伯说，亲人们的魂灵子都会附在我怀中红布里的神位上，只有用仇家的血祭那神位，他们才能超升。那时，我是信这说法的。因为，我真的能感觉到神位有时会像心脏那样怦怦地跳。在有时的不经意间，我也会听到弟弟的哭声。在偶现的恍惚里，我会看到拖着长长的麻雀尾巴的二弟，也时不时会梦到阿爸。他老是阴着脸望我，他的脸上淌着两行浊泪，像浓鼻涕一样扎眼。他什么话都没说，但我觉得他说了很多话。妈倒是很难梦见，只有一次，我在梦中看到了她的背影。我在梦里大叫，妈——，妈——。她一回头，我看到了一张白瘆瘆的脸。我说，妈，我会给你们报仇的。她望着我，惨然而笑。

所以，我认出那真的是狼时，仅仅是想，要是我喂了狼，那些死去的亲人就很难超升了。我有些不甘心。我还想到了藏在我心里的那些古老的木鱼书，还有阿爸写的那些木鱼歌。我想，要是我死了，它们就从世上消失了。

我最放不下的，就是这两件事。

那狼低哮着，近前来，腥臭味越来越冲人。那臭味，甚至渗入了我的灵魂深处。在此后的许多年里，有时的一个不经意间，我就会闻到那种味道。我知道，凭打，我是打不过狼的，但我也不想伸长脖子让它咬。我用火镰一下下打那火石，我想点燃火绒，要是那狼再逼近我，我就会引燃火枪。虽然枪声可能会引起把式们的注意，或是招来驴二爷的枪手，但我也顾不了太多。我想，有了那副老乞婆的装扮，他们想来是认不出我了。我的头发已麻成毡了，上面有许多柴草。那时的途中，我常常在村庄和集镇的柴垛旁栖身。我的头发里，有各地的柴草，我的脸上身上也积攒了各地的灰尘。除了眼睛偶尔——它常常也因为睡眠不足而通红——还会透出我的少女味道外，我完全成了老乞婆模样。更也许，我的眼睛也变苍老了，因为我睡眠不足。便是在熟睡时，我也时时警觉着，以防睡过了头，赶不上驼队。

虽然身上还有好些艾条，但我轻易不点燃它们。只有在走到蚊虫啸卷的地方，我才会点燃艾条，让那些疯狂扑向我的蚊子稍稍远离一些。当然，在能够接近驴二爷的时候，我也会点燃艾条，时刻准备点燃我的复仇之火。遇到狼之后，我就想点亮火绒，引燃艾条，我想，要是那狼不走，我就开枪。

火石在夜里发出耀目的光。那光显然吓了狼一跳，它退了退。嚓——，嚓——，那打火石声在夜空中很是扎耳。要是没有驼铃的话，那些把式们也许会发现我。只是那火光，很是炫目，我的眼睛忽然"瞎"了，我再也看不到狼了。我想，它定然会扑上来。我边打石，边听它的反应。怪的是，那时的我，心却静到了极致。我觉得自己什么都不怕了，也许是我实在太疲惫的缘故。

要知道，一路上我都觉得很困。白天，在把式们睡觉的时候，我得花很多时间去乞讨。那乞讨有时顺利，有时不顺利，即使在顺利时，我也没多少时间睡觉。而且，即使有时间睡觉，我也不能像正常人那样深入梦乡。只要那起场的驼铃声一响，我定然会醒来。有时，我也会被大脑印象中的驼铃声惊醒。所以，我学会了在走夜路时打盹。

也许是因为困极了的原因，在许多个瞬间，我甚至将狼的出现当成了梦境。

我终于点燃了火绒，又点燃了艾条。我这时才发现，狼只是退后了一些，它并没有离开。夜幕里的那两盏灯仍在亮着。

只是，它不上扑，我也不想主动开枪，因为我知道，这枪的射程很有限。这时候，你不暴露你的底细时，狼也会怕你。要是我开了枪，却打不中它的话，在我没装好下一枪时，它定然会扑上来，咬断我的喉咙。

我也顾不上管它了，我一边舞着艾条，一边追赶驼队。燃着的艾条成了红线，舞出一个个圆圈。

我一跑，狼也颠颠着追了来。我甚至能听到它沉重的喘息。

在我的印象中，那狼跟了我许久。我想，它也许是在等我倒下去。我的少女之身，在它眼中，当然是一嘴好肉。就像我能闻到它的气味一样，它定然也能闻出我的味道来。

为了排遣我心中的瘆——我不是怕，是瘆——我边跑，边默诵那些木鱼歌。我记得，阿爸讲《西游记》时，说唐僧每遇到危难，就会诵《心经》。那时，阿爸老说，若要好听，唐僧取经；若要好看，武松打店。他甚至将唐僧取经也编成了木鱼歌。后来，他编了一个《观音十劝》。那时，我没记下《心经》，但我记下了《观音十劝》，我想，既然《心经》里有观音，想来其内容，也跟《观音十劝》相似吧。

于是，我就唱起了《观音十劝》，很快，我就融入那旋律里了——

> 初劝女人去食斋，天公在上有安排。
> 阳间好丑人知晓，心好为人不用乖。
> 看破红尘知世界，人间万事难安怀。
> 第一嫁夫是赌孩，又怕街头打纸牌。
> 嫁着郎君唔买卖，饮赌吹烟着烂鞋。
> 衫裙首饰都输净，一世之人好久挨。
> 麻油青菜随时挨，得上桃园心安怀……

唱了一阵，我发现，那狼，既没有离开，也没有扑来。它只是远远地跟了我。也好，我想，只要你不惹我，我也不惹你。

我边赶路，边唱下去——

> 二劝女人莫太贪，长斋正好入仙家。
> 莫在凡间思想退，生男生女驳冤家。
> 嫁错郎君真难活，一自出门不离家。
> 夫主唔归生守寡，少年归去乱如麻。
> 想来万事都系假，半世之时怨恨差。
> 观音一世都唔嫁，风流快活生莲花。
> 在世之人听我话，唔看目前黎明霞。
> 千个修行千个好，得上西天极繁华……

《观音十劝》有种奇怪的力量，我心头的许多硬块没了。小时候，我就爱听这，长大了，也爱唱这。它的语词并没有多雅，比起那《禅院追鸾》差远了，但我总能唱出一份感动来。

天渐渐亮了，我看到，那狼很是肥硕。

我跟狼之间，后来发生了一个惊心动魄的故事，但此刻，我不想随随便便地把它糟蹋了。这故事，以后我单独讲给作家你，你会写出一部很好的小说。

8

关于狼的故事，我按下不表。再讲我那时遇到的另一个难题：我的鞋烂了。我带在身上的几双鞋，都烂成了碎片。脚上磨起了好多血泡。每挪动一步，都钻心地疼。

这时，我才理解了驼户为什么会穿重鞋。那所谓的重鞋，是一层层的驴皮和牛皮蒙成。哪儿破一点，就在哪儿补一点。时间长了，那鞋就很重，除了驼户说的为了练腿功的原因之外，还因为那鞋十分结实，穿了那重鞋，就能走千儿八百里路。我来时准备的几双鞋，走了不到三成的路，就全烂成了碎片。

要是解决不了鞋的问题，我肯定会被驼队甩掉的。那些日子，这是最让我头疼的事。每到驼队歇息的时候，我除了讨饭，还要讨鞋。虽然我也能讨到破鞋，但那鞋子，也用不了多久。而且，由于鞋不合脚，脚上的血泡越来越多，幸好我时时涂那蒜汁，伤口才没有发作。

鞋的问题，困扰了我很久。后来，还是大嘴哥帮我解决了。路过一家集市时，他帮我买了十双麻鞋，一丈白布，我先用白布缠脚，再穿麻鞋，就好多了。你见过麻鞋不？就是用大麻捻的麻绳绾的，比一般鞋结实很多。

大约走到一半路程的时候，我实在走不动了。大嘴哥想了个办法，叫我拽着驼尾，这样就可以借力了。那时节，他总是吃最后一把子驼。一般驼户都愿意走中间，因为好照应，不大喜欢"断后"的。只要有人愿意垫后，别人当然是求之不得的，正是拽了那驼尾，我才走完了剩下的上千里路。现在一想，头皮还是有点发麻。当然，这只是感觉，嘿嘿，你知道，这时候，我想有头皮，怕也成奢望了。马在波说得对，真是一失人身，万劫不复呢。

自从我开始拽驼尾之后，我的打算就变了。我不想在路上行刺了。一来，我根本见不着驴二爷；二来，我怕被把式们发现，只要被他们发现，那我就再也没机会到西部了。他们只管将我绑在一个地方，只要他们走上两站，我就再也追不上他们了。凭我一人，是不可能走到千里外的。所以，我暗暗打定主意，先到凉州，再慢慢想办法报仇。

在途中，还有许多奇事，等以后有机会时，我慢慢讲给你听。这会儿，瞧他们，都有些不耐烦了。

我就长话短说吧。

经历了千辛万苦之后，我终于到了凉州的镇番。这所在，据说是苏武牧羊的地方。我一见，真的是开眼了。没想到，世上竟有这样苦的地方。那儿多焦黄，少绿色，一抬眼，尽是戈壁黄沙。当地人有个形容，吃饭没醋，歇阴凉没树。那地方，简直不是人能待的。

经历了几千里的奔波，我明白当驼户真是苦。那真是梦魇一样的日子，每天除了走路，还是走路。大多时候，驼户们走的是荒无人烟的戈壁，陪伴自己的，只有自己的脚步。到了该歇息的时候，他们又得干更苦的活，每天，他们得将那二百多斤的驮子搬上搬下几十次。但到了凉州时，我终于明白了，他们为什么要当驼户，因为相较于常年闷在沙旮旯里苦熬的村里人，那些驼户真的是很让人羡慕的。

驼队到达前，大嘴哥就不让我跟他在一起了。虽然拽着驼尾让我借了不少力，但我还是累成一堆泥了。大嘴哥指指远处蜷缩在沙漠皱褶处的一点黄晕说，瞧，那便是我的家乡。

我远远地尾随着驼队。经历了梦魇般的长途跋涉，终于到了目的地，我既觉得兴奋，又有些惶恐。我喜欢你说的那个比喻，像一片落叶被抛入了陌生的大海。是的，真是那样。我的眼前，是完全陌生的一个世界。气候，地理，人，还有很多很多的东西。

最让我难以接受的是，大嘴哥的爹妈趁着他远行时，给他找了一个媳妇。有一天，我假装讨饭去过他家，见那女子很瘦，干瘪得像脱了水的胡萝卜。

正在这时，我听到黄驼叫了一声，接着又机关枪那样突突突地吐起了唾沫。虽然它时不时会这样，但这次，有点跟以前不一样。

我跑了过去。我发现了隐在夜里的一盏绿灯。我吓了一跳，不知道是狐子，还是狼。想来是狼，因为除了个别失去常态的狐子外，一般狐子是怕人的，一有个动静，早就溜了。要是狼，事情就复杂了。

我马上取出了火铳，这是我进野狐岭前，那位老驼把式借我的。这是他爷爷留下来的，虽然差不多百年的了，但保管得很好，平日都涂了油，加上西部又干燥，就保存下来了。

火药也是他帮我炒的，用锯末、硫黄和硝，按比例混了，放锅里炒的。他说，这古董，虽抵不了大用，但能壮个胆。遇到野兽啥的，也能唬唬他们。

果然，没等我装好火药，绿灯就远了。

黄驼的喷唾沫声却不停息。莫非，它真的能看到那些幽魂？

回到讲故事的现场，静又压了来。我发现，那所有的故事，也成了静的一种。我已熟悉了那些面孔，他们都渐渐有质感了。木鱼妹脸上的清秀和别一种韵味，会让我的心时不时疼一下。我总是在别人的故事里，疼自己的心。

木鱼妹指指火铳，问，你怎么想到带这个？

我说，壮壮胆。

她笑道，也倒是。我那时，也是。

她又说，不过，你别用它。

为啥？

你不用，狼还怕你。你一用，它就发现，这玩意儿，也是个纸老虎，还不如点一堆火顶用呢。

她说，我那时用的，也跟这差不多。

她朝那绿灯远去的方向扬扬脖子，说，那东西，是你的冤亲债主，会一直跟着你的。你欠过它的债。

啥债？

命债。

你其实不知道，它一直在追着你。只是以前，你没发现而已。

它能如愿吗？

这要看你了。说着，她神秘地笑了。

我明白她说的意思，也笑了。

我说，好了，不提它了，还是讲你的故事吧。却发现，我的四周，除了木鱼妹，并没有其他把式。

我问，他们呢？

木鱼妹指指火铳，被它吓跑了。所以，你还是不要放，你要是一放这，你就再也见不到他们了。

你为啥没离开？不怕？

人家不是要告诉你这事吗？

我将火铳放回了褡裢，继续听木鱼妹讲故事。

第八会

小城的拾荒婆

> 拉骆驼，起五更，踏步第八省。
> 遇上个，冒失鬼，没黑又没明。
> 走得早，睡得晚，腰酸腿又疼。
> 损了我的身，你看看，
> 这就是，拉骆驼，
> 才不是个营生……
>
> ——驼户歌

1

我就在那个小城里落脚了。

我没有洗去脸上的垢甲，这是大嘴哥的主意。他说，要是我露出本来面目的话，马上就会有人欺负。我明白他的意思。我知道，那时节，我的外相，定然恶心到连那些色心很重的男人也动不起心思了。

也好。

我跟一些拾荒婆混在一起，她们大多跟我一样，身上背满了破絮般的东西。也许，我比她们更狼狈，我的脚上尽是伤，脸上想来已被风吹日晒得不成样子了。幸好在跟大嘴哥的交流中，我也学会了许多当地话，那是一种硬怪怪的语言，带点儿古风，比如称"他"为"彼"，等等。在拾荒婆们的闲聊中，我知道了驴二爷一家的底细。我这时才知道，那么富有的驴二爷，仅仅是马家很寻常的一个掌柜，人称二掌柜。当地人提到驴二爷时，也是一脸敬意，没人叫他驴二爷，只叫他马二爷。原因是马家老是舍粥，每到初一十五，远远近近吃不饱饭的人，都会到马家粥棚。我也去过那粥棚，张罗粥棚的，是马四爷，显得慈眉善目。那些拾荒婆说，马家的票号遍布全国，已发财一百多年了。岭南的那个，仅仅是其中很小的一处。

我看到了马家的宅院，威焰赫赫的，气势比岭南的碉楼大好多倍，差不多像座小城了。听说，回汉仇杀时，镇番城都被攻破了，死了几千人。马家堡子接纳了几百个难民，乱兵们攻了多日，堡子却固若金汤。

看到那堡子，我忽然有了老虎吃天的感觉。

2

经过几千里的跋涉之后，我发现，心中的仇恨竟淡了很多。在千里途中，我遭遇了很多事，多次挣扎在生死线上。在时间和风霜的磨砺下，我心中的仇恨没以前那么强烈了。我觉得自己看开了很多。

一天夜里，我忽然梦到了阿爸。他仍是那样阴着脸望我，什么话也不说。他的身边是妈和弟弟们。妈忧伤地望我，弟弟们却一脸怒容。他们什么话都没说，但我醒来时，却一身汗水了。我知道，他们在提醒我一件事。

可那事，在我心中竟然淡了。

真可怕。

此后的每天夜里，我都在夜深人静时做一件事：对着祖宗的神位发愿。后来，我还在神位的后面，写了父母弟弟的名字和生辰八字，再用针扎破手指，在神位上滴了血，仍用红布包了，走到哪儿，揣到哪儿。一看到或是摸到它，我就提醒自己不要忘了仇恨。每天早上醒来，我做的第一件事，就是将"报仇"默诵一千遍。我一边想着那大火，一边想着火中挣扎的亲人，一边想着死于械斗的那些乡亲，一边咬牙切齿地诵着我的"真言"——

报仇！

报仇！！

报仇！！！

很快，我的心中又填满了仇恨。

那时节，别说提到驴二爷，只要我听到"马家"，都会恨屋及乌，不共戴天。

我将马家的许多善行都当成了假仁假义。

那时，我才发现，仇恨也是需要修炼的。从到达凉州后的多年里，我就一直修炼着仇恨。每个月，我要将心中已记得滚瓜烂熟的木鱼书默诵一遍。初一到十四日默诵古本木鱼书，十五日到三十日默诵阿爸写的那些木鱼歌。初一和十五日，被称为朔日和望日，是凉州人敬神的日子，我也将阿爸和木鱼歌当成了我的神。虽然诵木鱼歌能带给我很多比仇恨更让我受用的东西，但我却总是用仇恨消解它们。我默诵它们，仅仅是不想忘记那些阿爸眼中的珍宝，这也成了我纪念阿爸的一种方式。每当我默诵它们时，就觉得阿爸又活了，在默默地望着我笑。也幸好，若是我不坚持那种纪念仪式的话，那些木鱼歌定然会从我的生命中消失。要是遗忘战胜了记忆的话，阿爸就真的死了。

3

若是身边没人时，大嘴哥也会来看我。他告诉我父母为他找了媳妇的事。那一刻，我忽然发现自己有些爱上他了，因为一听到从他口中吐出"媳妇"二字时，胸口竟堵得很难受。要不是仇恨在心，要不是报仇仍占据了我生命的时空，我定然会扔了乞丐装，洗去污垢，还我女儿之身。因为风沙的原因，当地女子的皮肤大多很粗糙，美人不多。我想，要是恢复了女儿身，我甚至算得上美人呢。大嘴哥娶了我，也不算辱没了他。

我差点这样做了。

大嘴哥也希望我这样做。

对父母帮他找的那个女孩，他说没一点感觉，也不想碰她。他说，爹妈希望他这次来能圆房，给媳妇怀个娃儿。因为骆驼客差不多是一年才回一次家。好些人出门时，女人正大着肚子，回家时娃儿已经能跑路了。大嘴哥说自己虽然理解爹妈，但他没答应他们。他也没给他们讲我的故事。他怕这故事会吓着爹妈，更怕他们传出风声，会坏了我的事。因为在爹妈的眼中，马家都是善人，虽然驴二爷好色，但只要有分寸，好色也不是啥大毛病。回汉仇杀时，他爹妈在马家堡子里避过祸，吃过马家几个月的舍粥，滴水之恩，要报以涌泉。他们要是知道有人想刺杀驴二爷，绝不会袖手旁观的。他们的这种思想，甚至也影响了大嘴哥。所以，他也老劝我，说冤家宜解不宜结，过去的，已过去了。他说，要是我放下仇恨，他会娶我的。只是，他怕我过不了这儿的苦焦日子。

我问，要是我仍然要报仇呢？你帮不帮我？

他迟疑了一下，说帮。他说他也忘不了驴二爷在岭南惹下的血腥。那时节，我还不知道，大嘴哥是哥老会的人。

大嘴哥将一些马家的讯息告诉我。我大致知道了马家堡子的格局。第一个月，我每天都去马家乞讨，每次都能讨到吃食。我相信了人们说的那些话。马家帮助别人的故事到处流传着，甚至在乞丐中也有很多人讲马家的好话。若是在别处没讨到食物时，我就会到马家门口，每次我一敲碗，总会有人送出食物来，或是饭，或是煮山芋之类。听说，马家的掌柜和大汉、伙计们吃同一锅饭，按这说法，我那时吃的，也跟掌柜是同一锅饭了。

我一直没有看到驴二爷。听说，途中过于劳累了，他的身体一直不好，一直在调养，很少外出。我乞求上天：千万别让他死去。我要让他死在我的刀下，用他的血祭我怀中的神位，让那些冤魂早日超升。我多希望自己乞讨时能遇到他，我的怀中揣着一把锋利的刀子，每天深夜，我都会用软羊皮擦它。我擦呀擦，擦呀擦，刀子就总是闪亮着。我想，只要我遇到那老头，我定然能一刀扎透他的脊梁。要是有机会，我还会割下他的脑袋。这画面，老是在我脑中出现，他那山羊胡须上淋漓着鲜血。怪的是，他的眼珠却老是在贼溜溜地转，让我总是瘆得慌。

大嘴哥告诉我，马上要开驼羊会了。那时节，驴二爷定然会闪面的。

4

驼羊会那天，成千上万的驼羊拥了来，苏武山局促了很多。不亲见，你不会想到漠北竟也有这等热闹。苏武山虽无佳木，但那老杨树老柳树们，还是遮出了大片浓荫，毛条梭梭霸王刺柴棵们也连接成好大的阵势。游人、牧人和商人蚁群般蠕动着，畜类们也兴奋了，把平素里少用的嗓门使唤起来，为苏武山增添了喧嚣和兴奋。

驼羊会真的很热闹，听，有人正在唱呢——

> 碗盏铺里摞碗盏，毡窝窝铺里真好看，
> 毡帽老套摞得个满当当。
> 拉弓的，射箭的，光棍伙里抽烟的，
> 苏武庙里抽签的，杂碎锅上站班的，
> 饭馆门上喝汤的，道门闸院里胡喧的。
> 吆车的，赶牛的，拉猴儿的卖油的，
> 烧包的，还愿的，戏台底下唱旦的。
> 锥把子，鞋楦子，锥锥铺里锥鞋的。
> 葱胡子，蒜辫子，麻绳头上钱串子……

大嘴哥说，这驼羊会起于何时，已不可考，但据说在明清时就有，不是由官家倡导的，全系民间自发而为，每年一届，每一届七天到十一天不等。除凉州府诸县外，青海、宁夏、蒙古也会来很多人，参与皮毛生意。马家很看重这驼羊会，因为除了贸易的原因外，这还是各大户展示自己社会地位的舞台。

大嘴哥说，驴二爷天性喜欢张扬，每年的驼羊会，只要他在老家，他就是当然的会长。驼羊会有好几位会长，每个会长，都要出些钱。他说驼羊会上人多，乱哄哄的，要是驴二爷露面了，倒也是个报仇机会。

我一直忘不了那次的驼羊会。记得，驼羊会上最热闹的是赛驼。那赛驼，分为走驼和跑驼，走驼同走马，竞走而行。这竞走，速度虽不如跑，但能行长路，驼队就用走驼。大嘴哥说，以前，马家也会从驼场选些走驼参赛，年年优胜，优胜者的奖品又是马家的茶，弄成了马家的茶奖马家的驼。后来，马家人决定，自家的驼场不参赛。这一来，一些大户驼场也不参赛。参赛的多是寻常百姓养的驼。只要有驼，都可参赛，一拨一拨，有些好事者，借机赌个输赢，赢些羊酒，凑个热闹，吆五喝六，就给驼羊会增加了无穷乐趣。

这次的驼羊会，大嘴哥也想选一峰好走驼。他原来的驼老了，脚力显得不够了。大嘴哥的驼，和寻常驼不同，一般驼户，每次只走那三四十里一站的路程，大嘴哥不一样，有时掌柜会安排他一些意外的事儿，随时调节行程，事急时，一日行百里数百里，驼的脚力不好，就容易误事。他想在赛驼场上为自己选一峰好驼。

我揣了利刃，等待着机会。

我发现，骆驼虽多，白驼却极少，偶尔才能见到几峰。大嘴哥牵着他的驼，装作参加驼羊会的样子，远远地跟了我。他和我商定，要是我得了手，他就马上吆驼过来，接应我上驼外逃。说真的，就凭这一点，我就愿意嫁给他。虽然我以前埋怨过他胆小怕事，但他驼羊会上的那次承诺，却足以感动我一生。我发现，人的胆量，也像人的本事，只要有机会锻炼，会越来越大的。大嘴哥后来的行径，嘿，真的是让我刮目相看了。

山路两旁，有售草药的，有卖皮毛的，有挑货郎担的，都在扯声叫卖。游人们多挤向了赛驼之处。我发现驴二爷也在那儿吆喝着。我后来知道，那吆喝，便是会长的职责之一。驼羊会上的会长，是一种尊称，并没有严格意义上的权力。只要是管会的，或是出钱出力的，都叫"会长"。驴二爷虽有个好色的名头，但舍得在这号公益事上花钱，而且比马四爷只多不少，明里要压对方一头。马四爷也不去计较，凡事总让对方一头。我发现驴二爷的身边，总是有两个睁了眼四下里扫视的大汉。我知道，只要有他们在身旁，我就成不了事。

一声哨响，走驼们开始竞走，开始尚挤成一团，渐渐拉开了距离。吆喝声四溅开来。见我离驴二爷尚远，大嘴哥就骑了他家那驼，也去凑热闹。那驼瘦，也许是长途劳累没缓过劲来，让另一峰壮驼一挤，就下了山道，好在山道平缓无险，驼只是颠颠着下了沟坎，并没摔倒。众人哄笑了。待得大嘴哥吆驼上来，别的驼们已走出好远，大嘴哥抡鞭一抽，驼就跑起来。有人过来，叫："犯规了！犯规了！"又一人上来，将那驼拉向一旁。大嘴哥却不懊悔，只龇了白牙笑。

那些走驼扬了脖子，甩开长腿，很是迅急，其中有一骟驼，身高腿长，步履稳健，很快便和其他驼拉开了距离。大嘴哥悄悄扯扯我衣袖，说："瞧那驼，真是好走驼，我想买。"我还没搭话，旁边人笑了："你想买，你问人家卖不？那是王条老爷送给他侄子的。"我听出那声音很熟，扭头，见是胡旮旯。他在苏武庙住庙，我讨过几回吃食，人倒是很大方，我每次伸手，都没落空过。胡旮旯长一脸大胡子，看不出具体年岁，好些人就叫他"老胡爷"。胡旮旯身旁有一个驼背瘸子，也牵着驼，那驼实在有些瘦，骨头都立扎了，还有点瘸。驼瘸人也瘸，惹了好些人笑个不停。大嘴哥打趣道："老哥，你也来赛驼？"没想到，那瘸子竟说："赛跑驼吧，那走驼，就让给别人。"大嘴哥破口而笑："你这驼，怕是从地狱里放出来的饿死鬼变的吧。"瘸子淡淡一笑，说："试试吧。"

一股股声浪卷来，满山的"加油"声，从山坡上望去，那驼们正近终点。那王家的蒙驼，仍在最前边，与第二名拉开了几十丈的距离。

"真是好驼。"大嘴哥赞道。

5

我见那两个大汉紧跟着驴二爷，知道自己近不了身，就先不急着下手。反正，这次的驼羊会有十一天，总能找到机会的。我想，老虎也会有打盹的时候。我暗暗祈求阿爸的在天之灵帮我，我还祈请我所知道的一切神灵，请他们帮我达成愿望。

走驼赛罢，跑驼安排到了后晌，游人们散了。山道上多小吃，沙米粉、油糕、烧山芋、酿皮子……应有尽有。远处来的，就搭了帐篷，食宿在苏武山上。这山上，最热闹处，是苏泉那儿。大嘴哥说，喝了那泉的水，畜生们易长膘，不得病，说是人喝了也一样。他说，驼队起场时，都要取苏泉的水。苏泉早年水多，近年渐渐干涸，只有石缝间淋漓的一线，游人都举了容器，接了那水，自饮几口，再像观音洒圣水一样，朝驼羊们洒一些，也好沾那苏武的吉。我却想，那苏武当初，都没办法改变命运，他能保佑驼羊吗？不过，按当地人的说法，活着为人，死了为神，想来苏武已成神了。要是他成了神，就会有神力了。于是，我也祈祷苏武帮帮我。不知道后来我在苏武庙里发生的故事，是不是跟这次的祈祷有关。

大嘴哥告诉我，汉朝时，苏武就在这山上放牧十九年，为纪念不辱使命的苏武，百姓用其命名。这驼羊会，最初是为了沾那苏泉的吉，牧人们驱驼前来饮水，后成风俗，渐渐扩延出贸易功能，方圆几省的百姓，都来此处，以货易货，互通有无，也用不着官府倡导，全系民间自发。除贸易功能外，许多节日均有纪念苏武的含意。比如：那赛驼，无论走驼跑驼，均取前十九名；名次虽异，奖品却一样，都是十九块茶砖，以纪念苏武牧羊十九年。那唱皮影戏的、唱贤孝的，唱的也多是苏武牧羊的内容；更有一些妇女，在枕头、头套、鞋垫和娃娃肚兜上绣上了苏武牧羊的图案。

大嘴哥选了几样绣件后，跟胡旮旯到一个僻静处谈事去了。后来，大嘴哥才告诉我，说胡旮旯是哥老会头子。还说，那些日子，县知事已开始动作，已在县里招了几百名壮丁，日夜操练，并在各乡各村安排了眼线，一有动静，即行扑杀。前几日，几个哥老会的兄弟设坛聚会，行事不密，叫官家嗅出了异味，被逮去毒刑拷打。所幸知情者只有那衙役一人，他钢牙铁口，宁死不屈。其余人都是刚刚入会，便是想招供，也不知道底细，都是一问三不知，才没叫扯出一大串来。因为这个事情，哥老会的一些弟兄有些恨马家，因为县里招壮丁的费用，均由各大户承担，马家是第一个响应的，出了五千两银子。胡旮旯说，这事怨不得马四爷，因树大招风，官家的事马家不能不表态。不和官府闹别扭，是马家几辈人遵循的规矩。也正是因了这一点，马家才有了一百多年的富贵。

忽然，传来一阵哄笑声。原来，一群人围了驴二爷，要他唱小调，好些人也在起哄。一个瞎贤用三弦子伴奏一阵，驴二爷扯了嗓门唱起来：

娶了个大老婆，嘴上开豁豁，
打发她去拨灯，倒把那灯吹灭。
世上的那个穷人多，谁像我牧童哥？

众人大笑。大嘴哥介绍说，这曲儿，叫《小放牛》。后来，我也爱听这。那牧童，几乎遭遇了世上所有的不幸，但他仍戏谑人生，不改其乐，那精神，很合我脾胃。

买了个羊皮袄，虮子虱子多，
揣了个黑馍馍，虮虱垫了窝。
世上的那个穷人多，谁像我牧童哥？

大嘴哥笑得前仰后合，乐不可支。我上前扯扯他，悄声说："我要动手了，你可别忘了正事儿。"大嘴哥压低声音说："不急不急。父老们好容易遇个节日，都乐呵呵的。你先缓一缓，不然，你一闹，整个驼羊会就败兴了。能不能等到会结束时，再下手？那时，他的性子也疲了，更容易行事。散会那天，他肯定会来颁奖的。"我一想，也有道理，就点点头。再说，我发现，虽然我能接近驴二爷，但那两个大汉却仍是一前一后，眼珠子四下里乱滚着。

驴二爷眯缝了眼，唱得越加起劲——

> 养了一头牛，长个盘盘角，
> 吆了它去犁地，倒把那铧掰折。
> 世上的那个穷人多，谁像我牧童哥……

6

忽听一人喊："赛跑驼了——"人们又一窝蜂围向赛驼场。我被人流裹了去，见那百十峰跑驼，已候在起跑线上听令。驼背瘸老汉那瘦猴似的瘸驼也可怜兮兮地跟在后面。诸跑驼都高大强壮，仿佛狮子，把那瘸驼衬得越加滑稽。有人喊："哎，瘸子哥，你是不是拉错了，把毛驴当骆驼拉来了？"另一人应道："就是，就是，这可是驼羊会，不是驴羊会。"又一人接口道："你赢了也不算，没听说给癞皮狗发奖的。"笑声哄然，那瘸子也淡然了脸，不显一点难堪。

哨声一响，诸驼飞奔，尘土轰然溢向天空，那瘸驼被疯窜的驼们挤向一旁。那些骆驼，是天生稳重的性子，也不慌乱，只一步步行了去，很是大气；若是快行，也不失威风，唯独在跑时，显得有些滑稽。那慌里慌张奔窜的模样，跟稳重的形象相比，总显轻佻了些。但百驼齐奔，阵势却惊人，尤其那尘土，跟着驼阵，溅出满天的喧闹来。

跑了一阵，骆驼们就不再成一团，渐成一条线了，腿快者，腿慢者，立马显出差异来。这时，见瘸子那瘸驼，忽然摇尾前跃，那样子虽滑稽，步子却大得夸张，身子也似在风中飘，没等众人发出惊叹，它已蹿过诸驼，风驰电掣般，把身后诸驼衬托得蠢笨异常。

"哎呀，黄煞神下凡了。"有人夸张地叫。

我也翘舌不语。我以前见过不少驼，从没见过骆驼还会那样奔驰。驼身笨重，再快的驼也不显轻捷模样。这瘸驼却神了，有驼的步履，无驼的蠢笨，还有一种夸张的变形味道。那形神不像驼，倒像扑扇着翅膀大步流星的驼鸟，眨眼之间，已到终点。众人都惊叫着，语气中有不甘心的成分。显然，驼羊会跑驼的第一名，便是这瘦驼了，大家都有些不太服气。

我却觉出，那瘸驼和同赛的诸驼根本不是一个档次，看那速度，比好马也弱不了多少。想到大嘴哥想买坐骑，就给他提了个醒。

另一处，瞎贤的声音却清晰地传了来——

> 那山珍海味我吃它干啥？喝米汤不怕塞了牙巴；
> 那绫罗绸缎我穿它干啥？穿丝丝挂缕缕风流潇洒；
> 那白玉牙床我睡它干啥？打地铺不怕摔坏娃娃；
> 那高楼大厦我住它干啥？卧草棚不怕地震打瓦；
> 那高头大马我骑它干啥？一根打狗棍挂遍千家；
> 那朝代我改它干啥？赶走了一个乌龟，又来了一个王八……

大嘴哥叹道："那瞎贤的话，倒也有几分道理。人呀，知足了，才常乐。"我虽也羡慕瞎贤唱词中的逍遥，嘴里却说："路不平，众人铲，你也不干啥，他也不干啥，由了恶人作恶，那天下人还有活路吗？"

7

按大嘴哥的策划，我打算在"选三等"后动手。

"选三等"是驼羊会的重要内容。

所谓"选三等"，就是从所有上山参赛的驼羊中，选出最大的、最肥的、最俊的。前二者，争议不大，谁最大最肥，有目共睹。那最俊者，却有争议，你以为俊的，我觉得丑；你觉得丑的，我反而认为是天下第一美，因而争议不休。游人也参与其中，争嚷着，起哄声一堆堆啸卷。这争议最大的，倒成了最热闹的节日了。

终于定下了得奖的"三等"，开始发奖了。我揣了利刃，挤上前去。许多人都怕我的脏，我一靠近，都远远躲了，我很快接近了那颁奖的主席台。马四爷和驴二爷都坐在台上，正准备给本次驼羊会的胜家颁奖。

奖是由马家提供的，是名扬天下的马家茶砖，上印"大引商人马合盛"，是茶砖中的上品。走驼跑驼及"三等"的优胜者均得到十九块茶砖，这数字，是纪念苏武牧羊十九年的。别人获奖，没引起大的震动，唯独瘸子那瘦骨嶙峋的瘸驼，居然是跑驼第一名，真叫人大惑不解。驴二爷问瘸子有啥诀窍，瘸子只是微笑不语。

颁奖真是个好机会，驴二爷的保镖都放松了警惕看热闹。我暗自高兴，我只要挤到驴二爷身边，揪了他的辫子，朝他后心里捅一刀，就万事大吉了。

正要动手时，忽听到一声枪响。不知何时，高台上已多了几个骑马的人，都平端了枪。我认出那枪是自制的火枪，内装铁弹，若是散弹，射不太远。若是独子儿，也能射个百十米。有人惊叫："沙匪！沙匪！"台上的那些会长们也纷纷滚下台去，趴在人群里。

我想这沙匪也真是胆大，竟敢来抢羊驼会。要是百姓们都齐了心，振臂一喝，只唾沫，就能淹死他们，但这话说来容易，那枪才响，人已乱了，大惊小怪，四散而跑。

又响一枪，一人高喊："谁再跑，先敲碎谁的脑袋。抱了头，蹲下！"听到这喊声者，百姓大多抱头蹲了。没听到的，仍在跑，谁知路上也有骑马持枪的人，又放一枪，跑的那些人立马吓呆了。"蹲下！抱了头。"那人又喝了一声。这下，好些人都抱头下蹲了，山洼里密密麻麻的。远处的牧人，早跑散了。我也蹲下身，四面瞅去，见那沙匪，有几十人，多骑着马。大嘴哥抱头蹲在我身边，他悄声说，这帮人，想来是沙眉虎的人。沙眉虎纵横沙漠，专抢大户，但居无定所，来去无踪。府里派马队去剿过，还没找到对手，就折了不少人马，那坡里洼里，柴里草里，不定哪儿，就会飞出子弹，要人的命，官家只好收兵了。好在沙眉虎不扰平常百姓，只抢为富不仁的大户，县里也睁只眼，闭只眼，多一事不如少一事。

一汉子上前，用脚碰碰俯身抱头的驴二爷，问："你可是马二爷？"驴二爷大羞，想来是脸红自己的抱头缩身，于是起立，应道："正是。"

那人笑道："我观察两天了。"想是沙匪们先以百姓装束，混入驼羊会，到抢劫时，才又换了自家装束。驴二爷问："你哪位？是沙眉虎？"那人道："我就是。"此人很是精瘦，相貌也无奇特之处。

"该过冬了，弄些盘缠。"沙眉虎说，"不过，这一回，我只抢鞑靼家。"一汉子喊："只抢鞑靼家。"许多人应："只抢鞑靼家！"想来他们已弄清了商家底细，十多人过去，专进蒙古人店铺，很快，皮毛、银两、布匹、茶叶，都分别堆在一起，又过来了几个人，打起了驮子。

沙眉虎道："我恨鞑靼家，为啥？因为他们和清家穿一条裤子。"我心念一动，正想问他为啥恨清家，却见马四爷上了主席台。大嘴哥不由发急了，我知道他怕沙匪知道了马四爷的身份，劫了做人质。他起身想要去劝阻，马四爷已报了身份："我是马家四掌柜。"

沙眉虎朗声笑道："知道知道，马四爷，我逛过五次驼羊会了，能不知道你？你知道我为啥没抢过你？因为，马家行善积德，仁义取利，马家的财是天给的，我抢不得。"马四爷笑笑，说："天不天的不说，马家不挣昧心钱，倒是真的。"他长叹一声，说："你不该劫驼羊会的，百姓苦了一年，好容易有个散心取乐处，叫你搅了。"沙眉虎说："这话对，可今年不同，那官家都招兵买马了，我总得有个应对。再说，我百十号人马，也不能扎了喉咙。"

马四爷又说："我快六十了，活了些年成，叫人杀了，也没啥，可这驼羊会的名头，败不得。去年有人打劫未成，今年要是再出事，驼羊会就办不下去了，知道不？没有这会，好些人就扎喉咙了，这皮毛，积成山，也是皮毛，换不了粮，变不成钱，叫百姓咋活？"

沙眉虎说："我只抢鞑靼家的。"

"一样，谁家的也是抢。这样吧，我给你五千两银子，你看在我的薄面上，饶过这驼羊会，给百姓留条路。要是你抢了鞑靼家的，明年，谁还敢来？"说着，马四爷递过几张银票。

沙眉虎拧着眉头，正在迟疑。一汉子上前，接过银票，仔细地瞧。沙眉虎斥道："瞅啥？马家啥时候骗过人？"

那人听了这话，问道："也倒是，掌柜的，要不要给四爷一个面子？"

沙眉虎叹道："四爷，我本不想拿你的银票，可是，兄弟们得吃饭，我发现了一个金矿，还想弄些鞑靼人去当沙娃呢，看在四爷面上，算了，撤！"说完上马，一夹腿，蹄声嘚嘚，窜下山去。其他人倒不急，蛇蜕皮似的，渐次撤下。

马四爷擦擦额头的汗，叹道："盗亦有道呀。"

听了马四爷对沙匪说的那番话，我也不想在驼羊会上刺杀驴二爷了。虽然我知道这是个难得的机会，但我想，百姓好不容易有个开心的机会，我不想败了他们的兴。

听了我的话，大嘴哥很高兴，夸我很懂事。

8

我得继续往前走。

我成了下山的石子，在命运的惯性下，只能继续前行。

白天，我继续乞讨。夜里，我住在土地庙里。那里有许多讨饭的女人，也好有个照应。但大嘴哥在马家驼场干活，一有闲暇，就会来找我。说真的，自打在那个夜里受了惊吓之后，我好像有了病，对男女之事兴趣不大。他一亲热，我就想到了死在我们手里的那个"丈夫"。他的眉眼老在我眼前晃。我时时想说服自己，我一次次对自己说：他那是命里该死。平日里，他睡得像死猪，为啥偏偏那天他惊醒得很，一睁眼，就知道我们在干"驴事"？我觉得这是命。那时，我们只是想捂断他的呼叫声，不想他就死了。有时，想到他时，我也会想，我们家后来的火灾也许跟这有关。要是驴二爷真的有了觉察的话，他制造那火灾，也许便是为了报复。

我就这样想呀想呀，将脑子弄成一团糨糊。

我仍在寻找刺杀驴二爷的机会。

我常去马家堡子里讨饭。那儿讨饭容易。每次去，我都没空手回过。听说，他们家每顿都会多做饭，是专门为那些上门的乞丐准备的。以前，我不信他们会这样。对马家，我的心绪很复杂，时而有好感，时而有恶感。但后来，我真的发现，那些上门的乞丐总是能讨到饭。所以，我常上那儿。当然，我既是在讨饭，也是在寻找机会。

我想，老虎也有打盹的时候，我不信你个老驴，栽不到我手里。

那时节，乞丐讨饭有多种方式，有唱莲花落的，有求爷爷告奶奶的，有卖唱的。我是后一种，开始，我老是带个木鱼，唱木鱼歌——那木鱼是大嘴哥的护身宝，却给了我伴奏用——虽然没人听得懂木鱼歌，但我却喜欢唱。它不仅仅是一种乞讨手段，更成了一种温习。要是没有那一遍遍的温习，我也许早就忘了那么多的木鱼歌。后来，只要一敲木鱼唱歌，大家都愿意给我吃食。再后来，大嘴哥给我弄了把旧三弦子伴奏，乞讨就更容易了。

为了报仇，我开始偷偷练武。土地庙前，有一个沙枣林，胡旮旯常常带几个人来练武。胡旮旯教弟子时，我也留意地看。他们走后，我就偷着练。他们的练，也许是为了锻炼身体，我的练却是为了报仇。所以，虽然我跟他们练一样的拳，但我花的时间却是他们的好多倍。我吃饱饭后，常去那没人的沙洼。开始，我不习惯那种大体力运动，渐渐地，也就习惯了。后来，我叫大嘴哥也教我一些把式们常练的功夫。他们的练，跟胡旮旯不太一样。驼把式的功夫，不花哨，但非常实用，一招一式，都能致命。因为他们在路上面对的，是土匪，要没有实际本领，是很难活命的。大嘴哥教了我一套鞭杆，非常实用。所谓鞭杆，是短棍的别称，长约四尺。我乞讨时，手中拿的用来防狗的木棍，就非常适合那鞭杆拳。你可别小看它，它看似不长，使熟了，能对付几个壮汉。

待得我将那鞭杆使得称心如意时，大嘴哥就教我走棍。走棍是驼户们常干的事，意思是两人用鞭杆或棍子对打。这是练实打实的功夫，玩不得任何花样。开始时，无论我如何小心，一跟大嘴哥走棍，我的棍就会飞上半空。我越加对他刮目相看了。他真是把式中的使棍高手，能跟他走上几回合的人很少。

就是在跟大嘴哥的走棍中，才重新燃起我们之间的那种感情。于是，在一个月夜里，我们一起滚在沙窝里，这才有了志书上写的那个故事。不过，志书上写的，是作者心中的故事，不一定是我自己的故事。谁都有他自己的世界，也有他自己对世界的解读。

后来，大嘴哥想跟他的爹妈挑明我们的事，我没有答应。那时，不是我不愿嫁他，而是我知道，我要是丢不掉报仇之念的话，我的小命就是天上的风筝，不定什么时候，它就不属于我了。无论我报仇成功，还是失败，我只要嫁了大嘴哥，我做的事就跟他脱不了干系，我不想拖累他。

我一直想报仇，驴二爷却很少露面。他定然闻到了啥味道，就待在他认为安全的地方。但这世上，哪有真正安全的地方，无论是马家堡子，还是他在岭南的碉楼。虽然驴二爷建的碉楼很安全，但也保不了他的命。百十年后，你到了那个地方，发现那所在，虽成了当地的文物，但已经住不了人，墙皮已剥落，岁月和岭南特有的潮湿，已将那碉楼腐蚀得破烂不堪。那高大的院墙也成了对坚固的另一种讽刺。是的，无论你建多结实的碉楼，也躲不过死神。

这类故事，你们以后会知道，我不想在这里讲述。

我这里向前进行的，是我的报仇故事。

木鱼妹长长地叹了口气，像风吹过胡杨的树梢。

不知何时，其他骆驼客也围了来。他们听得入迷了。虽然在百年前的某一段时光里，他们一起共过事，但显然，他们也没听过木鱼妹的故事。

这一夜，显得很长。因为我将睡袋裹在身上，又披了羊皮袄，倒是比前几夜耐冷些。

这时，东方已有了一晕白色，骆驼客们才意犹未尽地散了。

梦里，我梦到一双狼的眼睛，在远远地盯着我。

第九会

巴特尔说

清晨,我又在四周找了许久,仍没发现水源。我不敢多待了。我想尽快走出黑戈壁,若是我在这儿待的时间太长,消耗了很多水,却找不到水源的话,就会被困死在野狐岭。

怪的是,我并没有恐惧,因为我发现,那些曾经死了的,其实并没有死,而是以另一种方式活着。这样,那以前我看来很恐惧的那个东西,也就没啥可怕的了。

只是,黄驼显得非常抑郁,原因不明。它总是一副懒洋洋的样子,好像看破了红尘似的。

白驼倒仍是一如既往,我看不出它的心绪,它老是那样,老是眯了眼望远处,老是一脸淡然,我骑了它时,它这样;我牵了它走时,它也这样。倒是狗有些反常,它竟然对尾随在我们身后的那个动物无动于衷。在过去,这是从不曾有过的事。

我已能看清那动物的形貌了,是狼,是一匹骨架很大但瘦骨嶙峋的老狼。它远远地望着我,却又不近前来。这情形,也曾发生在木鱼妹的故事里。

快要走出黑戈壁时,天骤然更冷了。北风起了,我裹着皮袄,仍是冻得发抖。看那样子,似要下雪。虽然下雪时降温很厉害,但我还是很高兴,因为那雪,是天赐的水。

天色暗下来时,北风更大了。我也不管是不是到站了,选了一个相对背风的柴棵多的沙洼,卸下了驮子。

黄驼也不望我,发出了长长的一声叹息。

我对黄驼说,你颠啥脸?

黄驼不应,去了有沙秸处,有一嘴没一嘴吃起来。

我想,只要能吃能干,随你使啥性子。

我把白驼也拴到那丛沙棘上，捡起柴棵，燃起火来。火大的时候，风里有了星星点点的雪，整个沙漠迷蒙了。

我烧了点水，泡了面，身子暖了些，又给狗泡了一碗。

在前一个燃火的夜里，我的采访没有成功，是因为火的原因。今夜里，我却想再试试。在凉州的传说中，鬼是喜欢烤火籽儿的。他们说的火籽儿，就是没有火焰却依然通红的那种。

我没有点黄蜡烛，我觉得在火堆旁点它，没啥太大的意义。我只是持咒召请，许久之后，却只来了一个，那便是巴特尔。

不知啥原因，其他的幽魂，都没有来。也许，他们还是对火有点忌惮。

1

我们还是接着说正事吧。

把他们的那点儿小事一笔带过吧——虽然他们觉得有点惊心动魄——虽然有时个人的偷情在作家笔下不弱于一场战争，但我总觉得在这儿扯这些屄长毛短的事没啥意义。因为在野狐岭，实在有许多大事。每一件，都能叫作家写成一部优秀的畅销书。但你却写不出来，呵呵，你总是将许多好看的故事写得十分不好看。你说你要追求文学形式上的突破。其实，形式是啥？形式是一件皮袄，内面裹的，仍是那个老屄。不过，随你咋写都成。我们谈些正事。你既然能进入我们的世界，说明我们还是有缘分。要是总拿一些琐事开涮，人家还以为我们尽是些女人精呢。对不？

我还是讲那大事。我的大事便是褐狮子。我知道陆富基狗肚子里的酥油，他想借那次机会报仇呢。以前，争草场时，他最恨的就是褐狮子。那时节，我们也会以一种类似赌博的形式进行斗驼，谁家赢了，那草场归谁。因为有了褐狮子，蒙驼的胜率很高，总能赢来好的草场和水。虽然这是暂时的——下一次还可能有类似的争斗——但这世上，啥不是暂时的呢？连那皇位，也是暂时的。世上哪有不暂时的东西？正是因为有了褐狮子，蒙驼的体格才比汉驼强。除了品种的原因，还因为水草。试想，要是没有好水草的滋养，你便是有如何的好种子，也不过是个乏骆驼而已。

也许，就是从那时起，仇恨的种子就种入了老陆的心。当然，这仅仅是我的看法。

那时节，我暗暗打定主意，要是他真的害死了褐狮子，我也不会饶过他的。他如何对褐狮子，我会加了利息还给他的。

所以，后来，我那样对待陆富基，其实也是他自己招来的。

2

　　自我发现了陆富基想杀死褐狮子之后,我就开始留意他。我一发现他出去,就会亲自跟了他,或是派人跟了他。就这样,在无意之中,我竟然发现了一个秘密。

　　那天,我见他提了枪,贼溜溜出了帐篷。那模样,很像去偷情。要不是他提了火枪,我会真的以为他是去偷情的。我感到好笑。一向粗豪的汉子,鬼祟起来一点也不弱于女人。那情景,今天想来,还感到滑稽呢。

　　他走向远处的沙洼。那沙洼,倒真的是褐狮子出没的地方。那所在,在相对偏僻的一个地方,因为传说中那儿有个女鬼,有人总能在子夜三更,听到那儿传来的女人哭声。一入夜,那儿是少有人敢去的。

　　夜幕下,陆富基的影儿飘呀飘呀,真有点孤魂的味道了。我虽然天生大胆,还是有点心怯了。但很快,眼前出现的情形驱走了我所有的怯意。

　　我看到了一种仪式。

　　我认出了,那是哥老会的某种仪式。

　　白狐狐的月光下,那场面很是清晰。飞卿是那仪式的主持者。你不知道,他们的行为意味着啥。过去,我曾在凉州的某沙漠深处发现过举行这种仪式者。那时节,我的驼队老是被刘胡子调遣。在对付沙漠的时候,他的马队没有驼队便利。那天,他接到了一次密报,于是,我们一同前往。我们看到了那个著名的邓马营湖里,有无数的篝火,火光中的人们正在做这仪式。于是,刘胡子指挥人马冲了上去。他们甚至没有采用一些比如喊话之类的行为。他们直接抡了刀,朝那些人的脑袋砍去。

　　我永远忘不了那个场面。虽然我没有看到那四溅的血,但我闻到了一股扑鼻的腥气。那是一种逼人的血腥,它一直裹挟了我多年。每每在不经意间,它就会扑进心来,引发我的许多回忆。

　　每一次的回忆中,都有那乱滚的人头。这很奇怪。因为,那夜的大屠杀中,只见到有三两个人头被刀砍飞。别的脑袋,大多没有离开肩膀。要知道,能一刀砍断别人脑袋的人,也不多,需要力量,更需要速度,还需要准确性和技巧。可怪的是,我的记忆里,竟然多是乱飞的人头。至于血,倒没有明显的印象。我们在第二天发现的,是那被日头爷晒翻的深褐色的干皮。那些血都渗入了干沙。

　　记忆中死于那疯狂屠刀的人们,似乎在惨叫。记得当时,惨叫声总是被马队狂欢般的吼声淹没。巡警们凭借吼声造了势,好多人还没回过神来,就已经倒在血泊中了。

他们的死，是那些巡警们的功劳。他们被称为乱党。

3

我悄悄地退了回去。我不知道，要是他们发现我知道了这秘密，会怎样对付我？说不定，真会杀人灭口呢。当然，还有一种可能，便是逼我加入他们的阵营，像梁山好汉对付卢俊义那样。我当然不愿意。他们是他们，我是我。

我回到帐篷里。我一脸煞白，这是豁子告诉我的。豁子这样说，瞧你，脸咋煞白煞白的，像虚脱了似的。我真有种虚脱的感觉，也像大白天见鬼了——他们的胆子真有些太大了，驼队里定然有清家的鹰犬。当然，我应该静静地待着，缓一缓，可我还是将这事告诉了豁子。要知道，我跟豁子，是无话不谈的。再说，这事也关乎着驼队的生死存亡。我很怕一颗老鼠屎害了一锅汤。别因为他们的原因，将我们也一锅端了。有时候，墙倒下的时候，是没法分辨哪是好人哪是坏人的。

我将看到的情景告诉了豁子。这当然不对，因为我知道，豁子跟我们一起做事，他没加入哥老会。但他是账房先生，其实也是师爷，遇上这么大的事不告诉他，有点说不过去。他沉吟了许久，只说，先别打草惊蛇。那时，我没想到日后他会告密，更想不到竟招来了那么多的血腥。有人将豁子当成了齐飞卿的掘墓者，其实，第一个掘墓者应该是我。要不是我将那事告诉豁子，后来的许多事，也许是另一个样子。

后来，齐飞卿竟然那么惨烈地死去时，我真的有了一种罪恶感。我是在另一个时空中感受到这一点的，你可以称之为"在天之灵"。马在波希望我能忏悔，说是能拯救我的，只有忏悔。他说忏悔可以拯救堕落的灵魂，但我很难生起忏悔之心，没办法。你说得对，忏悔是智慧的一种，不是谁想拥有就能拥有的。你不见世上有那么多的恶徒，跟我一样，他们总能找出许多理由，为自己开脱，可偏偏就是不去忏悔。

我觉得我会得到恶报，也真的得到了恶报。现在，我仍然感到时时被仇恨和热恼的毒焰炽烤着。人们管我叫非天，也叫阿修罗。你知道，那种被仇恨炽烤的感觉是很难受的。我很想得到一分清凉。有时听经，也会有种清凉的意蕴，但那点儿雨，一到仇恨的火焰山上空，便被蒸发了。

仇恨已经深入到我的灵魂深处。人说仇恨入心要发芽哩。真的，我越是仇恨，便越加热恼。越是热恼，也便越加仇恨，成恶性循环了。

记得那时，豁子说，以后遇上这号事，常要和我通通气。我当然不知道，他也会常跟刘胡子李特生他们通气。

豁子是我后来一想到就想发呕的人。他不堕地狱，才是怪事呢。我不想见他。因为跟他有了那么长的一段交往，我甚至有些看不起自己了。我恶心自己。

但在那时，我还是跟他有一段相当长的缘。没办法，缘不尽，你拆也拆不了。

谁的一生中，也会遇到这样一只苍蝇。

4

看到那仪式的次日，我发现他们仍像往常一样，似乎没发现我已知道了他们的秘密。见了我，飞卿仍那样儒雅而谦恭地笑。他老是那样。但我知道，他是个心高气傲的人，这是他的本质，别的只是他的现象。没办法。他读的书多，会吟诗，会作画，武艺又好，能入他眼者不多。但他却总是很谦恭，也只有这样，他才能成为凉州哥老会的舵把子。他在主持那个仪式时，跟带驼队一样从容，仿佛他不知道他那身份其实是个杀头的角色。虽然他被人们认为是民族英雄，但那英雄的称号，其实也勉强得很。老是跟我们蒙古人较劲，算啥英雄？再往大些看，跟那清家较劲，也不是啥英雄。因为咱们也是中华民族。你要是跟八国联军较几下劲，那才是真正的民族英雄。对不？所以，我一直认为，那些义和团才是真正的好汉。虽然他们也惹了不少事儿，可惹事儿的英雄也是英雄，不惹事儿的懦夫还是懦夫。呵呵，你那句式，哪儿也能套的。

我还发现了另一个秘密，我发现木鱼妹老是偷偷望飞卿，那时节，我还以为她爱上他了呢。那时，我还不知道她的望，别有深意呢。

当时我想，这一来，路上可就热闹得紧了。豁子也发现了这一点，他显得很高兴。他偷偷告诉我这事时，像捡了元宝似的。他一直想找个茬儿，弄臭飞卿。他眼中，那民族大义啥的，还不如抹布呢。他眼里的仇人就是仇人。谁惹了他，谁就是他的仇人。其实，这才是自然人的标准，人类何必把一些莫名其妙的外部因素加进去呢？比如民族呀，阶级呀，政党呀，教派呀，等等。这一来，就把许多简单搞复杂了。其实，像豁子这样，也倒好。你飞卿欺负了他，他就恨飞卿。我们蒙驼队多给他工钱，他就帮我们蒙驼，有奶便是娘。其实，这也没啥不好。他也得吃饭呀。

豁子一直偷偷地观察飞卿。要是他抓住把柄，也就是说飞卿要是跟那女孩成了事，脱了裤子时，豁子带人一过去，嘿，飞卿就全臭了。干这行的，要是破了规则，便顺风臭千里，谁也不敢再请你做事了。

豁子真是恨透了飞卿。那种恨，是刻骨的恨。虽然有人认为飞卿做事有些过分，不该取笑人家的生理缺陷，但其实豁子对飞卿的恨，是别有原因的。凉州人都那样。同样是齐家当湖人，同样是当家户族一门兄弟，凭啥你飞卿那样富有，那样有名，那样受人尊重？凭啥？人家心里真的是不平衡的。那不平衡积多了，就会变成仇恨。

豁子一直想搞臭飞卿。后来，没想到豁子竟然将飞卿搞得青史留名了，也算是无意插柳柳成荫呀。要是豁子不那样搞，飞卿也会渐渐老去，由一个少壮汉子，变成个糟老头子，最后进了棺材，埋进土里。但豁子硬生生将飞卿弄成了殉道者，于是，历史一看，嘿，这小子成，留下名吧。这不，就留下了。

所以，每个人的仇人其实是来帮你的。你称之为逆行菩萨，是有道理的。

那天，豁子鬼鬼祟祟来找我，说飞卿去了沙山背后，后来那女孩也跟去了。他要我跟他一起去捉奸。我咋能管这号屄长毛短的事呢。我说我不去。你也知道，干这事不符合我的性格。你虚构也没用。但事实上，我也会违反自己的性格干些事。我很想看一看飞卿是不是像他平时那样道貌岸然。对我来说，这很重要。要知道，他的形象，对我来说，也是一种挤压。我很想从自家心里将他打倒。要知道，有时候，在心里打倒一种东西，是很快乐的事。当然，这打倒的，是跟自己有某种竞争力的东西。

于是，我就跟豁子出去了。夜不很黑，有个月牙儿。豁子指指远处的沙山。那沙山，洇成一幅水墨画了，轮廓很美，我想到了飞卿的画。他的画真的很好，那时候虽然没有拍卖会之类，但他的画仍能卖个好价钱，有时，一幅画能换好几峰骆驼的。在那时看来，这价格很好了。

当时跟踪的，只有我和豁子两人。我叫豁子不要找别人，我怕在别人眼中成了下三滥。虽然我不是下三滥，但偶然也想下三滥一回。哪个人不这样呢？但我不想叫别人知道我下三滥过。

翻过那沙山，却没有发现飞卿。我不知道，是豁子把马在波看成了飞卿呢，还是飞卿又去了别处。

我看到了马在波。原来，他是来安静处打坐的。我知道他在练功，但我不知道他在练啥功，只见他睁了眼，大眼瞪那夜空。这个细节不真实，按说我是不可能看到他眼睛的。但怪的是，我偏偏看到了。我看到他的眼中有一团光，很像野兽们在夜里发出的那种。野兽的眼睛会在白天采光，在夜里发出。没想到，马在波的眼睛也会这样。后来，有人说这是他修炼时的悉地之一，据说可以看到地下的宝藏。

马在波的眼中闪出绿幽幽的光，那光像蝌蚪一样在空中游动着。它可以伸长，也可以缩短。我认为他在采光。那时节，我老是听到这类故事，有采光的，有采气的，有采精的。老听到某个后生被狐仙啥的采去了精气。我便觉得马在波定然在采光。那天地灵气以光的形式进了他的生命。我当然认为，他后来的成就，就得益于他的修炼。没有脱胎换骨的基因突变，癞皮狗堆里是出不了藏獒的，是不是？这当然是后话了。

这时候，木鱼妹出现了。她狐狸般从沙山后面探出头来，虽带着一种恶作剧似的神情，但脸上有种掩饰不住的甜晕。只有心里有浓浓爱意的人才会那样。我想，这小丫头，定然是爱上马在波了。当然，这只是我的猜测。

那丫头望着修炼的马在波，时不时吐吐舌头。

5

马在波打坐完毕，站起身，说，丫头，出来吧。木鱼妹就出来了，她丝毫没有为自己的偷窥难堪。马在波望着她，半晌，才说：你在看猴戏吧？

木鱼妹道，才不呢。我是在看你。

马在波问，你喜欢禅修吗？要是喜欢，我可以教你的。

木鱼妹说，你想度我？我可不喜欢被人度。再说，你那样呆坐，最是无趣，我可不想这样。

马在波叹道：傻丫头，这是马家用黄金换来的。好些人求我，我还不想教他呢。你要知道，这是能了生死的。

木鱼妹笑道：生便生了，死便死了，何必再了它。那佛祖，修了几十年，也没见躲过死去。

马在波道，人家那不叫死，叫涅槃。

木鱼妹说，叫什么也罢，总归是死了，也没见活到现在。便是能活到现在，也不见得能活到将来。木鱼妹看起来倒也清纯，不想说出话来，却有种奇怪的深意。

马在波嗔道，这丫头，又胡说了。

木鱼妹转过话题，问：那胡旮旯，也老是呆坐。他跟你，修的一样吗？

马在波说，不一样。有时，我是他老师；有时，他是我老师。我们互为师徒。

木鱼妹道，这倒是怪了。不过，要是有时，我也能当你的老师，我们也来个互为师徒，我倒是愿意跟你学的。

马在波破口而笑，你能教我做啥呀？教我绣花？

木鱼妹说，三人行必有我师。你怎么知道我没教你的东西？且不说别的，单说方才的那个"了"字，我便能教你的。我的了，是以不了为了的。你了生呀，了死呀，多累。我什么都不了，却什么都了了。

这下，马在波沉吟了。他惊诧地望望那丫头，却见她一脸顽皮了。

望什么？木鱼妹道，我说得不对吗？其实不管了还是不了，结果总是一样。也没见哪个真了了什么，也没见哪个真了不了什么。许多事，了不了的，时候一到，也了了。

这下，马在波似乎吃惊了。说真的，连我也吃惊了。我被这丫头的一番话弄糊涂了。那时，我还不知道"了"的含义。

马在波问，莫非，你真是空行母？

木鱼妹问，啥是空行母？

马在波说，那你便不是了。要是你连空行母是啥都不知道，你肯定不是空行母。

木鱼妹说，不一定吧。好些连人是啥都不知道的，照样当人呢。不就是个名字吗？空心母，实心母，都是个词而已。说我是，我便是，不是也是；说不是，就不是，是也不是。

嘻嘻，不跟你说了。她做个鬼脸走了，给了马在波一个目瞪口呆。

说真话，连我也一塌糊涂呢。

那时，我也不知道啥是空行母。连这词儿，我也是第一次听说呢。

巴特尔打个呵欠——他不是真像人类那样打呵欠，而是一种意态。他想打，我也感受到他打了，便是我说的打呵欠了。

也许是听众不多的原因，巴特尔显得没有激情。四下里很冷，雪仍在下，能隐隐听到雪落火中的嗞嗞声。

巴特尔说，下雪了，你也早点休息吧。我不爱说话，以前这样，现在也这样，叫你失望了。说完，没等我说啥，他像一团气那样散了。

虽然在汉把式的叙述中，巴特尔是个反派人物，但在我的内心深处，却对他有一丝敬意，说不清为啥，反正有这感觉。我甚至想，若我的前世是巴特尔的话，我也不觉得丢人。

我找了一根粗些的柴，将那些火籽跟沙搅在一起。我应该支个帐篷的，但我怕雪一大，支好的，也会给雪压塌，就索性不去支了。我将那些明火籽都跟沙混在一起，不一会，沙就热了。除了生火的那地方外，其他地方都白了。我检查了一下拴骆驼的柴棵，倒也结实，然后，就将狗皮褥子铺在热沙上，钻入睡袋，又在上面压了皮袄，不多时，就睡着了。

159

梦里,那些把式都围了来,给我讲他们的故事,引得我在梦里一惊一乍,觉得我得到了好多素材,但醒来后,却也没记住啥。

不过,那雪花,只是稍稍飘了一阵,很快就停了。倒是风吼叫了一夜,好在有鞑子炕,让我过了一个温暖的夜。

第十会

刺 客

次日醒来时,风仍在吼。除了沙洼里有些零星的雪花外,大部分的雪,不知叫风刮哪儿去了。原指望化些雪来补充水,看来希望落空了。

拉子里的水越来越少,我已经不敢洗脸了。骆驼早该叫饮水了,黄驼时不时叫,我知道,它在提醒我,但我知道,拉子里的那些水,不够它饮一气的,我得省着些用。

因为要找水源,夜里的采访,就顾不上整理了,只记了要点。我按图索水,找了几处,都有遗迹,但大多干涸了,只有一个叫滴水崖——图上是这样标的——的山崖上,仍在滴水,接上几个时辰,才能接半碗水。这已经很让我惊喜了。

我决定,先在滴水崖多待一段时间,蓄些水,再往前走。我将驼拴在这儿,用盆子去接水。

这滴水崖很怪,别处很冷,这儿却相对暖和。按说,这季节,该结冰了,这儿却有滴水。那山崖的温度,也比别处温暖很多。

我把盆子接在滴水崖下,点燃了黄蜡烛。

远远地,我看到了那匹身架很大的老狼。木鱼妹说那是我的冤亲债主,在我眼中,却是另一种东西。我不知道,它啥时候会扑了来。

这一夜,我没有点火。

我甚至也没有结界,我想,只要你们愿意,就都来听吧。便是这样,这一夜来的,也不多,想来大家也疲了。

倒是有好些跟驼队无关者,进来听了。

也许是木鱼妹的故事,吸引了他们。

1

我对马在波的那套说法，听来虽然深奥，但其实是狂慧。我口能"了"，心中其实难"了"。且不说别的，只那仇恨，我就了不了。虽然我在木鱼歌中学到了很多知识，但那是鹦鹉学舌，起不了大作用的。

还是说我报仇的事吧。

一夜，我进了马家堡子。我是从一个排水洞里爬进去的。马家堡子固若金汤，却有个不为人知的所在，那便是排水沟。这沟很小，专门排脏水用的。它隐在一个芨芨墩下面，不容易发现。不过，即使有人发现了，也绝不会进出的。在当地人眼中，人要是沾了那脏水，会败运的。

我穿过那水洞，进了堡子。

堡子很大，几乎算得上城堡了。

大嘴哥虽然告诉了我堡子里的格局，但我仍有种分不清头三脑四的感觉。在我的印象中，那些房屋都一个模样，都有种模糊的豪华富贵。

马家掌柜和大汉把式们的住处是分开的。大汉们住的车院很大，住的人多，掌柜内院人却很少，这等于马家的紫禁城。寻常下人，是不能轻易进入的。院里还有巡逻的护院。

那一次，我还没找到驴二爷的住处，就被护院们发现了。他们围扑而来，将我按倒在地。疯拳愣脚雨一样落到我身上。也许是身上有许多破絮的原因，除了几次重脚让我痛彻心肺外，别的拳脚，却没怎么痛。他们的吵闹声惊动了掌柜们。我被拉进了一个大屋。他们审我时，我就承认我饿极了，想到厨房里偷些吃食。

那次，我怀中也揣了尖刀，怪的是，他们没搜我的身，也许是他们太熟悉我的原因吧。因为，我几乎每天都到马家门口乞讨，许多人都认得我。我一承认想偷点吃食，他们就信了。

马四爷说：算了，别为难她。去，去，取些馍来。

驴二爷也说：多拿几个，放她走。又说，以后，饿了，你直接要就是了，别干这事。要是叫他们当成贼，怕打坏你哩。

然后，他们就放了我。

这次失败的行动提醒了我。以我的本事，是不可能报仇的。就算我近了驴二爷的身，也未必能行刺成功。听说，驴二爷也是当地有名的拳棒手，年轻时，爱跟把式们走拳走棍。人虽有好色之名，但身子骨并不坏。相反，好色在许多人眼中，正是身子骨好的表现。把式们爱说，只要鸡巴硬，身体没大病。我想，以我的女儿之身，想行刺驴二爷，得首先练好一身功夫。

大嘴哥知道了我的那次行刺后，很不高兴。他说，丫头，别说你近不了身，就算你近得了身，凭你这几把刷子，连驴二爷的一根毫毛也动不了。你别看他老了，照样能举起二三百斤的驮子。再说，他还有个贴身丫头，功夫好极了，她弹出的绣花针，能穿透玻璃，射中外面的人。我虽也是鞭杆高手，走棍时，却连那丫头的边都沾不上。

他又说，丫头，你要想报仇，先得有一身好功夫。啥事都别急，慢慢来，功到了，自然成。功不成，枉费心。

此后，我才开始了艰苦的练武。

我发现，我以前的那种练武，只是骗骗自己而已。

2

一年过去，我的鞭杆功夫就跟大嘴哥不相上下了。就是说，要是我跟那些驼把式走棍的话，他们也走不了几个回合。

大嘴哥说，这简直是个奇迹。但他不知道，我在鞭杆上花的工夫，是别人的十倍以上。年刀月棍一辈子枪，鞭杆属于棍，只要下工夫，几个月就能上道的。相较于大嘴哥，我的棍法更为轻灵。在力气上我虽然比他弱，但在技艺上，我却能举一反三，能四两拨千斤。有时候跟大嘴哥交手，我甚至能占上风。

后来，流传于凉州武林的木鱼棍，就是我传下的。关于它，已成为一个传说。后来，我的一个徒弟当了马家骑兵的教官，他将那鞭杆技法融入刀法，往往三两招，便能毙敌。他们用这刀杀死了无数的红军，也在抗日战场削去了好些鬼子的头颅。你说，我是该笑呢，还是该哭？

按大嘴哥的说法，我已进入鞭杆高手的行列。但在那时，我以为他在开玩笑，或是在鼓励我。不过，后来，我见了许多走棍的拳棒手，发现他们真的很嫩，招一使出，便有无数破绽。

我的眼界越来越高，再到后来，我甚至发现了大嘴哥的许多破绽。这也许是我心无旁骛的原因吧。那数千里的跋涉，既练了我的耐力脚力，又练了我的意志力。我的眼中，已没了值得让我怕的事。除了吃饭外，我的大部分时间，都在沙窝里的无人处练那鞭杆。开始，我只练那套路，我将那套木鱼六合鞭使得十分纯熟。后来，我不用着意记套路了，我可以随心而为，打出无数的套路，再后来，我已没有了套路。我的心中，有无数的假想敌在跟我对垒，我都能一一将他们击倒。你可别小看这假想，正是在这假想的训练之中，我的反应力变得十分灵敏。我时时处于警觉之中，却又从容淡定。这一点，连大嘴哥也很吃惊。要知道，我经历了太多的风浪，还经历了木鱼歌的熏染、亲人的死亡、杀手的追杀、千里路上的生死跋涉，以及世人的白眼……无数需要我经的，或是不需要我经的，我都经了。再说，在我的心中，除了练好功夫报仇之外，还能有什么大事呢？

正是在对木鱼歌的默诵和对鞭杆的苦练中，我度过了到凉州的最初三年。

当我的鞭杆真正得心应手之后，我不再着眼于技法。我不能怀揣利刃进人家堡子。按当地的惯例，要是怀揣利刃私入民宅的话，叫人打死白打死。我只能用好我手中的这根讨饭棍。我开始着力训练我的力度和准确度。我叫大嘴哥帮我弄了一张驼皮，上面画了许多小圈。我将它挂在沙枣树上，于棍影飞舞中击那圆圈。开始，我很难击中目标，后来，十有八中了。再后来，几乎是百击百中。

接下来，我再练力量。我跟大嘴哥差距最大的，便是力量。在走棍中，我可以使巧劲将他击败，但若是叫他一下子抱住，我便再也没有一点办法。所以，当地的拳棒手中，有句俗语："拳棒手怕的是大力气。"有时候的一力，能降十巧。我想，我得练出大力。

为了增加气力，我想练气，但大嘴哥不会气功。

他告诉我，胡旮旯会气功。

就这样，我拜了胡旮旯为师，开始练气功。我跟胡旮旯学的，是一种叫"易筋经"的内功。据说，是达摩老祖传下的，它以气修力，坚持修炼，经年可成力士。我正是看中了这一点，才拜胡旮旯为师。那时节，好些人都老胡爷老胡爷地叫，直到多年之后，人们才知道，胡旮旯并不老，他那浓浓的胡须，让很多人看走了眼。

拜师不久，大嘴哥想让我加入哥老会。

我拒绝了。我不想谋反，我只想报仇。我不想在大仇未报之前，叫官家砍了脑袋。

我每天都在没人的沙洼里练鞭杆、练气功。那"易筋经"真是妙法，不消数月，我已气力大增。后来，我的棍头，已能轻易地点穿牛皮了。

这时，我觉得到报仇的时候了。

3

在一个月夜里，我出了土地庙，走向那院落。

记得那是个月夜，不很亮，但依稀能看清路。我仍想从那个水沟进去。这是堡子的命门，没办法，除非他们不用水。据说多年之后，一路强盗也是从这儿进了堡子，制造了另一种血腥。这是后话，留给你去写小说吧。

但这一回，我没能进去。我进了那水沟，到了墙的另一边，我刚想探头，却心念一动，多了个心眼。我仿佛看到，有个人正立在墙的那边，举着一把明晃晃的钢刀。于是，我没敢贸然探出头去，就用那棍，挑了破头巾，刚一伸出，便真的有刀飞了来。它一下就削去了棍头。

我马上退了回来，沿原路退出后，我一身冷汗。我想，要是我先伸头的话，此刻的我在哪儿？

回到土地庙里，我的冷汗仍然没干，脑中一片空白。我忽然发现自己像一个水泡，稍稍有点意外，就会破灭。据说，铁拐李就是在被钢刀砍了葫芦头之后顿悟的。我虽也有一种幻灭般的感觉，倒没有那种顿悟。我心中的仇恨像一座山，把一切都压碎了。

次日，我将这事告诉大嘴哥，他狠狠瞪我一眼，说自打上回我进了水洞后，堡子里的所有水洞处都安了机关，人只要一进，带动机关，铡刀就落下来了。他还告诉我，别再想在堡子里动手，堡子里有好多枪手，有专门值夜的，枪子儿在堡子里没有死角，可以打向任何地方。他说，你可别逞能，那些义和团的人，不知有多少高手，就死在枪下。

那一刻，我发现，我费了很大心血练的武功，其实是不可靠的。那时，真有种万念俱灰的感觉。

他又说，其实，杀驴二爷，说简单不简单，说难也不难，只要等到机会。他说，那机会，就是他该死的时候。要是他不该死，谁也杀不了他。要是天想杀他了，他想活也活不了。

我不欢喜他这样说，就回敬道，他早就该死了。天是啥？按你们的说法，天是个瞎眼的溜尻子货。

虽然发现武功不一定管用，我还是一如既往地苦练。这已经成了我的希望。我明白自己挡不了枪子儿，但我想，你驴二爷又不能一辈子像老鼠那样窝在洞里，你总得出门。你只要一出门，我就有机会。

于是，我请铁匠帮我打了十六把飞镖。除了继续苦练鞭杆，我还练那飞镖。我在沙窝里的废城墙上画了人头，扔了那飞镖扎它。我眼中，它就是驴二爷。因为没有人教，我的飞镖一直没有练成。那飞镖一点也不听我的话，我甚至没法让镖尖一直朝前飞，许多时候，击中那目标的，是镖把。后来，我索性换成了石头。这儿乱石头多，随手一拾，就是武器。

渐渐地，石头也开始听我的话了。

不过，另一件麻烦事找上了我，我的肚子渐渐大了，我怀孕了。这是和大嘴哥的某次偷情的结果。关于它后来的故事，马在波从志书上看到过，以后让他来讲。除了某种秘密他没法知道外，其过程大致就那样了。至于他说的我是空行母，那是他的说法。我们允许有各种说法。其实，我对于自己，也有不同的说法，时而觉得自己这样，时而觉得自己那样。情绪一变，心中的自己也就变了。我也不知道哪个是自己的本质。

4

生下孩子——是个女儿——后一年多，我就将孩子放在胡旮旯家。我请他当了孩子的干爹。胡旮旯虽住在庙上，但他是成过家的，他老婆喜欢小孩。胡旮旯是我的武术师傅，理应当孩子的爷爷，但他想有个女儿，我也懒得在乎名相，他愿意叫什么，就叫什么。我也想让女儿有个靠山，我不知道自己什么时候会死在仇家手里，孩子能有个干爹，当然是最好的事。但我没想到，胡旮旯后来会有那样的命运。可见，人生真的是无常的。

我终于等到了一个机会。

那是大年初一。按规矩，那天早上，当地人都要出行，去迎喜神。这是凉州流传了千年的习俗。那天大清早，村里人赶了牲口，去了正东方向。那年的喜神据说在正东。骆驼、牛马、羊们都一窝蜂涌向喜神所在。过去几年，驴二爷没去迎喜神，原因不明，让我白白等了几次。但这次，大嘴哥打听清楚了，驴二爷一定会去的。因为他这一年，他要当春官老爷。春官老爷是闹社火时才请的，是一种待遇，由当地德高望重者担任。过去多由马四爷当春官老爷，这一年，马四爷身体不适，就让驴二爷接替他。春官老爷在大年初一就要出头了，在迎喜神时，会由他燃香、化表纸，说些吉利话。

听到这消息，我当然高兴。

那夜，我很早就睡了。小城里一派过年的气象，我却只想报仇。我老是梦到死去的家人。阿爸总是阴着脸，妈也一样。三个弟弟倒是很鲜活，但他们的鲜活，都是在跟我捣蛋。他们嬉笑着，恶作剧一样，跟我闹个不停。每次梦到他们，我就会真的遇到不愉快的事。我怀疑他们在怨我没替他们报仇。在梦中，我很想跟阿爸说话，但阿爸总是不理我。我很伤心。

我跟着那些赶牲口的人,到了东边的沙窝。一些娃儿在放鞭炮。我的心却很木。时不时地,一些村里人就往我怀里塞吃食。那是过年时独有的一种面食,叫炉扣子,有点像后来的中国结,由鏊子烤熟,很是香美。当地人对乞丐很友好。虽然大年正月的规矩是家里不出东西,但还是有些善心人布施我们。这让我心里产生了波动,我有些不想破坏那种喜庆味了。要是我在大年初一刺杀驴二爷的话,在当地人眼中,定然是一件不吉祥的事。当地人将这类事称为"血光之灾"。在所有祸事中,血光之灾是最重的。

我看到了人群中的驴二爷。此前,我也有过能杀他的机会,像在驼羊会那次,我也是怕破坏驼羊会的喜庆味,才没有动手。后来,还有相似的机会,我总是怕连带一些无辜的人。我明白了一个道理:报仇是不能心软的,心软永远报不了仇。于是,我老是观想驴二爷的恶,虽然常听到当地人说驴二爷的好话——他确实也做了很多善事。在当地人眼中,驴二爷的"驴"并不是什么大坏事。驴二爷好色的结果,只是让他没有像马四爷那样被人广泛尊重而已。驴二爷仍然是许多人眼中的马善人。那些得到他接济的穷人,甚至把他当成了活菩萨。

驴二爷在几个大汉的簇拥下,走向东沙洼。看到那阵候,我甚至相信他知道了我要行刺他,不然,他不会有那样如临大敌的架势。后来,大嘴哥告诉我,驴二爷真的知道有人想行刺他。据说是一个精通小六壬的人算出的,他叫驴二爷轻易不要离开堡子,不然会有血光之灾。

我跟着人们,走向沙洼。沙洼里已有了很多人,他们带了麦草、玉米秆和其他烧柴,在沙洼里燃起了长达百步的火龙,火光冲天,很是壮观。按当地的说法,火烧财门开,火是大年初一最吉祥的东西,是迎接喜神的最好礼物。在火龙旁边,人们摆了一长溜的面食、酒具、香及其他供品。我不知道凉州人为什么迎喜神,而不是迎财神。也许,在他们眼中,快乐是最重要的事。

驴二爷站到了火龙中间的那个位置——这是最重要的位置——开始祈祷,他的声音很高,明显带有一种作秀和卖弄的意味,这是他跟马四爷最大的区别。马四爷的一切美德,都是从他的身上渗出来的,驴二爷则不然,老有种表演或是作秀的味道。我很不喜欢那种味道。他祈祷的内容也没有新意,无非是"贼来迷路,狼来封口,大吉大利"之类。我已经很近了,人们都合了掌,沉浸在祈祷中了。那个时候,要是我出手,是很容易成功的。但我不想破坏那个吉祥的时刻,因为当地人很在乎缘起,要是大年初一不利顺,一年会不开心的。

我在静静地等那个仪式的完成。

祈祷之后，人们开始猜拳喝酒，这也是习惯。那种热闹，会冲淡许多负面的东西。驴二爷也是一脸兴奋地打招呼。他见人就打趣调笑几句，显得一团和气。我却总能从他的身上闻到血腥味。

我不想搅了出行迎喜神的喜庆味，就慢慢离开人群，走向马家堡子。我想在他快要进门的时候，让他血溅当街。这样，我既不搅了百姓的迎喜神之兴，又能报仇。

到了堡子跟前，我闪在那个大狮子后面。

后来，我才知道，我又错过了一个很好的机会。最好的机会，其实还是在迎喜神的时候，那时的喜庆混乱气氛，会冲淡驴二爷的警觉。

5

驴二爷过来了。后面跟着马家人和几个大汉。当地人管长工叫"大汉"。这几个大汉多是光棍，没有家，就常年住在马家车院里。有家的长工都回家过年了。

驴二爷一到门口，我就舞着讨饭棍，扑了上去。讨饭棍是一根天然的黄老刺，很是坚韧，我用来当鞭杆使，我只要一抡棍，就能洞穿头层牛皮。以那种力量和速度，是足以致驴二爷于死命的。

我当然没想到，驴二爷的身边，竟然会有高手。当我的鞭头疾风般刺向驴二爷喉咙时，一个丫环模样的人，只一下，就从我的手中抽走了鞭杆。她那一下，顺手牵羊，借力使力，巧到极致。

那女子得手之后，又将木棍抡向我，只一下，就击中我的踝部。我刚觉出剧痛，就已倒在地上。没想到，我苦苦练就的武功，竟如此不耐用，也许是我过于紧张，也许是我没有实战经验。虽然我一直在苦练，但我的练，还没有成为生命本能。因为没有实战训练，我练的功夫，都成了死功夫，就像泰山虽重，却压不死一只蚂蚁。这一点，非常像学了多年外语的人，一见外国人，却不能交流一样。

踝部剧痛不已，我难以逃跑，只能束手就擒。几个大汉扑了来，将我按倒在地，一个大汉从堡子里取来麻绳，将我五花大绑地捆了。

这就是我的大年初一。

按当地的规矩，大年初一是一年的缘起，很有讲究的。不动气，不打碎东西，不做一些不吉祥的事，也许是因为这个原因，他们只是将我扔进一间牢房似的小屋，这屋没有大的窗户，只有尺把大小的一个送饭口。门也是用很厚的榆木做的，也许这便是以前关人用的。

一连几天，他们也没做审讯之类的事，我知道，他们一来顾不上，他们得应酬前来拜年的人，他们还得准备社火；二来，他们也不想在过年时沾上不开心的事。他们按时给我送水送饭。我真的过了几天好日子，我哪吃过这么好的顺手饭？

只是我不知道，接下来等待我的，将是怎样的命运。

不过，无论是怎样的命运，我都不怕了。经历了那么多事，我觉得太累了。要是真的要死的话，我也会当成一种休息的开始。

你们也许能理解我的那种累。那是一种无着无落没有希望的漂流，是没有一点儿光亮的黑夜，是看不到希望的等待。开始的时候，我还能在梦中见到死去的亲人们，他们或是哭，或是叫，或是叮嘱，有时，我也会看到梦中的大火，和火中惨叫的亲人。但后来，亲人不见了，我没了梦。你想，我连梦也没了，这是多么孤独啊。

那时，我唯一的期待，就是跟大嘴哥的相约。但到了后来，跟大嘴哥的见面也越来越稀罕了。也许是他爹发现了什么，也许是他那个媳妇的娘家人发现了什么，据说还有了一些闲话。但我自己，当然没听到什么。你知道，那地方，没人跟一个肮脏的乞丐搭闲话的。

在那间小屋里，我待了十多天。我进去不久，屋里就填了炕，很暖和。那是非常安详的十多天，比起土地庙，这儿差不多是天堂了。这儿不缺吃，不缺穿，没有风，没有雪，要是我不去想以后——比如他们在过完年如何收拾我——我倒觉得那是我近年来少有的安稳日子。我甚至发现，自己胖了很多。

有时，我也会反思自己报仇的合理性，就是说，有时候，我其实是生了退转心的。要是大嘴哥能娶我，也许要不了多久，我的复仇之火就会熄灭。人是很容易生惰性的。我只有时时给自己打气，才能让我的复仇之火不熄。我甚至想，也许亲人们不再希望我报仇了，不然，他们为啥不像以前那样进我的梦呢？

仅仅安稳地过了十多天，我竟然就有了这种心思，可见真的是"死于安乐"的。

6

正月十五过后，社火结束了，驴二爷的春官老爷当圆满了，我才被几个大汉带出。我看到了驴二爷。他的屋里有红灯笼，就多了一些过年的喜庆。

驴二爷叫那几个大汉出了屋子，只留下那个使唤丫头守在身边。她就是跟我在大年初一交手的那个，看上去瘦瘦的，模样儿倒平常，不像是武林高手。

驴二爷许久不语，他只是望我。我知道他认出了我。他长长地叹一口气，然后说，我知道你是谁。我早就知道了，但我一直没想杀你。我是你的冤家，可你不是我的冤家。你认定我害了你全家，但那只是你的认定。我不想辩解。我知道那事的前因后果，但我不能说。我只想告诉你，那事不是我做的，我做不出那号事。你要是信了，你就回去。要是不信，你还可以来杀我。不过，你虽然练了武功，却杀不了我。不信？你跟这丫头过过招。

说完，他扔过一个鞭杆。那鞭杆手感好极了，油油的，滑滑的。

你去打她。驴二爷说。

那丫头笑盈盈地望着我。

你放心打便是了。驴二爷吸了一口水烟。

我倒是真想试试了。我想到了大嘴哥夸她的话。

我将手中的鞭杆扔给她，自己取了旁边的另一个。

我使了几分力，鞭杆呜呜地响了。那丫头没动，只笑盈盈望我。我看不到她怎么闪，我的鞭杆却落空了。我又使了几招，也是这样。我觉得自己在打一团空气。这真是很奇怪的事。

你招架呀！我有些气急败坏了。

那女子这才一笑，笑声没落，我的鞭杆已到她的手里。

她又将鞭杆抛给了我。我刚一动，鞭杆又不见了，我手里的鞭杆成了滑鱼，无论我怎么握，它总会脱手滑出。

后来，我又使了几个猛招，但结果都一样。只要她愿意，我就没法拿得住鞭杆。我这才明白了大嘴哥的话。

驴二爷笑道，丫头，我没说假话吧。去吧，冤家宜解不宜结。我们马家，没有别人说的那样好，也没有你想的那样坏。大正月的，我也不想伤你。这半个多月，我是想叫你过个好年。

现在，你该走了。以后的路，你自己瞧，你可以继续杀我，也可以继续乞讨，也可以想别的法子。反正，我也老了，能死在你手里，也是我的造化。

就这样。

我那一次的行刺，就这样。

7

我出了马家大门，寒风一下子扑了来。街上有雪，有好些人踏过的迹象，但人不多，只有几个小孩在放鞭炮。我的心灰灰的，做了多年的报仇准备，但什么作用都没起。我知道，以后怕是不好再行乞了。因为这小城里，马家的势力最大。要是有人知道我是刺客，怕没人敢给我饭了。不过，怪的是，见了我的人，仍像以前那样待我。我的怀里多了一些当地的面食。我想，也许，他们不知道我刺杀驴二爷的事。

到了土地庙，发现庙里无人。那些乞丐们，想来都回家过年了。他们都有家。想到家，我的心又疼了。本来，出马家门时，我忽然没了自信。我觉得自己在挑战老天爷一样，我都不信自己还会再当刺客。但一想到家，心中又生起了仇恨。我边流泪，边将那些面食供在庙里。我叫："阿爸阿妈，吃吧。"话未落，我便大哭起来。因为没人，我也就没了顾忌，我哭得失声断气。待哭得筋疲力尽时，我就睡了过去。

醒来时，见大嘴哥坐在我身边。他带来了烩菜，但早凉了。他听说马家放了我。他说他本来还想去救我呢。他说，要是他救了我，就一起逃往沙漠，再不当骆驼客了。我一听，很感动，就说："这想法，倒不错。"我也真想逃进沙漠呢。

我说，等过完年，整个小城的人，都会知道我的身份，我就不好讨饭了。

大嘴哥却说，对行刺的事，掌柜叫大汉们保密。

我不知道，马家是怕丢人，还是怕有人伤害我。我当然希望，这事，能像丢入水中的石子，虽也溅出几晕涟漪，但很快就能平息。

那个贴身丫头，是不是叫你没信心了？大嘴哥问。

我问，她是人是鬼？

大嘴哥笑了，以前，我也这样问过呢。我想，当然是人了。

可为什么像影子一样？

她轻功好。我也没探到过她的底，不知道她从哪里来，也不知道她的路数，她的一切，都是个谜。我只跟她交过一次手，可结果，跟你一样。倒是再没见她有啥绝活。她啥也没露，反倒像露了很多。

我叹口气，说，白练了。花了那么多心血，却一点也不中用。

大嘴哥笑道，不能这么说。你的功夫已经很好，很少有对手了。你别跟那丫头比，没人跟她比的。她已经出神入化了。听说，她也有破绽，但没人知道她的破绽在哪儿。

吃完烩菜，大嘴哥带我去苏武庙找胡旮旯。庙里有几人在喝酒，正热闹呢。在凉州的正月里，喝酒是常见的事。到了谁家，都喝酒。大家都图个喜庆，一年之计在于春，春节喜庆了，一年就喜庆了。

那个在羊驼会上得了跑驼第一的瘸子也在。他没像别人那样喝酒，他只是阴着脸，拿着一块熟好的软羊皮，正在擦他的拐杖。那拐杖黑油黑油，非常光滑。

那些人没拿我当外人。我喜欢那种大碗喝酒大块吃肉的氛围，有一种热烘烘的家的感觉。一见我，胡旮旯说，我们正商量去救你呢。不到正月十五，他们不会伤你的，谁都要图个吉利。这是凉州的规矩，贼也不偷正月的。我们想在十五一过，就去救你。

大家都没想到，驴二爷竟放了我。都说，真是怪事。

一人分析说，大正月的，他们都怕提不开心的事，你行刺的事，知道的人不多。我想要不了多久，这事儿就会知道了。雪一化，尸身子总会出来的。那时，便是马家人自己不做啥，也会有些人帮他们做。

那人又说，也许，驴二爷不想将你送官，一送官，你总得解释的，一解释，许多本来没人知道的事，就都知道了。他当然也不想让你在马家消失，要是你死在马家，也会是一件麻烦事。谁家没个仇家呀。像王条老爷，就一直盯着马家呢。

那人又说，不过，我想，这事，不会这么了结的。你要小心些。

胡旮旯向我介绍了那人。

那是一个让当地人闻风丧胆的名字：沙眉虎。

木鱼妹一说"沙眉虎"三字时，我感受到一阵骚动，显然，那些听众也熟悉这名字。那是一阵无声的喧闹。那名字，像石子投入了深水，波晕四下里散了去。

我问木鱼妹接下来的故事，她只是笑了笑，没有往下讲。我不知道她出于怎样的考虑。所以，我一直不知道，自那次相见之后，她跟沙眉虎之间，再有过怎样的交往。后来她讲了的，也是我熟知的那些。她一直没有讲她跟沙眉虎之间的故事。我每次发问，她都不语。问了多次，她才说，以后再告诉你吧。又说，你把什么底都露出来，你的小说就没意思了。

她这话，不是没有道理。

在整个采访涉及的场景中，沙眉虎出现的次数并不多，但给我的印象却很深。在我的潜意识中，甚至也希望他是我的前世呢——这很奇怪，但没办法，这正好说明，在我的天性中，有一种天然的匪性——只是，他跟飞卿一样，是一种我想当也不一定能当得了的人物。

当夜采访结束时，我发现，那滴水崖下的盆子里也没有多少水，刚刚能盖住盆底，这也不错了，问题是还有两峰驼和一条狗，它们也需要喝水。驼虽然耐渴，也不能渴得过久。狗则是每天都必须要喝水的。天飘雪花时，我看到狗伸了长长的舌头，去接那些雪花，眼见的，它也是渴疯了。

我想无论如何，明天得去下一站，寻找水源。那图上的下一站里，有好些水源。我想，既然滴水崖能有水，别处的水源也不会全干吧。

当然，这也是有风险的，毕竟，现在还有滴水崖，少是少，还有水，要是再前行，能找到水源当然好，若是找不到，情况就会很糟糕。

不过，我的这一行，不是来苟活的。除了采访，我更想走一遍驼队走过的路。单是考虑这一点，我也必须前行。

第十一会

瘸 驼

明知道，前路难测，我还是毅然离开了滴水崖。我起得很早，我想从容地多留一些时间，用来找水。

我先倒了些水，叫狗饮了一点。这所谓的饮，只是舔几下而已。两峰驼虽然也需要水，但它们耐旱，等找到水源后，再说吧。

我仍然沿着野狐岭的驼道前行，出了黑戈壁，又是沙漠。这儿的沙漠很高，很大，到处是柴棵，想来这便是把式们故事中的驼斗之地了。他们故事中的驼蹄，想来就是在黑戈壁弄烂的。

那老狼仍跟着我，我知道它希望我自个儿倒下。它定然不敢冒险的。我在那把短铳里装了火药，装了一颗钢珠。它要是扑了来，我就开枪。狼的鼻子灵，不会闻不到火药味。

在老把式标的地图中，这儿有好几处水源。其中有一个沙漠海子，是淡水海子，很多沙漠里，都有敦煌月牙泉那样的海子，有些是淡水的，有些是咸水的。有淡水海子的地方，就是过去驼队的栖息之地。

我找到了地图中标的那个淡水海子，那是一处洼地。以前，它也许是山上流下的雪水汇集而成的，但现在，只剩个海子的形状了，里面早没水了。海子底裂开了一道道大口，泛起一层层的干泥皮。

我找了地图中标着的其他几处水源，都差不多这样。黄驼的叫声有气无力，白驼虽然像智者那样沉默着，但我能感受到它心中的一丝不安。

好在下一站还有几处水源，但愿我能找到它们。

不过，夜里的采访倒很顺利。

一、飞卿说

1

那时，我倒没把木鱼妹当成空行母啥的。我只是将她当成了需要帮助的一个女子。

后来，我听说了她的故事。我决定帮她。那次远行，我之所以同意带上她，是怕她留在凉州出事。老虎也有打盹的时候。一个想刺杀当地豪门的外地女子，无论她有怎样的功夫，留在那个小城，总是很危险的。所以，我带了她。当然，我没想到，她是另有打算的。

不久，又一件大事发生了。对了，我说的大事，正是那个瘸驼引起的。我不知道，这瘸驼，是不是木鱼妹在驼羊会上遇到的那个？

瘸驼是晌午时分来的。

那时，正是驼把式睡觉的时候，驼场静极了，连那骆驼和马也不发出声音，它们也习惯了昼伏夜行，吃饱后的正午时分，也会卧在草场里睡觉。骆驼们睡觉跟人一样，侧躺了，长伸腿，叫那辛苦了许久的腿尽情地放松。在暖洋洋的日光抚慰下，好些驼打起了呼噜。为了不惊醒主人的酣睡，驼的呼噜很是轻微，似有似无，跟大烟客吸烟时的声响差不多。

木鱼妹那天没有午睡。想来她夜里睡足了觉，白昼的寂静就很是难熬。她时而长躺在马在波的驼轿里，时而探出脑袋，四面张望。驼轿虽不是太长，但沿了那斜角，还是能勉强伸开腿的。驼轿里还铺着棉絮，睡来就很舒服了。

后来，木鱼妹下了驼轿，走向不远处的沙坡。

那天，我铺了狗皮褥子，正躺在沙洼里。风吹来，在脸上刮过，痒酥酥的。一睁眼，就能看到那水洗过似的蓝天，还有那一浪浪荡向未知的沙海。那天，我感觉到狗毛有点扎身。按老先人的说法，这是有灵性的狗毛褥子在提醒我呢，说明附近会有贼在惦记。我不敢入睡，只是半闭了眼。

忽然，我看到了那个瘸驼，正从沙峰上挪下。那样子，很像老公鸡吃食，很是滑稽。

"嘿嘿……"木鱼妹喊，"瞧，瘸骆驼。"

那驼虽瘸，行来却快，很快就到近前了。一人跳下驼背，是个驼背的半苍老头，走路时，竟也是一颠一颠，原来也是个瘸子。

木鱼妹破口大笑。那人恶狠狠地瞪木鱼妹一眼："你笑老子瘸，还是笑骆驼瘸，老子们瘸是瘸，可心不瘸。这驼，跟老子多年了，老子不骑，叫人家剥皮剐肉不成？"

说完，那人高声叫："掌柜的，打些水来。"他拍拍驼说："瘸兄弟，这可是豆瓣儿水，多饮些。"那驼放个响屁，像是在应答。木鱼妹捧了腹，笑得乱颤。

那老头扔过一个布袋，当是水费。陆富基捡了，捏几下，喊一声："哟，豆子。大嘴，把那个水槽抬来。"驼把式出门在外，虽也喜欢银子，但更喜欢五谷。这儿有钱，也没处使去。

我见那驼虽瘸，骨架却很大，虽然瘦，峰子却直立着，看得出瘸子待它不赖。木鱼妹打量那人，那人也正望她，眼目间很是放肆，他说："丫头，你家肯定是开窝铺的，我一瞧，就是。"木鱼妹显得很生气。那人又说："不承认？嘿，一看，就是窝铺里长大的。"

木鱼妹啐道："你胡说什么？我是去罗刹的。"

"啥罗刹？"

"不告诉你。"

"你从哪儿来？"

"从来处来。"

"到哪儿去？"

"到去处去。"

两人正斗嘴，忽见那人眼里露出很亮的光。这时，陆富基出了窝铺，朝木鱼妹喊："快过来！那是沙匪！"几个驼把式舞了兵器，一齐扑出来。

但一眨眼，没见那人咋动作，木鱼妹却腾云驾雾似的，到瘸驼背上了。

"放下我！放下我！"木鱼妹死命挣扎。那瘸子却狰狞着脸，吼道："你再闹，老子先揪断你脊梁，叫你先变成瘫子。"木鱼妹惊恐了脸，不敢再动。

瘸驼已风一样蹿出，怪的是，那驼一跑，却看不出瘸了。那陆富基们，也径直追了去。

2

我骑了乌云盖雪，扑出窝铺，那驼已缩成一个褐点，陆富基们虽在撵，但显然撵不上了。我驱马狂奔，暗暗叫苦。若是木鱼妹有个闪失，马家驼队的名头就坏了。这驼队运输，是马家起家的本钱，获利虽不如茶庄，但一损百损，那坏影响，是水洗刀刮也抹不了的。

好在马蹄上包了驼掌，马蹄着沙，陷不太深，片刻间，我已赶上陆富基们。陆富基喘呼呼道："小心些，那沙匪，功夫好得很。"我嗯了一声，催一鞭，黑马挟风，蹿上沙丘。

渐渐近了，那驼的速度，非寻常役驼可比。但驼毕竟是驼，比不得马，马行沙上，最怕蹄下陷，但既加大了蹄的着沙面积，速度就在驼之上，但沙上疾驰必然费力，怕距离一远，马就撵不上驼了。

"飞卿！飞卿！"木鱼妹喊。

我喊："呔，你难道不知道规矩？英雄劫财，不劫色！"那人道："我是狗熊，劫色不劫财！"话音才落，抽出一物，抛将过来。我接了，竟是一只麻鞋底，上写两行字："暂借女子去，抱得明月归。"

那人道："告诉驴二爷，那年，左大帅杀回民，他不是捐过军饷十万两吗？他也是帮凶。"

我说："与你何干？"

那人道："大当家的一家，就是清家杀的。"

我很想说："那回民不是也杀了汉人吗？而且好些人家灭了门，连娃娃都没放过。回汉相互残杀，辄成血湖，死伤数百万，谁是凶手还难说呢。"但此刻非争论是非时，我懒得斗嘴，双腿猛夹马腹，那距离，又缩小了些。

"飞卿，你快些呀！"木鱼妹哭叫。

那人猛抽几鞭，说："我可敬你是条汉子，才不下杀手。再逼，我可不客气了。"我抽出打狗棒，才抖开绳索，那人的抛肚儿已抡出呜呜风声。我暗暗叫苦，平素里，我也是使抛肚儿的高手，小时候放羊时，我就把抛肚儿玩得出神入化。虽是两个绳子拴个皮囊，装入石头，抡圆后发出石头，看似简单，却极有用。那石子，能飞百十米开外，若使熟时，指哪打哪，驼场放牧时，是常备之物。但那抛肚儿抛石时，抡圆后，先须将一端放开，有了这迹象，倒也好躲。

我见那石已飞来，一俯身，石子曳风而过。瘸子道："你会躲，那马会躲不？"话音未落，一石子飞来，马一个趔趄，栽倒在地。幸好瘸子提醒，我才没被压在马下。"你再追，我可打马眼了。"瘸子叫。

我怕那飞石，不敢进逼，只好远远随了。不多时，大烟客们也追了来。我怕沙匪使调虎离山计，就对大烟客吼："你们回去，保护窝铺。"这一声，提醒了他们，三人转身而去。

那瘸驼虽快，但速度比不上我的马。我很是气恼，这小小石子，就要挟了自己，实在不甘心，很想一猛性追去，又怕那飞石真伤了马眼。看得出，那瘸子是使抛肚儿的老手。但这样不即不离地跟了，对方也很是头疼，不敢直溜溜回老窝。

沙山越来越高，那坡，斜立上天，很是磅礴。瘸驼给衬成小黑点了。木鱼妹虽时不时发出叫声，但从声音里听出，她不很惊慌了，倒有了一种做戏的味道。

马虽穿了蹄兜，但仍是发出粗喘声。这沙山，毕竟不是它常爬的。这样下去，要不了多久，马就会给累垮的。沙上行走，马毕竟不如驼。我便弃了马，将打狗棒挂在腰中，提着四尺鞭杆，追了来。

那瘸驼驮了两人，定然也吃力，我渐渐逼近了他们。

那瘸子道："你死缠个啥？这下，可怪不得我。"一石飞来，我避了，并不减速。那马也通人性，在石子射程外远远随了。

连飞几石，并没有伤到我毫毛，瘸子用拐杖使劲拍驼的屁股，但驼想来已累，并不加速。我猛追一阵，已到驼后。木鱼妹边挣扎，边喊救命。

瘸子冷笑道："你急啥？"抽出绳子，只几下，就将她捆到驼背上。

木鱼妹边挣扎，边啐个不停。按驼户的忌讳，叫女人啐了，会很不吉祥。那瘸子却不理会，弃了缰绳，举了拐杖抢了来。我举鞭杆一架，不由大惊，对方那杖，也许是铁打的，竟似有泰山之重。我忙一闪身，跳向一旁。平素里，把式们老走棍，就是两棍对打，这和那放驮子一样，也是把式必修的功课。在把式中，我的棍法仅次于大烟客。那大烟客，人虽老，棍却精妙无比，棍头随心，稍有缝隙，便能击到对手胸腹，除他外，寻常把式，都不是我对手，使满三回合的不过五个。但在这瘸子杖下，我仿佛一下失去了功力，装卸了多年驮子练就的臂力，对方竟浑不在意，不经意间，就能化解我的招式。而对方那杖，却又招架不得，除了瘸子力重，还因为自己的鞭杆挡不得大力，要是实招实架，一下便折了。我只好使出从大烟客那儿学来的巧劲，边格边避，虽没落败，却很吃力。木鱼妹也看出了其中凶险，发出尖叫。

瘸子沉默不语，只将那铁杖使得飞快。铁杖在分量上占了便宜，缺点是比鞭杆笨拙。鞭杆虽不过四尺，轻灵至极，棍头几次掠到对方衣襟，但要触到皮肉，总觉短了几寸。

忽然，那瘸子脚踢黄沙，向我扬来。这一招很毒，要是叫沙迷了眼睛，很是麻烦。趁着我躲的缝隙，瘸子已飞身上驼，手一扬，一块石头飞了来，击中我的脚面。虽有疼痛，但我觉出，对方是手下留情了。

趁我倒地的瞬间，那瘸驼飞蹿而去，不一会儿就缩成褐点了。我见马膝上流血了，不由得顿足长叹，知道再追上去，也无济于事，弄不好，真会叫对方打瞎了马眼。想不到，对方用一个寻常的抛肚儿，就叫我束手无策，真有些不甘心。

我有心顺那踪追了去，又怕对方调虎离山去抢驼队，就先回到窝铺，给蔡武们安排妥当，又带了一支火枪，也备了抛肚儿，拣了几袋圆石，挂在了鞍上备用，然后带足了水食，跟陆富基沿那踪迹追来。

不久，天已黑透了。我们打了灯笼，沿那踪迹追去，行了一阵，听得后面有人喊。片刻后，那马在波也追来了。我怕马在波帮不了啥忙，反成累赘，要是再叫沙匪掳了去，更是麻烦。正沉吟，马在波却说："我在找胡家磨坊时，去过熊卧沟，看到那儿有人，不知是不是沙匪的窝。"说完，不等我表态，他抡鞭击驼，跑到前头。

上了沙坡，见一串脚印，蹂躏着沙纹，窜向夜中。幸好无风，这踪迹才来带路。我之所以连夜去寻，也是怕起风后踪迹会消失。

夜很黑，但在灯光之下，还是能看到一串串驼蹄印。若是风沙一起，便有万千人马，也是老虎吃天，无从下口了。灯笼只照出了丈把远的路，好在那瘸驼染了好大一片踪，虽在夜里，也很醒目。但我心里，很是沉重，因为寻常沙匪不敢动马家驼队，那官家封的"大引商人""护国员外郎"啥的，能唬住许多毛贼。那沙眉虎，却是天不怕地不怕的，人数虽少，却十分凶悍。要是他们劫了人去，会狮子大张口的。只好先打探出下落，再见机行事。一想木鱼妹那样水灵灵的人，落入沙匪之手，心不由揪疼了。听说，沙眉虎是个色鬼，老来村里掳女人，掳走时，壮壮实实，放回时，已成病鬼。

沿那迹，寻到半夜，却忽然不见了踪。四处寻觅也无所得。我感到奇怪，那瘸子，莫非插翅不成？

忽然，马立双耳，突突乱啐。瞧去，四下里也有好些绿灯，显然是狼眼，马在波不语，扯几根柴丢入大火。火光突燃，绿灯远了些。我从马背兜中取块石头，放入抛肚儿，呜呜飞出，一绿灯倏然灭了，听得一串惨叫，远远望去，连发几石，那绿灯都渗入夜了。

正无语，忽听到一阵马蹄声，我还没动作，陆富基已推过沙，将火埋了，黑一下子压了来，几人爬向沙背洼处，许久，才见点点灯光，渐渐转过沙角。陆富基悄声说："是马队。"那些马都带了铜铃，百十匹马奔驰时，铃声大作，很是慑人。

大嘴说："究竟是哪路人马？听那声音，马后还掳了人呢。"

东方渐渐显了白，四下里亮了些，那马队旋风般裹过。在一处停了许久，又裹向别处。随着那蹄声渐渐渗入雾里，我们才吁了口气。

大烟客朝马队停了的地方跑去,忽然,他大叫起来,众人一起扑了去,见三人全身入沙,眼睛暴裂,已经死了。

我倒吸一口冷气。

天渐渐亮了,才发现,除了那新埋的死人,四下里还有许多白骨。我打个寒噤,说:"来,行个善,给他们个全尸。"陆富基说:"没用,你埋了,狼也会刨出再吃。"说完,他上前,拽了那死人的脖子,一用力,将那尸身提出沙坑,捞到一个沙洼里。又依样将那两人也弄出,三人都是血肉模糊,沾了许多沙子,似是挨过打或是叫沙砾蹭破了皮肉。陆富基将三尸并排放了,上了沙坡,双足划水似的乱蹬,沙流漫下,瞬间便盖了尸体。

许久无语,谁都觉出了静的挤压。我们寻了一番,见沙上有马队踏过的踪迹,还有一串狼爪印。此外,别无踪迹,那瘸人瘸驼,竟似飞了。浓浓的血腥味扑入鼻腔。

寻了一阵,都懒懒地回返了。我心里很憋,知道这事儿会惹出搅天的麻烦。

以前,听说沙眉虎在西北各商号都有眼线,哪家起场,驮的啥货,走哪条道,有几把子驼,都了如指掌,现在看来,果然如此。

那么,谁是沙眉虎的眼线?

3

不一会,红日便蹿出沙海,红光万道,在大漠上随性涂抹,涂到处灿烂如施丹,涂不到处仍似泼墨。沿途也有累累白骨,更齐森森扎眼,有些是驼骨,更多的却是人骨,时不时,便见一具骷髅,大眼瞪天,叫人不寒而栗。回想昨夜那事,竟有梦的感觉了。

寻了一阵,渐渐已近正午,太阳当空叫着,我们下马下驼,寻了个有草的地方,叫驼马去吃几嘴,自己也取出水和食物,边吃边喧。忽听一阵哭声传来,循声望去,却不见人。陆富基扔下馍,上了沙丘,喊:"少掌柜,你在干啥?"我也上了沙丘,见马在波在那捡白骨,边捡边哭。那洼中白骨,几乎成小山了。我们又喊了几声,马在波却不管不顾,只管妈妈老子地哭。听那声音,倒是真哭。

陆富基拽住马在波衣袖,问:"你捡骨头干啥?"那马在波抹把泪说:"啥骨头?这是我的父母。"陆富基道:"你父母咋有这么多骨头?马在波说:"这儿……那儿……"他胡乱指了指说,"到处都是我父母的骨头。"接着,他又"爹呀娘呀"地哭起来,边哭边捡那四下里乱扔的骨头,扔往一处。我见那白骨下,是一大堆沙秸,知道他要焚骨,就打趣道:"万法皆空,焚亦空,不焚亦空,何必费事?"马在波却捉了我的手，问："明知是空，你寻她做甚？"

我不觉痴了，自言自语道："寻到又如何？几十年后，仍不过一堆骨头，那明也罢，清也罢，终究都会空的，反它做甚？复它做甚？连宇宙都有寿命，时辰一到，难逃无常，真不知有个啥意义。"陆富基说："瞧你，也和那马在波一个屄样了。你寻啥意义？活便是了。"

我叹道："也倒是。天有天的能耐，人有人的尊严。"

4

到了熊卧沟，远远地，就看到一个烽燧堆，上有一人，见人来，一溜风下去了。我知道他是去报信，吩咐陆富基："不可动粗。"

一人过来问："干啥的？"

"寻人的。"

"寻谁？"

"沙眉虎。"

那人又溜了回去，片刻，又探出头来，问："大掌柜说，若是寻那个女人，叫你们到别处去，别来骚情。"陆富基说："怪了，他咋知道我们是寻女人的？"我朝那人大声说："我们不找人，只想会会沙眉虎。"

"这儿没沙眉虎，只有几个放驼人，你们想看，就来看吧。"

我把马缰丢给陆富基，空手前去，见此处也没有想象中的堡垒，也没有刀枪，倒真像是寻常牧驼之处。沙洼中央，有几间房子，看那模样，定是羊粪切成方块垒成，有几只驼，正抬起头望我们。

我跟那人进了房子。果然，有一股浓浓的羊粪味。有一个清瘦汉子，模样有点像女人。他穿个羊毛坎肩，坐在炕上，正用刀削羊肉，见我进来，也不动屁股，只扔过一把刀，说："来，吃肉。"

我见这汉子平常极了，清清瘦瘦，真像牧人，只有那炕上有栽毛毯子，很是醒目，寻常牧人，是铺不起毯子的。墙上还挂有两杆枪，一杆长的，一杆短的。"吃肉，吃肉。"那人说。

我这才捡刀削肉，这时，我才明白，这人不是汉人，汉人吃肉，多煮得烂，而这肉，却是又韧又硬，而且是凉的，我削了几块，吞药似的。

那人笑了，说："看样子，你是汉人，吃不得硬肉。吃硬肉有力气。"我笑道："牛吃菠菠菜，猪香狗不爱，各有各的胃口。"

那人说:"你找沙眉虎,问他要女人?告诉你,他没见那女人。"我说:"这话,有此地无银的味道。"那人怒道:"沙眉虎倒想做这事,可这回,不是他。"我问:"是谁?""这不是我管的事。"那人懒洋洋打个呵欠,捞块纸揉揉手,下了炕,看那模样,很是虚弱。"回去吧,别处去找吧,别耽搁时间,迟了,叫人家煮吃了。"

"你是沙眉虎吗?"

"我也不知道我是谁,我问了几十年我是谁,可没人告诉我,我只知道,沙眉虎没干那事。你给朋友们带个信,别冤枉沙眉虎,不过,冤枉也成,沙眉虎有脊梁,千万件事也背得了。"

见那人又打呵欠,我出了窝铺,见那烽燧堆上又站了一人,就想,沙眉虎天大的名头,官家早想对他割肉剥皮了,咋会是几间破旧的房子?

我长呼一口气,心头又重了许久,凭直觉,我发现那人说的是真话。沙匪有两种:一种是安营扎寨,招兵买马,明刀明枪跟官兵干;一种是化整为零,平时各有事干,一有事,则会合起来。不知沙眉虎是哪一种?

正沉吟,一个小伙子跑了来,递给我一个鼻烟葫芦,又递过笔墨。我明白,对方已知道我是谁了,就微微一笑,见笔杆太粗,拔根细芨芨,扯根马尾裹了,蘸了墨,探入瓶中,几下,就画出兰花,中有蚂蚱,展翅而鸣。

那小伙接了,掏出一两碎银,塞给我,抽身跑去。我笑了,那人不但知道我是谁,还知道我画鼻烟壶的润格是一两银子。

但让我感到奇怪的是,这儿咋有笔墨?

陆富基笑道:"哟,财路倒宽。"我笑了,将那碎银扔给了他。

他说:"这可麻烦了,不是那沙眉虎,又是谁呢?"

他又说,我发现,那人,不像是男人。

为啥?

没有喉结。

二、杀手说

1

几天之后,蒙驼起程了。他们移到了稍远处的一个草场。随行的枪手也想跟了去,飞卿只好让他们去了。

我发现，巴特尔在策划一个阴谋。

这当然不是我的臆想。我是隐在黑里的那双眼睛。他们都在亮光下，我能看清他们看不清的一切。

巴特尔首先提出了挪窝。他的理由是水草。确实，这么大的两支驼队聚在一起，啃不了多久，草就没了。分开时，会好很多。

但我也知道，他们这一分，虽然会减少许多摩擦，但同时，也失去了和解的可能。要不是那豁子作怪，巴特尔是很好说话的。对蒙古人来说，无论多大的恩怨，只要痛快地喝一场酒，一切都会哈哈过去。但这一分，那豁子的嘴，就会盖住巴特尔的天。不过飞卿没想到这一点，他只是要求他们别离太远，不要超过一站的路程。这样，万一有个啥事，也好有个照应。

蒙驼队虽然没了头驼褐狮子，但他们还是前行了。这世界，离了谁都行的。

我发现，褐狮子的影子，仍时不时出现。它并没有逃远。这是它生命的惯性，已渗入它的灵魂深处。我不知道，它究竟跟了多久。

那时节，我的眼中，跟定了我们的，是另一个怪物。我老是看到空中飞转的木鱼，它忽而来了，忽而去了，表面看来，它仅仅是在来和去，可我总能发现它的变化。开始时，它非常像木鱼，可大烟客却说是磨盘，后来，我真的发现，它一天天像磨盘了。

它在慢慢地变大了。你们当然不知道那磨盘的大与小的含义。我看过一本神奇的书。书中说，当那拼成木鱼的磨盘，一点点不再像木鱼，渐渐变成真正的磨盘时，那地上的阴影就会水一样漫延开来。那时，灾难就降临了。书上说，那时节，无数人的血就会从磨眼中流出来，还有骨，还有肉，还有许多指甲和头发。在所有人类肉体产生的废物中，头发是属于可再利用的资源，可以制成毛毯啥的。

就是。二战中德军用的军毯就是犹太人的头发制的。在那个叫奥斯维辛的集中营里，后来就留下了二十多吨头发。当然，人类的尸体还有别的用处，像张献忠就当成军粮来用。

那是别人的事，我们不提它了。

我看到那飞来的磨盘，正一天天长大着。那长大，几乎是不易察觉的。我只是在它的阴影掠过时，才发现那阴影似乎长了些……啥？你说那磨盘只是我心中的幻影？不，我可不这样认为。幻觉是没有阴影的。大烟客也能看到那磨盘。难道我们会出现同样的幻觉？当然，大烟客开始说是磨盘，后来又说是木鱼，我却刚好相反，开始看是木鱼，后来变成了磨盘。人心不同，世界也便不同。虽然它很像木鱼，但磨盘无论拼成什么图案，总是磨盘。是不？

正是在那磨盘阴影的长大中，我明白，那灾难，正一天天逼近着。我期待着那场灾难。我虽然也有点怯意，但我知道，对于我们来说，那种怯，没有实际的意义。不会因为我们的怯，那东西就不会来了。不会！无论我们怯还是不怯，那该来的，照样还会来的。

我知道，无论我们怎样走下去，都躲不开野狐岭中的命运。也许，会有几个幸运儿活着离开，但他们同样躲不出命的。他们定然躲不过他们命中的野狐岭。

前些天，在黄昏时分，我就会看到磨盘，它飞旋而至，迅如疾风。第一次见到时，我就喊：瞧呀，磨盘！大家却哄然大笑，说我疯了。只有大烟客说他也看到了飞旋的木鱼。第二次我喊时，大家仍是笑，大烟客却说他没看到。后来，几乎每天，我都能看到那磨盘。我甚至能听到那风声。那风，跟乌鸦翅膀扇出的风很相似。我老说，那夜幕，就是乌鸦的翅膀扇落的。是的，我甚至想，那降临的黑夜，说不准便是磨盘的阴影。有可能。那些科学家提出了这个说那个说，我都不信。因为我发现后面的科学家，总能否定前边的科学家。那么，再后来的科学家，当然也能否定现在的科学家。他们是一群都可能被否定的人。我怎能信他们？

那本时轮历书上谈到过一个叫罗睺星的天体，它无色无相，却总是参与着天体的运行。据说，许多天文现象就跟它有关。这磨盘也一样。无论你们看不看到它，它总是一种存在。

那磨盘的阴影一天天大着。

我知道，灾难迫近了。

2

我仍在寻找杀马在波的机会。我当然也能像屠夫宰牛那样用蛮力杀一个人，但我不想那样做。我更愿意将那过程尽量弄得有想象力一些。或者说，我很想将那过程弄成一种行为艺术……呵呵，当然，那时节，我还不知道这个词。

飞卿和马在波一样，都有种淡定的从容。他和飞卿都在修行。他们两个都修得很好，听说都看破了红尘。但马在波在看破之后，就想出家，他不想去做那种没有意义的事。飞卿却在看破之后，还想做事。我不知道，哪一种更值得尊重。

一次，我问飞卿：你既然已经看破了，还想做什么？飞卿是这样回答我的。他说，是的。我看破了，我们都躲不过那个非来不可的东西。我能改变的，只是自己的态度。明知不可为而为之，才是大丈夫呀。

说实话，我很敬慕他的为人，但又不以为然。我不信，他能改变命定的东西。

我当然不信。

那时，我觉得蒙驼的分开安营，不仅仅是水草的原因。

我有种强烈的预感。我觉得，这里面，定然还有其他东西。

我发现，马在波老是露出神秘的笑，他老是在念经，有些驼户很爱听。我知道他想用诵经声消去充溢于驼队中的杀气。要是那杀气小一些，也许那诵经会起点作用。问题是，那四溢的杀气，很像是燎天的干柴烈火，诵经声不过是杯中的水。那一星半点的清凉，似乎救不了人心。

我说的这话，不太符合我的个性，可见，我也很复杂。我知道许多道理，但我还是要当杀手。我说过，我得用马家人的血，来祭祀那些冤魂。

记得前不久，我还对马在波说，你呀，能不能省点儿唾沫？你救不了世的。

你猜他怎么说？他说，我从来没想过要救世。我只想救我自己。

他又说，当然，也想救跟我有缘的人。

我告诉他，其实，无论你念不念经，那该来的，总是会来的。你难道不知道，那个巨大的磨盘已飞过来了？它可能压碎红尘上的所有东西。

马在波笑着说，那东西，在你眼中，当然是磨盘。在大烟客眼中，却是木鱼呀。你猜，在我眼中，它是啥？

啥？

是船。你不看，那飞转的东西，明明是一只船呀。

什么船？

它是救度人心的船。我念的经，就是船工号子。所有爱听经的人，都将得到救度。

我笑笑。这号话，我听过无数遍了。这世上，有很多智者或是骗子，都说过类似的话，但我没看到有哪几位得到了真正的救度，甚至包括耶稣。他虽然被称为救世主，但其实，他甚至无法从十字架上救下自己。至于那些以救世主自命的其他所谓圣者，就更不用说了。我不明白，他们的救度，有什么实际的意义。

不过，我只是笑了笑。

采访杀手——他不常出现——时，我看到的，是一股杀气。他是一晕黑色的光团，杀气就从其中溢出。他一直没有以人的形象出现。我虽然可以在定中观察，但我想，他既然不想以真容示我，我也不必强求了。有时候，随顺是一种尊重。

不过，我发现了一个怪异之处：在把式们的叙述中，我一直没有听到他们对杀手的描述，好像那是个隐形人似的。我感到很奇怪，但我没有追问这事。我采访的原则是，激活他们的记忆之后，就让他们的灵魂自个儿流淌。许多时候，我得到的，比我预期的要多出很多。像木鱼妹的故事，便是我没想到的。

整个沙洼静极了，这几日，驼和狗也很乖了，我采访时，它们很少弄出声音。月亮已成月盘儿了，洒下很多寒气来，浸透了我的身心。由于缺水的原因，我没有燃起篝火，我怕那火会烤去我身上的水分。

我只是铺了狗皮，先用睡袋裹了身，再裹以皮袄。狗皮真是个好东西，坐不了多久，屁股下就会产生暖意，加上我有修拙火的基础，那冷，就在能忍受的限度内了。

我上了沙坡，四面里望去，我没有看到像绿灯那样的狼眼睛，但我知道它定然跟着我。它不会轻易地离开我的。

第十二会
打巡警

次日,我到了下一站,途中很是辛苦。主要还是渴,拉子里的水已经用完了。虽然水囊里还有水,但我不敢多喝了,我只是在很渴时,才喝一点。我知道,虽然我在节约,但要是找不到水,我们定然会困死在沙漠里。只凭这点儿水,我肯定走不出去的。

我发现了一种没有预料到的可怕:由于气候的变化,地图上标的那些水源都干了。在过去的驼道上,这水源图等于宝藏图。把式有了它,驼队才可以生存;土匪有了它,就知道驼队必然会在哪个地方歇息。那个历史上有名的黑喇嘛,也正是因为控制了水源,才控制了河西走廊的咽喉,从而积累了大量财富,修建了城堡山。但现在,我发现,手上这张曾被视为宝藏的羊皮,差不多成了一张废纸,因为图上标的那些水源,都干涸了。

黄驼显然已失去了信心,它罢工了,死活不起身,我狰狞了脸,抽了它十多鞭,它才不情愿地起了身。看到它的死皮赖脸相,我便觉得,以前把它猜想为黄煞神的转世,真有些亵渎了黄煞神。

狗倒是强打着精神,朝我摇尾巴。白驼却不语,它淡然地望着前方,不望我。从它的身上,我感受到了那种被修行人称为"佛慢"的东西,它真的是宠辱不惊了。

到了目的地后,我跑了两个时辰,找到了两处早就干了的泉,就懒得再去寻了。我知道,很难找到水源了。一种巨大的担忧向我卷来。凭现在的这点儿水,我是出不去的。

不过,让我惊喜的是,我发现了一个很大的柴棵林。那柴棵上,竟然寄生着一些肉苁蓉。这是一种沙生植物,多汁,壮阳。它还有许多功效,但在我眼中,它们只是水和食物。

我认真辨认着地貌，断定出把式们故事中的发生地差不多就在这儿。我不想再前行了。不说别的，单就看在这些苁蓉的分上，我也不能再前行了。我想以此为中心，往四下里画圈。

我找了一处相对避风的沙洼，支了帐篷。帐篷是帆布做的，不大，因为嫌麻烦，在过去的这些天里，我一直懒得支它，但这次，我既然想安营扎寨，就不能怕多事。

我弄了一些苁蓉，虽说采它的时节，应该是春天，但也顾不了许多。我弄了几根，丢给骆驼，它们很欢喜地大嚼起来，汁水从下巴上流下。这东西，被称为"沙漠人参"，骆驼这种吃法，太有些暴殄天物了。我再弄碎了一根，丢给狗，狗晃晃脑袋，不吃。我对它说，你不吃，可就怪不着我了。我咬了一口，那种甘甜一下漫延开来。

我希望采访能早一点结束，我怕这些苁蓉支撑不了多久。但我也只是想想而已，我怕我的想法，会影响那些被采访者。我最怕他们担心我的处境，而草草地结束故事。这样的话，许多精彩就没了。

果然，夜里，木鱼妹指出了这一点。

一、木鱼妹说

1

你不用急。你一急，我们就过意不去了。讲故事最好像喝烫米汤，慢悠悠地，尽量地长绵一些，这样才会有它的味儿。

虽然你最想知道的，是驼队的事。但没有我讲的事，驼队的事就是另一种味道。我的事是因的一种，驼队的故事是果。明白不？没有因，哪有果呀？

我接着讲我的故事。

后来名扬凉州的那次暴动，就发生在那年的正月。那时，仅仅一夜间，一个歌谣就传遍了凉州："正月二十五，火烧凉州府，马踏上古城，捎带张义堡。"

在前一天夜里，大嘴哥就带了几人，在凉州进行了鸡毛传帖，叫大家在一个地方集合。那帖上还注明，要是谁不来，就烧谁家的房子。

这次的鸡毛传帖，阵势很大，整个凉州百姓，差不多都收到了鸡毛传帖。

前边讲过，这鸡毛传帖，是那时的一种通信手段，有一个帖子，粘一根鸡毛。那鸡毛，代表紧急和重要。帖子里，是要求人们照办的内容。这是民间帮会的一种惯用手段。它的好处是迅速，只要组织得好，一夜间，人们都会得到相应的讯息。此外，它还有隐蔽的特点，能保护事件的发起人。你想，大家在信中约定的时间里，一窝蜂涌向指定地点，一起做事，事成事败，你都找不到牵头者，法不责众呢。呵呵，当然，这想法，很天真，按大嘴哥的话说，是脱掉裤子放屁的事。世上无不透风的墙，只要做事，哪有不露馅儿的？后来，飞卿不是照样被砍脑壳了？

关于飞卿，你们讲得够多了，我也不再介绍。不过，你们眼中的飞卿，是你们眼中的飞卿，我眼中，有另一种飞卿。后来，在凉州民歌《鞭杆记》中，对飞卿，又有了另一种说法："再一瞭，这一个齐飞卿，长着个赤红模样子，汉子高大人英勇，顶天立地了不成。"

呵呵，飞卿，瞧，人家把你唱成什么了？

至于哪种对，说不清。谁有谁的心，心不同，他眼中的世界也不同。飞卿也一样。在当时的我的眼中，飞卿没大嘴哥可爱。没办法，虽然他钱多，有号召力，但一个女人眼中的可爱——嘻嘻，我还算女人吗？——却有着另外的标准。飞卿，你用不着沮丧。这么长的时光里，你想到什么，不都是一点黄晕吗？

闲话不说了。对那鸡毛传帖什么的，我当时只觉得有趣。我也是传帖者之一。我们乘着夜色，走过那一个个村庄。那时的凉州村庄，没多少气派的房屋，树也不多。比起我家乡的青山绿水，真叫人有点心酸。我跟大嘴哥负责的，是凉州的坝里。凉州话的"坝里"，是平原的意思。凉州人习惯将人分为坝里人、山里人、湖里人等。"坝里人"的称谓源于他们浇水时打的坝。那时节，人们浇从祁连山下来的水时，每经过一个村子，就会堵一道坝。于是，就有了头坝、二坝、六坝等地名。

那夜，我跟大嘴哥走过坝里时，我越走越难受。以前，我一直盯着马家。马家的豪富，总能跃入我的眼，但现在，我一见坝里的那些低矮的、土眉土眼的房屋，心就越来越酸。那一个个村子，弥漫着一种穷气。月光下，那些房屋仿佛在瑟缩。我真的产生了一种情绪，觉得自己真该为他们做些事了。那时节，我信了飞卿他们的话，我以为，要是我们真的赶走了梅浆子，来个清官；或是灭了大清，百姓就会幸福。也许，正是因为我有了这一点善心，后来的坝里，才有了我的许多传说。他们为我修了庙，称我为"水母三娘"。后来，我死后，因为人们的祭祀，我还是以另一种形式关注着凉州。我睁着一双水母三娘的眼睛，看到了大清的灭亡，看到了民国的建立。后来，来了日本人，死了很多人。再后来，两兄弟又打架，死了很多人。再后来，一兄弟胜了。再后来，是一场大饥荒，饿死了很多人；再后来，又是无休止的武斗，死了很多人。我一直在追问，我们当初的那种行为，究竟还有没有意义？

正是因为有了这追问，在有时的深夜，我才会发出一阵阵哭声。人们于是说，听，水母三娘又哭了。后来，凉州就有了一个传说，说是只要听到水母三娘号哭，凉州就会有血光之灾。不过，真正的事实是，每次见到或是想到那血光之灾，我才会号哭。

这话，扯得有些远了。不过，我后来的一切，都源于那个鸡毛传帖之夜生起的悲心。我先得说说。

这些话，倒真有些扯远了。你的小说里，想来老是出现这种沉重。我没读过你的小说，但我读得出你心中的那种沉重。不过，生命虽然不能承受轻飘，但也不能老是承受沉重。你没有必要为人类的苦难买单，你大可不必这样。你还是轻松些活吧，跟你的女人一起，看看星星，望望月亮。因为，你的沉重是没用的。无论你沉重，还是轻松，人类都有着自己的命运轨迹。你无论想在暗夜中亮起多少火把，那亘古的暗夜总是会盖了一切的。无论多么亮的火把，终究会熄灭的，那黑夜，却是永远的。每个物种，都有它的命运。

不过，我这感悟，是后来的事。在鸡毛传帖的那夜，我还没到那种境界。要不是在过去的百年里，我不眠的灵魂经历了太多的事，我是不会有那种看破后的淡然的。人需要经历，没有经历的人，是不可能真正长大的。我的经历，让我有了另一双眼睛。对于我的说法，你可以当成一个百年孤魂的别一种哭吧。凉州人虽然尊我为水母三娘，其实你可以把我当成夜叉什么的。什么也成，一切，只是个名字罢了。

我们还是回到鸡毛传帖那夜吧。

那夜，我沉浸在一种高尚的情感中。飞卿擅长演讲。那时，我还不知道，他记熟的，其实是一种叫龙华会的章程，其内容，是从岳爷讲起，谈到了金朝对大宋的欺辱，而那大清，就是金兵的后代。他说我们要"驱除鞑虏，恢复中华"。用一种现代人的说法，他煽动了我的民族感情。那是另一种感情。有时候，这感情甚至超过了我对驴二爷的仇恨。我甚至将对驴二爷的仇恨也融入了这种感情。因为，正是清家扶起了马家，给了它一百多年的富贵。要不是清家，驴二爷哪有这种财势。这观点，在很长的一段时间里，充满了我的大脑。明白了这一点，你就明白了我在鸡毛传帖之夜的感受。

那一夜，我真的是热血沸腾呢。

我的步履轻捷而有力。那一夜，至少有上千双我这样的脚，在传递那承载着信仰和暴力的约定。我还不知道，那时的凉州，会有那么多的热血之人。不是说凉州人是一盘散沙吗？怎么也抱成团了？后来，我才知道，那散沙，无论抱成多大的团，也是沙团。成团的散沙成不了石头，沙里有一点水，虽也能成团，但水一干，沙团就散了。

这事儿，你们早知道了，我也不再饶舌。

我发现，许多事，其实是很有意思的。过后一想，才会发现很多事情的无意义。而在做事的当时，却觉得自己在改天换日呢。从这一点上看，那世界，真是心的倒影了。

我们将一个个粘贴了鸡毛的帖子插在农民家的屋门上，第二天一早一开门，那帖子就会掉在他们的面前。他们不一定认得字，但认得鸡毛，对于这鸡毛传帖的故事，也听得多了。以前，他们也知道接到传帖没去的人家被烧了房子的事。虽然那房子破，但总能遮风挡雨，有了它，就有了家。你们定然能理解那房子对于家的意义。我那土地庙，虽也能遮风挡雨，但我没有家的感觉。为什么？因为谁都可以进来，只要你去得晚一些，你常躺的地方，就会被另一个讨吃占了。凉州人总是将乞丐称为讨吃。呵呵，在许多人眼中，我也是讨吃呢。后来，跟大嘴哥闹别扭时，他也会"讨吃讨吃"地骂我。只是，听到那骂，我总是想笑。

那夜，我们一直忙到了子夜三更。三星都偏西了，我们才发完了自己该发的那些人家。除了狗，我们没遇到什么人。这儿的百姓是日出而作日落而息的，一入夜，整个村子就差不多死了。

关于这事，凉州贤孝《鞭杆记》里也讲过。索性，我给你唱一段吧——

> 鸡毛传单忙写上，发起了鸡毛传单四乡六区里传。
> 金区里送到大区里，大区里送到杂区里，
> 杂区里送到黄区里，黄区里送到槐区里，
> 槐区里送到永区里。传来传去挨着儿传，
> 传到了青嘴喇嘛湾，传到了远处的张义堡山。
> 四乡六区的百姓们，挨家挨户地传了个全。
> 百姓们到了多少先不算，光头目人就有七千八百九十三。
> 这些人传到了关爷庙，关爷庙里登名造册就商量了个好。
> 陆富基、齐飞卿、杨成绪，他们就是领头的人。
> 叫了声众百姓要听清，今日个我们可要围衙门。
> 还要抓那个王之清、李特生，两个狗日的大坏瓜。

今天来的都是头目人，你们的户儿你们千万要记清，
到时候娃娃老汉好好叫他们家里蹲。
把那个有些血气的、有些力气的冒失鬼小伙子传上行。
传起来先围住李特生，后抓王之清，
再打巡警楼子围衙门。这一回我们要豁上命来干，
干得好了是大家的好，干得瞎了我一人担。

头目人听罢了这些话，抬起头来睁眼看：
黑胡子，胖胖子，长的是魁伟汉汉子。
果然就是陆富基，一句话说得人心里热腾腾儿的。
再一瞧这一个齐飞卿，长着个赤红模样子，
汉子高大人英勇，顶天立地了不成。
这些个百姓一声喊：
"齐大哥、陆大哥，只要你们干，我们就跟上闯。
你们不怕死，我们就豁上命来干。"
"众百姓，你们听，你们现在快回村，
快去准备要起身，八月十三日围住李特生，
捉拿王之清，十四日要围凉州城。"
钢板上钉钉子干脆得很，给这些头目人下了个令。
再说这头目人回了村，百姓们多了傢就真能行。
起事的命令传得紧，挨家挨户就传了个遍。
百姓们那时节实在也活不成，单等着提上脑袋大闹凉州城。

2

我接着往下讲吧。

呵呵，我只能讲个印象。你要知道，过去这么多年了，记忆毕竟只是记忆。

那贤孝唱得好，说是："凉州人生来胆子大，说话离不了日妈妈。"真是的。约定的那天早晨，成山成海的人，都汇集到一处了。那时节，跟现在的阵势很相似，人心里早就堆满炸药了，只要稍有个火星雷管儿，就会爆炸的。

我发现，不容易起群的凉州人其实也爱起群——凉州人管抱成团叫起群。为什么？不容易起群的原因是没个起头的。大家管起头人叫高个子。只要有个起头的高个

子，大家倒愿意把心中的激愤什么的，宣泄一气呢。怕什么？天塌下来有高个子顶呢。就是说，要是出了什么大事，由那领头的担呢，自家是没事的。于是，那天早晨，我看到了很多涨红的面孔。那些以前满是菜色的脸上，多了由激愤引起的红光。一个个怕事的百姓，都成红脸汉子了。

那些红脸汉子首先扑向的，是王之清家。王之清在永昌府，永昌府在凉州城北。王之清很胖，凉州人就给他起了个外号叫"胀烂棺材"。

其实，我最想烧的，是驴二爷家，但飞卿不让。我不知道他为什么不让。好些哥老会成员也不想烧，或多或少，他们都得过马家的好处。那时节，我总是认为马家假仁假义。我气呼呼地问，为什么你们看不清马家的嘴脸呢？他们说马家家大业大，难免出现个把坏人，但马家好人总是多。

那"胀烂棺材"的外号很有意思，代表了一种凉州独有的智慧。关于王胖子的身份，说法不一，一说是乡绅，一说是巡警头子，总之，是有身份的人。其实有没有身份，不要紧。只要你胖，本身就是大罪了。在凉州人眼中，为富不仁，为仁不富，在那么多瘦若支床鸡骨的凉州人群中，出现了一个能胀烂棺材的胖子，这是多么叫人不可饶恕的事。至今，我还没有发现关于王胖子如何为富不仁的证据，都说他为富不仁，但究竟如何个为富不仁，没有一个具体的例子。多年之后，等我冷静下来后，才弄明白一个道理，在凉州人的心中，他的胖，本身就是烧他房子的理由。此外，是不需要理由的。就像多年后的那场革命，你的富有，本身就是被专政的理由。

我甚至还怀疑过陆富基。他也是永昌府的富户，虽然没富到胀烂棺材的地步，但也是一头好叫驴。一般看来，两头好叫驴，是拴不到一个槽上的。作为那次鸡毛传帖的策划者之一，陆富基是不是有一点私心呢？

……呵呵，你不用强辩。我只是想想而已。没人把这种话当真的。你已经进入历史了。人一进入历史，就别在乎那怀疑，因为所有的怀疑，其实仅仅是一种习气，它进入不了历史。历史是什么，历史是胜利者写的一种属于他们的说法。真实情况怎样，并不重要，重要的是那说法。

暴怒的乡民们就那样一路烧了去，我们最初的目标，是李特生、王之清他们的房子——

> 弹起了三弦儿调好了音，这一回不说别的事情。
> 单说这一个李特生，坏的亲戚傢就多得很。
> 起事的密令虽然传得快，人家的亲戚给傢通了信。

李特生得信怒气生，骂一声陆富基、齐飞卿，
靠一些穷百姓你能做个啥事情？
他虽然生来啥事都不怕，又一想觉着事情真不妙，
带上了婆姨娃娃赶紧往外跑。
这一来就跑脱了李特生，李贼的家里就腾了个空。
再说那个王贼王之清，伊家的亲戚也给报了信，
谁知这王贼傢还硬得很。
伊家的庄墙实凶险，墙外的深沟里藏机关。
狗腿子身背快枪墙头上钻，驴卵子大的石头垒了个满当当。
再把那庄门来泥住，伊家就想着还箍人哩！

我不说李特生跑得急，也不说王之清把庄门来泥住，
话说那八月十三清早间，百姓们咕咚咕咚走得忙。
远处的，近处的，呼啦一声聚了个齐。
日影子一冒来到李特生的庄子上，李家空空荡荡啥没连天。
百姓们，怪着气，呼啦一声拥进去，
绿竹仪门靶子墙，虎张口的窗子真好看。
窟喊窟咚砸了个烂，各样家什砸成了碎点点。
找着了他的粮房子，窟喊窟杵就给他装，
可房子的粮食装了个光。
缰绳拴到柱子上，一院子的房子抖擞完。

齐飞卿，怒气生，带上百姓往外行。
一时间来到王之清的门。
王之清的庄门傢可就泥了个紧，狗腿子在墙头上还守了个硬。
驴卵子大的石头咕咚咚咚往下扔，土枪土炮噼里啪啦打得紧。
百姓们就叫伊家挡了阵，一时间攻不进王之清的门。
凉州人自古胆子大，开口离不了日妈妈。
王之清，龟疙瘩，我日死你的贼妈妈，我操死你的贼先人。
今个攻不进你的门，老子就实实不为人。
有些个小伙子计谋巧，抬了一副大车车排垫得高。

车排上堆的是麦草，松木橼子绑了个牢。

小伙子们"呼"的一声往上举，就把他们的头遮住。

还有的把胡麻荄子来抱上，大呼小叫往前闯。

石头打到车排上，碰上麦草软囊囊，

一阵子扑到庄门前，陆富基大喊一声用火攻，

百姓们，胡麻荄子摞成大垛烧庄门。

"哧"的一声火着了，呼地又来了一股子风。

胡麻荄子呼呼呼呼着得凶，庄门楼子噼里啪啦入云中。

火一起，众人们，喝了个杀声往里攻。

王之清在里夯实慌了神，这些个百姓还箍不成。

赶紧把婆姨娃娃吊上去，快快各走各的路。

拴了条绳子吊下来，姑娘、媳妇、姨太太。

那时节的小伙们胆子也大，见了她们也要骚情一下。

摸手的，提脚的，抓了辫子晃荡的。

她们吓得一声也不敢言传喀，出一声就叫她试一下。

陆富基一看生了气，年轻人真不是好东西。

我们今天来是为的啥，谁叫你们欺负傢的女娃娃。

厚脸无耻你们像个啥，快些放开叫傢走路吧。

喊了一声我们也快回吧，回去了大家准备下，

准备好今夜里围城吧。

众百姓"哗啦"一声回家去，回到家里去准备。

烙锅盔，办口粮，明天的晌午饭得拿上。

有的把烧山芋来烧上，这一些口粮都办上。

吃罢了黑饭就起身，遮天隐日的百姓们，

哇啦啦蹦着蹿着来围城。

前往凉州城的时候，还发生了一些事情。那些激动的百姓，一见到好些的房子，就烧。他们甚至不问那房子的主人姓甚名谁，只要是好房子，总是扎眼。扎眼的就该烧。望着那腾起的黑烟，许多人在欢呼。欢呼声很大，淹没了房主人的哭声。那哭声，至今还在我心头响着，它冲淡了前一夜鸡毛传帖带来的那种崇高感。我虽然经

195

历了一路的风霜，心硬了很多，但我总是一个有情众生。我马上想到了发生在我家的那场大火。我一下子泪流满面。我扑上去，阻止那一个个举着火把的汉子。汉子们吼着，叫："滚开！你这讨吃！你再阻挡，连你也烧！"大嘴哥拉过了我。因为有个房主人想阻挡，真的叫人浇了火油，点着了。那个火团边惨叫，边疯狂地跳着舞，最后成了一个焦棍。

真想不到，一向怕事的凉州人，只要有人点着了他们，竟也像他们说的，得势猫儿欢似虎呢。

3

> 黑夜晚人马来到城门根，城墙的一转儿围了个定。
> 静悄悄儿的乱岗里藏了身，单等天明就进城，
> 遥直儿等到寅时了，赶到日出卯时了。
> 远处的，近处的，远远近近的都来了。
> 四乡的，六区的，四乡六区的都到了。
> 这一个时间就到了，城门咕咚地就开了。
> 喊了个杀声，遮天隐日的百姓们，
> 呼隆隆隆地进了城。

一路火光，一路哭声。这凉州志书上有名的暴动大军终于进了城。这小城的富足，在历史上是有名的。人说："拉不完的甘州，填不满的凉州。"就是说，甘州出产丰富，凉州则有着很强的消费能力。那儿到处是货物，到处是叫乡民们眼红的物件。

按最早的安排，暴动对准的，首先是县衙。人们先是一窝蜂扑向县衙，但没有找到县官梅浆子，听说他早就逃走了。人们就开始砸县衙里的物件，那是真砸。我发现，那些乡民们对好东西有种天然的仇恨。我想，你们为什么不带回去自用呢？后来才发现，没人敢带。谁带了那好东西，人们就会砸了谁。那就只好砸了吧。砸了好，谁也不敢放一个响屁。敢怒不敢言多年了，有了这样一个宣泄的机会，大家都尽兴地享受呢。

在混乱中，我找到了一根拐棍。也许，那是大红酸枝的，手感很好。我估计那是县太爷的。我马上拧下那抓手，扔了。这样，人们就看不出那是什么了。我将那红棍沿领口插进后腰里。嘻嘻，我后来那个名扬江湖的讨吃棍就是这样来的。后来，它成了我的鞭杆，使起来最为称手。它成了那个事件中，最值得让我追忆的收获。

梅浆子的逃跑，越加激活了百姓的怒。县衙不大，禁不了多少砸。乡民们又扑向街上。

他们就开始砸那些巡警楼子。他们总得有个砸的，他们有气。一有气，就想砸东西。要是那些巡警不阻挡，我们不一定要打他们。他们也是受苦人。但他们一阻挡，就有人喊，打，打这些驴日的！于是，几千人一窝蜂上去，把那些巡警楼子也砸成废墟了。

说到这里，我有些信你的话了。你老说多大的事，也仅仅是个记忆，真是的。记得那场面，真的很大，若按规模看，不弱于我经过的那次土客仇杀，但此刻记得的，也只有几个场面了。除了打巡警，就是烧房子，再就是砸县衙，此外，也没多少记忆了。听说，那县爷梅浆子逃跑了。为什么叫浆子，因为他是糊涂官，凉州人就叫他梅浆子。

瞧，那志书上记载的大事，其实就这么简单。

听说，那是凉州千年来发生的最大的一件事了。凉州人总是怕事的，但这一次，兔子逼急了，也开始咬人了。

4

接下来的事，让我难受了许久。

砸完巡警楼之后，那些乡民们饿了。开始，他们买那些街头的小吃，像凉面、油糕等。只是，那时节，有闲钱的农民不多，有钱的买，无钱的只好咽唾沫。不知是谁说了一句："老子们为你们造反，吃点东西，还用花钱吗？"这一说，提醒了那些饥肠辘辘的乡民们。他们嚷道：干就干就，老子们命都敢泼，吃个嘴，还用掏钱吗？"干就"是凉州话中"就是"的意思。于是，在一片废墟的街头，充满了一堆"干就"声。

此后的劫掠，就在"干就"声中发生了。

大伙儿先是扑向小吃摊，然后扑向店铺。一切可以入口的东西，都成了劫掠的对象。许多人狂呼着，大叫着，那份痛快，只有攻下祝家庄的梁山好汉才可以比拟呢。

开始，被劫掠最厉害的，是回民。那时，回民和汉人老有纠纷。于是，乡民们首先扑向戴白帽的人。那时的凉州街头，经商的，多是戴白帽的。一般凉州人眼中，务农是正业，经商是不务正业。汉人一向看不起那些经商的回民。加上回汉仇杀记忆犹新，所以，进了凉州城不久，大伙儿便忘了他们鸡毛传帖的最早动机，将仇恨的目光对准了凉州街头经商的回民。

他们当然遇到了抵抗。

那抵抗虽然很微弱，但足以激起更大的愤怒。于是，一个个回民的店铺跟巡警楼子一样，成了废墟。街头，四处是打斗。店主人和暴怒的乡民开始了混战，棒棍相击声四起，惨叫声、吼叫声、破碎声、哭叫声，填满了那时的凉州大街。

那一刻，我忽然想到了土客仇杀。我泪如泉涌，我扑向一群群斗殴的人群，我想阻挡他们，但我一次次被暴怒的乡民扔出人群。幸好，我那讨吃的外相，很是扎眼，才没被乡民们当成回民打死。

我一次次被掼得头晕眼花，眼冒金星。大嘴哥一把捞过了我。他说，你想找死不是？他显然也被那失控的场面吓坏了。他一边跺脚，一边念叨："咋能这样呢？咋能这样呢？"

我知道自己这杯水，是浇不熄这场扑天的大火了。

我也知道，那抢人的、打人的、杀人的，只是乡民中的少数人，他们可能是混混、二流子或是穷恶霸，他们的人数虽然不多，但他们是火种，他们一动手，其他人本有的那种恶就被点燃了。虽然人类个体不一定都有破坏欲，但人类群体肯定有一种破坏欲，它非常像雪崩，只要一过警戒线，只要有人点了导火索和雷管，就定然会产生惊天动地的爆炸。我发现，平时那些非常善良的人，那些非常老实的人，那些非常安分的人，都渐渐赤红了脸，像发情的公牛那样开始喘粗气，他们扑向了那些弱小的回民。他们定然想到以前死在回汉仇杀中的祖宗，他们将所有的回民都当成了敌人。他们想复仇。他们从最初的一般性抢劫变成仇杀。在集体的暴力磁场中，不爱杀生的凉州人，也变成了嗜杀的屠夫。

凉州街头出现了一些死尸。他们大多是回民，也有被对方杀死的汉人。血腥出现了。这血腥，煽起了更多的血腥。

街上出现了乱扔的人头。杀呀！杀呀！有人在吼。杀了那些鞑子，坐汉人的天下！

可是，没有人问：那些回民，是鞑子吗？

许多时候，人是需要口号的，但这口号，有时跟行为是相悖的。

后来，我才知道，回民跟清家是有血仇的。但在那次暴动中，受损失最多的，是回民。

许多店铺起火了，浓烟罩住了凉州街头。血腥气跟浓烟混合到一起，还夹着人肉的焦臭味。

我不由得流泪了。我想，人怎么会这样呢？

那些暴动的乡民手中，抱着许多抢来的东西，有吃食，有布匹，还有茶叶等物品。

我听到飞卿气急败坏的骂声。他骑了那匹有名的乌云盖雪，扑了过来，他抡圆了鞭子，打那些抢人、打人的人。

依稀的混乱中，我听到，有几个大汉，正在远处齐齐吼唱。也许，我听到的，是几十年后的那个《鞭杆记》：

> 齐大哥，齐大哥，只要你领着干，
> 我们就跟上了闯。
> 只要你不怕死，我们就豁上命干。

飞卿气黑了脸，他手中的鞭声实腾腾的，都打在了人身上。挨了鞭子的人在惨叫，没挨鞭子的，仍在疯狂地抢东西。

有个挨鞭的人开始骂了：呔，猛子，老子给你卖命，你咋这样待我？

他在说飞卿，那猛子，是飞卿的小名。

飞卿吼道：有本事，你去杀刘胡子呀，欺负穷汉，算啥本事？

啥穷汉？人家富得流油呢。那人显得很委屈。

人家富，那是人家爬冰卧雪苦下的，又不是贪下的。

飞卿边驱马，边鞭打。

他到的地方，人们都静了，不敢再动手。

我接着往下讲吗？

好的。我接着讲。

第十三会

纷乱的鞭杆

> 百姓们，进了城，四街里的松木杆子捞了一个净。
> 百姓们，凶得很，腰里勒的是老草绳，
> 怀里的石头满当当。
> 打打打，战战战，乒儿乓儿一阵子响。
> 四大街，八大巷，巡警楼子砸了个烂。
> 砸烂了巡警楼子算完账，回过头又来到衙门前。
> 县衙门，早关上，衙役兵丁墙头上站。
>
> ——《鞭杆记》

1

在《鞭杆记》中，有一场类似于辩论的内容。要是没有它，那个历史上的著名暴动就会缺了很多东西。

凉州人对那一场在县署的辩理有着自己的表述：

> 凉州人，胆子大，开口离不了日妈妈。
> 梅县长，龟孙子，我日你的贼妈妈，
> 我操你的贼先人，今天你给我们滚出来。
> 把那麸斗草料、红白月捐，一桩一桩给我们交代清。
> 百姓们眼看要进衙门了，狗腿子吓得没有主意了。
> 赶紧跑到后堂里，颤儿抖索地去报道：
> "大老爷，不好了，凉州的百姓造反了，
> 今个就进衙门了。"

梅县长一听吓坏了，三魂七魄给吓掉了。
早知道凉州的地皮儿硬，悔不该到凉州来上任。
到如今叫天天不应，呼地地不灵。
恨了声瞎狗王之清，骂了声狗日的李特生。
你们两个早知情，为何就不给我通个信？
昨日个半夜里报了个信，说的是百姓们要闹事情。
没说是要闹的啥事情，没说闹事在啥时辰。
今个早上的清早晨，百姓们就围了县衙门，
事到如今就不成了。唉！叫师爷，过来喀，
你去给百姓们说和喀，我就给他避掉吧，
梅浆子，滑溜精，脱身之计交代清。
打发了个师爷不相干的人，来到门前哄百姓。
梅县长溜溜地上了房顶上，隔墙溜到茅屎坑。
茅屎坑里蹲着一条大黄狗，这一条恶狗厉害得很。
"呼"的一声往上蹿，把梅县长给了个冷不防，
懒巴筋一口叫狗扯烂，黑血糊糊实可怜。

我不说黄狗扯下了梅县长，再说那师爷来了衙门前。
颤儿抖索地难言传，脸皮儿比表纸还要黄。
"爷爷们，爸爸们，你们不了嚷，不了争，
大天白日日头红，围着衙门啥事情？
谁是你们的头目人，快些出来说分明。"
齐飞卿，胆子大，陆富基，天不怕，
胸坎子一拍啪啪啪：
"我敢日你们的贼妈妈，你问着头目人能干啥？
我们两个就是头目人，你说我们围着衙门啥事情？
红月捐，白月捐，一年四季的苛捐杂税拿不完。
麸斗草料年年涨，不信了我们比着看。
想当年上着多少粮？这时节上着多少粮？
你们还有个分寸没分寸？你们还有个规程没规程？

你说我们围着衙门为何情，就为的这些个事情。

今日个我们砸了巡警围衙门，要叫那梅贼出来给我们交代清。"

师爷一听奸计生：

"叫一声众百姓你们听，梅县长今日不在衙门中，

请诸位息怒转回程。有啥子由我来担承，

不过三天给你们个好回信。"

凉州的百姓胆子大，更有些冒失小伙子啥事都不怕。

"叫老贼，算了吧，我敢日你的贼妈妈，

站着屙屎你腰不痛的话。

你们一年四季里吃的啥、住的啥？穿的啥、戴的啥？

阴凉房儿你们住着哩，嘴里的油糊糊淌着哩。

绫罗绸缎你们穿着哩，毡毛被窝你们盖着哩。

可怜了我们受苦的人，吃着些山芋米拌汤，

住的是土坯破草房。铺的地，盖的天，一辈子冤冤又枉枉。

说什么叫我们等三天，今日里想错一时儿难上难。"

师爷听罢心发慌，又害怕小伙子们的嘴巴扇，

赶紧把口劲儿丢了个软：

"爷爷们、爸爸们，我也是一个跑腿的人。

请你们不要着气等一等，这会子我就去要回信。"

说着说着跑了个快，师爷老贼他日了个怪。

找到了梅贼他们又捂耳朵，定了个毒计要把凉州人害。

以上的内容，是不是当时的真实场面？不好说。但它是应该发生的，也是可能发生的。无论真相如何，有了这一辩理，那次著名的暴动，就多了一份理性的色彩。

你们说，是不是？

2

就在飞卿带了人去县署时，留在街头的乡民又开始了抢劫。没办法，看到这一幕时，我确实有些绝望了。

忽听一人大叫，不好了，刘胡子的马队来了！

这一吼，人们才停止了抢劫，开始慌乱地张望。

果然，从城门那里，传来了密集的马蹄声。我跳上一个旗杆墩子，就看到了那举了马刀正凶猛扑来的军警。

逃呀！逃呀！刘胡子的马队来了。有人趁乱大叫。

他这一吼叫，乡民们哄然四散。

记得，那一次的暴动，双方并没有真正交手，前面，是放火，中间是抢劫，后面是逃跑。

真成你说的那样了，"一哄而起，又一哄而散"。

抓住齐飞卿！一个大胡子吼。

刘胡子的骑警们举了马刀，一下下砍向那些逃跑的乡民。许多人捂了伤口惨叫，抢来的东西散了一地，一些回民想去捡回，也被骑警砍翻在地。

我知道，这时候逃不得，就索性坐在墙脚下。那时的凉州街头，有许多叫花子，多我一人，也不扎眼。我听到了满街满巷的惨叫声。有人边哎哟边骂："日他猛子的妈，这可害死老子了。"显然，他在骂飞卿。

其实，我算了算，那刘胡子的马队，不过百十人，乡民却有几千人，要是组织好，大家都举了棍棒狠斗，定然是不会落败的。再说，哥老会里还有许多拳棒手，常常使枪抡棒地习武，一人对付一个骑警，也不成问题。但那一乱一逃，就等于放下了武器。真是兵败如山倒呀。那阵势，也像雪崩，一有个响动，就山崩地裂了。

许多乡民惊慌失措，初时怔在当地，后来见跑的人越来越多，也心慌意乱，炸蜂般四散而去。紧接着，惨号声、惊叫声、狂笑声响成一片。

惨叫之声此起彼伏，昏暗的秋日映衬着一幅幅画面：飞溅的鲜血，纷飞的马刀，血泊中惨叫的乡民……

巡警们也随李特生杀了来，他们的人性完全被杀气取代，变成了一群地道的野兽。黑色的警棍早就变成了红色。每一次疯狂的落下，都会伴着鲜血和惨叫。

就这样，那个凉州历史上有名的暴动，就一哄而起，又一哄而散了。

梅浆子趁乱外逃。

陆富基、齐飞卿也只能趁乱外逃。

听说，为这次暴动，飞卿们耗费了几年时间，可是，却成了一场笑话。

在《鞭杆记》里，对这次暴动，有如下的描述：

> 梅县爷定了个毒计往前排，报给了府台和道台，

传到了协台的这搭儿，协台听罢说了话：
"既然是凉州人的胆子这么大，我们就把他镇压喀。
他们的眼里没国法，我要看一下他们的胆子有多大。"
派出了百十个队伍真个凶，喊了个杀声往前行。
指挥的官长发了话，把这些凉州鬼们快往死里打。
一阵子排枪放了个凶，街上的尘灰咕咚咚往上涌。
打死的躺到街上血淋淋，打伤的喊爹哭娘放悲声。
才给把百姓们的魂吓尽。百姓们哗哗啦啦跑开了，
齐飞卿、陆富基喊哩喊哩也就顾不住了。

俗话说兵败如山倒，百姓们一跑哩就给跑了。
有的把胳膊踏折了，有的把脑袋给踏烂了。
有的叫众人给踏死了，有的就跑着回去了。
还有一些子百姓们，就叫伊家给圈住了。
这些个兵丁人势重，带兵的是满城里的一都统。
骑的马，背的枪，抡的大刀往前赶，
圈住的这些百姓们，全部是些年轻人。
枪声一响就酸了心，他们就反悔着说不成。
早知道造反要打死人，还不如我在家里蹲。
今天叫傢抓住我们实实冤枉得很。
这时节，只听得都统喊一声：
"进满城，进满城，你们快给我进满城！"
呼啦啦叫伊家圈到了满城里，四城门关了个不通风。

再说这些个百姓们，又是渴，又是饿，又是害怕再招祸。
一个个正把泪来抹，都统大人的计谋傢还就是高，
熬了些糊糊子甜米汤，叫这些百姓们快去喝上点。
百姓们这时候一想哩，抓着我们来做啥哩，
人家还给些吃喝哩。给了我们就吃上些吧，
做啥了就叫他做一个啥。你舀上些喝，我舀上些喝，
这里的众人们在吃着哩，都统大人出来训开了话：

"你们这些个百姓们，我看你们都才活人。
今日里请你们到满城，我有几句话哩要对你们明。
当百姓你们不把百姓好好当，跟上人造的什么反？
砸着巡警楼子干什么？围着县衙门为哪桩？
你们的那两个头目人，就是那陆富基和齐飞卿。
那是武威的两个大坏，他们的妖言你们万万不可听。
谁叫你们跟上他们打巡警？谁叫你们跟上他们围衙门？
捐税银子本是皇家定，麸斗草料也不能少一斤。
老百姓就要安分守己当顺民，谁叫你们听信妖言反朝廷？
要不是今天我把你们圈进满城说公平，
这时节早叫伊家把你们一个一个送了命。
丢下你们的婆姨娃娃、老子，孤儿寡妇老父老母谁心疼？"

都统老贼奸得很，软一下，硬一下，也不知说了多少话。
说得那年轻人的眼泪唰啦啦，唰啦啦就往胸膛上挂。
老贼一看哩心喜欢，说话的口风儿又转三转：
"依我的心里给你们喧，你们赶紧安安生生回家转。
你们务农的就务农去，耕种的就耕种去，
老老实实做个庄稼汉，你们再要是不安闲，
老爷的枪子儿也可不长眼。
把你们个草肚子老百姓，能干个什么大事情！"
说话间打开了四城门。

唉！众百姓，快逃命，快逃命，快些子逃命回家中。
一个还比一个窜得快，一个转眼逃了个无踪影。
唉！这就是那些个做官的人，撬板子撬得好，
诡计又是个高，老百姓都叫他哄信了。
哎！也就是这些个凉州人，胆子大了大得很，
胆子小了又小得很，尻滴溜地把魂吓净。

齐飞卿、陆富基，这时节生了一肚子的气。

原想我们的凉州人，骨头硬，分量重，

今天看来是闲事情，枪炮一响哩魂吓净，

叫人家吓得溜了个净。

他们一看事情不好了，撒脚儿赶紧往城外头跑。

一溜烟跑到了自己的家门中，把今天的事情来议论：

"今天的事情闹得好，巡警楼子给他砸成猪食槽。

今天的事情好是好，我看是枉费心机了。

第一是李特生没抓到，第二是王之清也给逃掉了。

第三是梅县长没伤一根毛，我们是打虎不成反叫虎来咬。

今后的日子还长着哩，我们也还要防着哩！"

"你这个陆家哥哥说的啥？我们要干就不害怕。

世事反复多变化，利利害害要倒荏。

干着好了好处由大家，干出害神了我们就担承下。"

3

后来，我才知道，这样的笑话，还在别处发生着。那时节，到处都有这样的暴动，他们面对强大的清家时，像小孩子面对一个壮汉。虽然壮汉只一拳就能击倒小孩子，但小孩子一次次爬起，一次次缠斗，扔鼻涕，啐唾沫，用各种方式攻击那壮汉，死了一个，又扑上无数个。开始，那壮汉浑不在意，但渐渐地，他开始疲惫了，渐渐像堕入了梦魇，他的步履开始蹒跚，终于在一次叫武昌起义的行动中被击中，倒地了。

飞卿发起的暴动，是无数次看似笑话的暴动中的一次。这是凉州历史上很有名的事件。此前的凉州，从来没出过这号事。

没人告诉我，那次暴动究竟死了多少人，没人统计。多年之后，听一个老汉说，一天，他从一个山洞里到后山，忽然听到马蹄声。他不敢出来，藏了许久，待那马蹄声远了，他才出来，发现山洼里死了很多人。很多狼正慢慢围了来。一夜过去，就没人知道那白骨的事了。

那时的凉州大山里，埋着许多这样的白骨。后来的凉州大地上，也埋了无数这样的白骨。

我跟大嘴哥逃到沙漠里。我们没其他地方可去。那些被打散的哥老会兄弟也逃进沙漠了。就在那个叫邓马营的所在，我们顽强地活着。那时节的邓马营还有水，还有草，不像现在，只剩下干湖滩了。那儿水草丰美，那儿天大地大，那儿有无数能藏身的地方，那儿容易养人。不过，我说的容易，是相对于死去的那些弟兄而言，其实即使现在想来，那段日子，也是很艰难的。

我不知道死去了多少人，但活着逃出来的，不过百十人。无论人们说我们如何英雄，其实，我们并没多大的实力。你可以想象，跟政府作对，哪怕有千万号兄弟，仍是鸡蛋碰石头。那时也一样。百足之虫，死而不僵。后来，人们谈到曾文正公时，说他在灭了太平天国后，只要反上北京，就可能打下天下。我看未必。你们并不了解，许多时候，一种合法的身份是有号召力的。大清给他的，便是这个。要是没有那合法身份，成了反贼，一切就难说了。在中国，常常是树倒猢狲散。起群时，谁都可能在那种广场效应下一哄而起，但一遇大事，特别是发现可能会丧命时，就一哄而散了。不了解这一点，就不了解凉州。

我甚至想，那逃出来的百十个弟兄，多是怕清家秋后算账才跟来了。我不知道，那里面，究竟有多少真正想革命的死党。

在凉州的传说中，飞卿逃到了蒙古。关于他的出逃，有许多传说。一种传说是，他打马逃出凉州城时，刘胡子的马队一直在追他。后来，一直追到了三岔羊庙。羊庙是什么？羊庙是供羊神的。那时的牧羊人都供羊神。当然，你也可以叫它牧神，不是有些诗人老是在写：啊，伟大的牧神啊。对了，就是它。我们叫羊神。传说中，飞卿到羊神庙时，就人困马乏了，他就向羊神许愿，希望神保佑他躲过此劫，说他一旦逃脱，定当重修庙宇，重塑金身。这是贤孝和木鱼歌中常常出现的情节。没想到，那羊神真的显灵了。待那些巡警追到羊神庙前，忽然狂风大作，黄沙卷起黄尘，庙就不见了。飞卿才躲过一劫，逃到了蒙古。

这说法，流传很广，我相信它是真的。因为，不久之后，飞卿就带了信来，叫我们在那个叫三岔的地方盖一座庙。我们就盖了。我们盖得很气派。人们并不知道，那个庙底下，我们还放了机关，里面藏了很多银子。我们派了人，告诉飞卿，要是他受困了，可以随时来取用。可惜，人算不如天算，我们有放银子的缘，飞卿却无花银子的福。十多年后的某一天，一场地震之后，庙就塌了。半个世纪之后，一个放羊娃见那废墟上有个洞，进了洞，发现竟然有许多银元宝。

是不是我的故事又臭又长了？

你们不用装出听的样子。你们想听了，就听几句。不想听了，就迷糊你们的灵魂，也可以的。

要知道，我这时的叙说，已经不在乎有几个人在听了。我的说本身，已成了我的目的。我憋许久了，差不多有百年了，我总想找个出口。可是，我找不到，没人能摸得着我的心。好不容易等来了你，就让我唠叨一阵吧，你们可以当成一个孤老婆子的可怜的唠叨。

那时节，不知不觉间，我的复仇目的已经异化了。最初，我加入哥老会，是有私心的，我一人近不了驴二爷的身。那么，墙倒众人推，有了几十、几百、几千兄弟的相帮，我就能够踏平马家。木鱼歌中有许多这样的内容，那个救了李公子的红娘子，不也是这样吗？凭她一个，能破狱吗？最初，我就是想当一个红娘子那样的人。我根本没想反清复明，也不想反什么朝廷。对清家，对朝廷，我没什么概念。我的仇人，是马家的驴二爷。当然，也可以扩散到整个马家。不是说城门失火，殃及池鱼吗？但我没想到，命运的车轮，竟然把我载到邓马营湖里，跟一群被官家追得鸡飞狗跳的汉子们混到了一起。

我们砍了许多柴棵，栽在沙中。我们挖了湖泥，墁在柴上，就勉强可以栖身了。当然，这房子很简陋，挡不了大风，但我们没想往结实里造房子，我们在附近最高的沙山上栽了一棵信树，要是那树一倒，我们就得逃。我们时刻准备着逃。我们的脑袋，都挂在腰间的驼毛系腰上，不定什么时候，它就会落地。

食物倒是不缺，我们挖了很多黄老鼠洞，洞里虽然没粮食，但那黄老鼠，就是最好的粮食，无论烧着吃，还是煮着吃，养命是没问题的。此外，还有沙米，还有黄毛柴籽，还有锁阳、肉苁蓉，都可以养命的。时不时地，我们也会摸黑去那踩好点的地方，打一点秋风。为了在黑里辨认自家人，我们都将眉毛涂白，于是时间一长，人们都叫我们沙眉虎。

呵呵，你别问我们这个沙眉虎，是不是传说中的沙眉虎。不知道。我也不知道谁是沙眉虎。我们也在找沙眉虎。我们都知道沙窝里有个沙眉虎，但我们不知道谁是沙眉虎。不过，人们认为我们是沙眉虎时，我们也不否认。

4

待得明白了哥老会的性质时，我忽然有了别的想法。胡旮旯他们是反清复明的。对此，我其实不太在意。我眼中，那清呀明呀，都是个影子，那驴二爷才是我实实在在的仇家。我昼里夜里，都在做着杀他的美梦。但后来，我的想法变了。我发现，即使我杀了他，我还是解不了心头之恨。

为什么？

因为，驴二爷老了。听说，在某天早晨，他在起床时忽然跌倒，从此就嘴歪了，半个身子也不听话了。对于一个好色的男人来说，这比死更可怕。下人们老是听驴二爷叫："叫我死吧！叫我死吧！"当我从眼线口中听到这话时，我木了半晌。我知道，这时的驴二爷是真想求死的。而这时的死，对于他来说，真的成了一种解脱。

那时，我就想，不能让他轻而易举地死去，要让他生不如死。

于是，我打听，他最心爱的是什么，他最爱什么，我就要夺走他的什么。

那眼线说，儿子呀。他最爱他的大儿子。

我说过，驴二爷有两个儿子，一个是死去的那个羊羔风小儿子，一个便是大儿子马在波。马在波小时候，驴二爷含着怕化，捧着怕摔，大了，也一样。虽然马在波不随他们的性子学经商，但驴二爷老说，我的娃子，随他去，老祖宗挣的钱，他这辈子花不了。他爱啥，就去做啥吧。

驴二爷唯一要求马在波的，是早点娶媳妇，给他生个孙子。而马在波最不想做的事，就是娶亲。他一直迷恋修行。说到这儿，你们明白了吧？对了，我后来的目标，便是马在波。

不过，后来我最想做的事，不是杀了马在波，而是让马在波加入哥老会，成为革命党，最后，被清家弄个满门抄斩，这世上，还有比这更好的复仇吗？那时节，我一直想做的事，就是这。

那时节，我并不知道，飞卿最想做的事，也是这。

好些人想做的事，也是这。大家的目的不一样，手段却一样。

就这样，为了一个共同的革命目标，我们走到一起来了。呵呵，我也会背这哩。

夜里的采访结束了，我回到帐篷里。我架上火，烧了一点水，泡些面吃了。还有差不多半皮囊水，有五斤多吧。虽然有些少，但因为有肉苁蓉，骆驼解决了喝水的问题，狗也开始吃苁蓉了。这样，那些水就能多用几天。美中不足的是，肉苁蓉不是很多。我只好拴了骆驼，叫它们省着些吃，不然，它们由了性子一吃，几次就吃光了。

天越加冷了，刚进沙漠时，还能露宿，现在，便是住在帐篷里，还是嫌冷。夜里，时不时就会被冻醒，要是我睡了鞑子炕——就是说将火烧热的沙子跟其他沙子搅和开来，再铺上狗皮褥子，会好一些。但我发现，每次燃起火时，那火苗总是会干扰把式们的叙述，有些幽灵甚至只是远远地观望，不敢近前。看来民间传说中的火能驱邪，确实也有道理。至少，部分鬼魂是怕火的。当然，其实是他们的分别心在作怪，是他们心中的"鬼怕火"的概念让他们产生了怕。

第十四会

好亮活的妹子

> 拉骆驼，起五更，踏步第十省。
> 风里行，雨里宿，得下了伤寒病。
> 掌柜的，反骂我，使唤不称心。
> 你看看，这就是，拉骆驼，
> 才不是个营生……
>
> ——驼户歌

早上起来后，我吃了些肉苁蓉，也给骆驼们掰了些。我不敢一次掰太多，苁蓉长在柴棵上时，它会保存水分，吃起来有甜甜的汁，要是一离开母体，它很快就干了。

肉苁蓉真是好东西，吃了能提神。骆驼吃了几次，形神就不一样了。黄驼一改过去的那种萎靡消沉，时不时地，还会直杠杠叫一声，那情形，似乎是想母驼了。

我吃了一些后，发现自己精神了很多。早五更醒来时，竟然也有了一点生理冲动。

我仔细清点了一下能找到的肉苁蓉，估算一下，大约还能支撑三四天。

早饭后，我四下里转了转，我还想看看有没有别的惊喜。在远处的一个柴棵林里，我又找到了一处有肉苁蓉的柴棵，虽然不多，但我还是很开心。

忽然，我发现，那黑狼正躺在一个很大的柴棵下，在阴阴地看着我。我大声说：你可以跟着我，但我不怕你。却又想，这一表白，正好说明了我怕它。要是我真的不怕它，其实是啥都不用说的。我想，幸好我带了狗，不然，狼也许会在夜里偷偷地扑了来，咬断我的喉咙。

黄昏时分，我就开始期待夜里的采访。

我被木鱼妹的故事吸引了，这真是一个意外的收获。

木鱼妹越来越鲜活了。因为那些骆驼客的记忆越来越清晰。在那些遥远的记忆里，木鱼妹仍很鲜活。她是个非常清秀的女子，瘦瘦的，很精干。在那时的西部，定然算得上美人了。我没有在把式的记忆中发现她的乞丐相，留在汉子们记忆深处的，一直是她的清秀形象。也许，人们的记忆有一定的选择性，都愿意留下一些美好的、也曾愉悦了自己的那部分内容。

我也从木鱼妹的记忆中看到了把式们。他们互相的记忆，构成了一座宝库，为我提供着那个时代的讯息。于是，那些汉子就在我心中鲜活了。

其实，对木鱼妹，有一些谜我一直没有解开。比如，前面讲过的她被沙匪抓走之后，经历了怎样的事，我一直没有弄清。她后来也没有讲。因为这可能会牵涉到一些隐私——比如她是否遭遇了强暴之类——我也不好当着这么多人面去揭她的疮疤。还有，她后来何时回到驼队，如何回到驼队，一直很模糊。她的回到驼队，仿佛是在马在波的某次"觉醒"后出现的。

我想，也许，她跟沙眉虎之间，会有一段曲折的故事。在某次采访中，我也这样问过她，她只是含笑不语。

那么，就让这一切，成为一个谜吧。

除了木鱼妹外，我印象最深的，是马在波。在把式们的记忆中，他一直像临风的玉树。

我最希望自己的前世，是马在波。

只是，故事越往前走，我越发现，自己可能是故事里的任何一个人。因为他们讲的故事，我听了都像是自己的经历，总能在心中激起熟悉的涟漪。这发现，让我产生了一点沮丧。

不过，虽然在把式们的叙述中，马在波有种圣者的光圈，但在故事中，他却没有表现出圣者的特异来。他也有欲望，也有爱情，也有出离心，他的出离心也跟他的爱情纠斗着。唯一能显示他与众不同的，是他的心。比如，在对木鱼妹的解读中，就有着境界的高下：在木鱼妹自己的叙述中，她是以复仇者的形象出现的；大嘴哥眼中的木鱼妹，是个可爱的女孩子，而马在波眼中，木鱼妹却成了空行母。马在波眼中的世界，总被一种圣光笼罩着。莫非，正是在这一点上，他显示出了圣心？

我希望能多采访一下他。

境随心转，待得夜幕降临后，我还没诵召请咒，马在波就来了。跟他一起来的，还有那些骆驼客。

只是，他后面讲的木鱼妹的故事，跟木鱼妹自个儿讲的，反差太大，几乎不是一个人。

我一直没有弄清哪个是真的。

一、马在波说

1

在你们被那疯驼搞得热火朝天时，我离开了驼队。

我嫌驼队太闹了，我想稍稍清净些。

出走的前几天，飞卿给了我一把枪，说叫我防个猛兽啥的。我甚至怀疑他知道我的心事。不过，也不一定。

我偷偷告诉他，要是将来有啥事，他可以去胡家磨坊。在那儿，我会留下我的讯息。

我踏上了寻觅之路。我知道，要是我公开提出离开驼队，你们是不会答应的。我只能偷偷地走了。

这一点，有点像那王重阳呢。

想当初，王重阳得到吕洞宾的修炼口诀后，很想清修，无奈家务缠身，脱身不得，他只好装成疯子，见谁咬谁，于是老婆将他关进小屋，每日派人定时送饭给他。他离世清修十二年，才成就了道业。

我当然不能装疯的。我一装疯，就越加出不去了。

我跟王重阳不一样，他是得到了口诀，我是没有得到口诀。我虽然得到了很多灌顶，也拜了师，可我并没有得到我真正需要的口诀。从懂事那天起，我就明白了我的使命，我要找到胡家磨坊，找到木鱼令。

我只能趁乱离开驼队。当然，离开驼队的另一个原因，是我感觉到了那悄然袭来的不祥。我虽不能明确地洞悉那是啥，却能清晰地感觉到那种危险。

那危险，不仅仅是你们说的那空中飞旋的磨盘或是木鱼。那确实也是危险，但不是我此时说的危险。你们说的是命运，我指的是杀气。那股杀气，时不时就袭向我，阴冷阴冷的，常常能冻醒梦中的我。

我不怕死。我怕的是，在死前，找不到我的寻觅。

我必须寻觅。等我寻到了我该寻的东西，哪怕是死了，我也心甘了。古人说："朝闻道，夕死可矣。"确实是这样。

我不能在找到我该找的之前死去。

所以，请原谅我曾给你们造成的麻烦。

下面，我讲一下我对木鱼妹最早的看法。

2

至今，那些地方史志上，也跟你们一样，弄错了。他们同样叫无明蒙蔽了双眼，在志书上，提到木鱼妹时，叫她痴女，认为她愚痴。

但我对她最早的看法却是：她是空行母。

你们当然不懂啥是空行母，你们可以理解为女神。不过，这种女神，是出世间的女神。也就是破除了执着、消除了二元对立的女神。啥是二元对立？就是好坏、善恶、成败等，它很狭隘，会对世上的心物现象打上相应的烙印。于是，人类有了分别心，有了执着，有了贪婪、仇恨、愚痴等。

那种我们叫空行母的女子，就没有这种执着，她们超越了那些标准，她们"黄金与牛粪同值"，她们"手掌与虚空无别"。她们垢净一如，无取无舍。她们行住坐卧，不离明空。她们懒得跟世人计较那些小是小非，于是，人们便叫她们痴女。世人不知道，那大智者总像愚人，那大痴者往往是智者。佛的五智中，有一智便是法界体性智，那才是真正的大痴。

那时节，我眼中的木鱼妹，便是证得了大痴之智的空行母。

那时节，老见她在街头游荡，老见她背了许多破衣破絮破玩意儿，老见她脏了脸。她的身上散发出一股刺鼻的臭味。那些闲人们一闻就逃远了。我那时的眼中，那味道是她的护法。你想，要是她清清俊俊，要是她干干净净，要是她叫你一见就想跟她亲近，她哪有时间去做自己该做的事？

你可能不知道，明朝时有个女人，叫孙不二，以其貌美，远近闻名。后来，她遇到了王重阳祖师，传她女丹功法。她想远离家乡，去千里外的洛阳苦修。她当然也可以待在家里，她的老公是马钰，本是富豪，不愁生计。女人要是闲待着，他也养得起。当然，我的意思是说，要是孙不二在家清修，也不是不行。但孙不二的成道之地，不在当地，而在远方。你想，要是她待在家中，只那应酬，便要耗费许多精力。人生苦短，三混两混，一生就空过了。

于是，孙不二想了个法子。

一天，她将油倒入锅中，烧至沸腾，闭了眼，靠近锅口，浇瓢冷水。一声爆响之后，她的美貌便随浓烟远去了。然后，她成了丑妇，一路行乞，远赴千里之外，居于破窑之中，朝观呼吸，暮守丹田。她身背诸多垃圾，脸如锅铁，周身褴褛，一副乞丐相，谁也不会来打扰她，历经一十二年，方成道业。一天，有人发现了窑中的她，以为是妖精，就在门口堆了柴草，想烧死她，点火之后，却见火中涌出一团红云，上有一美丽女仙，貌若天人，世人才明白她已修成神仙了。她道成之后，回到家中时，见她那夫君，尚被俗事所缠，不曾了道呢。后来，她说服夫君，散尽家财，立志苦修，才有了后来的马丹阳真人。

我讲这个故事，便是想告诉你们：那时节，我眼中的木鱼妹，就是孙不二这类人物。

3

我第一次见到木鱼妹时，是在镇番城里。

那时节，人们叫她木鱼婆。

那时节，木鱼婆疯疯癫癫，一身褴褛，她老是敲着木鱼，哼唱木鱼歌，但没人知道那是木鱼歌。人们总是将智者的吟唱当成疯子的呓语。

因为她老是拿个木鱼，有人就叫她"木鱼婆"。每日里，木鱼婆流浪街头，像鸡一样觅食，像猪一样歇息，起止无定。没人能听懂她的歌，也没人喜欢她的歌，无论她怎样用足了真心，发出最美的声音，也只能换来一点残羹剩饭。在一本历史籍典中，她被称为"痴女"。

那时节，我老见木鱼婆被一些凶狠的女人咒骂，我不知道她们为啥骂她。木鱼婆并不曾惹她们。木鱼婆只是唱歌，至多在唱到情浓时再跳几下舞。

那时节，我以为，木鱼婆跳的，定然是一种高深的金刚舞，它定然来自神圣的印度。

要知道，这个世界是不需要真的。古人常说，一担黄铜一担金，挑到世上试人心，黄铜卖尽金还在，世人认假不认真。是的。在假流行的时候，真总是会被那些假挤出世界。你说得对，当世界需要一个假的铜皮时，你不妨在黄金外包上一层铜皮。

某一日，木鱼婆好像突然患了重病，倒在街上的雪中嗷嗷直叫。一群群人围了上来，一群群人又掩鼻而散。没人在乎一个雪中快要冻死的讨吃的惨叫。

这时，我的叔父马四爷出现了。

马四爷将号叫的木鱼婆带回家。他发现，木鱼婆褴褛的衣襟下，是个圆鼓鼓的肚子。这时，他才知道，木鱼婆怀了娃儿。

在当时的镇番城里，这无疑是个天大的新闻。没人知道谁让木鱼婆怀了孕。只有我隐隐觉出了一点怪异。某天夜里，我发现土地庙里闪出无尽的光明。那天，我正在经行。其实，那时，我还不知道修行的真正含义。

于是，我走向土地庙。我看到，那光明，是从木鱼婆身上发出来的。只是，我看到的木鱼婆，跟平时我看到的不一样。那天，我才发现，木鱼婆很年轻，很俊美。那无上的光明，正从木鱼婆身上一晕晕荡出。后来我才知道，那时的木鱼婆，正在默诵木鱼歌。

我觉得好奇，将这事告诉奶奶。奶奶却笑道，是尻子没盖严，做了个梦吧。

马四爷请来了城里最好的医生。一检查，也大叫一声，说，嘿，这傻女子，竟有了娃儿。他又说，是谁，这么恶心，竟弄个疯女人。我很想说，其实，你们不知道，她是个俊女子。人们总是被她脸上有意弄出的污垢挡住了视线。

那娃儿，就是这样出生的。

次日早上，待得天光刚刚染白东方时，一声婴儿的号哭传遍了院落。据说，她生下的是个肉蛋。但其实，只是那胞衣包了那娃儿。接生婆有经验，手一撕，牛奶般的白色液体就流了出来。我虽然没有亲眼见到，但奶奶后来告诉我，真是牛奶般的液体，不是污血。

后来，胡旮晃说那是佛国的甘露，说是只要饮下一口，便可以增加一百年的寿命，不过，全叫接生婆倒进了村外的污沟，最终流进了一个叫潴野泽的所在。几十年后，那泽里，就有了许多长寿龟。它们老而不死，要不是后来人们宰杀了它们的话，据说它们会寿同日月呢。

我虽然随喜这传说，但我知道，这世上，是不会有永恒的。便真是寿同日月，也会"天长地久有尽时"。果然，不久之后，潴野泽也没水了，那佛国的甘露，也滋润不了人类的贪心。

谁也想不到，那木鱼婆，竟然生下了一个非常福态的女婴。相命的说，那娃儿真是福态，天庭方阔，两耳垂肩，一身富泰。据说，那模样，有种观世音菩萨的神韵。

……丫头，你别得意。我只是重述那时人们的说法。其实，我看来，你倒真是平常，平常眼睛平常身，还有一颗平常心。当然，正是这颗平常心，才让你成了后来的你。

当然，有时候，我也只能看皮皮儿，看不了瓤瓤儿。我根本不知道，有时候，长着菩萨面孔的，也可能有颗杀手的心。

215

后来，我老见木鱼婆带着女儿在街头玩，像母猪带着猪崽一样。她泥里滚着，风里吹着，雨里淋着，日里晒着。老见妈唱木鱼歌，女儿聆耳。再后来，女儿也会哼唱了。

不过，虽然女儿一天天长大着，那木鱼婆却仍显得有些痴。当然，那所谓的痴，也许是无分别心。是不是，雪漠兄?

但在世人眼中，木鱼婆仍是个痴女，老有人来逗她，或是抱了女儿作势欲抢，或是偷偷藏了。木鱼婆也似浑然不觉，仿佛一切事都不曾发生。她老是傻傻地唱那木鱼歌，好像自家那女儿，跟猪生的一样。只有在她乳房膨胀、奶水汩汩地外流时，她仿佛才会想到女儿。但有时，人们也会将小狗小猪之类，抱给木鱼婆，她也会当成自家女儿进行喂养。但后来，有了一种传说，说那些被木鱼婆喂过的猪狗，都远离了恶趣。世上有许多传说，就是这样来的。

就这样，那女儿渐渐大了。她虽然也像木鱼婆那样脸上有污垢，但眼见是个美人坯子。

后来的事发生得很突然。一天，小城里著名的盐商由于没有子女，打起了歪主意。待得木鱼婆某次在土地庙熟睡时，他们将一个枕头塞进她的怀中，换走了她的女儿。后来，木鱼婆也浑然不觉，抱了那枕头，东游西逛，继续唱木鱼歌。

再一天，河西大旅社的老板想高价从盐商那儿买那娃儿，据说出价极高。这一日，双方正在屋里交涉，忽听屋外院里，有人狂呼。天地仿佛大动，房屋像在暴风雨中，有种梁折屋摧的迹象。盐商出去一看，见木鱼婆抱了院中木柱，正拳打脚踢呢。见到盐商，木鱼婆抡起脑袋，猛砸木柱，嘭嘭之声，如同雷鸣。盐商怕弄出人命，招来大祸，急忙将孩子抱给木鱼婆。木鱼婆得到孩子，不喜反哭，泪如雨倾。

虽然此前木鱼婆撞的是木柱，但不知何时，盐商的脸却肿了，或青或红，肿胀如南瓜，像是快要胀裂了。

这便是流传于凉州的另一个关于木鱼婆的传说。

没人知道，这个木鱼婆是不是那个木鱼妹。

正如没人知道，那志书中的马在波跟我，是不是同一个人。

你们也别问我，我也不知道。我知道，每个人的心中，都有他自己的马在波。所以，你们别问木鱼婆故事的真假，听就是了。

4

我之所以跟你们进入野狐岭，也源于一个传说。那传说，流传于凉州，千年了，说是只要进了野狐岭，就能进入一个神秘秘境。那秘境的钥匙，就在胡家磨坊里，人们叫它木鱼令。

你别看我跟你们一样，行走在那次旅途中，但你要知道，我一直在寻找。

我是在寻找中长大的。寻找是我的宿命，也是我活着的理由。

那些天，我每天都出去寻找。我一直在找胡家磨坊。以前我以为，它定然坐落在胡杨林里，但后来我发现，那胡杨林，并不是我找的胡家磨坊。

按我自己的意愿，我是想闭关的。我要闭到那真正的胡家磨坊出现之后。按老祖宗的说法，只有行者的业障完全消失之后，木鱼令才会出现。

所以，我一直在寻找，也一直在消除业障。别问我的寻找发生在现实中，还是发生在梦幻中。在我的眼中，它们是一样的。你只要明白，我是在寻找，就够了。

在我的生命中，一切都是梦幻，只有这寻找是真实的。是的。我在寻找胡家磨坊，也在寻找木鱼令。

在我的生命中，她既像是个女子，又像是一首歌，更像是秘境或秘符。

所以，一进野狐岭，我便开始了寻觅。在你们眼中，野狐岭很荒凉。在我眼中，它却是一个丰富多彩的世界。当然，你也可以说我看到了一个秘境。当然，你可以叫暗物质，或是负宇宙。名相是啥，并不重要。重要的，是我跟那个世界的关系。

因心中涌动着激情，我没有觉得累。一路行去，见一河湾，里面有许多树，但树叶干枯了，枝丫东扭西扭的，刺出许多沧桑来。那传说中的胡家磨坊，就在那儿。那是几间孤零零的房子，据说是用胡杨木做的，榫卯相套，就成了一个整体。只是，在无月的深夜里，那磨坊里即使无人，也会听到转磨的声音，驼户们一提它，就会色变，一般的把式，是不敢来的。

我倒是不怕鬼。我眼中，鬼也是母亲。每夜，我都招来万千鬼魂，观想着宰杀了自己，来供养他们呢。

进了磨坊，我放下了自己的东西。我带了吃食和水。我发现，这磨坊使用的，是畜力。因为，磨盘上还有套绳，是骆驼拉磨用的。那绳，是用驼毛拧的。千万根驼毛拧成了绳，拽上去，很是结实。

我先是清心洁虑，我在祈请。我祈请所有的空行护法。

不过，一直到第三天夜里，我没有听到转磨的声音，倒听到了一个女人的哭声。哭声凄厉，为胡杨林平添了许多悲凉。

不久，我还看到了一峰拉磨的驼，它很像褐狮子。

那时，我感到奇怪，褐狮子不是疯了吗？

那时，我也不知道，我的身后，还会有一双杀手的眼睛。

好了，还是叫木鱼妹接着讲她的故事吧。

你们不用期待，她该讲时，自然会讲。

她的故事很吸引人，你们当然爱听。

二、木鱼妹说

1

我还是接着打巡警的故事讲吧。

我说过，打巡警后，我们剩下的那些人，逃到了邓马营湖。那是沙漠深处的一个天然湖泊，祁连山的雪水穿越凉州，流呀流呀，一部分就到了邓马营湖。我们那时节，湖里还有水，还有芦芽，还有很多动物什么的，那是个天生的能养人的地方。当然，现在，那儿早干了，上游一修水库，下游就无水了。

在那儿，我们每天早上，都在练武。

邓马营湖真是个好地方，那时节，这儿到处都是水，到处都是芦苇，到处都是鸟。那儿很大，撒进几千几万人，等于向戈壁上撒了一把芝麻。有时候，刘胡子的马队也会来装模作样地搜寻一番，但谁都可以看出，他们并没有铁了心想剿灭我们，这不是他们能不能剿灭的事，人家就根本没那个心。要是我们没了，他们拿什么理由向那些乡绅们伸手？所以，后来我发现，在不知不觉间，我们被动当了一个托儿，成了刘胡子们发财的一个重要理由。仿佛我们跟刘胡子们商量好了，大家一起演一出戏，我们当贼，他们当巡警，大家一起对付那些乡绅和百姓。

我们"配合"得很成功。为了生存，我们时不时外出打劫一些东西，他们就得时不时地来剿我们。有几次，我们也相遇了，我们折了一个兄弟，是他们用火枪打的。但我们没去报仇，我们打不过他们。在凉州城里打巡警时，我才发现，我们根本不是巡警的对手，说不清为什么，那些平时练得很好的汉子，一跟巡警交手，也会手忙脚乱。凉州人对官家，真有种先天的怕，就像那老鼠，无论多大的个儿，也会在天性上怕猫。那些平时能吞天吐地的拳棒手，常常是架打完了，才记起自己的某个绝招还没有用。

那时，我们还以为是自己艺不高的原因呢。我们就常在邓马营湖里走棍。走棍是凉州拳师们常干的事。两个拳棒手，按了那程序，一趟趟对打，很像古书上说的那种回合。两个拳棒手相向而行，到相遇时，交几下手，人家跳出圈子后，你就不可再追着动手。

在后来跟巡警们交手时，我发现，这种训练害了我们。人家根本没规矩，人家抡了那乱刀，风一样砍来，或是端了枪乱放，或是举了矛子猛扎。人家凭的是胆量和素质。我相信，要是按走棍的标准，他们没一个是我们的对手。可人家不是走棍，人家一出手，就是要你的命。

那时，我们根本不明白这一点。每天，我们在邓马营湖里，都在练那走棍。对于棍法技艺来说，这也是一种方法，但在上阵时，几乎没用。

后来，飞卿从蒙古回来了，他带了好些将来用得着的东西。跟他回来的，是几个蒙把式。无论汉蒙的驼把式曾有怎样的过节，在关键时候，能帮我们的，还是他们。蒙古汉子的眼中，只有朋友和敌人，朝廷官家之类，还没深入他们的心。

在邓马营的几年里，我们吃的许多东西，都是蒙古兄弟送来的。

飞卿一来，我们开始了训练。除了一如既往地走棍，每天早上，我们还在腿上绑了沙袋，沿了那沙脊跑步。飞卿很有煽动力，凉州城的血腥带来的沮丧消失了。我们被一种崇高的感觉笼罩着。除了正常的训练，我们也有修行的功课，它跟所有宗教修炼的目的差不多，是为了增加我们的信心。我们明明知道，我们的对手，是个巨大的没有边际的庞然大物，但我们不怕。因为，我们做的是能造福子孙的大事。没人去追问复了明之后怎么样，没人知道明比清好在什么地方，没人去提朱元璋及其子孙干的那些坏事，没人说清家还有康乾盛世，我们只是说那些"扬州十日"之类的事，我们要为死去的那些祖宗报仇。我们还常常祭祀岳飞，因为他打的金兵，正是我们的仇敌清家的祖宗。

我们被一种狂热的激情笼罩着。

真是激情燃烧的岁月。

2

我再一次回到了镇番城。

苏武庙里修行的马在波需要一个做饭的，飞卿安排我去。他想把马在波拉进哥老会。这目的，我也有。

当然，我恢复了女儿妆。那天，当我洗去脸上身上的污垢，穿上了飞卿精心为我挑选的衣服时，许多人惊呆了。他们说，真想不到，那个满脸垢甲，老背着一堆垃圾破布的拾荒婆，竟会是一个美女。

说真的，我其实不是美女。在岭南，我也只是中上而已。但到了这黄沙缠绕的所在，我就有些鹤立鸡群了。平日里，我总是像当地的妇女那样头上顶个围巾，它除了遮我的女儿容外，还挡去了很多伤害皮肤的东西，像阳光啦，风沙啦，当地人不注意这一点，他们的皮肤就跟牛粪相似了。

你们是不是还记得那个孙不二的故事？我跟她一样，也不一样。她是用水浇沸油烫坏了自己的脸，我是让那污垢遮蔽了我的女儿容。寻常时分，我的身上总是背着很多的破布棉花之类，当然，保暖只是原因之一，此外，它还是我的道具。那时的西部小城里，有许多这样的拾荒婆。她们的身上发出刺鼻的恶臭，这恶臭成了她们最好的保护神。

我也一样。

所以，当我扔了那些拾荒婆的道具，洗净了污垢，穿上女儿装后，许多弟兄直了眼。我不是花木兰，我没有女扮男装，但我在人们眼中，一向是没有性别的。除了大嘴哥外，他们就叫我木鱼婆。那婆呀婆呀的称呼，让他们产生了错觉。

于是，他们叫，噢呀，好亮活的妹子！那马在波，不害相思，也由不了他。

我笑笑。以前，我可以大声地满嗓门地野笑，但那水洗了污垢的同时，也洗活了我的女儿心。我的一切，都被唤醒了。在飞卿的那面铜镜前——他老是用它反射的光进行篆刻——我看到了久违的自己，我忽然泪流满面。我想起了以前阿爸的那种笑，小时候，他老是把我举过头顶，一边往高处抛，一边叫"木鱼妹"。长大后，他也老是木鱼妹、木鱼妹地叫，仿佛这三个字是他快乐的咒子。一股温暖涌入我的心，我大哭不止。

飞卿误解了我。他说，要说这事，也有些难为你，你要是不想去，就不去好了。

大嘴哥说，就是就是，也没人逼你去。

自打我们商量好那事之后，大嘴哥一直闷闷不乐。他黑着脸。进邓马营湖之前，他爹知道了他跟我的事，媳妇娘家哥哥们也捞着棍棒去他家闹事，威胁他：要是不收心，就羔子皮换几张老羊皮。这是当地人的一个俗语，意思是用一个年轻的生命，换几个年老的命。大嘴哥说挨了他爹的一顿牛鞭。自打进了邓马营湖，他就没再回过家。他老是说，等反了清家后，就娶我。他当然不想让我去侍候马在波。

我抹去泪，说，我的哭，跟这没关系。我想到了阿爸。

飞卿知道我的故事，什么都没说，只长长地叹了口气。

我想，这会儿，阿爸怕是只剩下骨头了。他知不知道，为了报仇，女儿受了那么多罪？又想，阿爸还是不知道的好，阿爸要是真的在天有灵，他会心疼我的。又想，心疼归心疼，他还是很欣慰的。毕竟，女儿没有忘记他们，我在为他们报仇。

我说，我去了。

大嘴哥就送我出了邓马营湖。

3

苏武山其实不算山。见识了太多的山，那苏武山，在我眼中，只能算个坡。

相传那汉代的苏武，就在这儿放过牧。为了守住那个"节"，他举着那个秃了毛的象征着大汉使臣的杆子，在这儿放了十多年羊。老百姓被感动了，就在这儿给他修了庙。庙不大，庙里有几个道人。以前是个道姑做饭，后来，那道姑去武当山了，胡旮旯就想再找个做饭的。飞卿觉得这是个机会，就叫我来了。后来，我才知道，那胡旮旯，也是哥老会的。

胡旮旯很高，很胖，头顶个道冠，身穿儒服——这是当地儒家师父穿的一种袍子——足踩的，却是和尚鞋。他老是看那类算命的书。他说，当他看人的八字时，就觉得那人的命运开了个天窗。从那"天窗"里，他就能看出对方的一切。这话是他后来说的。我刚到时，他只是叫我炒菜。当地菜我会的不多，我会客家菜，就炒了几个，没想到，他大加赞赏。后来，马在波也大加赞赏。当地人的饮食很粗，多炒一大锅，客家菜虽然好吃，也很麻烦。不过，来之前，飞卿告诉我，征服男人的第一个妙法，就是先征服他的胃。这话我信，阿爸娶了妈，就是因为爱上了她炒的菜。她会的菜，我差不多都会。

马在波在一个小屋里诵经。我不知道他诵的什么经。那嗡嗡的诵经声，时不时地，就会从木格的窗口里传出，很好听。我问胡旮旯，胡旮旯说他也不知道。后来，我才知道，马在波诵的，不是经，是一种仪轨。马在波在修密宗的一种法门。

胡旮旯介绍说，马在波是一个活佛转世，这是蒙古的几位喇嘛认定的。马在波很小的时候，喇嘛们来寻过他，一见他，就认定他是他们寺里的一位活佛转世。这话，好多人都信，就驴二爷不信。驴二爷从来不信那些神呀佛呀的东西，他信的，多是看得见摸得着的。他绝不叫那几个喇嘛带走儿子。为此，他甚至动用了官府的力量。他的理由很充足，说那些蒙古喇嘛，是来寻仇的。在多年的蒙汉较量中，马家出力最多，要人出人，要钱出钱。驴二爷说，蒙人定然是想将他的儿子弄了去，然后，再找个理由，害死他。他说这话时，中气十足，官府于是派了人，将那几位喇嘛赶回了蒙古。

沿了那黄沙一路东行，约八十里，就可以到蒙古。明朝时，蒙古骑兵时不时就卷了来，裹些人呀羊呀的过去，人当苦力放牧，羊就变成了粪便。有时，马家也会招些人马，去抢那蒙古人的盐池，两家若是相遇了，就大打一场，头打烂箍个草腰子再打。上百年了。

马在波虽没去当蒙人庙里的活佛，但天性喜静，老说要出家。后来，驴二爷答应叫他修行，但条件是要他当个居士。为了拴住马在波的心，驴二爷专程到甘南的拉卜楞寺请了个活佛，灌了顶，那活佛让马在波别出家，说因为修到一定时候，他得受用明妃。一出家，就不能用实体的明妃了。活佛说，他的因缘，必须用实体明妃，不然，今生是很难成就的。在密宗中，上师高于一切，于是，马在波只好打消了出家念头。为了清修，他叫胡旮旯给他弄了间房子。马家是苏武庙的大施主，其一年的开销，全凭马家供养，这点儿小事，还不尽力子办？

以上内容，都是胡旮旯告诉我的。也许是因为香火不旺的原因吧，胡旮旯显得有些寂寞，一见我，就瓦罐里倒核桃似的，说了很多话。他也想给我教时轮历法，据说它非常艰深，但怪的是，我一学就入门了。胡旮旯说我定然在前世里学过它。我才不管前世的事呢。倒是那时轮历法很让我入迷，一学它，就觉得天地间开了个洞。透过那洞，就能发现很多大自然的秘密。

4

只有在吃午饭时，我才能见到马在波。

他瘦瘦的身子，高挑个子，有种玉树临风的感觉。他很少望人，不多说话，总是一脸沉静或是淡然。一见他，我就信了那些喇嘛们的说法：他定然是个再来人。他的身上，由内到外，渗出一种说不清的东西。那东西，会让我的心变柔软。我只能一次次提醒自己，这是仇人！这是仇人！这是驴二爷的爱子！在我一次次的自我暗示下，我才觉得自己有点"恨"他了。当然，那恨，只是我作意的恨。就是说，我觉得自己应该恨，就恨了。

马在波不望我，也不望胡旮旯。我没见他真正望过什么人，有时，你觉得他望你了，但其实，只要你认真看他的眼睛，就会发现，他一直没离开他自己的世界。他的眸子是个很深的湖泊，不显一点波浪，也看不到湖底。每次看到那眸子，我就觉得自己不该算计他。

以前，在每天早上起床后，我都会诵自己编的一段话，我用了木鱼歌的形式，记录了那场大火。我对每一个亲人说着同样的话，内容当然是报仇。我一边观想那场烧死亲人的大火，一边诵那段文字。我每天至少要诵二十一遍。这样，我就能在每天的最早时刻里，提醒自己活着的理由。到了苏武庙，我增加了念诵时间，我一天诵一百零八遍，得花一个时辰。其他时间，除了做饭，我就到庙后的空地上练武。我的鞭杆已经出神入化了，能随意打下任何一个飞蝇或蜜蜂。但我仍不敢偷懒，因为在凉州城里打巡警时，我发现自己忽然就忘了武功。面对那风一样卷来的马队，我根本生不起任何斗志。虽然我有了武林高手的技艺，却只有颗弱女子的心。一看到那些凶恶的汉子，我的心就跳个不停，即使我知道自己稍一动那棍头，就会拨灭他们的"灯"——这是会中弟兄对眼睛的称谓——但我仍是生不起斗志。

在苏武山上，我主要炼的，就是心。我想让自己生起恶念，让自己有颗恶人那样的恶心，但木鱼歌熏染的善，时不时就会将我拽出那恶境。你想，明知道，一切早过去了，死的已死了，他们的死，只是一会会的痛苦，就什么也不知道了。我甚至认为，父母真的什么都不知道了。因为，阿爸要是真有在天之灵，他一定会托梦给我，但在我到凉州后的这些年里，他一次也没托梦给我。有时，我甚至也不信其他神灵了。因为，我老是将神放在那场烧死了亲人的大火前拷问。这种拷问，有许多人也进行过。比如，在恶人烧我亲人的那个时候，神能不能救？若是能救而不救，他就是罪恶的，不值得我信他；若是他想救而救不了，他就是无能的，也不值得我信他；要是他不知道我家的这事，他就是无知的，更不值得我信他。进行这种拷问后，我就有些不信神了。

阿爸倒是信神，但阿爸的信神，也没有改变他被烧死的命运。

我倒是真的想变成一个十恶不赦的人，要是没有十多年木鱼歌的熏染，我想这不难。但那些刻在心里的木鱼歌的内容，老是在跟我打架。很多木鱼歌里，有道家的内容，像《韩湘子修道》《林英女上香》什么的；有佛家的内容，像《观音十劝》什么的；有传统文化的内容，像《花笺记》们，它们早渗入我的心了。我无论如何诵那个复仇词，也抹不去早年种在心里的那些善。

在见到马在波的一刹那，我发现，心头竟然涌上了一种久违的柔软和温暖。他身上那种离群索居的孤独感，一下子击穿了我的心。那天夜里，我脑中出现的，就是他那张充满着说不清的孤独意味的脸。

更奇怪的是，那张脸竟然入了我的梦。

那双亮亮的柔柔的满是悲悯的眸子望着我，仿佛有许多话要说，但什么话也没有说。那目光很像月光，向我心头洒来，我有了一种从来不曾有过的感觉。

渐渐地，我发现，长着这眸子的人，竟然是我的阿爸。

醒来时，我泪流满面。

5

那天早上，我醒得很早。风呜呜地叫个不停，我仍沉浸在梦里的感觉中，我不想睡去，也不想起来。我没有一点儿诵那复仇词的欲望。那时候，任何别的行为都会破坏那种柔软的美。自打到了凉州，我变粗糙了。以前，我是很细腻的。我能在唱木鱼歌的时候，感受到歌中人物的心，我随了他们或喜或悲，或歌或哭。我的哭笑苦乐，也总能引来听者的哭笑苦乐。我的心中，时时有种柔软的情感在荡漾，也许只有这样，我才能理解阿爸灵魂深处的那份疼痛。

后来，我的身上背了许多东西，心上也裹了许多东西。除了复仇的念想，我很少想其他事，时间一长，心也就木了。也许，在扔那些破布烂棉花时，也扔去了心里的许多东西。在洗去身上的垢甲时，也洗去了心里的许多东西。我那柔软的女儿心，就这样凸显了出来。

现在，我有些分不清了，那梦中出现的，究竟是马在波，还是阿爸。

那时，一想到我的那种叫马在波去革命造反、招致满门抄斩的想法，心里有了一种不安。我忽然觉得自己有些恶心了。但很快，那场大火又出现在脑中，不安就像火中的霜花儿那样被蒸发了。

我摸黑起了床。我没点那盏羊油灯，摸黑出了屋。一出屋，我就看到了那个亮灯的屋子，还依稀听到了那共鸣很好的男中音。除了那屋子外，四下里仍黑成了一片。风很利，星星也很多。只是，那风太凉了，刮在脸上，有一种针扎的质感。那四面的黑，向我挤了来，也有着很明显的质感，觉得自己给挤小了，挤没了。一种被消解的怯涌了来。以前，从没有这种感觉。我发现，心灵的自由，许多时候也取决于身体的自由。当你的身上裹满了垃圾时，心里是不可能轻松的。以前，无论栖身在土地庙，还是栖身在邓马营湖的窝铺里，心里总是满满的。从没感觉到黑的挤压，从没有怯或是被消解的感觉。这种新鲜的感觉，让我有些惶恐呢。

那窗口的亮光一晕晕荡了来，很是柔和，有种甜晕的感觉。真是奇怪。虽然那被挤压的感觉仍在，但那模样，有点像吃了止疼药，疼痛渐渐散去时的感觉了。另一种东西水一样涌上来，把我被挤压和消解的惶恐淹没了。这是从不曾有过的事。

我立在门前，站了许久，让自己的心放飞在被那灯光熏出的祥和里。在一段时间里，我甚至没有听到风声。

那天早上，我没有练武，我一点儿也没有练武的欲望。以前的早上，练武是必须的事。一天不练武，就觉得对不住死去的阿爸。一想到仇人还好好地活在世上，我就受不了，真有种不共戴天的感觉。但在苏武庙的第一个早上，我竟然没有练武，也没有诵那个复仇词。我发现，一种奇怪的变化正在发生，这很是让我恐惧。

我做了早饭。这儿的早饭很简单，一般都是山芋米拌面，半锅水，几把米，几个山芋，滚上半个时辰，再打点面水倒入，就好了。用这泡锅盔吃，就是庙上的早饭。

马在波没有来。胡旮旯说，他不吃早饭，也不吃晚饭，只吃午饭。这是他的习惯。他日中一食。

我想，怪不得他那么瘦。心里又涌起一股怜惜来。

忽然想到，他可是驴二爷的血脉呀。那驴二爷，怎能生出这样一个人物？真是莫名其妙。

一想到他是驴二爷的儿子，我心中的那种怜惜就消失了。

6

我开始一如既往地修我的复仇仪轨。每天早上，我就咬牙切齿地进行我坚持了多年的念诵。我跟马在波几乎同一时间起床。大约在四更时分，他的那间屋子就会亮起灯来，奇怪的是，那个时候，我也会醒来。以前，我没有那么早地醒过。自打上了苏武山，我觉出了一种异乎寻常的轻松，除了洗澡的原因，还因为在苏武山远离了邓马营湖的那种喧闹。我有些爱这地方了。

只是，我那咬牙切齿的念诵，带给我的仇恨感觉，不再像以前那么浓了。早些年时，一念诵它，我就会泪流满面，现在，那切骨的恨淡了。我不想这样，我不希望心中的仇恨消失。仇恨一旦消失，我就失去了在这荒凉的地方待下去的理由，也就失去了活下去的理由。但没办法，苏武庙有一种很怪的磁场，它奇怪地磁化了我。

最明显的变化，就是从做梦那天的中午开始的。马在波出了他的那间小屋，懒懒散散、一脸淡然地来到客堂，他仍是谁都没望，他静静地吃完了我端去的饭。他吃得很慢，似漫不经心，又似在慢慢地品味。那天，我有意做了几个客家菜。我仔细观察他的反应，我发现，他竟然没有觉出异样。倒是胡旮旯大加赞赏，听了胡旮旯的话，马在波才认真地品了品菜，他望望我，露出了一丝笑，点了点头。

新来的？他问。

是的。那道姑去武当山了。胡旮旯说，试试口味，合适了，就留下。

很好了，很好了。马在波说。说完，他朝我点点头，笑了笑，离开了饭堂。

我发现，他的笑很有一种穿透力，我的心一下子软了。我快快地收拾了碗筷，快快地洗，快快地收拾了其他的家什，回到了我住的小屋。

我倒在炕上，捂住胸口。我深深地吸着气，想赶走那种柔软，但我发现自己真有些力不从心了。这是从来没有过的事情。风在窗外呜呜地叫着。这儿风多，一年一场风，从春刮到冬。寻常时分，小风是常有的。苏武山地势高，没遮挡，很少有没风的时候。

我发现，马在波身上，有一种奇怪的力量。说不清是一种什么力量，但我是真的感觉到了。你只要到他身边，心就会不由自主地柔软，就是这。

此后的一个月里，我只在中午时分才见到他。他仍是那样散散淡淡地来，静静地吃完，又散散淡淡地回到小屋。有时，也会听到他那浑厚的念诵声，但更多的时候，是一种静默。怪的是，从那种静默里，我仍然会感受到一种能让我柔软的力量。

胡旮旯告诉我了一些事，他说驴二爷——他当然叫他马二爷——最怕的，是马在波的修行。他很怕马在波忽然到了蒙古，去那个寺院坐床当活佛。驴二爷希望胡旮旯做一些能让自己儿子分心的事，做什么都行，或是练武，或是教他算命，或是教他时轮历法，或是让他恋爱，什么都行，只要能把他拽出那种状态就行。驴二爷说，那种状态像吸食鸦片一样，会越来越上瘾的。他甚至希望马在波去逛逛窑子，去尝尝女人的味道，然后给他娶一房婆姨，养个儿，引个孙。但对这，马在波一概不感兴趣。

刚开始的时候，马在波对练武有了一点兴趣，学过鞭杆和地趟拳，很快就似模似样了。后来，他又对算命术有了兴趣，也认真地学过一段时间。他天分很高，很快就能算出一个人的祸福寿夭了。后来，他发现，有些事情，算也那样，不算也那样，重要的，其实不是算，而是改变。后来，他就不再对算命感兴趣了。他希望自己学会的，是造命，而不是算命。

胡旮旯说，驴二爷说，哪怕叫马在波当个嫖客，也不能叫他出家。嫖客还能养儿引孙，一出家，他说他就断子绝孙了。你说，还有这号当爹的。难道我们修行人还不如嫖客吗？

把式们都笑了。那阵阵笑的波晕传向四方。

我忽然发现，这次来听的，有好些我不熟悉。这才知道，我忘了结界。要是我用传统的仪轨结了界，非邀请者是进不来的。但我想，只要你们不打岔，听听也没啥，只是我觉得身边阴气有些重。不知是幽魂太多还是天气太冷，我的骨头都像被冻僵了。

这一会结束后，我就架了火。暖融融的火一舔向夜空，我就马上觉得暖了很多。一个人待在冬夜的沙漠里，火就成了一种依靠，不仅仅是生理上的，更是心理

226

上的。我带了狗,也是因为我想要个伴儿。只是在采访时,狗身上有一种幽灵们不喜欢的东西,我不知道是杀气还是气味,反正狗一到,那种场就变了。对了,那采访的场面非常像一个奇怪的场,所有讯息都在一个特殊的场中交流着。狗一到,味道就不对了。所以,每次采访时,我都不带狗来。采访一毕,一到住处,狗就摇了尾巴,欢喜地迎了上来。一种温暖就立马扑上心头。

这样的采访搞久了,不知不觉间,我发现自己有些变了。我不知道哪儿变了,但我能隐隐感受到那种变。以前,有位警察朋友养了个小鬼,能帮他破案,但时间长了,大家就从他脸上发现了很重的阴气。我的这种采访,也许会这样。毕竟,我白天想的,夜里听的,都是跟幽魂有关的事,久久熏染,定然会染上阴气。有时候,接近黄驼时,它会像以前见了鬼那样朝我喷唾沫。在把式们眼中,这等于动物在向你挑衅。凉州习俗中,朝人吐唾沫是对他最大的污辱,但我还是没跟黄驼计较。人家毕竟是动物,我咋能跟它一般见识?但我的心中,总有种发丝般的不快在游来荡去。

另一种变化是我完全能看清讲述者了——除了那个杀手。由于修行的原因,我很小就能看到一些别人看不到的东西。长大后,只要愿意,我一入定观察,也总是能如愿地看到想看的东西。这次采访,我就是从讲述者的记忆中,读到许多东西的。但渐渐地,讲述者开始出现在我面前。我不是从别人的记忆中看到他的,而是我真的看到了他。

你说,这是不是一种幻觉?

但可以肯定的是,我看到的狼,绝不是一种幻觉。顺风时,时不时地,我还能闻到它的气味。那是食肉动物独有的一种恶臭。

好在有狗,我倒也不怕它会偷偷地扑了来。我带的狗是老山狗,是一位藏族老阿卡养的,身坯很大,以前在山里时,它就咬死过几匹狼。有它在,想来那狼也不敢撒野。怪的是,我明明能看到狼,狗却对它无动于衷。也许,那狼,还真的入不了它的眼。它甚至没朝狼叫过几声。

第十五会
木鱼妹说偷情

1

马在波真正留意我时,已是一个月以后了。那天,正赶上十五日,来的人多。一个瞎贤抱个三弦子,唱了一段凉州贤孝,那时节,我发现马在波出了小屋。这是很少发生的事。以前,除了吃饭上厕所,他从来不走出那屋子。

好些上香的人,都围了那瞎贤,听他唱《吕祖买药》,我听过这个贤孝,很有意思。但在木鱼歌里,有很多比这更有意思的曲子。那三弦子的声音激活了我许多的感觉,所以,瞎贤唱完《吕祖买药》休息时,我就接过了三弦子,唱起了木鱼歌。

记得那天,我的感觉很浓,因为在庙里休息得好,嗓门就奇异地好。我唱了《禅院追鸾》,这是木鱼歌中很有文采的一个,我是用凉州方言唱的。故事说的是白马乡的李生,婚后与妻子鸾情意绵绵,他的父母怕耽误了儿子的科举,就逼迫儿子离家外读。李生离家之后,婆婆虐待媳妇,媳妇就出家为尼。李生科考落榜后回了家,见人去楼空,很是悲伤。父母逼其再娶,李生却思念妻子,四处寻访,找到了妻出家的尼庵,就在夜间探访,相见之后,各诉衷情。

> 云剪轻罗幕雨收,梵王宫殿月光浮。
> 青天嘹呖横鸿雁,碧汉澄清灿斗牛。
> 露洒禅房花面湿,风回佛院竹声幽。
> 人在下方闻蟋蟀,树从高处挂猕猴。
> 满座天花飞历乱,一声清磬韵宜悠。
> 步月松门留鹤迹,听经池面见鱼游。

奇怪的是，原本该用岭南话唱的木鱼歌，用凉州方言唱来同样朗朗上口，竟有种浑然天成的感觉。凉州瞎贤中很少有女人，我的声音一起，那庙里人就都围了来。我相信，那时节，谁也不会认出，我就是那个以拾荒婆形象游荡了几年的乞丐。

  心持半偈花微笑，法说三千石点头。
  人道禅机空百劫，如何不解我心忧？
  回忆与郎成匹配，羊城风月正当秋。
  三径黄花供买笑，一樽绿蚁借消愁。

  我看到马在波的眼中放出了奇异的光。我相信他听懂了那歌。他的表情，随了我唱的内容发生着不同的变化。我也进入了角色，唱得泪流满面。在别人的故事里，我流着自己的泪。却又觉得，那故事，其实说的也是我自己。我的命运，一点也不比那女子好。人家还有禅院，还能修行，我有什么？我只有仇恨。正是因了这仇恨，我才有了活着的理由，现在，我觉得那仇恨也像要离我远去了。我的心里空荡荡的。我忽然理解了那个女子。

  我看到，马在波也流下了泪。他仿佛不知道自己流了泪，他仍然没有望我，只是默默地流泪。还有许多女子也在流泪。我知道，当地女子的命运，其实比莺苦多了。莺还能躲到禅院，她们往哪儿躲？

  唱完这木鱼歌后，大伙儿一下子静默了。马在波抹去泪，望着我。我知道这歌打动了他。胡旮旯显然也被打动了。他说：这贤孝怪，从来没听过。我笑了，说这不是贤孝，是木鱼歌。他问，啥是木鱼歌？我就解释了一番。胡旮旯又问，你会唱多少木鱼歌？我说，像这样短的，有几百首吧。那长的，有几十个。他说，以后，每次庙会，就请你唱这木鱼歌好吗？

  这便是我在苏武庙唱木鱼歌的缘起。

  按当地的规矩，除了那些四月八、观音成道日之类的节日之外，一般人都会在初一和十五来庙上敬香，这是敬神的日子。胡旮旯也许想用木鱼歌引来更多的香客，很是热心此事，也给我加了工钱。我没有拒绝，那些还在邓马营湖的兄弟，也正需要钱呢。

  我每月两次的木鱼歌，吸引了很多人。一到那天，整个苏武庙里就挤满了人。我被当地人传说成了一个美女。当然，在瞎贤一行里，很少有女人，便是有，也多是盲人，像我这样一个明眸皓齿的女子，抱了三弦子唱歌，这本身就很吸引人。凉州有很好的贤孝土壤。当我用当地方言唱木鱼歌时，许多人将它当成了贤孝。虽然曲调有些差异，但不久之后，我也学会了贤孝曲调。这一来，大家越加将木鱼歌当成贤孝了。

不过，一天的时间，其实唱不了多少内容。一个长些的木鱼歌，要完整地唱完它们，得好几天。于是，有人向胡旮旯提议，由当地的信众凑些钱，给我多加些工钱，只要我的嗓门许可，叫我能多唱几天。就这样，在几个月的时间里，我唱了很多木鱼歌。

在唱木鱼歌时，马在波就提个小凳，坐在我旁边。开始还不望我，渐渐地，他就会盯着我的嘴。他的眼睛虽然很沉静，但我能看出他的许多情绪，在随着歌的内容而波动。

我刚放下三弦子，马在波说，你的这些好东西，有没有书？

我说，以前有，后来，被一场大火烧了。

可惜了。他长叹了一口气。

拧眉许久，他又问，你能不能叫我记下你唱的这些歌词？

我笑道，那歌词，海了去了，你以为是几句呀。

他说，再多，只要想记，总能记下来。不然，忘了可惜，这可是宝库啊！

胡旮旯笑道，成哩，少掌柜，只要你有兴趣，这事儿，你来做好了。我听了，木鱼歌也是劝人向善的，记下它，也是一份功德呢。

马在波笑了，你又不是人家。你答应了，人家还不知愿不愿意。

胡旮旯说，也就呀，世上有好些人，宁愿那蜡烛长毛，也不叫别人照亮。不过，木鱼妹不是这号人。

自打我在庙里唱木鱼歌，好些人就叫我木鱼妹了。我发现，命运真是有趣，丢了几年的名字，不知不觉间，又回到我身上了。

最早到镇番时，没有三弦子，我唱歌时，也用木鱼打过节奏，人们就叫我木鱼婆，也算是歪打正着了。

后来，大嘴哥给我找了把旧三弦子，但人们叫惯了，还是叫我木鱼婆。

人们并不知道，这个"妹"，正是那个"婆"呀。

我对胡旮旯说，反正，我有的是时间，你们不嫌烦了，我就唱那词，你们抄。

胡旮旯笑道，我没那时间。

我有。马在波说。

2

我终于明白了那个梦。那个梦里，马在波忽然变成了阿爸。我想，这也许不是一个寻常的梦。这里面，定然有些稀奇古怪的东西。

次日，我进了那间小屋。小屋很整洁，放了很多线装书。一个靠窗的大桌上，铺了一块毡，想来是马在波练毛笔字的地方。那儿还放着一些抄好的经。一股墨味扑面而来，没闻这味道许久了，它勾起了我的许多回忆。一股潮热涌上心头，我想到了阿爸。阿爸绝不会想到，他的女儿会落到今天这一步。记得当初，我眼中一生的幸福，就是能拥有这样一间书房，能待在阿爸身边，静静地生活在自己的世界里。这本来是很小的一个需求，但命运之棒，只抡了一下，就打碎了一切。

那股潮热以不可遏制的势头涌了上来，变成了泪。马在波看到我流了泪，慌了。他说，你要是不想做这事，也行的，我又没有硬逼你。我抹去泪，笑道，我愿意做这事，我想到了死去的阿爸。他也跟你一样爱书。

能说说他吗？马在波问。

我深深地吸口气。我想，总有一天，我会讲这故事。我要告诉你，你们马家的手上，沾满了我家人的鲜血。想到这，那股潮热便没了。我的心又冷了。

我机械地背诵着木鱼歌，马在波用那蝇头小楷在写。当地人都喜欢写毛笔字，这已成了凉州的习俗，好多人家的庄门上，都用泥塑了"耕读传家"四个字，好些娃儿都用红土在方砖上写字。不过，马在波的字实在太好，又好又快，他甚至很少发问。除了一些方言他需要确认之外，那些很文的词，他轻易就懂了。我甚至觉得，在他的前世里，一定熟悉木鱼歌。后来，在某个瞬间里，我甚至觉得阿爸的魂定然附在了他的身上。

他每天早上和上午修行，下午抄木鱼歌。他修行的时候，我就去后院练武，我每次至少练一个时辰。我发现，对练武，我已失去了当初的那种狂热和激情。很奇怪，我虽然仍在尽心尽力地练，但心中的某些东西却消失了。那情形，就像蜡烛虽然亮着，却没了火焰。

每天吃过午饭，马在波要稍稍休息一下。然后，我们就开始抄木鱼歌。我发现，我一直在等待两个时刻：一是他要吃饭的中午，一是到他房中抄木鱼歌的下午。那期待，后来成了一种念想，很是让我惶恐。

我们花了一个多月的时间，才抄完《花笺记》和《二荷花史》，这是两个最有代表性的木鱼歌，阿爸最喜欢它们。我记下的《花笺记》早不是传统的那个了，它浸透了阿爸的心血，甚至算得上是他的再创作了。当我诵出那些珍珠般优美的歌词时，马在波赞不绝口。他说，这真是伟大的诗篇。他不知道，另一个叫歌德的德国诗人也说过这话。

后来，我们又抄了很多木鱼歌，我最先诵的，是阿爸认为最好的那些。而别的可能以木鱼书的形式保留的那些，我都不急。不过，虽然我在岭南见过一些木鱼书，但不知道几场战火之后，它们是不是还留在世上。所以，我想尽量将我记下的木鱼歌抄下来。幸好，为了排遣寂寞，在栖身土地庙时，或是在沙窝里的无聊时分，我都会在心中默诵一遍。我默诵一遍，大约得一个多月。开始，我在每个季度，都要诵一遍。后来，每半年一次。这次诵时，我发现，我已完全记住了它们。某个瞬间，我忽然明白阿爸当初的用心。那时节，他总是希望我记下它们。那时我想，有了那些书，他为什么还要我记呢？这时我明白了，也许，阿爸在那时，就有了一种不祥的预感。

那种我诵他抄的感觉很是美妙。马在波有种轻盈的气息，这是他有别于当地人的最明显的特征。他的笔也显得很轻盈，很流畅。开始时，他还会时不时问我一些方言，到后来，不用我解释，他就能流畅地写下我诵出的歌词了。那间小屋里，只有我的声音，和他的纸笔声。许多时候，我就忘了自己身在何处了。我甚至忘了自己是谁，忘了自己经历的许多事。直到有一天，有人带来了大嘴哥的一个口信，他希望我去城里某个地方见他。对这个口信，我忽然有些厌恶了。想到大嘴哥，竟然觉得很陌生了。那天，我第一次没有应他的约。而且，我竟然有了一种奇怪的感觉，觉得我跟大嘴哥过去的那些交往，对我来说，也许是一件错事，觉得它脏了我的身子。

我不知道我怎么了。

我甚至想，要是我没遇到大嘴哥多好。

却又想，要是我遇不到他，也不会到这儿来，也不会到这个小屋里抄经……你们不要笑。到这时候了，我也不想说啥假话了。有些东西，该说的，还是要说出来。我不说，好些事情就没了。我们经过的许多事，都像烟一样散了。

幸好我遇到了你，我当然要说了。那是我生命里的一段经历。我知道说出来会伤害一些人，也会招来一些人的非议，但我还是想说出来。

我甚至不想当什么空行母了。

我就想当个女人。

你们笑什么？

3

你别问我们是不是发生了关系。

发生了。

你说哪种关系？

哪种都发生了。

事情实质性的变化，是某次胡旮旯跟马在波谈话后不久。我不知道胡旮旯跟马在波说了什么。我想，他定然神化了我，说我是空行母什么的。定然这样。后来，许多人都那样说，就源于胡旮旯对我的神化。

胡旮旯精通时轮历法，老是捧了那类书看。刚到庙里时，我找不到可看的书，就胡乱翻那历法，时间长了，竟看出了一点门道，这让胡旮旯大为吃惊，时不时地，就点拨我几下。

胡旮旯在当地很有威望，有宗教权威。他说我是空行母，在一些人眼中，我就是空行母了。我有那么好的嗓子，我会唱那么多的木鱼歌，那歌中，尽是劝人行善的内容。胡旮旯一说我是空行母，许多人就信了。

马在波也信了。他望我的眼神里，充满了崇敬。

胡旮旯定然还说了些别的内容，我想跟双修有关吧。因为在某一天，马在波谈到了双修，问我："是不是跟空行母亲近之后，成就会很快？"

我问，什么是空行母？什么是成就？

我真的不知道这些。那时节，我还不知道密宗。虽然我在木鱼歌中知道了一些佛教知识，但知识只是知识。我根本不知道那些只有进入密乘核心才会知道的内容。我很想问胡旮旯，但我张不开口。

胡旮旯却主动说了。在某次讲时轮历法时，他谈到了时轮金刚的密法，说里面就有双修。

他又说，到时候了。你没忘飞卿安排的事吧。

那一刻，我忽然惊了一下。那感觉，跟我上次听到大嘴哥相约时一样。

我忽然什么都不想做了。我只想待在一个地方，静静地待着，当然，最好也有他，我们一起抄木鱼歌，我也可以唱给他一个人听，想哭了，就哭一阵；想笑了，就笑一阵。

我发现，我竟然爱上了他。

这多可怕。

便是在做饭的时候，我也有点魂不守舍了。我很后悔当初跟大嘴哥发生过那些事。要不是有了那些事，让我觉得有些配不上他，我可能会追求他。是的，这很可怕。

我虽然知道这很可怕，但我的心已经不听话了，它时时会想他。我的耳朵也不听话了，时时在听他房里的动静。我精心做每一道菜，想得到他赞许的微笑。对那些在当地人眼中显得稀奇古怪的客家菜，马在波和胡旮旯都很喜欢。有时候，胡旮旯也会请一些当地的士绅来尝我做的菜。我很害怕驴二爷也会来，但听说他的中风没有好，半个身子仍不听话。

也许从我的讲述中，你们发现了我的变化：以前，我多希望能靠近驴二爷，给他致命的一击。为此，我想了许多办法也没能如愿。现在，我竟然怕他来了。为什么怕他来？怕他认出我。为什么怕他认出我？因为怕他打扰我现有的生活。

我的心，竟然完全背叛了我。

真的好可怕。

一天，我又去那间小屋时，马在波刚刚洗完头。开门时，他还没完全系好扣子，我看到了他的胸部。见到那白肉的那一刻，我忽然产生了想亲亲它的念头。我的脸一下子烧了。我估计脸已经通红了。他也发现了我的失态，马上系上了扣子。两人都很慌乱，像做了什么事一样。这种感觉，在以前，从来没过。我虽然跟大嘴哥有过那事，但每次，都只是在完成一个过程。觉得该做了，就做了，没滋没味的。我即使见了大嘴哥赤裸的身子，也没有见到马在波胸部的那种感觉。我说出这事，你不要生气。事实就是这样。这，也许就是所谓的缘分吧。

我们俩实质性的进展是当天晚上的事。那天，胡旮旯去人家应事了。当地人死后，都要请他去发丧。那天的庙里，就我们两人。他的兴致很好，想多抄些木鱼歌，我就在夜里去了他房里。那天抄的内容，是公子和小姐的事儿，那词儿很美妙，也很难出口。我说，这些词儿，就不抄了吧。他说，不要轻易地根据自己的好恶来取舍。要是你觉得这不好，删了，他觉得那不好，也删了，要不了几代人，就没好的了。

我说也好，就说了那些词。开始，两人装得很正经，我说，他抄。但渐渐地，那气氛就变了。

你别问谁先打破的僵局。我告诉你，没僵局。那时节，哪有僵局呀？两个的都成了沸腾的锅炉。不知什么原因，两个手碰了一下。两只汗津津的手就迫不及待地握在了一起。接下来，两只嘴唇也迫不及待地开始了寻找。

我们滚在炕上。记得那天烧了炉炕，屋子里有种暖暖的感觉。外面的风声依然很大，记得那时的夜里总是有风。我们滚在一起。我们身上的衣服也没了，说不清是谁剥谁的衣服，很快地，两个赤裸的身子扭成了一个。

他甚至不知道接下来该做什么，我诱导着他。我觉得自己堕入了幸福的岩浆里。那岩浆啸卷着，激荡着，我的心成了一片落叶。待到他终于进入我时，我不由自主地大叫了。

你们别笑。

说真的，那是我生命中最深刻的记忆之一。我从来没有感受到那种美妙的性爱。虽然时间很短，他还是个童子呢，进入我不久，就崩溃了。但因为有了爱，那奇妙的一瞬间，却胜过了人间的无数。

他从我身上滑落下来后，悄声问，你真是空行母吗？

我笑道，何止是空行母。

4

从那天起，这节目，我们就常演了。

每天下午，我一进那小屋，两人就相拥了。我们先演完这个保留节目后，再抄木鱼歌。

刚开始时，他还用双修来解释我跟他之间的行为。他按一本书上讲的那样观修，他也学会了忍精不泄，这样，因为时间长了，我们之间的花样也多了。我们总是模仿着唐卡上的那些双身像，使那原本简单的动作复杂了很多。后来，马在波的忍精功夫就很好了，常常能保持到成功。我说的成功，是以我的达到高潮来衡量。当胡旮旯去应事的时候，要是庙上不来人，我们的整个下午时间都用来进行他说的那种双修。即使不小心失败了，他也会按要求舔食他所说的"明点"。他用这种貌似信仰的方式图解着我们的爱情。他显得很是心安。

但渐渐地，我发现一切都变了。他开始着迷于跟我同时达到那幸福的顶点。他很迷恋我那时的叫，我也很迷恋他那时的叫。在那两份合一的迷醉里，我们相融无二，幸福无比。

我常常很遗憾跟大嘴哥有过那种事情，那时节，我以为大嘴哥就是我找的那个人。现在才发现，他不是。这让我非常沮丧，有时甚至很痛苦。虽然马在波不知道我的过去，但我明白，雪一化，尸身就会出来。好多人，像胡旮旯他们，都知道我跟大嘴哥的事，都知道我跟他生下了一个女儿。这个事实，成了堵在我跟马在波之间绕不过去的铁门槛。我很想嫁给他，要不是有了那档子事，要不是他是驴二爷的儿子的话。

真要命。驴二爷竟然养了这样的儿子。我发现马在波善良到了极致，也单纯到了极致。他没有一点儿歪心机，心像水晶那样透明。跟他在一起，我是生不起真正的恶念的。即使我有意地生起那些应该生起的恶念，那也仅仅是掠过天边的乌云。

我不知道我们能一起待多久。我开始发那地久天长的愿。我觉得生命中不能没有他。要是生命里没有他，我就觉得一切都失去了意义。瞧我多贱，以前，复仇是活着的意义；现在，爱情成了活着的意义。我时时懊悔，谴责自己爱上仇人的儿子，我知道要是阿爸在天有灵一定会痛心不已，但却明白，即使再让我选择，我还是会爱上他。

在诵抄木鱼歌的间隙，我也会向他灌输从飞卿那里听来的革命道理。我很巧妙地把它跟佛教中的普度众生联系在一起——木鱼歌中的佛教知识帮助了我。这一点，历史上有好些贴着佛教标签的造反者都用过。我知道他需要什么。就像他用双修来解释跟我的关系一样，我也愿意用他能接受的方式介绍革命党，介绍救苦救难，介绍救民于水火，介绍反清复明。我做这事的目的仿佛也变了，以前，我想叫他造反，换来驴二爷一家被满门抄斩的结局。现在，叫他做同样的事的目的，却是想跟他在一起，同生，也能同死。

我不能忍受没有他的革命和造反。我只想跟他在一起。

他也分明离不开我了。

现在想来，命运真是很滑稽。

5

事情发生了大的变化时，已到三个月以后了。我们抄了好些木鱼歌，浸透我阿爸心血的那些他最心爱的，已经抄完了。马在波花钱请了人，又誊抄了几份。他已经叫人联系兰州的刻书坊。他想刻印一千套。他说只有刻印了，它才可能真正地留下去。庙上来的很多人，也都随喜这善本的传播，认为这是有功德的事，他们也捐了不少钱。

这天，马家忽然来了一个人，去了马在波房里。那人见我时，神态很是可疑。从他的脸上，我看出，定然是他知道了我的身份。这是很自然的事。幸好驴二爷中风后，不常走动，不然，他定然早就知道了。

那人走后，马在波叫我去他房中。我进去，见他正在椅子上发呆。他指指床，叫我坐下。两人静了许久，谁都没说话。

许久，他说，我知道你是谁了。

我笑了笑。

我只是笑笑。我觉得，对马在波说这事，会让他很痛苦。我就懒得解释。

他苦笑道，不过，我知道你不是杀手。若是你真想杀我，我早死几百次了。

这倒是真的。不过，刚开始的时候，我倒是真的生出过杀他的念头，但我想，等他刻印了木鱼歌，再说吧。后来，杀心就渐渐没了。

他说，我知道，你是为了木鱼歌。这可真是个好东西啊。要是你真想杀我，等我们做完这事，再动手不迟。

我只是笑笑，不知道说啥好。

两人不再说话，因为说啥话也觉得没意思，就索性不说了。黄昏的太阳透过窗上的纸木格，在屋里映了许多白条。我像在梦中，觉得自己做了一个很长的梦，刚刚醒来，或是一直还没有醒。这事既然已经知道了，我也索性不再隐瞒，我就讲了我的故事。讲那故事时，我显得非常淡然，仿佛在讲跟自己无关的事。最后，我讲到了木鱼歌，讲到了哥老会，只说自己是哥老会的人。我并没扯出别人。我叫他去报官。那一刻，我真的希望他去报官。我觉得太累了。我也不知道接下来的剧情我该怎样演。我甚至很想叫官家砍了头。

我想，要是他真的报官的话，我也不会逃走。我觉得自己走了很长的路，累到骨头里去了，再也不想走了。

静了半晌。

他说，我爹做不出那样的事。他只是好色，心却善良，这事，你要相信我。

我不语。

他又说，我不报官。那哥老会，我也入了。一是为你，二是我信了你说的。我修呀修呀，修上千万座，还不如干些实事呢。见你之前，我也看了很多书，我觉得他们说的是对的。

听了他的话，我却没有一点高兴的意思。这很奇怪。反正那天，我觉得自己累到了极致，一切都索然无味了，甚至包括我跟他的爱情。

我想很快地躲到一个地方，谁也不见，待他个天长地久。

他说，也许，我爹会叫胡旮旯赶走你的。你要有准备的。你啥时走时，我就跟你走。

6

  此后的十多天里，除了做饭之外，我一直没去他那儿。我只是睡呀睡呀，有时睡得像死了一样。我想，别人砍头也罢，做什么也罢，我都懒得躲了。我甚至对木鱼歌也没了兴趣，觉得世人离了它，其实也活得很好。世上有那么多人没听过木鱼歌、不知道木鱼歌，也照样活得很好。我觉得，木鱼歌的那些重要或宝贵，其实是人赋予它的一种东西。当你认为它宝贵时，它才宝贵。你不觉得它宝贵时，它就跟所有的歌一样，你不唱时，它就没有。你唱完时，它就随着那声音的消失而消失了。

  我只想睡觉，只想什么都不想，睡他个死去活来。

  胡旮旯除了在见面时问询似的望我外，倒也没有其他变化。他也许没发现我跟马在波之间的故事，也许他知道了，但装着不知道。

  到了初一十五日，我也懒得去唱歌了——我说我病了——我提不起一点兴趣。武也不练了，我找不到练它的意义了，要是为了报仇，我现在的那点儿武功，对付马在波就够用了。我只消举个枕头，捂在他头上，就能叫驴二爷的后半辈子疼痛。我甚至也不想革命了，那些生活在水深火热之中的所谓百姓跟我没关系，我凭什么要去救他们？我凭什么要去反清复明？我凭什么要光复那个害死了许多功臣的忘恩负义的明朝？在想到死去的阿爸时，我也觉得他像恍恍惚惚映在水中的月亮，没有了那份刻骨铭心的疼痛。

  我一直没找到招来这种心绪的原因。我想，是不是因为有人破坏了我在马在波心中的那份美好呢？我是不是有种破罐子破摔的味道呢？我发现，真是有一点，但也不全是。

  我在穿越那漫漫长夜跟着驼队跋涉几千里时，也没有这种渗入灵魂的疲惫。

  就这样，除了做饭，我昏天暗地地睡了许久，也许有十多天吧。我一直等胡旮旯赶我走，但他倒是很关心我。

  睡了多日之后，我觉得自己真的病了，身子很重，吃东西时，老有种发呕的感觉。除了庙上腌的酸菜，我不想吃别的东西。胡旮旯懂医道，一天，他要给我号号脉，就号了。他认真地望了我许久，但也没开什么方子，只说，不要紧，过几天就好了。

  马在波来吃午饭时，显得有些憔悴。我发现，相思真不是个好东西，他以前的那份迷人的散淡不见了，多了一种焦渴。他不望我，我也不望他。我们像路人一样客气了。他是少掌柜，我只是庙上的一个做饭丫头，仿佛我们之间，没发生过什么事。

这天，胡旮旯忽然问了我的八字，他要给我算算命。我本来不信这，但不好驳他的好意，就告诉了他。可他算了后，也没有说什么。

倒是大嘴哥装扮成了到庙里上香的人来找过我。那是个十五日，人很多。见到我时，他很想跟我说话，并一下下暗示我去僻静处。我也懒得理他。我忽然发现，他竟真长了一张可恶的大嘴，有点不可忍受了。想到以前，这张大嘴竟然套在我的嘴上亲过我，我甚至有些恶心了。

在这种心态里，日子像石磙子压麦子那样过去了，除了那单调的咕噜声之外，只有那种干燥的麦灰似的味道。

7

这种情绪的改变，是在一个月后的某个夜里。那天，胡旮旯仍是出去应事。他仿佛喜欢应事，每次都是乐滋滋去，乐滋滋来。他一来时，庙上就有馒头吃了，他不叫馒头，叫斋蛋子。每次回来时，他会带一个没头鸡儿，和十二个斋蛋子。马在波不吃鸡儿，却爱吃斋蛋子。

这次胡旮旯应了一个大丧，说是得三天，需要的人手多，他还请了好几个道人。以前，庙里有时也会住些闲人，做些打扫树叶之类的活，但自打我来了以后，他也不叫人住了。他一去应事，庙门一关，整个苏武庙就像是死了。

我没再听到马在波诵过经，我不去他屋里时，他也不来叫我。第一天中午，我做了他最爱吃的揪面片，他吃了两碗。我仍然吃得不多，一吃得不顺，就会吐。他问，你是不是病了，要找个医生去看看。我说，胡旮旯看了，不要紧，过几天就好了。他舒口气，想说啥，却没有说。然后，他就回到了他的小屋，从后影里望去，他很像一个影子。

我有些可怜他，却又不知道可怜他什么。

夜里，没有起风。月亮白孤孤地照着院子，我坐在门槛上，因为吃不好，我似乎瘦了。坐了一阵，我觉得也没什么好坐的了，就开了庙门，去了外面。外面是一个荒滩，没有树，没有草，站在庙门外，可以望见很远的地方。这庙虽然建在苏武山上，其实看不到一点儿山的迹象。除了有几棵树外，剩下的，就是荒凉。也许在千年之前，这儿还是湖泊草场，不然，苏武牧的那些羊，也没什么吃的。

月光下的四野都朦胧着，静到了极致。我甚至能听到月光落地的声音，那是一种很像水的声音。没有风，但有气，那气水一样在脸上荡。这月下，想些事，应该很好。但仍然懒得想，"人从巧计常安排，天自从容做主张"。我忽然想到了木鱼歌中的一句唱词，觉得它真是看透了。世上的许多事，真有种说不清道不明的玄机。

我真想在这月夜里待上一夜，在喧闹里泡了太久，就想安安静静地在这月下静上一夜。想到仍在邓马营湖里嘿儿哈儿练武的兄弟们，觉得他们很无聊。以前，若是夜里有月亮，他们照例会练武的。大家都有种想改天换日的豪情，此刻想去，仍觉出了无聊。也不知这情绪来自何处，是不是马在波屋里的气息污染了我？有可能，但不好说。

我想到了飞卿安排我做的事，它照样显出了无聊。为什么当初把它当成了天大的事呢？此刻，多大的事，都成昏黄的月晕了。

我觉得马在波也出了庙门，像气一样，到我身后了。

他没说话，只是静静地立着。我听到虫子的声音，仿佛有许多虫子在唱着一种神奇的歌。身后人的轻盈的气息慢慢荡了来，在我的心里添了一点东西，又扫去了一些东西。他慢慢地坐在了我的身旁，他的衣襟扫了我的胳膊几下，我的心就跳了。

死了十多天的心，就在月夜下的这一刻活了。

我轻轻地靠过去，头靠在他的肩上。

我聆听着他的气息和心跳，不知那是我自己的心还是他的心在跳。反正声音很大，惊天动地似的。

听得马在波长长地吁了口气，他说，那事，真的也罢，不真也罢，都不去管他了。你是啥人都行，只要是你就行。

他这话，也是我的心声了。

我于是觉得自己无可救药了。我想，他可以这样想，我不能这样想。我这样想，就对不住阿爸们，但心仍被他的话引出的共振弄迷醉了。我伸过嘴唇，轻轻吻他的耳垂。

就这样，十多天的冷战之后，我们又抱在了一起。

8

回到他的小屋之后，我们开始了疯狂的补偿似的做爱。他也不再像过去那样小心翼翼了，他不管什么双修姿势，也不再忍精，我们在双双的迷醉中，一次次冲向高峰，又一次次晕死在迷醉里。

因为庙里无人，我不再压抑自己，我像叫春的狸猫儿那样叫个不停，他也变成了疯驼。听他的声音，你简直想不到他以前会是那样文静。在某个瞬间，我甚至想，他身上驴二爷的那种基因被激活了。这种联想很恶心，但那时，倒没有败我的兴。我只想罪恶地叫，罪恶地闹，我有种想让整个凉州听到我那种叫声的恶意。

我们闹到了很晚，我没有回自己的小屋。以前，我总是在入夜不久就会回去，现在，趁着没人，我可以尽情地跟他泡上一夜。我很喜欢这个"泡"字。我真是泡在他的世界里，我泡入了他的肉体，也泡进了他的灵魂。我像受伤的小鹿一样，蜷缩在他的臂膀里，四下里是他的气息。那夜，他那叫我迷醉的安详气息又有了。

待得情绪稍稍平缓些时，我问他，你什么时候喜欢我的？

他说，听木鱼歌时。

那么，你喜欢的是木鱼歌，还是我？

一样。你就是木鱼歌，木鱼歌就是你。

听了这话，我不知道是该喜，还是该悲。

他揽过我的头，笑道，你别再问了。这号事，是说不清的。以前爹给我找过许多美女，我总是发木，见一个，发木；再见一个，仍是发木。不是她们在发木，而是我在发木。我像被包在一个玻璃罩子里，我看得见外面的一切，但它们进不了我的世界。只有在听你唱木鱼歌的那时，那罩子裂了一个缝，透进了一丝人的气息。后来，那缝越来越大了，就成这样了。

我打趣道，你可要知道，我以前，可是个讨吃。跟我这样，让人知道了，你会失格的。按凉州人的说法，祖宗羞得往供台下跳呢。

他笑道，那他们跳便是了。啥讨吃？你是个天生尤物呢。没人知道，这个看起来灵丝丝的女子，疯起来比狼还厉害。再说，格是啥？我的心中，从来没有那些乱七八糟的东西。人活着，就很好了，弄那些怪东西干啥。

我说，以前，我其实见过你的。以前当讨吃时，也见过你，你给我几个麻钱，但你没望我的脸。

他说，要是不唱木鱼歌，你身上的那种味道就出不来。很怪，你的身上，有一种我非常熟悉的味道。说不清啥味道，你不唱木鱼歌时，就像火没有火焰，一唱歌，那火焰就起来了。

我说，也许，这就是念书人说的气质吧。

他说，古代有个文人，叫它"态"。以前，我还不理解啥是态，怪就是怪，同样是鼻子，同样是嘴，可你一唱歌，就变得很是诱人。

就这样，两人打情骂俏一阵，再胡闹一阵。

后来，累极了，就睡了。

9

我根本不知道人们是怎么进来的。待得我觉出异样时，屋子里已进来了好些人。马在波实在累极了，他仍在轻盈地打呼噜。

我推醒了他。妈呀，他叫了一声，爬了起来。我丢过一件衣服，盖在他裸露的下身上。

你们都看到了吗？在庙里，他们竟然干这种驴事。我认出，说话的这人，是个乡约。以前，他也常来庙里。听说，他跟王条老爷很好。王条老爷是小城的另一个大户，老是跟马家较劲。我后来想，这乡约，定然是想借这事，来臊马家的脸。

我知道，这号事，民不告官不究，定然是有人告密。也许，在庙外那会儿，有人发现了我们俩的亲昵。有可能，真是太大意了。我有些发蒙了，这号事，要是传出去，马在波的身子就染黑了。我倒没啥，一个讨吃，再黑也黑不到哪里。但马在波是少掌柜，他的名声一旦受损，马家会很没面子的。

因为经历了太多的坎坷，好些事都看淡了，心里倒也没多么慌乱。大不了揪了头去，头割了也不过碗大个疤，细想来，也真没个可怕的。倒是马在波没经过大事，他的脸煞白煞白的。想到自己连累了他，我的心就像掉烟洞里了。

那几人背过身子，叫我们穿了衣服。衣服上身之后，马在波身上的那种散淡又出现了，他虽然没恢复正常，但仍然有种掩饰不住的静气。记得，他的房中有副对联："每临大事有静气，不信今时无古贤。"看到他这样，我的心也安稳了许多。就是，没事不找事，有事不怕事。事做了，担就是了。

那几人恶声恶气地骂着我们，我理解他们的心。他们眼中，庙是圣地，是不能做这事的。做了这事，等于亵渎了神灵，会招来祸患的。据说，以前金刚亥母的真身像上，每月初一十五，都会流下红色的甘露，后来，一个王妃拿金刚杵堵住了下身。不久，一场战火就降临在凉州。这事，在史书上有过记载。在乡民们的眼中，苏武是牧神，每年正月初一的迎喜神，人们都赶了牛羊来这儿。驼队每次起场，也要带点儿苏武山的水，据说很吉祥。我们这一来，许多人会害怕神灵会降罪。

那些人的话语很恶心，很粗，是典型的农民骂自家老婆的粗口。这儿有种很怪的现象，男人骂自己老婆时，尽是些很难听的话，比如婊子、卖屄货、骚屄痒了，等等。他们就拿这类脏话泼我。他们认定我勾引了少掌柜。连月来，我唱木鱼歌，吸引了很多男人，一些女人早就骂我狐狸精了。这一来，我想不当狐狸精，也不可能了。

我想，他们要是知道我就是那个老讨吃的话，还会不会骂我狐狸精？

除了为马在波担忧外，对我自己，倒真的不在乎了。当初当乞丐时，我什么白眼没受过呀，按大嘴哥后来骂我的话，"脸皮比城墙厚了"。我也理解了为什么那些成就者总要将一些国王弟子送进妓院去调心，也理解了佛陀为什么叫弟子们去当乞士，有了那种人生经历，遇到一些事后，心也就把持得住了。

我当然希望这些人别把事情闹大，因为马家是大户。这事传出去，等于舀了一瓢稀屎，往马家的祖庙里浇——注意，这时的我，竟然开始为马家着想了，前不久，我还巴不得皇家满门抄斩马家呢——后来我才知道，对这事，马家的有些人也幸灾乐祸呢。

我们被带进了苏武殿，虽然庙子以苏武为名，但因为苏武没被皇帝封过神，他不能享受正殿，正殿还是元始天尊、太上老君他们，可见有时的封，是很重要的理由。苏武名头很大，但因没被封神，就只能在偏殿里待着。这殿不大，香火也不旺，平日也没多少人上香。在苏武山那几个月里，我倒是时不时来给苏武上一炷香，我不信神，但我敬重苏武的那种精神。

一进那殿门，我就向苏武祈祷，我有种病急乱投医的味道了。我希望这事能平妥些过去，别染黑马在波的身子。我只是祈祷，并没有许愿。一般的向神灵祈祷，都会说一些"重修庙宇，重塑金身"之类，但我没有那气力。我也不想骗苏武，他能帮了，就帮帮我，能稳稳当当了结这事。

除了最早来抓奸的那些人外，又来了好些人。我明白，有人就想把事情往大里闹，那时节，天还黑着呢，许多人都在梦中，要没有"热心人"张罗，谁愿管这类屄长毛短的事。发现这一点之后，我反倒坦然了很多。我想，是福不是祸，是祸躲不过。该来的，就叫它来吧。

因为奸情是现场抓获，也没人再来审，他们只是骂，骂我渎神，骂我妖精，骂我害了马在波的一生……总之，说啥话的都有。我也有种死猪不怕开水烫的味道了。我坐在人拜神时跪的那个垫子上，脑中一片空白，倒也没多么害怕。

早饭过后，看热闹的人越来越多，好多女人都来了。女人们一来，骂的内容多了，骂的方式也多了，唾星像雨一样落在我的头上，我也懒得去擦，心头有种木木的滞碍，脑子像叫啥糨住了。

忽然，有个老女人扑了来，她一边诅咒，一边举了鞋子往我脸上扇。只几下，我就被打晕了，脸上火辣辣的。

听得马在波说，妈，这事不怪她。你想打，就打我吧。

好了。今天就到这儿吧，我累了。木鱼妹说。

我听得出，她真的是累了，那往事，真有些不堪回首。谁遇到她当初的那种境况，也会累的。

木鱼妹忽然苍老了许多。

……不，她本来就很苍老了。

第十六会
追 杀

次日早上，一睁眼，我就发现，黄驼不见了。这很是让我吃惊。记得，我把它拴在一棵柴上了，拴得很牢。

到了近前，仔细观察，才发现拴黄驼的那棵柴是腐柴，它死了太久了，根差不多烂了，禁不了大力。驼只要一抡脑袋，就会解脱的。

我胡乱吃了些，去找黄驼。

一转过沙梁，我就看到了黄驼，原来它并没逃走。它正在有苁蓉的黄毛柴旁疯狂地大嚼呢。我抡了鞭子，扑上前去，赶开黄驼，发现那些苁蓉，差不多叫它吞光了。黄驼的肚腩儿都平了，说明它吃饱了。我虽然可惜，但懒得去打它。因怕它负罪而逃，就先拴了它，固定在柴棵上。

真是可惜，它几乎把那些苁蓉糟蹋光了。又去看远处洼里的那些苁蓉，发现也没了，定然是黄驼先吃了它。这黄驼，先吃远处的，后吃近处的，想来是怕它的咀嚼声会惊醒我。这鬼东西。

我清点了一下，除了三根完整的外，只剩下了一些苁蓉残片。黄驼以前定然吃过这玩意儿，有经验，它不但吃光了露在外面的，还吃光了原本埋在沙下的那部分。它用前掌当锨，清开了那些沙，把埋在沙中的那部分也吃了……不，也糟蹋了。它不可能一下子吸收那么多的苁蓉，那些东西，除了它能吸收的部分外，多余的，只会变成尿和粪便，排出体外。鬼东西。这些苁蓉，要是省着些，我们可以支撑好几天，叫它一糟蹋，全完了。

我顾不上惩罚黄驼，先将它吃时弄下的渣和残余部分收集起来，叫狗和白驼吃了。后来，狗也喜欢吃苁蓉了。我将三根黄驼还没来得及糟蹋的苁蓉包好，吃了它吃剩的半根。明知道苁蓉上有黄驼的唾液，很恶心，但我只是大略地削了削，几口就吞肚里了。

黄驼这一弄，情况就复杂了。

我躺在沙上，大脑一片空白。皮囊中的那点儿水，至多能支撑一天了。

我像挨了一闷棍。进沙漠前，我想了很多方案，预想了许多情景，大多是迷路了怎样办，遇到狼怎么办，水拉子漏了怎么办，等等。无论发生哪种情况，我都有应付之策，但我一点儿也没想到，图上标注的水源竟然会干了。

我万念俱灰了。我想，便是我全部采访完他们，又有什么意义？要是走不出野狐岭，我便是采访成功，也会被岁月的风尘掩埋。我不知道，其他人是否有我这样的因缘，再来一次成功的采访？

不过，沮丧归沮丧，夜幕一降临，我还是去采访了。我想，我做好自己该做的，别的，由天断吧。

一盏绿绿的灯远远地跟着我。夜幕隐去了老狼长大的身子。

一、杀手说

1

少掌柜，在你离开驼队，去找胡家磨坊的次日，我也开始找你。

只是，你走后的一场风，扫平了关于你的所有讯息。我没有找到任何踪迹。

我不觉得你是什么圣者。我只觉得你是个男人。

在我寻找的那些日子里，并没见过你谈到的那些情形，我看到的，只是沙漠和戈壁，还有胡杨林之类，也见过一些野骆驼。我并没遭遇你讲的那些神奇。

你别生气。我知道你修行好，当然不会生我的气了，你定然不会有嗔恨心吧？我老是见那些所谓放下了执着的人，只要别人亵渎他的信仰，执着倒越加重了。

少掌柜，你可别这样。

人都说你是个圣者，但你要知道，杀手的眼中并无圣者。杀手眼中只有杀人者和被杀者。是的，我有时也信佛，但这一点也不影响我要杀你的心。听说不？当初十字军东征的时候，那些人一边赞美上帝，一边将长矛刺入那些异教婴儿的头颅，还美其名曰圣战呢。

至今，不是还有那么多的人，一边狂热地高呼信仰，一边去当人肉炸弹吗？

我也是。

2

在无数个你不经意的时刻，我都观察着你。

我是窥视你的一双眼睛。当然，还有另一双你躲不过去的眼睛，那便是死神。除了它，我是最留意你的。我并没有发现你是什么圣者。

没有。

倒是我看到了你撒尿、打喷嚏、放屁、打呼噜……还做了别的事。听说，你小时候还偷过人家的萝卜呢。我无法将你跟传说中的圣者联系在一起。但我知道，你是个好人。但崇祯皇帝也是好人呢，祖宗造下的业，该他承担的，他还得承担。

虽然我知道你是个好人，但我还是要杀你。我需要你的血，来祭那些冤魂。

虽然，在我心中，你只是个好男人，并非圣者，但我从来没对把式们说你的坏话。因为，我发现，那些相信你是圣者的人，后来真的幸福了。无论是活着时，还是在死去后，他们都在微笑着。这就够了。他们不是我的仇家，我不想断他们的慧命。我只是想杀你。

我想，即使你真的不是圣者，也不要紧。

3

那些天，我一直在找你。你像从人间蒸发了似的，连个影儿也没有。

不过，我还是隐隐约约地明白，只要找到胡家磨坊，就会找到你。只是，我也不知道胡家磨坊在哪儿。

有人说，那个胡家磨坊，是进入另一个时空的入口。当然，你也可以说，那儿是进入暗能量暗物质的中转站。

寻找了许久的某一天夜里，我终于发现了一个磨坊。我不知道那是不是胡家磨坊，没人告诉我这一点。不过，我没听说野狐岭有别的磨坊，想来，这便是胡家磨坊了。

那天有月亮，不很亮，白狐狐挂在天上。我随身带了一些准备好的用具。我不想仅仅用刀子杀你。在所有的杀人方式中，用刀子是最没想象力的。要是仅仅在你身上戳一刀或几刀，其实是很容易的事。我在思考一种最有想象力的方式。当然，那方式的最后，仍然会用到你的血。

我明白，复仇是我一生里的最后一次表演，也可以说是人生的最后一次谢幕。我希望能很精彩。

一股股腥气在沙洼里旋。那些日子，我老是看到那显得越来越大的磨盘，在空中飞旋着，流了很多血，四溢开来，就成彩霞了。我总能闻到一股浓浓的血腥味。

那磨坊，孤零零建在一座山上。那山想来很高，但后来，沙呀尘呀埋呀埋的，就变成沙滩上的一个鼓堆。据说，胡家磨坊是用胡杨木建的，故名。但说不清的。那时节，关于胡家，有许多传说，说是："包家的君，李家的臣，胡家的丫头耍正宫。"都说，凉州本来能出皇帝，要是出了皇帝，胡家就会出皇后的。但后来，胡家人连个大一些屁也没放出，倒是这磨坊留了下来，还留下了关于"木鱼令"的传说。

在朦胧的月色下，我看到了那个悬空的磨坊，它一半在山上，一半悬在崖上。没想到，野狐岭还有这号建筑。磨坊不很大，在月色下形成怪模怪样的剪影，仿佛它正在攀登山崖。后来，我才发现，磨坊是由十多根横木支撑的。那横木，深入山崖上打出的洞中，磨坊就建在山崖上伸出的横木上，半悬在空中，在夜里看来，很是诡秘。我不知道，磨坊主人为什么要这样建磨坊，是不是为了防止被风沙掩埋？

据说，寻常时候，人是不来这儿的。据说，这儿总有种奇怪的声音或图像；又据说，死在野狐岭的驼户的鬼魂都会来这儿。更有人说，这儿跟一个神秘的秘境相通，但是，它由无数的厉鬼或非人守护着。这诸多传说，都流传在驼队中。

对以上说法，我是不信的。

一个由诸多厉鬼守候的秘境，有什么值得向往的？

我上了那个通向磨坊的青石板铺成的路。那石板，已磨出了许多凹坑。这儿，不知走过多少人和驼呢。

推开磨坊门时，我并没有发现灯光。

不过，我倒是真的感到了恐惧。虽然，按老祖宗的说法，杀手的身上煞气重，连鬼都会怕的。但我还是怕了，因为，我听到了一种声音。

你们是不是在敲响的铜钟下面待过？要是你待在一口刚刚敲响的巨大的钟下，你会听到，有一种声音在渐渐远去。那声波，很有质感，它会像游丝一样，袅袅升空，荡向天际。

在进入磨坊的那一刻，我听到的，就是这种声音。

我觉得，自己并没有进入磨坊。我进入的，是另一个空间。

借着朦胧的月色，我看到的，是那个巨大的石磨，有很大的磨眼。在那时，我还从来没见过这么大的石磨。寻常的毛驴，能拉动的，只是小磨。后来，我才知道，拉这大磨的，是骆驼。

我还发现，那磨盘上，有许多使磨用的器具，像皮绳，像拉杆，像驼脖里夹的那种皮围脖，等等。我很熟悉这行当。我发现，那些器具，都很好，只要套上骆驼，磨就能转了。

我进了另一个小些的房间，我看到了箩面用的筛子。

那地面，很是光滑。就在那光滑的地面上，我发现了人住过的迹象。

我还看到了马在波用过的一些东西。

那狂喜，一下冲光了我的所有恐惧。

我暗叫，马在波，你往哪里逃！

4

果然，马在波出现了，仿佛从宣纸上渗出的一点墨迹。

他清清瘦瘦的，一脸淡然。一抹月光映在他白孤孤的脸上，一股阴气笼罩着他……是的，是阴气。我并没有从他身上看到圣光。我那时看到的，是阴气。他那时给我的感觉有些阴，像是快要死了，没有一点儿阳气。他有点像我见过的一个养小鬼的人。那人将一个新死的小孩挖了来，埋在人迹罕至的所在。然后，每天在那儿持咒、供食，七七四十九天之后，小鬼就会听话办事。养小鬼跟养蛊一样，虽然也能得力，但也容易招来不净。那养小鬼的人，总是显得很阴。当然，这只是感觉。那阴气，就像一种氛围，只可意会，难以言传。马在波给我的，便是这感觉。嘿嘿，在我眼中，他可不是什么圣者。过去不是，现在不是，将来也不是。无论你们如何供养他，他即使有着通天的能为，在我眼中，他仍然不是圣者。

我觉得，马在波也在养小鬼。他常行的"蒙山施食"，说好些是一种布施，说不好些，便是养小鬼。好几个晚上，我都看到他给那些鬼供食。他的身前身后，总是有无数的小鬼。那不是我想象的，我真的能看到那些稀奇古怪的东西。当然，我也老是看到那些哭泣的、血淋淋的祖宗们。他们总是在吼着："复仇！复仇！"声震天地，令我动容。

马在波先是诵召请咒，他诵咒时，我看到一种幽蓝色的光像蝌蚪那样游向十方，在鬼的眼中，它们便是一张张请柬。我看到，无数的鬼乘兴而来。我看到的鬼是一团团气。业障重的，是灰色的重浊的气；业障轻的，那颜色就会清淡些。那一团团气，有的像人，有的是各种古怪的形状。它们是有能量的，你说得对，它们是一种功能性的存在，当然，你称之为"生物信息"，也行的。

马在波招来的，便是那遍天遍地的灰色气团。它们像一群斗殴的疯狗，发出各种各样的咆哮和撕咬声，喧嚣无比。

马在波又开始诵另一种咒子，咒子发出一晕晕的光，光一渗入那些光团，小鬼们的撕咬声就息了。那是一晕晕祥和的磁波。小鬼们渐渐静了。后来，我才知道，他是在为小鬼们消业障，解冤结，然后变食供养。

马在波的脸在月光下显得青桔桔的，他仍然沉浸在自己的世界里，他不知道自己面临着死亡威胁。那些日子，他一直这样。当然，你们也可以说他超越了生死，我眼中，却像是一种麻木。一个精神病患者也可以在悬崖上跳舞，但那不是智慧，而是愚痴。所以，我不认为那时的马在波是圣者。

我像暗中盯鼠的猫那样，在黑暗中，睁着杀气腾腾的眼。我咬着牙，暗暗地发出一声声诅咒。

那时，我想到了好多要马在波命的方法。但我说过，我不想用刀子杀他。用刀子杀人，是愚者所为。对我的想法，那些死去的亲人很是赞许。他们在静默中嚣叫着：对！不能像蠢货那样，要有点想象力。

他们像雾那样席卷，包裹了我，让我成为他们的仇恨的载体。你当然可以理解成一种氛围。这当然是存在的，你只要融入那氛围，就会恶起来。不信，你只要想想"文革"中那些抡皮带的漂亮女红卫兵，就会信我的话。

我发现，我也被那氛围裹挟了。

我于是想，是的，我的复仇，一定要有想象力，要弄得惊天地，泣鬼神。

我听到了自己疯狂的心跳声。那不是害怕的原因，而是狂喜所致。这么幽静的磨坊，真是个上好的复仇之地。马在波成了一块石头，我成了雕刻家，我想怎样雕他，就能怎样雕他。我想剐他三千三百五十七刀，将他变成苍蝇大的肉星儿，洒成满天的肉雨。我可以从他的左脚大拇指剥起，先揭去他的指甲盖，再一点点剔去拇指上的肉。这本是白骨观的修法。听说，马在波在修密乘之前，修过白骨观。那么，我就成全你。我先剥光你脚上的所有筋肉，是的，所有筋肉，只剩下那青白色的骨头。我那时认为，马在波的骨头也一定是青白色的，泛着一股阴气。

沿着那小腿，我剥呀剥，剔呀剔，一点点，一星星，我享受着复仇的快乐。那是啸卷的大乐，一波波荡向天边，荡向永恒。我当然很快乐。我的祖宗们也很快乐。他们狂欢着，他们享受着我刀尖上的肉给予他们的喜悦。他们是喜欢血食的。世间的许多鬼神都喜欢血食，所以，人们祭祀土地神时总是要杀鸡儿，供猪头，更有供牛羊者，因为土地神嗜血。你想，当大地渗满鲜血时，它会是多么肥沃啊。要是大地之神嗜血的话，人间的战争还能平息吗？

我剔光了马少爷左小腿上的肉，把他俊美的小腿变成了死人干爪骨。那玩意儿，真的很难看。要是我需要一个武器的话，我就会选择用一个死人干爪骨，当然是精钢打就的，我专门用来抓人，一抓一把肉，一抓一把肉，定然很过瘾。

我索性弃了刀子，用那精钢打就的钢爪，去抓马家少爷的胸膛，只一下，就抓开了他的胸膛。我见到了一个猩红的肉团在蠕动，忽而大了，忽而小了。我先不去碰那肉团。我不想太便宜他。对于仇家，不要轻易地让他失去生命。让一个人死，是世上最容易的事。我不要他死，我要他不得好死。嘿嘿。这有点不像我了。

你们不用诅咒我。你们并不知道，残杀和暴力是人类的天性。人只要进入恶的氛围，恶心就会生起。你就会说，与天斗，其乐无穷；与地斗，其乐无穷；与人斗，其乐无穷。你要是只杀一个人，是杀人犯；要是你杀一百人，是杀人恶魔；杀一万人十万人，就可能成了英雄；要是你杀上几千万人，就可能被人供奉在某个殿堂里，受到世世代代的崇拜和祭祀。不信？你去看看历史。哪个朝代，不是这样？

我抓光了马少爷身上所有的肉，还有筋，还有肉膜什么的。这时的马少爷，只剩下一副骨架了，很像那个尸林双尊。那尸林双尊，据说是两个大菩萨，但只是据说而已；据说他们在度众，度了无数跟他们有缘的人，但也只是据说而已……是的，就是那两个绞扭在一起的骷髅。不过，马在波跟那尸林双尊不一样的是，他的心在跳动。你想，一副骷髅上，却有颗心在跳动，这是多么有趣的画面。嘿嘿，当然，你可以说我心理变态。不过，要是你的亲人们也遭了那样的血雨腥风，你也许会跟我一样的。是不？要知道，健忘的民族不该算人的，只能算猪。

这世上，有些东西是不能忘的，比如仇恨。要是你杀了人，别人老是健忘，你就会老是去杀人。是不？要知道，因果律是宇宙法则，善有善报，恶有恶报。要是我们都健忘，那恶人，就会肆无忌惮地作恶。从这个意义上来说，我这个杀手，其实也是宇宙因果法则的守护神。我要明确地告诉世人，以血还血，以牙还牙，血债要用血来偿还。所以，你在作恶的时候，一定要明白，你其实在挖自己的坟墓。

我看到马家少爷的骷髅在跳舞，虽然很像是狂欢，但我相信是疼痛使然。要是他没疼痛，那我的复仇还有什么意义？我看到空中有无数嗜血的神灵在狂欢，他们翕动着鼻子，吮吸着溢满大地的血腥。我看到你的脑中冒出了一句诗："血沃中华肥劲草。"呵呵，好诗呀好诗。可见，这世上，不乏嗜血的诗人。

马家少爷狂舞了一阵，仿佛觉察到什么似的，转身而逃。他像兔子那样飞快。我尾随着追了去。我看到他逃向胡家磨坊的后院。

我知道，无论你逃向哪里，你都逃不过命去。

二、马在波说

我把飞卿给我的枪藏在了胡家磨坊,他想叫我防猛兽。我想,这世上,还有啥猛兽比自己的欲望更可怕?

我眼中的猛兽,永远是我自己。那枪,又打不碎我的执着,我用不着它。为了藏它,我花了些时间。对于这种凶器,我想尽量藏深一点。

胡家磨坊的后院,有一条小道,通往一道峡谷。峡谷很深,老有云雾缭绕。透过那云雾,我看到,那峡谷里,有三条不同的水流,一条浑黄,一条墨绿,一条清碧。那三色水,从不同的地方流来,汇入了峡谷……不,你别说这三条河流是象征,象征啥三恶趣,不是。河流就是河流。我的故事里,没有象征。虽然你可以听出无数的象征,但我自个儿,却不愿将它们当成象征。在所有的话语体系里,象征是最无力的词。

那时我想,这水是真的吗?要是沙漠里有这么多水,那沙海,早成绿洲了。却又想,这峡谷太深了,便真是水,也流不到上面的沙漠里。

说真的,我想象中的野狐岭可不是这样的。小时候,老听人说,野狐岭是沙漠里很神秘的一个峡谷。那时我就想,它既然在沙漠,除了沙,还是沙,大不了再多点胡杨啥的。进了野狐岭,才发现,这儿还有各种古怪呢,像这胡家磨坊,就分明是一个古怪。关于它的古怪,我以后还会讲的。

我估计,那峡谷另一侧,定然也是个古怪所在。说不定,也会有我的寻觅呢。

我想,如何才能从这头到那头呢?

正想呢,一道溜索出现了。

你知道溜索不?瞧,一道绳索,从山的这头,扯向山的那头。那绳索上,穿了硬木做的滑筒,人固定在滑筒上,脚一蹬,人便会腾云驾雾一样,从峡谷的这头,滑向峡谷的那头。瞧,就这样。

以前,我玩过这。我熟悉它。我用一道牛毛绳加固了自己,这样,即使我手发软,也不会从滑筒上脱落下来。然后,我望望天。天上有个猩炸炸的日头爷。

真是这样。那时节,我看到的日头爷,真是猩炸炸的。我觉得奇怪。因为,我以前在沙漠里看到的,总是白狐狐的亮盘儿。那猩红,便深深地印在了我的灵魂深处。此刻一闭眼,那猩红,还会从我的心上渗出。

我狠命一蹬,溜索滑向对面。我用湿手巾在前面开道。这样,毛巾上的水,便会让那溜索滑润很多。我有种腾云驾雾的感觉。风在耳边死命啸叫。我感到了一种辽阔，是的，是那种"一览众山小"的辽阔。远山成了麻巾上的皱褶，山道成了一条扭动的蛇。

我很想不害怕，但害怕还是浓雾般袭了来。我被深深地笼罩了。我怕自己会掉入那可怕的深渊。那三种颜色的水翻出可怕的浪花。一条条鳄鱼蹿出水面，差点咬住我的脚脖子了。我赶紧闭了眼。虽然我知道闭了眼也改变不了世界。但此时，我只能闭了眼。当我改变不了世界又改变不了自己的心时，我只能选择闭眼。

忽然，我听到溜索发出的摩擦声变刺耳了。那是一种磣牙的感觉，像是我在嚼沙子。我只好睁开眼，发现溜索上的滑筒已裂开了口，也许是风化过久的原因吧。我已将自己固定在滑筒上，要是滑筒从溜索上脱落，我定然也会堕入深渊。我发现，此刻我依赖的东西，其实它自己也不牢靠。我忽然产生了绝望感。这情形，跟我发现我视若佛陀的某个上师原来是个心胸狭窄的凡夫时一样。那时节，天都变灰了。

顺便告诉大家，我不是圣者。我也会害怕。只是，我还知道，在害怕之外，还有个知道自己害怕的东西，它是不害怕的，于是，我便安住在那个不害怕的里面。这样，我眼中的害怕，就梦幻一样了。不过，我此刻说的这些，在我上了溜索的那时，还仅仅是一种想法，还没有成为智慧。我明明知道，世界的本质是梦幻，但还是控制不了自己的心。在许多时候，我甚至认假为真，将那诸多的幻象，当成了实有而方寸大乱。

我听到了滑筒损坏的破渣声，那声响像无数条蛇，在疯狂撕咬我的神经。此刻，我已到溜索中段，脚下流水的轰鸣声惊天动地。怪的是，那溜索的声响总能盖住水的轰鸣。水中的鳄鱼开始跃出水面，它们的目标是我的脚脖子。虽然理性上知道，它们应该是够不着我的，但怪的是，我的脚底总是能感受到鳄鱼的吻。那每一触及，总叫我心痒难忍又恐惧万分。我甚至嗅到了那一股股的腥臭。我甚至能分辨出那臭是鳄鱼齿间的腐肉发出的。

最致命的，是我发现，那溜索慢了下来，它仿佛要在缆绳的中段安营扎寨。要是它停滞不前的话，我只有两条路，要么挂在溜索上变成干肉，像藏人晒的干肉那样；要么我掉入水中，成为鳄鱼口中的美食。那个瞬间，我理解了唐东喇嘛，他曾亲眼目睹过有人从溜索上掉入了江中。那个瞬间，他便发愿，尽一生之力，在险峻的江河上造桥。我于是发愿，要是我活下去的话，也会在胡家磨坊后院的峡谷上造一座铁桥。虽然我的这一发愿，是在抄袭别人，但这愿力，还是让我远离了恐惧。

我后来想，也许是我发愿的原因，得到了护法神灵的帮助，我才终于到达了

253

对面。

日头爷不见了，也许是落入了西山，也许是被云雾遮了。天白孤孤的，透出一种青色。

溜索向岸边滑去。我看到了很多树，我都叫不上名字，都显得怪怪的。真是奇怪。峡谷那面，是干焦的黄沙。峡谷这边，是成荫的绿树。

我非常勉强地踩上了一处实地。我的脚踩上大地的那一刻，那滑筒忽然裂成了碎片。它们像柳絮一样随风飘起，飘向未知。

三、陆富基说

1

以前，我一直以为，少掌柜得的，是一种妄想症。

后来，我却理解了他。我相信他是圣者。因为在我被砍了脑袋后的某个瞬间，我见到了他。他的头上有圣光。那时节，我才相信，他是一位真正的圣者。

真正的圣者是出世间的，他是远离了空间、时间等分别的一种伟大存在。

那时，我才会感谢他的那种寻觅。要是没有他在野狐岭的寻觅，就不会有后来的超越，也不会有对我的救赎。

不过，当时，我倒是真以为你去了胡家磨坊里闭关呢。因为你以前老是闭关，我们倒真的放心了。我们没想到，你竟然有过这样一种经历。

那时，你要是真的出了啥事，我们如何向马二爷交代？……不，驴二爷是木鱼妹叫的，我们叫马二爷。

只是，对于你说的那些野狐岭的神异，我倒没啥怀疑。我确实在野狐岭见过一些奇怪的地貌。不过，也有人说，野狐岭四顾沧桑，并无人烟。谁知道呢？

我也不想怀疑你说的那些奇遇。

我记得你说过：不同的人，有着不同的野狐岭。

我不知道，谁看到的野狐岭，才是真正的野狐岭？

少掌柜，你可别生气。

你要知道，侍者眼中是无圣者的。我虽然不是你的侍者，但我是看着你长大的。我看着你撒尿、打喷嚏、放屁。我还老是记得你小时候偷过人家一个萝卜的事。我无法将你跟传说中的圣者联系在一起。但我知道，你是个好人。

我想，即使你不是圣者，也不要紧。

你是啥并不要紧。只要看你的人认为你是啥，那么你便是啥了。

同样，我眼中的飞卿也不是民族英雄。他也怕死，也好色。我还同他一起去过河西大旅舍呢。见到那些一笑一嗲的女娃，他也很开心。这一切，跟我心中的民族英雄相去甚远，但你们说他是民族英雄，那他便是了。

2

在野狐岭的那时，我最想做的事，是杀了那疯驼。

因为，它已经咬伤了两峰汉驼。那疯驼像影子一样，不定啥时候，就会飘了来，真让人防不胜防。可怕的是，我发现它咬伤的那两峰汉驼也带了疯气。时不时地，就噙了一嘴白沫子，赤红了眼望人。虽然它们还没有咬人，但那阵候，也距咬人不远了。我不知道褐狮子的疯症传不传染，要是传染的话，被咬的那两个也会成褐狮子。你咬我，我咬你，要不了多久，整个驼队就毁了。你一定听说过害群之马的说法，要是马群中有一匹坏马，就会将整个马群带坏的，驼队也一样。我最怕的是，要是褐狮子的伤诱发了它身上的瘟疫，那它的每一口咬，都会是一个要命的咒子。

我打定主意，先整死那疯驼再说。

我知道巴特尔仍会反对这事，他总是不相信我们说的关于褐狮子的一些讯息，他说他不信褐狮子会咬人。他的理由是褐狮子一直待在他们的草场上养伤，从来没离开那儿。他真是睁着眼睛说瞎话。

但我管不了太多。每日里，我总是提一把火枪，找那疯驼。我在枪里装了打狼用的钢珠。我严阵以待。但怪的是，我寻遍了沙洼，却找不到褐狮子。后来，我去了蒙驼的草场，才发现，褐狮子真像巴特尔说的那样在养伤。它半眯了眼，卧在沙洼里反刍着。那模样，老实极了，分明是个养伤的老驼。我知道它在伪装。我想，你装得了一时，装不了一世。你只要再撒一次疯，我就现场毙了你。

那些天，飞卿很是着急。他急着要到达目的地，急着弄到军火，去做自己该做的事。对此，我很是不以为然的。从凉州贤孝里，我明白了一个道理，无论什么样的革命，都是赶走乌龟，迎来王八。那些革命者，总是在革命成功后，变成另一个独裁者。有时候，那后来的暴君，甚至比前一个更坏呢。我们不说太远的，只说元朝和明朝。那朱皇帝杀功臣时的那种血腥，绝不是元朝的蒙古人能干出来的。每次听瞎贤们唱《明英烈》时，我便想，要是徐达、常遇春、蓝玉们知道自己扶的是一个惊天动地的屠夫时，他们还会不会造反？你不用笑，这是个必须追问的问题。不然，几千年里无数仁人志士的血,就白流了。虽然我也算烈士,但我并不盲目。

所以,我的对手,总是阶段性的。

现在,我只想收拾了那杀人的疯驼。

怪的是,从蒙驼的草场归来后,又一峰汉驼受到了攻击。那驼的大腿上被撕去了一块肉,正在直了声叫。

你是否听过骆驼的惨叫?那撑破嗓门发出的直杠杠的声音,实在是世上最难听的声音。现在一想起,我都有种尿道发紧的感觉。

一见我,祁禄便叫:褐狮子!还是那个褐狮子,嘿,那是活脱脱的一个黄煞神啊。

这是啥话?但我明白,他说的黄煞神,不是汉驼驼王,而是指一种传说中的凶神。我觉得奇怪,问,你们没看错吧?方才,我还看到褐狮子卧在沙窝里养伤呢。

我一说,祁禄就嚷嚷道,不可能。明明是那褐狮子。它旋风般卷了来,一见它,好些驼就炸了。一个跑得慢了些,就叫它叼去了一块肉。

蔡武说,我还看到它一边大嚼,一边品味似的拌嘴呢。

祁禄强调说,真是褐狮子,我还看到它血糊糊的裆部呢。

我笑了,瞎说,这么长日子了,伤口早就好了,哪有血?

蔡武说,有血,我们都看到那血呢。

我问,会不会是另一个疯驼?

蔡武说,不可能。那褐狮子,烧了灰我也认得的。

我只好说,你们盯着些。下次见了,直接打死便是了。

蔡武道,那玩意儿,风一样卷了来,迅雷不及掩耳。咬一口后,便风一样卷走了。我们想收拾它,可哪来得及?

他们这一说,我就信了。我想,那疯驼在沙洼里养伤,是迷惑我的假象。我一回来,它就绕个道,疾驰而来行凶。定然是这样。那驼跑起来追风逐日,时间当然是够的。

我想,无论如何,我先杀了褐狮子再说。我不能等到它咬得不可收拾再动手。

于是,在一个有着白孤孤月亮的夜里,我接近了疯驼。

3

我举了枪,瞄准了疯驼。我在枪里装了两种铁弹,一把散弹,一颗独子儿。我是真想一下结果它的命。

那时，蒙把式们想来都睡了。沙洼很静，我听到自己的心使劲蹦个不停。

那时，褐狮子正卧在沙洼里。我估计它知道了自己的结局。因为我发现，它眼里有一种很亮的光。我怀疑它在流泪。多年来，这一幕，一直在我的生命中出现。时不时地，我就会觉得，有一根针，在扎我的心。

扣扳机的那一刻，我稍稍犹豫了一下。毕竟，我是在杀驼。把式杀驼，总是不得已而为之。要不是褐狮子是个杀人驼，要不是它仍时不时袭击汉驼，我是不会动杀机的。我心中祈祷着，我祈求驼神爷理解我的心。我心里默默对褐狮子说：不怨天，不怨地，只怨你自己，你已经废了，早一点了断业缘，去转世投胎吧。

然后，我扣动了枪机。

一条火龙扑向褐狮子，接着是一声炸响。那声音，吓我一跳。我从来没听过那样的枪响。我自己也仿佛被炸成了碎片。从那以后，有很长一段时间，我的耳朵老是有嗡嗡声。

那火龙扑了去，一下就咬去了褐狮子的小半个脑袋。我甚至看到了飞溅的血。按说，在月光下，我是看不到颜色的，但怪的是，我竟然看到了。那血一下子染红了半个天空。我后来才知道，这意象，代表着另一种可怕的境遇。

褐狮子发出了恐怖的惨叫。同样，我也从来没听过那样恐怖的驼叫。那声响啸卷着，有种龙卷风的质感，又像降临的黑夜一样罩向了我。

几个蒙把式扑出窝铺，他们嚷嚷着，扑向褐狮子。

我知道，此刻，所有解释都没有用，那些蒙把式会撕碎我。

三十六计，走为上。

在褐狮子的惨叫声中，我听到了巴特尔直了声的号哭。

4

巴特尔带着蒙把式扑向了我们的窝铺。他们拿着称手的器械，一进我的窝铺，就乱砸。一个箱子碎了，里面的零碎物散了一地。几个前去拦挡的兄弟，也叫他们打倒在地，惨叫不已。

撒了一阵野，巴特尔又直了声号。听说，褐狮子救过他的命。即使真是那样，也用不着这样直了声号呀。以前，我还没见过他掉泪呢。他这一号，我就有些慌了。我想，也许，我做了一件错事。但我要是不做，这几百峰汉驼，还不会给它一个个咬伤？

我就这样向那些蒙把式解释。

屁！巴特尔大叫一声，扑向我。飞卿上前拦住说，有话好好说，兄弟，有话好好说。

巴特尔的声音都变味了，他说，这些天，我就没见它离开过那沙洼。你一个男人，咋能放这种没影子的屁？

就是。就是。它挪都没挪过地方。一个说。

另一个说，你是做梦尻子没盖严吧？

巴特尔抹把泪，指着我，从牙缝里挤出话来：我看你是脏腑里不干净，上回，你吃了它的亏，你就想报复。告诉你，我跟你没个完。老子羔子皮换你张老羊皮！

他这话的意思，是迟早要跟我拼命。

蔡武和祁禄们却为我说话了：我明明看到褐狮子又咬驼了。不信？你们跟我去看。蔡武拉着蒙把式，去看那几峰被咬伤的驼。一会儿，他们又回来了。

咬倒是真咬了。一人悄声没气地说。

巴特尔说，只要是长了嘴的，都会咬。谁能证明是褐狮子咬的？

这一问厉害，汉把式寂了。

这时，一个声音响了，我能证明！是大烟客。

他说，我六十岁了。除了哄女人的话有几次没兑现外，我没说过一句谎。你总该信我吧。我可是亲眼见过，那伤驼，可真是褐狮子咬的。

木鱼妹也说，我也没有骗过人。我也可以作证，今日个后晌撒野的，真是褐狮子。只是，她怪怪地补充了一句，那是另一个褐狮子。

在场的人中，只有我听清了这句话。但也只是到了后来，我才懂了她说的话。

豁子却说：我们也可以作证，那褐狮子，今日个一天都没有离开那沙洼。

这一说，两家又吵成了一团。

后来我才知道，一个小小的裂口，真的会毁了千里大堤。

5

几天后我才发现，褐狮子被打烂了半个脑袋，但没有死。它老是拖着那烂了的脑袋四下里转，时不时直杠杠叫一声。一听那叫声，我的尿道就发紧。它那模样，很恐怖。它半边的腮没了，每次吃草时，老有血从裸露的一边流下来。

我叫大嘴给巴特尔带话，叫他们宰了它，给个痛快，别再折磨它了。

大嘴说，他的话音还没落地，巴特尔就扇了他一个耳光。巴特尔说，去，你带话给那老驴。我留下褐狮子，是叫它提醒我报仇。

大嘴捂着被扇红的腮帮子说，他可是真要报仇的，你要小心。听一个蒙把式说，褐狮子是巴特尔的护命神驼，驼一死，巴特尔也活不了。

哪有这种说法？我只听说过护命神石，没听说驼也能护命的。

他们都这样说，说是巴特尔小时候算过命，活不长的，得借着护命神驼，才能熬过命难。

真是荒唐。我苦笑道。

大嘴说，我发现，那豁子，是搅屎的棍棍儿，有许多事儿，都是他搅出来的。还有那些枪手，也变了，跟巴特尔称兄道弟，很是亲密。巴特尔的那些把式，也跟枪手学起了打枪。这阵候，有些怪惊惊的味道。

奇怪的是，褐狮子虽然被打碎了腮子，但还是老有人看到它扑向汉驼。大烟客说，他亲眼见过扑向汉驼的褐狮子。那褐狮子没有一点儿伤，反而是骁勇无比，汉驼一见那飞来的褐狮子就炸飞了，倒是没被咬伤。

说真的，我也嗅出了怪怪的味道。我倒是有点怕豁子。世上有许多事，就是豁子这号人搅出来的。凉州贤孝中说，汉朝时，匈奴对大汉的许多次战事，都是那个叫中行说的汉人宦官搅出来的。凉州人管那类善于搅事的人叫屎里的蛆。

豁子，你不用生气，我是想到哪，说到哪。

四、豁子说

1

我也想说两句。

因为，我要是不说的话，世上的许多真相就叫谎言掩盖了。

这世上充满了谎言。至今，仍有许多凉州人认为，是我害了飞卿。都说，要是那豁子不出卖，飞卿不会死。屁，这世上还有不死的人吗？不说别的，我问你们，陆富基方才说的那些明朝的开国功臣是我害的吗？还有那些共和国的开国元勋，我也没有出卖吧？他们中的许多人，难道就寿终正寝了？

可见，世人的命运，有它自己的规律。

许多时候，每个人的坟墓，都是他自己挖的。佛教有因果报应的说法，你不过换了一种说法，叫啥自作自受。我同意你的说法。

你们只看到我后来向县衙马队告密的情节，却忘了飞卿本人的毛病。我告诉你，他居然将狗的上嘴唇割开叫它豁子，他将我比成了一条狗，拿我的生理残疾当笑料……成了，你不用想别的，只想这个细节，你就知道，他是个什么东西。他是啥民族英雄？他只是个捣蛋鬼。我问你，要是你当了皇帝，喜欢这号人不？

我承认，对他，我是真的恨。在野狐岭，我确实想做成一件事。啥事？我就是想叫那野狐岭，成为飞卿一生的转折之地。我想叫他败运。那时节，我只想叫他折财，是的，折财。我确实想叫他们到不了目的地。我想，那巨大的赔偿金，就足以叫飞卿吃不了兜着走。他要是做成了这事，你猜他会咋样？他可能会在家里摆上宴席，跟朋友们大呼小叫，那气焰，真的是十分嚣张的。同样是兄弟——我介绍过，我跟他是堂兄弟，为啥他的气焰那么嚣张，而我，就只能夹着尾巴做人呢？

一想到他那张狂样，我就想拿把刀捅他。——便是在现在，我还是有这冲动。也许，我们真是前世的冤家吧。

扯远了。我还是说说野狐岭吧。

你们总是将汉蒙驼队两家的不和，和后来的械斗，说成是我在搅和。我承认，我确实煽过一点儿风。不过，我问你，我没有生下的时候，汉蒙两家就有许多纠纷，那原因，是不是也该归到我的身上？你们为啥看不见那么多的历史问题，老是将一些小事当成推动了历史进程的动力呢？我告诉你，那次野狐岭之行，便是没有我，你们仍会闹出许多莫名其妙的事。这世界，只要有人，只要人的心不一，那事儿，就会层出不穷。信不？

但我承认，在那次野狐岭里，我确实也起了点作用。啥作用？我是那个推石头下山的人。在紧要关头，我确实推了一把。然后，那石头，就沿着山坡咕噜咕噜滚下去了。我需要说明的是，开始，我仅仅是一点对飞卿的恶念，但那石头一到山坡时，我想阻止，也阻止不住了。

确实，我很心疼褐狮子。我当然要心疼它。可以说，它也救过我的命，有好几次，我们困到沙漠里时，它都将那鬃毛盖到我的身上。你想，在那冰天雪地里，要是没有它的鬃毛，我早就冻僵了。这点恩，我当然忘不了。我这人，好记仇，也忘不了恩。

那时节，褐狮子整夜疼得直了声叫，你要是想体验那滋味，只管朝你的下身里抡一拳试试——你甚至不用弄碎你的卵蛋，你便明白了褐狮子受的，究竟是怎样的一种疼痛。为了给褐狮子报仇，我甚至也想弄残黄煞神。后来，我也做了点事。这事，我不想公开。

白天还好些，因为事儿杂，我的心都叫杂事儿填满了。一入夜，我就能听到褐狮子的惨叫声。巴特尔想来也一样。我发现，那褐狮子惨叫时，他也是一头一身的汗水。他当然会心疼它。我怎么会不恨那个开枪打碎了它半个脑袋的坏蛋？

黄煞神那一脚，虽然阴损，但也是两驼之间的事。陆富基那一枪，无论是啥理由，都说不过去。何况，你说它是杀人驼，我们并没见它杀过人。你们说的许多次所谓的跟褐狮子有关的事件，我们并不承认。原因很简单，在蔡武们认定的褐狮子作案的时间里，它其实却是在我们视野可及的地方养伤。换一句话，我们有它不在现场的证明。

当然，这是我们当时的想法。

我们甚至认为，你们说的那些事，仅仅是在寻找一个杀褐狮子的理由。

你想，陆富基的那一枪，我们怎么会接受？

2

我发现，那些人枪杀褐狮子，其实是个不好的信号。我将这一发现告诉了巴特尔。

他问，啥信号？

我发现，他们的目的地变了。

为啥？

他们的目的地，可能从到达罗刹，变成了落草为寇。

不会吧？

咋不会？你想，这么多的宝贝，那沙眉虎，也不一定有这么富。这乱世中，能当个沙眉虎，也不错了。

你的意思是，飞卿他们想当沙匪？

不是想当，他们本来就是。那哥老会，本来就是反朝廷的。

其实，我早就知道，飞卿家里老来人，老设坛，老有些不三不四的人上门。正常情况下叫他落草为寇，似乎还不大可能。但要是有把刀悬在他头上的时候，要是能活命，他定然会落草的。你可能不知道，凉州哥老会叫官家端了，那些人已供出了飞卿。

你咋知道？

一只鸽子带了信给我。你想，他要是回去，肯定免不了一死。但要是他真想在野狐岭落草的话，我们便是他最大的障碍。

他会杀我们吗？

肯定会。

巴特尔说，我也奇怪呢，我不信褐狮子会伤了那么多的汉驼。我也是眼睁睁看着它在沙洼里养伤。他们的那些说法，莫非是在找一个理由？但他杀人还需要理由吗？

他不需要，但那些把式们需要。明白吗？不明白他身份的那些把式，要是没有一个理由，是不会跟他起事的。所以，煽起矛盾冲突，是一个最好的理由。那枪杀褐狮子，是一个导火索。只要我们一认真，他们就有了理由。

我们已经认真了。

那他们也有了理由。所以，我们也必须有所准备。

是的。我承认，我们后来的所有准备，就源于那夜的谈话。

次日，我将跟巴特尔的谈话告诉了蒙把式。他们决定，无论那些受伤的驼是不是痊愈，蒙驼都要马上起场，朝着目的地继续前行。有人甚至认为，这一走，等于救了整个蒙驼队。

嘿嘿，不过，有人说的也有道理，我们那样做，也等于毁了那支驼队。可事过百年，我们再想，即使没有我的策划，能真正走出野狐岭的，又有几人？

就是，就是。

我听到了许多叹息，它们像风一样远去了。

一切，都会过去的。无论当时多么惊心动魄的事，总是会过去的。一过去，一切就成了记忆。

当夜的采访结束后，我还没有从黄驼造成的灰色心境中走出来。黄驼一直在阴阴地望我，想来它知道我会报复它，会用裹头鞭子抽它，它有种破罐子破摔的味道。当我望它时，它甚至会用挑衅的眼神望我，一眼的仇恨和刻毒。要是遇上脾气不好的把式，一顿打它是挨定了。但我懒得去理它，它等待我的报复，我偏偏不报复。当然，我也不宽恕它。有时候，其实是不能轻易说宽恕的，该受的，还是要叫它受，你不要轻易地破坏因果律。只是我将鞭子换成了沉默，我相信，我的沉默，在它看来，分明是一柄悬在头上的剑，不知道啥时会落下来。

干渴真是可怕的东西。有了那些苁蓉时，它反倒潜伏了，不显多么强大。一旦苁蓉没了，它立马就变成了猛兽，向我扑来。我的嗓子成了干皮，仿佛被火烤过一样，我喝了好几口水，却解不了渴。我很想将剩下的水全部喝光，但知道，喝光也解不了那种灵魂的渴。我被一种还没有降临的糟糕境遇弄得没了信心。

我觉得累极了，从里到外地乏，好不容易睡着了，却做了一夜的噩梦。梦的内容很多，却记不清楚。时不时地，我就会从梦中惊醒。一想到此后可能面临的那些事，我就会心悸不已。我只能安住在那个不心悸的境界里面，才能继续入睡。后来，我一次次用达摩的"报冤行"来说服自己，终于原谅了黄驼。

我想，无论黄驼如何不好，总比那跟我的狼好一些吧。我能容忍狼的跟，为啥不能容忍黄驼呢？这一想，心里立马平顺了。

第十七会

石 刑

> 拉骆驼，起五更，踏步十一省。
> 病重的，难起身，有谁来照应？
> 眼看的，命归阴，赶紧送上门。
> 全家子，他哭的，泪水淹死人。
> 你看看，这就是，拉骆驼，
> 才不是个营生……
> ——驼户歌

水越来越少。

有苁蓉时，水用得也少。驼呀狗呀，只喂些苁蓉就行了。苁蓉那丰富的汁液补充了身体需要的水分。一没了苁蓉，就很难支撑了。

早上起来，我仍是觉得很渴，就多喝了几口水。

吃过早饭，我大致记了一下前夜里采访的要点，就四下里去找水，明知道找是没用的，但也不能等死吧？除了找水外，我最想找到的，还是肉苁蓉、锁阳之类，这是可能的。在沙漠里，只要条件适宜，就会长这类东西。这成了我心中唯一的救命稻草。根据经验，有水的可能性不大，但沙生的一些多汁的植物，想来会有。既然我找到了一些，就会找到另一些。我尽量选择去一些沙土相间之处，锁阳一般会长在那儿。当然，锁阳的生长，除了土质外，还需要其他条件。再说了，便是这儿真的有锁阳，它们还待在土里，我又没气力去广泛地挖寻——时令到了时，有它的地面上才会出现裂缝；时令不到时，我看不到哪儿有它——就只好将希望寄托在找苁蓉上了。没想到，我跑了多半天，搜遍了许多柴棵，不但没找到想找的东西，反倒将皮囊里的水也喝得只剩下几口了。

干渴仍疯狂地裹向我。

回到住处时,我已经累垮了,躺在沙上,许久才缓过来。因为走路的原因,虽在冬天,倒没多冷,走得急时,反倒有汗了,此刻一静,身子一下子凉了。

我知道,这样子,我熬不了多久。

我发现,那盏绿灯离我近了许多。我希望狗能出点声音,把它惊远些,可狗一直没有出声。

缓了一阵,觉得体力恢复了些,就裹好皮袄,开始持召请咒。

一、马在波说

1

我跟木鱼妹在苏武庙的事被发现后,我像挨了一闷棍,一下子晕了。

那时节,我没有啥"静气",而是晕了。

我不是圣者,以前不是,以后也不是。我希望你们不要把我当成圣者。我只是一个向往圣者的人。我希望自己能成为圣者,我努力地向这个方向走,而且是认真地不欺骗自己地走。仅此而已。

我也想女人,当然,我在想我向往的那种女人。我不喜欢家乡的这种女人。我不是说她们不好,而是她们有太多的附加条件。在她们眼中,我是少掌柜。当我面对她们时,我常常能听到她们心里说的那些话。那些话,大多很实惠,是可以折算成某种物质的。所以,我没有爱过她们。

我的生命很珍贵,为那种女子浪费生命,是不值得的。

我喜欢的女人,一直活在我的心中。我一直向往着她,她不是女神,但比女神高贵,比女神可爱,比女神鲜活……总之,我有很多模糊而清晰的要求。我一直在找她。我的条件其实也很简单,我一见她,就知道:对,就是她了。

那天,当我看到唱木鱼歌的她时,我就产生了那样的感觉。从她的脸上,我看到了非常熟悉的那种感觉,或是光,或是一种圣洁,或是一种女性独有的美。说真的,要不是她唱歌,我还真看不出她有多出色。世上的女子,无论多美,都不过是五官的组合,就算她美,能美过花吗?呵呵,瞧我,那时,相较于家乡的那些女人,其实我更喜欢花。因为看到那些花时,我有一种感觉,看到那些女人时,我没有。

所以,那唱歌的木鱼妹一下子激活了我灵魂深处的某种东西,你称之为诗意?

是，也不是。更多的，是一种生命本有的激情，是的，本有的。在过去的多年里，它一直沉睡着，那一天，它忽然醒了。我睁开了迷蒙的眼，终于看到了一个迷幻的奇特的世界。

开始时，我的理性还能抑制那种冲动和新奇，我总是用一种学过的东西，比如白骨观啥的去消解它。有时候，它确实也能消解，但力量很有限。我只能用越加精进的修行去替代它，也确实能替代，但力量仍然很有限。糟糕的是，在观修我的本尊时，她唱歌时的那种神情会顽强地闯入脑中，代替我观修的本尊。那时节，我修金刚亥母法；后来，由于她鲜活的入侵，我根本无法观想金刚亥母的形象；再后来，她就成了金刚亥母。那时，无论我行住坐卧，我都能看到她的形象，她总是那样鲜活地笑着，唱着那陌生而又熟悉的歌。

当然，对木鱼歌，我也确实有兴趣。我对它的兴趣，跟对凉州贤孝一样。我并不认为它比贤孝好，我明白它是凉州贤孝的另一个种类。当然，你也可以说凉州贤孝是木鱼歌的另一个变种，它们其实来自一个母体：善本小说，或是敦煌变文。我承认，它吸引了我，但真正吸引我的，是那个唱木鱼歌的女子。

我不管她过去是不是当过乞丐，我不管。我甚至不管她是不是刺客或是杀手。这是跟我不相干的一件事。我那时的心中，她就是一个可爱的女子。我倒是真的将她当成了空行母。从某种意义上说，她真是我命中的空行母。因为她激活了我作为男人的一种激情。在过去的二十多年里，我见过很多女子，有些也被称为美女，但她们是她们，我是我。她们打不破我的那种被罩入玻璃罩中的感觉。打碎那罩子的，让我感受到一种新鲜人气的，只有她。

你们说，她是不是我的空行母？

那时，胡昻晃也说她是空行母。我也按抄本经典上的要求观察过她，她确实具备莲花空行母的特点。这成了让我接受她的重要条件之一。要是没有这一点，她单纯的唱歌还不能动摇我的信仰。

你们当然没有看到过她唱歌时的那份圣洁，她的脸上，仿佛有一种圣光。她的声音也充满了磁性。我甚至忽略了她唱的内容，单纯地听那声音，就让我进入了一种过去不曾进入过的境界。我觉得，我的生命里，有一种东西被唤醒了。

所以，我惊喜地接受了她。

在我们第一次有了实质性的接触之后，我也产生过懊悔。我甚至想远离这种比所有力量都强大的诱惑。我发现她也一样。我们都不看对方。那几天，我将观修的时间延长了很多。我坚持不让自己去想她。但我发现，自己再也不能安然地入睡了。一想没了她，我忽然觉得失重了。我再也找不到过去的那种安详了。

所以，出事的那天晚上，我成了扑向火的飞蛾。我真想在那激情的火中，被焚毁。

我当然想不到，会有人盯着我们。后来，我也追问过自己，要是我早一点料到那天会出事，我还会不会跟她那样？回答是："不会！"

因为，对于我的生命来说，那代价，真的是太大了。除了世俗的那些之外，我的损失，还有出世间法的。

后来，这事真的成了我一辈子都不能洗清的污迹，直到我实现了另一次的升华。

2

经过短暂的慌乱之后，我镇定了。我这样安慰自己：你做了，就得承受结果。

这也是因果律的再一次示现吧。

我做了啥事，就得承受这事带来的所有结果。

但我也知道，出了这种事以后，这辈子可能真的就毁了。在这个小城里，没人再去尊重一个在神庙里行淫的人。而且，这个人还有着修行人的外衣，跟这个人行淫的，还是一个讨吃。

我忽然从天堂掉到了地狱。那些喷向木鱼妹的唾星，其实也喷在我的脸上。

我懒得再叙述那场面，你可以想象的。

你可以想象以前那些一见你就卑微地笑的男人和女人，此刻正扮演着道德审判者的角色，朝你脸上吐唾沫。他们发出各种怪声。他们刚刚可能做了各种坏事，此刻却扮着正人君子。你会想，他们有什么资格审判你？他们只是一团团游荡在墓地上的鬼火，却想审判太阳。

是的。即使在那个时候，我心中的木鱼妹仍然是太阳。虽然，要是我知道这事会败露的话，我可能会有另一种选择，但我心中仍是爱她。没办法。爱是一种可怕的病。怪不得，老祖宗叫它情魔呢。

对这事，胡旮旯显得很生气，但胡旮旯的生气里，演戏的成分很多，仿佛是他应该生气，而不是真的生气。他提议，打木鱼妹一顿，赶走就行了。我知道他想保护她。但那些老人不同意，他们搬出族规里的好些条款。我知道，这种事，说大就大，说小就小，要是悄声没气地处理了，也就没事了。可有人，偏要往大里闹这事，胡旮旯想压，也没了理由。

我们被带到苏武殿，又被带到家府祠。当我看到人们想将此事往大里闹时，我就知道有人在策划这件事。我当然不知道他是谁。我首先想到的，便是把我弄臭自己会得到更大利益的那些人。那些人有很多。没办法，少掌柜有时是一个靶子。我们户大，有好几房。每一房都会有一些眼红我的人。我不想一一去追问。我只是想，当我做了这事时，就直面承担后果吧。这世上，自作自受是一条铁定的规律。

木鱼妹看到的静气，便是我这种心理的产物。

当然，我还知道，无论这事如何闹到天大，它也会很快就过去的。因为恒常的观修，我常常发现一切在泄洪般远去，包括我的生命。每天晚上，入睡前，我都不知道自己会不会在明天起来。所以，我知道即使面对多大的事，你也留不住它。

不过，即使心中有这种智慧在观照，我还是明白，这辈子完了。这世上，栽在女人身上，是最不值得的。因为，它可以染黑你的一辈子。

那时节，我还想在将来弘法呢。但我明白，出了这事之后，谁还相信一个在神庙里跟讨吃行淫的人呢？

他们会骂我伪君子、骗子，等等。这是最让我懊恼的事。

记得某次开示时，上师专门谈过这一点，他说，你别的没啥，你家豪大富，不可能在财上出问题。你将来，要是出问题，肯定会出在色上。你一定要守戒。这成了我多年里真正遵守的一条重要戒律。但没想到，我还是在色上，被人抓住了把柄。

家府祠里挤满了人，气氛很热闹，像过年似的。老爹有着好色的名声，我这一来，子承父业了。听，有人正在说呢："龙生龙，凤生凤，老鼠的儿子会打洞。"呵呵呵，哈哈哈，热闹到顶点了。

我最难受的，是妈妈。她的天塌了。妈显得很老了，她一直就过得不开心。爹老是闹些花事，妈也不闹，却总是阴着脸。每次听到爹的故事，妈就会呕吐。她会吐出许多牛涎水一样的液体，吐了几次，就老是心口子疼。想到对妈的打击，我很难受。

我知道，更大的打击还在后面。因为，这事叫人闹大了，想压也压不了。族里如何处理这事，哪怕处理得好一些，单经受那处理的场面，对妈来说，就是一场灾难。

我没有劝妈，我不知道自己该说什么。我能做的，就是坦然接受这一切。无论是族人还是谁人，你想出啥招也罢，我都认了。我做了这事，受便是了。

我更担心的，是木鱼妹。她的长发散乱了，我看不到她的表情。但我知道，她以后面对的，会是很可怕的事。以前，族里处理过一个奸妇，是骑木驴，将她脱光了，叫她骑在一个木驴背上，四面游街。我发现，人们都喜欢这种把戏，要是那些族里的长老坚持这样，木鱼妹可就惨了。

但到了这时候，也只能听天由命了。

我没有看到爹，但我能想象他听到这事后的心情。以前，他为我找过很多媒婆，托她们找了很多出色女子。他一定想不通我看不上她们，却会钟情一个讨吃。我想，由他去吧。对爹，我没有太多的内疚，他经了太多风浪，这事，他能扛过去。

那些长老们在一本正经地讨论处理办法。近些年来，他们还没处理过这么大的事呢。以前，爹也是他们中的一员，也惩戒过一些不肖之子，将他们逮了来，扒光衣服，用柳条抽他们的脊背，还要叫挨打者摆上酒席，当众向长老们保证以后不再这样。我很想看到马四爷，因为要是他参与此事，对木鱼妹的处理也许会宽大许多，但我没有看到他，也没有看到本家的其他长者。也许，我做的这事，也让他们无脸见人了。

我只能闭上眼，心里想，由你们折腾吧。

3

判决结果出来了。

家府祠的决定是：将那个勾引良家少年的婊子讨吃用乱石头砸死。

这方式，流行于许多地方，多对付奸妇，几千年了。它的好处是，谁都是行刑官，你只要愿意，就可以投出属于你的那块石头。以前，我看过一次行刑，好些年轻人用投石的准确与否，来进行比赛，输了的，买酒买肉。

对我的处理方式，是关进家府祠，三天不准进食，再带回家里，严加管教。

我给能见到的所有人都下了话，我希望，不要那样对待木鱼妹。我一遍遍地说，她没有错，错的是我，是我逼的她。你们可以判我强奸了她，她是受害者。但没人理我，只有一人笑道，少掌柜，你不用说了，人家在窗外听了半天了。那讨吃女人说的那些骚话，都传遍全城了，咋是强奸？

行刑那天，苏武山上的人像搬家的蚁群一样多。我估计全县的人都来了。这号稀罕事，不是谁想遇就能遇到的。那天，我被关在家府祠里。本来，我也要陪杀场的，但因为我是马家的后人，考虑到马家的面子，就被关在里面。

那一日，是我一生里最难熬的日子。

我想了很多法子，但发现，都没用。首先，没人愿意理我。虽然关我的房子门口有站岗的，但他们都不理我。无论我叫或是闹，他们都不理我。我面对的，仿佛是一团气体。叫闹了一阵，我就没辙了。

我的眼前，时不时地，就会出现一幅画面：

那些兴奋——不是愤怒——的人们将木鱼妹绑了，是五花大绑的那种。这是当地流行的一种绑人方式，用一根长绳子，沿后脖先缠了两个胳膊，再将它们拧到身后，对，就那样。木鱼妹的头发被剪了，因为它影响了人们看到她的面容。兴奋的人们非常想看那张女人味十足的脸。木鱼妹眯了眼，露出一丝儿笑。我相信她会笑的，像她唱木鱼歌时那样，脸上有种迷醉的笑。虽然她挨了很多打，但我看不出伤痕，当然也跟我不想叫她受伤有关。以前执行石刑时，挨打的人会被蒙了头。这回没有，人们更愿意看到那张女人脸上的痛苦。一蒙脸，就没那么刺激了。

她被几个族丁推搡着，走向苏武山上的那根木杆。那是专门为执行石刑而立的。以前执行石刑时，也在这儿。自打我懂事的时候起，这儿砸死过十一个女人，木鱼妹是第十二个。这数字，很熟悉，会让我想到十二使徒。我听到了人群的欢呼声。砸！砸！砸死这婊子养的！这是那时的乡村常常听到的骂声。许多时候，爹骂女儿时也是这样。

我的心一阵阵哆嗦。

我看到了从漠北来的风，它卷起了很多尘土，吹向人群。我很希望风再大一些，把那些幸灾乐祸的眼睛吹瞎。我发现，人们其实并没有愤怒，他们都很兴奋，像看大戏那样地兴奋。我不信，会有人为苏武庙里的这事愤怒。我不信。你信不？要是苏武真的来到这儿，人们也会像对待我一样对待他。他们根本不在乎跟自己无关的那些事。别人的屌长毛短其实是别人的事。他们在乎的，是有这样一个机会。于是，许多人希望她能骑木驴，或是被点天灯。骑木驴时，人们可以看到她赤裸的身子，虽然她的阴道被一个高高竖着的木橛塞住了，但人们还是能看到随了木驴乱颤的奶子。相较于木驴，点天灯会好看很多，你会看到那女人被惨叫着点燃了，吊在高高的秋千架上。女人的身上缠了棉花，棉花上又浸了清油，一点着，就会发出噼噼啪啪的声音。女人的叫声水汽十足，那暴燃的棉花火性味十足，二者相配了，就能带来一种水火既济的滋润，让寂寞的人们回味许久。有时，还能叫好几代人回味呢。我老是想起爷爷讲过的那个被点了天灯的女人，爷爷的叙述里充满了炫耀又充满了遗憾。他说孙子，你要是见了那点天灯的，你一辈子都忘不了它。美中不足的是，点那天灯时，得用棉花裹了女人身子，就看不到更多的稀奇了。所以，两者相比，还是骑木驴好看些。于是，许多人都想看木鱼妹骑木驴。我不知道那些长老为啥选择了石刑，也许他们想让人们参与那行刑过程。在那时，这也是最有效的一种教育。

那时节，我的脑子已经疯了，你看这叙述，带了点疯气吧？

在人们的呼唤中，木鱼妹经过了由无数视线交织而成的网，她像在糨糊里游动的鱼那样，有种缓慢的滞涩。我当然希望她走慢些，我不希望她那么快地变成一堆肉。

在过去行刑时，有好几个女人都没了形状，成了一堆肉。因为，有好些不解气的人，在她没了惨叫时，还用大石头猛砸。对于死者来说，没有了囫囵身子，是一种可怕的凶死。在古代，有些人死时，最希望能留下个囫囵身子。这其实是最后的一份尊严。但许多时候，人家偏偏不愿给你这样的尊严。

从人们的欢呼声中，我还听出了一种久违的期待。他们一定在等着这样一个机会。他们其实一直在等一种理由，让他们去剥夺另一个生命。他们好不容易才等到了这样的机会。他们用愤怒掩盖着那种兴奋。他们像看到了鲜嫩婴儿的饿狼那样吧嗒着嘴。吧嗒声里，有种狂欢节的喧嚣。

我于是知道，木鱼妹死定了。

4

在人们的欢呼声中，木鱼妹被绑在柱子上，柱子上有一道血红色的幡在飘扬。那是用来辟邪的。事情结束后，它会被撕成一条一条的布，发给扔石头的人，他们会将布条系在纽扣上，或是挂在家里的门锁吊上。这样，被砸死的鬼魂就没法找你的后账了。

在行刑的那天早上，人们从荒滩上拾来了很多石头，有大的、有小的，有方的、有圆的，有红的、有黑的，有花的、有不花的。它们堆在刑柱的不远处，供愿意行刑者随意选用。用刑之后，这些石头，会直接堆在那堆肉上，形成坟堆一样的东西。在凉州传说中，石刑中使用过的石头，是最有煞气的。有了这堆石头的镇压，那些女鬼早就魂飞魄散，永世不得翻身了。若是将来你家中不利顺时，你也可以在这堆石头上选块结实的小石头，你跪下，磕个头，祷告几声，然后拿了那石头回家，将它丢进炉火烧红，然后放入装了头发的铁勺，你就猫颠狗窜地在你的屋里转，一边浇些醋。那团可以驱鬼辟邪的酸气就腾起了，带点儿酸，带点儿焦，带点儿其他的怪味……对了，那块石头，是醋弹神。在所有能当醋弹神的石头中，那砸死了女人的石头最有煞气。

代表家府祠的一位长老开始讲话了，他的话当然很牛。以前，他老是这样讲话。在整个家族里，他充当的，相当于藏地寺庙里的铁棒喇嘛那样一个角色。他脸色铁青。他天生就那样，所以，他说那些话时，定然会显得义愤填膺。这是他生活里少有的能长脸的时候，他把自己的权势发挥到了极致。

他的话很长，简而言之，一般有如下内容：

你个驴日的，马下的，青草湖里长大的讨吃，竟然在神庙里勾引良家少年。真是无耻！你咋能干出这种事？你屄痒了，拿块石头去蹭，或是拿个火钳去捅，你勾引人家良家少年干啥？你把他的一生都毁了。你个婊子！人家好好的一个少年，叫他以后咋做人？你也不撒泡尿照一照，你配吗？瞧，你还笑呢。

然后，他定然会上前，狠狠地扇耳光。

在我见过的好多次里，他都是这样。

我看到木鱼妹的脸了，她仍像唱木鱼歌时那样，虽然嘴角里有了一缕血，但她仍是很美丽。怪，我咋就觉得她美丽呢？我承认，我真的是爱上她了。虽然惹下了很大的麻烦，要是时光倒流，我还是不知道，自己能不能在那个时候把持得住。那时，我并不是没想到后果。世上哪有不透风的墙？但没办法，我的心不听我的话。原以为修了那么长时间的行，修得差不多了，可一遇到她，心仍是不听话了。

人们开始拣那石头，人们兴奋地选择石头，他们像过节那样开心。我多希望从他们的脸上能看到不忍和悲悯呀，可是没有，他们只有兴奋。我想，你们兴奋啥呢？砸散了她的骨肉，夺了她的生命，你能得到啥？我很想问，但他们的笑声一下子就淹了我的声音。我明白，嗜血是人类的本能。

那堆石头很快就没了，抢到石头的人都举了石头欢呼着。有些人又在四下里找。还有人在以前执行过死刑的石堆上拣，这不合规矩，也没人去管了。

石柱旁的另一个石堆就这样被人们拣没了，露出了里面的一堆零乱的骨头，那些骨头早就散得不像人的了，非常像狗骨头，也像猪骨头，但就是不像人骨头。我闻到了一股尸臭味，只有这臭味，才让它像人骨头。据说，人的尸臭最臭了。那堆骨头用那独有的臭味证实了它曾属于一个女人。

我记起，那也是一个美丽的女人，她嫁的，是个驼把式。那人走了三年，没音没信，这女人就跟村里的屠汉私通了，没想到，某个深夜，她男人回来了。她男人本来不想执行石刑的，但许多骆驼客都撺赶他，他们怕自己的女人也会在他们外出时干这事，就坚决要求执行石刑。于是，一群愤怒——这回是真愤怒——的骆驼客就一起蜂拥了去，将这女人砸成了肉酱。

不准乱拾！不准乱拾！驴撵的！那个乡约在吼。

那些想去拣压在另一堆骨头上的石头的人就讪讪地笑了。

行了行了。就这，够用了。你们想把她砸成肉泥呀？

5

人们挪开了一片空地，举石头者到了一边，另一边留出了较大的一块空地，以防那飞向女人的石头飞向那些看热闹的。好些族丁们都举了矛子，阻挡着想一扑一张地前挤的人流。我还看到，几个混混在打赌，看哪个先砸到女人的头部。这也是以前常看到的事。还有人在赌女人能耐住多久，还有人备好馒头想蘸食鲜血和脑浆。一个男人指着木鱼妹给几个女人"上汤水"。在凉州方言中，这"上汤水"，是思想教育的意思。我明白，他其实是在教育自己的女人，但我知道他自己却有好几个贼女人。还有各种各样的人，有着各色各样的心思。怪的是，我全知道了。别问我是不是在那个时候具足了神通。我不知道，反正我知道了。

好多人都举了石头等着那行刑长老发布命令，他的命令是他手中的石头。他那石头一扔，就会有千万块石头飞向女人。那飞向头部的小石头，会在木鱼妹脸上砸起青疙瘩，要是用力猛一些，就会砸出一个洞，那洞里，先是渗出血，后是流出血，也可能喷出血。那些大石头就不好说了。我亲眼见过一块大石头，一下就掀去了一个女人的天灵盖，那石头很像马蹄，那力道也跟纷飞的马蹄相若。你知道马蹄的力量多大呀，要是那马用足了劲，向后一踢，正巧踢到你的天灵盖上，一块骨头就会应声飞出，你信不信？那时的人还很善，一般不叫使用很大的石头，否则，要是有个大力士，扔一块斗大的石头，半个女人就马上没了。只允许使用小石头，是想叫那种行刑场面持久一点，由闪电战变成持久战，这样，就会有许多女人受到教育。

我发现，那些举石头的，多是男人，几乎没有女人。在以前的多次石刑中，也多是男人，是不是有人规定不准女人参加？不是。没人规定，但女人多不参加。当然，是不是说女人善良？也不是。因为，看到那些男人行刑时，有些女人会脸色发白，很多女人会笑，有种欣赏马戏的神情。没办法，都这样。小时候我也这样。我也像看马戏那样看在乱石下惨叫的女人。那时，我根本想不到，这种可怕的刑法会跟我有关。昨日看别人，今天人看我，啥不是这样呢？

我以为那举石的人群中会有我的母亲，可是没有。自那天我说了"妈你要怪就怪我"之后，我就没有见过母亲。我知道她很痛苦，很丢人。她没脸见人，我也没脸见她。我多想化成泡沫，从世上消失，不，不是泡沫，是轻烟，我很想像轻烟那样消失。

有人已经备好了石灰，那是等女人变成肉酱时，往上面撒的。据说，这样可以压了那日后可能腾起的臭气，也防止瘟疫。据说，多年前的某次行刑，招来了瘟疫，村里的许多男人死了，多是扔了石头的。有人说那是瘟疫，有人却说是女鬼的报复。此后，每次行刑之后，都会朝那摊模糊的血肉上撒石灰。

我嗅到了石灰独有的那种味道，我相信木鱼妹也嗅到了。她似乎应该哭叫，以往，那些受刑者总是会哭叫，或是哭骂，或是挣扎，总之你不该像现在那样木然，或是坚强。那些看客们需要你的配合，你最好的配合，就是表示你很怕这种刑法，你要是咬了牙，不哭不叫，那些看客会不过瘾的。我很想告诉她这一点，但我想，随你吧。我当然希望你不要哭不要叫，你就那样笑着，望着那飞来的一块块石头，把微笑定格在人们的心头。

我看到第一块代表命令的石头飞出了，它砸到了你的额头，力道并不大，额头只是青了一块。但随后，一块很大的石头呼啸着飞向你，稍稍高了一些，将那柱子砸得晃了几晃。我看到，你的脸上显出了一些怕意，你定是被那声音惊住了。接下来，我看不到石头了。我看到的，是一群群纷飞的乌鸦，它们啸叫着，扑向你，啄去你的肉，咂着你的血，它们完全盖住了你。我看不到你的形象了。你的头垂了下去，你的被他们剪得乱七八糟的头发拂在了你的脸上，你的形象显得很不美好了。

停下！停下！我听到一个人叫了一下。他走上前，手一拧，把你的那些头发拧成了一条绳，缠在了捆你的绳子上。我知道他们都想看你的脸，看你挨了石头后的惨相，听你的惨叫。开始时，他们都没有往你脸上投石，他们想看着你的脸投石，其心理，跟看着你的脸强暴你一样。那些强奸妇女的暴徒最喜欢在光地下看着女人施行暴行，女人越叫，他们会越加兴奋。他们也一样，要是蒙了你的头，就没这么快乐了。

所以，那些乱石，先是击中你的脚，也击中你腿，更多的，则是击中了你周围的空气。

这种情景，大约持续了半个时辰。

他们像猫逗老鼠一样，对你捉捉放放，偏偏不叫你利索些死去。

后来，他们玩够了，那几个打赌的混混，才将那碗口大的石头砸向你的头部。

那很准的一击，招来了许多喝彩。我知道，他这一下，一定会赢得一碗牛杂碎的。

最后，更多的更准的石头飞了来，你的身子渐渐瘫了，你像皮条一样萎在柱子下。最后，那行刑长老走上前来，用刀子割了绑你的绳索，以便叫那更多的石头把你砸成肉泥。

然后，那飞扬的石灰，会掩盖了方才的一切。

这一幕，我已经看十一次了。对所有细节，我都熟悉了。

二、大嘴哥说

那次刚进城，我就听说了这事。我像叫天雷轰了一下，心想，马少爷，你啥女人看不上，单单跟她做这号事。少爷，你的人丢大了，这口菜，我能吃。你吃了，真失格了。

开始，我很想拿把刀捅他们，但又想，你是谁呢？人家不是你的女人不是你的妈，你凭啥动刀子？这一想，气也就顺了很多。

我知道，他们不会轻易放过木鱼妹。这号事，有规矩摆在那儿。

我不知道该去找谁，虽明白该叫飞卿知道这事，但来不及。要知道，去那湖里，路很远，一来一去，事儿就耽搁了。

直到行刑那天，我还没想出法子，但我约了几个兄弟，要是实在没别的办法，就像劫法场那样，来上一手。谁知，临到现场时，看到来的人多，那几人尿裤子了。也难怪，人家只管将对付木鱼妹的石头扔向你，你就成肉酱了，还想劫法场？

我也害怕，说真的，你别看我走棍厉害，胆子却小，上回打巡警时，我也像木鱼妹说的那样，没有斗志。没办法，一见那些穿了官服的，我的骨头就软了。这毛病，一直没改过来。

那天，我爹妈也来看热闹了，他们没发现戴着草帽的我。爹妈老了很多，在他们眼中，我丢了他们的人。他们也怕官，他们最不希望我招惹官。我也不希望自己招惹官，但没办法，你不招惹官，人家官要招惹你。人家的手要往你的喉咙上掐，你总得挣一挣。那些年，我看到了太多的不平，我当然想改变这种状况。我当然希望推翻清家，但我没想到，推翻清家之后的日子更难过。民国也罢，再后来也罢，我并没看到自己希望看到的世界。没办法，我这个孤鬼，圆睁了眼，百十年了，也没看出一点亮光来。

第一块石头飞向了木鱼妹，接下来，会有无数的石头飞向她。她虽然会点气功，但肯定挨不了多久。那时，我感到自己无力回天，她的死是必然的。以前，娘家有钱有势的奸妇都死在乱石下，她是啥，她不过是一个百姓眼中的讨吃，而且勾引了马家少爷。那是多好的一个少爷呀，玉树临风，多少姑娘梦中的情郎，多少百姓都希望有这样的女婿，你那样了，能不死吗？

瞧，人们手中的石头，都蓄势待发呢。

又一块石头扔向了你，又是几块，又是十几块。我知道接下来，会是无数的石头。我知道你马上要变成肉泥了。我急出了一头汗水。我应该跳出来，是的，我要跳出来。我正要跳时，忽听到一个声音：刀下留人！我一看，原来，是胡旵旵骑了骆驼，边抡鞭子，边喊话。

那"刀下留人"的喊声当然不妥。那时节，没人用刀的。但胡旵旵一喊"刀下留人"，大家就住了手。因为，在贤孝中，许多忠臣快要死时，若有人喊"刀下留人"，后面的故事就可能大快人心。

胡旵晃到了跟前，下了驼，说天地爷爷，你们差一点惹下大祸，你们知道不？这丫头的肚子里，可有马家的骨肉啊。她怀了马在波的娃娃！

人们骚乱起来，好些人问：真的？真的？

胡旵晃说，当然是真的，我能红口白牙骗你们吗？她有罪，娃儿可没罪。能不能叫她生下娃儿，你们再用这石刑？

那长老圆睁了眼睛问，这是真的吗？你可别乱泼脏水。

胡旵晃说：当然是真的。我红嘴白牙骗你干吗？我号过的脉，哪有错的？那可是典型的滚珠之脉啊。这脉，我号一百个，会有一百零一个准的。

远远地，一人吼问：马二爷知道吗？

当然知道，我就是从他家来的。马二爷说了，要真怀了孩子，他就认了。他说要真是那样，他孙子也认，媳妇也认。他要是认了，这事儿，就不算啥了。人家弄人家的女人，关我们啥事？呵呵。

那长老忽然发怒了，你这号屁，为啥不早放？

就是，就是。那些选了称手石头的汉子扫兴地扔下了石头。

胡旵晃笑道，我得先告诉马二爷呀。要是人家不认的话，我敢说这话吗？

三、马在波说

你当然不知道，此后，家里就乌烟瘴气了。

妈整天在哭，她一点儿也不想让宝贝儿子娶一个讨吃，我丢尽了她的人，伤透了她的心。她明确表示，要是我娶了她，她就去上吊。爹则成了雷神呼噜爷，时不时就发威，他当然也嫌我丢人。我想，他更恼怒的，其实是我的选择，我拒绝了不知多少大家闺秀。我这一出事，等于也叫她们看笑话了。许多人大跌眼镜，说了很多难听话。

不过，爹毕竟见过世面，他的怒火很快就熄了，至少在表面上熄了。他发现，他一直担心的问题解决了。他总是担心我出家，我也一直想出家。这成了我拒绝那些媒婆的主要原因。我这一出事，爹就松了口气。虽然他没说啥，但我能觉出他松了口气。胡旵晃偷偷说，他告诉爹木鱼妹怀孕一事时，爹竟隐隐有意外之喜。看来，我的想出家，真成了爹的心病。

当然，爹说他"认了"，也许是为了救木鱼妹。在过去的多年里，爹有好色之名，但也与人为善，做了很多好事，帮了很多人。你不要以为好色的人，就一定是恶人，有许多好人也好色。哪个正常的男人不好色呢？

所以，我发现，爹真的是"认了"，他是真想把木鱼妹接到家里来生的。但妈不同意，其他的叔伯和兄弟也不同意。我们住的这宅子，是老宅子，上百年了，他们不想因为一个讨吃叫人耻笑。后来，爹面对的，是那些叔叔和伯伯们。

一个最有杀伤力的追问是：你咋知道，那讨吃怀的，是马在波的种，而不是别人的野种？

这当然是个大问题。马家不能把一个野种引进家门。

爹问我时，我当然肯定了这一点。

解决了这问题后，爹就显示出他过人的天分了。首先，他对我说，娃子，以前，你成龙变虎，由你说了算。但这次，你要像个男人那样担当。我可不管她是啥人，讨吃也罢，啥人也罢，都是人。只要尾巴揭起来是个母的，只要你跟她有过一段不清不干的关系，你就得娶她。以后，你再也少放那种出家的屁了。

妈却直了声朝他吼，你个老不死的，你咋能想出这号心？我的娃子，咋能娶个讨吃？老娘一想，都会发呕。这种屁，以后你少放。

你咋不问问你的爹爹，咋干下这种事？他做了这事，他不受，谁受？

那些天，家里时不时就会响起这类吵架声。呵呵，这两人吵架的调调儿，很熟悉，是不？

我当然听爹的话。说真的，开始时，我有过一段时间的失重。因为这事，我的很多东西变了。以前，我的心上哪放过事，只沉浸在自己的世界里，现在，我不得不面对以前我从不愿面对的很多事。

我感到从来不曾有过的一种懊恼。但同时，我也算真正地理解了爹。我第一次发现，他身上，有种我以前没发现的东西。

家里的争吵，一直没断过。家里来的人，也没断过，更惹来了很多唾星。

有人甚至想出个办法，把木鱼妹做了。爹一听就笑了，说要是我有那念头，那天她就死在乱石下了。我为啥阻挡？我想，不管咋说，人家也是一条命。能救了，我就救一下。再说，她毕竟怀了马家的骨肉。

后来，妈松口了。她说，这事儿，由天断吧，要是她生下个男的，我就认这个孙子。要是她生个丫头片子，我就不认。

妈这句让天断的话，让很多人认可了。都说，那就叫天断吧。

第十八会

胡家磨坊

我也只好叫天断了。

水只剩下一两口了。那些山芋蛋也没了。我再也没办法将那些方便面弄下肚了。每一次，我一吃它们，就觉得在嚼柴棵。

但我还得去找。我找的东西，除了肉苁蓉和水，其实还有一种活下去的希望。这一次，我出去时，带了驼和狗，也带了其他东西，因为我怕自己没力气再回来。我想，信马由缰地走，走到啥地步，就算啥地步。要是老天真的要收我的命，也只好由它了。

我甚至也不管啥方向了，只管跟着感觉走。若是天不遂人愿，就死在沙漠里吧。当时，我就是这样想的。忽然，我有些奇怪了，为啥那些被访者一直没有关注我目前的境遇呢？他们难道不知道？还是别有原因？我是不是该问问他们，哪儿有水，我如何能活命？

我想，夜里，我应当问问他们。

走了大半天，我仍然没找到想找的东西，我依然在以前的柴棵里打旋。我找出指北针，定了向，又掏出那张图。这一次，我没有找水源，我想找另一处标志性的建筑：胡家磨坊。书里没有胡家磨坊的字样，但有一处有房子的标记。我想，不管它是不是胡家磨坊，我都去找找吧。其实我希望的，是一路上能找到水或是苁蓉，我总得积极些，不能消极地在那个沙洼里等死。

我吃光了最后半个生山芋后，身边就没有任何一点带汁的食物了。这真的很可怕。干渴更汹涌地袭向我。想来狗更难受，因为它好几天没进水了。它许久不发声音了，它只是在忠诚的惯性下才跟着我。黄驼倒看不出啥，那些苁蓉为它补充了很多滋养，它仍是那样挑衅地看我，看得出它一直没放下对我的敌意。

我的眼睛开始涩了，转起来很吃力。白驼在我前面卧了下来，我明白它想叫我爬上它的背，我心中一暖，爬了上去。我把狗也拉上驼背，抱在怀里。我也陷入了一个悖论，爬上去，我可能会冻死——寒风仍在劲吹；不爬上去，我或是会累死，或是会渴死，定然会这样。

我转着涩涩的眼珠，四下里看，看到的只有黄沙。指北针虽在告诉我方向，其实我是没把握的，因为这儿没有明显的标志物，有好些沙丘，是时时会动的。幸好还有胡杨，图上有几个相对固定的标志物，就是胡杨。有一株很老的胡杨树，据说有千年了。还有几处类似于城墙的东西——想来过去的千年里，这儿有过城池——此外，我没有找到别的标志物。虽然没有把握，但有了指北针，就知道如何走路了。

我差不多要昏了，眼珠很涩，神志也恍惚了，想来是血浓到极点了。以前，我有过这类体验。我还感觉到彻骨的寒冷，虽然我裹了皮袄，但风仍死命地刺入我的骨头。我甚至看到接下来的结局了：或是渴死，或是冻死。

我紧紧地抱着狗——在这种境遇里，它和驼传递给了我温暖，给了我许多安慰：毕竟，还有生命跟你在一起。

忽然，黄驼不走了，我拽了几拽，它都没走。

它要撒尿。

狗一下挣出我的怀抱，扑了下去。我听到了它接尿后吧嗒舌头的声音。

它这一下，提醒了我。我下了驼，取了拉子，把拉子口对准那出尿的所在。我看到了一丝黄黄的液体，我甚至能闻得到那股臊味——里面甚至还有苁蓉的气味——但我顾不了太多。这是目前能看到的唯一液体了。我甚至想，这里面，说不定还有它糟蹋了的那些营养呢。

黄驼只撒了一阵，就不撒了。也许它不愿叫我得到太多的液体，也许这是它的撒尿习惯，驼每次撒尿，总是舍不得放太多。

我喝下了一生中的第一次驼尿，倒也没觉得有多难喝。因为我一直在喝尿。在每天早上，我都会喝下自己的第一泡尿，我想借此对治我的分别心。我觉得驼尿虽然比人尿难喝，但也是尿。我虽然舍不得一下喝光那些尿，但知道这尿不能放太长时间，不然，很快会滋生细菌的。我就将另一半的尿给了狗。狗感激地摇起了尾巴。

明知道这点儿尿改变不了啥，但心里还是舒服了些——毕竟身体里补充了一些水分。

一路上，驼每次撒尿，我都会接了喝。不过，黄驼撒尿的间隔越来越长了。到后来，它几乎不撒尿了——它也需要水的补充。

想到驼也会渴时，我不由得对跟我的那匹老狼产生了敬佩之情。我不知它吃啥，喝啥。当然，沙漠里有的是老鼠，遇到大些的柴棵，它也能找到食场。我不知道它是在啥时候打食的。——我差点忘了，我也可以烧老鼠吃，不过，对那瘆虫，我一想就反胃，不到万不得已，我不会吃它。

黄昏时分，我觉得神志有些恍惚了，我看到了满天的太阳，我也看到了无量的光。那光中，隐隐约约地，有一栋房子。那一环一环的光圈，就是那房子发出的。

那夜，马在波讲的故事，好像也发生在房子里，不知道它是不是胡家磨坊？他每次讲的胡家磨坊，似乎有些不一样，陆富基才说他得了妄想症。不过我想，许多事，还是别下定论为好。有些东西，其实是一言难尽的。

一、马在波说

1

夜里，我惊醒了。

睁开眼睛，发现自己正置身于一间被废弃了不知多少年的破屋子里。那屋子没有灯，月色透进了屋子。

满屋幽蓝。

我发现，它很像我小时候住过的房子，但又明明记得，这房子，在很久以前，就被夷为平地了。我摸着那幽蓝，走到我小时候的卧房。我睡过的床还在，一股熟悉扑面而来。只是，那床和屋里所有的东西一样，都铺满了厚厚的灰。那灰，都成黑色硬块了。地上和触手能及之处，到处是这样的黑色硬块，也不知道那硬块有多厚了。奇怪的是，那结满蛛网和厚灰土的床上，却隐约躺出了一个人形，被子乱蓬蓬地掀起了一角，似刚有人睡过。

是谁在这里睡？这念头，挟着一股杀气，让我禁不住打了个寒战。

从窗子里望去，屋外更阴森森一片，却能看出，四周荒无人烟。

那杀手，就是在这时出现的。我的眼角偶然扫射到墙旮旯那个晃动的光影——仔细一看，那是一个吊着的"人"，或者，更确切地说，那是一个怪物。他的身体是绿色的，狰狞扭曲的脸异常丑陋，嘴巴很大，獠牙外露，一身绿色的肌肉异常发达，显得上身很大，下身隐在漆黑中。那怪物个子不高，双手手腕被两条铁链高高吊在头上。看起来，他似乎一直被吊在这儿，不知道有多少年了。

虽然怪物被锁着，但他身上，却有巨大的能量。我看见他时，就想往外跑，但却感到，有股很大的力，把我往后拽……

2

杀手阴着脸，冷冷地望着我。他脸上蒙了笨布——把式们的裰子，就是这种笨布做的——只露出两个眼睛。那眼中，似乎充满了仇恨。只是，我不知道他为啥仇恨。于是，我问他，你为啥这样待我？

他说，你还不知道吗？

我当然不知道。

他说，不知道的罪恶也是罪恶，这也是一种原罪。

他将我拉出了那间小屋。我不知道他是不是吊着的那个人。我想应该不是。因为，他们的形象不一样，但又觉得，他们是同一个人，因为他们有着同样的仇恨之波。我能感受到那种波。那波袭来时，有一种刺痛，重、浊，让我很不舒服。他甚至用不着说为啥恨我，因为那波已告诉我，他是真的恨我。我想，他既然那样恨我，就定然有恨我的理由。说真的，在那波的挤压下，我甚至觉得，自己真罪该万死了，便不再问他。我想，自己定然做过对不起他的事。也许，在前世吧，他是我宿世的冤亲债主，那么，我还问啥呢？在生生世世的轮回中，我定然做过对不起他的事。他也许是我有意踩死的蚂蚁，或是我掐断了腰肢的蚊蝇，或是我在某次仇恨的驱使下砍断了双腿的动物……当然，还有许多"或者"，于是我想，认命吧。我想到了达摩祖师的那个法门"报冤行"，我将所有的违缘，都当成了自己必须偿还的债务。

那么，我还问啥呢？

那人将我捞出了小屋。我这才发现，那小屋，其实是我的错觉。它的外形，其实还是帐篷。那帐篷，坐落在戈壁上。灼热的阳光四下里都是，地上腾起了许多雾气，像燃起了大火。除了我和他，我看不到任何人。我不知道驼队去了哪里。怪的是，我甚至觉得本来如此。在我空旷的心里，许多时候是没有驼队的。我老是觉得自己一个人在独行。虽然我很长一段时间在驼队里，但驼队却一直没有进入我的心。

这是我那时的一种感觉。我不知道，这是不是陆富基说的妄想症。

我觉得，那杀手在望我。我有了一种老鼠被猫注视时的感觉。我想他定然也有种当猫的感觉。我能想象巴特尔说他追杀猫时，那猫的觉受。在无数的鞭影下，那些猫真的很无助。但猫定然不知道，自己在追杀老鼠时，老鼠也很无助。当后来那大沙暴来临时，巴特尔也是另一种意义上的老鼠。

是的。我们都是老鼠，我们也都是猫。我想，在日后那一天来临时，我们定然也是一只猫爪下的老鼠。我们定然也会无助地四下里望。那时，同样没有人会救我们。

许多时候，当我们无助地四下里望时，其实并没有能救我们的人。

我那时也一样。

我四下里望了望。我没有看到任何人。我只看到四面的烈火般的阳光。这阳光，在告诉我，我既不是在梦中，又不是在中阴身里。听说，人睡觉时，主宰光和颜色的那部分大脑，正处于休眠状态，所以梦是没有色彩的。那么，看到阳光的我，便不是在做梦。当然，也不是中阴身。因为，人死后，眼根就不起作用了，中阴身便看不到日月之光。那时，我能看到日光，说明我不在中阴身。

但我看不到人，我看不到任何一种我想看的东西。我的驼队呢？我的朋友呢？我的许多属于我的东西呢？我找不到。

我的身边，只有那个杀手。

但我不想看那杀手。

我知道，无论我看不看，杀手总是杀手。杀手不会因为我的看而变成菩萨。那我为啥要看他？

所以，直到今天，在我的感觉里，那杀手，其实更像一团我摆脱不了的气。他发出了一团团想杀我的信息。

我就想，你杀就杀吧。

只是那时，我真的是不甘心。

因为，我还有些事没有做完。

3

是的。我是在找那胡家磨坊，在寻找木鱼令。

可是，你并不知道，进了那胡家磨坊，我仍在找一个东西。啥东西？想改变某种命运的东西。

啥命运？

驼队的命运。

说真话，我也知道这次驼队的命运。我不懂时轮历法，我没有算出啥末日。但我也知道，这次驼队之旅，有着可怕的结局。我能清晰地知道那结局。

那是一个很难改变的结局。

难怪有人认为是世界末日。当然，对于一些人来说，那真是世界末日。

我跟别人不一样的是，他们认为，那末日不可改变，而我认为可以改变。我甚至认为，任何事情，无论到了如何不可救药的地步，其实都是有药可救的。只是，你要找到那药。

按老祖宗传下的说法，那钥匙，就在胡家磨坊里，老祖宗称它为木鱼令。但老祖宗并没有告诉我，那是一个啥东西。是虎符那样的令呢，还是别的啥令？不知道。但我相信，世上定然有那样一种东西，可以改变某种本来改变不了的东西。

我就是来找它的。

我相信，当我找到木鱼令时，许多已经注定的结局，就可以转变过来。

这是多年之前，一位在沙漠中苦修的圣者传下的讯息。据说，那圣者其实已找到了它，但因为人们不信它，他只好将它藏在了胡家磨坊。不知道它究竟在哪个所在，人们只是听说，找到那个木鱼令时，所有的冤结都可以化解，所有的仇杀都可以终止，所有的结局都可以改变。

许多人都认为，这只是一个传说，但我不这样认为。

我们马家的老祖宗也不这样认为。我们家族的每一代中，都会有一个人在担负着寻找木鱼令的任务，他们随着驼队，跑遍了中国，他们找到了许多木鱼令，但似乎都不是那个传说中的木鱼令。检验那木鱼令真假的方式，其实非常简单，就是你忽然没有了仇敌。按那传说中的说法，得到木鱼令，你仿佛就有了一种转轮圣王般的威德。

我的几代祖宗找到的那些木鱼令，并没有改变许多东西。它们甚至没有化解汉驼和蒙驼之间的那类小小的纠纷。至于大的诸如回汉仇杀和土客械斗之类，更是没能化解。

于是，一个个得到了木鱼令的祖宗先是狂喜，然后沮丧，最后郁郁而终。

至今，我家的祠堂里还供着那些木鱼令，有金的、有银的，有紫檀的、有琉璃的，花样繁多，十分丰富，但我还是要寻找那真正的木鱼令。

所以，没找到木鱼令的我，在遭遇杀手的那时，当然是不甘心的。

4

我不想死。

不想死的我，当然怕死。虽然我知道活着是一个梦境，但我还是想活。除了我上面说的不甘心之外，还有另外一种说不清的东西。那当然是我与生俱来的习气。这世上，也许真有不怕死的人，但不是我。

当那个不甘心的念头升起时，我便开始怕死了。那时节，达摩的"报冤行"带来的清凉忽然退出了老远。我发现，以前拥有的许多智慧，在我怕死的瞬间，都不再有力量了。这是最让我沮丧的事。在那杀手出现之前，我以为自己已超越了死亡。我仿佛参破了生死，但那一刻发现，我其实还是个俗人。死离我很远时，我是个圣者，因为我自以为真的超越了死亡。当死亡逼近时，我才发现，我的超越，其实是一种想当然的假象。这说明，我以前修成的那种所谓的智慧，它仅仅是一种知识。我只是道理上的明白，它改变不了我的行为。

这样，杀手带来的恐惧，直接击向了我。

在静默的恍惚里，杀手仿佛说了许多话，但我的大脑凝成了一块。除了那凝着的东西，它再也放不下别的。是的，大脑一片空白，但又不仅仅是一片空白。我无法清晰地听对方在说些啥。我明白，对方无论说啥，也仅仅在说某个理由。我还知道，屠杀是不需要理由的。杀手的想杀，便是理由。暴力的理由便是强大的暴力，此外的理由便是欲望。人类有无数的词语，无论哪一种词语，都能炮制出一种理由。

我虽然也很怕死，却嫌他的话多。

我想到了那个在狼口下为自己辩护的小羊。

我抬头望了望天。我发现，日头爷仍在当空叫着，日日日地叫，发出一种波。我很小的时候，日头爷就这样发出日日的波，我长大了，它仍在那样叫。这很熟悉的叫声，让逼近的死，忽然显得淡了。毕竟，还有熟悉的日头爷在陪着我。

杀手看出了我的心事，他不再唠叨。他走向一峰骆驼。我不知道这驼来自哪里，记得方才，我并没有看到有啥驼。它隐在一个凹处，粗看去，像个褐色的土堆。那驼很瘦。其形貌，很像驼队里的叫长脖雁的那个，但长脖雁比它胖多了。当然，要是长脖雁许久不吃草料，或是得了病的话，就会这样瘦了。我很想问，你是不是长脖雁？但我想，这时候，那是不是的，都一样了。

杀手扯过那峰驼。他的力量很大，只见他抠了骆驼的鼻孔一扭，驼便像麦捆子那样被撂倒在地。杀手的力气真大，撂那驼时，很像甩一只精肚儿青蛙。我甚至听到了青蛙肚皮甩到青石板上的那种声响。

那驼急了，朝我死命地吼。那吼声也很怪，有一种锯条的质感，在我的心上划来划去。

我对杀手说，你杀就杀我吧。别杀驼。

那人冷笑了一下。那冷笑，是从鼻孔里发出的。一股寒凉扑面而来。

我又说，你可以杀我，但不可以冷笑我。

我这一说，驼忽然不叫了。它怜悯地望着我。我想，它定然是被我的大悲心感动了。我也被自己的悲心感动了。我想，无论如何，我要救这个骆驼。至于能不能救下，是一回事。我要救的，其实是我的心。这时候，我要是没有救驼的心，我的心就死了。

虽然我不能确定杀手会不会杀驼，但我还是扑向杀手。我很害怕死，但我想，要是我的死，能换回一条命的话，那我还是死吧。

杀手抡来的手有种排山倒海的势头，我像风筝那样飞了出去。我的身体很不争气。我虽然有着吞天吐地的志向，但我的身体没有。没办法，我们的身体总在局限着我们的心。老子说得对，人之大患，在于有身。

在我飞出的身子落地前，杀手的刀子已经插进了骆驼前胸。我看到一股血冒了出来，染红了杀手的脸。正是从他刀法的利索中，我断定他是个很有经验的杀手。只一刀，就戳中了骆驼的心脏。记得以前，杀驼是驼场的一件大事，需要好些人手，得有几人举了杆子，拿了绳子，先桎梏了驼，叫它不能挣扎，才能将刀子插入该去的地方。这杀手，宰这驼，竟有种宰小羊的轻松。他真是一个有经验且有本事的杀手。

杀手开始了剥皮，他剥皮的利索劲儿更让我吃惊。他一手扯皮，一手用力，不多时，便褪下了一张驼皮。只是在翻驼时，他显得吃力了些。他借助了杆子，去撬呀撬呀地翻。我不知道他是从哪儿弄到这杆子的。但我也懒得去想，我知道，一个人起了杀心时，总是能找到杀的理由和杀的器具。

杀手两手扯了驼皮，用力一抖，那驼皮飞了起来。那模样，很像大威德金刚扯着那张象皮。那象皮，象征无畏解脱。杀手也有种无畏的神韵，只是他不是为了解脱。驼皮像风中的旗帜那样，呼啸着展开，一股腥风扑面而来。好恐怖！我的脑中已盛满了恐怖，恐怖到极致时，心里就再也容不下恐怖了。我于是木木地望他。这时，日头爷正到了他的背后，那光芒依然很红。所以，虽然后来有人说我其实是在做梦，但我一直不认为那是个梦。我前面说过，真的梦中，是没有色彩的。

杀手背着日头爷，仍在抖那驼皮，那情景很壮观。现在想来，还历历在目呢。我还看到了近处的沙和远处的山。记得，以前的野狐岭，是看不到山的，抬眼便是沙，正像一首诗说的那样，"大漠飞沙迷落日，荒原驻马听悲歌"。你说是好诗，当然是好诗了。现在的视野中，已有了山。我不知道有山的野狐岭，是不是还是野狐岭。胡家磨坊也不知到了哪儿，记得，我曾经得到过它，可后来，我又丢了。我得到时，觉得很轻易地就能进入它，但丢了之后，却再也找不到它。我不知道它在哪个范围。我甚至怀疑自己是不是真的到过胡家磨坊。记得我进入胡家磨坊时，并没看到日头爷，也没有发现色彩。我于是怀疑，我上回进了胡家磨坊，其实只是个梦。

但这杀手却很真实。他仍在抖那张带血的驼皮，很像一个屠夫在抖羊皮。他定是在炫耀他的力量。要知道，那驼皮不是羊皮，分量极重，他竟然抖成了风中的旗子。唰——，唰——。记得，我的天，就是在那唰唰声中暗了的。

忽然，日头爷叫一阵腥风卷没了。一个巨大的舌头卷向了我。我似乎倒了，又似乎没有倒。我只是在动。一股腥臭填满了我。我明白杀手用驼皮包了我。我不知道他为啥这样。

只觉得，身子越来越紧。我发现身边有根骨针在进进出出。那骨针上，还有长长的线，我认出，毛线是用驼毛捻的。把式们缝口袋时，老用这种线。这线结实，遇到雨呀啥的，也不坏。随着那骨针的进进出出，那驼皮越加紧紧地包了我。我的脸上沾满了血和其他黏液。我相信，你们只要一观想那种情景，就会发呕。此刻，我一想，心里还会堵得慌。

随着那皮的越来越紧，我明白杀手想做啥了。我的头顶一阵阵发紧。以前，我家也这样对待过贼。对那些屡教不改的惯贼，我们也用这法子。也是这样剥了驼皮，将贼娃子缝在里面，放在烈日下暴晒。那本来很有弹性的湿皮，会越来越干，也越来越皱。那皮里面，先是有疯狂的蠕动和含糊的呻吟。但随着皮子的越来越干，呻吟会越来越小。最后，疯狂的蠕动就静了，人就被那皱成一团的皮子弄得再也不像人了。记得小时候，大人老这样惩罚恶人。那时，还觉得有趣，我甚至希望时不时能看到这节目。现在，却轮到我了。

我后来才明白，随喜罪恶，也是最大的罪恶。我的那次遭遇，定然也是报应。

开初，我还能闻到腥气和肚粪臭。我一下下呕着。我呕出的东西也污染着我。我成了我的污染源。后来，我再也闻不到啥味道。我只感到热，只感到窒息。我后来想，也许，人在母亲的宫胎中也会这样难受。人真是苦。要是每个人都经历这样一番，就能直观地感受到人生之苦。我想，传说中的阿鼻地狱也不过如此吧？我于是大叫，你杀了我吧，杀了我吧。但我的声音只是在驼皮里回旋，它即使能传达到外面，杀手也不会心软的。

我只好想，他这样对待我，定然有他的理由。

我不再挣扎。

我觉出，驼皮开始了收缩，一棱棱硬硬的皱褶开始咬我了。我的每一次呼吸，都必须用很大的力量。肺里充满了胶质黏液。脑里有个大锣在轰鸣，咣——！咣——！我想我耐不了多长时间了。我很想想一些事，比如我可以在最后时间想想木鱼令啥的，但我的脑袋却糨住了。我啥也想不出。我只有想的念想，却无想的内容。我只是知道，自己就要死了。我很想发出些不甘心的念想，但此刻，我只是被一种情绪笼罩着。

脑中的那面锣还在死命地响，咣——！咣——！

驼皮继续收紧。在烈日暴晒下，驼皮变得很硬了。那一道道的皱褶，成了一把把的刀子。它的力量很大，我觉得几条肋骨好像折了。还有脊梁骨，还有头。头部的痛感最是明显，也许是那儿多扎了几道驼皮。我尝到了孙猴子在唐僧念紧箍咒时的滋味。疼到极致时，我就死命地大叫。因为，记起有人说过，大叫能缓解疼痛。但我的叫，只是心的念想。因为，胸腔里其实连吼叫的气也没了。

就这样，一直闷，一直黑，一直热，一直疼，像螺丝在拧紧。我一次次晕过去，再一次次疼醒来。忽然，一种更大的黑网罩住了我。

我这才感到了一阵轻松。

5

我看到一股亮光透了进来，随那亮光进来的，是清新的空气。

我听到刀割硬皮的声音。我想，我是在哪儿呢？我想呀想，才记起了杀手的事。就想，也许，那杀手改变了主意，他想用刀杀我了。也好，此刻，无论啥命运，我都会接受的。

我狠狠地吸了一阵气，才慢慢睁开了眼。我看到一双眼睛。我发现了一张很熟悉的面孔。我想呀想呀，想了许久，才记起，她是木鱼妹。

对她的出现，我倒没觉出意外。但很快，我就想，她不是叫沙匪劫走了吗？咋会在这儿？我想问，就问了。她说，我逃回来了。

我很想问她逃的过程，但我没有问。你们知道，我不喜欢多嘴，尤其不喜欢在女孩子面前多嘴。

木鱼妹拿着一把小刀，在狠狠地割我身上的驼皮。暴晒在太阳下的那面，差不多已干了。刀割上去，显得很是生涩。

木鱼妹说，你怎么玩这号游戏？瞧你，我再迟点，你就成干肉了。

我爬了许久，才爬出那驼囊。我问：那杀手呢？

木鱼妹说，我可没见什么杀手。

她说，我只是听到有人叫，才赶了来。

我想，那杀手，以为我必死无疑呢。

我觉得很累，就半躺在沙地上，喘息了一阵。木鱼妹却使气似的舞着刀，将驼皮割得七零八落，扔向四方。

经历了这一段惊险，我的脑子木了。

忽听有人问：少掌柜醒来了吗？

这声音很熟。我一看，原来是飞卿。他正和其他驼户们在不远处晒茶叶。这么好的日头爷，正是晒茶叶的好日子。有时，若是淋过雨、受过潮，茶叶容易发霉的。那时节，一遇到好天气，我们就会晒茶。

"你睡了这么多天，真叫人担心。"陆富基说。那些把式都很高兴，也说了一些担心之类的话。

我想，那真是个可怕的梦。

6

想来我睡了很长的时间，我发现，地貌全变了。

在前一个记忆里，我们还行走在沙漠里，此刻，却在大山中。四周是很高的山，山坡是褐黄色的，像那种有褐点的头巾。四下里有风化的石头，时不时地，就见到下落的石头，滚入深涧，许久之后，才听到落水的声音。

走哇。几个汉子吼道。

于是，我们继续前行。

陆富基说，骆驼死了一些，一些驼的掌还没好，就索性换成了骡马和牦牛。他说，我们再不能等了。许多事是不能等的，有时，你等到猴年马月，也不一定能等来你想要的结果。

我说，这当然好。只是，那些骡马驮起东西，显然是不如骆驼的。陆富基说，这野狐岭，忽而山，忽而川，忽而沙漠，忽而大河，尽是些奇奇怪怪的地形。这山路上，骡马要比骆驼好。他说，我们是骡马和骆驼都要，遇到沙漠了，骆驼多劳碌些；遇到山地了，骡马多吃点力。这样互为补充，走路就快一些。

飞卿说，我们先得去驮点盐。一路上，自家能吃，也能顺路给牲口换些草料啥的。再说，叫牲口常吃些盐，毛病会少一些。来时，只带了人吃的盐，没带牲口吃的。上回，喂过几个病驼后，就没盐了。正好，顺路有晒盐的人家。

那就走吧。

我们继续上路。这下，整个阵容有了另一种色彩。驼户们将很多物品驮到牦牛身上。牦牛耐驮，它们可以驮很重的驮子。骡马的力量弱一些。骆驼少了很多，那些行不得远路的，都叫换了。骆驼身架大，肉多，一些屠汉也愿意把用来宰肉的骡马和牛换成骆驼。一想到那些为咱马家立下汗马功劳的驼成了肉驼，我的心里很是难受。我从来不吃驼肉，一来它筋多，得费力嚼，不好吃；二来我不愿意那些老实的动物当我的食物。正是在这一点上，我跟那些驼户区别了开来。我不是圣者，可我也不愿当寻常的驼户。记得那时，我能选择的，也只是这一点了。

7

我听到了河水的轰鸣和咆哮，真像后来的那首歌了，风在吼，马在叫，黄河在咆哮。呵呵，他算写活我的心了。其实，我的心也是这样。有时候，欲望也是个好东西，它可以让人充满活力。像佛陀，没有欲望了，是不是也就活得没意思了？像那孙猴子，当妖精时，千般伶俐，万般可爱，成了斗战胜佛，就觉不出他多可爱了。因为他没了故事，没了故事的人，是不可爱的。

我看到一座连一座的大山，驼队在山间行走着，怪的是又多了些骡马。一问，说是又有些驼掌坏了，驼背上的东西，就得雇骡马驮。当然了，驼是蹚沙的，登山当然不行，那驼掌，磨不了几下，定然会血淋淋的。那你们为啥不弄个皮兜儿呢，登山时，用它包了驼掌，不就不坏了？嘿，还真弄了呀？说那掌就是溜进兜儿里的石头弄破的。没治。

不过，我想不通，你们为啥说我得了妄想症呢？我觉得，我说的一切，都真实发生过。可你们，总是说我在妄想。也许是吧，有些事，我也说不清。在我的印象中，后来有了骡马，你们却说没有。我的印象中，后来有了山水，你们也说没有。我有的，你们没有。你们有的，我却有。不过，我还是按我的记忆来讲吧。

骡马在山间走得吃力，它们背上的东西重，那些骡马们都喘着气，呼哧呼哧的。听到那声音，我也感到肺里盛满了胶状的液体。

关于那次旅行，后来说法不一，有人说是同盟会打发驼队去给俄罗斯送茶叶的，有人说是为了去换军火，还有人说是一次寻常的沙漠之旅。但不管别人咋说，对于我来说，这只是一次复仇之旅。我的目的仅仅是复仇。

哎，我发现我的脑子浑了，我本来是马在波，咋有了杀手的思维？

莫非，那个杀我的杀手，其实是我自己？

这时，我发现了一个问题，按故事中的走向，此前情节中，木鱼妹已叫沙匪抓走了。此后，虽然她在讲故事，但故事是在追忆进野狐岭之前的事。在野狐岭的场景中，木鱼妹自从叫沙匪瘸驼抓走后，一直没有出现。后来，飞卿和几个把式，还找过她呢。那么，这时，木鱼妹的出现，是真实的显现呢，还是马在波的幻觉？

我提出了这个问题，马在波一脸茫然。他说，哪有这样的事？木鱼妹真叫抓走了吗？

问木鱼妹，她却说，这有啥？我想走时，就走了。想来时，也就来了。

问她的去处，她说，我往去处去。

问她从哪里来，她说，我从来处来。

她这一说，我就不好再问了。

第十九会
逼近的血腥

把式们都知道了我的境遇,他们都带来了水。他们用各自的器具,有的用羊皮囊,有的用水壶,有的用木盆。我看到了那些亮哗哗的水,那真是清凉到极致的水,有点像他们说的那种豆瓣儿水了。我一见,心就清凉了。先是自个儿喝了些,我不敢喝太多,这也是那把式告诉我的。久渴之后,若是很猛地喝水,胃会炸的。我给驼也分了些,黄驼一见,就突突地喷唾沫。怪的是白驼不喝。我将那水端到它跟前,它望都不望,也只好随它了。我就解开了它的缰绳,对它说,你自个儿找去,想吃啥,就吃点啥,千万别走太远。白驼就走了。

我很想叫狗也喝些水,但我找不到它。不知它是啥时候离开我的。我站在高处,死命地喊它的名字,但回应我的,只有风声。

我能放心白驼,敢叫它自个儿去觅食,却不敢放开黄驼。我相信,只要一脱缰,它立马就会逃走的。我怕那老狼首先会要了它的命。当然,黄驼要是警醒时,狼也轻易吃不了它——那狼似乎太老了,它不一定能降住黄驼——但老虎也有打盹的时候,要是狼在黄驼打盹时扑上来,一下咬断它的喉咙,也不是没有可能。

白驼是不会乱逃的,它非常义气,把式借它给我时,就这样告诉过我,说这白驼,是死也能跟你死在一起的,是骆驼中的关云长。我想它既然不喝水,定然有它的道理,是不是嫌水不干净呢?也许是的,随它去吧,想吃啥,就去吃点啥,说不定,还能找到苁蓉呢。骆驼鼻子尖,顺风能闻到十里外的气味,放了它,不定能找到水和苁蓉呢。

我就在胡家磨坊里继续我的采访。

我看到的胡家磨坊,跟把式们讲的不一样了:房里的许多东西都破烂了,厚厚的灰尘覆盖着屋里的一切。从这一点上,我有些怀疑它是不是胡家磨坊,因为传说中的胡家磨坊永远洁净,没有灰尘,我进入的房子里,却有很多灰尘。难道也是气候的原因？百年前是不是没有现在这么频繁的沙尘暴？难说。

但不管是不是胡家磨坊，都不要紧了。我心中，它是就行了。再说，传说中的野狐岭里，只有一家磨坊，此外并无其他建筑，那么，这便是了。我真的看到了一个破旧的石磨，磨盘石已磨得很薄了，支磨盘的那些木头上尽是深深浅浅的槽儿，像是人的手指磨下的。要真是这样，说明它年代久远了。你想，只是人在捧麸面时在那儿划一下，需要划多少次，才会有那么深的印迹？还有那箩杆，也很细了，粗粗的箩杆，差不多要磨断了。

喝了把式们带来的水后，觉得渴减了，我就开始了新的采访。

这一回，我看到一个白驼，它长得很像我那白驼，只是它更大更壮。我晓得它便是故事中的黄煞神。它的形象时时变化，当它得意忘形时，就还原成驼的模样；当它稍稍矜持时，就变回了驼背的驼神像。它的时时变幻，代表着它的某种心态，很是有趣。

我忽然喜欢上了黄煞神，我甚至希望它是自己的前世。

一、黄煞神说

1

我没想到褐狮子会疯，正如我没想到长脖雁会挑战我一样。

我眼中的长脖雁一直是个毛孩子。有人甚至怀疑它是我下的种，因为它的身架很像我。但我敢肯定它不是我的种，因为它出生的时候，我还没给它妈下过种。那时，有下种权的是老驼王，就是那峰豁鼻子老驼。那年，过冰床时，它一头栽倒在冰滩上，没起来。我怀疑它其实是病了。它隐瞒了自己的病，也许它是怕我跟它争驼王的位子。其实那时，要不是它病，我还真没那实力呢。

长脖雁只是比我小几岁，它的身架虽大，力气还没长牢，跟我较量，它似乎还不够个儿。它自己也知道这一点，有好几次，我一挑衅，它便逃了。

但这一次，它没有逃。趁着我跟褐狮子较劲的当儿，它偷过几回腥，嘴吃馋了，心吃乱了，就再也安不了心了。我见它时时偷偷望我。我明白，它有贼心没贼胆。但你知道，这世上，最难对付的，是色心。有时候，色胆包天呢。世上那些因奸杀人的，明知道杀人要偿命，可那色心一起，大如青天，他就由不了自己了。于是，你杀人，人也杀你。杀来杀去，冤冤相报，就无法了断了。

我后来才明白，我跟褐狮子，正是前世的冤家呀。当然，这见识，是我现在才有的。做畜生的时候，我还迷着哩。要知道，所有的畜生，都是愚痴的产物。即使是一个非常有智慧的人，一入旁生——也就是畜生道——就会叫那无明昧了心智的。要是那时我有现在的智慧，我是不会干那些蠢事的。

但那时，我毕竟是个公驼呀。对不？要不是我临终时的善念救了我。现在，我还不定在哪个恶道里打滚呢。

畜生干的，只能是畜生的事了。那时，我老是想下种，此外，充满我脑子的，就是跟褐狮子和长脖雁较劲。谁叫我是畜生呢？我是畜生我怕谁？嘿嘿。

我知道褐狮子去了哪儿。

那时我就知道，我的鼻子尖，我能闻到十二里以外的水和草场，比一般驼能多闻二里。我知道它正在一个沙洼里大睡。它的脑袋上的伤口长好了。虽然看起来很丑，但命是保下了。它吃饱了草，喝足了水，正在大睡。它实在是累极了。它是身不由己地睡了的。等它睡足了，肯定会闹出天大的事的。

但我懒得说出来。

那时，我倒是有些同情褐狮子——瞧我的称呼，已从褐驴子变成褐狮子了——但同情归同情，要是时光倒流，要是再有机会，我还是会一掌骟了它。因为我知道，我不骟它，它就有可能骟了我。那个洋鬼子说过："物竞天择，适者生存。"这话虽然我不爱听，但真相就是这样，尤其在旁生也就是畜生道里真的是这样。在对付那些对手时，我是毫不手软的。嘿嘿，我有政治家的天分。啥天分？就是脸皮厚，心肠黑。虽然厚黑学的祖师爷那时还没入胎，还在他爹的腿肚子里转筋，但这真理，我却早就明白了。要知道，那人仅仅是发现，而不是发明。真理是本来就存在的。

所以，当我发现长脖雁可能对我构成威胁时，我就要毫不犹豫地进行镇压。

我必须在它羽翼未丰时下手，我知道它的优势是年龄。我再老几年，它再壮几年，我就收拾不住它了。我用的是藏地的摄政王曾用过的法子。我听人说过，在很长一段历史时期，某种活佛总是在十几二十岁死去。他们总是活不到亲政的年龄，因为要是他活到亲政，那些摄政王就只好靠边站了。所以，那些活佛总是在亲政之前就不明不白地死去。然后，摄政王再换一个不懂事的所谓转世灵童。

那豁鼻子老驼王当王的时间最长，用的就是这一招，它总是将那些有可能挑战它权威的公驼打压在摇篮里。它踢坏过至少十五峰公驼的卵子——就是阴囊——多是身大力不亏的那一类，还有一些是它用一种办法激怒对方，间接地叫驼户们骟了的。我也几次想用这法子对付长脖雁，可它的后裆从来不跟我的后掌照面。而且，我一起腿，它马上就逃。它老是想跟我用脖子较劲。我跟它碰过几次，发现那小子有点蛮力。跟它拼蛮力，我似乎没把握。君子较智不较力。

我发现，近来，那小子老是阴阴地望我。它似乎在谋算一次政变，这有可能。许多时候，新老驼王的分水岭就是政变。政变成功就是驼王，失败了也没啥了不起，不像人类，成者王侯败者贼，那败者往往连命也保不了。驼不，对于骆驼来说，时不时较量一次，其实跟人类的锻炼身体差不多。那败了的，也不过灰溜溜一阵，用不着那精神胜利法啥的，很快就忘了，像冷水上敲了一棒。

上回，我就跟长脖雁有过一次实际的冲突，我差点一腿将它踢了。腿是我的绝技之一。打小的时候，我就爱撒欢，边撒欢边尥掌，这跟人类练腿功一样。一日练一日功，一日不练十日空，时间到了，功也成了。可惜，那时没有办法定格那一次次的精彩，要是录下来叫人瞅瞅，比那些马戏团的明星，只上不下的。

顺便说一下，我为啥叫黄煞神？告诉你，我一跑起来，总是黄沙弥漫的。为啥？因为我总在练腿功，我用后腿将那黄沙蹬起，从后面看来，就有点飞沙走石的阵候了。

后来，那走手就成了我的习惯，我像老是蹬沙的兔王一样，腿上肌肉发达，你想，我那样练了十年，腿功能不了得？在蒙汉驼队中，这是谁都知道的事。某年，遭了狼祸，我一口气踢飞过好几匹狼，像后来的人类踢足球那样。啊，激情燃烧的岁月！

这一切，长脖雁都知道。不过，它也有它过人的地方，那便是它的脖子。它的脖子力大无穷，某次下山时，驮架松了，上面的长毛口袋顺势滑到它的脖中，驼户吓坏了。要是一般的驼，非叫压倒不可。可那长脖雁，只是扬一下脖子，就将那长毛口袋重新抡上了驮架，说实话，这一手，连我也服气得很。换了我，能不能来那么一下，难说。从那后，驼户都喊它长脖雁。嘿，那模样，倒真是有种长脖雁的架势。

记得起场前，天上飞过真的长脖雁时，村里娃儿就会叫：长脖雁长脖雁高里去，一捣下来烧着吃。对，就是那种长脖雁。每年，我们都会见到那一串串南去的长脖雁，要是长脖雁叫得很凶，我们就知道那年的冬天肯定很冷。我们说不出原因，但这规律，我倒是真的发现了。你别看我们长着长长的驼毛，要是天真的很冷的话，我们也有些怕。我们也怕那刀子一样利的北风，尤其是在卸下驮子的时候，冷风会一下子扑向我们冒汗的脊梁，闹不好，我们就伤风了。骆驼伤风了，也会跟伤骡子那样咳嗽。那时的身子，就软得没力气了，就驮不动驮子了，就只好将驮子分给别的驼。

人是最容易忘本的，动物也一样。现在想起过去的那些日子，真不敢相信是咋熬过来的。我说不清在包绥路上来来回回走了多少趟，真的说不清。我也算不清驮了多少货。真想不到，我曾那样辛苦过。幸好那时，我只有驼的思维，驼的思维就是驮了东西行走，走是它的宿命。现在，要是再叫我过那样的日子，可真的害怕哩。那时当然没这感觉。人说畜生道很苦，那是人认为畜生道很苦，畜生是不知道自己很苦的。常常是知道自己很苦的时候，它已经不是畜生了。就这样。

你说我扯得太远了？嘿嘿，倒真是的。

还是说那次跟长脖雁的较量吧。

2

记得，那次较量，是在戈壁滩上。那时近处的沙洼里已经没草了。你想，几百峰驼张了大口吃，有多少沙米可吃？那时，我们就只好到远些的戈壁滩上去吃那些芨芨啥的。记得，芨芨倒是很多，多是陈年老芨芨。想来把式们没有用芨芨编物件的习惯，咱家乡——家乡是个多么叫人温暖的词儿呀——那儿的老百姓却从来不浪费芨芨，那儿的席子、筐子、簸箕等，都是用芨芨编的。家乡没有陈年老芨芨，当年的芨芨都用完了，芨芨想老也老不了。可这儿，却是一丛一丛的陈年老芨芨。那些芨芨是嚼不动的，我们主要吃它的叶子。

戈壁和沙漠总是连在一起的。南方人甚至分不清二者的区别，我们只管用质感一形容，你就明白了。沙漠是由那些沙子构成，那戈壁却是沙土相间的。在千百年雨水的浇灌下，那沙土早硬了，驼掌踩上去，很难受。于是，那个自作聪明的马在波出了个主意，想用皮囊保护驼掌，没想到，反倒弄坏了数百只驼掌。

没办法，遇上戈壁的时候，也得走。谁叫我们是驼呢？

我之所以解释沙漠和戈壁的区别，是有原因的，后面你就知道了。

记得，我就是在戈壁滩上跟长脖雁较量的。嘿，我真不想讲那段事了。那又不是多么光彩的事。不过，我现在的讲，有一点忏悔的意思。要是我的语气中有一点不合适的话，你要明白那是过去的我。那时的我，还是畜生呀。畜生总会有畜生的想法。对不？

那次，是长脖雁向我挑衅的，它是在我挨近俏寡妇的时候忽然扑向我的，那甚至算得上偷袭，就是说，要说不道德，也是它先不道德的。对不，人若犯我，我必犯人。

自打褐狮子疯了，俏寡妇更俏了，至少在我眼中是那样。其实现在想来，那种俏其实是一种神态，而不是形体。它显得有点忧伤，有种淡淡的忧伤。要知道，一个母驼——人类中的女人何尝不是这样——要是有一点淡淡的忧伤，那忧伤不可以过分，一过分就成怨妇了……恰到好处的忧伤，是一种很能勾起异性怜悯的点缀。

我真的有点怜香惜玉了。这其实，是一种伟大的情感。不是吗？

就是在那种怜香惜玉的情感牵引下，我接近了俏寡妇。对我的接近，它——我觉得我应该用她——她没有任何反应。她就像在街头碰到了一只野狗那样，她既无怒，也无悲，更无喜。她只是沉浸在自己的那种感觉中，外面的世界进不了她的心。我知道她心中还有褐狮子，这一发现很使我难受。我想，对那个疯了的老驼，你有啥放不下的？除了老屌可能长一点——也不见得我的就不如它——外，我实在看不出它有哪些出色的地方。

我一直很喜欢俏寡妇。我记忆中的俏寡妇似乎一直显得忧郁，正因了这一点，人们才叫她俏寡妇，并不是她真的有个死了的老公。不过，记得那豁鼻子老驼王倒是真的亲近过她——却不知成没成功？但那时，它亲近的也不是她一个，老驼王也不是她法定的老公。豁鼻子死了，她根本谈不上寡妇不寡妇的，许多人叫她俏寡妇正是因为她有一点死了老公的寡妇那样的忧郁。我喜欢的，也正是这一点。我知道，长脖雁也喜欢这一点。我发现，它老是将那长脖子对准俏寡妇。近来，它甚至根本不管我的感受了。

那天，我毫不犹豫地接近了俏寡妇。我想给她下种。虽然我发现她似乎没有发情——因为发情的驼有一种特殊的味道。也许正因为这样，她才不甘心地逃。我说你逃啥，一会儿的事，忍一忍就完了。可她还是逃。俏寡妇逃起来仍是俏，弄得我心痒难忍。后来，我就怒了。我承认我那时没有一点风度，但你也不要要求一个畜生有绅士风度。对不？人总是很难超越自己的修养和环境。现在，你叫我发怒，我也懒得那样了。我犯不着为一个母的，弄得自己像凶神恶煞。对不？

记得那时，怒火冲上了头。我觉得血发出轰轰隆隆的声音。我强忍住自己，我一声声唤。人类虽然听不懂我的话，但驼都听得懂。翻译过来就是，你逃啥？你逃啥？你再逃，老子可要发飙了。我一边叫，一边轻轻咬住她的后腿——不过，那"轻轻"二字，似乎有点谦虚，试想，要是真的"轻轻"，我也扯不倒她。她一倒，我就压了上去。哪知，没等我奋不顾身地压上去，她已经灵巧地一滚——那一滚，甚至显出了舞蹈家的风采呢——又逃出了数丈开外。如是三次之后，我就真的怒了。我想到了褐狮子跟她在一起的场景，褐狮子也追，也扯，可它轻轻一扯，你便乖乖地躺了，任它轻薄。那分明是半推半就呀。你咋能这样实打实地待我？你想，那种时候，我能不怒吗？许多杀人犯，不就是在那种情况下怒的吗？何况我一个畜生。你是不是能理解那时的我？

怒火中烧失去理智之后，我的咬就不是轻轻的了，我真的用了劲。我甚至听到了俏寡妇的腿骨在惨叫，那是两种骨头相合时独有的声响。我不知道上面是不是有印痕之类，这不重要。我觉得嘴里有了一种腥腥的液体，这使我越加愤怒。不过，一觉出这，我马上就松口了。因为我明白，要是我真的不松口，在人们眼中，我就是另一个褐狮子了。在原则问题上不能犯错误。玩几个母驼，在人们眼中，没啥。但要是成了杀人驼，他们就有权力把枪口对准你。我以前见过他们拿枪对付狼。那里面的火，总能在狼身上喷出许多血洞。好个可怖！

令我没想到的是，便是在我咬出了她的血之后，俏寡妇仍想爬起来逃跑。她也许怒了，竟然还用后掌踢了我一下。虽然我没觉出疼来——你想，我那飞腿绝技，也并不是谁都会使的，台上一分钟，台下十年功呢——但我更加羞臊了。这阵候，就跟男人挨了女人的耳光差不多。我气疯了，我追上去，用膀子狠狠地靠过去，俏寡妇立马倒了。

记得，长脖雁就是在这时出手的。

我觉得眼前一黑，脖子上就有一股强大的力量压了过来。

3

说实话，至今，我仍然不认为长脖雁是打抱不平。不是。它仅仅是选择了一个时机而已。对它来说，这是千载难逢的时机。胜了，它就是王；败了，它也不丢人，因为它是以"见义勇为"的面目出现的。正是在这一点上，我发现我以前看轻了它。它的心机，似乎并不比我浅。当然，我甚至认为它偷袭的成分多，要不是在这种场合，我不会和它打阵地战的。用脖子显然是它的强项。我的强项是飞腿，它偷偷接近，避实就虚，扬长避短，不是处心积虑，又是啥？

不过，说真的，长脖雁名不虚传，它那脖子的力道，怕是跟褐狮子不相上下呢。以前，我真是看轻了它。我甚至相信，要不是我腿功厉害，那驼王位子，怕早成它的了。这是我很少遇到的一个强大对手。

不知是我近来下种过勤伤了元气，还是长脖雁实在太强——更也许，是我跟俏寡妇的纠葛，耗了许多体力，只觉对方的脖子有种排山倒海的势头，我仿佛面对的不是脖子，而是一条巨蟒，那里面涌动的，是一股异常强劲的大力。那场面，外人看来静止不动，其实那两股力量的搏杀，真的是惊天动地的。许多次，我的脖子已经在晃了，虽然那晃不易察觉，但根本却已不稳。要知道，驼与驼的脖子角力，是以将对方压得垂下脑袋为止。那脑袋，几乎等同于军旗。军旗一倒，势就败了，再斗下去，就跟烂仔的死缠硬拼没啥两样了。

我暗暗叫苦。我相信，那些日子的疯狂下种肯定伤了我的元气。一般在起场之后，我是不会去下种的。那苦日子多似树叶儿的跋涉之路，弄得我筋疲力尽，哪有闲心去把玩母驼？但这次歇息时间一长，饱暖思淫欲，就有些放纵了。不然，我似乎没有如此不济。要是我有平时的那份精气神，我相信自己，即使打阵地战，也不至于输吧。你们说是不？你们忘了，我跟褐狮子——不，褐驴子——也多次用脖子较过劲，似乎也没明显落过下风。是不？不信那长脖雁比老褐还厉害？

我发现，我似乎跟姓褐的——其实它不姓褐——天生是冤家，到这时候了，我一想起它，心情仍是不畅，总觉一疙瘩一疙瘩的不舒服。别的任何仇人我都能释然，有的甚至曾是不共戴天的——比如那豁鼻子老驼王，我甚至叫它咬过一口，我大腿上的那块疤就是它赐的——一经生死大劫，那所谓的仇恨就像阳光下的霜花儿那样化了。唯独那褐驴子，每次想起，心中都有种难以遣除的情绪。也许这就是所谓的冤亲债主吧。不过，还有一种可能，就是每当想到它，总会想到自己曾那样下作地骗过它。有时这种让自己变小的行为，也会成一种不可触摸的疼。这疼，也许会让自己产生一种变态心理，而恒常地恨对方。这当然有可能，因为今天想起褐驴子，我仍然不舒服。虽然，我们曾经的生存境况早已变了。许多物质的东西也已变了，剩下的，仅仅是一缕若有若无的灵能，但我仍是消除不了那种不舒服。

闲话休提——我可不是长舌妇——我们接着说那场战斗。

我们的脖子不知在空中凝了多久。当时的局势很是紧张，真是一刻长于百年。它在用脖子压我，想将我压倒。我在用力上抬，想将它掀翻。就这样，我们相持了好几个时辰。后来，我才明白，对方的力量不一定比我大。我之所以感觉到它的势头排山倒海，是它的下压之势中，有它的体重在参与。除了力量之外，它又加上了体重。这样，它等于凭空多了一种力量。而我使用的，只是脖子的力量。按人类兵法的说法，人家是"居高临下，势如破竹"，真是占尽了先机。

汗从我的脖颈里汩汩地流淌着，我的脖子很酸了，早已木麻了。我明白，失败是迟早的事。人家只管将数百斤体重压上来，就够我受的了。人家是以逸待劳的。我后来明白，它肯定是蓄谋已久的。它选了一个对它十分有利的时机，扑向了我，再以它最有利的方式，向我发起进攻。

这种较量，从一开始，就不公平。以前，我跟褐狮子也有过相似的较量，它跟人类的掰手腕一样，只是那手腕变成了脖子。规范的较量，是我向左压，它向右压，或是相反，总之是方向相反的较量。而这次，却是它向下，我向上。且不说人们常说的那种地球引力，单是它那身体重量……嘿，不啰唆了，陈芝麻烂谷子了，过去多年了，再说也没用。我只是想告诉你，我后来的那种行为，完全是不得已而为之。

你们不要用那种目光看我，别以为我是天生的一个坏种，说我坏了褐狮子，又坏了长脖雁。我要说的是，它先不仁，我才不义的。

那时，我觉得驼掌陷了下去。你想，那么硬的戈壁居然下陷了，说明我们的力道有多大。陷得最厉害的，是前掌，差不多下陷了五寸多。那下陷之处，也湿了，那是我的汗水，当然也可能是它的汗水，但无论是谁的汗水，总是汗水，就弄湿了那陷坑。好些石头也泛了出来，那是黑黑的石子，也许它们是别的颜色，被太阳晒了千年，就变黑了。有了它们，戈壁的前面就得加个"黑"字，就成"黑戈壁"了。

黑戈壁上，有一白一黄驼在较量。那图案，真的好有意思。这是大嘴哥后来常说的话。

但在当时，我却苦不堪言，我的眼睛老是发黑，时不时地，就会有一种黑亮黑亮的光闪过。我怕我晕过去。就在这时，我脑中的灵光动了。

我之所以跟一般的骆驼不一样，就是我脑中时时会有这种灵光。

这是不是就是你们作家常说的灵感？

4

我忽然卸了脖中的力。

卸力前，我用尽吃奶的力量，向上抬了一下。我马上发现，对方被我突发的大力弄慌张了，它马上要动用更大的力量来镇压我。

这时，我的脑袋忽然下沉，然后缩了回来。

后来发生的事，你们都知道了：长脖雁收脖不及，脑袋狠狠地撞向黑戈壁。它的下巴齐斩斩地断了，一股血喷了出来。

我听到它直了声的惨叫。那叫声，很像从嗓门里喷出的一段黑木头。它一直飞在我的生命时空里，直到今天，时不时地，我仍会被那黑木头撞疼。

长脖雁轰地倒地了。那剧痛，一下子击倒了它。它扭动着。

它的下巴正碰在一块石头上。那石头也是黑黑的，嵌在戈壁上，千年了。它一直在等着长脖雁的下巴。这是我的感觉。真的，我觉得很奇怪。黑戈壁上虽有石子，但大多碎小，像撞碎下巴那样大的，真不多见。在较量时，我从来没留意过那儿竟埋伏着一块黑石，它才是蓄谋已久了，终于成了我的同谋——嘿，说错了，不是同谋。我的所有行为，都是那灵光一闪的产物。

我常想，地上出现的石头，和天上落下的石头，表面看来，都是偶然的。但说不清，因为，天大地大的宇宙里，偏偏你的下巴碰了那石头，或是偏偏那块下落的石头砸中你的脑袋。这其中，也许有种莫名其妙的奇怪力量在左右这事。正是在这种想法的帮助下，我才少了一些对长脖雁的歉疚。

要知道，跟褐驴子不同，长脖雁虽也和我有这样一场较量，但在许多时候，我们是一个战壕里的战友，我们一同对付过蒙驼。那时节，汉驼和蒙驼之间，常常会有些战事，多是为了争水源草场。放场——也就是驮运结束——之后，我们常常在那个大沙漠里养精蓄锐。那儿虽然草多，有水，但好草好水总是不多，尤其是水——就是陆富基老说的那种豆瓣儿水，想来其中定然有些人类所说的矿物质啥的，无论驼还是人，喝了定然很好，精气足。在某个崖下，便有这种水。不多，它是一滴一滴往青石板上的洼处滴的，一天滴不了多少水。于是，为了抢这水，汉驼蒙驼老是混战。每次战事，汉驼大多占不了便宜，但也吃不了亏。

每次有战事时，长脖雁总是我最得力的助手，我们常常并肩作战，总是能跟褐驴子们打个平手。每次战事结束时，我也会奖赏那些得力的公驼，叫它们下几次种。那时，长脖雁得到的奖励最多。说实话，一入驼场，我其实也顾不过来。那母驼，数以千计，我便是努折了腰，也顾不过来。

正是在这样长期的革命实践中，我和长脖雁才有了一段跟褐驴子不一样的感情，我才对它后来的命运感到很内疚。

我于是想，那黑石，也许是它前世的冤家，候在这儿，专门接那茬儿呢。

不管你信不信，我只能这样认为。

你想，要是不这样认为，我的心是不会安的。要知道，这世界究竟咋样并不重要，重要的，是对这世界的看法和解释。

5

我马上听到陆富基的呵斥声。我知道他在呵斥我。我扭头一看，发现他正抡着那裹头皮鞭扑了过来。那是用牛皮绞扭成的鞭子，拇指粗细，鞭鞘子是麝皮做的，很软绵。你可别小看那软软的鞭鞘子，我最怕的就是它。别看它软，可韧劲十足，是轻易打不断的。它时时会曳风抡了来，在我鼻子上炸开，炸出我满眼的金花。

这时候，本来我应该逃走的，但我被长脖雁的惨状吓呆了。好些人认为我蓄谋已久地害了它。不是，我只是想教训一下它。你想，要是它没用那么大力，它那下巴，即使是碰上地面，也不过仅仅是弄肿下唇，或是掉几个牙。它显然用足了全力，它定然也想弄断我的下巴——它咋会下得了这种毒手？没想到，害人者终究害己。它用自己的力量，弄断了自己的下巴。咋能怪我？

但我还是蒙了，我怕见血。那血流了一地，也淹住了我的心。所以，虽然我看到陆富基抡了那鞭子扑了来，我还是没想到要逃跑。

于是，随着一声炸响，我觉得有把刀砍了我一下。我相信，我的脸也定然给撕开了一道口子——后来，我果然在水中看到了那道鞭影。因为这原因，我一直不原谅陆富基。我一直骂他是个忘恩负义的老畜生……你别瞪眼。当时我真是那样想的。你难道忘了？那年冬天，你喝醉了酒，躺在沙洼的雪地里，像条死僵的老狗，我要是没将嗉毛盖到你身上，哪还有今天的你？又一年冬天，我们困在一个冰床上，你铺着口袋，盖着皮袄，你睡着了。其实，那皮袄根本起不了作用，你实际上快要冻僵了。但你不知道，你只是觉得困，是的，你只是困，可你的血马上就不流了，你会在你自以为是的睡眠中死去——许多冻死鬼就是在这种状态下死的——也是我把嗉毛盖到你身上，才将你暖过来。后来，你知道了这以后，感动极了，发誓说你一定要报答我。你就是用鞭子报答我的吗？你个老畜生。

那一声炸响提醒了我。我想我该逃了。要不逃，那鞭子会像网一样罩住我。我不是怕疼。我最怕你那冒冒失失乱舞一气的鞭鞘子弄瞎了我的眼睛。对于鞭鞘来说，干这事很容易。只消在我眼珠上一划，我眼中的苦水就会流出来。我就会变成瞎眼驼——哪怕是独眼龙也不是好事。我当然得逃。

我一逃，那鞭子又在我脊背上炸响了。当然疼。我于是明白陆富基老贼使了全力。他那膀子上，至少有五百斤力气，我说过，他能举起两个驮子，差不多就是五百斤。我的腰叫那鞭子抽塌了，差一点趴下来。

我得逃。

我发现失去理智的陆富基离我很近了，他似乎忘了我的飞腿绝技。不过，因为那血下巴的原因，我还是有点慌乱。我没有想到用飞腿对付陆富基。不然，我一下踢了去，只要踢中他胸膛，他死是没问题的。但那样，我的命也许就保不了。他们管那踢死了人的驼也叫杀人驼，定然会斩尽杀绝的。

我还是逃吧。

我逃向远处的沙丘。我逃得不很快，因为我发现，逃有些没面子。瞧我，总是将面子看得很重。不过，等不到我挨了十下，那面子便顾不得了。相对于背上的炸疼，面子是块抹布。

我觉得耳边有了风,我明白自己逃得很快了。要是我真的跑起来,一般驼是撵不上的。这时,鞭声就被我抛到脑后了,但我不想停下来。因为那一刻,我很是委屈。以前,我一直认为,陆富基对我很好,可那人类,说变脸就变脸。这委屈,甚至冲淡了我对长脖雁的歉疚。

我一股脑儿逃向远处的沙洼。在转弯时,我顺势朝后面看了一眼。我发现好些人围向了长脖雁。这时,我才又记起了长脖雁。但我想,谁叫你使那么大的力呢?我很想再说"活该"二字,但我想,要是这一说,我似乎有点不太厚道。

是不?

于是,我将那两个字咽进了肚里。

6

我发现了褐驴子。

它正跟几匹狼对峙着。我粗粗地瞅了瞅,大约有三匹。不远处,有两匹狼的尸体。也许是叫褐驴子收拾了的。但也不一定,有时候,狼也会自己死的——要是它得了病的话。我说这话,倒不是啥忌妒情绪。只是我觉得,要是我说那褐驴子踢死了狼的话,好多人也许不相信。我一说狼可能自己死去,好些人反倒有另一种想法了。这叫欲擒故纵,欲盖弥彰。嘿嘿,不卖弄点文才,人还说我是糊涂鬼呢。

那时,我还没想到,野狐岭竟然真的有狼。以前,老是听人说这儿狼多,但这一路,倒一直没见狼的踪迹。我更没想到,后来,我们竟然会招来那么多的狼。我后来甚至想,后来来了那么多狼,是不是狼群为被褐驴子踢死或咬死的那几匹狼报仇呢?难说。要真是这样,那褐驴子也算千古罪人——不,是千古罪驼——了,是不?

正是在这时候,我发现,褐驴子真疯了。为啥?因为它似乎不怕狼。嘿,哪有不怕狼的骆驼?只有狮子是不怕狼的。那么,难道那褐驴子真将自己当成了狮子?别人叫你狮子,可以的,那是别人的事。要是你自个儿真的拎不清有几两重,真将自己当成了狮子而不怕狼,那么你不算疯算啥呢?

我不知道它们对峙了多久,也许一天,也许三天,还可以也许几次,但没用。不过,时间越长,对褐驴子当然越好,为啥?因为它背上的那疙瘩脂肪很大,够它消耗个十天半月的。狼怕是没那耐饿的本事。

看到我过来了,那几匹狼慌张地望了望。它们以为我会救同伴。是的,我会救,但我也不急着救。因为我发现,狼们一时半时的,还奈何不了老褐。

于是,我远远地停了下来,卧在有沙米棵的沙洼里,一边吃沙米——我觉得有点饿了，一边惬意地看那场面。我承认，那时节，我已忘了长脖雁。不是我有啥妙法，而是我本性使然。我是懒得想事的。没用。想啥也没用，就懒得想了。

那些狼放心了，又开始对付老褐了。我本来想离开，但我怕我一走开，反倒将狼诱了过来。我是很怕狼的。虽然我也踢死过狼，但我的害怕总是存在的。我见过一匹叫狼啃光了峰子的儿驼，那血糊糊的伤口，一想，我的心就会抖。我以前也不怕狼，正是在那种无知者无畏的状态下，施展出我的绝技，才踢足球那样踢过狼，但自打见了那儿驼的峰子后，一想到狼，我的毛孔就会痉挛。这不奇怪，许多英雄，也会怕死。但正是在怕死的情绪下，他们还能做出不怕死的事，这才是英雄。人要是不怕死，就成傻子了。傻子干了英雄的事，还是傻子。所以，对褐驴子踢死了狼，我并不赞叹，原因就是，那不是它在常态下的行为。

不过，虽然那些驼户将老褐当成了疯驼，我却总是有些怀疑它疯的程度。疯是疯了些，但疯到啥程度，说不准。这怀疑，正是在它对付狼的时候产生的。我发现，它在对付狼时，一直进退有度，毫不慌乱。它的嘴里虽然流着白沫子——这是它疯了的标志之一，但细观其行为，却是一个"疯"字所不能概括的。

老褐——我在忘了它跟俏寡妇那档子事时会叫它老褐，而不叫褐驴子，这要看我的心情——对付狼的重要方式是它的主动性，它张着大口。它的口真大，似乎能塞进一个中等的西瓜，口角的白沫子淋漓了一地。那情形，真有种狮子的味道，这模样，显然镇住了狼。老褐一扑过去，狼就躲开了。几个回合之后，我终于发现了狼们的阴谋。它们想累死老褐。它们没有贸然上扑。也许，那两匹死狼就是冒冒失失死在老褐口中或脚下。我估计，一定是老褐先一口叼了狼，抛向空中，等它落地，再踩上一脚。一定是这样，要是单纯地抛到空中，是不能置狼于死地的；要是单纯地去踩，人家也不会乖乖等你的尊足。只有在你甩晕它之后，它才会无奈地承受你的践踏。以前我弄死的那些狼，用的就是这法子。你想，我们近千斤的体重，集中在一只脚上时，那真是无坚不摧呀，定然能将狼的五脏六腑弄成一团烂肉。

狼们着了道儿后，当然变聪明了。它们东挑逗，西挑逗，逗老褐前扑后扑，左扑右扑。它们想将老褐弄得筋疲力尽之后，再行使最后的屠杀。狼有状元之才呢，它们将那游击战术运用得十分神妙，你进我退，你驻我扰，你疲我打，你退我追。嘿，那场面，既惊心动魄，又赏心悦目。

正是看那场战事的时候，我才将"褐驴子"换成了"老褐"。

后来呢？

后来，我救了老褐。

那时，老褐真的是筋疲力尽了。它背上的疙瘩虽然仍在高耸，虽然仍在为它提供能量，但它还是筋疲力尽了。我相信是紧张所致。

我发现那些狼露出了高兴的神色。狼高兴时，会嘣儿嘎儿地跳。它们用自己的跳，来表达其心情。

老褐终于木然了。它的动作分明迟钝了下来。它步履蹒跚，汗如雨下，身子像浇了水一样。它马上要倒下了。或者，即使它不倒下，那狼中的一匹只要腾空一跃，一口叼中那喉咙，老褐就没命了。

于是，我吼了一声，扑了出去。

那狼惊了，又向我围了来。我不等它们靠近，便用后腿扬起黄沙。那些黄雾便扑向了狼。嘿，只要有一星半粒的沙子进了它们的眼，我立马就能将它们踢成足球。信不？

狼于是蒙了。它们哪见过咱黄煞神的这号手段。

再后来呢？

再后来，狼看看占不到便宜，就讪讪地离开了。

不承想，老褐刚刚缓过气来，却又张着大口，扑向了我。

我想，它真的疯了。它眼中的所有活物，都是敌人。

二、巴特尔说

1

长脖驼哟，我好心疼你。

虽然你是汉驼，可我一见你，就那么喜欢。也许，这便是人们说的缘分吧。

本来，要是褐狮子死了，有人还想叫他们把你赔给我们呢。没想到，人家用这种阴招害了你。

别说老陆拿鞭子抽你黄煞神，我都恨不得剥了你黄煞神的皮呢。你咋能用这种阴招对付你的兄弟？我一见你使这招，气就不打一处来。我的亲弟弟，就死在这种阴招下。他也是驼户。一天，几个驼户拔河，没想到，我弟弟那队快要赢时，对方却齐齐地松了手。于是，几个人猛地压向我弟弟，压断了肋条，那断了的肋条又戳中了心脏。你用的，不也是这种阴招吗？

你咋能这样？

你说你不是蓄谋已久，我当然不信。我不信你不明白你那一招的后果。而且，我当时甚至怀疑，你是有意将它引向那黑石所在——当然，你可以否认这一点。后来，我知道是它主动向你进攻时，就排除了这一点。但我并不能排除对你的仇恨。我真的恨死个你了。恨不得扒了你的皮，抽了你的筋，摘下你的尿脖儿叫娃儿们吹了当皮球踢。我儿子就好这一手。

我当然并不认为，是当初褐狮子配种那事，引起了后来的诸多结果，虽然表面看来是这样。但要是没有炸药，就算有了导火索，也引不起大爆炸的。对不？我相信因果报应。虽然马在波讲这些时，我显得心不在焉，但我信。做了好事的，肯定有好报。这道理，还用得着说吗？关于老陆的那个流传于凉州的故事，也说明了这个道理。他仅仅是放了那个偷关爷大刀的铁匠，后来，他在兰州肖家坪被斩头之后，那铁匠就买通官家，缝了老陆的头，将他运回老家。这事儿流传很广。

当然，在野狐岭时，老陆不会想到自己会在后来的某一天被官家砍脑壳，不然，他不会像叫驴那样晃势，他也许会安稳很多。当然，我也不知道今天我们会在这儿讲这些陈芝麻烂谷子的事。人还是不知道未来好，要是人知道未来，那真的很糟糕。飞卿，要是你知道未来，那多年后砍你脑袋的那把刀，会一直悬在你的命运上空，会叫你寝食不安的。是不是？

但多年之后的今天，我仍然不能对黄煞神带给长脖雁的痛苦释怀。我一想到它吊着半个碎了的下巴，度过那最后的岁月，我的心就会一阵阵抽疼的。

老陆用一顿牛鞭打跑黄煞神后，我们才想起，最应该做的，不是去抡那鞭子，而是救长脖雁。

我马上跑向远处的沙洼。记得，那个沙洼里有许多白刺。那玩意儿可以止血的。我的手虽然叫它们扎疼了，但我仍揪了一堆，边揉，边跑向长脖雁。我的手揉出了许多绿汁。我将那团绿物，按到了长脖雁的下巴上。但我这时才明白，它活不长了。因为它的下巴，整个碎了。那碎了的下巴变成了一团丝丝缕缕的血肉。白刺根本起不了作用，涌出的血很快就将它冲走了。

我的长脖雁哟，你可疼死我了。

看着它的惨相，我甚至都有杀了你黄煞神的心呢！

你别笑，真的。

碎了下巴的长脖雁是没法吃草的。老陆就叫几个驼户每天去揪些绿草，用那姜窝儿砸成绿团来喂它。老陆将那团碎骨和碎肉弄在一起，找一团布包扎了。我也希望它们能长好，哪怕长成歪嘴子驼也好。但血仍是时不时就冒出来。后来，血虽然冒得少了，它不至于流血而死了，但老陆仍是忧心忡忡。

那些日子，我老见长脖雁远离了驼群，在远处的沙窝里发抖。我知道它疼得很厉害，但后来，它一直没有叫。

它那身影，我一直忘不了。一直忘不了。今天，一提它，我仍觉得它在我眼前。我的心于是一阵阵抽疼。

2

至于你们老说的杀手，我没见过。

我咋没见过啥杀手？天知道，你们是咋想的？

再说，我也不懂你说的骡马之类，我可没见过啥骡马。那时的驼队里，除了飞卿的那匹乌云盖雪，我没见过别的啥骡马。至于少掌柜说的山呀水呀，更是没影子的事。我觉得，你真是有了疯气儿。

不过，那时节，我眼中其实是没有你的。我的眼中只盯着飞卿。因为我信了豁子的话，我相信你们想收拾我们了。你们根本不去罗刹了。你们想落草为寇了。

是的，我认定，你们想落草为寇了。

不对，不是我认定，是你们真的想落草为寇了。

不对，不是你们想，你们本来就是寇啊。

我承认，是我们打响的第一枪。

表面看来，我们的那一枪是因为水草的原因——确实，水草也是原因之一，主要还是其他的。我知道，我们已经走不出野狐岭了。说不清原因，反正有这感觉。我被一种末日情绪笼罩着。开始，当有人说末日时，我当然是不信的。无论他用时轮历法还是别的，我不相信末日会来临。但在后来，我信了，原因很简单，我发现一峰峰汉驼在莫名其妙地死去，找不到任何原因。开始是有伤口的，那伤口总是不好，一天天烂下去，用盐水洗也不行。以前，驼有了伤，只要用盐水洗几次，就会好。但这次，那伤口，仿佛成了日光下的冰，总是在化呀化呀，总在往大里化。我的末日情绪，就是在那时染上的。

好的是，蒙驼没有染上那种烂的毛病，我不知道这是不是你们说的基因原因。我更愿意当成是驼神在护佑着我们。我们敬驼神，也敬羊神，汉人只敬羊神，不敬驼神。你不敬驼神，驼神当然不会保你。我们还敬一个叫吉祥天女的菩萨，她是一个有名的密宗本尊，我们寺里的喇嘛就修她。她骑个骡子，挂个袋子，那袋子里，装的就是瘟疫。我想，那汉驼患上的，也许就是瘟疫。谁叫你们不敬神呢？

蒙驼的绝大部分驼倒还好着，那些烂了蹄子的，也差不多好了。只有那褐狮子还是老样子，它老是在沙洼里游荡，渐渐瘦骨嶙峋了。一看到它，我就恨汉驼队的一切——除了那长脖雁，一想到它，我的心就会抽疼。我听到那个"汉"字就心烦，心里就会咕嘟咕嘟地冒一种叫仇恨的东西。接这趟活时，我本来想独家干，不想跟汉驼一起做，可有人拿一种大道理劝我。啥大道理？你们也知道，就是那块反清复明的破布，有人老拿了它当旗帜。说实话，那清呀明呀，其实跟我没关系。我们的祖宗一向就跟明过不去。你们知道，便是在你们所说的大明时，我的祖宗还是另起锅灶的。在一个叫王保保的汉子的带领下，我们把那个叫大明的家伙揍得嗷嗷乱叫。不是吗？

是的，我也确实想反那个大清啥的。但我的反，跟你们的反不一样。我没有那么多的大道理，我只觉得它有些事做得太离谱了，订了那么多条约，都是打脸打屁股的事。我看不顺眼。

我准备开第一枪时，其实蒙驼队早成了火药桶了，我只是在那雷管上点了火而已。

事情的起因很简单，我们想开拔。为啥？我们不想叫汉驼拖死在野狐岭里。我们想前行。当然，我们也不仅仅想单纯地前行，我们还想一直走下去，一直走到目的地，我们想单独做完蒙汉两家驼队应该做完的事。

这没错吧？

你需要明白的是，当初雇我们的那掌柜，怕我们某一家不可靠，在分配货物时，想了法子。将那本不该分开的货分成了两份，一家一份，只有两份货物都到达目的地时，经对方验了货后，人家才能给我们需要的东西。要是有一家想独吞，或是起了私心，那么，对方是不认账的。这当然没错。货主希望我们能团结一心，这也没错。错的是，谁也想不到，那些汉驼，会烂成那样，而且可能会一天天烂下去。我们总不能陪着它们烂下去吧？

是不是？

我们那时正年轻。我们还想做大事呢。我们也想建立功勋呢。

你想，我们问他们要那些他们已无力运送的货，是不是也有道理？你不能占着茅坑不拉屎吧？

我没想到，我们一提出，他们竟然炸了锅。

他们无限地上纲上线，说我们起了歹心，想独吞那货。

这是人话吗？

3

好话说你们不听时，我们只有想别的办法。

那别的办法，说来其实也简单，一是明抢，二是暗偷。我们不想被困死在野狐岭里。

这一点，有点像你说过的某个组织，他们想拯救地球，他们不想叫那些像癌细胞一样无限繁殖的人类把地球拖向灾难的深渊，于是，他们想办法，进行某种族灭绝。我当然反对这一点。但我们的那时，确实也有点像这情景。明摆的，那些汉驼已烂得不成样子了。看那样子，还会一天天烂下去。好些驼已成了骨架，驼肉早成了粪便。没救了。真的是没救了。

也幸好，我们离开得早，不然，怕是也传染上那烂病了。你说那是细菌感染，我觉得那是驼瘟。听老祖宗说，百十年前，也流行过这种病，它非常像人类的麻风。我觉得，它甚至真的就是麻风呢。那模样，像极了。

当我们说好话却招来了一堆臭骂后，我们便想夜里去行事。我们很想偷偷地把那些货搬上我们的驼背，我们忍了那辱，负了那重，去罗刹，换回我们该换的东西。要是我们事成了，后来的故事，就会有另一种结局了。

记得那天夜很黑，天地都死了。我仍然觉得那股死气笼罩了一切。你也许没见过死气的模样。我告诉你，死气是一种灰色的有质感的气，你可以把它想象为一种丝绸一样的、灰蒙蒙的气。我发现，就是它笼罩了一切。我们其实在拯救驼队。你想，要是他们再不前往，我们只会耗死在野狐岭里。

我不想。我们的生命在泄洪般东流呢。

我早已探明了那些货物的位置。需要说明的是，那次的货里，有些是草料，有些是实货，有些是实货里的实货。像那些茶砖，我们都在驮，那是送给罗刹的礼物。我们可以只带走我们带的那些茶砖，汉人的那些，可以陪汉人们烂下去。我们要那一箱要紧的东西。那是黄货。那是马家积攒了几代的好东西。我们想拿回的，就是它。

以前，那些黄货总是跟马在波在一起，他的身边，还有几个汉子，功夫很好。后来听说，马在波有了疯气儿，老是胡传混说。那些黄货，就由飞卿安排几人保管。我已经打听到了，在中间的那个窝铺里。虽然蒙把式在数量上占优势，但我不想仗势欺人。我是想智取的，或者说，我还不想跟他们撕破脸——虽然脸皮早已撕破了，但我还是不想跟他们撕破脸。呵呵。

记得那天夜很黑，真是月黑杀人夜，风高放火天。那天虽然月黑，可我不想杀人。虽然没风,我却叫人放火了。我想凭借那堆火,把看窝铺的人引过去,我再取那黄货。听说,老毛子只认黄货,别的啥都不认。那些银元呀啥的,人家望都不望的。

等那火腾起来时,有人就大喊救火呀救火呀。那所谓草场,其实是祁禄带着汉把式打下的黄毛柴,他们割下了那些柴头,放在一起以备用。其实,即使烧了也没啥,救不救都不要紧的。但你要知道,在听到有人喊救火呀救火呀的那时,把式们是不会去细想的,大家会在一种情绪的裹挟下,一窝蜂赶了去。他们肯定会救的。那所谓的救,其实也很简单,他们只要将黄沙扬在火头上,就能压熄那夜空里显得非常扎眼的火。

我们就是在那时冲入窝铺的。

我带了十个人,都是好把式。

他们真的都去救火了。

我看到了那十个寻常的箱子。那个寻常的箱子放在一个不寻常的所在,上面压着一床栽毛褥子。我们扔了那褥子,扛了箱子就走。我也扛了一个,觉得它真的很重,靠这点货色,是能换回好些火器的。据说,有了这东西,刘胡子的那些马队啥的,根本就不在话下。听说,连那个叫努尔哈赤的英雄,都叫火器崩了,你刘胡子算个啥?你梅浆子算个啥?还有管我们的那个亲王算个啥?我仿佛看到了火器乱放的场面,好些人都在火中滚着,惨叫着。我甚至没有遇到谁来阻挡我。因为,我们进入那窝铺,到出了那窝铺,只用了很短的时间。我估计,那些去救火的人,还没到火跟前呢。

这本是非常蹩脚的一招,咋就没人防呢?想来,他们是料想不到,我们会算计他们的。他们也许想不到,一个锅里搅勺子的人,有时候,也会背地里踢飞脚。

我飞快地蹿过汉驼用驮子垒成的城,上了接迎我的一峰蒙驼。

我想,我成功了。

那时我想,要是我真的成功了的话,我可能就成了民族英雄。

不过,有许多东西,人算不如天算。一切,都不好说,就算我真的离开了野狐岭,还能不能躲过那场沙暴?

4

在那个打开的箱子里,我看到的,是一堆沙驴棒子。它是沙土相间的一种东西,状若黄瓜。开始,我以为他们将那黄货藏在里面呢。我一下下敲碎了它们,结果,只是一堆沙土。显然,我上当了。我不知道,是他们掉了包呢,还是一直在用那沙驴棒子掩人耳目。

我有种被羞辱的感觉。

豁子虽然在安慰我，但他的神色，却明明在嘲弄我。

那几个放火的把式回来了，他们发现，自己的劳动换来的，只是一堆沙驴棒子，就说了很多嘲兮兮的话。

我知道，飞卿他们马上就会发现放火的真相。也许，他们会兴师问罪的。我问豁子，咋办？

豁子黑了脸，半天才闷出一句，雪已经化了，尸身子已出来了。反正，我们人前头作了揖，就不在马后头跑了。

他的意思是：我们的意图已暴露了，索性，就一不做二不休吧。

那些蒙把式早就成火药了。不说以前，只说褐狮子受伤后的那些事，他们早就想干些啥了。

他们都提了家伙问我。

我说，稍等等，不急。

我知道，要是明打明地干，我们能不能打得过他们，难说。两家各有所长，汉把式拳脚功夫好，蒙把式力气大。虽然拳棒手怕的是大力气，但我们没把握将那些蝎虎子汉子降伏。

豁子就说，干有干的打算，不干有不干的打算。

我说，到这时候了，只能干了。我们不能跟他们困死在一起。我们还得做事。他们的驼队烂了，我们不能陪他们烂下去。那罗刹，我们也能去的。那时节，我想到了豁子讲过那个《西游记》的故事，他问，要是那几个假装唐僧的妖精真的上了灵山，取了经，会不会成正果？我当时没法回答。后来，我问过马在波，他说，会的。他说孙悟空也是妖精呀，只要妖精做了修行的事，那就是修行者。只要他们取了经，也能成正果的。

这话我信。

豁子又说，只要目的正确，那手段，其实是不重要的。要想干成大事，就不该计较小节。

这话我爱听。虽然我不爱那些大道理，但我还是需要一种东西，让我能心里舒坦地做那些平时做不了的事。

于是，经过一番设计，我们决定在当夜行事。豁子早就说通了那些护镖的枪手，这等于掌控了一个国家的军队。有了枪手的参与，即使明打明抢地干，汉把式也打不过我们。但我们还是决定以偷袭为主，我们只想要那黄货，我们不想多流血，不到万不得已的时候,我们不想背命债。

三星偏西之后,我们拿了家伙,逼近了汉驼队的窝铺。我们的目的很简单,要了那黄货,自家去罗刹。他们想取的那"真经",我们替他们取了。

是的,没必要把生命耗在这个莫名其妙的野狐岭。

巴特尔的讲述,让我忽然又干渴了。从他的叙述中,我发现了很熟悉的一种东西。喝了几口驼把式带来的水,渴就缓解了。

水的问题解决了,另一个问题又出现了。

寒冷。

等到我想生火时,才发现,那个褡裢不见了。里面有火柴,有打火机,还有好几本书,还有我的笔记本等。笔记本记载了我的采访内容,当然重要。最重要的,却是火。在冬天的沙漠里,火跟水同样重要。

真要命。

许多时候,人心很奇怪。有水时,渴也总是在潜伏,水一没了,渴就会立马变成猛兽,向你扑来;有火种时,因为能随时生火,便不觉得有多冷,一旦没了火种,冷也就成了恶魔,马上就扑向了我。

冷风四面里涌了来,刺入我的骨头。那皮袄,虽也能挡些风,但那彻骨的寒冷是渗入的,这样,皮毛的作用很有限,它只能保暖,不能提供热量。要是有狗,人狗相拥,倒也能互相取暖,但狗一直没来。我想,它是不是自个儿回去了?如果是这样,它就是逃兵。只是凭它自己的力量,是走不出沙漠的。

虽然它的行径很让我失望,我还是为它祈祷了一番,希望上师本尊、空行护法能护持它走出沙漠。

白驼也没来,我想,它定然去找水了。只是,它为啥不喝把式们送来的水呢?

第二十会
肉体的拷问

早上,我没有看到太阳,天阴沉沉的。冷风仍在呼啸,因为有胡家磨坊——夜里,把式们告诉我,这真是胡家磨坊——我倒也没被冻坏。

我胡乱吃了点东西,就骑了黄驼,去找我丢失的褡裢。我相信,它丢在了路上。一路上,我骑的是白驼,黄驼是专门驮东西的。按说,驼是有灵性的,要是丢了东西,它不会不知道,它应该站在原地,不再前行,这样,把式就会发现落下驼背的东西。显然,黄驼是有意的,它明知道丢了东西,却装做不知道。不过,还有另一种可能,它故意抖下了褡裢。对于黄驼来说,这是很容易的事——当然,前提是捆褡裢的绳子开了。真可恶!

我就对黄驼说,你必须带我到丢下褡裢的地方,不然,我肯定饶不了你。要知道,你的行为,其实是在杀人。黄驼不望我,一脸的木然,我不知道它是不是后悔了。

我抖动着缰绳,叫黄驼卧了,我裹了睡袋,穿了大衣,虽然冷得发抖,但还是上了驼背。那褡裢,昨天还在,失落处定然不远。而且,驼能认路,它定然记得它丢失在哪儿。

我扬扬手中的刀子,对黄驼说,要是死,我们会一起死的。当然,我是在唬它,叫它别再使坏心眼。

驼沉默不语。我看不出它的心绪。但它还是起了身,驮了我,按那天的来路方向去了。

风在劲吹,我像是要被冻僵了。真要命!

沙丘一波波跌宕远去,通向未知。我看不到尽头,也不知道自己具体置身何处。我只知道这是野狐岭,但这野狐岭里,还有许多地名。在我心中,它们是一团模糊的亮晕。我一直被谜一样的雾笼罩着。

我在驼背上俯仰着，随着驼上坡下洼。我甚至希望就这样走下去，直到永远。我太累了，时时想迷糊过去，但知道这样一迷糊，我就到另一世了。寒风会很快冻了我的血液。这样，我采访的那些故事就会随风消失，就没人知道那些把式的故事了。世上有许多故事，就是这样消失的。不过，有许多世界，也这样消失了，地球不照样转吗？

当我觉得自己快要迷糊时，就下了驼，脱了皮袄睡袋，将它们扔上驼背，牵了驼走，我拽了那鬃毛，就能借些力。走不多久，身子就活过来了。

就这样，我骑骑走走。好在这一次，黄驼没骗我，它没走错路。我能看出，我们走的，正是来时的路。

你别问要是它这次骗我，我会不会杀它？不会的，因为我对它举不起刀子。刀子是凶器，不要轻易地举它。不过，这是我理性时的决定，冲动时，就不好说了。

我们走呀，走呀，终于看到了一团黑。

你一定认为，那是褡裢吧？

但不是，我先看到的，是我的狗，它的身后不远处，才是那褡裢。它咬着褡裢上的绳子，一线痕迹通向远处。我想，狗定然想把褡裢捞回胡家磨坊。它其实不用这样的，这地方，没人来的。我只要找，总能找到的。不过，狗也许认为，那丢了的东西，总会有人捡的，所以它才拼命去捞那褡裢。

狗已经僵了。我不知道，它是累死的，还是冻死的，也许两种原因都有吧。

我心里喧喧的。我还埋怨过它呢，以为它当了逃兵。脑中一片空白，一种巨大的悲哀裹挟了我，但我没有泪。

我抡了刀子扑向黄驼，那一刻，我真想杀了它。可见，情绪这东西，时时会变的。

我想，黄驼应该逃的。因为不知何时，我早就扔下了缰绳，按我此刻的体力，它要是逃，我是追不上的。

我怕自己真的控制不住，杀了它。就朝它吼，你逃呀！逃呀！你这个畜生！

黄驼却没有逃，它慢慢地走向狗，跪了下去。我看到，它的眼中亮亮的，像是有泪。

我扔下刀子，捞过那褡裢。我清点了一下，发现里面的东西都在。一看到打火机和火柴，我一下子哭出声来，我有了一种游子看到母亲的感觉。后来，我就把火种分在两峰驼上，随身也带了一个，这样就保险了。万一丢了一个，还有其他备用的。

我暗暗发愿，要是我能走出野狐岭的话，我一定要修一座庙，庙的名字，就叫"狗王庙"。我要把这个故事写在书上，让千百年后的人，也能记住我的狗。我要叫那些薄情寡义者，一想到我的狗，就会脸红。

我对狗说，你去吧，我还年轻，你要是真的能再来，我也等得到你。

我说，要是我成就了，你就来当我的弟子，我们再来一次这样的相聚，来完成一次宿命的传承。你也可以当我的朋友，我的一生里，很少有你这样的朋友，我遭遇的，多是背叛和诋毁。我一直在向往忠诚的友情。你可以带着你的其他忠诚伙伴，在你的下一世里，当我的桃园弟兄。

我说，你也可以转生为女子，来找我。她可以不美丽，但要有你这样的忠诚。这世上，多的是忘恩的、负义的、贪财的、好利的，多希望有你这样的女子，来陪我度过漫长的人生。

我说，你甚至也可以变成另一条狗，哪怕你瘸了腿，我也会把你当成亲人，只是这世界上没有你乘坐的飞机，你无法跟我去行走天涯。那么，你还是转生为女子吧，无论俊丑，你都是我的唯一。

我说，你去吧，你来吧，无论多久，我都会等你。

就这样，我说一阵，哭一阵。我把它抱在怀里，像抱着世上最亲的人。虽然身体缺水，泪倒不少，一股脑儿流个不停。脸上满是泪水，冷风吹来，煞冰煞冰的。

我看到了狗的允诺。我相信那不是幻觉。我看到它飘出了自己的身子。但它没急着投生。它一直在跟着我。它放心不下我。我对它说，随你吧。不急，我出了野狐岭后，你再去投生不迟。

大约到黄昏时分，我才用黄沙埋了狗。我折了根粗黄毛柴，插在坟堆上——我花了很大的气力，弄了个坟堆，明知道大风一吹，沙堆就散了，但我还是那样做了。我想，要是这次能活着出去，就带人来野狐岭，把狗运回去，制成标本，供奉在狗王庙里。在某个寺院里，我就看到过这种制成标本被供奉的动物。不过我担心，要是那老狼发现我在这儿埋了狗，它定然会吃它的。我四下里望了望，倒也没发现狼的影子。

回到胡家磨坊后，我架了火，那暖暖的火光照在我脸上时，我又一次流泪了。

夜里，我继续采访。把式们又有人带了水来，我可以放开喝了。只是白驼一直没有来，我又担心它了。

我已经完全看清了那些把式，也许，他们的回忆已鲜活了自己，也许是我有了另一种功能。此后的采访，真的像面对面交流了。

我甚至看到了陆富基脸上的愤怒。

一、陆富基说

猪狗不如!

确确实实猪狗不如!

以前,只听说沙匪打劫驼队,没听说驼把式打劫驼把式的。

当然,你们可以有无数理由,但所有的理由,都掩盖不了你们心中的恶。做了恶事的,就是恶人,无论你有着怎样的理由,恶总是恶。

幸好,飞卿早做了准备。那黄货,开始倒真是在那些箱子里,但自打你们提了那要求,飞卿就说,得提防了。

就防了。

没想到,仅仅过了几天,你们就动手了。

我根本不信,你们得了那黄货,会真的去罗刹。

那天夜里,我们救火回来,就发现箱子不见了。开始,我们还怀疑是沙匪呢。我们当然想不到,自家背后捅刀子的,会是自家兄弟——我不知道你们还算不算兄弟?没想到,你们会做出那号下作的事。

大约在半夜时分,我才迷糊了。刚迷糊不久,就觉出,脖子里多了凉凉的东西。我辨出,那是刀子。我仍然以为是沙匪。我知道,这时候,也只能听天由命。那刀子,只要一用力,我的所有努力都没用了。

我束手就擒后,才发现,举了那刀子的,是你们。

后来才知道,你们是一个窝铺一个窝铺地解决的。在空地上那几盏马灯的微弱灯光下,我看到了很多汉把式。马在波当然不在里面。他说的那些经历,我不好说是真是假。反正,他说是真,那就真了。我说的,也是我认为的真的。

汉把式都在骂鞑子,鞑子长,鞑子短,骂他们的老娘和祖宗。那话我不用重复了,天下的那类骂,都大同小异,都跟生殖器有关。

巴特尔开始问把式黄货在哪里,我感到好笑。那东西,我们埋在了一个地方,一般把式咋会知道?

刚开始,巴特尔还有些不好意思,他向我们解释他们为什么要这么做。那革命,当然是个天大的理由。那时节,革命也是个时髦的词,大家都听过一个叫《革命军》的小册子,由瞎贤弹唱时,也别有一种味道。巴特尔说的那些,大家都熟悉。我知

315

道，他是说给他自己听的。他最难面对的，其实是他自己。他本是个很好的把式，却做出了这种不齿之事，他先得说服他自己。

不过，他开始时的不好意思，很快就没了。因为，从大家口里，他没得到他想要的东西。他有些着急或是羞恼了。

那时节，我没有看到豁子。但我知道，这事，定然是他搅出的。凭巴特尔，是想不到这种坏主意的。

果然，在巴特尔没问出他想问的东西之后，豁子就赤膊上阵了。

他也讲起了那些大道理。

二、豁子说

啥大道理？

那是明摆着的事。

那时节，有三条路，要么，你们扔了那些烂蹄驼，打道回府，擤了鼻涕饮猫儿去；要么，我们一起候下去，大家一起完蛋；要么，我们担起那重任，去罗刹。

至少，在抓你们的那时，我们是这么想的。我们只想抓了你们，搜出那些黄货上路。没想到，抓了你们之后，我们翻遍了窝铺和四周，也没找到一星儿黄货。

你们为啥那么死心眼呢？难道不知道，我们其实也想革命的。我也听过那个叫龙华会的章程，我也很过瘾。要知道，我眼里的清家，也是仇人。虽然清家没杀过我的祖宗，但我是汉人。你们说汉人是一家，他清家杀汉人，就是杀我的祖宗。那时节，我也有这种想法的。

虽然我入的，是蒙古族的老吆会——当然，这是个天大的秘密，知道的人很少——不是凉州的哥老会，但那跟我和飞卿个人的事有关。我跟他，是不共戴天的。没办法，现在过去百年了，提起他，还觉得义愤……呵呵……那个填膺呢。没办法。我甚至相信，他就是我前世的冤家，是我的冤亲债主，是我八百辈子的仇人。虽然细想来，我们间的事，也不过是些屁长毛短的小事，可怪的是，就是那小事，让我的心中充满了仇恨。没办法。我也由不了自己。

我给汉把式们讲着我知道的那些大道理，当然，我也是在说服着蒙把式。毕竟，以前大家在一个锅里搅过勺子，低头不见抬头见。这时候，也不能仇人相见分外眼红——当然，除了飞卿。可他，竟然逃走了。也许，那夜，他就根本没有住在窝铺里。

那么，他住在哪里呢？

我想，要是他在场，我就不讲那些大道理了。一见他的面，我不会有那么大的耐心。我承认我的心中有恶，它平时埋伏着，一见飞卿，就腾地冒出了，还会燃起仇恨的火焰。

不过，不管有没有用。我讲了那么多话，也算是仁至义尽了。这也叫先礼后兵，是不？

当然，后来发生的事，我也没有想到。心会变，人会变。当心不属于自己时，我们也由不了自己。

费了许多唾沫，没起到大的作用。巴特尔显然没辙了，他问我咋办。我说这时候了，你说咋办？缚虎容易放虎难，此刻，要是放了他们，我们会死无葬身之地。

这话他信。他也发现，那些汉把式都气疯了。

可好话问，他们又不说。他望着我，显然，他在讨主意。

我明白他的意思，我就说敬酒不吃，就叫他吃罚酒。

就这样，那事儿开始了。

三、大烟客说

以前，我还没想到，好人坏起来，其实一点也不比恶人好。谁能想到，平时一个锅里搅勺子的人，咋能下那么重的恶手。

他们先是耳光，后是皮鞭。他们问的内容，只有一个：那些黄货，埋在哪里？

他们咋知道黄货埋在哪里？我对豁子说，就算他们叫我知道，我也不想知道。许多时候，知道得越多，越是危险，啥都不知道最好。我就说我实在不知道，我的一个"不知道"，总能招来他们许多个"屄板"——也就是你们说的耳光，可他们宁要说是"屄板"，因为这一叫，就将我们的嘴比成了女人的水门。我想不通，就算看在我这把胡子的分上，也不该那样打我。按年龄，我能当他们的爹了。倒是没挨鞭子，也许他们知道，我这把老骨头，要是挨鞭子，就会扔到沙窝里了。

他们打遍了所有的汉把式。蔡武和祁禄几人，开始还在骂，后来就只有告饶了。可没治，那些啸叫的鞭子，总会落到他们身上，主要是大腿上、屁股上。那时节，我最怕的，不是他们挨的那种疼，我只怕他们的伤口不好，像那些驼掌一样，一天天烂下去，就烂死了。我见过好些得了破伤风死去的人。

那些天，我的耳朵里老是鞭声，梦里也是鞭声。后来，我不再挨耳光了，折磨我的，是那鞭声和惨叫。

真成人间地狱了。

我发现了一个奇怪的现象。开始，那些蒙把式，只有几人打我们，其他人则显得不好意思。到了后来，抡鞭的人越来越多，几乎所有的人都参与了。而且，他们脸上的恶也越来越多。我不知道，是那鞭声激起了他们心中的恶呢，还是他们本来就恶？那恶的蔓延速度，真的很快，最初，只有不多的几人在行凶，后来，所有的蒙把式都行凶了。他们变了样子，脸上多了横肉，声音拧来拧去——他们靠声音的拧来拧去，显示自己的忍无可忍。就是说，他们说话时，不再像平时那样了，而是从牙缝里往外挤，还故意把一些词挤得变了模样。

他们打得最凶的，是陆富基。

陆富基的脸上，也添了好些鞭痕。

因为，蒙把式知道，他肯定晓得黄货埋在哪里。

瞅个空子，我对富基说，富基，看这样子，人家吃了秤砣了。要不，你考虑一下，把黄货给他们，叫他们去罗刹也好——只要他们肯打收条。

富基说，我哪知道它埋在哪里。再说，就是知道，我也不能说的。

我说，难道叫他们把我们折腾死不成？

富基说，飞卿又不是吃舍饭的。他总得生法子来救我们。

我说，他也成泥菩萨了，就算他浑身是铁，也打不了几个钉子。

富基说，你别怕，我发现那些蒙把式们的打，更多的是一种唬，你不见他们都不脱我们的衣服，只是在衣服上抡鞭子，听声音很猛，倒也没多么疼。

我说，那是他们的性子还没上来呢。等他们的性子上来了，你再看。

果然，打了几天，他们的性子真上来了。

按你的说法，他们进入角色了。

第三天的那顿皮鞭，就真的入肉了，别说挨，只听那实腾腾的声音，就叫人牙根发紧。

四、大嘴哥说

那些天，我再也乐不起来了。

我发现，真正的乐是有条件的，除了吃穿之外，还得有一个重要条件：平安。没有平安，人是乐不起来的。

我没有挨打，谁都知道，我是嘉峪关的旋风边外的鬼，别说他们埋黄货，便是埋黑货、埋白货、埋杂货，也不会叫我知道。我是啥，我是从滩上旋来的一个旋风，只能卷一点纸灰，沾一点汤水。这也好。因为这一点，在最初的那段日子，我没有挨打。蒙把式叫我和木鱼妹给他们做饭，不管是汉也罢，蒙也罢，都得吃饭。我们就一大锅一大锅地做，累个贼死，但不敢叫苦。因为我发现，那些蒙把式都换了眼睛，眼里放着一种奇怪的恶光。我怕稍不如他们的意，就会招来一顿鞭子。

大约三天之后，整个味道就变了。鞭打从开始时的揍衣服，变成了鞭鞭着肉。伴着那一声声鞭响的，是纷飞的布条、羊毛——连皮袄也打烂了——和惨叫。几乎所有汉把式的衣服后背都变成了纷飞的布条。我知道，除了他们想打出那黄货的埋藏地点外，还想揍出飞卿来。我不知道飞卿去哪儿了，他像是不翼而飞了。

不过，鞭子把汉把式的脊背都抽成了血席子，也没人说出那埋黄货的地方。不是他们不想说，是他们真的不知道。巴特尔也知道他们不知道，但他想让那个知道的人主动说出来。

所有的人都变了。

巴特尔成了真正的恶魔。以前，我还不知道，人变起来会这么快，也不知道人恶起来会这么恶。一个念头，就让他成了恶魔。他抡起鞭子往汉把式背上抽的时候，我看到的，不是人，分明是一个疯子。其他的蒙把式，也几乎都成了恶魔。

整个窝铺里，响彻的，除了鞭声，便是惨叫声，怒骂声。那窝铺，成人间地狱了。

我发现，蒙把式显然蓄谋已久了，他们有着严格的分工，有人放哨，有人巡逻，有人拷打，有人四处搜寻。他们有着准军事组织的严密，有点像土匪的味道了……不，他们已成了土匪。只是，那驼把式向土匪的过渡，有着明显的阶段性，开始他们还遮遮掩掩，渐渐就肆无忌惮了。他们的贪心，随着皮鞭的呼啸，在啸卷着，在沙注里流溢着。我看到，那些汉驼也焦虑了，它们时不时叫一声，发出沉重不堪又焦虑不安的叫声，像在叹息，又像在述说一种无奈。

天渐渐暖了，苍蝇倒还是没见。以前，那些烂了的驼掌总能招来一大群一大群的苍蝇，它们下了很多蛆。现在，苍蝇虽没见，那烂却不见好，有些不结痂，有些虽然结痂了，但你只要一挤，还是会挤出黄黄的脓来。我看不出一点儿好的起色。

驼队随身带的那些料——就是豆类——越来越少了。草倒是不缺，因为总能找得到柴棵，但没有料，驼的膘分也不容易追上。也许，还因为巴特尔们鞭声和呵斥声的惊扰，驼们仿佛也迅速地消瘦着。当然，这也许是我的感觉。

我的心头，笼罩着一种末日情绪。一切，都笼罩在一种灰蒙蒙里。

我更有一种担心。我想，要是巴特尔们都真的成匪的时候，木鱼妹也许要吃亏的。我发现，老是有蒙把式在色眯眯地看她。

后来，所有的汉把式都挨了鞭子，但那埋黄货的所在，仍不知道。有一次，蔡武熬不住了，就胡乱招了个地方，但因为没挖出啥，反倒招来了更多的鞭影。在蒙把式看来，欺骗是一种羞辱，于是，他们扒光了蔡武的衣服，把他的脊背打得看不出肉皮了。蔡武的惨叫声，比疯驼的疯叫还厉害，连驼们也听不下去了，一起发出了吓人的叫。所以，后来，我原谅了蔡武的叛变。那种疼，真不是人受的。

不过，说真的，我更担心的，还是木鱼妹。要是蒙把式成了土匪，难保他们不起那邪心。

我那时的讨好巴特尔，主要就是因为这点儿心思。你们可以叫我汉奸，但我的出发点，是为了木鱼妹。

为了早一点结束这噩梦，我就去劝其他汉把式。我说，你们不用死心眼了，人家也没起歹心。人家想把事情做成。人家又不想独吞黄货。再说，就算人家想独吞，到了这时候，还有啥放不下的？财是身外之物，生不带来，死不带去，为它送命，真不值得。这是我开始时劝他们的话。

接下来，我的劝，似乎有点不厚道了，但为了叫巴特尔喜欢，我只能这样。我从否定飞卿开始，骂他不仗义，扔下弟兄们逃出，让大家替他挨鞭子。这倒是真的，要是飞卿没逃，第一个挨鞭子的，定然是他。我说，那么多烂脊背的，其实是替飞卿烂的。渐渐地，我的话起作用了，祁禄也开始骂飞卿。对我的努力，巴特尔显然很满意。

我知道陆富基定然知道埋黄货的地方，一来他跟飞卿好，难兄难弟；二来，按驼把式的规矩，埋那贵重物时，一般要两个以上的人知道，一个万一出了事，另一个也能取货。

虽然大家都明白陆富基知道那地方，但他死不承认自己知道。豁子就叫人一个个揍那些把式。我知道，豁子只想揍出一个结果：叫那些挨揍的人，仇恨陆富基。待这个结果出来时，汉驼队就散了。

果然，到了第四天，当那实腾腾的鞭子落到祁禄身上时，祁禄就叫，陆大哥，你就说了那地方吧。那东西，又不准吃，又不准穿，人家也要去罗刹。那鬼地方，想想都发毛。反正，我不去了，人家想去，你就叫人家去。人家也是为革命做事。

注意，祁禄说话很妙。要是陆不答应，就是反对人家革命了。他这一说，招来一堆"干就"声。在凉州话中，"干就"是比"就是"更干脆的肯定性方言。

我听到豁子对巴特尔说，到了这时候，我们就后退一点，叫汉把式去拷问汉把式吧。于是，他们放了祁禄和蔡武，再叫他们选几个相好的汉把式，将陆富基交给他们去审，说啥时陆招了，就放了其他汉把式。

人常说蒙人老实，倒是真的。他们的拷问，方法多用鞭打，花样也很少。汉把式对陆富基的拷问，才让我长了见识。

最先对陆大哥上刑的，就是蔡武和祁禄。蔡武话不多，老是笑眯眯的。祁禄则是个刺头儿，爱和人辩论。以前在驼队里，老陆一直在照顾着他们。但老陆是个直性子，有时说话是很冲人的，不知道是不是冲撞过他们？

五、陆富基说

不经那些事，我不会知道，人是会变成啥样子的。

我可以理解蒙把式的那些勾当，毕竟，人家跟我们斗几十年了，从祖宗手里，就头打烂了拿草腰子箍。可汉把式，我们是兄弟，我们曾多少次地在包绥路上经历风雨，我们一同对付恶狼，对付土匪，经历了那么多的事，哪次不是同生共死。没想到，他们恶起来，竟然比恶人更恶。

开始，他们还有一种羞答答的模样。蔡武说，陆老爷，你也亲眼见了，我们是搭在弦上的箭，不发出，也由不了我们。祁禄说，我倒是真的希望，能将那黄货交给他们呢，那是啥？那是炸弹。不信？你抱上那玩意儿外出，看看有啥效果？嘿，信不？谁都想要你的命哩。陆大哥，我是真心的。我也不想革啥命了，我只想回家。开始出发的时候，我就想，天呀，那罗刹，远到天边了，这番出去，怕是连尸身子也回不来了。但没治，谁叫我是骆驼客呢。我的命不由我呢。可天长了眼，叫那驼烂了蹄子，烂了好。我倒是希望它烂下去，一直烂到动不了为止。为啥？我不想去罗刹。我也不想革命。我只想回家，见我的老婆孩子热炕头。我是信天命的。我相信天是有眼睛的。它想变个啥，容易得很，还用得着你我去挣命？陆大哥，我这是实话。要不是蒙把式的这一手，我的心里话还说不出来，他们这一逼，我还是说实话吧。

开始，他们就说这类话。

后来，他们就动手了。

他们没有打我。他们用另一种法子。看来，他们是真想趁机扔下这烫手山芋的。我知道他们累了。我其实也累了，便是没有蒙把式的瞎闹，我也累了。我之所以还能顶住，是我不想就这么轻而易举地放弃。我只是想，要是这样轻易放弃，这辈子就白活了。

他们开始了第一道菜。

他们用三个轿杠搭成了架子。这架子,后来成了制造我噩梦的道具。便是现在,一想起,心还会哆嗦呢。没办法,有许多东西,渗进我心底了。此后半年里,我一做噩梦,便跟这架子有关。

祁禄将两根筷子插进我鼻孔里面,他们用两根细麻绳,拴了那筷子,麻绳伸过架子,由蔡武掌控了,他一下下拽那绳子。一股无法形容的难受,一下子贯通了我的生命。

祁禄将这一招,起名为:"嫦娥奔月"。

随着他的一下下拽,我只能踮起脚尖,一下下向那天边的月亮奔去。

说呀!陆老爷!

说呀!陆大哥!

开始,只是他们两个人在叫,渐渐地,那些蒙把式也叫了。我不由得打着喷嚏,而每一个喷嚏,又牵扯出无穷的疼痛。

呵呵呵呵。

哈哈哈哈。

我破口大骂,但骂声刚一出口,那牵引筷子的绳子又动了,它硬生生地将我的骂声拽断。

就这样,那些以前折磨我的蒙把式,反倒成了看客。后来,一些汉把式也成了看客。他们也起哄似的,随了蒙把式吼叫:陆大哥,招了吧!陆大哥,招了吧!

我鼻涕眼泪流了一脸,很是狼狈。你知道,我是爱面子的人。这一招,疼痛倒成了次要的。我觉得自己没了尊严。要不是他们绑了我的手,我会抓了那筷子,将它们插入大脑深处。

我也真的那样做了,我不再随着那麻绳的上拽而踮起脚尖。我仰起头,想借助那架子,将筷子贯进大脑。

豁子发现了我的意图,他边捧腹大笑,边上前,抽出筷子。行了行了。你想死,没那么容易。

换个玩法。他说。

他对那些绑着的汉把式说,谁想出新的玩法,我就给谁松绑。

我来我来。这回,是另一个把式。

豁子笑嘻嘻说,成哩成哩。松了他的绳子。

六、大嘴哥说

这事儿，还是我来说吧。

我相信，陆老爷的一生里，那"倒点天灯"，是最开不了口的事。你刚才还说自己好面子，说是鼻涕眼泪流了一脸，就不想活了。我知道，经了那"倒点天灯"之后，你陆老爷，不大彻大悟，也由不了你。

我相信祁禄们也进入了角色。别说他们，我自己也进入角色了。不知不觉，我发现，在那个时候，我最想做的事，已悄悄地变了。那时，我最希望的，不是叫巴特尔们天良发现，不是叫驼掌们痊愈，而是叫你招供。人心真是很奇怪。我发现，那个时候，无论蒙把式，还是汉把式，他们期待的，其实是叫你招供。许多人把结束梦魇的希望，寄托到你的招供上了。

不知不觉间，我们结成了一个同盟，想促成同一件事。这真是很有趣的事。

所以，当你叫大家的期望落空时，我们都发怒了。我发现，对你不满的人，有好些是汉把式。

所以，那个叫"倒点天灯"的游戏，着实叫大家开心了一番。

又上了几道大同小异的菜后，大家被你的固执激怒了。要知道，看客不好当。有时候，当看客其实也很累。你经历的那些疼痛，看客们其实也在经历。比如，看那个"嫦娥奔月"时，我的鼻腔也很难受。现在想起时，仍会不舒服。

我甚至听到，好些人在说，你真不识抬举。是的，你真不识抬举。在大家都堕落的时候，你却想玩那种崇高，真是该死。

于是，好几个汉把式加入了那游戏。开始，他们仅仅是想从那捆绑中解放出来，后来，他们进入了角色。再后来，对陆老爷动手的，全是汉把式了。那些蒙把式，反倒成了看客，他们边当看客，边睁了警惕的眼。他们当然紧握着手中的刀枪。我知道，他们其实没必要这么紧张。我相信，那些汉把式即使有反抗的机会，也不会有反抗的心了。那几天的皮鞭，打垮了他们的所有意志和尊严。从这一点上来看，人的意志其实很脆弱。世上天生的英雄不多。好些人可以不怕死，但大家都怕疼。有些能直面死亡的人，一旦挨几天皮鞭，可能就会变节。

也许，只有在对付陆大哥时，祁禄们才能找回一点儿尊严。更或许，他们将自己这几天的挨打，归罪于陆大哥的固执了。这倒是真的。要是陆大哥识相一点，巴特尔们是不会为难汉把式的。

汉把式对陆大哥的那份气，是一点点发酵的。开始时，大家都有点难堪，毕竟有多年的交情。但慢慢地，大家都进入了角色。进入了角色的汉把式，显得比蒙把式更坏。经过前几道菜的铺垫后，蔡武和祁禄理直气壮地扒下了陆大哥的裤子，那样子，像对付一头调皮的牲口。其情形，很像屠汉在宰了羊后，一边喘粗气，一边用拳头捣着撕扯那羊皮。我发现，他们不仅仅是在讨好巴特尔们，看那样子，他们似乎在宣泄一种东西。蔡武和祁禄的家境不好，以前老陆常帮他们。也许，对老陆多次的帮，他们会感到很不舒服。有时候，在无奈接受别人的帮助时，心里其实是很难受的。也许他们会想，凭什么是你帮我？欠别人的情多了，就会成为一种活着的压力。不然，我无法解释他们折腾老陆时的那种异样的热情。

那一招"嫦娥奔月"，虽然不雅，却没打掉陆大哥身上的傲气。他还时不时地骂，他的骂很野，总是日娘操老子的内容。从那把威风的大胡子里，出来那些粗话，倒也不显扎耳。那些天，脏话把大家的耳朵都磨成老茧了。

陆大哥的腿上有很多黑垢甲。这不扎眼，那时节，大家都这样。你想，总是走啊走啊，时时在灰土里搁足，又不能洗澡，又时时出汗，没垢甲才怪呢。

陆大哥的腿很粗，这也不奇怪，常年穿重鞋，走远路，腿上的肌肉当然丰富。扎眼的，是他裆里的那团东西。我们平日里看到的陆大哥，总是那么正经，正经得让大家想不到他还长这种东西。

陆大哥睁圆了眼，怒吼着，怒骂着，把那架子和祁禄们拽得东倒西歪。

招了吧！招了吧！

大家齐吼，那吼声，已分不清蒙汉了，透出一种齐心协力的众志成城。

我操死你们的妈！

陆大哥的眼睛像充了血。

穿了裤子！穿了裤子！士可杀而不可辱。大烟客说。因为他一直在发闷，没服软投降，就仍叫绑着。还有些汉把式也齐声大骂，鞑子，我日死你们的妈！给陆大哥穿了裤子！

偏不穿！偏不穿！除非他供出黄货在哪里。说这话的，竟然是祁禄，显然，他已忘了自己的汉把式身份。

你再不供，我们可倒点天灯哩。蔡武叫。

祁禄说，把木鱼妹叫来，叫她看看陆大哥的真家伙。

蔡武竟真的去叫了。蒙把式们虽然在撒野，但还是守了驼队的规矩，倒是没为难木鱼妹，只叫她做饭。木鱼妹不知底细，真的过来了。她一见陆富基赤裸的腿，就远远躲了。

操死你们的妈！陆大哥直了声吼，有点不像人叫了。

巴特尔发出兽叫似的笑。豁子的笑像拉二胡。其他的把式们或是笑，或是骂。那骂的，仍被绑着；那笑的，多是自由了的汉把式。倒是那些蒙把式们，多木了脸，也许是不忍心看这场面吧。

豁子边笑边说，你瞧老陆，大家好说好来。我们不点天灯也行的，你把那埋黄货的地方招出来。我们不为难你。我们又不独吞。我们不想叫你们的烂驼掌，影响革命大事。你咋这样死心眼呢？你知不知道，就在我们在这儿折腾时，有好些人叫清家杀了。你信不信？

干就干就。这是松了绑的汉把式在应和。

陆富基苦笑一声，说，我不知道黄货埋哪儿。我是真不知道。不然，前几天你们折腾弟兄们时，我就招了。我眼里，人比啥都重要。黄货是啥，有人啥都有了。

谁信哩。豁子道，谁不知道，你跟飞卿穿一条裤子。

可这次，他谁都没有告诉。陆富基说。他没说，我就没问。

屁。屁。几个汉把式齐吼。

陆富基眼一瞪，操你们的妈，你们咋不信老子？

瞧你，到这时候了，还犟嘴。蔡武说。

祁禄接口道，点他的天灯！点他的天灯！我不信他不知道。你害得叫我们挨了多少鞭子呀。

几位汉把式也说，干就干就，先点了天灯再说。

巴特尔和豁子相视一笑，捞过个口袋坐了。自打蔡武们接过了他们干的事后，他们落得消闲，也不再上蹿下跳了。巴特尔发现，蔡武们干的，比他们自己干得还好。他们只懂得抡那鞭子，哪能玩出这等花样。

祁禄在陆富基的脚踝和手腕上扎了几道绳子，把他吊了起来。因为褪下了裤子，那样子着实不雅。有好些人都在大笑。在沙窝里寂寞了太久，没个热闹些的营生，都有些憋了。这种从来没有见过的把戏，一下子点燃了好些人的激情。

大烟客叫，太过分了！太过分了！

屁！屁！祁禄边狂笑，边朝大烟客吼。

我看到木鱼妹从驮子旁探过头来，就朝她吼一声，你回去！看啥？这是男人们的事。

蔡武却说，丫头，你想看了，就过来。陆老爷的稀罕，可不是谁想看就能看到的。

也许是倒吊的原因，陆富基的骂声息了，只呼呼地喘气。

蔡武边拿驼毛搓绳，边说，你瞧，陆老爷，现在还来得及。我早想回家了，我不想殉你说的那个啥革命了。我加入哥老会不假，可那是我怕受人欺负，要是叫我把命送到沙窝里，我就不干了。

豁子说，你好好说话。我们这样做，是为了更好地革命。你再胡说这号话，先捆了你再说。

不说了不说了。蔡武边嬉笑，边往手心里吐口唾沫，搓那毛绳。

豁子说，搓毛绳干啥。那点天灯，我可见过。你只用驼毛缠了他，蘸了灯油，点了便是。

那不好玩，那不好玩。一点，人立马就死了，不好玩。玩死了陆老爷，你想知道那黄货下落，也老虎吃天了。

这倒是。豁子笑了。我倒要看看你能玩出个啥效果。

蔡武说，你说的那点法，是大点天灯。我这回玩的，是小点天灯。玩法不一样。那大点天灯，是过去对付盗贼的，只能大点一次。身上绑了棉花，蘸了火油，一点，呼啦啦地，一团光，一股燎毛臭，一阵叫，就完了。前几年，对付一个淫妇时，人们也用这法子。陆老爷又不是淫妇，他是英雄。英雄有英雄的玩法。这便是小点天灯。

陆富基闭了眼，仍在呼呼地出气。

我见大烟客也闭了眼。我忽然产生了一个念头，也许陆富基真不知道那地方。大烟客倒是跟飞卿很好，说不定他知道。但这念头，我只是闪了一下。我不敢说出来，我怕他们对大烟客也来这一手。大烟客老了，玩不起了。

好了好了。蔡武已搓好了毛绳。

他说，你瞧，现在还来得及。陆老爷，等我点时，就来不及了。

陆富基不语，忽然，他大叫，蔡武，你个驴撵的！你杀了老子吧！

大烟客也说，杀了我们吧！

几个被绑的汉把式吼，要死，我们一起死！

不成不成。蔡武笑了。你们的命，是根灯草；我们要的，是黄货。

他已将自己当成"我们"的一员了。

听了这话，我忽然一阵厌恶。我发现，蔡武有些过了，这让我非常反感。以前，常见他跟在陆富基后面，一脸讨好模样。这会儿，竟成这副奓样了。瞧，他面对陆富基时，是一副嘴脸；面对巴特尔时，又是一副嘴脸。

蔡武拿着搓好的毛绳，走向陆富基。以前，我也听说过倒点天灯，但没想到，蔡武说的倒点天灯，会是如此下作。便是在此刻讲来，我仍然感觉到一种无法遏制的恶心。

我简单些说吧。说得太详细，我会呕吐的。

蔡武——希望他永远待在地狱，别再出来——不顾陆富基的怒骂和挣扎，把那毛绳塞进他的肛门。他借助了筷子，才完成了这一高难动作。我看到，血流了下去，流到陆富基的胸膛上。我想，老陆真的是气晕了。不然，蔡武是不可能得逞的。以前，我听说过人们拿筷子从肛门里往外掏大便的事，这种事我也做过。这是饥荒年吃了谷糠后常干的事。但我没听过拿筷子往肛门里塞毛绳的事，我不知道，蔡武从哪儿学会了这种损人招数。

陆富基停止了挣扎，他的眼睛大瞪着。他定然气晕了。好些人将目光移到了别处。我没有，虽然我感到瘆得慌，但我想看完蔡武的所有表演。

蔡武终于将一大段毛绳塞了进去，然后，他拨了拨陆富基的头。说，陆老爷，我看你还是招了吧。

说着，他点着了驼毛绳。他一口口吹着气，那燃着的毛绳向前燃去。

不一会，陆富基发出了一声惨叫。那惨叫，只一声，却再也没了声息。

我以为他又晕过去了，但老陆的喉间发出了咕噜声，我才明白他没有晕过去。他睁开眼睛，牙缝间挤出一句话：你听着，我一定会杀了你。不杀你，我祖坟里埋的是老叫驴！

这下，蔡武慌了。他知道，陆富基是说到做到的。他对巴特尔说，我做这事，可全是为了帮你们。你们得答应我一件事，待得取出那黄货，你们得带我走。

巴特尔眯缝着眼睛，望了他一眼，像是望一堆很臭的东西。他啥话也没有说。豁子却说了，这话，还用说吗？

蔡武说，你们可要说话算话。

当然当然。豁子呵呵笑了。

不说了不说了，这事儿，现在说来，还恶心人哩。

我长话短说吧。他们给陆富基准备了六十四道菜。我上面讲的，只是其中的两道。

只这两道，陆富基已不成人形了。

这时，大烟客才说话了：你们别再折腾陆老爷了，那地方我知道。

陆富基急了，吼：你可不能当尻子货！

第二十一会
灵魂的噪音

白天，待得心稍稍闲些的时候，我开始熟悉胡家磨坊。

我发现，胡家磨坊不仅仅是一个磨坊。因为我发现了一个入口，进去后，竟然是个很大的地方。那儿竟然有许多奇奇怪怪的石头。那儿还有水，从直感上看来，这些天把式们带来的水，想来就是从这儿舀的。也许，这是一个通往地下水道的秘泉吧。

我依然没有看到太阳，依然感受到寒风的肆虐，依然看到了灰蒙蒙白澄澄的天空。我想，定然是云遮了太阳吧。

我还想看看月亮，记得我刚进来时，月亮显了个边边儿，后来成了牙牙儿，再后来，它一天天胖了。但这几天，我没有看到月亮，不知是时令原因，还是云遮了月。

我还看到了一些把式，他们各忙各的事。不过，要是我想采访他们，也用不着再等到晚上了。我可以随时随地跟某个我感兴趣者聊天，这当然方便多了。

我一直没有见到那狼，不过，我清楚地知道，虽然我见不到它，它却能见到我。我时时能感受到它的那双眼睛。

一、大烟客说

1

你们别怪我，我怕他们折腾下去，老陆就没了。我发现，自老陆说了要杀蔡武之后，蔡武的眼里有了一股杀气。只要给他个理由，他啥事都能做出的。

那时节，老陆已不成人样了。

他被倒吊在那个木架上，下面煨着一堆骆驼粪，那烟仍在慢慢地腾起，熏着时而清醒时而昏迷的陆富基。

接下来，他们还想挑断老陆的懒筋呢。蔡武最爱干的，就是挑人的懒筋。以前，他用这种办法惩罚过几个偷骆驼的贼。懒筋是脚后跟上的那条大筋，它一断，人也就废了。等老陆废了，想杀蔡武，也有心无力了。

我想，留得青山在，不怕没柴烧。有人就有金子。我知道，再折腾下去，老陆真的就没了。我就带他们去了那个隐秘地方，取出了金子。

我带着蒙把式走向那个沙洼时，他们很兴奋。但我心里说，你们别高兴得太早，因为我看到，那磨盘，越来越大了。我很害怕，它一次次旋了来，越来越近了。我老是听到磨盘发出轰轰隆隆的声音，惊天动地的，如山呼海啸，如大雨瓢泼，如鬼哭狼嚎，如千万头猛兽在磨牙，如千万个石碾在戈壁上滚动。你们当然听不到，你们利令智昏。那贪婪的肥油，糊住了你们的心。我却老是在梦魇中，相比起那磨盘，蒙把式的那点儿勾当，实在是小儿科。

巴特尔像被情欲煽得失去理智的疯驼，他的眼里放出红光。他翕动着鼻翼，像条流着涎液的饿狗。你们一定听到过凉州人说的那个比喻："疯狗日狼"，对了，这真是非常形象的比喻。那疯狗，并不知道，它兴冲冲追赶的那个动物，不是它的情狗，而是一条饿狼。它被情欲之火烧烤着，忘情地扑向那诱惑，像扑向火的灯蛾。

我还看到了豁子，我知道这一切，都源于他的导演。豁子非常像那个策划匈奴大军向大汉百姓进攻的叫中行说的宦官。没有他们，世上就会少许多血腥。他们都在玩火，他们想烧了世界，但最后被烧了的，只能是他们自己。我知道，天道有一条法则："自作自受"。你们可以不喜欢"因果报应"的说法，但这"自作自受"，总能接受吧？

我发现那个飞着的东西老是在变，忽而像木鱼，忽而像磨盘，它似乎在随着人心在变。

你看，那巨大的磨盘，在我们头顶盘旋着。那张着的口，越来越大了。你们当然看不到，你们只想到那些金子。是的，金子当然好，但那是金子吗？那是毒蛇，它会咬断你们的一切。

瞎仙讲过一个故事：一天，佛陀和他的弟子们见到了一堆金子，他们只说了一声：呀，毒蛇，就离开了。后来，一个商人见到了，欢喜地带回了家，结果被国王抓去。因为那金子是国库里的，被人盗了。后来，商人就被当成盗贼，砍了脑壳。当然，这故事，表达不了我全部的意思。我只想说，有时候，金银啥的，只是要命的咒子。

不信吗？你可以带上一百根金条，去长安街上卖弄。你会发现，有许多人想要你的命。

我们不说这个了。

我们往前走。

沿着那条像路非路的沙脊，我带着他们，往前走。那沙脊上，本来有黄毛柴的，但现在，只剩下光秃秃的沙脊了。从这儿，走过一块黑戈壁，再走过一个光坦些的地方，再走过一丛有很多黄毛柴的地方。那儿的柴同样没了，但黄毛柴根还有。有时候，那根上，还会长出一种好东西，你可以叫肉苁蓉，能壮阳的。但这壮阳，同样跟你们的想金子一样，不是个好事。当你的心不壮时，单纯的身体的壮，是很可怕的事。

那儿有一长溜的黄毛柴根，要是那黄毛柴长出时，这儿会是一条绿龙。你当然也可以把它当成是麻岗，但这儿不是麻岗。麻岗在腾格里沙漠里。这儿是野狐岭。在这儿，你可以叫另外的名字，但不要叫麻岗。为啥？因为这不是腾格里沙漠。

我从北斗星所在的方向向南数，数到第十三墩黄毛柴时，再往西数，数到第七个，再往北数，到第三个，下挖。你会挖到一堆骆驼粪，再下挖，你还会挖出一堆骨头，那是狼骨头，也许有臭味，也许没有。要是那狼尸干透了的话，就没臭味了，就会变成木乃伊。再下挖，就会挖出一个驼毛织的口袋，里面有一堆黄键条似的东西，有三百六十一根。这，便是你们要的黄货。

你们想拿，就拿去吧。

要是你们真的接着去罗刹，那当然很好。要是你们生了贪心，也随你们去吧。我有些累了。其实，我参加这次行动，只是职业道德使然。我虽然也是哥老会成员，虽然也认真地做很多事，但我只是做而已。活一辈子，我总得做些啥。但我明白，我的做，跟我的不做，差别不大。虽然你们常用一个新的名词，把那造反呀叛乱呀啥的，换成了"革命"，但我知道，无论啥，都一样。都是想抢别人手中的那个印把子，都是想从别人那里抢财富，都是想当老爷。但你们当上老爷后，只会比以前的老爷更坏。

我看得多了。

我也听得多了。

我听过上百个贤孝，我知道从三皇五帝到大清的所有朝代的由来。每一些人造反的早期，说的都比唱的好，但一坐了龙廷，天下乌鸦一般黑。真的是一般黑，甚至更黑。你们想要金子,就拿去吧。我不想叫我的陆兄弟,为这点儿黄货送命。我们尽力了,就当我们遇了匪,这也是天灾。

喏,就这些,你们去取吧。

巴特尔的眼睛更亮了。瞧,眼珠子别掉下来。

你们没听到那磨盘声吗?

听,这会儿,那声音惊天动地呢。

2

蒙把式带了黄货离开后,我放下了那些被绑的兄弟。他们知道我将黄货给了他们,都大哭。我安慰他们,这事,是我做的,汉子做事汉子当,跟你们没关系,但他们还是哭。他们是真正的硬汉子,受了这么多的罪没哭。

蔡武祁禄和那几个软肋巴跟蒙把式走了。他们知道,要是他们留下,会叫弟兄们剥了皮,他们就跟巴特尔走了。但我知道,他们的日子,也不会好过。因为,蒙把式也从骨子里讨厌软蛆。

他们吆走了属于自己的骆驼,带走了属于他们的东西。我倒是真的希望,他们去罗刹。虽然我知道,那去与不去的结果,终究会一样。我根本不信,那一次两次的革命,会让我们百姓不受苦难——我老是会想到瞎贤们唱的那歌:那朝代我改它做啥?赶走了一个乌龟,又来了一个王八。相对于这次旅行来说,要是有人能代我们去完成一种使命,我当然很随喜的。

我叫人炒了盐,化成水,给陆富基洗起了伤口。他没再埋怨我。其实,他也明白,我的这种做法,是最好的选择。我们没必要叫对方折腾死。还是那句话,留得青山在,不怕没柴烧。

我也没再对他们讲那个越来越大的磨盘,他们当然不信。他们一直认为,那是我的精神出了问题。

你跟那些天生的瞎子,是无法解释啥是太阳的。

但我知道,有了那堆黄货,蒙把式不会再像过去那么安静了。

二、大嘴哥说

谁说不是呢?

我也跟着巴特尔,离开了汉驼队。其实,我不想去。我想留下,但蒙把式一定要叫木鱼妹给他们做饭,我当然得跟了去。因为我发现,巴特尔望木鱼妹的眼光有些怪,还有几位蒙把式也一样。不过,他们的那种眼神,有时汉把式也会有。这不奇怪。在沙窝里待了那么长时间,难保会有些骚烘烘的感觉。

我非常想留下来,但我有些无脸见人的感觉,我觉得对不起陆富基。虽然我没做啥坏事,但还是有种当汉奸的味道。因为,他们在折腾陆大哥时,我没有被绑,他们叫我和木鱼妹给他张罗吃食。我要是个红脸汉子,是应该有所表示的,虽然我即使想做啥,也改变不了结果,但我总是觉得自己够不上血性男儿。要知道,我那时的心底里,还是怕他们对木鱼妹起邪心。你想,他们能对黄货起邪心,能不对木鱼妹起邪心?我是用一种顺从的姿态,来讨好蒙把式,希望他们别伤害木鱼妹。这是我必须强调的一点。

我不知道,蔡武和祁禄他们有没有这种歉疚?表面上,他们倒是一脸狂喜,还带了一点谄媚的味道。我想,他们心里也许会有点愧疚的。毕竟,他们也是人。我想,这世上,没有天生的坏人。

蒙把式们一边往回走,一边唱着蒙歌。我听不懂歌词,但我听得出,他们很高兴。

木鱼妹却闷闷不乐,她本来不想去,但我说,你不怕汉把式秋后算账?

不会吧?

咋不会?那几天,你要是不给蒙把式做饭,他们哪有力气整人?走吧。一不做二不休,跟上谁也是走。你不见那些汉驼队玩完了?我可不想困死在野狐岭。

我这一说,木鱼妹就不说啥了。她时不时叹一口气。我知道她心里难受。因为,我们这一走,差不多等于跟汉驼划清界限了。如果说上次的做饭,是人家逼迫的话,这一次的走,就是自愿了。

我们这一去,就无脸回来了。别的倒没啥,我觉得对不住飞卿。真有些无脸见他了。

一路上,豁子在跟巴特尔说笑,时不时地,两人就会大笑。他们当然高兴。但我知道,他们这一下,也将自己弄上了虎背。

到了以前宿营的窝铺,他们叫我们做了一顿手抓羊肉,来庆贺胜利。可惜没有酒,带的那几囊酒,早就没了。要是有酒,气氛会更为热烈的。没酒也好,有歌。那歌,唱呀唱呀,心也就醉了。

在浓浓的歌声中,我听到了豁子跟巴特尔在叽叽咕咕。豁子说,这儿不能久待,他们要是缓过气来,少不了找后账的。巴特尔说,明天就走。豁子问,去哪儿?巴特尔说，去罗刹呀。豁子问，真去罗刹啊？

那一刻，我才明白了豁子的心。

走，走，出去说。豁子说。

两人就出了帐篷。

我装着撒尿，跟了出去。我发现，他们绕过了一个沙嘴子，我不敢跟了去。你知道，有时候，知道得越少越好，此刻他们虽然口袋里卖猫，但雪一化，那尸身子就出来了。我没必要往他们的套里钻。

果然，次日早上，吃过早饭，豁子就说出了他们商量的事。

豁子的声音空洞洞的。他狠狠地清了清嗓门，说，兄弟们，我们商量个事儿，本打算，我们是要去罗刹的。可大家也知道，那鬼地方，远到天上去了。这会儿，有些驼的驼掌还没全好。就是全好了，能不能到那地方，还难说得很。东北的浪人多，咱西北的强盗也不少。以前，对那些黄货还藏着掖着，自昨儿个之后，黑馍馍再也盖不住天窗了。往前走，往后退，水都深得很。大家商量个法子。

巴特尔说，我也前思后想，觉得难办，大家商量吧。

一个蒙驼说，答应了人家的事，想打退堂鼓，不对吧？另一个说，就是就是，拉下的屎，能再吃上吗？要是这次失了信，以后就没法吃这碗饭了。

豁子说，想那么远干啥？眼前这阵候，能不能走出野狐岭，还难说得很呢。要是真去罗刹，咱们这把骨头，就该扔了。

那蒙把式道，这不是骨头不骨头的事。活人嘛，得有个道道儿。你们瞧，我的意思，还是往前走。你们问我的意见，这就是。

另一个也说，就是就是。我们去人家那儿拿黄货时，说好要去罗刹，现在忽然不去了，不成土匪了吗？

豁子笑了，土匪有啥不好？成了就是王侯。

蔡武看出了豁子的心事，就应道，不去了，不去了。能不能到那罗刹，倒在其次。这一路上，土匪多如牛毛，哪一个都是要命的咒子。

祁禄也跟着应和了。两人一掺和，蒙把式不说话了。那一刻，气氛有些沉闷。把式们的脑筋都转不过来。毕竟，他们受了多年的驼队规矩训练，这号事，以前他们想都没想过。

闷了半天，一个把式说，叫大把式说话吧。他掌着印把子，他说啥，就是啥，我们是干活的。我们不怕，天塌下来有高个子顶呢。

他这话，让许多人舒了口气。

我知道，他这话，把一个沉重的道德担子，压在了巴特尔肩上，让他必须为蒙驼的所有行为承担责任。

三、飞卿说

没想到，他们会下作到这地步。

是的，你们可以说你们在革命。你们抢了黄货后，如果真的去了罗刹，那你们就是革命。当然，你们可以说我们拖了你们的后腿，你们不想叫革命受损失，而取了黄货，去换回那些军火。

你们完全可以这么做，你们可以扔了那些茶叶，只选些健壮的驼，只带了黄货去。是的，你们可以这么做，事成了，你们就是民族英雄。但你们，终于失去了一个机会。当然，你们确实胆小，没有哪几个敢带着那堆黄货上路。是的，你说得对，要是几人单独上路，能走出多远，很难说。那么，谁叫你们来夺那黄货？除了几个大把式，有谁知道我们带了那么多黄货？你们那一闹，当然把自己弄到了火上。

我没怨大烟客，换了我，也会那样。我不会为了那些金子，叫我的兄弟丧命。我只是怨他，为啥不早一点挖出那东西，叫弟兄们少受些孽障。虽然，那些黄货系着许多东西，但我眼中，啥东西都比不了兄弟们的命。

那时节，我确实逃了出去。我逃出，是为了回来。我知道，蒙把式要是起了歹心，是很麻烦的事。他们既然已经撕破了脸，就会不顾一切地折腾下去。我想阻止这一切。我只能逃出去。我想寻找一种外力，来改变这种毁灭的趋势。

我要是留下来，事情可能会成为另一种结局，其中最有可能的一种就是，他们会杀人灭口，把那些汉把式都收拾了。会吗？有可能。豁子是个软蛆，心狠手辣，啥事都干得出来。我甚至怕他得到黄货之后，会干些其他事。我甚至也为那些蒙把式的性命担忧了。

我逃出后，他们仍在打着要自家去罗刹的理由。他们需要这个理由。他们不可能一下子背叛自己的道德，他们需要一个自己能接受的理由，需要一个接受自己堕落的过程。那时节，他们还顾忌逃出的我。

我当然得逃出去。那时节，我的马就拴在我住处的旁边，习惯了。

我的心中，有种浓浓的悲哀。我想到过多种可能，但就是没想到兄弟会背后捅刀子——我眼中的那些蒙把式都是兄弟。兄弟们可以吵架，可以打架，可以面对面地干一战，但不能在背后捅刀子。兄弟可以是恶人，但不可以是小人。小人不是人，是软蛆。瞧，至今，想到这，我还有些气不顺呢。

马知道我的心事，跑了一阵，步子就渐渐慢了。它不知道我该去哪儿。我也不知道，我该去哪儿。

你们说，我该去哪儿？

那时节，我的眼前，只是茫茫的黄沙，还有我心头的一片苍凉。那时，所有的想法，都是远水，它解决不了近渴。

我思索许久，觉得还是去胡家磨坊，跟少掌柜商量为好。我当然知道，他在那儿。虽然他在闭关，虽说闭关的人不能打扰，但这时，顾不了太多。我记得，少掌柜那儿，虽没有人手，但有一把枪。上回他离开之前，我给的他，叫他防个猛兽啥的。那枪是把好枪，不知他丢了没？要是他没丢，我只管举了它，逼住巴特尔，其他人就好办了。当蒙把式变成毒蛇时，巴特尔就是那蛇的七寸。

我印象中的胡家磨坊很远，我差不多走了半夜。以前，我去过胡家磨坊。虽然叫磨坊，但其实也是油坊。那儿有炒胡麻的大锅，还有压榨用的油梁。后来，那油梁们叫人劈着烧了，只剩下磨盘和一些推磨用的东西。

在驼把式的传说中，磨坊有很多稀奇古怪。那儿最稀奇古怪的，是干净，虽然没人打扫，整个磨坊却非常干净，像老是有人在擦灰尘似的。我记得第一次进入时，就是这样。我看到的一切，都显得油油的，跟上了漆一样。

终于，看到那个黑黝黝的影子了，我觉得自己看到了家园。在骆驼客的传说中，这磨坊是个非常恐怖的所在。那种油光水亮的干净，据说是一种可怕的幽灵在打扫。关于他们，也有许多说法，有人说是夜叉，有人说是非人，有人说是吸血鬼，有人说是食肉空行母。马在波认可的，是最后一种，

相传，自打在某次的仇杀中，有人用烟将躲入磨坊的卜百个驼把式熏死后，这儿便没人敢来了。据说，那地上，到处是死人骨头。不过，那散布于四处的死人骨头，也没改变磨坊里的油光水亮。

我于黎明前进了磨坊。一切，都在朦胧里。马打着奇怪的响鼻，以前遇鬼时，它就这样。马有夜眼，能看到鬼。

才进磨坊，我便感到了一股沁入骨头的阴风，那是一种透心的寒凉。不是温度，是感觉。我有些毛骨悚然了。要知道，我是有名的大胆子，一向天不怕地不怕。我可以一人在夏夜的坟地里呼呼大睡。但这次，在那股彻骨寒凉的浸润下，我竟然汗毛直竖了。后来，听马在波说，他也这样。但他喜欢这磨坊，就是喜欢这一点。他说在这种凶煞之地，是很容易入道的。

天渐渐发亮了,我看清了里面的一切。我看不出,究竟是哪样东西,能让我产生那种寒凉感。一切,都是寻常的物事。

很快,我就见到了马在波。他像凉州街头那个疯子一样。他静静地坐在那儿,我摸摸他的鼻孔,却没有感受到一点儿呼吸。他的身旁,放着一些吃食,上面长满了绿毛。

我如遭雷殛。你说,要是他死了,我咋向马二爷交代?

少掌柜!少掌柜!

我叫了许久,听不到他的一点回应。我的叫,说明在我心中,他其实没有死。我想,要是他死了,身子不会这么囫囵的。

许久,我才记得他安顿过的事。记得他说,要是他入定的话,千万不要烧了他的身子,只用那引磬,在他耳旁一敲,他就会出定。

我按他教的法子,敲了那引磬。

四、大嘴哥说

黄货到手之后,味道全变了。

开始,大家还真的想去罗刹,可没想到。货一到手,豁子就起了外心。啥外心?当然是想往自家腰包里揣。

这种事,当然是不应该发生的。骆驼客的做人底线,就是信誉。没有信誉,当不了骆驼客。但你别忘了,骆驼客是人。在正常年代,一群重信誉、有底线的骆驼客待到一起做事,谁都会守规矩,但要是里面混入些不学好的人,他们不停地煽动,而自家生命又受到威胁的时候,会不会有变化?

我明显地发现了那种变化。

我先是听到豁子的口气变了。取黄货前,他钢牙铁口,要去罗刹,这成了他去抢夺黄货的一个理由。没有这理由,他是没号召力的。他说,你们汉驼没力量去,我们蒙驼去。你们不能占着茅坑不拉屎。是的。真是这样。你做不了的,由我们去做。谁听了这话,都不会有想法。但后来,那黄灿灿的金子熏瞎了他的良心,他的话就变了。

他先是大谈途中的艰难。是的。这是谁都明白的,路远,只是一个理由。最可怕的,是土匪和乱兵,清家更是闻讯派了好些军警,查得很严。这每一种东西,都是要命的咒子。

听了豁子的话，蒙把式一半应和，一半不语。他们还没完全从自己的角色中转化过来呢。

我发现，再待下去，不定还会发生啥事呢，就偷偷约了木鱼妹，连夜逃回了汉驼的窝铺。

那时节，我想，即使陆大哥他们怪罪，我也顾不了太多。大不了，我给把式们磕头。我敢肯定，要是我们再待下去，木鱼妹肯定会成巴特尔的压寨夫人。匪心一起，人也就成匪了。

为了找白驼，我的采访中断了几日。

我上了最高的沙山，四下里看去，我能看到那些正跌宕远去的沙岭，甚至能看到远处沙洼里的黄毛柴，但我看不到一点白驼的讯息。我吼着把式召驼的口令，那声音一晕晕荡向远方，可回答我的，只有风声。

倒是黄驼变了，不再有以前的那种敌意，只是仍在沉默。我啥也没说。我想多叫内疚折磨它几天。我不想轻易地说"宽恕"二字。"宽恕"是个奢侈的词，不要轻易对人说。我发现那些轻易被宽恕者，也会轻易地犯罪。有人甚至在犯罪前就明白别人会宽恕他的罪恶，从而少算了自己的犯罪成本。我想，宽恕只能用于真正忏悔的灵魂。于是，我对黄驼说，你忏悔吧。

黄驼望了我一眼。它的眼睛像一口深井。我看不出其心绪。

我倒是思念白驼。越是找不到它，我就越思念它。我奇怪它为啥不喝那水，也奇怪它许久的不露面。按说，它是不会扔下我不管的。

但我不想花很多时间去寻找白驼。我是来采访的，不是来找骆驼的。

夜里，我又发现了两盏绿绿的灯，却不知，这是不是那老狼的眼睛？

第二十二会

木鱼妹说

1

还是接着讲我在小城的故事吧。

那一切,真像演戏呀,要不是志书上记了这事,你们还当我在演戏呢。

那次未竟的石刑后,我又回到庙里。

驴二爷托胡旮旯带话,希望我能到他家,好好静养,直到生下孩子。我没有去。我不知道他为什么救我,难道真为了肚里的孩子?其实,那时,我还不知道自己怀了小孩。虽然没洗身子,但那时候,因为风餐露宿,饥一顿,饱一顿,还因为修炼要斩赤龙,身上不来红是常有的事。不过,听了胡旮旯的话,我一想,觉得真像是怀了小孩呢。

你说,对这事,我该不该高兴?

我像经历了一场噩梦。回去后,我就睡了三天,也没给庙上做饭。我觉得,自己走了很长的路,从里到外都乏了。我甚至想睡死过去。梦里也有纷飞的石头,有吼叫的人群,也会被人扇耳光——那几天,除了挨耳光挨鞋底挨石头,别的大痛,倒也没受过。

出了这事,马在波就搬出了庙,回家住了,据说被他爹按家法收拾了一顿,也不清楚他究竟受了什么家法。想到他为了这受罪,觉得有些内疚,但那点儿内疚,连日头爷底下的霜花儿也算不上。因为我实在太累了,哪怕这时候地球会爆炸,也觉得跟自己没关系了。呵呵,你们不要骂我没心没肺。你想,我经了那么多事,就算他挨了一顿皮鞭什么的,相较于我经的那些事,还不是毛毛雨?

胡旮旯告诉我,他问过驴二爷,他为啥认了这事。驴二爷说,我不想叫那丫头叫乱石头砸死。他还说,别说她肚里有娃儿,就算没有娃儿,只要你胡旮旯给我个理由，我也会那样做。毕竟，人家也是条命。救人一命，胜造七级浮屠呢。

胡旮旯说，马家为这事，却闹翻天了。按驴二爷的说法，要是生下儿子，他就认了我这个媳妇，叫儿了娶我。他的理由很简单，你马在波做了这事，你就得有担当，这是你自己选择的。马在波当然愿意。但马家的其他人不同意，毕竟，马家是大户，多年前，慈禧太后还将两个宫女赐给他们当媳妇呢，怎能娶一个讨吃？而且，这讨吃的身世，还不清不白的。胡旮旯说，他们现在，还在嚷嚷呢。

听了胡旮旯的话，我对驴二爷的态度有些吃惊了，但马上，我就认为他没安好心。他定然知道我是谁了，定然想把我骗进家门，好软刀刀细绳绳地收拾我，或是背地里伸个黑手，做一些天不知地不知的事。那样，我就成凉州人说的破头野鬼了。但我不怕，你知道，我还想进他的宅子呢，到了那宅子，谁先死，还不一定呢。那时节，我还想燃起一场大火呢。

2

待我稍稍能静下来时，才觉得自己醒了似的，开始有了思维。我必须面对一个问题：肚里的那个孩子，要还是不要？当然，这时候，你们可以随随便便地说出要或是不要，但在那时，对于我来说，它跟生与死一样，是一个不小的问题。

因为，驴二爷的参与提醒了我。我怀上的，竟然是驴二爷的孙子，或是孙女。一想到这，我就有些受不了。

生还是不生？

说真的，那时节，我想到驴二爷，仍有种不共戴天的感觉。而一生这孩子，我就跟驴二爷有了扯不清的亲情。我不愿意跟这个烧死我全家的凶手生活在同一片天空下。不愿意。在很长一段时间里，我活着的理由，就是想叫他不得好死。是的，不得好死。你别怪我有这想法，我也由不了自己。要知道，仇恨是一种很强的能量，心力弱的人，是挡不住它的。

除了这个原因外，我还必须选择一种生活方式，生下孩子，或是不生，我会是两种不同的人生。我已习惯了除了复仇再无其他牵挂的那种生活。它虽然艰辛，倒也有别一种乐。而要是生下这孩子，我不知道，我是不是还能像过去那样。

大嘴哥希望我喝上一服凉药，打了那个孽种。虽然他认为马在波不是坏人，但他还是管那肚里的孩子叫孽种。别怪他，有时，我也认为是孽种呢。我也理解他的心情。他有他的私心。他是真的想娶我，虽然他没办法休了他那个媳妇，但他想娶我倒是真的。

他偷偷地抓了丹参、苏木、水蛭等活血化瘀药，叫我熬着喝了，然后逃走。或是先跟他逃走，到邓马营湖里，再吃药也行。我却没有想逃走的冲动。我还是想到了马在波，一想到他，我就想生了，一想到跟他有了这个孩子，我就有种很幸福的感觉，眼前就会出现他淡淡的有点抑郁的眼神。这时，就觉得打掉孩子的想法，有些荒唐了。我想，这可是马在波的骨血呀。后来，想到孩子时，我有意屏蔽了驴二爷。慢慢地，我就对腹里的孩子有了感情。

我不再做饭了，胡昏兀找了个当地媳妇。胡昏兀待我很好，他叫我好好养着，不叫我干活，怕伤了胎气。老有些当地人来庙里看我，我很少出门，他们轻易见不着我，慢慢地，也就没人来了。后来的那段日子，是我一生里最安静的日子。我老是会想到经历的那些事，老有种做梦的感觉。我发现，有一种奇怪的力量裹挟了我，老是变呀变呀，总是变出些奇奇怪怪的事。

我闷了时，就去马在波住过的屋子里，抄那些还没整理完的木鱼歌。我的毛笔字不好，但我一笔一画地写。我不求写上多好，只希望能认出就行。就那样，一天一天地写，日子长似树叶儿，不觉间，竟写完了几个很长的木鱼歌。

从木鱼歌营造的那种氛围中出来时，看到那房里熟悉的物件，我也会想到他，想到那些场面。有时，脸也会烧，也会热，但更多的时候，像看过去的一个梦一样。经了那么多大悲大喜的事，就将一切看淡了。

心就是这样，经得多了，就能看开很多事了。

3

到大月份的时候，我被移到了城里的一个老房子里。胡昏兀怕血光冲了神灵，污染了苏武庙。在凉州人眼里，世上最肮脏的，就是月婆娘身上的血，那些精通邪法的人，最怕的，也是这。据说，那天神什么的，即使有着通天的本事，也怕女人的污血……对，你说得对，这正好说明了是那些神灵的分别心作怪。不过，后来，我见过一次密宗的火供，用的引子，却是那污血。看来，世上的很多东西，都取决于心了。

生孩子的地方，是苏武庙的一个施主提供的。那地方，许久没住人了，胡昏兀叫人收拾了一番，倒也不是很破。他们填了热炕，先驱走了炕上的潮气。我进去时，屋子已暖融融了。住惯了土地庙，一进这儿，就像上了天堂。

进住那房子不久，我就有些懒洋洋了。除了翻翻时轮历法之类，再也没个别的消遣。

人一安稳，就会生起惰性，我怕自己再也不想去报仇了。所以，每天早上，我都背诵那些让我能忆持仇恨的文字，但我可怕地发现，无论我如何作意地去仇恨，那种发自心底的仇恨还是淡了。靠那些文字激发的仇恨，是"应该"仇恨，而不是"真的"仇恨了。

进住这房子之前，胡旮旯又带了驴二爷的话给我，希望我去马府生，说我肚里毕竟有他们的骨血。我没答应。我想，要是马在波说是他的意思，我可能会去，可这是驴二爷说的，我一听，就立马生起了一种敌意。一想到叫去驴二爷家，我真受不了。也真怪，以前，我费尽心机地想进那儿，现在，却有了一种奇怪的怕，觉得那里的水很深，有种深不见底的未知和可怕。

住到老房子里不久，胡旮旯带来了刻印好的木鱼书，先来了一本，还有三本说是正在印。那书很精美，让人爱不释手。大嘴哥说，好多瞎贤都托人要那书，想把它改编成凉州贤孝。也好，这样，木鱼歌就多了一种活下去的形式和可能。我发现，凉州贤孝里的好多曲目，木鱼歌也有。有许多内容，很相似，区别的，只是方言。

我希望见到马在波，但一直没见到他。据说，他老爹派人看着他，不让他再跟我见面。这话我信，要不是这样，他早就来了。我相信他爱上了我，我也爱上了他。这成为我那时活着的一种享受。当那种石刑带来的惊恐消失后——那天，我承认被吓坏了——相思也会猛然袭来，心里就会很难受。那难受，不仅仅是情绪，它有一种明显的质感，仿佛真的有一种叫相思的让人难受的物质横在心中，硬硬的，怪怪的，张牙舞爪地扭个不停。那相思，消解了我的很多仇恨。相思出现时，我脑中的仇恨就被糨住了。我想，这是很要命的事。

大嘴哥来过几次，他送来了一些吃的，还带来了飞卿的话。飞卿叫我安心休养，安心生孩子，别的不用再想，他说他们正在想法子说服马在波。他没说具体过程。我知道，飞卿有的是办法。

我问，冬天到了，邓马营湖里的日子会不会难过？大嘴哥说，他们搬到了一个柴棵多的地方，他们不敢打太多的柴，因为容易暴露目标的。大嘴哥说，上次，就因为怕过冬难，他们打了一些柴，堆在一个洼里，嘿，人家一看，就知道咋回事了。不久，就招来了刘胡子的马队。不过，看那样子，他们也不想真打。他们呼啸而来，又呼啸而去，完全是一副应卯的架势，只烧了那些柴，并没追赶逃往沙漠深处的他们。大嘴哥说，往沙窝里逃的那时，他也灰心了，你想，他们连一个县府的小小马队也打不过，想打那清家，真老虎吃天哩。他说，清家太大了，他随了那驼队，朝一个方向，每天走呀走呀，走上几个月，都穿不过清家的地盘。凭他们几个，想打垮清家，真是想都不敢想的事。

我说，话不能这样说。墙倒众人推哩，你不推我不推，它就倒不了。要是它正巧腐朽了，你也推，我也推，大家齐心协力，那大厦，就呼啦啦倒了。那些改朝换代的英雄，开始时，也不过几个人，他们抱成了团，滚呀滚呀，就成气候了。

这一说，大嘴哥就兴奋了。

但其实，我还有些话没说出来。我很想说，就算大家齐了心，换了那朝代，又能怎样？赶走了一个饱狼，又来了一个饿狼，那朱皇帝，其实比蒙古人更坏。那些蒙古人，也没有那样杀功臣。这追问，木鱼歌里也有，我知道自己不能问，我一问，就会影响大嘴哥们的心。

有了闲时间，我也会想些事了，我老想前些年经过的那些事。我发现，无论我如何在道理上把清家当成仇人，但实际上造成我家灾难的并不是清家。那土客仇杀里，杀人最凶的，不是客家人，就是土家人，总是穷人折腾穷人，总是汉人折腾汉人。一想这，我的心就灰了，觉得就算我们的梦想真的成真了，又能怎样呢？要是大明的那些开国功臣知道自己后来的结局，他们还推翻鞑子吗？

你瞧，在那间土屋里，因为闲了心，我想的，就是这类事。真有些好笑。要知道，通过木鱼歌，我知道了太多的历史。以前，我被那仇恨蒙了心，没时间想它。现在，这类问题时不时就冒上心来。这一想，我的心就灰了。

你知道，这种追问，从那时起，我进行了几十年。我有那么长的寿命，便是在飞卿们死后，我还活了很多年。我见了太多的事。后来，那好不容易从野狐岭逃出的大嘴哥，也在几十年后被打成地主——谁叫他用当骆驼客的钱，买那些土地呢？遭了几十年罪，他才在某次挨斗的次日寿终正寝。当我听到他的故事时，我就产生了感叹，我觉得飞卿们，真的是白死了。

话扯远了，还是回到正题吧。

我接着那个老房子里的故事往下说。

大嘴哥见我铁了心要生，就没再说叫我吃药的话。慢慢地，我和他有些生分了。他待我时，不再像以前那样掏心掏肺，有点像公事公办了。我也希望他这样。有些事，真的很怪，在跟马在波有那事前，我虽然觉得大嘴哥的嘴很大，但没觉得难看，反倒喜欢他那模样，现在，就觉得那嘴大得实在过分了，一想它亲过我，心里竟不舒服了。此外，他不洗澡，脚也不常洗，身上有种怪味，这些，都让我不舒服——我甚至忘了，以前自己还不如他呢。那段安稳的生活，唤醒了我小时候的许多习惯。

每次见到大嘴哥，我都会不自觉地拿他跟马在波比。这对他不公平，但没办法，我的心不听话。自打发现他的嘴大得难看的那时起，我就明白，我跟他在那方面的缘分尽了。我的心，已不可遏制地滑向另一个所在。虽觉得有些对不住大嘴哥，但心中时时腾起的那份甜晕——想到马在波的时候——总能消解了内疚。

后来，我才知道，那时的大嘴哥，真把我当成了嫌贫爱富之人。这可以理解，要是没有后来发生的一件事，他说他会误解我一辈子。

不过，误解也罢，不误解也罢，都会像云烟一样远去的。

马家派来了一个老丫头，叫她侍候我的日常起居。快到临盆时，她在土炕上揭开了一个炕面子，这也是当地的规矩。后来，生下孩子之后，我就在那洞里解大小便，这样可以避免受风。每次填炕时，屋里就会有一点烟味儿，不过不浓，倒也没给我造下什么病。

至于生小孩的过程，说来也很简单，也许跟我平日练武有关，也许以前生过一个了，这次生来，倒没出大事，除了那种正常的疼痛，除了大多数女人都经的那种事，倒也没有别的特异。马家请的那个接生婆很有经验。一切，都正常得像程序。

就这样，我生了。

是个儿子。

4

孩子被抢的那夜，成了我一生摆脱不了的噩梦。

每次想到它，我的心就会抽搐。记得，孩子的哭声惊醒我时，我的脖子上已勒了一道绳索。从质感上，我觉出，它是用驼毛搓成的。这种绳子，韧性好，非常结实。我才挣了几挣，就听得一人低哮：你再动，先抹了你的脖子。话音没落，一个凉凉的东西，就压在我的脖子里。

我发现，小屋里还有几个黑影。孩子的哭声，正从一个人的手中发出。那人说：你再动，先甩一个臭癞瓜给你看。他将孩子举得老高，孩子发出吓人的哭。凉州人把蛤蟆叫臭癞瓜，我懂他的意思。一想他要像摔蛤蟆那样，把孩子摔个稀巴烂，我就一下子软了。

我很害怕。无论我如何武艺高强，我也很害怕。没办法。其实，在这种阵势下，便是没有孩子，我也不一定敢跟他们斗。上次打巡警时，一见那些驱马扑来的军警，我也很害怕。没办法。这是我的毛病。

白孤孤的月亮，照在窗纸上。我隐约看到，那几人都蒙了脸。他们的手里有刀，刃上正漫着寒气。

一人说，我们也不要你的命。娃儿我们先带了去。你不用找，也找不到的。放心，我们不伤害他。我们要做一件事，成了，娃儿就会给你。

我问，我到哪里找你们？

一个说，不用你找，找是找不到的。该来时，我们就来了。

你们伤了孩子怎么办？小孩还吃奶呢。我说。

那个举着孩子的恶狠狠说，啰唆啥？再啰唆，老子就摔了！

就是。死了就死了，出气的东西，谁也不敢打包票。另一人说。

又一个说，我们保证不杀他，就不错了。至于别的，难说。这年头，娃儿死了一堆又一堆。

他们越说，我的心越疼，就哭了。那男人说，你哭啥？我最讨厌女人哭。每次遇到哭的女人，我就不利顺。每次，神婆一算，就说是哭神冲了。

又一人打断他的话：少废话。回吧。

说完，他们风一样走了，只留下满屋子的空旷和死寂。

在那小屋里，我哭了几天，又睡了几天。期间，除了那个丫头外，马家来了几人。他们好像很着急。一个说，听说娃儿叫人劫了，马二爷急得上了火，牙疼病又犯了。但他没到我这儿来，因为我没过三个月。在凉州，坐月子得三个月。这三个月里，一般人不能见月婆娘，怕被血腥鬼冲了。月婆娘也不能到人家去，因为身子不干净时，会冲了人家的家神。

我睡了哭，哭了睡，大约过了十多天。我希望马在波能来，但他一直没闪面。我想不出他不来的原因。

孩子没了，想想再待下去，也没什么意义。大嘴哥来接我的时候，我就出了那小屋，回到了邓马营湖。

5

邓马营却热火朝天了。

祁连山堂正式开堂了，以前，虽也有些弟兄，但规模不大，一直没有正式开堂，隶属于别的堂口。上回打巡警，虽然损失很大，但动静也很大，许多地方都知道凉州人起事了。但由于是乌合之众，一哄而起，又一哄而散，需要有一些纪律来约束。于是，有人就希望凉州也开个大些的堂口。哥老会纪律严明，若是善加训练，凉州人也能成事的。

这次开的堂口，就叫祁连山堂。

给我印象最深的，是他们的结拜仪式。那些汉子摸着一只大公鸡，齐声在唱。声音很是整齐，想来他们已演练了很久：

> 摸摸凤凰头，咱们兄弟都得封公侯；
> 摸摸凤凰腰，咱们兄弟骑马挂金刀；
> 摸摸凤凰尾，咱们兄弟都是得高位；
> 摸摸凤凰脚，咱们兄弟加官又晋爵；
> ……

然后，他们杀鸡，饮血酒，盟誓，从此以兄弟相称。

我感到有趣。我发现，他们唱的那些内容，多为了升官发财，并没有大嘴哥以前常说的那些大道理，什么反清呀，什么复明呀，什么救苦救难呀。我不知道为什么，问大嘴哥，他说，他也不知道，这是一本叫《海底》的书中规定的。哥老会都这样。也许，对于那些一般会众来说，他们最热衷的，其实还是升官发财。他们才不管什么清呀明呀之类的遥远的事。对于一般百姓，能升官发财，当然是最好的事了。

接下来宣读的那些会规，很有针对性，有十条十款，很是严厉。若是有了违反，要受六种刑罚：凌迟、砍脑袋、活埋、水淹、三刀六眼、挨四十红棍等。这些刑罚很重，比清家的那些严格多了。

开山仪式完成之后，飞卿见了我。一见他，我就不由得大哭。他说，不要紧，那些人是不会杀娃儿的。

邓马营跟我以前看到的不一样了。以前，这儿是避难之地。现在，变成练武场了。这阵候，像是要明打明地跟官府干了。有好些地方，都弄平了，弟兄们在那儿练武。很多人仍在练鞭杆。鞭杆好带，实用，哥老会里有好些高手，你教我，我教他，弟兄们就都会鞭杆了。平常时分，除了学那些江湖海口外，大家都将精力用到了走棍上。走棍是当地人的说法，其实就是对打。走棍有一定的规矩。看到那些人仍在一板一眼地走棍，我不由得想，你按那规矩走棍，可人家军警不按规矩来，你怎么办？在上回打巡警时，我发现，弟兄们学的那些棍法，在对付军警时，根本不实用。人家举了刀，举了枪，一窝蜂涌了来，人家根本不管你什么套路，或是什么走手，人家乱枪乱刀，你学那循规蹈矩的棍法，有什么用？

我觉得，他们是在玩一种成人游戏。

对这种游戏，我现在兴趣不大了。我一直在想孩子。虽然这次只当了两个多月的母亲，却激活了我天性中的所有母性。我的心柔了很多。几年的风雨，在我的心上包

345

了一层老茧，孩子一生下，那茧没了，就觉得心柔到了极致。

我的心中，一直萦绕着一个问题：那些抢孩子的人，究竟是什么身份？

开始，我怀疑是马家人，但又想，这孩子，一过三个月，就自然会到马家，根本用不着抢。但也说不准，因为，要是孩子进了马家，我自然也得进马家。马家的那些骂我"讨吃"的人，定然不希望我成为马家媳妇。按他们的说法，娶个讨吃当媳妇，祖宗羞得往供台下跳哩。孩子一被抢走，我也就没了进马家的机会。所以，我一直没有排除对马家人的怀疑。我觉得，他们既想要孩子，又不想我以孩子妈的身份踏进马家门。

当然，这只是可能性的一种。

我还想到了多种可能，比如沙匪，比如哥老会，他们都想着马家的财势。大嘴哥告诉我，哥老会需要钱，他们需要置办些军火什么的。第一次打巡警时，人数虽多，但被百十个军警一冲，就七零八落了。要是手里有了枪，事情就好办多了。大嘴哥说，飞卿他们一直在想一个妥善的主意。我知道，所有的妥善主意，都离不开钱。他们会不会在孩子身上打主意？我想，那也不是没有可能。

我告别了飞卿，离开邓马营湖，去找我的孩子。那是让我揪心而且难忘的一段经历。在寻找的过程中，我的眼睛越来越亮了。我发现，那时的凉州人，真的活不下去了。你说得对，他们只要有一口山芋米拌面，就不会起来造反。那时节，能吃上山芋米拌面的人家，是越来越少了。有好多人家，是吃了上顿，没有下顿的。

像大海里捞针那样，我走了很多地方，但得不到一点儿音讯。我找了几个月。听说，马在波也请了很多人在寻找。我倒是希望，他自己去寻找，更希望我和他，能在寻找途中不期而遇。我也想他。生孩子前，我想他多一些。生孩子后，小孩渐渐占上风了。这时节，因为很多人知道了我跟马在波的关系，我也不好意思再乞讨了。我不能再让人说，瞧，那个讨吃，是马在波的女人。虽然，乞讨在我眼中，也不是什么丢人事，但既然别人那样认为，我就不能当乞婆了。这一点，让我的寻觅之路非常艰难。好在离开邓马营湖时，飞卿给了我一些铜钱，救了我的急。

后来，大嘴哥找到了我，告诉我，不用找孩子了。

此后，我才知道，那些人为什么抢孩子。

自从能完全见到那些阴魂后，一切都很方便了。

水也不用发愁，火也不用发愁，这儿到处是柴棵。胡家磨坊的后院里还有好几驮子的干柴，虽然黑了，但取暖没问题。

在木鱼妹讲她的故事时,我还能见到她的亲人。给我印象最好的,是她的阿爸,我称他为木鱼爸。那是个瘦瘦的高挑老头,他总是忧伤地望着我,欲言又止。我很想采访他,但他总是不说话。他只是用忧伤的眼神望我。

木鱼爸的故事很能打动我,我甚至觉得自己曾经是他。我见过不少像他那样痴迷却潦倒的艺术家。我眼中的木鱼爸,差不多是另一个凡·高了。那么,我的前世,也愿意是他……不,甚至在我的今生里,也愿意自己是他,只是我不想要他的妻子——我可以没有爱情,但不能有对爱情的背叛。

方便面越来越少了,不过不要紧,我还带了很多压缩饼干。只要采访顺利结束,靠这些食物,是能走出野狐岭的。

我不知道,木鱼爸为啥老那样忧伤地看我。

我想,他是不是也在问:那个作家,为啥老那样忧伤地看他?

我仍然没有见到月亮。

倒是那两盏很像狼眼的绿灯,在不远不近地跟着我。

第二十三会

狼 祸

> 拉骆驼,起五更,踏步十二省。
> 找掌柜,算工钱,反叫喝出门。
> 空着手,回到家,又气又伤心。
> 眼一花,跌倒地,永世难翻身。
> 你看看,这就是,拉骆驼,
> 才不是个营生……
>
> ——驼户歌

除了能看到采访者外,我还发现,自己的想象力惊人地好了。

前些时,听他们的叙述时,我只是在听,然后再用文字记下要点。但现在,通过把式的叙述,过去的世界活了。我真的确定了:自己的前世,定然是驼队中的一个人物。我想,只要我不是豁子,不是蔡武祁禄,不是杀手,别的我都认了。

我相信,有许多东西,虽然表面上消失了,它其实仍以另外一种方式存在着……不,我说的不是记忆。唐朝有个智者大师,他生于佛灭度后一千多年,但他说,灵山法会至今未散,我也体验到相似的境况。我是说,那些以显物质方式(也包括行为)存在过的一切,一旦它消失之后,是不是会转化为暗物质暗能量呢?佛教说的业力,是不是指它?当然,这只是一种追问和猜想。我想,只有这样,那个因果不空的宇宙率才会成立。是不?

我已经能看到那时的许多人,他们正上演那时的故事。虽然叙述者是在现在讲那故事,我眼中看到的,却是那时的画面。

一、飞卿说

1

我们还是说野狐岭的事吧。

现在想来，也许那些狼，也知道末日就要降临。

那泼天的黄尘，是黄昏时分出现的，几十峰驼蜂拥而来。开始，我还当是沙眉虎来了。那时节，好些沙匪都以沙眉虎的名义袭击驼队，抢一些值钱物件。我后来才知道，我了解的沙眉虎，并不是真的沙眉虎。当然，这时候你们一目了然，也晓得他是谁了。但在那时，沙眉虎就是沙尘暴，你只觉得它是一个巨大的存在，但想要摸清它，总是老虎吃天，无从下口。

那时，我对沙眉虎，有种很复杂的情感，一方面我也同情他们，他们其实也是病人。真是的，他们愚，他们贪，他们仇恨，就外昧了良心。另一方面，我也恨他们。由于他们的罪恶，世上多了哭声和血腥。

一见那黄尘，我就高叫："快！操家伙！"

那时节，驼把式爱用白蜡杆子和九节鞭。把式们忙时走驼道，闲时练拳棒，身子骨铁塔似的，都会使几样家当。我喜欢打狗棒——一根长绳拴一截硬木棒——好带，老缠在腰里，一抽一送，便能使出十足的威风。那时节，虽然也有快枪，但它们只在枪手手里，一般驼户，使的都是冷兵器。

大嘴边猛敲一个破铁皮盆，边扯了嗓子吼："木鱼妹——，木鱼妹——，土匪来了。"那时节，木鱼妹正在远处山坡上放羊，听到喊声，吆了羊群，向窝铺跑来。

我取出枪，燃了火绳。火药是早装好的，还装了半把散弹。有兴致时，我也会举了枪瞄沙鸡子。沙漠里沙鸡子多。每一声爆响，总能叫嘴巴油腻几次。

我从墙上取个牛角，这是装火药的，挂在腰上，又取下羊皮袋，里面是黑豆大小的生铁独子儿，平时打黄羊打狼时，就用这独子儿。我取出一个铁珠，放入枪管，倒些火药，用通条捣瓷实。我想，要是沙眉虎不识相，先结果了他再说。

在流传于那时的传说中，沙眉虎手下人数不多。他们个个都是拳棒手，有绝技，翻沙越洼，如履平地。他们像豺狗子一样行止不定，旋风般地卷来卷去，哪儿有好货，哪儿便有他们。又据说，沙眉虎的手下，没一个酒囊饭袋，杀人掠货，迅如疾风。更可怕的是，沙眉虎对所有驼道，都了如指掌，更重金收买了诸多眼线，许多商号的行动,他多知晓。这一来,他的劫掠,几乎成探囊取物了。

瞧那黄尘,渐渐近了,跑在最前面的那驼上跳跃的星点也能看清了。在沙漠里,若无障碍,要分清是人是驼,必须在四里以内,再远就模糊了。忽听身边的驼们大叫,其声震天,一扭头,见窝铺周围的骆驼都聚拢了来,瞬息间,它们已经排好阵势,成年驼头朝外,把式们又搬过驮子来,在驼的前面码成了墙,就像驼城了。这是典型的防狼阵势。

这时,我才明白,那滚滚黄尘,是狼群所为。狼们是沿戈壁滩来的,搅动了那些草上的尘灰。骆驼鼻子尖,顺风十里,可知来物。显然,它们已嗅出了黄尘中的威胁。

"快些!"大嘴叫木鱼妹。木鱼妹已到驼城附近,却发现远处的沙洼里,仍有几个白点,定是有贪嘴的羊跑远了,没来得及拢了来。

"咩——咩——"木鱼妹叫,她还想去吆那几只羊,大嘴一把把她扯进驼城。"你不要命了!"

"它们难道不是命吗?"木鱼妹拖了哭声。

嘈杂音惊醒了窝铺里呆坐的马在波——他还想在磨坊里闭关,我坚决地叫他回来了——他出了门,见那阵势,却仍是一脸淡然。马在波回来后,仍喜欢在窝铺里坐禅,很少见他外出。少爷,我不知道你说的那种寻觅,是发生在禅坐时呢,还是发生在你外出时。呵呵,你不用解释,我知道,无论那寻觅发生在哪里,其本质,都是灵魂的寻觅。对不?即使你劳形费神地东寻西觅,那真的寻觅,还是发生在灵魂深处。是不是?

我接着讲那狼祸。虽然,你们也经历了狼祸,但你们经的,是你们经的。我现在说的,是我经的。每个人心中,有着不同的狼祸。谁愿意补充,也可以随时插嘴的。

木鱼妹才进驼城,那奔来的驼们已到近前。我这才看清,前面的那驼身上的黑点,并不是人,而是一只大狼;乖乖,竟然死了,在驼峰上拨浪鼓一样甩,定是那狼贪嘴,想吃驼峰,却叫脂肪胶了牙,下了死口,脱不开口。那驼上坡下洼,颠簸一气,狼就叫吊死了。以前的驼场里,这号事老发生,老见吊死在驼峰上的狼。当然,狼眼里,驼峰定然是稀罕物品,能吃上一口,自是过瘾,却不想那美食也会要命。

另一驼峰上也有几个黑点,也仍在蠕动;定了睛,便发现,那驼峰,已没了大半个。这是个幼驼,虽有峰,但不太瓷实,想来是鲜嫩异常,才惹得几匹狼大嚼不已,好在其余的驼峰上,却不见黑点。

我想,你们跑啥?几匹狼有啥好怕的。要知道,几峰骆驼,足以对付几匹狼,只要壮了胆，定了心，一峰驼对付一匹狼，是绰绰有余的。驼有好些杀手锏，比如踢呀，咬呀，喷唾沫呀，踩呀，压呀，都能叫狼心惊肉跳。但若是惊慌而逃，就等于放下了武器，这样在狼眼中，驼就成移动的食物了。

自那次蒙驼队起了外心，蒙汉驼队就像成了两个国家似的，有了各自的草场和界限，他们在那儿还安排了枪手。以前在沙漠里的驼场，并没严格界限。哪儿水草好，哪儿便是驼场，人只将窝铺安在有水源处，歇了驮子，可随驼由性子吃去，时不时巡一遍即可。平素里，由驼吃去，饿了食，渴了饮，东游西逛，民主极了。驼户只管几件事：防狼，防瘟疫，给母驼下种等，并不需要晨驱驼出圈，夜赶驼收圈，虽也逍遥，但总觉寂寞。

"狼群！"木鱼妹惊叫。

我倒抽了一口冷气。我发现，那狼，绝不仅仅是驼峰上的那几匹，驼群后面的黄尘里，竟然渗出了许多黑点。驼们奔来时，挤成一团，狼们倒不敢公然扑入驼群行凶，它们知道，那每一个驼蹄，都可能是要命的咒子。

驼们一起都往驼城跑来。在驼眼里，人是最大的靠山。

我吼了一声："点火！"

那几个驼把式抱过干柴，燃起火来，火燎天，烟腾空。我牵过一峰驼，等于在驼城上开了城门。一见火，狼群远远驻足，奔来的驼一溜风扑入驼城。

"打狼！"我吹旺火绳，放了一枪。一声炸响，追的狼驻足了。几个把式举了棒棍，抡向驼峰上的那几匹狼，狼嚎叫一阵，声音渐渐息了。那没了半个峰子的白驼也瘫在地上，发出哀嚎，很是瘆人。

狼群驻足一阵，又扑向那几只没进入驼城的白羊，羊咩咩叫着，四散逃去，狼群像云影子一样飘过去，盖了它们。木鱼妹大哭。不一会，合拢的狼群又倏地散开，羊已不见了，沙洼里有几星并不惹眼的羊毛。

"要垫狼肚子了。"一个年轻驼户叫，"我还没娶亲呢。"

我很想笑，这小子，平素里嬉皮笑脸，满不在乎，觉得死到临头了，不念爹娘，却遗憾没娶亲见个天日。也难怪，平素里，驼户们最可怜没见过天日的男人，一个男人，没见过天日就死去，确实有些遗憾。

大嘴笑了："这会儿还来得及。正好少掌柜在，叫他给你做个主，你找个俊俏母驼成亲，见一回天日，再垫狼肚子。"那年轻驼户羞红了脸，狠狠搧大嘴一拳，嗔道："叫你胡说！"把式们兽叫似的大笑。

"别闹了，再添些柴。"我吩咐道。

这时，我听到了木鱼歌声——

  欲望两字会惹火焚身，一桩石室冤案真是害人，
  七尸八命无辜甚，妇孺一夜尽归阴，
  辣手居然施凶狠，知否杀人纵火终会自焚，
  大小官衙犹可恨，空悬两口都尽是索黄金……

我不知道，此刻，木鱼妹为啥要唱这。却又明白，她这歌声一起，会冲去一些人心头的怕。虽然那些把式不一定能真的听懂木鱼歌，但那旋律一起，罩在心头的那种恐惧定然是淡了。

忽见远处，沙洼里又来了两峰驼，一个母驼，一个羔子，显然是贪嘴远食，离群了。狼群又飘了过去。我明白，这两峰驼死定了。我又担忧起别的驼来，不知到远处觅食的驼有多少，此刻，估算一下聚拢到窝铺跟前的，似乎刚刚过半。要是狼都到这儿倒好说，要是有好几群狼，围了那觅食的驼，各个消灭，损失就太大了。

"陆富基，快点狼粪。"我急出一头汗来。

"操，咋把这茬儿忘了！"陆富基进了窝铺。

狼群也围了那母子，渐渐缩小圈子，母驼直杠杠叫了一声，它这是向人类求救。因距离远，那枪的威力很有限，但我还是朝狼群扣动了扳机，狼群一阵骚乱，却不知打中了没。

"打呀！"几个驼户大吼。他们想把狼们引来，叫那母子脱身，狼却不顾，几点星影扑上，母驼扬脖，喷出胃液。那胃液，是驼最厉害的武器，黏液很大，喷上狼毛后，会结成一团，不多久，毛皮就脱落。脱得太多，狼就很难过冬；便是在夏天，那脱毛之处也奇痒无比，惹得狼不得不搔，搔不多久，皮破肉露，绿头苍蝇趁机围了来，养儿引孙，把狼身弄得白蛆滚滚，不久便烂了身子，呜呼哀哉。平时，有经验的老狼，是不敢惹骆驼的。

不过，驼的胃液虽厉害，但不能立马致命。冒失鬼们便一个个扑了去，母驼觉出了不妙，边喷胃液，边护了羔子，向窝铺扑来。狼们尾追不舍，极像追逐磁石的铁屑。

我再发一枪，驼后一狼，倒地扭动。一些狼围了去，但大批狼，仍逐驼不舍。

有经验的驼是不逃的，或喷胃液，或咬甩，或蹄踢，都是叫狼怵的招数。一逃，就等于扔了刀枪，把最弱处送给了狼。驼最弱的地方是肚膈，那儿靠近胯部，无肋条

保护，狼一爪子，就能开个窟窿。爪探入那窟窿，可抽肠子，可揪心肺，都是狼爱吃的美餐。但此刻陷身在狼群里，驼即使不跑，也难敌群狼，免不了成一堆白骨。

一匹狼蹿了上去，攀上驼身，母驼奋力扭动，甩下那狼。另一狼性急，想去咬母驼前奔跑的羔子，母驼低头，咬住狼腰，头一抡，一星黑点腾了空，又滚下沙洼。两匹狼趁机扑上，一右一左，狼爪攀上驼峰。母驼趔趄了，我知道，那肚膈，定然是开了个口子。

"呦——"那驼大叫。

"呦——"排成驼城的驼们也大叫了，它们也窥出了同伴的危险，为它加油呢。

因为负痛，母驼狂奔，一狼攀附不住，摔了下来，另一狼仍似附骨之疽。我长叹一声，知道这母驼的命尽了。群狼又扑向那驼羔。母驼于是回身，口叼一狼，甩得老高，将那狼掼得半死。

忽觉身旁黑影一闪，才扭头，见我那黑儿马已跃出驼城，扑向狼群。这马，平日与驼们混在一起吃草，吃得油光水亮，想是和驼有了感情，见驼危急，就扑出救援了。我急了。对付一匹狼，马绰绰有余，可这是一群呀。双拳难敌四手，稍有闪失，就会丢了性命。估计那狼群，已在射程之内，瞄准一狼，炸响之后，倒下一狼。

那黑马到了驼羔跟前，猛扬后蹄，踢翻几狼，护了驼羔子，向窝铺飞来。母驼尾随其后，群狼也一窝蜂扑来。有几匹老狼狡猾，从两翼啸卷迂回，想抄断黑马的退路。看那形势，很是危险。我想再放一枪，却来不及装火药。

忽然，母驼却驻足了。我知道，母驼想舍身救羔。这是驼道上常见的事，有时遇狼，若是影响同伴的性命时，有些老驼就把自己投入狼口，以自己的死，换得同伴的生。

狼们趁机扑向母驼，瞬息间，母驼身上蠕动了好些狼，它却仍然站着，目送着脱险的黑马和驼羔。

说真的，那时节，我紧张极了，有些喘不过气来。多年的驼把式生涯中，我遇过多次狼，但没有一次，会是这样凶险。

2

木鱼妹苍劲的歌声仍在响着。

大烟客点燃了狼粪。

按老祖宗的说法，狼烟辟邪。当然，狼身上的好些物件也辟邪，把式们总会在身上带些狼骨、狼牙啥的。那时节，我们走远路时，都会带点狼粪。每到一个阴气太盛的地方，我们总是要燃了狼粪熏熏。若是遇了险，那腾起的狼烟，便是求救信号。我叫那把式点了一个七星堆，这是遭遇狼祸时的信号。

我希望蒙驼队看到这烟，会来救援。毕竟是狼祸，这是天灾。按规矩，无论多大的仇家，要是遇到天灾，都必须出手相救，不然就不算人了。这就像一个国家，无论有多少派别势力，平时你可以互相斗来斗去，斗个不停，要是遇到外族入侵，就必须共同对敌。老祖宗说，唇亡齿寒呢。

那七点狼烟，袅袅腾上了半天，像正在卷动的一个天旋风，但不知蒙驼队的把式有没有瞧见。要是顺风，他们该听到枪声的。只是那些天，我老是拿火枪打沙鸡，他们也许习惯了枪声。

日头爷没入了沙山，喧嚣息了。一望那麻籽似的撒满沙洼的狼，我不由得暗暗叫苦。虽燃起几堆大火，但火大费柴，平时用柴，随用随打，虽有干柴，多是为了防雨，数量不多。平素做饭，多用驼粪，这东西耐燃，但火焰不大，用来唬狼，不如干柴爆燃时管用。我吩咐把式，叫他们驼粪夹杂着用，免得用光了柴。要是没有火，真不知如何对付狼。

我有些后悔，觉得不该叫枪手们跟蒙驼队去。否则，他们是不会轻易叫豁子"策反"的——我一直认为，那是豁子做的事，至少他是主谋——要是枪手们在这儿的话，他们只管举了枪，乒乓一阵，狼就会逃之夭夭。狼是最聪明的动物，最善于看风使舵。

那被狼啃光了峰子的驼时不时叫一声，眼里流着几行泪，瞧它那样子，眼见是活不成了。我叫马在波做个主儿，宰了它，免得受孽障。我虽然也能做主，但因为少掌柜在身边，这杀驼的事，问问他也是个礼数，免得日后有人闲言。马在波应允后，陆富基就和几个驼户上前，先用棕绳裹倒那驼，放了血，剥了皮，掏了肚肠，割几斤肉，叫木鱼妹去煮了。那几个狼尸，都扔到柴房门口，顾不上开剥。

夜幕降了，西山的红渐渐渗入夜色，木鱼妹也进了窝铺。夜是狼的乐园，狼有夜眼，多在夜里行动。一入夜，人就成瞎子了，好在骆驼也是夜眼，再加上严阵以待的把式们，只要众志成城，狼也无可奈何。

除了定点守候的把式，我安排几个把式，执了棒棍，分头巡逻。我弄些豆瓣，放进料袋，套到马头上，拍拍马脖子，以示对它的奖励。马通人性，有什么样的人，就有什么样的马。黑儿马的勇敢行为，是很叫我长脸的事。

听得狼一阵长嚎。我知道，狼在摧毁驼的意志呢。黑马扬脖，长嘶一声，狼嚎竟倏然寂了。我开心地笑了。

木鱼妹望着那几只驮羊，显得很心疼，却不知羊遭狼口，也是命。

这次起程前，我们也吃了几百个驮羊，每个羊，能驮十几斤青稞或豆子。有草时，羊们吃草；没草时，羊可以吃豆子。后来，羊大多成了把式的食物。平时起场时，是不需要驮羊的。但这次，我觉得多一点肉，不会是坏事。后来证明，我的决定是对的。要是没有那些羊，我们那些幸存者，是走不出野狐岭的。正是那些晒干的羊肉条，为我们提供了走出沙漠的热量。

马在波静静地看着那几星碎毛皮，念叨了几句，我知道他在超度。

从大烟客手里，我接过了装好火药的快枪，所谓快枪，是相对于火绳点燃的枪而言。快枪压一种火炮儿，一扣扳机，撞针击发火炮儿，引发膛里的火药。驼队里有三杆火绳枪，一杆快枪。快枪由大烟客保管，不到危急时刻，不拿出来。我上了驮子搭成的一个高台。我想观察一下情势，但四面烟雾缭绕，再远处，已叫夜色隐了。虽然我表面镇定，但内心却时有焦灼腾起。以前虽也有狼祸，但那狼是呼啸而来，呼啸而去，所过之处，一片狼藉，像这样围攻驼队的并不多见。几天前，陆富基在沙梁上看到过几个死狼崽，他问过驼把式，谁也没打过狼。是不是仇家所为？我忽然想到了豁子。要是他来这一手，可真阴损的……你别不高兴，我只是说我那时的想法，至于你弄没弄，那是你的事。便是真弄了，时光已过去多年了，有多少仇恨的深壑，也叫岁月之尘填平了。

那时，我想，看那狼群，像是来复仇的，稍有不慎，便会酿成大祸。老见狼们反了猎场，三舔两舔的，就把牲畜们舔成了骨架。在一般情形下，狼的反，总是有原因的。人不去惹狼，狼是轻易不会反的。在川里，狼是土地爷的狗；在山里，狼是山神爷的狗；在沙漠里，狼是黄龙的猎犬。它们都是有主儿的。它们不是没头的苍蝇。它们要是反了，定是人做下了叫它们反的事。当然，那时我还不知道，后来会发生更可怕的事。就像地震前的动物们会出现异常一样，狼们的那时，也有些由不了自己。

我下了房，叫陆富基过来，低声问："那柴，能耐多少时间？"陆富基说："我叫把式们多用驼粪。要是那些枪手不来救援，可真麻达。狼怕枪，要是几杆快枪一响，狼会吓破胆的。"我安慰道："我估计，他们快到了。不会不来的，上回是上回，这回是这回。规矩在那儿放着呢。你多给把式们打些气。"正说着，北风卷来浓烟，呛出一堆咳嗽。

一把式吼："你们熏黄老鼠吗？"

大嘴道："你站着说话腰不疼，干柴没了。你来烧烧看。"话音才落，也远远传来要干柴的声音。

我喊:"别怕!"我吩咐大嘴再去搜些乱七八糟的引火物。听得驼的突突声此起彼伏,狼们倒也不敢近前。

天黑透了,除了天上的星星,沙洼地还有好多往来飘忽的星星,绿绿的,像鬼火。那是狼的眼睛。一股浓浓的血腥味扑面而来。我多行沙路,遇狼甚多,对其习性也了如指掌。狼生性凶残,也多疑,驼户们老说:"麻秆儿打狼,一家怕一家。"依眼下的情势,想来它们也不会冒险扑入。

忽听一狼长嚎,其声如激射的弹丸,袅袅弹向夜空。很快,放烟花似的,四下里窜出嚎声,压息了驼啐声。听那距离,仿佛近了许多,听得一人大叫:"妈呀,要垫狼肚子了。"大烟客吼:"你夹屁!"陆富基也吼道:"你再乱嚷嚷,先把你扔进狼群。"

我定睛凝神,想找到那头狼,给它一枪。我后晌看到过它,那是匹极大的黑狼,下午我朝它开过一枪,但距离太远,射程不够。擒贼先擒王,打狼也一样。像这号狼群,定然是等级分明,都听头儿的号令。那狼头儿,大多强悍凶残,才能建立起自己的绝对权威,若先灭了它,就折了狼群的一半威风。却见沙洼里绿灯密集,星星点点,一时半时,也分不清哪是头儿;我懒得细辨,只朝那第一个发出长嚎的所在,打了一枪。狼群一阵骚乱,嚎声稀落了许多。

忽听大嘴惊叫:"哎呀,狼上沙山了。"

我吃了一惊,提枪跑了过去,见那两侧沙山上,果然有点点绿光。这沙山,因上面长满柴棵,已死了。窝铺就倚了它而建。建那窝铺,跟人盖房子一样,得讲究风水。所谓风,是风路,一般要求是避风,不使风当直冲来,不然人会得病的。水则是水源。这次选窝铺,就倚了沙山,靠近水源。为了不叫沙山移动,把式们时时往沙山上压些柴条,缝住沙山。没想到,狡猾的狼竟然占了这个制高点,若有不顾死活的狼,沿那山背,疾奔一番,腾空一跃,就能跃过驼墙,落入场里。

我飞快地装了枪。我发现,牛角中的火药不多了,这是很糟糕的事。干柴没了,要是再没了火药,后果不堪设想。因这次只为惊吓,我往枪中装了散弹。到近前,瞄了绿光,一扣扳机,牛车轱辘大的一团火向山上喷去。铁砂们欢快地叫着,钻入狼的皮毛。绿光们惨叫着四散飘去。

我抹抹头上的汗,往枪中装火药,心中却暗暗叫苦。那远方凝固的夜里,仍无一点动静。我想,应该骑了快马,去蒙驼窝铺搬兵。

我于是喊:"陆富基,你来一下。"陆富基应声过来。我们进了窝铺,见木鱼妹正往外捞那驼肉,热气熏天。陆富基捞过一块,扔案板上,切下两块,递给我一块。我叫给马在波也送去一块。

我说:"再候下去,怕不太妙。我想骑了马,突出去,搬兵。"

陆富基道:"那样很危险。"

我吃了驼肉后,再到高处,见四周黑夜,仍凝成一块,并无任何火光。我想,与其守以待毙,不如骑了快马,去搬救兵。虽然蒙把式做了不好的事,我想,遇上这事,他们不会见死不救的。

我给陆富基们吩咐一番,叫他们将那被褥床单破旧衣服们分发各处,必要时燃火吓狼,自己则骑了马,带了枪和打狗棒,出了驼城。

说真的,我不是天生的英雄。那时节,我也很怕黑里无数的绿幽幽的灯。我还知道,那黑里,藏着无数的凶险。但在那种关头,我只能打肿脸充胖子。毕竟,几十号人的命,都在狼口下忽悠呢。我坐了大把式的位子,就得为把式们负责。你说是不?

3

一出驼城,我就发现,那点点绿光,已围向自己。我虽然觉出了危险,但怯归怯,还没到让我方寸大乱的地步。我常行草原,有时一到牧区,便见那凶獒们狂吠着扑来,其情形,和此刻差不多。那些年,我边策马疾驰,边使打狗棒,打出了一个响当当的名头。

那打狗棒,青杠木所制,尺余长,两头包铜,一头带环,拴上几丈长的绳子,手为圆心,绳为半径,抡起时,风声呜呜,可远可近。一见那器具,有经验的狗是不敢近前的。有时,也会有冒失鬼上前,正狂吠时,忽见那物飞来,轰的一声,眼珠已迸出老远。想叫狗送命,也容易得很,手上那力道,再加几分便可。

我边策马,边使那打狗棒护住马。那黑马,本是蒙古烈马,曾屡次涉险,与狼缠斗,并不落败,早练得胆大如斗了,此刻也不慌乱。

我爱骑马,不爱骑骆驼,总嫌驼性子坦,为了能叫马在沙漠中也能如履平地,我剥下死驼的蹄子,叫那皮匠史小骡子,再缝上牛皮,制成皮兜,行沙地时就给马蹄套上皮兜,那马速,便不会因蹄陷沙中而减了。当然,刚开始时,马也不习惯,不久之后,就能奔跑如飞了。

行了一阵,我才习惯了黑夜,见后面绿光虽尾随不舍,倒也不敢逼得太近。狼的习性和狗相近,都怕绳子,野外若遇狼,手中若无称手器皿,解下系腰在头顶抡圈,狼也不敢接近。牧人若扎了帐篷,也要在外围安一道绳子防狼。我后悔没把枪留下,我本想留下,可陆富基硬叫我带,相较于驼城内,外面当然危险很多,但想到窝铺里没个防身火器,也让人担心。

忽听得前面有狼嚎传来，凝睛一看，见前面果然有绿光，两侧也有点点绿光相随，我明白，此刻千万停不得，一停下，必然会葬身狼腹，便猛夹双腿，叫马再加把劲，又收了打狗棒，揣入怀中，取下枪，向前方绿光处放了一枪。趁绿光四溅之机，又装了枪。

忽然，我记起了，这一带鼠洞极多。疾驰的马最怕蹄子陷入鼠洞，一旦下陷，马腿就有可能掰折。在窝铺时，只想占着快马，甩开狼群，便忘了鼠洞隐患，这时，只好求神保佑了。狼嚎声风一样卷了来。

"马呀，马呀，你小心些。"我叫。却明白，许多事，由不了人力，要是天叫我葬身狼腹，也只能认命了。就不去想那隐患了，仍使了打狗棒，甩出满天的呜呜来。

前边的绿灯没了，回头望去，身后仍有无数绿点。我似乎听到了咻咻的喘气声，不过，只要我有气力使那短棒，狼也不敢贸然围来。要是在白天，棒子会准确地在狼的太阳穴上炸响。那手感，很是过瘾，那凶残地盯着你的眼珠，会飞出眼眶，画个弧线，变成一个滚动的小沙球。平时外出时，若是遇到狼，我很少使枪。我最喜欢的，还是打狗棒。其招法虽然简单，但实用，骑了快马，使开棒法，可远可近，一人能对付几条恶狼。

小时候练武时，我也最爱玩打狗棒。这东西不扎眼，平时缠到腰里，用时一抽，就是泼天的威猛，可柔可刚，可长可短。虽无多少花样，其招式，多画弧圈，但随了腰身的变化，那棒能飞向任何所在，棒头掠风，招招致命。以前，死在我棒下的狼，不下几十匹呢。

忽然，我觉得胯下有异，念头才动，身子已飞了出去，想来那马，果然踩了鼠洞或是陷坑。我弹丸一样弹射出去，虽不及思考，但身子却自然而然地做出了反应，着沙时，几个前滚翻后，已立在沙丘之上。因常行沙道，我骑马很有经验，脚入镫不深，只用脚尖一点，能借力即可。若是蹬得太深，遇事脱镫不及，马若失惊，就有被拖死的危险。

恍惚中，见那马挣扎起身，向我跑来。我吁了口气，还好，马腿没折。见那绿光又已涌来，忙取下枪，安个火炮，扣动扳机，炸响之后，绿光又远了。

马到近前，鼻孔里喷着粗气。我摸摸马和前腿，没发现异样，吁了口气。翻身上马，见那绿光，又飘近了。

我叹道："莫非，我命里该遇狼口不成？"强打精神，又将打狗棒抡将开来。那马虽没折腿，但想来伤了韧带，也无法奔跑，一瘸一拐，行来很是吃力。

忽见一串火把转过沙山，我大喜。黑马也嘶鸣起来。对方递来一声："是飞卿吗?"我还没回答,一个声音又传来了:"不是他是谁?那黑马,谁能沾身?"

我往后一看,那绿光远了些,但仍在沙洼里飘忽,就说:"小心,我招了好多狼呢。"

那人哈哈大笑:"放心,狼有状元之才,不会往这么多枪口上碰。"话音没落,那几人朝绿光处乒乓几声,绿光倏然而散。

到了近前,我发现,来的那人,竟是我在熊卧沟遇到的那个汉子。还有几个持快枪的汉子,其中一人,便是叫我画鼻烟壶的那个。后来,大嘴说他在驼羊会上见过那汉子,他便是沙眉虎。

因为枪多,声势大,那几人边追边打,我们还没近窝铺,狼们就倏然远逃了。我吩咐把式们,继续防范,又叫木鱼妹多煮些驼肉,叫那几位汉子饱餐了一顿。

沙眉虎说,那些蒙把式,你们不用管了。我们盯你们许久了,只是怕我们嗓门太细,一口吞不下两个驼队。现在好了,在我们眼中,蒙驼队只是一嘴好菜——本来,你们也是菜,现在不是了。这次救了你们,也算对得起你们了。

说完,他留下两支快枪,带了那几人,走了。

听他的话,好像他一直在跟着我们,我惊出了一身冷汗。

4

次日清晨,我出了窝铺,见那母驼,已成了白森森的骨架,其毛片,东一片,西一片,狼藉满地,驼内脏都叫狼吞了,肚粪四面乱溅,散发着臭味。

此外,那羊皮碎片和狼粪,也撒在沙洼里。平素里,狼也会将粪留在某处的草上,这地方,牲口是不敢动的,但这样大面积的狼粪还是少见。那独有的腥臭味,还在沙洼里弥漫着。

早饭后,我们该去追狼了。过去在驼场时,每次出了狼祸,都必须这样,那时节,能多杀狼固然好,杀不了几只,也要把狼驱赶到别人的地盘上。

我带了几个枪法好的把式,带足了食物和水,沿狼踪追去。那黑马,倒没骨折,次日就不瘸了,我就骑了它。

因没刮风,狼踪清晰地留在沙上,狼爪似狗爪,呈梅花状。大批狼行过时,多见踢飞的沙,只有行在后面和边上的狼爪印在沙上。狼是一个独立的世界,等级森严,秩序井然,也有它自己的一套规则,像这种狼祸,就是狼世界对人的一种最强烈的反抗。当然,这反常,也许跟后来的沙暴有关。某年地震前,狼也这样反过。

再往前行,见那狼爪印,已纷乱不堪,有来者,有去者,碎皮星星点点,散落在沙洼里。那硬柴棵上，也挂满毛皮。几只羊东倒西歪，也卧在那里。羊身上虽也有肉，狼们却懒得剥食，任羊们睁了瓷白的眼球乱瞪。再往前行，见一个放牧的蒙把式趴在胡杨树上。

大嘴吼一声："狼啥时过去的？"

那人不应。再问，仍不应。大嘴上去一看，大叫："他死啦！"

果然，那人大瞪了眼，一脸惊愕，早没气了。怪的是，他的身子却囫囵，不知为啥，狼竟放过了他。

我叫把式们挖个沙坑，埋了那人。埋之前，脱下他的那双鞋，挂在胡杨树上。若日后来寻，也好辨认，又折了一棵硬柴，插在埋人处，做了个记号。

一路上，多见被撕成碎片的驼皮，间或，也能看到没被完全吞食的羊。那狼，善食内脏，只在腹部掏个大洞，撕扯一气，别的肉，却懒得动它。

远远望去，那狼踪深入沙漠，不知所终，我们就回来了。

关于那个叫沙眉虎的汉子，我再也没有见过他。我不知道，他跟蒙把式之间，发生过怎样的故事。他跟蒙把式一起，像蒸汽似的，从世上消失了。我不知道，他们走没走出后来那场可怕的沙暴。

后来，除了豁子在凉州志书里出现过外，别的蒙把式，都蒸汽般消失了。按大烟客的说法，是他们坏了驼道的规矩，得罪了牧神，牧神没有救他们。

大烟客一直在怀疑豁子，说他可能是沙眉虎的眼线，只是他这说法，没有任何证据。

第二十四会

末 日

在所有的故事讲述者中,只有杀手的面目很不清晰,只显出一团杀气的模样,后面我就用"它"指代。我知道,它不想叫我看到真容,它一直在屏蔽自己。它用自己的方式,积聚了一团灰色的气,把自己包裹了。它非常像一团灰云包裹的月亮。也好,不见真的月亮有些日子了,就把你当月亮算了。

虽然我可以用一种特殊的方式看到它,但我不想这样。在寻常时分,我只能看到想叫我看到者,我看不到不想叫我看到者。

这也很好。我想,那不想叫我看的,也就是我不想看的。

每次,采访杀手时,我看到的,总是一团杀气,灰黑色的。

夜里,做了一个梦,梦到那老狼吃了我。老狼是趁着我在熟睡时下手的。它颠手颠脚地进来,对准我的喉咙,只一下,就咬断了它。梦中的我,还不知道自己已经死去,仍是在干平时干的事。

又梦到我醒来后,吓出了一身冷汗。

梦里,我也在追问,那狼,是不是杀手化的?

梦里,我也开始了采访。

一、杀手说

1

在你们说的末日来临时,我发现,野狐岭忽然大了许多。

我还没见过这么大的山呢。山上草不多,树也不多。驼铃声很响,在山间回荡成无数丝丝缕缕的东西。我的心中,本该有诗意的。现在想来,那么美的景,应该能在我的心中激起诗意。可是没有。没办法。人是不能超越环境的。按你的说法，人也不能超越心灵。那时节，我只是个杀手，有一颗杀手的心。我的心中充满着杀气。我只想着，在哪个地方、哪个时机抽出刀子。此外，我几乎没有其他的念想。

那时，我其实是被一股冤气包裹了的。这是我后来明白的。我知道，那是死去的亲人们。世上所谓的鬼魂，其实也是气而已。冤气所聚的气，就是我们所说的冤魂了。我的身前身后，就被那种冤气包围着。其实，那时的我，已经没有了自己。我只是一个冤气的载体而已。

我盯着马在波。

马在波也定然知道，我在盯着他。

在某次恍惚的记忆中，我在踏上一座索桥的时候，是有机会将他撞下河的。那河水好大呀，红红的，想来多是泥土。我不知道那河是不是黄河，理性地想来，应该不会的。但不好说，许多时候，谁的心里有黄河，黄河就会在谁的心里。

那杀气，分明包裹了我。杀气也是冤气。无数的冤气也会成为杀气，有时候，杀气扑向谁，谁就会成为杀手。有时候，那杀气也会包围了你，你就会自杀。告诉你，那无数的杀人者或自杀者，他们其实是杀气的载体。有时候的自杀者，是身不由己的。你想，世上有多少冤魂呀，你一动个念头，冤魂们就会围了来，找替身的找替身，报仇的报仇。没办法，你一动念，就会有相应的东西被吸了来。我也一样，我的身前身后有无数的冤魂，他们包围了我，希望我为他们伸张正义……呵呵，什么是正义？我也不知道什么是正义，许多时候，谁的嗓门大谁就是正义，更要看谁笑到了最后，谁笑到最后，谁就会说他拥有了正义。

我瞅定马在波，这是我的宿命。他的宿命，就是被我瞅。当然，盯着他的，不仅仅是我一人，还有另一个更大的敌人在瞅着他。我不用说，你们当然知道，我指的是什么。

我已将刀子对准了他。本来，我想像猫玩老鼠那样多玩玩，但我知道，时间来不及了。跟大烟客一样，我也听到了末日的脚步声。

我必须在末日降临之前，用马家人的血，来祭我的祖先。

我静静地走向他，我抽出刀子，对准他的后心。只要我一捅，他的血就会喷出，我怀里的红包早就渴了，一直等着饮那血呢。我甚至听到了冤魂们在唱歌，他们狂欢着，毕竟，快到他超升的时候了。虽然我无数次地让他们失望——他们也明明知道，我有很多机会，但你要知道，许多时候，心是不属于自己的。

除了刀子，我还有一把短铳。这是我偷来的，我还偷了火药。我最怕遇到狼。说真的，上回的狼祸，成了我心上的阴影。我的眼前，老是出现那些被啃得血肉模糊的骆驼。

2

就在我践约自己的使命时，我看到了褐狮子。

我发现，它在冷冷地望着我，眼里有一种诡秘的笑意。

它像一道巨大的剪影，在沙峰上蠕动着。我一直忘不了那剪影。我已经不像以前那样有诗意了。我不会再像以前那样，老是发些莫名其妙的感慨。在一朵玫瑰花和一双手套之间，我会选择后者。

但我还是忘不了褐狮子。在沙浪上蠕动的褐狮子，显得很孤独。

你想，那沙岭，一晕一晕，荡上天了。在那种沙天相接的背景下，一峰像一晕褐点的驼在孤零零地移动着。而且，这不是一般的驼，是被外力阉割了的公驼。

我想赶走它。

我不想叫任何一个活物，看到我动刀子的血腥，哪怕它是不说话的动物。我想，要先赶走它，再慢慢报仇。我要让马在波死个明白，是不是？我不能让他死不瞑目。我要告诉他很多事，我要让他明白，即使我不杀他，他也躲不过那末日。我不想让他带着太多的疑惑死去。

这时的褐狮子，很像野驼了。那时的沙漠里，老是看到野驼。它们其实是家驼变的。驼一无主了，人们就会叫它野驼。它们并不是生物学意义上的另一个驼种。

对褐狮子，我还是有一点怜悯的。我想，一些风流好色的读书人想到司马迁时，就跟我此刻想到褐狮子差不多吧。

我心里一软，就不想赶它了。我想，等它自个儿走远，我再动手。

没想到，褐狮子竟扑向了我。

难道，它发现了我手中的刀子？

那一刻，我真的有点慌张。但很快，我就镇定下来了。以前，它仅仅是袭击汉驼，很少袭击人。但这次，要是它明目张胆地扑向我的话，我会毙了它。我想，没人说我过分的。

褐狮子踢着一路黄沙，向我扑来。这走手，本是黄煞神的，想不到褐狮子一疯，就跟黄煞神串味了。我提醒自己，得小心对付它。无论是被它咬了，踩了，或是压了，都没好果子吃。闹不好，命就送阴司里了。

我安好火炮儿，瞅中那团扑向我的黄沙——这是我那时的感觉，也说明褐狮子有点神志不清了，这直接影响了它的举止，就像人类的精神病患者也显得疯疯癫癫一样。我以前也练过枪法，准头是很好的。一般打猎多装散弹，也就是一把铁砂。这次，我装了独子儿。这样，射程会比散弹要远。但缺点是散弹一喷一大片，独子儿对准头的要求很高，枪口错一分，子弹就可能错一丈。而扑来的褐狮子，是不会允许我再装一次枪的。

很快，我便看到了喷着一嘴白沫子的疯驼。有了这嘴白沫，就真的是疯驼了。你瞧那人中的疯子，说话时，也大多含着一嘴白沫子。记得那时，我反倒不慌张了。我知道慌张会坏事。我只能屏了息，瞅着那个在准星上乱窜的褐点。

待得我觉得有把握击中它的那个瞬间，我扣动了扳机。

枪响了。

有人可能会对这个情节有点异议。飞卿前面说过，那时的枪，有两种引发方式，一种是火绳，一种用火炮儿。压火炮儿的那种，我们就叫它快枪。后来，我们又将直接装子弹的那种叫快枪。每个时代，有每个时代的快枪。

褐狮子一个跟头栽倒在沙上。我肯定能打中它。没有把握，我是不会扣扳机的。我想打中的，是它的心脏。我没把握打中脑袋，因为，那玩意儿老是在晃，但我有把握打中胸膛。我瞄准的，是把式们杀驼时插刀子的那个所在。以前，每插一次，那儿总会溅射出猩红的血箭来。我就想打中它。

我从沙堆上跳了起来——为了更稳，我是趴在沙丘上开枪的。

但我吃惊地发现，栽倒的褐狮子竟也跳了起来。

它的胸口有血，但那血不是在喷，也没有变成激射的血箭，血只是在流而已。说明子弹虽进了胸膛，但没有咬准那个盛血的大囊。我于是慌乱了。我不得不一人面对那个可怕的魔王。

3

跟褐狮子搏斗的场面，是我后来摆脱不了的梦魇。我甚至将它当成了末日的一部分。后来，我老是会梦到扑来的褐狮子。一做这梦，我就会在一身冷汗中醒来。有时的梦中，一梦到远远地望我的褐狮子，我也会惊醒。这噩梦，甚至延续到后来的中阴身中。那时，我看到的魔，便是褐狮子的模样。我逃呀逃呀，却逃不脱遍天遍地的褐狮子。

你想，它对我的刺激有多大。

不过，在当时，我却很清醒。我知道，我是不能逃的。我一逃，它马上就会追上来，它大张的口，会叼住我的脖子，咬断它。它还有许多能置我于死地的法子。

我逃不过这疯驼。

我只能斗。这时，对付它最好的办法是用枪。现在想来，那一枪真是放早了。要是我在它扑到眼前时，再扣扳机，情况会是另一个样子。

我只能抡起短铳，当木棍使了。这真是很滑稽的事。我们老是把枪戏称为"烧火棍"，此刻，它真成烧火棍了。

要是在平地上，我也许容易对付褐狮子，因为我的身法很好，闪转腾挪，无不应手随心。但在沙上时，那时时下陷的脚，会影响我的速度。我出了一身冷汗。

说话间，那疯子已扑了上来。

我抡起枪，我想等它扑来时，我只消用枪把砸它的鼻梁，只一下，便能将它揍昏。这是它最不禁打的地方。它另一个不禁打的地方是睾丸，那时节，我们还不知道这词儿，我们只叫它卵子。

我清醒地知道，揍它的同时，我必须闪到一旁。否则，它那么大的身架一撞。我定然会像断线的风筝那样飘出老远。说不定，在那一撞之下，胸骨肋骨什么的便断了。瞧我，在那时候，还很清醒呢。这是我以前练就的定力。

眨眼间，那团褐黄已扑来了。它踢飞的沙子激射过来。我闭了眼睛。我觉得无数的沙子打在我身上。我下意识地朝旁边一跳。我虽然没看清什么，但那一跳，还是很管用。一阵风声之后，那团黄掠过去了。几乎在同时，我的枪把也砸在它的后臀上。我听到了破渣声。

这时，我才发现，那砸鼻梁的设想，只能在平地上才可能实现。在沙窝里，它踢飞的沙子总是抢先扑了来。只要是几粒沙子入眼，接下来的活，它就好干多了，只消朝我胸口上一踩，那着掌之处，定然会变成一块肉饼。

它一扭身，再次猛扑而来。它噙着的白沫子溅到我脸上，黏黏的。小时候，听驼把式们说，驼的口沫有毒，溅到脸上，会长出麻子。后来才知道，那说法，是大人吓唬小孩时的玩笑。那白沫跟人的唾液一样，对人构不成什么伤害，只是更咸一些而已。但疯驼口中飞出的这玩意儿，总是叫人腻歪，很恶心的。

它扑了几次，我砸了几次。枪很快变成了一段铁管。虽也砸中了驼的身子，但那砸，有种隔靴搔痒的味道。

我一身大汗。

我感觉到自己面对的，真是一头狮子。

二、马在波说

1

在我的感觉中，此后的情景真的是世界末日。

那时节，我只想救人。

看到那疯驼扑向我时，我也很害怕。我的胆子其实很小。说真的，后来想到那场景，我真是惭愧万分。一对比佛的割肉喂鹰和舍身饲虎，我的脸就火一样烧。我发现，无论我如何将众生当成父母，无论我如何每天观想将自己宰杀了去供养众生，我仍是消解不了恐惧。

后来的场景，便成了一团混沌的噩梦。记得，我不小心摔倒在沙上。浮沙陷住我的脚，身子却仍在前冲。这样，我便不由自主地倒了。

我最先感受到的，是打在我脸上的沙子。根据经验，我知道，褐狮子接下来做的，便是要在我的身上放它沉重的驼掌了。

不过，我怕归怕，倒是很冷静，这也受益于我多年的禅定修炼。我眯了眼睛。我常在风中行走，能将眼睛眯到能模糊看到前面景物、但飞沙又不会入眼的程度。于是，我看到了那团压来的褐黄。

这时，除了打滚，我想不出更多的招式。我既想引开褐狮子，叫你脱身，又不想叫自己丧生在驼掌之下。那时，我还不想死。我想人身是大宝，我还想依托它修道成真呢。

我滚下了一个沙洼。无数的沙子扑入了我的鼻孔、耳孔和嘴中。我听到一种惊天动地的声音。后来，我认为那其实是一种感觉。

我很快滚到了洼底。接下来的场面，只能用混乱来形容。我觉得那情形，更像一团旋风，仿佛有无数的驼腿向我踩来压来。无论我滚向哪一方，都能发现那粗重的毛腿。飞沙之中，一切陷于混沌，纠缠不休。

我一直忘不了那巨大的向我压来的驼掌。它跟你命中那飞旋的木鱼一样，也成为我生命中摆脱不了的意象。

我明白，在那种状态下，我唯一能做的，便是打滚。也幸好，我小时候跟把式们学过地趟拳，这是一种流传于凉州的拳法，它的许多招式，都是身体触地后边打滚边施展的。我调动了所有的精气神和灵巧，来躲避那纷飞而来的驼掌。

那种感觉很可怕。我被无数的掌影笼罩着。我不知道，哪儿来的那么多的掌影。后来，我怀疑这是恐惧所致，或是那时时打在脸上的飞沙，给了我一种错觉。

那一道道的掌影压了来，那一拨拨的沙子打了来，时不时地，那疯驼还会直杠杠叫一声。那叫声，仿佛是气愤至极，或是狂欢不已，很像公驼在交媾到高峰时发出的那种，满嗓门噎个声音，显得很有质感。叫声间隙里，便是它的喘息。我虽然看不到它的嘴，但我晓得，它是边喘息，边流那涎液的。

对于你这书的读者，可以用一个形象的比喻，来理解我那时的处境。你可以把那疯驼，想象成一位足球明星，他在盘球……对了，我便是他腿间的那个足球。只是，这样一想，疯驼的模样会显得非常滑稽，甚至可爱了。要知道，那盘球的明星会显得非常轻盈，那画弧的足球也可能优雅飘逸。而我在那时，却是惊险万分的。疯驼的举止也重拙不堪，疯疯癫癫，全无一点明星风度。

你也许反感我的这种絮叨，因为按一般作家的做派，遇到这时，便会三言两语，交代了事。他们以情节取胜，而我却想告诉你我那时的感受。这才是不可替代的东西。没有叫疯驼盘过"球"的人们，总是嫌我唠叨。可是，我想问的是，你是否能从这大段废话中，品出那境况在我的生命中刻下的印痕？

要知道，对于每一个生命来说，他的经历便是他的价值。虽然野狐岭的经历噩梦般可怕，但要是没有它对我的历练，我可能会是个一般的凉州人。我会在热炕头上，陪着老婆孩子，慢慢老去。我甚至不知道自己会老去，但我就那样在不知不觉中老去了，从一个青年，变成一位老人，进入坟墓。

正是有了这段经历，我才成了后来的我。后来，我还经历了许多神奇。我真正意义上的修炼，就是在野狐岭开始的。其中，最不可替代的，便是在疯驼掌下的历练。

我这人爱动脑子，是属于你们所说的乡村哲学家的那种。你说得对，我的行为和经历，便是我的价值。真的。我发现，后来的人们谈到我时，总是说我做过的那些事。他们甚至不在乎我的长相和性格，不在乎我的家族背景，不在乎我的胖瘦高矮……他们津津乐道的，总是我做过哪些事。总是说舍身救过人，说我证得了如何的境界，等等。是的，这都是我的行为。但他们却忘了，我为啥会有这样的行为。没有八卦炉里的历练，孙猴子是不会有火眼金睛的。同样，这疯驼的掌下，也是我的人生八卦炉呀。

此后的人生里，相较于野狐岭的凶险，生活中的一切不快，都成了小儿科。没有风霜之苦，哪有梅花之香呀？

明白了吧？

那么，安心听我的述说。

2

无论多大的凶险，当你经历多次时，你的心就会产生抗体。

最初的凶险，很像拍岸的惊涛，令我手足无措。其实，那时是很容易出错的。稍一不慎，便会被踩成肉泥。但我终于躲过了一劫。就是在那之后，我开始相信命运。我相信，冥冥之中，有一种力量在帮我。它是比人类更伟大的存在。因为我发现，我的那时，是没有理性思维的。我的一切动作，都是直感的作用。正是我没有办法设计和左右的直感救了我。我后来相信，那直感，便是命运的力量，它将我从那疯驼掌下救出，将我送上了供台，成为一种象征。

死在疯驼掌下，或死于床上，虽然都是一死，后者不过是鬼魂，前者却成了烈士。无论任何教派，无论任何主义，对烈士，都是敬畏和赞美的。因为无论对错，他们都是自己信仰的烈士。而烈士，总是个伟大的词。

感谢命运！

渐渐地，我从惊慌失措中出来了。

我后来发现，最安全的地方，并不是空处，而是驼掌。驼掌是不会踩驼掌的。后来，虽然我没有机会从驼影下逃出——我要是真的逃出了，招来的，也许会是疯驼的大口。此刻，它的嘴，不仅仅用来吃草了，它还会咬人——但是，现在想来，那时节，我的做法其实是最安全的。

我于是滚向它立着的腿。它总得立在大地上呀。它总不能将自家的脚扛到肩上。瞧，这么简单的道理，差点让我付出生命的代价。

我觉得，自己安全了一些。但这安全感，只有片刻。那疯驼马上发现了自己在做无用功，便将踩变成了刨。你别小看这一字之差。前者的着力点不过驼掌大小，后者却在画一道道大弧。这一来，我的生存空间更小了。更糟糕的是，它那一刨，黄沙弥漫，眼前一片混沌。沙子打在脸上，脸一阵阵发麻。嘿，这一来，那疯驼的动作，就更像盘球了。不过，这会儿虽然我能轻松地说笑，但在那时，真是凶险万分呢。

在那种黄沙啸卷中，我滚动了好一阵。它差点成功了。那驼掌已刨到了我的衣襟上，将衣服撕成了碎片。但就在那昏天暗地之中，我忽然灵光一闪，扑向了它的后腿。那情形，有点像猴子扑向一棵大树，只是那时，我缺了一分轻盈。

那举动，仍是直感支配的。我为啥没有选择前腿？那时是没有思辨的。但后来才明白，要是我选择扑向前腿的话，就没有后来的我了。因为它无论去咬，还是用身子去压，前腿位置总是会便利许多。那后腿，似有点鞭长莫及的感觉。

我觉得自己抱住了一股巨大的力量，而不是一条腿。那力量将我带起，弹向空中，我差点要脱手飞开了。那是它在向后炕掌呢，像调皮的骡子在炕蹄子。我用力抱紧那腿，不使自家脱身飞去。现在想来，真有点滑稽了。要是我顺势丢手，身子定然会弹射而出。当然，这会有两种结果，一是我顺势逃出，它开始第二轮追杀；一是我被摔得晕头转向，成了它掌下之鬼。那时，我倒是想不到这么多，我只是用了力，抱紧它的大腿，不使身子飞脱而出。

一股股大力裹了我，激荡我，我忽而荡向空中，忽而跌向沙面。幸好那是沙，要是坚硬的地面，我早就血肉模糊了。我很想平衡了身子，面朝驼身，两腿落地，很想在它发力时顺势跃起，在它收势时顺势下落，但我实现不了这想法。我的身子被那大力裹挟了。那力量大得邪乎，虽然外现上是那腿带动我的身子，我感到的，却是被大力撞击的质感。前胸发麻发疼，脑中轰鸣不已，我不知那是风声还是我的耳鸣。

风也确实在我耳旁呼叫着，这意味着那驼腿的起落有着相当的速度。那时，打击我的，不仅仅是撞击我身子的驼腿，更有无穷的沙子。在我的感觉中，沙子老是激射到我脸上，沙地也老是猛揍我的屁股。驼的力量加上我的重量，都化成了沙地对我的猛揍。我的腹内翻江倒海着，我恶心欲吐，我胸疼欲裂，屁股更像被摔成了八百瓣。心中倒是明白，明白它的力量总是有限的。我们在拼耐心和耐力。时不时地，我也会依稀听到木鱼妹的叫声。显然，她想将疯驼引过去。

我不知道那种境况延续了多久——其实，它一直在我后来的灵魂深处延续着。我后来老是做这样的梦。我说过，它成了我生命中最重要的意象之一。我老是会想，我们为啥总是身不由己地随那股大力起落呢？而且，那令我们身不由己的力量，却可能是愚痴的畜生发出的。我不是玩深沉。我真是这样想的。当我们将那疯驼换成了我们的欲望时，你也许就会理解我的想法。凉州人将人们追逐欲望说成是"疯狗日狼"，这真是一个智慧的比喻。

我被那畜生带动着，蹿上蹿下，头昏脑涨，恶心欲死，真成梦魇了。

忽然，我被抛了出去。

3

我像离了弹弓的石子，飞向沙洼。理性上看，我被抛得并不高，因为那驼的力量，毕竟有限。但我的感觉中，却被抛得很高很远。我看到了从眼前划过的天空，听到风声在嘶鸣。落在沙上时，我是嘴先着地的。这是很糟糕的事。幸好我闭上了眼睛，不然，单是清理眼中的沙子，就是件很麻烦的事。我一个嘴啃沙的结果，是那沙地结结实实地揍了我。我鼻子发酸，我相信它歪了。我觉得无数的沙子涌进了耳朵。我听到的，是拍岸的惊涛。那些沙子互相摩擦，欢快无比。它们更像精子奔向子宫那样。虽然，我恶心这比喻，但我只能这样说。一些善于挑剔的人，就会说我那时还不知道这种科学知识。是的，那时还没有这种说法。但那时的没有，并不等于现在的没有。我叙述时，我是知道这知识的。你当然可以说我的叙述其实是我的创造。是的，确实这样。我后来才发现，其实所有的生命都会成为记忆，而所有的记忆，都是会被创造的。我们被自己的记忆无数次地创造着。记忆会将一些我们不一定经历的事吸纳进我们的生命。从这个意义上说，生命是一个幻觉。

现在的我们，难道不也是在幻觉中吗？

那时的我，同样有梦幻的感觉。虽然那脑袋触沙的质感很强，但我离不开那种梦幻感。也许，这是现在的我对当初的一种解读。你们可以这样认为。

就是在那种幻觉中，我从沙地上爬了起来。我看到，褐狮子一身汗水，它显然累坏了。我百多斤的身子，叫它摇了许久的拨浪鼓，真难为它了。但它的疯劲却依然不减。它正在走向我。它走得很缓慢，但很坚定。它显然不会放过我。我不知道它为啥恨我。我想除了它疯的原因外，还因为在过去的多生中，我定然给了它不愉快的记忆。它的不坏明点中，定然储存了许多生命的记忆。它甚至会将许多跟汉驼较量时的不快记忆，也记到我的账上。骆驼是个记性很好的动物。它会将愉快或是不愉快的印象保持许多年，这一点，它跟大象相若。在过去的岁月里，我们一直和蒙驼有过节，有许多次的纠纷，它定然参加了。人与人之间，驼与驼之间，抢水源，争草场，它的记忆深处，定然种下了对汉人的仇恨。那种仇恨是很深的，一直会种到八识田中，延续到下一世。那点儿疯劲，是不可能让仇恨消失的。

也许，这就是它一直袭击汉驼的原因。

褐狮子又冲向了我。它步履蹒跚，目露凶光。它獠牙外龇，口沫外溢。它一身汗水，犹如淋雨。——我甚至看到了陆富基的那一枪给它留下的伤疤。我知道它肯定会咬我。它再疯，也不会像盘球那样对付我了。它没力气演了。

我很想逃，但我知道，我是逃不过它的。我每一跃出，脚便下陷。它则如蜻蜓点水般迅捷。我逃不了几步，它那张大口就会叼住我的脖颈。我这所在，刚好够它的一口。

我又不想等死。我想找个称手的家伙。我四面望去，却连个黄毛柴棵也见不着——即使见着了，我也没法把它们弄下来当武器，没有刀斧的话，它们比疯驼还难对付。

我发现，木鱼妹的脸虽也是煞白煞白的，但她还是扑了上来，跟我站在一起。这是一种能让人感动一生的行为。仅仅因为她的这一行为，我就可以原谅她的所有过失。是的，所有。这一点，也决定了我后来为啥选择了她。当然，那时节，我还不知道，我的选择，会让她经历那么多的痛苦。

方才的那一幕，其实耗尽了我们所有的体力。

现在想来，那时节，我们真是乱了方寸。要是我们冷静些，我会对付得了它。我被它的疯吓住了。其实，疯了的驼也是驼。可那时，我们真将它当成狮子了。现在想来，那时只要有寸铁在手，我们是可以降伏它的。我们会抢了那铁管，朝它的鼻子上猛揍，像驼户以前用鞭子抽不听话的驼一样。但我们根本看不到那些被我损坏的零件。

我只能脱下我的鞋子。虽然我不是职业驼户，但从很小的时候起，爷爷就按驼户的要求训练我。我的鞋子很重，至少有五斤重。那是用牛皮做的锥腕儿鞋。那是驼户专用的鞋，我们称为重鞋。我们拉长缰，穿重鞋，穿的就是这种鞋。我们常年都穿这种鞋，当然你可以当成是在练功。正是这种在俗人眼中蠢笨不堪的鞋，让我们具有了非凡的脚力。那上面，是一层一层的皮子，靠肉的那面，是柔软的驴皮，外层则是坚硬的牛皮，一层破了，再补一层，日积月累，就很重了。正是那不经意的一点点的增加中，我们的脚力也在不经意中增加着。这方法，少年时的飞卿也曾用于练力。那时，他选择的是一头小猪，他天天抱了它去野外。他一天天抱它，猪也一天天长大。后来，它长到了四百斤，飞卿仍能像抱小猪那样轻松地抱了它。有了这功夫，那些把式们才服他。

我举了那重鞋，等候它扑来。它似乎看出了我的心事。它并不扑来。它只是围了我转圈。那阵候，很像一个八卦掌拳师围了他的对手在走拳。我的心渐渐定了。我似乎不怕它了。经历了方才的惊涛骇浪，我实在也没啥可怕的了。我觉得，它再也玩不出啥花样了。我想，只要它的脑袋伸向我，我就抡起重鞋，揍它的鼻子。

就这样，我们对峙了许久。我们对视着，谁也没有扑向谁。

问题在于，它的驼峰中贮有养分，熬个十天半月没问题，而我们，早已饥肠辘辘了。

4

不久，我就饿得头晕眼花了。木鱼妹也有了一种虚脱之相。没办法。人是铁，饭是钢，一顿不吃饿得慌。我不知道自己多久没吃过一顿像样的饭了。

我多希望把式们能来找我们，可我知道，他们很少会留心我。那么多的人，少个把汉子，跟厕所里少几只苍蝇一样，也没人在意的。也许，飞卿会在乎我。他要是找我商量事情的话，会找我。但我也知道，这时节，也没啥事可以商量了。触目黄沙，抬手抬眼，就那么几件事。

不过，后来我才知道，即使在那时节，每个人的生命里都有大事在发生。许多别人看来微不足道的小事，但在当事人眼中，却是比天大的事。

不过，相较于马上就要降临的末日，那点儿鸡零狗碎的事，真的是微不足道。

你们是不是嫌我唠叨？若是嫌，就明说。其实，作家应该知道，有时的唠叨，也是一种闲笔。它对于叙述不一定有用，但对人物却有大用。是不是，老兄？正是在我的这种唠叨之中，那些读者才会如闻其声，了解到我的个性了。

我的跃然纸上，正是唠叨产生的效果。所以，你们别瞪眼。你们虽然没有眼睛，但我还是发现了你们的瞪眼。呵呵，瞪眼可不礼貌。

本来，我可以将我的饥饿感觉说上一大堆，但我终于没有说，因为那感觉你们都有过。你们没有的，只是那种强敌环伺时的饥饿。这很糟糕。时间稍稍一长，我就发现人跟骆驼，确实有着巨大的差异。我越来越饿时，它倒是越来越精神了。它很快就恢复了体力，它驼峰内的脂肪，源源不断地为它输送着能量。那驼峰还在直竖着，看那阵候，它可以不吃不喝，能一直撑到我变成木乃伊。

我现在有点怀疑，那褐狮子是不是真的疯了。按那模样，似乎是疯了，但按它的智慧，似乎又没有疯。它的智力，甚至跟我不相上下。世上哪有这样的疯驼？后来，我一直想问问它，但它也一直没给我这个机会。等你们哪一个有缘遇到它时，帮我问它一下。

我们是真的筋疲力尽了。其实，要是那时，趁我和木鱼妹的某个迷糊瞬间，它扑上来的话，肯定能咬断我们的脖子。但怪的是，它只是疯眼迷离地望着我们，一直没有前扑。它只是作势欲扑。我的胳臂却疼到了极致。那鞋子，我开始是举着的，以便随时砸向疯驼的鼻梁。但不消半个时辰，我便觉得举的是千钧巨石。我只能垂下手来，做出随时自下往上撩打的架势。这也是很实用的招式。要是它真的扑来，我自下往上画个弧，是有可能揍碎其下巴的。

渐渐地，那五斤的鞋变成了五十斤，或是五百斤。我已经感觉不到具体的重量了。我觉得我就要倒了。我头晕眼花。

我就要虚脱了。

我摇摇欲坠了。

我恍恍惚惚发现,它扑了上来……

三、黄煞神说

你们也用不着谢我。

你手下的把式们拿鞭子抽我时,咋没想到,有一天我会救你们?

我早就发现你们的对峙了。其实,我可以早一点上扑的,可我偏不。为啥?我想看看你们的表演。我最想看的,是马在波的怕死鬼相。可是没有。马在波,你虽然是文弱书生,但不失为一条好汉呀。

我当然要扑上去。我不仅仅是在救你们,我其实也是在救自己。你想,现在人们提到黄煞神时,最津津乐道的,还是我救马在波的事。对不对?要是我没有救你的话,早叫人们忘了。

是的。人们还记得我踢碎了褐狮子睾丸的事。没办法。谁做了啥事,谁就得承受相应的结果。这结果,当然是行为的反作用力。按少掌柜的说法,那结果也叫业力,或是报应。按他的说法,这是宇宙法则的一种,有作用力,便有反作用力。当然,这法则,不是我发现的,是那位叫牛顿的人发现的。那时,我当然还不知道此人。但没有了色身的桎梏,我已有了诸多的能力,人们将我的那种能力称为"五通",分别叫天眼通、天耳通、他心通、宿命通、神足通。据说,只要摆脱了肉体的束缚,所有的生命都会有这五种能力。具足了这么多通的我,后来,当然也会明白法界的那种法则。

我确实干过许多人认为的坏事——如果你们认为动物间的较量是坏事的话——也干过无数好事。这正是我的复杂之处。我还救过你,也救过其他人。我是汉驼中的民族英雄。要是没有我领导那群汉驼跟蒙驼争草场,那个所在,早就成蒙古人的了。对不对?

我想不通的是,褐狮子后来竟然成了非天。虽然你们叫它阿修罗,一脸不屑。可它虽无天德,却有天福。我不知道凭啥。难道仅仅凭它的临终一念?是的。那个时候,我确实有大牵挂,可我的牵挂,正是我的伟大之处。你想,我的伙伴们经历了那么一场变故,我要是心如木石,算啥呢?

我想说的是,我救你,其实跟你没关系。无论你们是不是拿鞭子揍我,我都会救的。这已成了我的本能。我没想到,这竟然会使后来的人们,为我修一座驼神庙。我

373

算啥驼神呀？我仅仅是个大力鬼而已。我只是力所能及地帮帮人。也许，正是我有帮人的愿力，才受到了一点小小的供奉。

我承认，要不是我，你们也会叫那褐驴子咬上几口，但会不会咬断膀颈，也难说。它也说不准只是叼一下你们的衣襟，就放过你们呢？不要把别人想那么坏。当然，这是我现在的说法。那时，我倒是坚信它会置你于死地的。它目露凶光，面带杀气。它风驰电掣，勇猛无敌。我虽然也有些怕它那疯相，如同正常人怕那武疯子一样，但我还是冲了上去。

我用肩胛骨一下扛开了它。然后，我们之间，便是一场大战。

其实，那所谓的大战，并不惊险，原因是它在跟你的较量中耗费了大量的体力。它无法跟我抗衡了，我指的是力量。它虽然疯劲十足，但有些力不从心。我几下就将它挤向一旁。我甚至没用我的绝技，比如飞掌，等等。怪的是，它竟然没有张口来咬我。我倒是防着它这一招。我打定主意了，要是它咬我，我一定也像对付长脖雁那样对付它——只是对长脖雁，我声明是误伤，不是蓄谋的——可是它没有。被我挤向一旁后，它就顺势溜了。

溜得好没有风度。

我看到，你们一身汗水，萎在沙窝里。木鱼妹感激地望着我。我知道你想说啥，但你没有说出来。我觉得你似乎在后悔啥，是不是后悔自己以前没有很好地对待过我？我希望你有那种心境。这世上的人们，正是有了忏悔，才有了完善的可能。从你的眼睛，我看到了那种悔意。

就在你们拉住我缰绳的时候，末日降临了。

四、大烟客说

1

末日来临那天，其实是有明显预兆的。

先是天鼓响了，那磨盘降临了。

你们还没有听到那咔嚓咔嚓的摩擦声吗？瞧哪，磨盘里开始溢出了血，是腥炸炸的血。磨眼里有人的大腿和手臂，还有惨叫。那惨叫，是固体，也是液体，也是胶状物，正拌了那血肉，进了磨眼，随血水横行呢。

我想，褐狮子定然也发现了这一点，不然，它咋会那样瘆人地叫呢？这些日子，它老是叫，不停地叫，像在思念俊俏的小母驼。它当然不是发情，它的卵蛋没了，性子就蔫了。它蔫好些日子了，这几日忽然愣叫个不停，都说邪门。我却觉得它叫得有道理，我能听出那叫声中的焦虑，它仿佛在叫：末日到了！末日到了！世界到眼皮底下了！是的，它确实在这样叫。你要知道，我太了解驼了。

那声音很可怕。你想，那样昼白夜黑的，那瘆人的声音彻天彻地，真叫人夹不住尿了。

末日来临的时候，我首先看到的，是一个巨大的黑熊，从野狐岭上，扑向天空，只一下，就咬去了天的西北角。然后，黑熊便开始喝天。它真的是在喝天，它张了大口，一吸，天就成了液体，流进了它的嘴。它就那样一口一口吸，只消几下，天就没了。

那时节，无数的闪电在空中交织着，还有无数的魔，无数的鬼，举了刀枪，在四下里呐喊。我听到了千万个磨扇石在互相锉动着，声音轰轰隆隆，碜牙无比，我差点夹不住尿了。

驼于是炸群了。它们哪见过这号阵势。它们吼着叫着，吼叫声像无数的杆子捅人的耳膜，当然也像无数的猪毛捅人的尿道。我还听到了一种叫不上名字的声音，它非人非兽，在我的灵魂深处啸叫。我于是感受到一种巨大的恐惧。是的，它和很多东西一起，给了我一种末日的感觉。

我相信，驼们也吓坏了。平常，遇风的时候，它们大多会卧下，它们绝不会乱跑的。但怪的是，这次，有好些驼就跑了。它们边跑边叫，仿佛随了那风来的，是许多狼似的。我也看出，这次的风，根本不像以前的风。以前的风，你总能说出它是啥风，是东风，是西风，或南风北风。这次，仿佛是天上开了一个大口，在狠命地往里吸万物。真是邪乎。

陆富基招呼把式们去控制那驼，几峰没有缰绳的驼，都像惊毛骚驴那样跑远了，很快就成了闪电中偶现的黑点。别说追，你便是用眼睛盯，也有些费力了。我想，幸好它们的身上没放驮子，便是跑了，也损失不大。当然，这是一种思维惯性，说明那时节，我的内心深处还没有想的那么严重。我竟然想到了财物。

那吞天的黑熊终于吞完了天空，接着降临的，是黄尘和黄沙。这似乎是沙尘暴的架势。要真是沙尘暴倒好。以前的多年里，我经过了不知多少次的沙暴，那阵候，也总是让人夹不住尿，我们不是也熬过了吗？

风里，一个声音在叫：末日到了！末日到了！

我分不清那叫的人，是马在波，还是木鱼妹。

褐狮子的声音直杠杠冲了过来。它沉默许久了。一发声，就刺破了沙幕。它的声音很有特点，有点儿疯，有点儿蛮，有点儿野，有点儿横，混合成了狮子的低啸。它那名字，就跟它的叫声有关。

我倒是希望它一下子不疯了。其实，我也喜欢那驼。那真是一个好种驼。有它下种，驼队就更有生命力了。但我只听到它的叫，我没有看到它在哪儿。我于是怀疑，那褐狮子的叫声，莫非也是叫末日弄出来的？

飞卿远远地跑了来。依稀听得到，他在大叫：聚到一起！聚到一起！但我知道，这想法，虽然很好。但那些四散飞去的驼们，别说聚，你找也找不到了。我想，只要把人聚起来，能躲过这一阵，也就不错了。

几个把式拼命扯骆驼缰绳。那些驼，却扬着脖子，不跟把式来。把式猛拽桎梏驼的鼻圈儿，鼻孔那地方最不禁疼，一拽，驼就一眼泪水了。可那驼们，却抡头甩耳，想挣断缰绳呢。

我看到一面沙墙，推了过来，仿佛那以前躺着的沙漠忽然立了起来，或是那野狐岭忽然学会了走路。无数的黑影在里面扭动着、啸叫着，发出无数的野猪吞食的声音。

我朝飞卿们跑去，我边跑边喊，抱成团，抱成团，别叫风卷了去！我不知道，他们还能不能听清我的话。

到了近前，那流沙已打了来。我喊着口令想叫骆驼卧下。飞卿却说，这阵候，卧不得的。一卧下，立马就叫沙埋了。

这倒是的。

他说，我们去胡家磨坊。他的话刚一出口，就叫风带走了。我还是明白了他的意思。

我数了数，眼前有三峰驼，五个人。别的人已经看不到了。我说，我要不要去找他们？飞卿说，人找人，找死人。我们先走，我叫人带信了，叫他们都去胡家磨坊。

那沙墙，已到近前了，我发现，那是一股强劲的旋风，卷着无数的沙，它有点儿像台风。我很怕自己像落叶一样被风卷起来。以前，听说过大风卷人上天的事。我于是叫："抱成团！抱成团！"我边叫，边抱住了一个骆驼的脖子。我闭了眼，沙子打在脸上，火一样烧。一个人抱住了我，又一个人也扑了来。在大风的间隙里，我听到骆驼发出了沉重不堪的呼哧声。此刻的这声响，成了一种最大的安慰。

天完全没了。别说睁不开眼，便是能睁开眼，也看不到天了。天真的进了那大熊的嘴。大熊又开始吞我们了。那飞沙的密度实在太大，像激流一样，激荡着我们的身子。这时节，真是不能卧的。一卧下，立马就会叫流沙埋了。我大叫：记着抖身子！抖！别停着。

我这招，是老先人教的。

老先人还传下了一个歌谣：野狐岭下木鱼谷，阴魂九沟八涝池，胡家磨坊下取钥匙。

记得，爹在临死前说，那野狐岭，不知埋了多少骆驼客。要是日后遇了啥急事，就去胡家磨坊。爹说，那胡家磨坊，平时去不得。到了紧急时刻，才能去。我问，啥是紧急时刻？爹说："世界到眼皮下的时候。"爹的意思是，世界到尽头了，也就是到了末日。爹的这说法，也流传于骆驼客中，至今，那歌谣，还在凉州的一些地方流行呢。

所以，对那胡家磨坊，我一直没进去过。有许多次，我只是远远地看它。我当然也想进去，但我想，既然老先人说不要轻易进，当然有他的道理。有些东西，你其实不必太接近的。太近了，反倒失去了一种神秘和敬畏。也正是因为我没有进过胡家磨坊，它在我心中，才有了一种挥之不去的神圣情结。每当我想到末日的时候，我就想，不要紧，还有胡家磨坊哩。

2

不知道那沙墙裹挟了我们多久，那时是没有时间的。那时，只有一种感觉。所谓末日，其实就是一种感觉。一种灰蒙蒙把自己和天地万物隔开的感觉。我想，那些重度抑郁症患者，想来就是这种感觉。不过，我的那时，除了这感觉外，还有诸多你们体会不到的质感，那就是身边涌动的沙流、纷飞的沙砾、各种怪啸……总之，是一种十分恐怖的喧嚣。但同时，我又感到一种巨大的静谧。那时节，一切都凝团了，我的思想，我的心跳，我的世界，我眼中的一切，都像被玻璃罩住了。

时间停止了。

除了那种恐惧——其实，我的那时，有恐惧，但又不仅仅是恐惧。因为对那末日，我是有预感的。要知道，有时的预感，其实是一种期待。当然，我不能说我在期待着末日，但你要知道，当你知道某个东西注定会来时，你剩下的时间，就是在等待它的到来。只是一些人，在等它的时候，常常忘了那等的对象，这些人便是愚人。那些智者，却一直明明白白地将那个非来不可的东西，放在眼前，时时观照。呵呵，这话，你也常说。我虽然没有耳朵，但耳朵里也听出老茧了。你当然不知道，你每次讲这些内容时，我都在身边。在你身边的，还有好些像我这样的人，你们称之为非人。

呵呵，啥非人。你们才是非人，我们是真正的人。

闲话少说。我接着往下说。

我们不知被那沙墙困了多久。我们一直不敢移动。后来，觉得那强劲的沙流弱了，我们开始了移动。我知道，这才是开始。按那时辰，这会儿该是正午，但天仍在黑熊肚里。那铁柜般的黑里，不定还藏着啥东西。我知道，这末日，绝不仅仅是一面流沙织成的墙。它定然还有许多可怖的东西。

待得那沙流稍稍薄了些，我带着那几位把式，向胡家磨坊移去。我虽然看不到任何地形，但我的感觉仍在。在沙漠里行走，许多时候，凭的就是感觉。当然，飞卿也备着一个指北针，想用它来印证我那感觉，但有时候，我的感觉比指北针准确。有很多次，当我的感觉跟那针相悖时，我会选择感觉。后来，把式们真的发现，针错了，我是对的。那磁针，若是遇到了磁山铁矿啥的，总是会偏离方向。我的感觉，只有在遇到我心爱的女人叫我神魂颠倒时，才可能迟钝。呵呵，在我的一生里，这种事，只遇到过一次。

那段到胡家磨坊的路走得非常艰难，我们像走在沼泽里一样。我走在最前面，我拉着母驼俏寡妇。它当然比其他驼聪明。在别的驼都抡头甩耳时，它却乖乖地跟着我。一头畜生，最聪明的地方，就是知道它是畜生。它最聪明的，便是知道它自己没有人聪明。这样，它就会听人的话。那些抡头甩耳的，总想挣了人的手，总想逃过那末日，你能逃过命吗？好些愚蠢的驼，就从把式手里挣脱了缰绳，此刻，不知到哪里了。我想，它们在风中的结局，无非几种，一种是渴饿而死，一种是累死，一种是被卷入海子，一种是碰到那些硬物如胡杨之类上。就这样，你是躲不过命去的。可俏寡妇和它的几个死党，还跟人在一起。俏寡妇信人，死党信俏寡妇。就这样，我拉了俏寡妇，飞卿和富基各拉了一峰驼。几个把式则拽了驼尾巴。就这样，我们在黑幕中摸索着。我们摸索着，走向期待中的胡家磨坊。

那时节的胡家磨坊，成了远在黑暗中的灯。它跟修净土的老太太向往的极乐世界一样，成为一个象征。其实，到了胡家磨坊，又能咋样？这是不能追问的。许多事情，不要追问，无须追问，你的每次追问，开始是有意义的。你追呀追呀，追到生命消失，追到人类消失，追到宇宙爆炸时，所有的意义就丧失了。我只有默默地念老先人的那个古老歌谣。我想，老先人既然说有钥匙，那就定然有钥匙了。

先找到那磨坊再说。

忽然，我想到了一个问题。在这暗无天日的时候，我能凭感觉摸向胡家磨坊，那些没跟我们在一起的把式们，他们咋走向胡家磨坊？虽然飞卿叫人带了信，虽然他们也真的想去胡家磨坊，但在这昏天黑地的世界里，他们到哪里去找？

一股浓浓的难受，在心里汩渗开来。

我想，先带着飞卿们到胡家磨坊，我再去找他们。

我虽然不知道他们在哪里，但我还是要去找。也许，正是这一点善念，让我成了今天的我。

我最担心的，是那些用卧或爬的姿势躲避沙暴的把式。要是他们像往常那样躲避这沙暴，那么，此刻，他们差不多已到黄泉了。

3

你别问我们找了多久，我不知道。

我说过，那时是没有时间的。只觉得饿了，饿了我们就吃豆子。那些豆子，本来是骆驼的料。要是遇不上好草场，就得叫它们吃些料。还是陆富基镇定，他竟然带了半袋豆子和一皮囊水。豆子虽是生的，嚼起来有生面气，但总是五谷，生也能给人长精神哩。要不是有这些水和食，我们是走不了多久的。要是我们停下来，或是我们选择了放弃，就没有今天的我们……不，这话不对，细想来，寻找也罢，不寻找也罢，今天的我们是一样的，都是阴魂。不一样的是，我们会成为另一种阴魂。要不是我们活着时多做了一些事，我们会有另一种人生的归宿，是不是？要是没有那么多行为，飞卿不是飞卿，我也不是我。你们，哪个不是呢？我们之所以值得叫人家采访，不就是我们有那些行为吗？是不是？

寻找时的艰难，是一言难尽的。你当然可以想象，我们遇到的，不是一般的风，是沙流，是移动的沙墙，是倾泻下来的沙海。我们不是在风中散步。我们是在跟死神角力，是在逃命，是在抗争……当然，你可以用各种语言，来形容我们那时的行为。

我们行进在移动的沙流里，肺已叫糨住了。我拼命地呼吸，拼命地挪动脚步。我感到一道道的沙流打向我的脸。我知道，这情景，很像纷飞的沙轮，要不了多久，我脸上的皮就没了。我脱下坎肩，蒙在脸上。我向后面传递着类似的讯息，我希望他们也这样。但我的声音刚出口，就叫风刮得不知去向了。我只好停了下来。我朝着大约是耳朵的所在，吼着自己想吼的话。我听到飞卿说，不要紧。你走你的，我叫他们贴在驼背上，脸贴在驼毛上。富基也像吼似的说，你走你的。别人不要紧。我们有驼呢。这下，我放心了。我知道，我的角色，非常像在齐腰深的大雪中开路的那人。我只要开了路，别人就好走了。我于是拉了俏寡妇，继续往前摸。俏寡妇不愧是白驼，在这种情景下，还能镇定自若。它要是抡头甩耳的话，我能不能降住，还真是难说。

我已经筋疲力尽了，心里却明白，我们这时的找所谓胡家磨坊，其实已成了一个美梦。在这种险恶的情景下，我们总得做点什么。我总得带着大家做点什么。我们不能等死，是不是？我们其实也是在完成一个过程。我自己虽然在前行，但我不知道目的地究竟在哪里。胡家磨坊，我的胡家磨坊，你在哪里？

一个把式倒下了。飞卿拽住我的手，吼着叫我停下。我知道，让那把式倒下的，其实不仅仅是累，还有一种绝望。那绝望，也时时袭向我的心。只是我知道，我不能绝望。他们比我年轻，他们可以绝望，我不能。他们看着我，他们知道我肯定能找到胡家磨坊。他们相信。在这条驼道上，我走过很多次。每次，他们谈到我，都会说人家大烟客在包绥路上走了大半辈子。是的。我在包绥路上走了大半辈子，我们那软软的驼掌把石板都磨下去了半尺深。但他们不知道，这种末日，我也是第一次遇到。我只能叫他们认为我定然能找到胡家磨坊。仅此而已。

我们停了下来，我们将那个差不多瘫了的把式放上驼背。我们不能扔下他。我们死也要死在一起。我叫他将头埋进驼峰里，免得叫流沙打烂脑袋。我听到那驼发出沉重的呼哧声。它也很累了。它还驮了我们吃的豆子和水呢。它定然也叫这阵候吓累了。我知道，许多时候，让自己累的，其实是惊吓和恐惧。按你的说法，其实是自己把持不住的心。呵呵，只是那时节，我还不知道这个道理。

那时，我甚至觉得自己游行在沙里……不是在沙上，而是在沙里。那沙子成了水，我在水中游泳。只是这水似的沙子成了糨，我游起来很是吃力。你当然可以想象一个苍蝇在蜂蜜里游泳。真有那种味道了。不过，蜂蜜里游泳的苍蝇尝到的，是甜，我则是累和绝望。我告诉你，在后来，我真的绝望了。我只是没表现出绝望而已。

我们行进在无边的黑里。我们看不到方向。除了那各种怪声，我们也听不到别的声音。我不知道在白天呢还是在黑夜。我不知道，这流沙之后再有没有别的怪事，也不知道它究竟能延续多久。饿了，我们吃把豆子。渴了，我们喝一口水。体力早就透支了。身体早不像是自己的了。我甚至发现，我们即使在行走时，也大多在原地踏步。我当然知道，正是这种原地踏步，才能让我们免去被活埋的命运。在滔天沙浪扑来时，我们非常像在波涛中颠簸的落叶。在流沙的移动中，许多地形定然变了，我们的移动，能让自己时时踏在移动的流沙上。

不知过了多久，那峰驮人的驼倒下了。按说，它是不应该倒下的，但它还是倒下了。累当然是一个原因，我想它的心理承受能力已超过了极限。它其实放弃了努力。心一松，累就成了泰山，几下就压垮了它。它一卧下，那个趴在它背上的把式也滚落下来。他说，我也不想走了。你们别管我了。

于是，我们都停下来了。我们很想拉起那驼。我知道这阵候，要不了多久，它就会叫沙埋了。陆富基一下下抖缰绳，想把它弄起来。就着时不时偶现一下的亮光——我不知道该怎样称呼那亮光，闪电？似乎不是。太阳？似乎也不是——我能隐约地借那亮光看到驼长伸四腿躺了的模样。

我对飞卿说，只好随它了。我们将那软成一堆的把式放在俏寡妇的背上，还有那些豆子和水。俏寡妇叫了一声，弄不清它为啥叫。

对那夜——我不知道那是不是夜，也许它是另一种意义的夜吧——虽然我觉得经历了无数的事。我记忆最深的，不过两件事：一是那峰驼死了，是累死的。它是不是还口吐白沫了？不知道，我想应该是的。二是大嘴的脸叫沙打成了血葫芦，我叫他脱下坎肩蒙了脸，他不听。我们其他人，只是叫流沙打烂了衣服。我们的衣服都烂了。在后来的行进中，我叫大家都隐在骆驼身后，只我一个顶了那狐皮坎肩前边探路。我拉着俏寡妇，另几人就紧依了俏寡妇的身子，躲那风沙的袭击。不然，他们的脸也会成血葫芦的。

你问我找没找到胡家磨坊？

这不好说。

我不能说我没有找到胡家磨坊，也不能说找到了。那个末日里，我们没有找到那个印象中的建筑物，但我们在找的过程中，活了下来。要是不找，我们早就叫沙埋了。大家都在找，都想找，找呀找呀，就活下来了。要是不去找胡家磨坊，我们定然会躲避风沙，但那风沙，是躲不了的。只要我们静在某时某处，那流动的沙墙，立马就会埋了我们。正是那不懈的寻找，才救了我们。

待得天渐渐亮了后，我发现，一切都变了，一切都叫沙重塑了。

我看到，远处忽然多了一座沙山，沙山上，有一个石磨，挂在高高的胡杨树顶上，那是木鱼妹和马在波，两人一前一后，叱了驼，仍在一圈圈转。

这一次采访结束后，把式们散去了，木鱼爸却留了下来。他仍是那样忧伤地望着我，我听到了他的叹息。

我问，老人家，您有啥话要说吗？

他四下里望望，指着那水说，你不要喝它。

为啥？

反正，你不要喝它。那是阴间之水，你再喝几次，就走不出去了。

我惊出了一身冷汗。这时，我忽然发现，自己一直没有见过太阳。

381

那么，我现在能出去吗？

现在还有机会。不过，你得答应，出去后，帮我做一件事。

好。我答应。

他说，你可记得木鱼妹说的那块堵仙口旁的白石？

记得。

那石下，我掏了一个洞，里面有个木匣，埋了几本珍贵的木鱼书，我希望你去找它。它们是孤本，找到后，望能刻印，传播开来。

我说，不用刻印了，现在印刷很方便。

他说，也行。别让岁月埋了。这些年，我牵挂的，一直是这。

他又说，那时，我有种不好的预感，就埋了它，还没来得及告诉木鱼妹，就遭了那火。

我会找到的。

他说，你别再待了，更别喝那水了。要是你想出去，只要打上几枪，你就出去了。只是你打枪之后，他们就不会再来了。幽灵最怕的，是火药味。

我说，我理解你的好心，不过，我先要完成我的采访。

他摇头叹息，这时候了，你还采访什么？

我说，我可以不喝那水，但不能不见他们。

木鱼爸长叹一声，摇摇头，身影远去了，渐渐隐入了夜色。

隐隐地，传来了一声狼嚎。

第二十五会

起场时节

我听了木鱼爸的话,不再喝阴间之水。

记得,他还告诉我另一个摆脱阴魇的法子:放枪。

这法子,我知道。小时候,爹讲过一个故事。一天,有人来请家乡的戏班,说好是唱文戏,不能唱武戏。唱到第三天,一戏子发现看戏的人里,有自己死去的妻子,就知道看戏的人是鬼,就马上演《孙武子雷炮行兵》,燃了硫黄火药,那些看戏者,马上就没了。这时才发现,他们在坟滩里唱戏。——所有的阴魂,最怕燃烧的火药。

不过,我不想放枪。我不想伤害那些朋友。

我吃了白驼叼回来的一个苁蓉。白驼又找到了苁蓉,这当然是好事,但我不知道那所在多远。我很想去,但我不想中断采访。我想在采访完后,再骑了白驼,去找那苁蓉。

我听得出,那故事,快接近尾声了。

1

我还是想说说我的故事。

虽然我进过胡家磨坊,但我一直没找到木鱼令。我觉得胡家磨坊里的啥都像木鱼令,但啥都不是木鱼令。

至今,我还是不知道真正的木鱼令是什么。

我不明白老祖宗为啥留下个木鱼令的传说。都说那"胡家磨坊下取钥匙"中说的钥匙,就是木鱼令,但我不知道它真正代表什么。

虽然木鱼妹说她找到了木鱼令,但那是她认为的木鱼令,是不是祖宗们指的那个,还不好说。当然,我也觉得我找到了木鱼令,但别人认不认可它,也不好说。

老有兄弟问我，要是他们不抢去娃儿，我还会不会加入哥老会？还会不会把驼场换成了金子？还会不会去罗刹换军火？还会不会进野狐岭？

我回答：不会！要知道，入哥老会是要被砍头的。谁愿意被砍头呀？

娃儿被抢走后的一个月间，老有人来找我，以娃儿的生死相要挟，要我入会。开始，我当然不答应。对这会那党，我一向很反感。就现在，对你们做的那些事，我也怀疑有没有意义。是的，你们反了清，你们革了清家的命，我并没有见你们带来啥太平盛世。我知道清家坏，可在你们反清后的百年里，发生了些啥？清家死了，活了的，是民国。后来，外寇来了，再后来自家人又杀了，杀得天昏地暗，血流成河。再后来，又是饿，又是斗，也没见多少太平日子。你就会追问，你们当初的闹，究竟有啥意义？

这一点，我算是看透了。所以，我一直想出家。我不想革命。可是我爹不叫我出家，我就想做点该做的事。我整理木鱼歌，就是想在无聊之中，找一点有聊的东西。

但没想到，你们会用那娃儿的生死来要挟我。我只能答应你们。我按你们的规矩入了会。你们虽然叫我当了香长，说是相当于军师，但我知道，你们瞅中的，其实还是马家的财势。你们需要钱。你们第一次吃了苦头，你们想去买军火。你们想买来军火，再去革清家的命。

你们的目的当然达到了。

你们用那娃儿要挟了我，我不知道你们用啥方法要挟了爹。你们是不是用了同样的方法，用他儿子的生死要挟了他？那时，我还不知道，你们还在岭南干了好些事。你们说只要目的正确，手段是可以不顾的。对这种话，我只有苦笑了。

其实，你们用不着这样的。当初，左宗棠征西时，他直接就向我们马家伸手，问我们要十万两军饷，我们还不是给了？同样，你们只要向我们伸手，用一种硬手的法子，我们也不能不给。用那娃儿做赌注，还有其他的那些事，似乎不够厚道。呵呵，不过，多不好的法子，经历了这么长的时间，谈起来时，也不过觉得好笑而已。我早就不生气了。

是啊，现在到了野狐岭，大家都没气了。

在这儿，看啥事，都像在看戏呢。

2

金子很快就够数儿了。卖了两个驼场，开了几个银窖，就够数儿了。你们没有说你们去哪儿，你们用各种的理由把那个目的掩盖了。你们造了很多迷雾。现在想来，那一切心机，终究都没用。你们也躲不过你们的命。人说"人一思考，上帝就会发笑"，倒真是这样呢。别说上帝，连我想起，也时不时会发笑呢。

你们费尽了心机，终于起场了。那时节，你们当然不知道，你们的起场，其实也是走向了末路。你们能糊弄了我，但你们糊弄不了野狐岭；你们也许能糊弄了野狐岭，但你们糊弄不了自己的命运。你们兴高采烈地走向自己命中的那个结局。你们可以有无数的挣扎，但你们的所有挣扎，仅仅是挣扎而已。在旋转的磨盘上扭腰的蚂蚁，无论你咋扭，也改变不了那磨盘的转动。

是不是？

你们现在想一下，当初你们的那种兴高采烈，是不是有一点无趣？

当然，起场那天，谁也不会想到末日的。

虽然时令快到冬天，那天还是很热闹，西北五省的哥老会都派了代表来。他们也带来了好些黄货，他们也需要军火。当然，他们有着另一种合法的身份，那合法的身份，掩盖着他们的真实用心。那时，我还不知道，你们的行动，有着更大的背景。

胡旮旯是祁连山堂的坐堂，也叫"左相大爷"，当然，这身份，不是公开的。他公开的身份是道长。起场时，他照例会以道长的身份来送行，念念吉祥经，说些吉利话。他穿着道袍，上香，上供。供品有几种，多是驼户们带来的稀罕物，如核桃、花生、花糖啥的。

马四爷代表诸掌柜来送驼队。马四爷在新疆当知县时，与人为善，从不欺凌百姓，后来任期满了，带了家眷细软返回凉州，途经戈壁，忽见强人啸呼而来，携了细软，还要杀人，问及姓名，马四爷如实告知，却见那强人伏地，磕头如捣蒜，说是曾有冤情，蒙马四爷秉公断案。从此，马四爷悟出善恶报应，就虔心向佛道了。

每次起场时，马四爷都要给驼把式讲这故事，叫他们一定向善，说是善有善报。

马四爷捻了几张黄纸，边焚边念叨：望诸佛菩萨，空行护法，保佑驼队平安无事，贼来迷路，狼来封口，无纠无纷，无嗔无争，逢凶化吉，遇难呈祥。

按惯例，起场那天，掌柜的要给驼队一头大羯羊。这羊在第一次开伙时宰杀，煮了，祭驼神爷、灶神爷、土地爷。那祭，仅仅是说几句话，比如：驼神爷，领牲来！然后将酒洒入羊的耳朵，只要羊一哆嗦，就等于神灵们已经领牲了，肉就煮了，叫驼户们吃了。那下水，也得吃了，不能扔。需要注意的是，洗下水时，不能刮那肚肠上的黑皮，要是刮尽那黑，路上就会发生些莫名其妙的事，这事儿，那事儿，总是花钱的事。那么，这一趟下来，利就会很薄了。

那天倒真的没刮肚肠上的黑皮，但后来，还是发生了一系列莫名其妙的事。虽然，我们遵循了许多规矩，但那规矩，还是没有救下驼队。规矩是一滴水，命运是一团燃烧的大火，是不是？

同样，按照过去的规矩，起场那天清晨，我去了苏武山，带了一瓶苏武泉的水。跟凉州人的所有祖先一样，苏武也是活着为人，死了成神的。每次起场，我们都在这儿取瓶水。据说这水吉祥，能治旱魔，能使弱者强，秽者清，凶者吉，但也是据说而已。大汉朝时，我们的老祖宗硬是折腾那苏老头，叫他吞毛饮雪，现在却尊人家为神了。我一直怀疑，他会不会帮他仇家的子孙呢？

但那水，我还是取了。因为这是规矩。规矩是啥？规矩是一群小人，你可以看不起它，但千万别招惹它。

那些货都上了驮子。据说是茶叶。当然有茶叶，而且大部分是马家的茶，马家的茶天下闻名，他们有专门的茶山，有专门的炒制法，有专门的配方。那方儿，现在失传了，据说是八味中药。哪八味？不知道。除了茶叶，还有别的，都打了包，据说是土特产。至于究竟是啥，只有大掌柜知道。有些事儿，不该你知道时，要是你知道了，会大祸临头的。我也不想知道。我只知道，这次去的地方很远，但究竟咋个远法，我也不知道。我只知道往北，再往北，至于目的地在哪儿，不知道。当然，我也不想知道。要是那时我知道目的地的话，也许就不蹚这浑水了。这把骨殖，我还不想扔沙漠里呢。

除了驮茶，还驮了些打包的东西，还要驮女人。按规矩，驼队是不带女人的，你知道，女人不吉。所以驼户从来不带自己的女人上路，谁都有女人，可谁的女人也没有跟过驼队，这是规矩。有时候规矩是小人，有时候规矩是戒，没有戒就没有定，没有定就没有慧。当然，这号事儿，你比我清楚。

虽然女人不吉，驼把式都不带女人，但要是女人作为货物种类之一上路的话，规矩还是允许的。那时的驼队，跟你们现在的汽车一样，也是允许运人的。只是人的运费要比其他货物贵几倍，因为货是死的，人是活的。只要是活的，就有死的可能，所以路上得格外小心。

关于木鱼妹，有许多传说，很少有人知道哪个是真的。那多种说法，一个在天上，一个在地下，一个穿朝靴，一个走流沙，似乎扯不到一起，竟然靠"据说"扯到一起了，真是莫名其妙。

那次起场时，虽有些驼把式反对带女人，但我还是叫胡旮旯说服大家，带上了木鱼妹，理由是叫她和大嘴张要乐专门负责那些驮羊。此外，胡旮旯还找了几个理由，但你知道，所有的理由只是借口，这世上，最不缺的东西，就是借口。他叫带，大家便没话了。我当然很高兴。但我并不知道，便是我没那想法，她也会想法子跟去的。

起场时的胡旮旯，还是人模人样的道长。他当然想不到，日后，他会被县爷砍了脑袋，这时候，人们才知道他是哥老会头子。不过，这是后来的事。驼队起场时，人们还叫他胡道长或是老胡爷。不过，我想他心中也明白，他算出的末日，不是世界末日，只是他自己的末日。当然，你也可以说是一个时代的末日，也成的。

瞧我，真成糊涂鬼了，说话总是颠三倒四。呵呵，当然，你也可以说我没有了分别心。

我们带了两个大木箱，里面盛着黄货，很重。我们没说是啥，但也没人问。你知道，驼户们最大的优点，就是不多嘴。我们只说是皮影，是送朋友的。谁都知道皮影是驴皮做的，要是多了，也会重的——但这，只是一种说法。

你骑过骆驼吗？骑过就好。对于没骑过的人，还以为那骑骆驼，跟坐轿车一样，陷在驼峰里，会软乎乎的。是的，真软乎乎的。但那是你才上去的感觉。要是你骑了一天，两天，十天，就一点也不软乎乎了。你会有被抖散了架的感觉。最难受的是屁股，你的尾骨处肯定烂了。肯定。所以，长途运人时，我们会置办两个大木箱，放在一个大驼架上，一边一个，人就坐在木箱里。

那木鱼妹，就坐在木箱里——起场之后，那些驮羊，就由大嘴张要乐赶着；收场之后，木鱼妹就去放那些驮羊——另一边的木箱里，驮着我常念的经和法器。

我则坐驼轿。你见过驼轿吗？跟别的轿子差不离，只是有两个长杠子，很有弹性，一端搭在前驼驮架上，一端搭在后驼驮架上，走路时，一扇一扇的，就那样。

驼队里还有好些人，你都知道了。

大火是从后半晌燃起的。每次起场，都燃大火，一来驱秽，二来图个吉利，驼户都知道火烧财门开，要是你梦到大火，你想不发财，也由不了你。运红时，你随便踢个土块，就可能变成金疙瘩。那大火，当然少不了。

大火燃了半天，呼啦啦响。我是习惯于在火中观因缘的，每次出门时，我都观那火头。你别小看那火，虽也叫火，可那火的形色，却是千变万化的，有时是虎头，有时是龙尾，有时多烟，有时暴响。每一种形状，都是一种预言。这次起场，那火中，竟涌出了许多浓烟。浓烟滚滚，连火头也盖了。我发现胡旮旯变了脸。但变脸归变脸，谁都没说不吉利的话，胡旮旯举个木杖一挑，火一下腾起了，但那黑灰，也随了火势四下里窜。

我心里想，这阵候，怕不吉利。但如何个不吉利法，我没敢多想。我怕我的那想法会招来更大的不吉。

3

驼把式多村里人,女人们都来送。

以前一出门,就差不多半年多不见面,但谁都不能掉泪的。你知道,女人们的泪不吉利,起场时,当然忌讳女人哭声。女人们都笑着,泪虽然在她们的眼圈里打着旋儿,但她们努力笑着。她们是真正的好女人。虽不敢说所有驼户的女人都是贞节烈女,可也八九不离十。丈夫出门后,她们是真心过日子的。没听过她们有贼男人。你要是想勾引她,她会说,那号事,我干不成,我要给我的男人长精神哩。

女人都知道,一干那号事儿,就等于舀了一瓢稀屎,往男人头上浇哩。她们当然不干。

男人起场后,女人就在家里养活老的,哺养小的。男人已给她们留下了养家的本钱。啥本钱?四斤棉花。丈夫出门的多半年里,这四斤棉花,就是一家老小的吃穿。白天女人在地里苦,夜里就摇了纺车,把棉花纺成线,再使织机,织成布。她们选个晴日,借条毛驴,驮了那布,到百里外的老山深处换来粮食,粮食再换棉花,棉花再织布。四斤棉花纺的线,辗转几次后,能弄来八斤棉花。就这样,一次次纺,一次次织,一次次卖。多半年后,丈夫回来时,那娃儿,不但没饿死,反倒蹿高了一截呢。

这就是驼户女人。

我亲眼看着一个个水灵灵的驼户女人,从一根葱似的身坯儿,一年年变成了脱水菜。那织机最磨人。跟那石磨一样,当尺把厚的磨扇石变薄时,人也就老了。那些好女人,就是在织机的咣当声中变老的。她们是无怨无悔的。你可能不知道,当驼户的,是村里最有本事的男人。驼户走南闯北,见多识广,能带来各种各样叫别的女人眼红的稀罕物件。驼户身体好,没好身体上不了驮子。能嫁个好驼户,是村里女娃儿的梦想哩。待熬过了起场后的那几个月,丈夫就放场归来了。那时,她们就会倚在男人的胸前,听丈夫喧那驼道上的艰辛,喧他们在北京城里看戏的情景。那戏园子里上等的座位,一块大洋一个,但谁都舍得扔出那一块大洋换来片刻的惬意。妻就嗔道:"把你显摆的。老娘和娃儿受穷,你倒好。"把式就嘿嘿笑。村里所有的驼把式都看过京戏。这同那驼道上的艰辛一样,成为把式们的一生的荣耀。村里娃儿互相叫板时,会说:"我爹看过京戏呢。你爹算啥?不就有几个臭钱。"

这时,妻就会望着丈夫,眯眯笑。

4

我们虽然走出了那次沙暴，但没有走出自己的命运。

关于飞卿后来的故事，我也是听说而已。听说他到了南方，听说认识孙文，听说他加入了同盟会，听说他是革命党，但这一切，都没有得到过证实。你要知道，在那个团体里，我只是个挂名的香长。

我常常会想到他挂在城门上的脑袋。

关于他被捕的情节，有许多人都听说了。听说那天，他偷偷溜回家了。他为啥溜回家，仍然有多种说法，一说是武昌起义成功后，他潜回凉州，想组织新的暴动；一说是他以为大清完了，没人追究他打巡警的事了，他就回家了。——总之他回家了。

他根本不知道，有一双眼睛在盯着他。

谁？

对了，豁子。

他一直在找机会收拾飞卿呢。

这会儿，机会到了。

但他知道飞卿的马快，只要上了那马，他就像插上了翅膀。后来，他想了一计。啥计？这一点上，他跟猎人一样。好猎人抓猎物时，总是找对方的习好。飞卿一生，有两大习好，一是画画，二是下棋。

他是个棋迷。

豁子就从河西堡请来了一个高手，陪飞卿下棋。下了一盘又一盘，就在飞卿欲罢不能时，刘胡子的马队围住了庄子。

那位叫李特生的汉子——他跟飞卿也称兄道弟呢——进了庄子，向飞卿作揖。飞卿一还礼，那人趁势揪住了他的辫子。

情节大致是这样。我想说的是，飞卿得罪的，其实不是清家，是凉州的小人。你要记住，任何时候，任何叫官家收拾了的，除了那些真正的罪大恶极恶贯满盈者外，大都是得罪了小人。有好些人的大祸，其实是小人导演的。

飞卿太出色了，飞卿太逞能了，飞卿太优秀了，飞卿太富有了。他不死，谁死？

我后来想，飞卿这样的人，其实有许多死的可能。要是他真的活到了几十年后的那场革命，他也会死。因为他不会顺溜溜地叫人将土地分了去，他就会以一个恶霸地主的身份被枪毙。

后来，可真的枪毙了好些地主呢。

我渴到顶点了。

我不再喝那水了,渴浸透了我的每一个细胞。虽然我也能嚼几口苁蓉,但它解不了大渴。

把式们举了水,要我喝。看来,他们是真的想解我的渴,但也许他们真不知道,喝那水多了,我就会留在阴间。

把式们热情地举了水,叫:"放心喝!放心喝!"他们这一叫,我才明白,那水对我的危害,他们是知道的。

我像拒绝西凉女王的唐僧一样,拒绝着那些眼前晃动的水。为了表达我的坚决,我甚至现了愤怒相。把式们失望地散去了。看着他们的神色,我很是难受。我想,既然他们真的想留下我,也首先是他们认可了我。他们希望,我能留下来,陪他们度过一个个寂寞的夜。不过我想,要是我找不到水,哪怕我不喝他们的水,我也会留下来,成为他们的伙伴。怪的是,对那"留"的念想,我竟没有一点儿怕的意味。

夜里,天骤然更冷了,北风猛吹个不停。我多希望能下雪呀。以前也飘过雪花,但最终没下大。这次,要是真下了大雪,水的问题就解决了。于是,我向所有能想起的神灵祈祷。

这一夜,我燃起了大火。

不知是我的祈祷生了效,还是其他原因,天上竟飘起了雪花。

雪下得越来越大,那雪片,真成了鹅毛。我取出器具来,放在沙洼里接雪。我很想看看那雪景。此刻,这是世上最动人的景色了,可惜我太累了,眼皮直打架。

我烤了一会儿,待那沙热了,就做了个鞑子炕。不等那融融的暖意上来,我就睡熟了。

第二十六会

木鱼令

早上醒来时，身下还有隐隐的热。

一睁眼，发现雪把皮袄和睡袋也盖了，那些雪一直没有化，也没有弄湿皮袄。

除了鼻孔处外，身上的其他地方，都有雪了。我抖了几抖，抖去睡袋和皮袄上的雪，起了身。天地都白了。帐篷叫雪压塌了。云层很厚，北风仍在呼啸。白驼卧在沙洼里，身上也是雪，黄驼的脑袋放在白驼的嗉毛下，那儿当然很暖和。要不是鞑子炕的话，我也会睡那儿的，一有鞑子炕，就用不着嗉毛了。

其他物件上也盖满了雪，看得出，雪很厚。这样的雪，不多见了，早些年还老见。近些年，几年难见一场的。

云仍是很低，跟远处的沙丘连成了一体。我捡了柴棵，在沙丘上掏了个坑，架了锅，点了火，把那些雪捧到锅里。不一会，嗞嗞声就响起了，那真是世上最美的声音。

我感谢上天，赐给了我生命之水。

一、木鱼妹说

1

沙暴来临时的感觉，在后来很长的一段时间里，成了我生命的梦魇。那时节，像是有无数的疯驼扑了来，飞沙走石，昏天暗地。沙流在涌动，声波在爆炸，一浪浪啸卷着的，除了沙，还有莫名其妙的恐惧——不，不仅仅是恐惧。虽然死亡之剑时时在头顶飞舞，但那时的感觉，绝不是"恐惧"二字所能涵括的。

马在波牵着黄煞神——感谢它，在那种境况下，它还能陪我们——我握着马在波的手，像握着一根救命稻草。我能感受到从手上传来的温度，这让我有了一丝安慰，但同时，一个声音在提醒我：末日到了！末日到了！一切该结束了！

我胸前的牌位突然发烫了，那声音，便是它发出的。那几天，牌位时不时就会发烫。我相信，那上面，真的附了我亲人的灵魂。每到某个时候——当然是能杀人的机会——牌位就立马变得火烫，它甚至产生了一种搏动的质感，非常像一颗……不，像很多颗心脏在同时跳动。

此刻，它就在跳动。我明白，在它看来，这也许是最后的机会了。我想，他们是不是认为，要是在末日来临之前，马在波逃走或是死亡，他们便永无超升之日了？

他们着急了？

想来是吧。

其实，那时节，我也着急了。在我心中，真的是末日到了，我当然不相信自己能走出去……不，至今，我也不知道是不是真的走出了野狐岭。这不是故作深沉，我真是这样想的。

我握着那把刀。

我一直没丢下它。它一直跟祖宗牌位待在一起，它们相处得很好，一向平安无事。刀子成了牌位的某种保障，牌位期待刀子的参与。想来你能理解祖宗们的那种热切，在执着者的眼中，解脱是需要条件的。他们当然不知道，正是那执着，让他们一直以冤魂的形式存在着。你知道，只要放下执着，他们就会超脱……不过，这世上，最难放下的，也正是执着。

这道理，也是我后来才明白的。

马在波在我前面走着，他的手汗津津的。那汗津津的感觉，一直在我的生命里发酵着。你别小看这感觉，它代表了某一种力量，你也可以理解为爱的力量，它正通过那汗津津的感觉表达出来。除了这，还有另一种力量，即是要杀他的力量，它通过牌位上那些火烫的、像是仍在激昂跳动的心脏表达出来。这两种力量，都很强大。很难分清哪一种稍大一些，只有末日来临的理由出现时，那杀力才会占上风——反正，他也要死，迟死几个时辰和早死几个时辰，其实没太大的区别。

所以，当我认为末日真的来临时，我就握紧了那把刀。

2

我们找到了胡家磨坊。

在那时，这甚至算得上奇迹了。

你想，那昏天暗地、沙流滚滚之中，我们像在墨海中游泳的鱼儿一样——当然也像无头的苍蝇——在漫无边际的、被浓墨浸染的大海中，找到一处小到几乎可以忽略不计的小穴，其难度可想而知。我甚至相信，马在波的修行，是有了一些功力的。难道，他真的有了一种超感觉或神通？……那么，你是否知道，在你的身后，有一把刀子，正等着你？你是否感受到，这杀手，有一颗复杂的心？

那时节，我忘了，黄煞神才是真正的向导，便是在沙暴之中，驼也有着超人的辨别力。上回，马在波来胡家磨坊时，骑过黄煞神。它当然认下了路。

我们进了胡家磨坊。马在波关上了磨坊门，也关上了一个世界。他摸索了好一阵，点燃了一根蜡烛——天知道，他是从哪儿找到它的。灯光一下子溢满了磨坊。我发现，那是一根黄蜡烛——呵呵，也是黄蜡烛。

磨坊里的那些物件都从光中渗了出来。虽然无数的沙砾在打着屋顶，提醒着那个传说中的末日，但我还是有了一缕温暖。毕竟，这是屋子，而且有光——光。那时的"光"，是个多么美好的词。

我看到了清秀的马在波，他望着我。他举着蜡烛的模样，很能打动我。他仍像以前那样淡然。有时候，我不喜欢他的这种淡然，我真希望他能疯一下。不过，他的那种淡然总能打动我。人说女人是贱骨头，也不是没有道理。大嘴哥那么讨好我，我后来总是会嫌他。马在波见了我，总有种不冷不热的淡然——便是他的热，跟大嘴哥比起来，仍像是隔了一层薄膜。

我说，末日到了。

他问，是世界末日，还是我的末日？

我说，都到了。

他这一说，我才明白，他一直知道我想做什么。

我问，那你怨我吗？

他沉默了一会儿，说：不怨。

为什么？

该还的，总是会还。无论祖宗欠的，还是自家欠的，到了还的时候，都得还。

你真的承认欠了。

当然。无论爹做没做那事，都欠了。

为什么？

因为祖宗们真的赞助了军饷。无论那军饷用在何处，都有罪。这是祖宗们津津乐道了多年的事。这"津津乐道"，也有罪。所有的罪，都会招来恶报。我愿意当这恶报的承受者。

我发现，马在波的身上，多了一种东西。以前，我也进过教堂，我也在十字架上吊着的那个人身上发现了这东西。但这个念头不好，它总在消解我心中的仇恨，我晃晃脑袋，摇没了它。

他又说，其实，我不想蹚这浑水，但我仍然来了。你知道为啥？

为啥？

我知道，我们到不了罗刹。我不想用那些黄货，去换杀人的东西。你做的那些事，一直在帮我达成这愿望。

为什么？

因为，我发现，在起场之前，你做了一件事。

什么事？

你叫人把一封信送给了沙眉虎。我早就发现，沙眉虎一直在跟着驼队。我不愿意追问理由，但我想，只要你做的事，能达成我的愿望，我就随喜你。

那你进野狐岭做甚？

找胡家磨坊。进不了野狐岭，就见不到胡家磨坊。

你见到了，也该死了。

这种死，何尝不是另一种意义上的生？

3

一种巨大的静，向我压了来。胸口的牌位也疯狂地跳着，火烫火烫的，仿佛它也明白，某种情感正在摧毁它的期望。我紧紧握住那把刀，手已经握出了汗。刀把也有一种滚烫的质感。

我有种梦魇的感觉，像站在泥浆中，胸膛正被泥浆们压着。那时节，我已听不到屋外的沙暴声。我虽然也认为是末日到了，但我心中的末日，不是这样子。我并不认为那沙暴便是末日，我觉得应该有另一种末日，后来，我才知道，那时节，真的有另一种末日的。我不知道，我那时算出的，其实是一个时代的末日。但这种明白，是后来的事。

黄蜡烛发出黄光，摇摇曳曳着。一个巨大的影子映在墙上，那是马在波的。我没看到自己的影子，它不知跑哪儿去了。

我怕自己会动摇，牙一咬，抽出了那把刀。我的手汗津津的，全是冷汗。我不是一个称职的杀手。我无论在语言上或是观想中如何冷酷无情，但面对一个活人时，我还是下不了手。在想象中，我曾无数次地把刀子插进他胸膛，此刻，我应该真实地这样做。我预演了好几年，到了该实际操作的时候了。我看到，依附在牌位上的祖宗灵魂们正在疯狂地跳舞，他们是在狂欢，还是在焦急？倒是那滚烫感很强烈，还有那种跳动的质感。

马在波转过身子，背对着我。我看不到他的表情，但我明白，他仍会是那种一如既往的淡然。他是不会躲的——当然，躲也没用。自进了野狐岭后，我虽然没像以前那样练功，但我的功夫仍在，对付马在波这类书生，是易如反掌的事。这一想，我竟产生了一种怜悯。我怕强者，比如一想到驴二爷身边的那个丫环，我总是心有余悸——在我心中，她跟鬼魅一样——但用暴力对付弱者，我也下不了手。马在波有一种婴儿的气息，他很纯净，我真怕自己捅不了那一刀。

他静静地站着，一动不动，我闭上眼。我不敢看那背影。记得，在苏武庙的时候，一看到这背影，心中总是热流涌动。现在，那热流，显然没以前强了，但它的余波，仍在我心中荡个不停。毕竟，这是我爱过的男人——不，不是爱过，是仍在爱。自打进野狐岭后，我一直在往水中按那情感皮球，一直想将它埋到心灵的最深处。我强迫自己，让自己产生一大堆恨的念想，我制造出了无数恨的理由。我想让自己的心冷到极致，硬到极致，我期待自己在一个适当——比如末日来临——的时候，能将那把承载着仇恨的刀，插进仇家——他是仇家吗？——的胸膛。

他是仇家吗？

是的。他是驴二爷的儿子。

可他，又是我一生里最爱的人。因为他的出现，以前可爱的大嘴哥变丑陋了。因为他的出现，我硬冷的心变柔软了。因为他的出现，荒凉的西部不荒凉了。因为他的出现，生命有了另一种意义——超越于仇恨的另一种东西。同样，因为他的出现，我觉得野狐岭之行，多了另一种色彩。你别被我表面的语言迷惑，是的，我在用一种杀手的目光观察他，但以前我告诉你的那些，是我强迫自己想的内容。其实质，跟爱到极致的女子骂爱人"挨千刀的"一样。

此刻，我如何下得了手？

你想，我如何下得了手？

牌位的火烫，越来越炽。它像火板上的青蛙那样跳着。

便是在末日来临的时候，我也希望自己能伏在他的胸口上，一起去死。但我不得不做的，却是用他的血祭那个现在已非常滚烫的牌位。

巨大的静寂，凶猛地撞击我的心。

4

他转过身来。黄光中的那张脸，仍那样淡然。

他淡淡地说，你不用犹豫的。我是真想还债的。该了的账，总是要了的。

我无语。我看着那张让我又爱又恨——虽然是作意的恨——的脸，不知道该说啥。

他又说，再说，末日也到了。你便是不动手，我们也活不了。

我无语。

他说，以前有个高僧，圆寂前告诉弟子，叫他在他死后将骨灰扔到十字路口，叫车辗马踏，弟子不听话，却建塔供养了。高僧托梦给弟子，骂他们，说要是按他说的那样做了，他就解脱了，他所有的债，就在这一世还了。因为弟子不听话，他还得再来一趟，再遭下一世的车辗马踏。

他说，我就是那个高僧。该我承受的，就得承受，我可不想拖到下一世。

他又说，我承受的，不是爹的事。我说过，爹做不出那样的事。我说过，我在承受另一种东西。

他说，你动手吧。

我握着刀子，手有些抖。你是否还记得，我以前讲过的那种心情？是的，我在仇恨，我一直在仇恨，尤其在最初的时候，但我渐渐发现，爱消解了仇恨，真的是消解了。我明明知道，这把刀只要往前一送，多年的心愿就完成了，但我就是送不出去。我甚至相信，如果不是那个只有用仇家的血祭，才能让冤魂超升的说法，我怕是连报仇的念头也生不起了——尤其在面对这冤家的时候。我似乎很难将他跟仇家联系起来。记得以前，我还有复仇之心，那时节，我处心积虑的，还是如何实现复仇的愿望，但自打两人在共同对付了疯驼之后，心中的许多东西竟然消失了。

我发现，我心中的仇恨，并不是一下子消失的。它像烟鬼吐出的烟圈一样，似乎有个过程。从早期的浓烈，到现在的淡化，是有迹可循的。除了岁月之外，还似乎有另一种东西在干预我的报仇。我想，是不是木鱼歌？是不是我在默诵那些木鱼歌的过程中柔软了自己的心？或者是爱？在我对马在波产生了浓浓的爱时，那仇恨就随之消解了？我不知道。我不能清晰地明了这一点。但无论如何，我送不出那把刀子了。

我听到了祖宗们愤怒的吼声，你当然可以说是幻觉。不过，我不认为是幻觉，我是真的听到了。只是，那堆声音中，我听不到阿爸的声音。阿爸活着的时候，总说冤家宜解不宜结，他总是会宽恕那些仇人——其实阿爸是没有仇人的。阿爸的心，真的叫木鱼歌柔化了。

我仔细地辨认着那些声音，却发现，它其实来自我的心。那声音，早就成了我活着的理由，多年来，支撑我活着的，就是它。我其实不甘心这么快就放下它的。因为没有了它，这些年我就白忙活了。我的生命，一直在承受着巨大的重量，那重量要是消失，我也就失重了。

我明明知道这一切，但我举不起刀子了。

我无数次地设想过那个场景，但此刻，没法再演了。

我一下子哭出声来，扔了刀子。

马在波竟然慌了。在刀子面前，他没有慌，我一哭，他却一脸慌乱了。他无助地望着我。

我是个不肖的子孙。我哭出声来。

我哭道，没有你的血祭，祖宗们超升不了。

我取出那个包了红布的牌位，解开红布，露出了那段深红色的木头。

马在波问，是血祭？不是要我的命吧？

是血祭，没说要命——我恍惚了，忘了是"要命"还是"血祭"，但我还是说血祭吧。

那还不简单。他捡起刀子。

我问，你干什么？

他笑了笑，放心，我不会杀自己的。他用刀子在手上划了一下，黑红色的液体一下涌了出来，在红木上淋漓着。我的心一阵阵抽疼。我很惊奇自己的变化。以前，我是多么地心硬呀，仿佛真能杀人不眨眼呢。没想到，一见到他的血，心竟然抽疼了。我竟然会心疼一个仇家？真是莫名其妙。在过去几年里，我的心中，不知演出多少的复仇的惨剧，哪一次，都是鲜血淋漓，都是血肉模糊，都是尸横遍野。没想到，这几缕淋漓的血，竟让我的心抽疼了。以前的冷硬，和此刻的心疼，哪个才是我的心？

我看到，那淋漓在牌位上的血并没渗入木头，那木头似乎也没有发生啥变化，它竟然有一种无动于衷的静默。刚才，它还在我胸前跳呢，还那样滚烫地跳个不停。

马在波笑盈盈地望着我，问：够不？要不要再割几刀？

不，不，我扑了上去，捞过他的手。我很想将那手指含在口里，又怕弄脏了伤口。在这荒郊野外，要是得了破伤风，是很麻烦的事。可见，那时的我，已忘了正在降临的末日。

马在波说，若是他们真的没有超升，那么，障碍他们的，是那种只有报了仇才能超升的执着。放下那执着，他们立马就超升了。

奇怪地，我忽然听到了一声笑。

至今，我还不知道它是谁发出的。

5

这时，一阵剧烈的摇晃声传了来，还有一种破渣声。马在波拉过黄煞神，我从黄煞神的眼中，发现了一种跟以前不一样的东西，说不清是什么，但确实有。

马在波说，上回来磨坊闭关时，在屋梁上发现了一本老书。他从怀里取出了那本书，书页已黄了，像是用羊皮做的。书不厚，只有几页，上面有些怪模怪样的画，还有些字。那些字，也显得怪模怪样，不好看，但怪出了一种独特的韵味。

马在波指着书上的一行字说，瞧，这儿说，要是末日到了的时候，就套上驼，拉那磨。我不知道，它说的末日，是不是指这？

我说，不管是不是，试试便是了。

马在波揣好了书。

我们套上了驼。那套绳什么的，虽然不用许久了，但干燥的沙漠气候，没让它失去它的结实。

他说，书上说，末日来时，得先拔了那个楔子，他指指墙上的一个木桩。桩上，挂满了很多东西。我们取下那些挂物，摇了许久，才拔下了那个楔子。那是一个黄老刺做成的楔子，很大，很重，很粗，上面有许多印痕，想来是它在桎梏着某个东西。

马在波开始吆驼，驼走动了。不过，眼见的驼使足了劲，却不见那磨转动。马在波抡起鞭子，鞭鞘在驼背上炸响了。我心中有些不忍——你要注意这个词，这似乎不是杀手用的词，看来我真的变了，是什么让我变的呢？——是的，人家刚从疯驼魔掌下救了你，这会儿，你怎么下得了手？

驼身上的肉棱儿鼓了起来，驼显然用足了力，磨盘仿佛动了一下。

来，我们也加把劲。马在波边吆喝，边跟我一起推那磨杆。

两人一驼都用足了吃奶的力，磨盘终于动了。我想，这下好了，只要它动了，就会越走越轻的。

走了几圈，驼身上的肉棱儿没以前那样鼓了。看来，磨真的轻了许多。

虽然我不知道磨走的意义，但看到磨盘动了，我还是兴奋了。我听到一阵咯吱声。看来这磨盘，定然牵动了某个机关，整个磨房抖动了起来。

磨坊要塌了，我叫。叫声里有撒娇的意味。天，这早就不是我了。我忽然发现，不知从何时起，我竟然有了一颗小女人的心。这真是奇怪的事。小时候，我很胆小。长大后，仇恨让我天不怕地不怕了，这会儿，却又成了小女人。我成了女人的标志，是忽然对一个男人产生了依靠心，竟开始了撒娇。我的脸一下子烧了，偷偷望望马在波，发现他并没觉出什么异常。

磨坊在摇晃了。我想，定然有人用了一种精巧的机关，不然，凭一驼两人的力量，是很难撼动这磨坊的，但又想，这磨坊，除了那磨盘石外，都是木头做的，算算绝对重量，倒也没多重。我想，在磨盘下方的某个所在，定然有许多齿轮什么的。我甚至想，也许会有许多非人在帮我们吧，那个古老的歌谣里说，不是有"阴魂九沟八涝池"吗？

在磨坊的吱吱声中，觉得有风吹了进来。黄蜡烛摇了起来。摇了几下后，便呼地灭了。

眼前黑成了一块，我看不见一切了，驼倒是仍在走——这时，已不是我们推那磨杆，而是磨杆在牵引我们。我觉出，磨真的越来越轻了。我还听到了许多东西的破碎声，想来那磨坊要塌了，但此刻，我们也顾不了太多。眼前的许多东西，都在我们不可控的范围里，倒是没对马在波的那说法产生啥怀疑。因为从很小的时候起，我就崇拜书，我认为书上的一切，都会有它的道理。

虽然黑暗消解了一切，心中却没多少恐惧，因为身边有马在波，我的手挨着他的手，我们一起在推那磨杆，我能感受到他手上的温度。我听到了他的喘息。他还在用力。在黑夜里，能听到心爱的人的喘息声，这也是一种幸福。不是吗？

驼也在喘息着，但不大，我能觉出那磨盘是越来越轻了，我已感受到一种气流了。我觉得自己已不在磨坊里，仿佛到了外面。因为，有沙子打了来，打在脸上，很疼。想来马在波也觉出了疼，他取出一个东西，蒙在了我脸上。我摸了摸，认出是他常用的一个系腰，以前我见过，是用驼毛织的。系腰是驼把式的常用物，到了冬天，谁都会用，系到腰上，风就灌不进胸腹。我揽过他的头，把系腰裹在他头上，他又取下给了我，我们推让了一阵，谁都不想独用，就两人各扯了一端，共用了。我想到了那个结婚时拉的红绸布，就想，这也算是我们独特的婚礼吧。这一想，一股幸福涌上心来。

风很大了，它毫无遮挡地吹向我们。我觉得很怪，我们不是在磨坊里吗，怎么觉得到野外了？我这样问马在波，他的声音闷闷地传了来，他说，别管这些，书上说，别管这些。只管这样走，只管跟着骆驼走，就能躲过末日。

我想，这会是一种什么样的末日呢？是天塌了，还是地陷了？无论哪一种，我都

399

不信骆驼能救了我们。但这时节，也没个更好的盼头，我想走就走吧。我甚至想，我不管末日不末日了，只要能这样一直走下去，本身就是幸福了。难道不是吗？世上的一切都不见了，身边却还有自己的爱人。这真是一种奇妙的感觉。

　　身边有强劲的气流在涌动，我也能觉出那气流里有沙流。因为要是那系腰从脸上滑脱时，裸露的皮肤会很疼。粗糙的沙在打磨我的肌肤，其实我已经习惯了，这种事，过去常遭遇，只是阵候没这么大。自打到西部后，我风餐露宿，常在沙暴里走，也习惯了。只是，以前的沙暴，从来没这样黑，瞧，天都没了。风也比过去大很多……不，那不是风，是涌动的沙流。过去我遭遇的，多是风沙，或是沙暴。现在的阵候，像是沙暴，但似乎又不仅仅是沙暴。

　　驼叫了一声，声音很是沉闷，我想它一定累了，或是它也叫这阵候镇住了。它难道在提醒我们？或是在向我们诉苦？或是在发出只有它才明白的一种启示？我听不懂。过了一会儿，驼停下了脚步。

　　马在波喘着气，吆喝几声，用巴掌拍了驼屁股几下。驼又往前走了。

　　马在波说，不能停的，这会儿，不能停的，一停下，就叫沙埋了。

　　他又说，天大的雨，也会停的。天大的风，也会停的。

　　我没应答。我很想说，末日真到了的话，风雨停了，也是末日。虽然也相信末日到了，但怪的是，心中却没有一点儿的难受。是的，跟心爱的人一起走向末日，是一件很幸福的事。这是我那时的感觉，理解了这一点，你才算理解了女人。

　　骆驼又停了，它没力气了。拉了那么重的磨，走了这么久——我不能清晰地判断究竟走了多久——它当然累了。不过，黄煞神的峰子里，蓄了很多脂肪，能为它提供源源不断的体力。

　　骆驼一停，我也萎倒在地。走了那么久，觉得汗已经流干了。马在波一把拉起我。他喊：坚持！坚持！这阵候，不能停的，一停，就叫沙埋了。我说，就叫埋吧，我走不动了。马在波说，天上有一丝儿亮了，这天，总会亮的。我说，亮了又能怎样？马在波说，话不能这么说，你要是一直这样追问下去，当然啥都没意思了。又说，人活的意思，就是活那个过程。

　　这道理，我当然懂的。问题是许多时候，道理解决不了问题。比如，这天的黑，道理解决不了；这身子的累，道理解决不了；这飞泻的沙，道理解决不了。道理能解决的，只有心。可许多时候，身是不听心的。比如，我明明知道走的重要，但身子偏偏累成了一堆泥。

　　除了累，还有渴、饿，体能消耗到极致了。在跟褐狮子较量后，就没缓过劲来，要不是有练武的功底，我早就累塌架了。不过，我还是强打精神，站了起来，毕竟，我练过武，马在波是个书生。不过，我发现，马在波虽是个书生，但自小就跟驼把式走南闯北，他的耐力，不在我之下。

马在波吆着驼，他的声音坚决而愤怒，差不多等于威胁了。驼当然也明白这处境，在我们的帮助下，它又拉动了磨。

我眯缝了眼，看看天，我并没有看到啥亮光。我知道是马在波在安慰我。我想，也许这时正是深夜。深夜里是看不到亮光的。不过，随它吧。黑是天的权力，走是我们的宿命。

我们就这样走着。我们时不时就摔倒了，然后爬起来，再摔倒，再爬起，再摔倒，再爬起……直到我真的看到了天边的亮光。

风静了的时候，我发现，地貌变了，一切都变了。我们的身边，仍有磨坊，但这磨坊，已不是原来的磨坊了。以前的磨坊，有好几间，现在，只剩下有磨盘的那间房了——不，那甚至算不上房了，只能算是木架了。

在我们的转动中，磨一次次升高着。不，我们自己也在升高着。那倾泻而下的沙，都到脚下了。

我看到了胡杨树梢。以前的磨坊旁，有一棵很高的胡杨树，现在，我只能看到树梢了。远远地望了来，这磨坊，定然像挂在胡杨树上。

待得太阳重新出现后不久，我们也看到了飞卿他们。

他们一直在寻找胡家磨坊，这寻找，同样也救了他们。

他们给了我们一些水。他们带的水虽然不多，但却支撑到了第三天。

第三天，天降了大雪。

我们吃驼肉、吞雪，历尽千辛万苦，终于走出了野狐岭。

6

飞卿死后，我们还以哥老会的方式活动了许久，清家虽然完了，我们却没有走出自己的宿命。

我不知道，野狐岭中马在波的那血淋牌位，算不算传说中的血祭？但后来，我倒是真的没再梦到过那些死去的亲人。那牌位，也没有再发过烫。

我和马在波成亲之后，他就将那个神位，放进了马家祠堂。将外姓人的神位放进自家的祠堂，在过去的马家，是不曾有过的事。怪的是，这件事，也没在马家宗族中招来什么非议。马四爷说，成哩，以前回汉仇杀时，我们马家的堡子里，也住过那么多外姓人。活人能来，死人为啥不能来？再后来，进入祠堂的外姓人越来越多，那原本是马家的私家祠堂，就成了一个很大的百姓祠。在几十年后的某一天，一群戴红袖章的人进了祠堂，将那数百个神位卷了，扔进了大沙河。那些神位随波逐流，从此不知所终。

成亲后不久，马在波告诉我，他爹其实知道他弟弟的死因，但他没挑明。爹相信那是误伤，就不想再伤害我跟大嘴哥了。爹说，死的已经死了，没必要再赔上两个活的。听了这话，我的心一阵疼痛。一种浓浓的难受，笼罩了我好多年。

对岭南的那场火，后来也有了多种说法。说法之一，跟哥老会有关。有人认为，只要目的正确，是可以不择手段的。但这只是一种说法，一直没有得到证实。

……没办法，无论我如何挣扎，那命运的绳子还是拴了我，一直将我拽到它既定的轨道上。

要是认同了命运，那么，我就会有下面的故事：多年之后，马在波成了地主，我就成了地主婆。马家的财势，成了我们还不清的宿债。这样，也等于驴二爷在用另一种形式实践着对我的惩罚。比起那"四类分子"的生涯，我在驼道上吃的那些苦，定然算得上享福了。那时节，我定然也会时时想到飞卿，每次想到他，便定然会欣慰他的早死，他要是活到后来，也会经历另一场摆脱不了的噩梦。那种可怕，似乎不弱于那个野狐岭上的末日。

不过，我选择了另外一种人生。在出了野狐岭不久，我和马在波就决定远离人间的纷争，重新回到野狐岭。人们后来看到的胡家磨坊，其实是我们修复的。就在那个磨坊里，我们一直在修行，像所有童话中的结尾一样，我们一直幸福地生活在一起。

你当然知道，我们的选择，是多么地好。我们真的躲过了此后几十年的风风雨雨。我们实践了自己的升华。

你可以想象，在野狐岭里，我们有着怎样的故事。至今，很少有人知道，那儿其实是一个世界。

我们当然找到了木鱼令，正是它，让我退出了那些纷纷扰扰的游戏。虽然它不一定是你认可的木鱼令，但它是我们的木鱼令。相较于回到红尘被砍了脑壳的飞卿和陆富基，相较于被当成"四类分子"斗了大半生的大嘴哥，我觉得自己很幸运。至今，你还能从马在波的书中得到营养，说明我们活得还有价值。

不过，我的找到，只是我的找到。每个人都有自己的找到，这"找到"，代替不了那找到，但找总是比不找好。

其实，找到或是找不到，那是找之外的另一件事。

便是在找到我认为的木鱼令之后,我仍然会时时想到飞卿,对这个人,我有着另一种疼痛。

关于飞卿的故事,一直在凉州流传着。跟他流传了多年的书画一样,他成了一个几乎是永恒的话题。

据说,他被封为城隍,掌管着凉州阴间的事。后来,凉州还出现了好几个贪官,百姓无奈的时候,就会去城隍庙告阴状。有几个贪官,真的就死了。其中,就有那个害死了陆富基的何藩台。

据说,每次在告阴状的时候,人们都能看到一个个旋风,那是飞卿和他的兵马。我不知道人们说的兵马是他在野狐岭的兄弟,还是在哥老会的兄弟?不知道。

对于飞卿的死,我不再唏嘘。我知道,他死的时候,其实已经走完了他的人生之路。

再后来,我渐渐老了,也听说了很多事,都是能叫我唏嘘不已的事。清家没了,有了民国,你杀我,我杀你,那血腥,早超过清家时候了。后来,人们带了自家的人马大战着,血腥味四下里弥漫着。再后来,血腥味一年比一年浓了。我一直在想飞卿们活着的意义和死的意义。

飞卿家所在的那个村子蜷缩在湖泊中,飞卿活着时,那湖泊,就有种通天扯地的阵势,祁连山的雪水,或明或暗地流了来,在飞卿的家乡汇成了一个湖泊,人们叫它齐家当湖。它的西面,叫大湖。每年,会有很多天鹅来这里。某个秋天,来了两只天鹅,很是恩爱缠绵,终日形影不离。一日,一个猎人的枪响了,公的那只死了。母的那只,就没有再去南方,就候在冬夜里,彻夜彻夜地哭叫,最后,冻死在大湖里。我去齐家当湖的时候,老有人谈到那天鹅。

飞卿的家,就在齐家当湖,因为曾经的富有,他的子孙成分很高,也是地主。我去时,飞卿的儿子也老了,不多说话,谈到他的父亲时,也没多少热情,可能有很多人问过他相同的话。问呀说呀,时间一长,就疲了。

齐家当湖的百姓都说,要是飞卿起事成功的话,凉州城就会修在齐家当湖。要是这样,对齐家当湖人来说,当然是好事情,不提别的,只那些土地,就能卖很多钱。

飞卿在活着时,定然也做过许多准备,据说他埋了很多金银,准备革命。后来,在一次栽树时,当地人挖出了许多铜,有四十六斤,他们以废铜的价格,卖给了一个过路人,只留下了一块,叫小孩玩。后来,识货者才认出是金子,却再也没找到那收铜的人。这时,距飞卿死的那时,已过去多年了。埋那些东西时,飞卿定然想不到,他会那么早地被清家杀害。

我到飞卿家的时候,村子正闹饥荒,路上到处是尸体,臭气熏天,那死人的阵候,比那些械斗或仇杀时还惨。我问自己:飞卿和富基他们,是不是白死了?

当地流传着许多齐飞卿的故事,说是他在狱中还联系哥老会起事,发出鸡毛信什么的,想再次起事。那时节,凉州流传着一些歌谣,如"十月十五,劫牢反狱""十月二十五,先杀凉州府,马踏上古城,捎带张义堡"。飞卿儿子否认了这些事。他说:"帖子有,不是爹干的,也不是哥老会干的,是那恶霸们干的。他们怕凉州知府把爹放出来,就有意发黑帖子。这一来,就逼着清家砍了爹的头。再说了,哥老会要是真起事,哪有把起事的日子提前喊出来的?"从他的语气中,我听出了一点别样的意味:对于他爹做的那些事,他其实是不以为然的。

对他爹的死,他也没显得多么痛惜。我问原因,他说,要是爹不死,也不会有好日子过,不是死在战乱,也会叫政府枪毙了,因为活着的那些哥老会成员,后来成了同盟会,后来又成了国民党。解放时,毙了的那些大恶霸中,有好几位,就是哥老会的人。爹要是活着,便是清家不杀他,也会有人杀他。按他的性子,定然是不得善终的。

他问我,要是爹知道后来会发生许多事,还会不会那样闹?

我无语。

我还听到了很多关于飞卿的故事,所有的讲述者,都有一种大快人心的兴奋语气。故事里的飞卿会法术,说是某次,刘胡子骑兵来时,飞卿已来不及逃了,他就跳到一个巨大的蒸笼里。飞卿会闭火门的法术,那蒸笼上虽然蒸汽直冒,但飞卿待的里面却清凉如春。那些人搜了多时,就离开了。

此外,还有许多相似的故事。

飞卿终于活在了凉州的传说中。

7

我永远忘不了飞卿被杀的那一天。

在我的记忆中,那天是个阴天,刮着旋涡儿风。风里有很多尘土,是黄尘。也许,这就是现代人说的那种沙尘暴吧。但在我的记忆中,那天的风其实不大,只有一种凉飕飕的感觉。

在后人的许多传说中,说是我们准备好了劫法场,这只是一种美好的愿望而已。我们确实想劫法场,但我们没那实力。人家倒是希望我们去劫法场呢,正好一网打尽。

真实的情况是，我们被打散了。我们被打散了的，不仅仅是队伍，而是心。那场所谓的暴动，真的是一哄而起，又一哄而散。散了，也就散了，有些人虽然躲在邓马营里，那只是躲避官兵的追杀而已。仅此而已。我多么希望能出现那些古书中写的起义场面，但没有。没办法，那时候，因缘就是这样。

听说，飞卿被抓的那天，刘胡子问他的兄弟，你是想"舍命"哩，还是想"舍财"哩？意思是只要你花点钱，人就能活下。听说刘胡子还说了个数字，他兄弟算了算，那些银子，能值三个当铺，就打定主意不救了。有人认为，这话靠不住，凭他刘胡子，是没权力救飞卿于不死的。不过，也不一定。虽然，刘胡子们不能免除飞卿的死罪，但也许能叫他迟一点死，而要是真的迟一点死，飞卿就不会死了。为什么？因为飞卿死的时候，武昌起义已经成功了，只是陕甘地区还没有宣布独立，还在承认清家。正是那些承认清家的官儿，杀了飞卿。

凉州人一直为飞卿的弟弟没有"舍财"——没有卖三个当铺救飞卿的性命而遗憾。这愿望，当然很好。不过，要是飞卿活下来，会怎样？我一直在想这个问题。至少，他免不了在日后被定为地主的命运。这样，飞卿就不再是飞卿了。所以，飞卿像那个鲁迅一样，到了该死的时候了。他的那种死法，才让他进入了青史。

清兵们把飞卿提出了监牢，押向大十字。那天，飞卿是在凉州大十字里被斩首的。他没有死在别的地方，比如以前杀人的那些地方，原因据说是官家想杀鸡给猴看。

在我的记忆中，那天的凉州大街阴森森的。贤孝中关于飞卿之死的一些说法不对，那天，其实有看客的。看的人很多，脸上都木木的。凉州人都那样，总是一副胆小怕事的样子。

飞卿一脸惨然，也许是挨了太多的打。按惯例，他这种人，肯定会挨打的。那些被烧了房子的乡绅，会花钱，叫那些狱卒打他。他们更会花钱买他的命。所以，即使飞卿兄弟卖了当铺，也救不下飞卿，因为有许多人想要他的命。

那个胶麻缠住刀刃的说法，定然是个美好的传说。说是狱卒想救飞卿，就在刀刃上用胶粘了麻。只要第一刀砍不死他，只要有人吼一声"刀下留人"，飞卿就会得救。对这种说法，我当然不信。那时节，要是真有人拿"一刀之罪"说事，也定然会被官家抓了去，以飞卿死党的名义定罪。

所以，飞卿的死，是必然的一种结局。

我看到，刽子手举起了刀，他的胳膊上充满了肉棱儿，显然很有力气。一双双木木的眼睛都在望他。我也在望他。我是希望他一刀剁下那脑袋的。我知道没人救得了

405

飞卿。那天，官家派了很多兵。凉州大街上，到处是如临大敌的官兵。那时的凉州，没有任何一股力量，能跟官家抗衡。

那刀带着一股风，抢向飞卿的颈脖。这一下，真像传说中的那样，飞卿脑袋还好好地长在那儿。我看到，刽子手吃惊地四下里望着。关于他的这一望，凉州人猜想了许多年。一说是飞卿会气功，那一刀只在他脖子里留下了一道白印。一说是刽子手真的不想杀飞卿，希望有个人能在他那一望之后跳出来，喊一声"刀下留人"，说是大清律的斩刑是一刀之罪，只要斩了一刀，不能再砍第二刀。这说法，让凉州人唏嘘了上百年。

接下来的说法，同样引人深思。那刽子手说，齐爷，你的人活完了。说完，他立了刀，蹭去了刀上的胶麻。

飞卿叹一声，说："凉州百姓，合该受穷！"

说完，他闭了眼，把脖子伸给刽子手。刽子手连砍三刀，砍不断那脖子，就像拉锯那样，锯下了飞卿的头。

其实，还有另一种可能：那些对飞卿恨之入骨的乡绅们，买通了刽子手，叫他别让飞卿利索地死去，就多砍了几刀，叫飞卿多受了疼。

都说，飞卿死得很惨。都说，他的祖坟里有一个芦芽根，本该出大人物的，可惜叫刘胡子斩断了。还有人说，从他在书画的签名上，有高人看出，他会不得善终，据说是锋芒毕露，匪气十足。

飞卿临终时的场面，一直在我的生命中闪现着。有数以百计的凉州人看过飞卿的死，都在传说着上面的那个故事。

我一直想的，却是飞卿的那句话："凉州百姓，合该受穷。"我相信，那真是他说过的话。他为啥说那句话？那句话的背后，有着怎样的心态？他是否真的打点好了一切？是否真的有一刀之罪的刑律？是否还有一种说不清道不明的东西？这一切，成了一个疑团，让我琢磨了很多年，我一直没有琢磨透。

第二十七会
活在传说里

飞卿说，按你们的说法，我是该死的了？

他又说，咱们真是一群糊涂鬼，讲的故事，总是颠三倒四的，或是把后来的事讲到前面，或是把一件事扯到另一件上。哥老会起事的事，究竟在沙漠之行的后面呢，还是在前面？

木鱼妹笑道，你呀，只要发生过，你就别管前后了。在作家眼里，只要是想到的，就是发生过的。

飞卿说，你们讲的关于我的故事，是你们关于我的故事，并不是我自己的故事。我自己的故事，还得由我来讲。不过，我讲的故事，也只是我讲的飞卿的故事，是不是真的飞卿的故事，我也不知道。

木鱼妹笑道，你管啥真呀假呀的，其实是真的也假，假的也真。

大嘴哥说，木鱼妹的话太多了，能不能先夹夹嘴，让别人也过个嘴瘾？再说，你一个人咋能占几个角色，忽而这个，忽而那个。

木鱼妹掩了口，咻咻笑了。

都说，行了行了，其他事，以后再说吧。

篝火发出蓝幽幽的光，我看到了烤火的骆驼客。他们都显出了自己在野狐岭时的模样。就是说，在那次采访中，他们跟我有了真正的生命相遇。我们的交流，已不仅仅是精神交流了，更成了生命的相遇。他们紧紧地围在我的周围。我相信，他们真的太孤独了，他们当然很希望我留在他们的世界里。

他们记忆中的胡家磨坊早就变了。时光过去多年了，因为风霜侵袭和岁月剥蚀，那磨坊，只剩些断垣残壁了。

把式们希望我也能讲讲留在人间的关于他们的故事。过去多年了，他们不知道人间对他们的故事有啥说法。事实上，人间的事儿太多，早听不到他们的讯息了。这时节，人们的关注点，已转到了非常实在的事上，很少有人在乎历史——而且，他们的这种历史，还仅仅是一段被岁月和时光掩埋的生活。

他们的故事，在三十年前，还有人提及，那时节，我还是个孩子。三十年后，便是你去采访，也很少有人知道他们了。

在三十年前的凉州，有着另外一种说法，说飞卿们之所以能走出那场沙暴，得益于神奇的胡家磨坊。

按老祖宗的说法，齐飞卿和那几个在那场大沙暴中活下来的人，他们能够幸存，是因为他们相信了一个传说。在那个传说中，要求他们不能睡觉，不能休息，他们必须拽了那驼尾，跟着那个拉磨的骆驼一下下转圈。虽然他们并不知道这转圈的意义，但他们仍那样做了。他们太累了，他们一人拽驼尾，其他人一个连一个地拽前边人的后衣襟。他们就那样串了，跟了那骆驼，绕着那石磨转圈子。

相传，在那种暗无天日的昏黑里，天上降着无数的沙子，水一样下泼着，打到脸上，像皮鞭在猛抽。那几人就翻穿了皮袄，让那些毛去对付纷飞的沙子。木鱼妹没有皮背心，大嘴哥的皮背心就让给了她，他只是顶了一件外衣，后来，流沙打烂了他的外衣，他的脸就成了血葫芦。后来的大嘴哥没有鼻梁——只有两个大洞，没有耳朵——那儿是一道莫名其妙的肉棱，只有那个大嘴还像是他的。

相传，开始拽驼尾拽衣襟的人，有十个。后来，有几人实在累得走不动了，就萎倒在一旁熟睡了。再后来，他们就被纷飞的沙埋了，他们当然没有痛苦。他们闭眼时，沙还在飞；他们醒来时，已到黄泉路上了。那几人倒下时，把式们总会喊他们，但声音刚一出口，就叫风沙带走了。转第一圈时，把式们还能看到倒下的他们；转第二圈时，就只能见到人形的沙纹了；转到第三圈，那地方就看不到人了。

相传，胡家磨坊造得很神奇，"人"字形屋顶，利得像刀刃，据说那是用木头造的一个整体，它跟石磨是一体的。说是那转动的磨盘，其实是在抖动磨坊上的沙子。正是在磨盘的转动中，那从天而降的沙子才从磨坊上滑落，他们就踩着那落下的沙子一下下转圈。在一次次的转圈中，那磨坊也在升高着。在凉州的故事中，大烟客看到的那个一直在他的天空中转动的磨盘，其实是一种命运的暗示。

相传，那几人互相鼓着劲，打着气，搀扶着，就那样走着。他们不知道走了多久。他们只知道，只要沙子在飞，他们就得一直走下去。幸好，陆富基带了一块酥油。他一直爱喝酥油茶，这一喜好，也成了那时的一个活命因素。饿极了，他们就含一块酥油。渴极了，就喝自己的尿。后来，自家的尿没了，他们就喝骆驼尿。你是否记得骆驼那独特的撒尿方式？对了，正是它，为把式们的饮用提供了方便。

在昏天暗地中，他们不知走了多久。后来，天渐渐亮了些，飞沙也渐渐静了。那时，他们才发现，沙暴出现之前的那些沟壑早就平了。那胡家磨坊，差不多挂到胡杨树梢上了。沙暴后的野狐岭上，没有了蒙驼队，也没有了汉驼队，只剩下一峰骆驼和几个土眉土样的人。幸好，他们都是沙漠通，晓得很多救命的法子——关于这一点，我可以在以后再详细地讲——在经历了千辛万苦之后，他们才走出了野狐岭。

在上面的那些"相传"中，沙暴发生时，木鱼妹跟大嘴张要乐在一起，并不是像她说的那样跟马在波在一起。关于这一点，没人知道哪个是对的。有人认为，这说法可能源于大嘴张要乐，也许，他更愿意将他破相的原因涂上一层"英雄救美"的色彩。因为没有旁证，虽有很多人看到过大嘴张要乐那圆葫芦一样的脑袋，但没人将他跟木鱼妹联系在一起，想来是怕他亵渎了那个传说中的空行母。

后来，也有学者著文考证，说马在波并无其人，说他只是木鱼妹按自己的期待创造的人物，就像她也会将自己臆想成杀手一样。不过，这种说法，遭到了批判。因为有无数的证据证明，马在波是实在的历史人物。此外，在西部，马在波和木鱼妹被认为是五大金刚法的成就者，受到了广泛的崇拜，要是怀疑他的真实，就等于否定了那个传承。在信仰层面，有些东西是不可动摇的。据说，马在波和木鱼妹的双修成就，就发生在沙暴之后的多年里，具体究竟在哪几年，也没个确定时间，倒是地点能确定：胡家磨坊。那所在，就更成圣地了，比传说中的它，更添了一层圣光。据说，马在波和木鱼妹找到了木鱼令，但没人知道那究竟是啥宝贝。

还有一种说法，说是木鱼妹嫁给了马在波，他们并没有远离家乡，而是一直在家密修，多年之后，马在波成了地主，木鱼妹就成了地主婆。他们跟被同时划成富农的大嘴张要乐一样，列入"地、富、反、坏"的行列，成了"四类分子"。虽然他们年逾古稀，但仍是接受了多年的劳动改造。跟一般的"四类分子"不一样的是，他们在接受改造的同时，仍在修忍辱，并以此助缘，成就了道业。

以上点点滴滴的讯息，都是来自阳间的传说。这传说，有些跟我的采访相符，有些却差得很远。

听了我说的点滴，那些朋友都不过瘾。他们希望我讲详细些，讲一个来自阳间的故事。

我说，讲故事不是我的长项，我会唱。我说，要是你们不烦，我就给你们唱那个贤孝《鞭杆记》。

把式们嚷了起来，唱一下，唱一下。

于是，我就接过木鱼妹递来的三弦子，开始唱了：

拿起了三弦儿定好了音，宣统爷的手里说些事情。
宣统爷登了殿两年半，把那凉州百姓害了个酸……

唱得好！
好声嗓！
夹嘴！叫人家唱！
就是，嘴痒了，拿根沙驴棒子蹭去。

……齐飞卿又把陆富基拉。
叫声陆家哥哥我们放心干，豁出来叫他把肋巴掰。
齐兄弟，你说放心就放心，
宁叫万古来传名，不叫狗官欺百姓。
一脚踢死宛平县，事情越大越好干。

哟，齐大哥了不起。
还有陆大哥。
这小子多嘴。
你才多嘴呢。
夹嘴！夹嘴！雪漠你唱下去。
听到我唱打巡警时，那些汉子们连连喝彩，群情振奋，都有了摩拳擦掌的意味——他们没有拳掌，就只能是意味了。我知道他们喜欢听这类内容，但好的东西，总是容易过去，慢慢地，唱词中出现了那一哄而散的场面，把式们就动了粗口，说话很难听。显然，他们也恨铁不成钢了。不过，他们中的一些人，其实也参与了那时的打巡警，他们也是"架打罢了才记起拳法"的人。

渐渐地，我唱到了陆富基的死：

……何藩台恼羞成怒生了气，喝了声堂威把陆富基绑。
脊背里插的是亡命旗，鬼头大刀亮晃晃，
押上陆富基往杀场里行。一路子来到肖家坪，

  整整等了一时辰,午时三刻斩令行。
  亡命旗,送秋风,追魂炮,响通通,
  咔嚓一刀杀得狠,人头就骨碌碌滚到了地埃尘。
  杀掉了凉州的一个好汉子,
  可惜了一个钢棒硬铮的真英雄……

可惜了,陆大哥那么好的功夫!

好啥?好功夫咋最后死了?

啥话?多好的功夫,也得死。

功夫算啥?连那皇帝老子,也不是得死吗?

有没有不死的?

这得问马在波。

夹嘴!叫人家唱。

  我发现陆富基忽然伤感了。我想,定然是某些内容刺痛了他,就笑着劝他,你别较真。这事儿,要说真,就都真,不真也真,这真那真全在心。要说假,就都假,不假也假,世上万事都是梦。

  飞卿说,是的。我们都在听故事,我们也成了故事。

  往下唱!往下唱!把式们都在叫。我又往下唱了。

  那一夜,我觉得时间很长。

  好在有篝火,我也没觉出冷,我不知道过去了多长时间,天似乎一直黑着。我能看到隐在黑里的一双双眼睛。那些眼睛非常干净,像正在听童话故事的儿童一样,充满了好奇和渴望。

  唱下去,唱下去,一堆声音在叫。

  记得,有一股不可思议的力量裹挟着我,我就一直唱下去了。

  到了八月十三这一天,九股子的麻绳把齐飞卿绑。
  亡命旗子脊背里飘,刀斧手提的是鬼头刀。
  推哩搡哩来到大十字,卯时未到就问斩哩。
  追魂炮,催人魂,鬼头刀,耀眼明。
  一刀砍上没动静,脖子里起了个红印印。
  第二刀下去没反应,齐飞卿鼻子里打冷哼:

"瞎狗赃官不是人，刀斧手也是个囊包。

要杀了你就拿上个利刀子，给老子给上个利索的。"

齐飞卿这里暗把气功运，一刀之罪他三刀都没杀成。

监斩的官儿着了忙，怕的是有人来劫法场。

赶紧把齐飞卿按到街台上，脖子里垫给了一块砖，

老刀放上咯吱咯吱锯，锯了半天才锯断，

人头骨碌碌滚到街当间，"噗"的一声热血喷出十丈远。

这时节法场上没旁人，大十字里阴风惨惨日无光。

可惜了凉州的英雄齐飞卿，死了个不明不白又冤枉。

按理说一刀之罪一刀亡，为什么三刀还要把头锯断？

这时节没有一个人敢来问，更没有一个劫法场的人。

锯死了齐飞卿赃官的心里平，炮声三响开城门，

进来了看热闹的乡里人，人山人海往大十字里涌。

跑到法场跟前看，一个个都说是怪可怜。

把式们都倒抽冷气，半响不语。我怕这内容刺激飞卿，刚要说点啥，却听得飞卿笑道，那疼，也是一阵阵的事。头掉了，不过碗大个疤，若是再活一次，我还是会跟官家斗的。

我虽然很敬佩飞卿是条汉子，却想问他，你斗来斗去，又能斗出个啥结果？真正的天下太平，是斗出来的吗？但我怕这种话，会影响他的心情，就硬生生咽进肚里。我很想打听那个能消解仇恨的木鱼令，但又想，他连自家的仇恨也消解不了，定然不知道啥是木鱼令。

怪的是，那一夜，我没有感受到时间。在我的世界里，一直是黑夜。——后来，我在回忆时才记起，那篝火，没人添柴，却一直自个儿燃着。

我不知唱了多久，我被一种魔力迷了。我的手指在疯狂地弹拨着三弦子，我的嗓子虽然嘶哑了，那声音却自个儿往外涌。

……杨成绪，酸了心，爬到尘埃来祭灵。

一道祭文写得好，字字血泪祭英灵：

"生是人杰真英雄，为了穷汉人丢了命。

阳世三间硬铮铮，阴曹地府也是鬼中雄！"

祭罢灵，忙起身，收拾尸灵安葬定……

忽然，我听到了一阵狗叫声，我看到我的狗——应该说是狗的灵魂——扑了上来，扑向那些环伺的幽魂。狗狂哮着，扑咬不已。罩在我四周的黑，慢慢地散去了。

眼前出现了一个亮晕，非常像呵在冬天的窗玻璃上的气，相异的，是那气在内收，这晕却在外散，我就看到了白晕中的白驼。白驼发出怒哮似的叫，边叫边吐唾沫。那样子，像发怒的机关枪在叫。

慢慢地，眼前的那黑，才烟一样完全散了。我看到了沙丘。不知何时，月亮爬上了沙丘，不很亮，但肯定是月亮。我不知道，那月亮，为啥进不了刚才的世界。却又疑惑，这是不是真的月亮？

我看到，白驼一身汗水，看样子，它不知叫了多久，才唤醒了迷醉的我。

后来，上师告诉我，那一夜，幸好有白驼和狗，要是那一夜没它们的话，我就再也出不来了。我更感激我的狗——幸好它没去投胎——它以它的方式保护了我。那些幽魂，想来是真的想留下我的，他们太孤独了。

我的心忽然抽疼了。

我甚至产生了留下来的冲动，多好的朋友呀！我的一生里，很少有这样畅快的相聚，但我知道，这念想很可怕，它会让我上瘾，要是它完全占有了我的心，我就再也出不来了。我着力地想那些让我牵挂的事，来帮我摆脱留下来的念想。最后，占了上风的，还是我的使命。我想，我不能让这故事，在岁月中永远地消失。没有我，那些世界，也许永远就没了。此外，还有许多事，需要我去做呢。

采访结束了。

月亮透出了云缝，沙丘亮如白昼。整个沙丘上，挤满了无数的幽魂，都想参与进来。我发现，他们多是那些死于土客仇杀的人。我听到了他们的哭闹和喧嚣。他们也有无数的故事，他们不希望我离开他们。我很感激他们的真情，但我得回去了，我需要来自阳世的食物，那些压缩饼干，只能支撑到我走出野狐岭。

我说，下次吧，下次吧。

我听到了无数不舍的呜咽，像大风掠过胡杨的树梢。

于是，我噫噫地说，要是你们舍不得我，就来当我的护法吧，包括把式们、枪手们和所有的你们。

我听到了一阵欣喜的涌动。我发现，他们开始融入我的生命坛城。

413

那次采访虽然很圆满，但我一直没弄清我的前世是谁。我觉得，那些被采访者都可能是我。我可能是汉把式、蒙把式，甚至是骆驼和狼。只是，我不想跟三个人沾边，他们是豁子、祁禄、蔡武。就是说，我可以容忍自己是动物，但不容忍自己在前世里当过小人。不过，这想法虽然很阳光，却只是一个无法确证的意愿。我只能选择将来，我选择不了过去。我知道，一个个当下，都会成为过去。所以，为了我的将来，我会过好每一个当下。

　　我当然希望，自己的前世，会是马在波；但我最感到亲切的，是木鱼爸。至今，我仍能感受到他灵魂深处的某种疼痛。每一触及，心就会抽疼。

　　于是，在那个月夜里，我朝木鱼爸喊了一声：放心，我不会失信的！

　　我很想听到木鱼爸的应答，不想却听到了一声狼嚎。那声音，悠悠地抛向天空，像一根长长的绳子。

　　感谢天降瑞雪，也感谢白驼找到的那些苁蓉，支撑我完成了采访，历经了好多天的跋涉之苦，我才走出了野狐岭。一年后，为了践约，我赶往岭南，多方周折，终于找到了木鱼爸提到的那个堵仙口——那儿已经变成了水库——找到那个非常平整的、很像汉白玉的大石。在石下的木盒里，有几本发黄的木鱼书。

　　那夜，我没有回到住处。我打开睡袋，睡在那个平坦的白石头上。我希望木鱼爸来找我，但等了一夜，他也没有来。只有风扫石穴声，似在呜咽。

　　从那以后，我就再也没见过他。

　　倒是那老狼的影子，时时在我的生命里晃。

　　忽然，一个声音怪怪地问我：你讲完了吗？接下来，该我讲了。

　　这声音，让我头皮发麻了。于是，我生起了巨大的疑惑：

　　我是不是……真的走出了野狐岭？

——2012年7月初稿于雪漠禅坛

——2013年9月二稿于雪漠禅坛

——2013年11月三稿于雪漠禅坛

——2014年1月16日四稿于岭南

杂说《野狐岭》（代后记）

一

《野狐岭》虽然是东莞文学院签约项目，但其中的主要内容，如凉州英豪齐飞卿的故事等，我酝酿了很多年。在三十年前，刚参加工作不久，我就开始了此书的写作，那是我今生里写的第一部小说，叫《风卷西凉道》，花了很多精力，却没有成功。那稿子今天还在。当你有缘看到它时，定然会对你自己很有信心了，因为那书稿水平实在太差，可见当初的雪漠，基础并不好，也看不到他有啥超人的天分。你也许就因此自信了，相信你要是像雪漠这样努力的话，也一定会成功的。这也印证了我老说的那句话："没有失败，只有放弃！"

我有个习惯，就是我想写啥题材，就必须先花很长时间，进行采访和体验，像写《大漠祭》前，我老跑沙漠，直到完全熟悉了它；写《猎原》时，我也常跟猎人泡在一起，还得到了他们的不传之秘；写《白虎关》时，我采访了盐池，也在淘金的双龙沟住了一段时间，跟那些沙娃们打成一片；写《野狐岭》前，除了我调往齐飞卿的家乡任小学老师外，我还采访了书中提到的马家驼队的子孙，采访了很多那时还健在的驼把式，了解了关于驼道和驼场的一切。在这方面，我甚至也成了专家。随着一代代的驼把式的死去，你要想看真正的驼队生活，你就去看我的《野狐岭》吧。

我有个习惯，做任何事时，我总是不急，总是将它当成了一生里最重要的事，当成了活着的理由，然后慢慢地从容地去做。对啥时候完成或是成功失败之类的事，是很少考虑的。所以，更多的时候，我不仅仅是采访，而是像柳青那样，长期住在某个地方，比如，我写《西夏的苍狼》时，我就客居——甚至算得上定居——在东莞；想写藏地时，我就在藏区挂职一年，而后的多年里，我多次数月数月地客居。所以，《北京晚报》等许多报刊需要甘肃的稿件时，总是会想到我。无论写啥，我也总是不会叫他们失望。久而久之，提到甘肃作家，人家当然会想到雪漠。

我常年体验生活的习惯，很早就养成了。在二十岁时，我想写齐飞卿时，就到他家乡所在的那个小学。那时节，还有个叫南安的公社，现在没了，并入了双城镇。在那个叫北安小学的所在，我待了几年，一边修行，一边采访，了解到很多关于齐飞卿的故事，并气势汹汹地写了两年。我一遍一遍地写，一遍一遍地改，最后，才写出了薄薄的一本书稿。武威的《红柳》杂志那时想要，叫我改，还没改成，那杂志就叫一个贪官糟蹋得没了刊号。

三十年过去了，我心中的齐飞卿早就不是真实的齐飞卿了，他成了我生命中的一个符号。或者说，他成了我某种想法的载体；或者说，他成了另一个雪漠的展示。我想写的关于他的故事，也早就不是他的故事，而成了一个说不清道不明的世界。

多年前——我的绝大多数小说的最初动笔或构思都在多年前，最远的，便是三十年前的《风卷西凉道》——我忽然想写一个关于驼队的故事时，又想到了齐飞卿，对这个人物，我很喜欢。但我没想到的是，一写，笔下流出的东西，却不是那时我想要的。那时，我很想写一个好看的小说，能畅销一把，但一动笔，流出的，仍是那种习惯性的"灵魂流淌"。我知道这种东西定然不好读——这时代了，谁还在乎灵魂呀——但我没办法写成时下人们喜欢的那种文体。一进入写作状态，灵魂就自个儿流淌了，手下就会自个儿流出它的境界。我一边抗争，一边随顺——当我抗争时，我就索性停笔罢工；我随顺时，再叫它流淌一阵。几年过去，就成目前的样子了。

现在理性地想来，要是我那时一直不要抗争，叫它自个儿淌下去，定然会比现在好，定然会是个好东西，但那时，"好看"和"畅销"的理念污染了我。这是一个教训。其实，许多时候，我们是可以不必太在乎世界的。真正的文学，其实是为自己或是需要它的那些人写的。老是看世界的脸色，定然写不出好东西。

不过，《野狐岭》里还是有很多精彩的东西，只是它确实不像世上流行的那种小说，它甚至仍像《西夏咒》那样，有种反小说的东西。好在它真的是"独一个"，它跟《西夏咒》一样，是打了雪漠烙印的另一个存在。

本书中，虽然也写到了一些凉州历史上的人物，但他们，其实只是雪漠心中的人物，早不是一般小说中的那种人物了。他们其实是一个个未完成体。他们只是一颗颗种子，也许刚刚发芽或是开花，还没长成树呢。因为，他们在本书中叙述的时候，仍处于生命的某个不确定的时刻，他们仍是一个个没有明白的灵魂。他们有着无穷的记忆，或是幻觉，或是臆想。总之，他们只是一个个流动的、功能性的"人"，还不是小说中的那种严格意义上的人物。

当然，我们每个人其实都一样，都不确定，都在变化，都是各种条件构成的某种存在，都找不到一个永远不变的东西。书中人物的叙述和故事，也一样的，似乎并没有完成他们的讲述。因为他们没有完成，所以小说也没有完成。

所以，《野狐岭》中的人物和故事，像扣在弦上的无数支箭，可以有各种不同的走势、不同的轨迹，甚至不同的目的地。就是说，要是从本小说生发开来，我还能写出很多故事，写出很多书。它是未完成体，它是一个卵子和精子的宝库，里面涌动着无数的生命和无数的可能性。它甚至在追求一种残缺美。因为它是由很多幽魂叙述的，我有意留下了一些支离破碎的片段。所以，本小说其实不太好读，里面有许多线索或是空白。只要你愿意，你可以跟那些幽魂一样，讲完他们还没有讲完的故事。当然，你不一定用语言或文字来讲，你只要在脑子里联想开来，也就算达成了我期待的另一种完成。

换句话说，你可以在阅读时或是阅读后，跟我一起来完成这个小说。那里面无数的空白，甚至是漏洞——复旦大学的陈思和教授称之为"缝隙"——它们是我有意留下的。那是一片巨大的空白，里面有无数的可能性，也有无数的玄机。你可以将里面你感兴趣的故事编下去。你甚至也可以考证或是演绎它。这样，你就融入了《野狐岭》，你就会看到无数奇妙的风景。

对《野狐岭》，你也可以称为话题小说，里面会有很多话题和故事，有正在进行时，有过去进行时；有完成时，也有未完成时；更有将来进行时，在等待你的参与。无论你迎合，或是批评，或是欣赏，或是想象，或是剖析，或是虚构，或是考证，或是做你愿意做的一切，我都欢迎。这时候，你也便成了本书的作者之一。我甚至欢迎你续写其中的那些我蓄势待发却没有完成的故事。

故事的背景，我也放在了一个有无穷可能性的时代，这是中国历史上最具有戏剧性的时期，各种背景、各种面孔、各种个性的人物，都可以在这个舞台上表演，演出一幕幕让我们大眼张风的丑恶、滑稽或是精彩的故事。

出于以上考虑，我也有意地淡化了小说的主题，因为一旦有了明显的主题，你便会受制于它，而束缚了你的想象力。以是故，我同样有意地拒绝了一种或是几种思想。在一些专家学者看来，雪漠的其他小说无疑是有思想的，《西夏咒》和《无死的金刚心》中的某些主人公甚至是那思想的载体。这一点，我是跟陀思妥耶夫斯基学的，虽然也许只学了点皮毛，但用来倒也得心应手。也有人认为雪漠的某些小说是主动去"载道"的，有人称之为"弘法"，有人称之为"利众"。但在《野狐岭》中，我拒绝了那些显露的主题——当然也不是没有——你只要读进去，也许会感觉到那些活的人物、活的生活场景，还有那混沌一团的剪不断理还乱的氛围。它是一个充满了迷雾的世界，它神秘得云雾缭绕，芜杂得乱草丛生，头绪繁多却引而不发，多种声音交织嘈杂，亦真亦幻似梦似醒，总觉话里有话却不能清晰表述，可能孕育出无数的故事但大多只是碎鳞残片，那么，就让我们一起进一步创造它吧。

所以，《野狐岭》想写的，本来就不是那种人们熟悉的小说，而是另一种探险。你不一定喜欢它，但它无疑在挑战你的阅读智力。跟我的所有小说一样，它是我创造的一个世界。当我感悟到一个巨大的、混沌的、说不清道不明的存在时，一般的小说手法根本就表现不了它。《野狐岭》跟《西夏咒》一样，是内容和境界决定了文学形式的产物。

《野狐岭》是一群糊涂鬼——相对于觉者而言——的呓语。当然，《野狐岭》写的，绝不仅仅是上面说的那些。其中关于木鱼歌、凉州贤孝，关于驼队、驼场、驼道、驼把式等许许多多消失或正在消失的农业文明的一些东西，小说中的描写又有着风俗画或写生的意义。这一点，在本书中显得尤为明显，也跟我以前的小说"写出一个真实的中国，定格一个即将消失的时代"一脉相承。

二

除《野狐岭》外，我出版了六部小说，《大漠祭》《猎原》《白虎关》虽写乡土，成一系列，人称"大漠三部曲"，但每一本小说在形式上皆有特色，绝不雷同。呵呵，喜爱它们的朋友甚至将我后面的几部小说看成是"走火入魔"。

其实，要是没有《西夏咒》《西夏的苍狼》《无死的金刚心》，雪漠就只是个残缺的阴阳鱼。雪漠既有扎实的写实功力，更有超凡不羁的想象力和创造力。雪漠的意义，除了"大漠三部曲"之外，还在于贡献了别的作家不一定能贡献的另外一种东西，包括灵魂的追问、信仰的求索、形式的创新、文本的独特、文学感觉上的"这一个"，等等。呵呵，博君一笑。

这《野狐岭》，同样有着别人不可替代的创新。

吃饭问题解决后，我就想好好地"玩"一下小说，看它在我的手里，能玩出个啥花样。这一点，跟我的写"涂鸦小品"一样，我只是像用泥巴捏动物的孩子那样，除了享受那玩的过程带来的快乐，已经不考虑别人的喝彩了。至于稿费、版税之类，更是没想将它们跟我的小说创作连在一起。

这样的小说创作，就是在享受那创作本身的快乐了。

要是没有文学本身的创新，我就不想"玩"了。

我这时的创作，其实是完全跟自己"玩"的。

我的绝大多数作品，其实都是写给我自己的书。我是在以写作的形式享受人生，是在以写作的形式完成我自己。

前不久，某个有名的大富豪在临死前，留下了很长一段遗言，说很后悔自己挣了太多的钱，没能很好地享受人生。他说他要是再活一次，只挣到一点生活必需的生存费用之后，就去搞搞艺术啥的。

他是死时才明白，我是活着时就明白了。如果说我的"大漠三部曲"在享受写作之余，还有点为农民说话的使命感的话，我的"灵魂三部曲"，已经是在为自己写书了。写这些书时我很快乐，我在享受那份文学独有的快乐。

当然，我的"光明大手印"系列最初也是跟自己玩的。我只想用这一种独特的玩法，把那野马一样的心拴住。没想到，我将那玩法公开之后，这世界竟然欢喜地接受了它们。

我不知道，我的文学作品会不会这样。但可以肯定的是，我的小说会是常销书。《大漠祭》初版至今，已有十多年，它跟《猎原》《白虎关》一起，仍在缓缓地流向流过或是不曾流过的地方，越来越多的人在读它们，开始喜欢它们。

许多读者反映，他们最喜欢的，是那些作品中独有的"雪漠气"。这"气"中，其实也包括了创造力。在兰州大学的雪漠小说研讨会上，西北师范大学的张明廉教授称之为"火山似的喷发"。正如很多乡下的孩子都会喜欢自己捏成的那个泥动物一样，雪漠也同样喜欢自己的所有作品。每次谈起来，丝毫看不到一点儿所谓的谦虚。其实，真正的谦虚是一种包容和学习的心态，而非矫情和造作。在这一点，雪漠真是谦虚到顶点了。天下万物、世上众生皆是我师，咱活到老学到老，毫不含糊。只是我没有那种故作的、矫情的、虚伪的所谓"谦虚"而已。我只是一种自信，因为，我已经看清了横的世界和纵的历史那个坐标。我不是闭着眼盲目地偷着乐。我当然知道自己的局限，也清楚地明白自己的优势。我知道自己的位置在哪儿。

需要强调的是，我所说的"玩"，当然不是一种轻慢亵玩，而是一种无求无功利，是一种非功利状态下的心灵飞翔，是一种无我时的智慧喷涌，是一种破执后的自性流淌，是一种享受生命本身的逍遥之乐，是一种安详地品味咀嚼而非沉重地担负，是忘却了外部世界独享自家风光的忘情，是洞悉了生命真相后的释怀，是窥破了世界游戏后的别一种参与，是随意能进入再跳出、能真正自由出入后的微笑，是想忽然博得母亲惊喜的顽童的恶作剧，是探险未知世界时的那种蠢蠢欲动。

三

最后，用一首诗来结束此文吧。写它时，我的心中涌动着一种难言的情绪。在那种情绪里，有觉悟，有纠结，有超越，有相思，有爱有怨，有明白，有迷茫……总之是一言难尽。在这种难言的情绪里，我总是会写诗。我写过很多诗，它们像风中的落叶一样飘走了，留下的并不多。因为我想，诗是写给自己的，写了便写了，扔了也便扔了。

但这一首，我想留下去，来凭吊那一段难忘的岁月：

你来的时候正是金秋，
秋风摇动了心中的桂子，
那时的天空到处是彩光，
一若无边无际的希冀。

你去的时候已到冬天，
北国早已是冰天雪地，
大地肥了你却瘦了，
很像那一片焦渴的土地。

我老是想到那年的秋月，
风中总有你的笑语。
你的笑声里其实有沉重，
沉重的还有命运的赌注。

命运真是个沉重的词，
沉重得像那千年的黄土。
你总想弹出你的曲子，
只是无论咋弹，
也弹不出轻盈的旋律。

你就被压在命运的尘土中，
像压在我书中的那只蝴蝶。
寒冷榨干了你的鲜美，
还有你那飞翔的轨迹，
还有空中散溢的花香，
还有一缕梦中的乡土。

只是你走后的日子寂寥，
灰蒙的天空到处是雾霾。
触目可见的灰色里，
写满了那个叫虚无的词。
虚无的词里没有意义，
意义也埋入黄土深处，
萧瑟总是在命运中啸卷，
卷走了一如既往的诗意。

总想化为火中的蝴蝶，
总想在月光下吟诗，
总想吐出那一份疼痛，
总想看到另一抹新绿。
总想把命运的车轮逆转，
总想春暖花开的时候再见到你。

总想在静的极致里发出哭声，
总想在无你的日子里有你。
总想看到诗意的晚霞，
总想在笑的间隙叹息。
总想放下那一堆词语，
总想揪断觉悟的珠子。
总想定格风中的清凉，
总想打破时光的规律。

总想捣碎生命的无常，
总想再有命运的相遇，
总想驱散轮回的阴霾，
总想看到新一轮旭日。
总想在脊背上添一双眼睛，
总想多一种会心的含蓄，
总想在夜深人静的时候，
品味浪迹天涯的孤独。
总想在江湖飘零的秋风中，
感受那揪心的痛楚。

那个叫觉悟的词其实太累，
就像没有色彩的日子。
一串串的宁静里，
一串串的快乐里，
却没有一串串的你。

其实我也想当一个樵夫，
也想去深山里砍柴，
可以有狼，也可以有虎，
可以有风，也可以有雨，
可以有一切的厄运，
可以有一生的游离，
只要有你。

我还想当一个飘零的侠客，
带着那柄生锈的铁剑，
还有破衣，
还有磨穿的鞋子，
还有难卜的命运，
还有那厮杀后的疼痛，

还有无边无际的孤独，
只要有你。

我其实不想当啥佛陀，
那是别人安排的角色，
我喜欢人间的味道，
喜欢你的歌，
喜欢你的小情绪，
喜欢秋风中吹来的曲子，
喜欢你吹奏的点点滴滴。

倒是眼前的世界依然有你，
它总能牵来阵阵的暖意，
一丝丝微风，
一晕晕陶醉，
一点点的感动，
一抹抹的相契，
也有那一线浅浅的红云，
还有天边大雁的归迹，
更有那一点醒目的春花，
和那朔风里回响的曲子。

我的诗总是没有结尾，
很像我的生命和觉悟，
也如我心中鲜活的你。
风中的蝉翼渐渐远了，
一如那亘古的叹息。
我总是在别人的病里，
疼痛我自己。

我于是看到了一轮新月，

它正在冉冉升起，
涌动着大痛，
也涌动着大力，
我很想它是再生的你，
却不知是也不是……

　　　　　　　　　——定稿于 2013 年 12 月 14 日上午

从《野狐岭》看雪漠（编后记）

陈彦瑾

我相信，对于雪漠来说，《野狐岭》的写作是一个挑战，也将会是一个证明。由于它，雪漠实现了许多人的期待——将"灵魂三部曲"的灵魂叙写与"大漠三部曲"的西部写生融合在一起，创造一个介于二者之间的"中和"的文本；由于它，许多认为雪漠不会讲故事的人也将对他刮目相看，并由此承认：雪漠不但能把一个故事讲得勾魂摄魄，还能以故事挑战读者的智力、理解力和想象力。因此，我断定，《野狐岭》将会证明：雪漠不但能写活西部、写活灵魂，雪漠也能创造一种匠心独运的形式，写出好看的故事、好看的小说。

一、形式创新和好看小说

翻开《野狐岭》，一股神秘的吸引扑面而来——雪漠把"引子"写得很吊人胃口。说是百年前，有两支驼队在野狐岭神秘失踪了，一支是蒙驼，一支是汉驼，他们驼着金银茶叶，准备去罗刹（俄罗斯）换回军火，推翻清家。然后，在进入西部沙漠腹地的野狐岭后，这两支驼队像蒸汽一样神秘蒸发了。这两支驼队在野狐岭究竟发生了什么样的故事？为什么会神秘消失？百年来无有答案。于是，百年后，"我"为了解开这个谜，带着两驼一狗来到野狐岭探秘。"我"通过一种神秘的仪式召请到驼队的幽魂们，又以二十七会——二十七次采访——请幽魂们自己讲述当年在野狐岭发生的故事。于是，接下来的小说就像是一个神秘剧场，幕布拉起之后，幽魂们——亮相、自我介绍，然后，轮番上场、进入剧情，野狐岭的故事便在幽魂们的讲述中，逐渐显露其草蛇灰线。由于不同幽魂关心的事不同，他们对同一事也有不同说法，故事便越发显得神秘莫测、莫衷一是了，这一点，很像日本导演黑泽明的电影《罗生门》，又像陀思妥耶夫斯基式的"多声部"交响乐。梅列什科夫斯基曾说，托尔斯泰的小说是用眼睛看的——"我们有所闻是因为我们有所见",陀思妥耶夫斯基的小说是用耳朵听的——"我们有所见是因为我们有所闻";瓦格纳也曾说,歌德是眼睛人,而陀思妥耶夫斯基是耳朵人。我觉得,对于雪漠来说,"大漠三部曲"的笔法接近于托尔斯泰和歌德,而《野狐岭》则和陀思妥耶夫斯基的小说一样,以"声音"为小说真正的主角。在《野狐岭》,不说话的幽魂就只是一些或白或黄或灰的光团,或一些涌动着激情的看不见的气,只有说话的幽魂,才以其言语腔调显现出各自的形神样貌、内心情感,如鲁迅评价陀思妥耶夫斯基所说:"几乎无需描写外貌,只要以语气、声音,就不独将他们的思想和感情,便是面目和身体也表示着。"书中,各种声音的讲述看似不分先后顺序,也无逻辑可循,却又如同一首交响乐里的不同声部,有小号有大提琴,有鼓乐齐鸣有三弦子独奏,看似芜杂却又踩着各自的节奏,演绎着各自的乐章,并自然而然地汇合成一首抑扬顿挫的丰富的交响乐。

因为是采访幽魂,"我"的探秘便跨越阴阳两界。"我"的故事里有寻访前世的缘起,有一条忠诚的狗、一头有情有义的白驼和一头心怀怨恨的黄驼,有彻骨的寒冷、啸卷的饥渴和日益加重的阴气。幽魂们的故事则复杂多了,故事里有一个自始至终不现身的杀手,一个痴迷木鱼歌的岭南落魄书生,一个身怀深仇大恨从岭南追杀到凉州的女子,一个成天念经一心想出家的少掌柜,一个好色但心善的老掌柜,一个穿道袍着僧鞋、会算命住庙里的道长,一个神龙见首不见尾的沙匪,几位经验丰富艺高胆大的驼把式,几匹争风吃醋的骆驼,还有一些历史人物如凉州英豪齐飞卿陆富基、凉州小人豁子蔡武祁禄,更有一些历史大事如岭南的土客械斗和凉州的飞卿起义、蒙汉争斗、回汉仇杀……

要把这么些跨越阴阳两界、南北两界、正邪两界、人畜两界的人事物编织成一个好看的故事是很考验作家的匠心的,而要把这个云山雾罩、扑朔迷离的故事理出其前因后果,也是很考验读者的智力的。你必须在阅读时加入侦探家般的心细如发的推理和想象,阅读的过程很像是探案,需要时时瞻前顾后,边读边还原其来龙去脉。这个过程当然很过瘾。尤其是当你忽而云里雾里,忽而又柳暗花明时,你会有一种类似于探险的兴奋感油然而生,不由自主感叹:想不到,雪漠还挺能编故事的!

为了读者能自己深入其中、探得究竟,我这里就不亮出作为责编反复阅读书稿之后理出的故事脉络了。而且,这样一个包含无数可能性、无数玄机的小说文本,不同读者定然会有不同的探险、不同的解读,正如雪漠自己在后记中说的:"《野狐岭》中的人物和故事,像扣在弦上的无数支箭,可以有各种不同的走势、不同的轨迹,甚至不同的目的地。……它是未完成体,它是一个卵子和精子的宝库,里面涌动着无数的生命和无数的可能性。它甚至在追求一种残缺美。因为它是由很多幽魂叙述的,我有意留下了一些支离破碎的片段。……只要你愿意,你可以跟那些幽魂一样,讲完他们还没有讲完的故事。……你甚至也可以考证或是演绎它。……无论你迎合,或是批评,或是欣赏,或是想象,或是剖析,或是虚构,或是考证,或是做你愿意做的一切,我都欢迎。这时候,你也便成了本书的作者之一。我甚至欢迎你续写其中的那些我蓄势待发却没有完成的故事。"

二、回归大漠和西部写生

当然,《野狐岭》的好看不仅仅因为它讲故事的方式——它的"探秘"缘起,它的《罗生门》式的结构,它的陀思妥耶夫斯基式的"多声部"叙事,它的叙述"缝隙"和"未完成性"——和《西夏咒》一样,雪漠在形式创新的同时,并没有忘记自家的"绝活"——我称之为"西部写生""灵魂叙写"和"超越叙事"。与《西夏咒》略显零乱的结构不同,《野狐岭》有一个既引人入胜又开放、灵活的叙述框架,因而,雪漠在施展这几样"绝活"时,显得更为得心应手、游刃有余了。

作为"灵魂三部曲"之后回归大漠的第一部小说,《野狐岭》里当然有雪漠最擅长的大漠景观:有大漠风光,有沙米梭梭柴棵,有狼,有大漠求生和与狼搏斗——但这一次,这些都只是背景和配角了,主角让给了骆驼和骆驼客。骆驼们怎么放场、怎么养膘,怎么发情配种、怎么为了争母驼和驼王位置打架;骆驼在沙漠里吃什么、什么时候吃,怎么喝水、怎么撒尿,驮子多重、驼掌磨破了怎么办、遇见狼袭怎么办;驼把式们怎么惜驼、怎么起场、在驼道上守些什么规矩,驼户女人怎么生活等等,称得上是一部关于西部驼场,驼队、骆驼客和骆驼的百科全书了。而这些对于我们来说颇为新奇的知识,雪漠仍是以饱蘸乡情的笔墨,将它们浓墨重彩成鲜活生动的风俗画,更通过黄煞神和褐狮子这两个驼王幽魂的讲述,把骆驼当小说人物来写,它们有畜生的思维习性,也有作为畜生看人类时的种种发现、种种类比。它们时不时幽人类一默,或是蹦出一两句调侃,让人拍案叫绝。雪漠写动物向来拿手,《大漠祭》里的鹰,《猎原》里的狼和羊,《白虎关》里的豺狗子,都写得极精彩,现在,又添了《野狐岭》里的骆驼。此外,精彩堪比骆驼的,还有小说末尾那场被称为"末日"的惊心动魄的沙暴……总之,雪漠在《野狐岭》里的回归大漠不是对"大漠三部曲"的简单重复,而是在《大漠祭》《猎原》《白虎关》之外,创造了又一个新鲜的大漠,这种新鲜感不仅仅来自描写的对象,也来自描写的态度和笔法。和"大漠三部曲"里现实、凝重、悲情的大漠不一样，《野狐岭》里的大漠多了几分魔幻、几分谐趣、几分幽默，涌动着一股快意酣畅之气。

除了大漠景观，雪漠的西部写生当然还包括西部文化、西部的人和事。和《白虎关》里的花儿一样，《野狐岭》里的凉州贤孝也是西部民间文化的重要载体。这一次，雪漠引用的是一首流传甚广的凉州贤孝《鞭杆记》，唱的是凉州历史上唯一一次农民暴动齐飞卿起义，弹唱贤孝的瞎贤们以西部人特有的智慧和幽默讲述这场著名的历史事件，为小说增添了生动、辛辣的西部味道。相形之下，雪漠也想记录的另一民间文化载体——岭南木鱼歌则逊色很多。毕竟没有真正融入岭南，雪漠对岭南人的生存和岭南文化的描写，和《西夏的苍狼》类似，还只停留于表面，远不如他写故乡西部那般出神入化、鬼斧神工。

三、灵魂叙写和超越叙事

《野狐岭》不但有好看的故事和接地气的笔墨细节，宏观来看，它仍然是打上雪漠烙印的一部有寓意、有境界的小说。何为"雪漠烙印"？除了西部写生，还有一样，就是雪漠的文学价值观带来的写作追求——灵魂叙写与超越叙事。这一点，让雪漠在今日文坛总是显得很扎眼。

刘再复、林岗在《罪与文学》中从叙事的维度来考察百年来之中国文学，他们发现中国文学几乎是单维的，有国家社会历史之维而乏存在之维、自然之维和超验之维，有世俗视角而乏超越视角，有社会控诉而乏灵魂辩论。这不奇怪，五四前的儒家文化重现世，克己复礼；五四后的文化讲科学实证，民族救亡；直到八十年代西方现代派和拉美魔幻现实主义等各路思潮为作家带来全新的创作资源，由此诞生的意识流、新潮、实验、现代派、先锋、寻根等文学样式，称得上是对文学存在之维、自然之维的补课了，但超验之维，至今仍处于失落中。从这一点看，雪漠的灵魂叙写和超越叙事，是有着为中国文学"补课"的价值和意义的。

如果说，《大漠祭》主要是乡村悲情叙事的话，从《猎原》《白虎关》开始，雪漠小说有了超越视角——不是现实层面的反思、叩问，而是跳出现实之外，从人类、生命的高度观照——到《西夏咒》更从灵魂、神性的高度观照，其超越叙事有着"宿命通"般的自由和神性的悲悯。而在《西夏的苍狼》中，超越不再是一种叙事的维度，超越作为此岸对彼岸的向往，成为了小说的主题；到《无死的金刚心》，雪漠更彻底抛弃了世俗世界，只叙写超验的灵魂世界和神性世界，在此，超越作为灵魂对真理的追求，成为小说的主角。

众所周知，雪漠的超越叙事和灵魂叙写，主要来源于他信奉的佛家智慧和二十余年佛教修炼的生命体验。遗憾的是，批评家对雪漠独有的写作资源普遍感到陌生，结果是批评的普遍失语，更有叹其"走火入魔"者。如何让独有的资源以普遍能理解和接受的方式呈现出来，我想这是雪漠在"灵魂三部曲"之后面对的一个创作难题。从《野狐岭》，我们可以看到雪漠的一些努力和尝试。

首先，雪漠巧妙地运用了幽魂叙事——除"我"之外，其他叙事者都是幽魂，也即灵魂。由于脱离了肉体的限制，幽魂们都具有五通——天眼通、天耳通、他心通、神足通、宿命通，其视角就天然具有了超越性，于是，在讲述自己生前的一些"大事"时，他们总时不时跳出故事之外，发一些有超越意味的事后评价和千古感慨。幽魂们津津乐道的"大事"，不外乎人世的纷争、妒忌、怨恨、械斗、仇杀乃至革命大义、民族大义，还有动物间的争风吃醋、拼死角斗；其中不乏《西夏咒》式的极端之恶，如活剥兔子、青蛙，用石磙子把人碾成肉酱、摊成肉饼，以及"嫦娥奔月"、"倒点天灯"、石刑、骑木驴等酷刑……但所有的这些，以幽魂——不论是人还是动物——的视角看时，都已是过眼云烟了。死后看生前，再大的事都不是事了，再深重的执着都无所谓了。这些来自佛教智慧的超越思想和体悟，由一个个作为小说人物的幽魂之口说出，就有了易于理解的叙事合法性。换言之，《野狐岭》的超越叙事不是来自叙事者之外的超叙事者（在《西夏咒》，这个超叙事者其实是作者自己），而就是作为叙事者的幽魂们自己。超越叙事不是外在于叙事者的言论、说教，而是化入了叙事者的所感所悟——当然，前提是，这些叙事者是幽魂，他们本具超越之功能。

《野狐岭》里，木鱼妹、黄煞神、大烟客等幽魂都有属于自己的超越叙事，但作为小说整体的超越叙事，是由修行人马在波完成的。马在波有一种出世间的视角，在他眼中，前来复仇的杀手是他命中的空行母，疯驼褐狮子的夺命驼掌是欲望疯狂的魔爪，天空状似磨盘的沙暴是轮回的模样，野狐岭是灵魂历练的道场，胡家磨坊是净土，传说中的木鱼令是可以息灭一切嗔恨的咒子……因为有了马在波的视角，野狐岭的故事便有了形而上的寓意和境界。

但马在波的视角并不是高于其他幽魂之上的"超叙述"，他只是被"我"采访的众多幽魂中的一员，他并不比别的幽魂高明，也不比谁神圣，他的超越叙事别人总不以为然，他们甚至认为他得了妄想症，他自己也总消解自己，总说自己不是圣人。的确，《野狐岭》里无圣人，无审判者和被审判者，只有说者和听者。说者众里有人有畜生，有善有恶，有正有邪，有英雄有小人，这些人身上，正邪不再黑白分明，小人有做小人的理由，恶人有作恶的借口，好色者也行善，英雄也逛窑子，圣者在庙里行淫，杀手爱上仇人，总之是无有界限、无有高下、无有审判被审判，一如丰饶平等之众生界。所以，和"灵魂三部曲"将超越叙事作为神性的指引和真理的审视不同，雪漠在《野狐岭》里最大限度地还原了众生态，超越叙事被作为众生的一种声音，而不是超越众生之上的神性叙述。对于它，信者自信，疑者自疑，不耐烦的读者也可以和幽魂们一起消解之嘲笑之，大家各随其缘。《野狐岭》的美学风格也一改"灵魂三部曲"的法相庄严，而是亦庄亦谐，偶尔来点插科打诨——可以见出，雪漠在创造这样一个众生态时，很享受自己"从供台跳下"的快感——又有着"惟恍惟惚"的模糊美，很像《道德经》所描绘的："惚兮恍兮，其中有象；恍兮惚兮，其中有物。窈兮冥兮，其中有精；其精甚真，其中有信。"

最后，我想说说我眼中的野狐岭——有点像马在波的口吻，虽然阅读时也曾觉得他的神神道道很是无趣，但奇怪的是，掩卷思量，浮现于心的野狐岭，却很接近他的视角——

野狐岭是末日的剧场，上演的，是欲望的罗生门；

野狐岭是轮回的磨盘，转动的，是娑婆世界的爱恨情仇；

野狐岭是寻觅的腹地，穿越它，才能找到息灭欲望的咒子；

野狐岭是历练的道场，进入它，才可能升华；

野狐岭是幻化的象征，走进它，每个人都看到了自己，

因此，每个人都有自己的野狐岭。

《野狐岭》是作家雪漠的一次挑战，一个证明。

图书在版编目（CIP）数据

野狐岭（纪念版）/ 雪漠著． -- 北京：作家出版社，2024.1
ISBN 978-7-5212-2101-5

Ⅰ.①野… Ⅱ.①雪… Ⅲ.①长篇小说-中国-当代
Ⅳ.①I247.5

中国版本图书馆 CIP 数据核字（2022）第 211800 号

野狐岭（纪念版）

作　　者：雪　漠
策划编辑：陈彦瑾
责任编辑：田小爽
装帧设计：李　一　庸　白
出版发行：作家出版社有限公司
社　　址：北京农展馆南里 10 号　　邮　编：100125
电话传真：86-10-65067186（发行中心及邮购部）
　　　　　86-10-65004079（总编室）
E-mail: zuojia@zuojia.net.cn
http://www.zuojiachubanshe.com
印　　刷：三河市北燕印装有限公司
成品尺寸：170×240
字　　数：500 千
印　　张：27.75
版　　次：2024 年 1 月第 1 版
印　　次：2024 年 1 月第 1 次印刷
ISBN 978-7-5212-2101-5
定　　价：76.00 元

作家版图书，版权所有，侵权必究。
作家版图书，印装错误可随时退换。